璀璨

原名《幸福解锁攻略》

八千桂酒 ⊗
/著

的你

广东旅游出版社
GUANGDONG TRAVEL & TOURISM PRESS
悦读书·悦旅行·悦享人生

中国·广州

图书在版编目（CIP）数据

璀璨的你 / 八千桂酒著 . — 广州：广东旅游出版
社，2020.5
ISBN 978-7-5570-2208-2

Ⅰ．①璀… Ⅱ．①八… Ⅲ．①长篇小说－中国－当代
Ⅳ．① I247.5

中国版本图书馆 CIP 数据核字（2020）第 051355 号

出　版　人：刘志松
总　策　划：邹立勋
责 任 编 辑：梅哲坤　陈吉

璀 璨 的 你
CUI CAN DE NI

广东旅游出版社出版
（广东省广州市环市东路 338 号银政大厦西楼 12 楼）
邮编：510060
联系电话：020-87347732
湖南凌宇纸品有限公司印刷
（湖南长沙县黄花镇工业园）
710 毫米 ×1000 毫米　16 开
20 印张　390 千字
2020 年 5 月第 1 版第 1 次印刷
定价：39.80 元

目 录 〰
C O N T E N T S

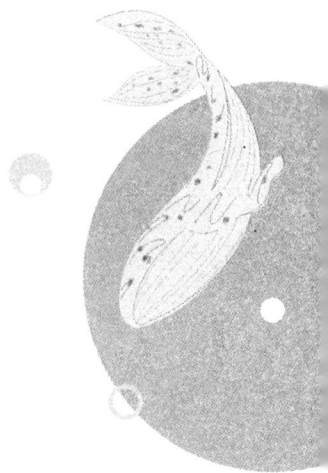

目录
C O N T E N T S

第一章

≋ **穷途末路**

　　孔真坐在电脑前，左手在键盘上飞速切换着快捷键，右手握着压感笔不住在数位板上涂涂画画，她盯着屏幕上露出僵硬笑容的新娘，动了动手指把蹭在她牙齿上的一点口红修掉了。

　　"赵博，"孔真微微抬高了声音，"这是不是你拍的？"

　　赵博正在低头打游戏，闻言头也不抬地回答："是，都是我拍的，除了我还有谁？张哥说他媳妇要生了，请半个多月假了还没回来；彬彬说他家狗抑郁症，带狗上北京看病，请假20多天也没影了；红姐说她老公痔疮犯了要去做手术，她得陪护，都快一个月没露面了。你说吧，舍我其谁？怎么的，拍太好了你要给我发锦旗啊？"

　　孔真放下压感笔伸了个懒腰，起身去饮水机前接热水，翻了个白眼道："发什么锦旗，你下次再看见新娘牙上蹭口红了能不能提醒人家一下？你是不是故意的？"

　　"下次？"赵博放下手机，用两条腿支撑着将椅子滑到孔真身边，压低了声音，神神秘秘地说，"真姐，还下次呢？我看这份片儿你也不用修了，咱俩赶紧另找下家吧。据我所知，张哥媳妇根本没怀孕，他是去天怡应聘摄像了；彬彬带着狗自驾游去了，我看他朋友圈发的照片，那狗比我都欢实，根本不像抑郁症；红姐我不清楚，但很大概率人家已经找到新工作了，也就你还在这儿傻等呢——事先说明啊，我是看你一个人怪惨的，要不然我也早撤了。"

　　孔真喝完了水，随手把一次性纸杯扔了，转过身对他说："谁傻等了，怎么也得先把这两个月工资拿到手再说吧？而且这份片子也要给人家修好送过去，可能人家一辈子就结这么一次婚，别这么不负责任。"

　　赵博切了一声，拿起手机点进老板刘浩波的朋友圈，对方的签名没变，还是"佳偶天成婚礼工作室，联系方式：188×××××××××"，但上次更新是在两个月之前。他发了一张照片，照片上是刘浩波和几个穿着打扮都非常社会大哥的中年男子坐在一起举瓶畅饮，配文："红尘往事我已斩断，久征沙场我心乱。"

"看见没？咱老板已经要把红尘事斩断了，知道这是什么意思吗？这是暗示咱们工作室快要关门了，懂不懂？工资我看是没指望了，咱俩赶紧把屋里的值钱东西卖了走人吧！"

"扯！"孔真说，"他好像最近是有事儿要忙，要真不想干了还微信发活儿给我干吗？"

"能捞点儿是点儿啊，客户把钱给他又不给你，真姐你怎么转不过来弯儿呢？你这人就是太实在，每天给他当牛做马的，又做后期又做策划又联系业务，赶上变形金刚了，在这儿窝着都屈才，你去哪家大点的婚庆公司不当个主管啊？你和我说实话，是不是有啥把柄攥在他手里？"

"有啊！"孔真微笑着看他，"你的裸贷视频在他手里，我都是为了你，懂吗弟弟？"

"扯！我这个条件想弄钱还用裸贷吗？"他突然想到什么似的，兴致勃勃和她八卦，"我听说咱们老板最近赌博挺厉害，同时还忙着傍富婆——就开宾利来咱楼下找他那个，宾利啊！你说他长成那样都能傍上富婆，我如此英俊潇洒，比他差哪儿了？"

"他再丑也有身价，你只是个山寨帅哥。"

"那也甩开他好几十条街呢！"赵博直拍桌子，"言归正传，反正我看他不是输光家底让人追债跑路，就是傍富婆成功让人养起来了，总之这个公司肯定开不下去了，咱俩赶紧想出路吧！"

孔真翻了个白眼："行了行了，就你话多，傍富婆很容易吗？多看看新闻吧。今天轮到你买饭了，我还吃牛肉面啊，钱我微信转你。"

赵博起身下楼。

孔真掏出手机看了看，有两条新消息，一条是信用卡还款提醒，还有一条是她的大学室友王梦琳问她打算什么时候去北京。

一年之前孔真刚毕业，和对方说好了想要一起去一家向往已久的后期工作室应聘，然而孔真的妈郑丽梅却不巧在那个节骨眼生病住院，尽管郑丽梅一再表示根本不需要孔真照顾，让她该干什么干什么去，但孔真仍然放心不下，选择留在了家里，去北京的事儿就这么耽误下来，算一下她也在这家公司做了大半年的后期，一起工作的摄像赵博比她还要小两岁，据说读完了高中就出来工作了。

虽然说是平面后期，但是孔真私下觉得这份工作没有任何技术含量——工作室一直走低端量大路线，对成片没有太高要求，无非就是把照片调调色，修修大的瑕疵，以及视频粗剪，随便找个大学实习生练半个月也能做。

而且最近公司老板不知出了什么事，很久没露面了，只偶尔在微信上和他们联系，指派他们去干活儿。工作室本来有 9 个人，机灵的早就觉得不对另找下家了，只剩下孔真和赵博还坚守阵地——老板一再承诺会把这两个月的工资一起发给他们。

孔真想了想，打字回复王梦琳："可能要过完年啦！"

还没等她把消息发出去，工作室的大门就被用力拍了几下，孔真抬头看去，三四个年轻男人站在门口，为首的打量她几下后高声道："你就是孔真啊？"

几人都穿着紧身黑色短袖和牛仔裤，胳膊上还有没遮住的文身，孔真愣了一下，很快冷静下来，点点头道："是，你们有什么事？"

"什么事儿？"带头的那人掏出一根烟叼在嘴里，大声说，"还钱的事儿。"

孔真说："什么钱？我没欠过别人钱。"

她话刚说出口就觉得不对——她是欠过的。

果不其然，那人从黑色的手包里掏出了一叠欠款合同的复印件拍在桌子上，发出砰的一声巨响，震得键盘和数位板都跳了起来，他粗声粗气地喊："别扯没用的，白纸黑字在这儿摆着，自己看。"

孔真拿起那叠欠款合同翻到最后一页，上面清清楚楚显示着她本人的签名，时间显示是在半年前。

"20 万，"对方说，"半年，六分利，连本带利二十七万两千块。"

他每说一句就拿指节在合同上狠狠敲一下，唾沫星子横飞，似乎想把孔真吓住，然而孔真并没露出受到惊吓的表情，她只是微微低着头，因为牙咬得太用力，显出了明显的下颌线，过了半晌，孔真终于发出声音来。

"孔海波呢？"她抬头盯着对方，"他跑了？"

"孔海波？我不认识孔海波，这上面签的谁名儿我就来找谁，听见了吗？"文身男点了根烟送进嘴里，"怎么个意思，这是准备赖账啊？"

跟着他一起来的几人也有了动作，他们围成了一个半圆，似乎提防着孔真随时推开他们往外跑，孔真压抑着自己的情绪，紧紧攥着拳头，她又看了一眼合同上的日期，啪的一声把合同又给扔到了桌面上。

"不认识孔海波你急着来找我干什么，离还款日不是还有 3 天吗？"她泄愤似的狠狠敲了敲合同，敲得她指节生疼，"我就在这儿上班，还能跑到哪去？后天，我肯定把钱还上，还不上你们再来闹事儿吧。"

"你怎么跟我说话呢？"文身男推了孔真一把，他力气很大，似乎摆明了今天不能善了。孔真穿着双高跟鞋，被他推得一个趔趄，大腿磕在椅子凸出的扶手上，只觉得一阵剧痛，扶着桌子才勉强没有摔倒。

"我说过了，今天不是还款日，到了还款日你们再来找我。"孔真疼得深吸一口气，微微抬高了声音，"而且你就算今天把我从楼上扔下去，我也不可能突然变出 20 多万现金让你带走，你们明明有我的手机号，可是连短信都不发一个就直接来公司找我，还不是因为怕我和孔海波一样跑了吗？你们放心，他敢跑，我不敢，我妈还在呢！"

文身男哼笑一声，看上去很不屑，但总算是没再动手，在他身后，一个黑皮肤的年轻男生说："行，你们公司开门做生意，我隔三岔五过来看看总可以吧，你要是不想让你老板知道，就赶紧把钱准备好，磊哥你放心，我这几天盯紧点，肯定不能让你跑了。"

孔真转过去看清楚他的脸，片刻后惊讶地瞪大了眼睛，然而那男生偷偷冲她摆摆手，孔真很警觉地没出声。

文身男把烟头按在了孔真的桌面上，一股焦味儿弥漫开来："反正跑得了和尚跑不了庙，你家住哪儿我们也知道，少扯没用的，赶紧准备还钱就完了。"

他拎起合同放进自己的公文包里，带着一群人吵吵闹闹地走了。

孔真扶着桌子，站在原地没动，过了半晌，她才面无表情地坐在了椅子上，掏出手机打了个电话，电子女声提示对方已关机。

她紧紧抿着嘴唇，有那么几秒钟大脑里是一片空白的。

赵博拎着两个人的午饭回来了，一边撅着屁股在抽屉里找一次性餐具一边说："今天买饭的人好多啊，我还想买份麻辣烫呢，一看那队都快排到电梯里去了，真姐快来吃饭。"

孔真起身走到两个人平时吃饭的大桌子旁边坐好，赵博扔给她一份一次性餐具，看到了她的表情，动作一滞："你怎么了？让那新娘丑哭了？"

孔真摸了摸自己的脸，上面干干净净，并无水迹，她闻着牛肉面的香味，突然翻了个白眼道："谁哭了？你以为谁都和你一样，看个《寻梦环游记》能哭 80 次。赶紧吃饭……下午我接着修片，你把视频剪了，素材你电脑里就有，下班之前尽量做好，我等会儿把顺丰快递员电话给你，你刻了光盘给人家客户寄过去——别又寄到付，多少钱和我说，我转给你。"

"啊，怎么又让我剪啊？"赵博苦着脸看她，"我这个手艺你也不是不知道，你给狗一块骨头，骨头上拴个鼠标，狗都剪得比我好。"

"狗都能剪，你不能剪？"孔真打开了塑料袋，深深吸了一口牛肉面的香气，"我今天要早点儿走，辛苦你了。"

两个人低头吃饭，孔真很快就把自己那份吃得干干净净，她随手扔了垃圾，转身走到工位上，飞速把剩下的片子修完了，穿好外套，她和赵博打了个招呼，赵博正苦着脸剪视频，头也不回地问："真姐，你上哪儿去啊？"

"我？"孔真拉好了拉链，面无表情地说，"我去看看我爸。"

1997 年，下岗大潮袭来，东三省由于国企比较多，失业人数剧增，本来生活相当稳定的工人们面对这突如其来的变化不知所措，没有了职工医院，没有了子弟学校，没有了职工澡堂，没有了优厚的福利待遇……更重要的是，没有了糊口的工作，他们在洪流的冲击下不得不马上做出选择，失业的人们中的大多数，都去做了类似卖早点、送煤球、扫大街这样的工作，然而，这里面不包括孔真的爸爸孔海波。

在 1997 年之前，孔海波只是工厂里的小领导，同事给他的评价很低——不像个正经人，主要是因为他总喜欢从工厂往家里顺东西，而且对工作从不上心，除了请他吃饭喝酒的时候他能很快露面，其他真的需要他出面的时候，他是十有八九都不在的。

下岗潮波及他之后，孔海波没有选择和别人一样去卖馒头扫大街，而是选择主动联合厂里的另外一个大领导，两个人打通了厂里的关系，把企业搞破产。

工人们走了之后，他们又低价把工厂买回来，国企就这样变成了私企，孔海波也摇身一变，从一个口碑不佳的小领导变成了民营企业家，这算得上是一种模仿行为，毕竟当时那么做的不止他一个，只是同龄人中，很少有人有他这样的敏锐嗅觉和胆识。

毫不夸张地说，这是他这辈子做的最重大的选择，正确与否暂且不论，但这个选择直接改变了他的一生，也间接改变了他家人的一生。

作为孔海波的独生女，孔真打记事起就没缺过钱，在别的孩子还因为一个几块钱的玩具和家长撒泼打滚地哭闹的时候，她就已经穿着 1000 多元的小皮鞋趾高气昂地坐车去上学了，那时候人均工资也才大几百。

钱对家里来说不是什么稀罕东西，她妈郑丽梅每天的生活除了吃喝玩乐再无其他，孔真也从没想过有一天自己会过上没钱的生活。

然而那一天来得很快。

过程很简单，孔海波出轨，郑丽梅坚决要离婚，孔真的抚养权给了她。母女俩得到了一套城西区 60 多平方米的房子和一个按月打生活费的承诺。孔真还记得离开自己家的那天，她站在门口回头看，灿烂的阳光直直地照了进来，屋里的灰尘跌宕起伏，像窜进了满屋子深冬的浓雾，孔海波坐在实木沙发的扶手上抽烟，很苦闷地对孔真说："闺女，爸舍不得你走啊！"

就因为这一句话，孔真决定暂时保留自己对孔海波的感情，即使在她高中的时候，孔海波给的生活费越来越少，等她上了大学孔海波更是经常性失踪，孔真也没有怎么讨厌过他，因为知道他那几年经济状况不太好，大概是运气用光了开始走背字。但是他偶尔有钱了就来找孔真，给她买个新出的苹果手机，或者扔下几千块生活费之类的，每次郑丽梅对孔海波大加鞭笞讨伐，恨不得扎个小人咒他早点死的时候，孔真只是嘴上附和，心里并没什么波动。

因为她相信孔海波那时候对她的舍不得是真的，毕竟她也很舍不得孔海波——虽然他出轨这事儿就是孔真给闹开的。

孔海波在半年前找到她，请她去吃牛肉面，孔真挺惊讶，因为父女两个人那时候已经好几个月没联系了。

"闺女，你最近忙不忙啊？"孔海波这么说着，掏出了烟，没点，放在手里捏着，"工作累不累？"

孔真很想翻个白眼，她每次觉得不高兴了就爱翻白眼，就像她小时候穿着很贵的新衣服从她讨厌的女生身边走过的时候，一定要翻个白眼烘托气氛一样，但这次她忍住了，并非因为面前是她爸，而是因为她爸最近似乎过得不太好，看上去老了很多，头发花白，嘴唇都裂了。

她倒了杯热水递给孔海波，敷衍地说："还行吧，也就那样，挺好，你喝点水。"

牛肉面上来了，孔海波没吃，他拿了双一次性筷子将两片薄薄的牛肉挑出来给孔真，又眼巴巴地看着她，孔真一下子就想起了小时候，他也是这么看着自己，如果自己吃饭很香，那他就会很开心。

于是孔真挑了一筷子牛肉面塞进嘴里，吃掉了。

吃了半碗，孔真擦擦嘴，对他说："怎么啦，突然来找我？"

孔海波动了动嘴唇，又把烟捏在了手里："闺女，爸想求你个事儿。"

"什么事儿啊？说。"

孔真其实心里已经知道他要说什么了——能让孔海波对孔真露出这么为难的表情，除了钱也没别的了。

果然，孔海波说出了自己的请求，想请孔真帮忙，借20万。

"爸真的是，唉……很着急用这笔钱，要不然怎么也不能冲你开口，我这边征信有点问题，人家不给办，去银行的话借不出来这么多钱。"孔海波捏着烟，低声下气地说，"借半年，半年以后还，但是不用你管，我肯定会还的，因为20万卖房子实在是不值当，厂子不景气以后我和你张叔叔去南方看了看，我们准备在那边先做一笔生意试试。"

"哼哼，"孔真含义不明地冷笑一声，"缺钱了想到来找我，你小老婆呢？跑了？"

"唉……"孔海波又叹了口气，算是默认了孔真的说法，他低着头，很没骨气似的，继续低声下气，"那天——"

"哎呀行了行了。"孔真心烦意乱，不想看他这副样子，因为在她的记忆里，孔海波总是一副成功人士派头，是靠谱的代名词，他的经典动作就是出差回来，从行李箱里掏出个什么稀罕东西递给孔真，很不当一回事儿地说："闺女，来！"

有他在，自己似乎就能随时尝试这世界上的一切好东西，与所有的光辉结缘，尽管今时不同往日，但她也不想看自己爸爸因为钱和自己低声下气，于是她挥了挥手道："能还上就行，你准备和我张叔叔上南方倒腾军火还是卖土特产不用和我说，你那贷款要准备什么材料你等会儿微信发给我，抓紧时间弄，赶紧吃面，都坨了。"她顿了顿，又抬高了声音说，"老板，这桌加盘卤牛肉。"

那次见面后，孔真又和他见了两面，一次是帮他去贷款，另外一次是他请孔真吃火锅，还给她封了个3000块的红包做生日礼物。

再然后孔真就没有和他见过面了。

坐在前往金科华府小区的公交车上，孔真不住地深呼吸，她一直在劝自己冷静，无论如何，孔海波是不会故意害她的，他再不负责任，再不是东西，对她还是有着很深的感情的，她不用多聪明，只要还有人最基础的感知也能感觉得出来，这也是为什么孔真根本没把那笔钱放在心上，因为她觉得无论如何也轮不到她来还，然而不安却随着距离的减少不断增加。

到了目的地后，孔真从包里拿出了门禁卡。

这个门禁卡还是孔海波几年前硬要塞给她的，那时候他还有钱，刚谈了个年轻的小女朋友，带着她搬到了这个很高档的小区，孔真讨厌她，并不想和她见面。

孔海波大概是觉得孔真有了危机感，于是他把自己新家的门禁卡和钥匙都给了孔真，暗示孔真永远在自己家有一席之地，孔真拿了门禁卡，义正词严地拒绝了钥匙，她当时翻着白眼说："你们家要是丢点东西可别算在我头上。"

这会儿孔真有些后悔没要那个钥匙了，她站在孔海波的家门口，一次又一次地按门铃、敲门，不厌其烦，有节奏的声音持续不断地在走廊里回响，门却始终没有打开，孔真觉得指节生疼，终于，她忍不住转身下楼，打车直奔附近的五金店买了把锤子。

老板看她把锤子仔细地塞进包里，问她是不是家里要搞装修，孔真点点头，唰的一声把包的拉链拉上了。

她回到孔海波的家里，又狠狠拍了拍门，因为过于用力手掌被震得生疼。

"孔海波！"她一边拍门一边喊，"开门！"

无人回应。

孔真深吸一口气，抄起了锤子，狠狠向门锁处砸去！

一声巨响震得她耳膜生疼，孔真把那口气吐出来，不再作声，专心致志地砸门，一下又一下，也不知砸到了第几下，纹丝不动的门终于轻微晃动了一下，她缓了缓，重新用两只手把锤子握紧，又用尽全身力气往前砸去。

嘭的一声，门弹了一下，孔真拿鞋尖抵着门，踢开，慢慢走了进去。

屋里很乱，但又不像被人入室抢劫的那种乱法，更像是主人在临走之前急着把重要的行李往箱子里塞，来不及仔细打扫，沙发上堆着一些凌乱的衣服和包装袋，抽屉都被敷衍地关着。

孔真站了会儿，又喊了一声："孔海波！"

她往卧室走去，卧室里也是如此，衣柜门还没来得及关，里面的衣服被清走了大半。

孔真不再做无用功，不再喊着她爸爸的名字，一个冷硬的事实摆在这里，她的爸爸确实是给她留下连本带利将近30万的债务之后跑路了，无论这半年当中发生了什么事，无论他有什么苦衷，但他确实是做了这种事儿。孔真茫然地环顾四周，她心想也许这个房子的归属权也有待商榷，孔海波本人也许背负了更多她无法想象的债务。

她终于咬牙切齿地骂了一声，把锤子砸在床上。

"你谁啊？"

一个男声从客厅传来，孔真狠狠擦了擦眼睛，走出去看，两个男人在门口站着。

其中一个穿着一身居家服，另外一个穿一身西装，说话的正是那个西装男。

"关你什么事？"孔真兀自气得发抖，说话很不客气。

对方看上去比孔真大一些，个子很高，身形挺拔，往那一站就有压别人一头的气势。

"我是他们家邻居，我叫赵东林，你哪位？"赵东林语气不善地打量了孔真几眼，"你是这儿的住户吗？怎么混进来的？"

孔真长大了之后脾气改变了许多，很多时候都尽量表现得彬彬有礼，大方得体，然而她在青春期之前一直被班级里的部分女同学评选为最让人看不顺眼的人之一是有原因的，比如此刻，她脑袋里一万句刻薄话闪过，任何一句说出来都能气得别人七窍生烟。她不住地深呼吸，想要让自己尽量冷静一点，但是这不太管用，她一开口，还是用那种异常暴躁的语气说："滚回你自己家去，这没你的事儿，砸到你家了你再出来咬吧。"

"东林，"那个看起来文质彬彬的、穿着居家服的男生拍了拍西装男的胳膊，劝他说，"算了，先回，等会儿找物业吧。"

赵东林似乎不愿和孔真多废话，他瞥了孔真一眼，面无表情地掏出手机报了警。

"喂，110吗？"在呼叫中心把电话转接到当地派出所之后，他清晰地、一字一句地说，"湖心区平昌中路金科华府小区17楼有人私闯民宅，毁坏他人财物。"

也许是这一天发生的事情太多，孔真反而在此刻彻底冷静了下来，她没有抢走对方的电话，也没有打断别人报警，反而像是被人抽走了脊梁骨一样脱了力，在对方把电话挂了之后，她靠着墙站稳，把手伸进包里翻了半天，猛地掏出一杯果肉果冻，撕开了包装开始吸溜吸溜地吃。

一个黄桃的吃完了，她又掏出来一个什锦的，一边吃一边恶狠狠地盯着西装男看，似乎提防着他随时走人。

3个人谁也没走，那个穿着居家服的男人事不关己地靠在墙上玩起了手机，在发现孔真往这边看的时候还对她吹了个很花哨的口哨："美女，我先自我介绍一下，我叫叶宇，那什么，你果冻还有吗？"

孔真捂住了自己的包。

等警察来的时候，孔真已经把自己包里的零食吃光了。

孔真这辈子还是第一次进派出所。

警察虽然公事公办，但对她的态度并不算严苛。孔真抱着自己的外套坐在椅子上回答警察的每个问题，关于她为什么要私闯民宅，孔真也如实相告，她满脸麻木地把自己父亲怎么让自己帮忙担保借钱以及事后对方跑路的事情说了，做笔录的女警察对她流露同情的目光，然而很遗憾的是孔真的那份合同合理合法，因为在办理贷款的时候对方就对合同上的本金数字大幅抬高了，现在的利息在受法律保护的范围内，这年头做高利贷的比律师都懂法。

孔真甚至还有闲心想，对方倒是说话算话，说好了借多少就连本带利还多少，没有狮子大开口，从这点上来说，高利贷比孔海波守信用。

笔录做完，警察让她联系家属，过来签个字就可以回家了，孔真打电话给赵丽梅的时候，对方正在打麻将，她叼着烟打出一个八万，在吵吵闹闹的背景音里大声说："干吗？我这儿做饭呢！"

"我听到你在打麻将了，"孔真说，"你能不能来派出所接我一下。"

郑丽梅猛地站起来，把烟头按在牌桌上："你怎么了你？犯什么事儿让警察给逮起来了？"

孔真说："没什么，你先过来吧。"

就在她等郑丽梅过来的时候，赵东林和他的朋友叶宇正好往外走，孔真瞥了他一眼，他也看了孔真一眼，于是孔真控制不住地翻了个惊天大白眼，由于过于用力，眼球都有点疼了，她倒不是记恨对方报警，只是很讨厌对方脸上那种傲慢的表情，赵东林的朋友叶宇倒是略带歉意地冲她点点头，拉着赵东林离开。

不到15分钟，郑丽梅就从出租车上下来了，她踩着高跟鞋风风火火地直奔派出所，由于来得太匆忙，手上还攥着张三条的麻将牌，她看见孔真之后就吓得把她从头到尾检查一遍，在发现自己女儿并没受伤之后，郑丽梅签了字，终于想起来追问事情的起因。

孔真左右看看，拉着她走了出去，在门口的僻静处，孔真微微低着头，把事情从头到尾都说了。

郑丽梅听完了，有那么一会儿没说话，孔真刚要抬头看她，就觉得脸上一热——郑丽梅狠狠打了她一耳光。

"我说你是不是傻啊你！"她紧紧攥着那张麻将牌上下挥舞，气得不住大喘气，"孔海波是什么人？啊？是你爸吗？那是畜生！他的话你也能信？他娶我的时候什么山盟海誓没说过啊，到头来不也和那小狐狸精搞到一块去了吗？你脑袋里灌开水了？遇到这事儿为什么不和我商量商量？"

郑丽梅越说越激动，似乎恨不得再给她一耳光："孔真啊孔真，你长这么大你妈拉扯你容易吗？你妈在你身上看见一分回头钱了吗？怎么就对孔海波那么大方一下子借给他20万，我真是养你不如养条狗，狗还知道给我看家护院呢，你连狗都不如！"

孔真抬起头来，慢慢把乱七八糟的头发撩到耳后，她吸了吸鼻子，还算冷静地说："是，我连狗都不如，养我不如养条狗，你不用生气了，一人做事一人当，这事儿我会解决的，你回家吧，本来我也没想连累你，是警察说要让家属来签字，我才给你打电话的。"

"你少在那扯！"郑丽梅高声说，"还不是指着老娘给你收拾烂摊子吗？"

"我说了，我一人做事一人当，死也不会连累你的！"

"孔真！"郑丽梅气得眼睛发红，"你还有理了？自己做事儿不考虑后果还有脸和我在这儿鬼吼鬼叫的？你妈拉扯你容易吗？惹出这么大乱子来还觉得自己没错是吗？"

"我错了，好了吧！"孔真终于忍不住抬高了声音，"麻烦您来接我，还打扰你打麻将了，不好意思！打车费报销给你，你回家吧，这件事到此为止，我再说一次，我死也不会连累你一星半点，我肯定会把债还上，靠自己把这件事解决的！"

她掏出了100块塞给郑丽梅，转身就走，郑丽梅似乎想拉她一把，但是没拉住。孔真穿好了外套一通狂奔，也不知道自己在往哪个方向跑，赵丽梅在她身后喊了些什么，她听不清，也不敢听，一直跑到除了嘈杂的人流声什么也听不到的地方，孔真才停了下来，她喘着粗气找到了附近的公交站牌，坐车回到了自己的出租屋。

孔真跑得太急，没看到自己身后走出来的赵东林和叶宇，两人听了半场惊天动地的母女吵架。

两个男人面面相觑，赵东林说："……怎么回事儿这是？"

叶宇说："这不明摆着嘛，闺女替妈来捉奸，把她妈惹急了，我和你说这样的中年妇女满大街都是，知道自己老公出轨了宁可压着不说也不捅破，谁提醒她她还和谁急，哎，我刚想起来，住你隔壁那大爷不是总带着个特土的小姑娘进进出出的吗？上次还冲你抛媚眼儿那个，忘了？"

赵东林无语道："这是她爸的家吗？"

"肯定是啊！"叶宇与他勾肩搭背地往前走，"算了算了，去洗个澡去去晦气，别想了，她不说也怪不着咱们，咱们这算见义勇为好邻居，懂？"

孔真是第一个回到出租屋的人。

这里有5个人在住，除了她之外还有两对情侣，今天她回来得早，那两对情侣都还没下班，孔真冲进自己的小卧室，看着趴在床上的玩偶抱枕，终于忍不住大哭起来。

她小时候生活优渥，处处受宠，性格要强又好胜。长大一点生活一落千丈，尝了些苦楚，更是发誓要不落人下，不让任何人瞧不起自己。所以当着别人的面，她无论如何是哭不出来的，即使对方是她妈，她也不想示弱，其实她心里怕极了，那些欠了高利贷之后被人砍手砍脚扔进护城河的都市传说从她脑袋里不断闪过，更让她觉得心惊胆战。

孔真又惊又怕，哭得几乎脱水，听到合租的室友回来了才止住了哭泣，她抓起一包纸巾擦干了鼻涕眼泪，钻进卫生间好好洗了个脸，想了想，又补了个妆，抻平了外套上的褶皱才敢出去见人。

这一通哭实际上并没什么大用，只让她坚定了刚才的想法，那就是一人做事一人当，她确实也没打算连累郑丽梅——郑丽梅根本就是个四体不勤五谷不分的人，能算计着把离婚时拿的赔偿供到孔真毕业已经算是相当不容易，平时自己还要买衣服买首饰买化妆品搓麻将，手里根本不可能有什么存款。

至于她的朋友们，她相信自己只要张嘴，他们都会尽其所能帮助自己——倒不是她过于自信，而是她平时对朋友们都特别仗义，该帮忙时从未手软过，所以她的朋友虽然不多，但关系都很铁，然而朋友们也都是普通人，刚刚毕业没多久，还挣扎在房租和信用卡还款里，再怎么凑也凑不出来20万，何苦去开口让人为难。

孔真人模人样地坐在楼下的饺子店里，一次一次给自己洗脑一般鼓劲：你一定能想到办法先把大后天应付过去的，加油加油，你一定可以的！不行也得行，都和你妈吹牛了，你怎么能不行呢？吃完这顿饺子你一定能想出来办法的！

她一边这么给自己鼓劲一边吃，吃得很快，一盘饺子过不多时就见了底，但是她也没想出什么好主意来，孔真不想就这么回到自己的小出租屋里继续苦闷，于是她招招手："老板，再来一盘白菜肉馅儿的。"

饺子端上来，孔真吃的速度慢了点儿，那种恐惧和无力感又要慢慢将她包裹，就在此时，她的手机突然响了一下，孔真低头去看，是初中同学的微信群消息，又是要他们帮忙投票。

她眼睛一亮——对啊！怎么把这事儿忘了？

放下筷子，孔真拎着剩下的饺子奔向出租屋，她反锁了门，趴在床上，在群里找了半天，终于找到了她需要的联系方式。

"喂？"孔真举着电话走到窗口，"是李松吗……"

一通电话打完，孔真总算是松了一口气，她拖着疲惫不堪的身体去卸妆洗澡，定好闹钟，睡前翻了翻手机，看见了淘宝的系统消息，她前几天给郑丽梅买的那个按摩椅发货了，孔真戳进订单，看了看价格，比她一个月工资还多点。

她叹了口气，在自己仍然有些红肿的脸上揉了几下，沉沉睡去。

第二天早上起来，孔真有那么一小会儿很恍惚，她行尸走肉一般把自己收拾好，从冰箱里拿了一盒香蕉牛奶当早饭，在等公交的时候，她才完完整整地回忆起了昨天发生的事情。

此时赵博正一个劲儿给她发微信，让她帮自己带份手抓饼和皮蛋瘦肉粥做早餐，他有个毛病，如果别人不回复他就会一直重复，懒得重复了就发表情包。孔真平时觉得他很烦，恨不得把他从手机里抓出来打死，但这会儿赵博吵吵闹闹的声音却让她觉得挺开心，似乎又回到了之前还没经历这些破事儿的日子里。

"知道了，快闭嘴吧。"孔真对着手机说，"昨天的光盘给人家寄过去了吗？"

赵博发了个兔斯基的扭屁股表情当作回答，贱兮兮的。

到了公司之后，果不其然又只有他们两个人，其实孔真本打算在这几天和赵博谈谈接下来的打算，她虽然只比赵博大了两岁，赵博的社会经验还比她多，但平时赵博一口一个"真姐"地叫她，孔真又是个很爱为朋友操心的人，所以她总想带着赵博一起找工作，还计划要问他想不想去北京的大工作室做摄像。然而发生了昨天的事，孔真无心想这些了，她坐在工位上低头看手机，赵博和她聊天她也爱搭不理的。

"真姐，你抑郁了？"赵博回头看看她，"让狗咬了？让猫挠了？"

孔真低头看着手机上的微信消息记录，表情阴晴不定，赵博瞥了一眼，只瞥到和孔真聊微信的那个人叫李松，然而还没等他再偷看一点儿内容，孔真就把手机给翻了个面，孔真转过身去，炯炯有神地盯着他看。

"赵博，你帮姐个忙。"孔真说，"答应吗？"

赵博缩了缩脖子，窝窝囊囊地说："你这表情怎么看着这么瘆人呢？你是不是犯罪了？真姐我和你说，你别看我一表人才，像个青年才俊，其实我胆儿才小了，看见血我害怕，有一天你穿了条红裙子我都不敢多看，看多了我晕，我难受，哎呀！怎么说着说着就晕了呢，不行，真姐你那小枕头借我一下，我躺一会儿……"

"闭嘴！"孔真一拍桌子，"你再啰唆我真揍你了啊，什么血呀，我就是让你帮我放个哨，我晚上要去一个地方找点儿东西，不许问，晚上去了就知道了，行了就这样，赶紧打你的游戏去吧，别出声了。"

赵博废了好大的力气才憋住，真的没再出声，过了一会儿，孔真的微信不断收到他的消息刷屏，赵博一个劲儿问她到底要去干吗？孔真烦得要死，转过去在他椅子上踹了一脚，把他微信拉黑了。

这一整天工作室都非常安静，没人来讨债，也没有客户上门，孔真中间出门一趟，回来的时候拎了个很大的行李箱。赵博吃了睡，睡了玩儿，一直挨到了下班，孔真也不放他走，两个人等到了7点多，孔真冲他招招手，赵博跳起来，小声说："我现在能说话了吗？"

孔真摇摇头，他只好又把嘴闭上了。

两人打车来到了金科华府。

"等会儿尽量表现得自然一点，不要往两边看，前台的人和你打招呼你和人家点点头就得了，别看见漂亮姑娘就冲过去搭讪，还有，把你帽子和外套给我，我的给你拿着。"

孔真今天穿了条牛仔裤和运动鞋，与昨天的穿着打扮相差很大，她又把帽子压得很低，很难看清脸。在换上了赵博的外套后，她带着赵博走进了金科华府的1楼。

事实证明孔真多虑了，值班人员根本没有仔细盘查的意思，她拿着门禁卡就上了楼，畅通无阻，一直到了17楼。

那扇门还没有修好，虚掩着，门口放了个伸缩隔离带，大概是报修了还没来得及修，孔真心想物业大概是觉得住在这里的人都不缺钱，不用担心有人进去小偷小摸，如果这是在自己的小区，肯定早就被人翻个底朝天。

孔真没敢抬头找监控，她很自然地绕过了隔离带，带着赵博进了门，低声对赵博说："帮我听着外面的动静。"

赵博上了贼船，但又不好撇下孔真一个人走，他鬼鬼祟祟地在门口站定，示意孔真赶紧该干啥干啥！

孔真走到卧室里面，发现仍然是她昨天离开以后的样子，她打开了手机的手电筒功能，举着手机凑近衣柜去看，终于找到了自己想找的东西。

一件貂皮大衣。

孔真撇了撇嘴，伸手把那件大衣拿下来，她就知道孔海波这么暴发户作派，肯定会拿貂皮大衣当作礼物送给小老婆，只是这东西太占地方，一件就快要把一个行李箱占满，他走得急，来不及卖，肯定会留在家里的。昨天孔真情急之下没有在意，回家之后仔细回想才想起来。

事实证明，孔真这个决定虽然冒险，但是还算正确，孔海波确实走得急，岂止是貂皮大衣，家里还有很多能换钱的东西来不及带走，孔真最开始还细细分辨一下，最后就懒得多看，一股脑全都往行李箱里扔。

她以为自己做这事儿的时候会心虚——毕竟这细究起来不合法，但事实是她内心很平静，把扫荡的工作做得又快又好，直至把满满的行李箱拉上拉链，拎起来推到门口，也才过了不到半小时。

"走吧。"孔真对赵博说。

赵博正担惊受怕，看她终于出来了，大大松了一口气，他刚想冲过去按电梯，就听见咔嗒一声，邻居的门开了。

孔真下意识地转过去看，看到了昨天的西装男。

看对方穿戴整齐，似乎正要出门，孔真心里打了个突，生怕对方又要掏出手机报警，她攥紧了行李箱拉杆，另一只手伸进兜里，准备随时把门禁卡递给赵博，让他先跑。

然而对方对他俩视而不见，直接往电梯方向去了。

赵博和孔真对视一眼，二人也跟着对方坐了同一班电梯。

电梯里的气氛异常尴尬，3个人全都装作不认识彼此，目不斜视，直直地往前看，生怕谁先发出声音来打破沉默，西装男的姿态要放松一些，孔真和赵博两个人脸都绷得紧紧的。

叮的一声，电梯到了1楼，电梯门开，西装男突然清了清嗓子，孔真和赵博都吓了一跳，赵博更是没出息地啊了一声，西装男回头瞥他一眼，还是那种让孔真很想翻白眼的表情，赵博不敢与他对视，心虚地闭上了眼睛。

3个人走到了大厅，孔真在经过前台时觉得工作人员一直在盯着自己看，她不敢看回去，眼看着就要路过前台，工作人员突然说了句："哎——那位女士。"

孔真的心跳猛地加快了。

赵东林突然不耐烦地对赵博说："你俩快点走，张总已经快到了。"

赵博愣了一下，幸好他反应很快，赶紧嗯嗯地应了，一把接过孔真的行李箱，推着她快步往前走，"好好好，快点快点，咱俩先去取车，别让张总等急了。"

几句话的工夫，自动感应门已经开了，前台没再出声。3个人一起出门，刚刚莫名其妙帮了他们一把的赵东林看也没看他们一眼，很快消失在了夜色里，赵博摸不着头脑，简直要变成十万个为什么，一会儿问这是谁家，为什么不锁门等着孔真去偷，一会儿问西装男是谁，是不是孔真安插在这里的卧底，一会儿又自己脑补出了一场大戏，问孔真是不是参与了什么神秘组织。

孔真挤出一个微笑来："你要是闭嘴，我就请你去吃夜宵，你要是不闭嘴，我就揍你。"

赵博讷讷不敢言。

晚上10点，孔真坐在自己小卧室的地板上，抱着肩膀看着眼前摊开的大行李箱。

她拿起手机，翻了翻和李松的备忘录，确认一个数字后开始动手翻检，她拎起那件貂皮大衣，在纸上写了个数字，7000——卖二手的话只能卖出这个价，还是尽量往高价上算。

虽然不甚满意，但这算是行李箱里最值钱的东西了，她越往后记数字越小，等拿到行李箱里最后一件衣服的时候，本子上的数字加起来只有不到两万块，这还是在她对价格抱有乐观态度的前提下。

孔真叹了口气，不抱希望地拿起了最后一件东西，那是个廉价的八音盒，上面的粉色都已经掉漆了，她想起孔海波找的那个小老婆似乎总喜欢穿一件粉色大衣，翻了个白眼把它扔了回去。

里面响了一声，闷闷的。

孔真把它拿起来晃了晃，里面又响了，她三下五除二拆了八音盒，发现里面有个暗红色的绒布袋，解开绳子，里面露出来一个翡翠镯子。

"哎？"她举着镯子，对着吊灯照了照，自言自语道，"好啊孔海波，你小老婆心眼怪多的，还藏私房钱呢！"

镯子水润的光芒差点儿闪瞎了她的眼睛，孔真紧紧攥着镯子，没忍住亲了它一口。

"5万块，"孔真说，"行吗，李松？"

李松正往嘴里塞一块排骨，他含糊应了一声，抽出一张纸巾擦擦嘴，有些为难道："这有点悬吧，5万利息都不够，你那利息就七万二，我真的不敢打包票，毕竟我说了也不算，但是我肯定尽力。"

"知道，你先和你那个磊哥说说，不行再想办法。"孔真低头喝了口饮料，"我说，你怎么去放高利贷了？我记得你中考分儿比我都高啊！"

李松说："我中考那不是抄着了嘛，高考管太严没抄着，我就没念大学。"

他正是那天去孔真公司追债的人之一，如果不是当天他帮孔真解了围，孔真恐怕难以脱身。事后孔真想起了孔海波柜子里的貂皮大衣，觉得可以趁着门还没修好的时候再去一次，他家里值钱的东西卖掉好歹能凑一点钱，让李松帮忙周旋，再多给几天缓冲时间，先把迫在眉睫的还款期度过再说，然后她可以尝试一下银行的消费贷款或者大额信用卡，虽然剩下的债务仍然让她想一头撞死，但好歹暂时不用担心别人上门来找。

在那天的情况下能与李松偶遇，孔真实在是没想到。

两个人是初中同学，只是他们之间的关系不能以简单的好或者不好来概括，在3年的初中生涯里，有一年半，李松是根本不敢与孔真对视的，甚至见到了也要绕路走。

因为孔真曾经与他结结实实地打了一架，差点把他打进医院。

当时李松在班级里存在感很低，孔真与他鲜少有交集。两个人矛盾的起因是孔真当时的好朋友，谢湘南。

简单来说，李松喜欢谢湘南，但是表达喜欢的方式像骚扰。谢湘南只是个普通的内向初中女生，被人在放学路上持续尾随，每天都怕得要死，李松平时还喜欢在班级里出其不意地掏出一瓶冰红茶，咣当一声砸在她的桌子上，吓得她看见冰红茶就要条件反射地往后躲。

最让她崩溃的是，李松经常塞给她几张纸，上面写的全是她的名字，不知道用什么写的，字迹血淋淋的，她觉得自己再这样下去就会被活活吓死。

而孔真从小就是个很仗义的人，在发现谢湘南的不对劲，并且仔细观察了几天之后，她单刀直入地逼问谢湘南是不是被李松骚扰了，谢湘南抱着她嘤嘤嘤地哭，在她的校服上蹭干了眼泪，点点头，孔真非常愤怒。

她让谢湘南放学以后骑着自行车往寄宿的地方走，果不其然，李松骑着车尾随，孔真也骑着车尾随着他，3个人在马路上你追我赶，一个比一个骑得快，还是李松最先发现了不对劲，他回头一看，看见了满脸狰狞的孔真，吓得要死，连人带车栽倒在了马路边。

"哎！"孔真从车上下来，走到他面前，很不客气地问，"你怎么回事儿？"

李松觉得栽了面子，事关男人的尊严与荣誉，便态度强硬地反击回去，孔真一听，这还了得，连中间的谈判都省了，直接撸起校服袖子开始动手。

李松那时候已经将近一米八，生得高大威猛。孔真一米六出头，瘦瘦的，严格来说，李松打她两个都有富余，但李松总觉得打女的不好，谢湘南又在旁边，更不好和她朋友动手，最开始就只顾着躲，然而在他觉得不对想还手的时候已经来不及了，孔真爆发了极强的战斗力，还是谢湘南怕事情严重，强行把她拖走了。

"我告诉你啊！"孔真气喘吁吁地把自己乱七八糟的校服整理好，唰的一声拉上了拉链，开始撂狠话，"你以后少骚扰谢湘南，我再看见你去学校超市买冰红茶我就揍死你！"

两个人就这样结下了梁子。

李松第一次对一个女生起了敬畏之心，因为觉得孔真是个当大哥的材料，又猛又仗义，家里还挺有钱。

在打架事件过去之后，孔真才知道李松的所作所为是因为喜欢谢湘南。他骑车尾随是觉得那条路人少，她一个人不安全。往桌子上砸冰红茶是想提醒她可以喝了，却又不知道说什么作为开场白。至于那些信纸，是拿红色钢笔水写的，他觉得红色更好看点儿。

弄明白以后，孔真觉得自己不分青红皂白打了人家一顿，这事儿做得不太对，好歹也应该问清楚再打，但是她心高气傲，不好意思道歉，只默默记在心里。一直过了一年半，她终于等到机会做点补偿。

李松的爸爸去世早，他妈根本不管他，那时李松的爷爷因病去世，支持他和奶奶生活的退休金没了，李松不想再读书，去找了班主任谈退学，班主任虽然觉得他怪可怜的，却因为他成绩实在太差，动了劝他去隔壁职业学校读书的意思，这样他的生活负担能少一些，班级的升学率又能提高一些，往年很多差生都是这么被分流出去的。

但孔真无论如何不想让李松就这么走了，她也是从那时候开始才知道不是所有人回家把书包一扔就有四菜一汤等着，不是想请哪个老师来教钢琴就能请到家里来，更不是所有人的前途都是一片大好。

孔真找了孔海波，让他出钱给李松读书，但是又不能让李松知道，更不能让除了班主任以外的人知道，因为要保全李松的面子。孔海波当时正跷着二郎腿抽烟，听了以后猛嘬一口烟，开始啪啪地鼓掌，对身边的客人说："我闺女真仗义，这一点随我，做人厚道。"

但李松好像还是知道了这件事，在吃中考后的毕业饭时，李松突然敬了孔真一杯酒，孔真还没反应过来，他已经把酒杯往桌子上一砸，低头吃菜了。

中间这么多年他们并没联系过，再见面的时候，李松成了收高利贷的，孔真则成了借高利贷的。

李松好奇曾经因为家里有钱在学校都出名的人怎么会混到今天这个地步，孔真自然不肯说，李松也不好再追问，转移话题地问她谢湘南现在在做什么？

"我们好多年不联系了。"孔真将吸管扔进豆奶瓶子里，无精打采地说。

"噢……"李松站起来，"那行，你先吃，我去找磊哥谈谈，尽量给你挤出半个月的时间，行吧。"

"行。"孔真心想去银行贷款的话半个月不知道够不够，"那麻烦你了。"

李松刚走，孔真的手机就响了一下，她觉得准没好事儿，果不其然，是房东发来的微信消息，通知她应该交房租了，每月 1400 元，半年 8400 元。

孔真眼前一黑。

按理来说，她平时再怎么穷，房租钱还是攒得出来的，问题在于老板已经两个月没发工资了，她一直在用之前的积蓄维持生活，现在又出了这档子事儿，简直是雪上加霜。

孔真考虑一会儿，掏出手机给他发微信：老板，在吗？半个月之前的片子已经给客户送过去了。

对面迟迟没有回复。

她思考着下句话说点什么才能不尴尬，又能把话题引到发工资上，微信消息便接连不断地响起，她心头一喜，还以为是老板终于不好意思装死了，没想到是赵博发来的。

赵博："真姐你在吗？"

赵博："你看！"

赵博紧接着发了张照片。

赵博："彬彬和他家狗旅游回来，在火车站外面遇到老板了！"

赵博："彬彬说他好像要往候车室去，这家伙是不是要跑？"

照片里，老板拎着个大皮箱，背上背了个黑色的双肩背包，正一边打电话一边往候车室走。

孔真猛地站起身来，把周围的顾客吓了一跳。

她咬牙切齿地低声骂了一句，匆忙结了账之后就噔噔噔跑出饭店，伸手招了辆出租车："师傅，去火车站！"

孔真觉得自己真是倒霉到家，连着遇到两个欠她钱不还又跑路的中年男人，为什么中年男人这么缺德！她因为过于愤怒而有些失去理智，满脑袋想的都是要抓住老板问个明白，为什么不发工资，还一直欺骗她等工作室运转良好了就给她和赵博涨工资，如果对方直接失踪她可能还不会这么生气，她恨透了这种没有信用、出尔反尔的行为！

跳下出租车后，孔真掏出手机随意买了张当天的车票，紧赶慢赶拿着票过了安检跑进候车大厅，她不住四处张望，只看见密密麻麻的人头，在嘈杂的脚步声里，所有人的脸都逐渐变得雷同，她攥紧了手机，有些迷茫地慢慢在原地转了个圈，然而周围的人来来往往，似乎要化成一张大网将她笼罩。刚才的冲动一点点流逝，她突然觉得很无力，是那种从身体到心都失去了支撑的无力感，她不知道如果老板跑了、工资要不回来的话接下来的房租该怎么办，不知道李松到底能不能用那5万块钱帮她争取半个月的缓冲期，不知道自己下一步应该怎么走……

一切像是计划好了一般冲着她来，以至于让她有在大庭广众哭一场的冲动，她努力想要忍住眼泪，但效果并不是很成功，只好低头去包里拿纸巾，一不小心将包里已经放了不知道几天的半瓶雪碧带了出来。

她只觉得全世界都在和她作对，连这个雪碧瓶子都在向她耀武扬威，一瞬间眼泪就飙了出来，她低着头去捡，突然看到了一双熟悉的假名牌鞋，那个脏的程度全省都找不出来第二双，她瞬间清醒了，把眼泪一擦，直直冲过去，一把抓住了对方的手腕，高声说："老板！"

对方吓了一跳，在看清楚是她以后又放松下来，一把甩开了她的手腕，挺不耐烦地说："是孔真啊，我还以为谁呢！"

刘浩波对孔真一直是这个态度，确切地说，他对所有在他手底下干活的人都是一个态度——我给你发工资，所以我是你爹。相比之下他对能力还算不错的孔真还要好一些。

孔真一时语塞，不知道应该拿什么态度来面对他，因为对方看上去非常理直气壮，没有一点心虚，她甚至觉得赵博和彬彬是误会了，刘浩波可能根本没想跑路，就是普通的出个门而已。

于是她的语气有些软化，像平时一样，谨慎中带三分尊敬地说："老板，是这样，我家里突然出了点事儿，你看能不能先把这两个月工资给我结了？刚才给你发微信了，你好像没来得及看。"

刘浩波眼睛一瞪："你这话说的，我还能欠你工资吗？就你那两个月工资够干啥的，还值得你追火车站来要？赶紧回公司上班去，少和我在这儿拉拉扯扯的，像什么话。"

孔真愣了一下，怒气噌噌地往外冒，她变了脸色，下意识地撸了一把袖子，咬牙切齿道："你什么意思啊，欠我工资不发你还有理了？看不上我那两个月工资你还捂得这么严实？刘浩波我告诉你，少和我说这些没有用的，这两个月我和赵博老老实实给你干活了，十场婚礼两场拍照两场外景，全是我俩跑前跑后给你忙活的，一点差错没出，我还倒贴了好几百买光碟加快递费，你今天说什么也得把工资给我，要不然我——"

"你怎么着啊？"刘浩波满脸横肉都要挤在一起了，"你还和我厉害上了，我出来混社会的时候你还没钻出来呢！你要是和我好说好商量我说不定还给你点，就你这个态度，我告诉你，免谈！不愿意干就滚犊子，念个破大学一天天人五人六的，还敢和我耍横？"

"我还怎么好说好商量，我跪下给你说话？"孔真不顾周围人惊讶的目光，死死拽着他的背包不让他走，"你平时在公司当爹没当够是吗？我在你这干了大半年，大活儿小活儿什么不是给你忙的，来来回回工作室走了几拨人，我一个做平面后期的又剪视频又拍照又摄像，还大早上三四点起来帮你去布置场地，我不该拿这份工钱吗？你今天和我说这些，你是不是人啊你？"

刘浩波想狠狠把她甩开，可也不知为什么孔真今天劲儿这么大，穿着高跟鞋还能站得纹丝不动，他听着孔真的控诉，脸上不红不白，心里无动于衷，只见他冷笑一声道："你少和我说这些没有用的，你为啥在我这儿累得和三孙子似的啊？因为你找不到更好的工作，你就这个能力，你就值那一个月3000多块，还指望我给你开1万？觉得自己挺行，牛了，和我横上了？你先回家照照镜子掂量掂量自己几斤几两吧！"

孔真像是当众被人抽了一巴掌。

对她来说，无数个困境造成的伤害，都没有一句关于"无能"的指责更能触及她的逆鳞，她可以打起精神面对一个接一个的困难，但是她没办法接受别人指责她能力低下，没办法接受别人看不起她，因为她从来没对应该自己去承担的责任有一分一毫的逃避，任何时候都超额完成工作，她甚至可以问心无愧地说，如果不是有她在，刘浩波的破公司根本不会安安稳稳地走到今天！

因为过于愤怒，孔真的手肉眼可见地抖了起来，刘浩波轻蔑一笑，似乎觉得她也就这么大能耐，一个刚毕业的穷打工妹，遇到事除了大喊大叫还有一哭二闹三上吊，还会使什么招。

没想到孔真没有大喊大叫，她松开了抓着刘浩波背包的手，冷静地说："文慧姗。"

刘浩波的脸色变了。

"你傍的那个富婆叫文慧姗，是吧？"她往后退了一步，死死盯着刘浩波，"家里挺有钱，自己开了个美容院，就在公司附近那个海底捞对面。"

"你打听得挺清楚啊！"刘浩波说，"有用吗？你就算找着了她又能怎么着？"

"你老婆叫徐洋，手机号和你的只有尾数不一样，你是88，她是87——你上次让我在淘宝帮她买东西的时候告诉我的。"孔真说，"嫂子看样子身体挺好，打你一个没问题吧？"

刘浩波终于明白她什么意思，冷汗唰的一下冒了出来。

"你说是让文慧姗知道你老婆电话，还是让你老婆知道她的电话？要么我把你今年4月末去洗脚城找小妹儿的事情群发给她俩？你别瞪我，我知道你想什么呢，我一个穷打工妹不敢把你怎么办，我就活该为了这几千块钱给你当孙子，让你往死里瞧不起，但是我告诉你——"孔真的眼睛里全是红血丝，"我现在欠了30万高利贷，还不上也没有活路了，你少在那里虚张声势地吓唬我，立刻、现在、马上把该给我的工资给我，要不然你就在这里把我杀了，否则我肯定会搞死你，只要我活着一天我就让你不得安宁！你不是总吹牛说你岳父的势力横跨北半球吗？他知道自己女婿在外面搞三搞四搞得这么风生水起吗？"

她一口气说完了这么一大段话，眼睛里的红血丝更多了，看上去情绪异常激动，似乎随时都准备和刘浩波拼个你死我活，刘浩波知道她这是动了真怒，而凭借之前对她的了解，也知道她是个做事缜密、挺有韧劲儿的人，如果她下定决心做点什么事儿，恐怕不做到最后不会罢休。

然而此刻和一个女人服软，会显得非常没面子。

对他来说，服软就相当于没面子，没面子就相当于裸奔。

刘浩波掏出根烟想抽上，又想起这里是候车大厅，不能抽烟，只好又把烟放了回去，这个动作不仅暴露了他的紧张，也让他周身笼罩的"北半球第一龙头大哥"的气场无形中消散不少，他骂了一句，不耐烦地挥了挥手："不就几千块钱吗？又不是没见过钱。"

"这钱是我应该要的，我凭什么不要，和我见没见过钱有什么关系？"孔真在心里冷哼一声，心想我见过钱的时候你还不知道在哪儿傍富婆呢！

刘浩波要坐的火车已经开始准备检票了，他不想和孔真多纠缠，挺实在地透了底："我没钱。"

"你骗谁呢你？"

"谁骗你了？"刘浩波脸红脖子粗的，"我告诉你，我也欠一屁股债，要不然我为什么不敢在公司露面？你今天别和我在这儿磨了，没钱我拿什么给你？你先让我去坐车，过段时间我弄着钱了少不了你的。"

孔真急了，一把抓住他的背包不让他走："我信你？你当我脑袋进水了？这包是你用来装机器的吧，你没钱就把机器抵给我，这玩意儿卖二手也比我两个月工资贵，你舍不得机器就掏钱。"

眼看着其他乘客已经陆陆续续进站，刘浩波也急了，他心烦意乱地把整个背包都扔给孔真，砸得她一个趔趄："行行行，给你给你，赶紧走人。"

孔真狐疑地拉开了背包，里面还真的装了个相机。

第二章

〰 幸与不幸

"哇，真姐，你可以啊！"工作室里，赵博捧着相机啧啧称奇，"佳能 5D3，二手也能卖 1 万多呢，能从咱老板身上薅资本主义羊毛，不，你这简直是一刀扎在他大动脉上，哗哗放血，你是个狠人。"

孔真萎靡不振地缩在椅子上，不知为何迅速进入了感冒状态，她一边打喷嚏一边擦鼻涕，一张嘴瓮声瓮气的："这玩意儿能卖这么贵吗？"

"是啊是啊，你以为呢？"赵博的眼睛都亮了。

"然而这是我们两个人两个月的工资，平均下来我们很低贱。"孔真头晕脑胀地重复，"我们很低贱，下贱，总之我们就是很贱，懂不懂？"

"我怎么就贱了，老板富婆宁有种乎？"赵博一拍桌子，"哎呀，换个话题，真姐，据可靠消息，咱老板这回要倒霉了，我的线人说，那是相当倒霉，赌博输了 100 来万，让人家追着满世界跑，还瞒着不敢让那富婆和家里知道，听说偷摸转移家里财产呢，同时又在忽悠富婆投资他编出来的项目骗钱，但是我估计就他那个智商实施这么复杂的计划，悬。"

"呵呵……"孔真继续擦鼻涕，"别琢磨他了，想想咱俩下一步该怎么走吧。"

"我想去上海呢！"赵博捧着脸，眼睛里满是神往，"上海富婆可多了。"

"上海扫黄力度也很强，呵呵呵。"孔真说，"你换个治安差点儿的地方。"

"那不行，我这如花似玉的大小伙子，去个穷困山区走一圈还不得让那帮大姑娘小媳妇把我裤衩子扒干净了？"赵博猛地摇头，"不行不行，要我说——"

一阵吵吵嚷嚷的电话铃声打断了他的美好畅想。

"喂？"赵博接起来，"哪位呀？啊，张儿啊，咋了，又请我吃饭啊？啊？"

他起身往外走，过了几分钟才回来，孔真问："怎么了？"

"我一个朋友。"赵博说，"让人骗了，说在网上看人家打广告婚庆公司新店开业六五折，见了面销售那小子贼能忽悠，说3000块钱全包下，交完钱了人没了，还有4天办事儿了啥都没准备，都这会儿了上哪儿找人接这烂摊子啊？找到我了，我说我刚把老板炒了，干不了干不了。"

"为什么干不了啊？"孔真说，"咱们道具都在，'四大金刚'外包联系方式都有，酒店你朋友自己订好了，能帮个忙就帮个忙呗。"

"我可来不了啊！"赵博两手交叠抱着头，"我只会录像。"

"谁让你来了？"孔真吸了吸鼻子，"我帮你，反正也要不干了，就当做个慈善留纪念吧！"

赵博看看她："可不能给多少钱啊真姐。"

"帮忙而已！"孔真恨不得戳他鼻孔，"是你朋友还是我朋友啊？人家还有4天就结婚了朋友！"

"看我真姐这个境界。"赵博竖起了大拇指，"没谁了。"

忙起来就能让人忘掉一切不开心的事儿，孔真对这个观点一向深以为然，她和赵博的朋友对接了流程之后，就紧锣密鼓地准备起来，好在她之前给刘浩波干活儿，一向是尽心尽力当牛做马，所有流程都摸得熟透，并不至于手忙脚乱，然而出于谨慎起见，她还是从抽屉里找了几张A4纸，平铺在桌子上，低头开始写字。

赵博游戏玩得天昏地暗，简直觉得自己是个电竞的好苗子，玩了许久，不知今夕何夕，一抬头，孔真已经在A4纸上密密麻麻地写满了字。

他凑过去看："这什么啊？"

"自己看，有什么漏掉的你帮我再想想。"

孔真在纸上写下了一场婚礼的全部流程，以及每个流程所需的工作人员，按照时间顺序，详尽清晰，在另外一张纸上，她整理了自己知道的所有外包的跟妆、摄像、摄影、司仪以及酒店的工作人员的联系方式，在后面做了ABC三个档的简单备注。赵博仔细地看完，又翻到了最后一张纸，上面用略微潦草的字写着：摇臂、航拍、幕布、路引、地毯、灯光、音响、花门、酒塔、烛台、花店、小道具若干。

赵博看完，挠挠脑袋："你写得挺详细，我还认识几个照相摄像，等会儿给你补一下，看看这些人里谁有档期吧。目前的最大问题，我看是器材。"

"我们一个一个来解决。"孔真轻轻敲了敲桌子，"器材，我们是有的，要不然前段时间我们拿什么给人家办婚礼？"

"啊？可那不是刘浩波的器材吗？他都给锁到租的那个仓库里了。"

孔真默默地掏出了一把钥匙。

"他之前丢过一次钥匙，就多配了一把放在我这里，方便我随时随地帮他去开门收器材，这个贱人经常半夜三更地折腾我帮他扛机器。"

"你想偷着用啊？"赵博吓了一跳，"你不怕他发现了揍你啊，我事先声明，我可揍不过他，到时候我努力多拦一会儿，你赶紧跑。"

"你多虑了，谢谢！"孔真说，"以我对他的了解，他跑了就暂时不会回来，而在他的生活已经基本崩溃的情况下，就算回来了也根本不会打起精神继续接单赚钱，更何况去仓库看东西丢没丢，除非他想把吃饭家伙卖了换钱，但是这些东西折旧也值不了几个钱，他不会这么干。而且我们只是借用他的东西，这和偷是有本质区别的，你别忘了，我们两个人两个月的工资，只值一台二手5D3，这明显不够，显得我们很低贱，我们用用他的东西，也是理所应当的。"

赵博被她说服了。

"我们用用他东西怎么了？"赵博火速站到了新的立场上，"成了，完美，收拾收拾准备开工。"

婚礼当天，孔真和赵博在还没天亮的时候就分别出发，在新郎家里碰头了，孔真虽然感冒未愈，但是精神不错，她拿着单子念念有词地核对流程，赵博扛着机器在一边看，突然说："真姐，可以啊！"

"啊？"孔真头也不抬，"什么可以？"

"有一套，"赵博不无佩服地说，"就这么几天的准备时间，你愣是能弄出一场婚礼来。"

"我给刘浩波当牛做马这么久——"孔真打了个喷嚏，"算了，不和你扯了，要谢就谢你刘哥这个黑心资本家不拿我当人用，走了走了，去拍几个空镜留着当素材。"

赵博扛着机器去一边拍摄，孔真站在花门边抱着胳膊打量，虽然这场婚礼场地没有被布置得多么华丽，但是处处都因为孔真的认真工作而显得十分温馨，两个新人都家境一般，要不然也不会贪便宜被人骗了钱，所以除了司仪、摄像师、录像师以及化妆师这婚庆"四大金刚"之外，她并没有多收取新人别的费用，相当于做了次义工。婚礼结束后，新人不住地感谢她，孔真累得要命，捧着瓶可乐咕咚咕咚地喝，腾不出嘴来说话，只好不住摆手，示意没什么。

忙碌完毕，孔真拖着疲惫的身躯与赵博走回工作室，就像每次他们工作完一样，才走到办公室门口，孔真拿着钥匙打开了门，突然觉得有一丝伤感，虽然她的生命算不上漫长，但是每个路口都会以分别做路标，和赵博做同事的时间很短，但是和他共事很开心，自己现在在突然失业时与他分别，又被卷入了一个根本无力支撑的债务漩涡里，一时间只觉得惶然不安，百感交集。

赵博是个乐天派，失业就当放假，正跷着二郎腿在看去外地旅游的火车票，孔真坐在自己的工位上，两眼放空，思考着自己的去路。

"真姐，我去北戴河疗养吧。"赵博摇头晃脑，"听说咱们国家的老干部都爱上那儿去。"

"去去去，"孔真不耐烦地摆摆手，"去吧去吧。"

他话音刚落，手机突然响了，只看了一眼就按了，孔真问："老干部找你去伺候了？"

"龌龊，"赵博啧啧两声，"人家找我干活儿的，看见了吗？这就是口碑，一听说我失业了都抢着要我，一场就是1000块，厉害不？等我找到老干部给我投资，我就回来开个婚庆公司，你最好现在就开始抱我大腿。"

孔真听完这话，突然被雷劈了似的，呆呆地看着他。

"怎么了真姐？"赵博回头看看，"你见鬼了？"

"赵博，我想开个婚庆公司。"

"哈？"

孔真没有理他，兀自在那里思考什么，过了半晌，她突然站起来，根本不像是感冒未愈，反而像个给部下训话的女军官一样斗志昂扬，在赵博面前不断徘徊。

"你不要用这种弱智的表情看着我，我已经想清楚了，这个公司我要接手，接着做婚庆。"

赵博大惊失色，絮絮叨叨道："不，真姐，我觉得你根本就没想清楚，这个想法不靠谱，刘浩波能开得起来这个工作室，除了有你帮他拼命干活儿之外，还因为人家人脉很广，有固定合作的酒店和大婚庆公司派活儿，认识很多随时可以约的外包跟妆摄像，能在五一、十一这种大日子接十几二十场活儿还忙得过来，以及虽然我不想承认但是他女人缘真的很好，外面有人愿意帮他忙前忙后跑业务，最重要的是，你没有钱，和我一样是个穷光蛋，你要是真的想做工作室，就凭这个5D3，还有这两台破电脑真的不行。"

"不，"孔真的表情依然严肃，"你说得不对。"

"哪里不对了？"赵博突然想起了之前夜闯金科华府的事情，变了表情，满脸崇拜地说，"真姐，你不会是隐藏很深的富二代吧？我就说你是我见过的最有富二代气质的人。"

"不，虽然我很有富二代气质，但我确实是个穷光蛋，甚至比你这个穷光蛋还穷。"孔真面不改色，"只不过你说我这个想法不靠谱，是不对的，你遇到事情第一反应永远是往后退，这个有风险，不行，那个也有风险，也不行。我问你，为什么不行呢？开个走低端路线的婚庆工作室是什么天方夜谭的事情吗？我说要去登月？困难肯定是有，那没办法，我们这种穷光蛋终其一生无法逃避的命运就是和困难搏斗，你老师没告诉过你逆水行舟，不进则退吗？你以为只是学习是这样吗？错，大错特错，生活的本质就是不断战斗。"

她想到了孔海波，慢慢坐在椅子上，与赵博面对面："永远有意外等着你，除了坐以待毙，你总得做点什么吧。"

赵博呆呆地看着她。

"总之，不多废话，我准备开始做婚庆工作室，真诚邀请你加入，如果你有钱可以投资入股，当然我觉你个穷光蛋肯定没钱，就像现在一样做做摄像，有事情了帮着我忙一忙就行，前期肯定很累，丑话说在前面，我可能工资都发不出来，但是只要我们接了单赚了钱，每单的纯利润给你一半，后期工作室运转良好了，我会请人分担你的工作，然后每个月8000到1万的工资开给你，做得多了我还会涨工资，如果以后我们注册了公司，我会给你股份，原始股。"

赵博慢慢地拍起了巴掌："你吹牛的气概，真是不输刘浩波啊！你看你，哪里像为了几千块钱工资追着人家到火车站要债的穷光蛋。"

"实际上，每个有钱人都吹过牛，只不过人家成功了，所以大家管这个叫展望光明未来。"孔真说，"你是愿意加入进来，为了工作室的光明未来添砖加瓦，还是放弃这个机会，换下一份工作，听下一个刘浩波对你吹牛？"

赵博热血上头，一拍桌子道："我还是展望一下未来吧！老板富婆宁有种乎！"

因为有了开工作室的计划，孔真见到了一点希望，一扫之前的阴霾，甚至觉得就算李松没能给她带来好消息，自己也能接受了，然而那个用来抵工资的相机就像是开了个好头似的，不到半天，李松就给她打了个电话，简单的两个字："行了。"

"真的假的？"孔真有些惊讶，"这么快就说动他了？"

"嗯。"李松不愿意细说，显然是不想让孔真知道其中细节，但是他又不挂电话，支支吾吾的似乎还有什么事情没交代完，孔真问："怎么了？"

李松飞快说了句谢谢，然后就把电话挂了。

孔真满脸疑惑地把电话放在了一边，过了好半天才反应过来，他大概是为了初中时候的学费道谢。

她一时间只觉得百感交集，索性不去想这件事，在心里默默盘算着，今晚回家之后先打电话或者上网查查银行有没有合适的信用卡或者消费贷款……或许还有别的什么办法可以把这笔债务变成分期的。

而在今晚从公司离开之前，她必须先把开工作室需要准备的东西和需要联系的人都一一列出来，把问题挨个去解决，孔真知道赵博觉得她是热血上头，一时冲动，但实际上这是她目前的最优选，她工作这大半年把整个流程摸得很熟悉，不至于处处都要重新学，这个行业资金周转相当快，如果生意好，现金流大得惊人，在现有的基础下，无需太多投入。

最关键的是，她的债务没有处理干净，不能把郑丽梅留在这座城市，她自己则潇洒地一走了之。如果去应聘别的工作，以本地的工资水平，不知道要不吃不喝攒多少年才够还清债务，还要时时担心高利贷上门搅黄了工作……想到这里，她忍不住叹了口气。

赵博正在一边打游戏，听见这声叹息，把脑袋从手机里拔出来，问她："真姐，你看你，是不是想到那些实际问题发愁了？现在悬崖勒马还来得及，这年头，10 个跳楼的里头有 8 个创业失败的，你也别嫌弃我说话难听，这为你好呢！"

孔真礼貌道："谢谢你，但是我不，上次给你朋友准备婚礼那单子我还留着呢，你过来看看有没有什么遗漏的。"

赵博走过来看看，一针见血地指出了问题："咱们没有办公室。"

"等咱们有钱了之后我会去找新的地址，这里太贵，没必要续租，而且刘浩波的债主或者狐朋狗友找上门来不仅打扰我们做生意，也会给我们惹麻烦，没那个必要。我刚才大概看了一下，租个 120 平方米左右的办公室每月 7000 块左右，虽然地段一般但是周围环境很清静，合同签一年的，就是八万四，装修预算控制在 5 万以内。"

"啊……不是，你等会儿。"赵博打断了她，"你有钱吗？"

"没有。"孔真冷静地说。

"那请问你在吹什么牛？"

"你为什么不好好听我说话？"孔真轻轻拍了拍桌子，"我刚才说，等咱们有钱了以后我会去找新的地址。"

"那没钱之前呢？在这儿待着？我记得这儿也快到期了吧。"

"不，我们为什么非要一个新的办公室？"孔真说，"和客户谈单子，可以在咖啡厅，现在我们来统一口径，在刚见到客户的时候你要说，亲爱的真不好意思，我们工作室最近搬了新地点在重新装修，在签完了字临走前你要邀请客户有时间去我们的新办公室玩儿。至于办公，我们的办公内容就是拍照摄像，这个不用办公室，至于做后期，我们的软件在卧室也可以打开。"

赵博沉思半晌，突然卧槽了一声："真姐，我听出来了，敢情你是打算一个子儿不掏，工作全外包，办公在卧室，平时满地飘啊！你这个想法可挺超前，我没见过谁这么开公司的。"

"这不是长久之计，我会尽快弄到钱的，我们这行最大的优点，就是一次性买卖，不像别的行业长期和客户合作，这样糊弄肯定是不行的，总不能装修个一年半载的吧？但是我们接触的客户都是短期的，除了最开始谈合同之外没有什么场合需要碰面，平时沟通细节微信就行，而且我们最开始的路线，肯定还是和之前一样，低端量大的，这些客户不会太挑剔，比较好沟通。"

赵博被她忽悠得云里雾里，已经失去了自主思考的能力，过了半晌，他才疑惑地说："我觉得还是不对，不对不对，那要是空手套白狼行的话，为什么别人不这么干呢？"

"因为别人是别人，我是我。"孔真摸了摸他的狗头，"我是想认真做点事，别人只会把我定性为空手套白狼。"

赵博彻底晕了。

孔真问他："你喜欢做这行吗？"

"还行吧……"赵博说，"一般，总早起就很烦，婚礼上闹闹吵吵的也烦。"

"我觉得这行是世界上最有意义的职业之一。"孔真笑了一下，"说得肉麻一点，我们做的一切都是为了见证相爱的人是如何结合的。但是之前我不太满意自己的工作，刘浩波根本没对这个行业倾注感情，完全是在模仿别人，走流程，而且还很不负责。"

"可是我觉得我见得最多的就是吵架，彩礼钱给少了吵，新郎新娘因为捧花颜色吵，拍结婚照吵，给婆家娘家安排座位的时候有问题吵……就是来回地吵，我都不知道他们结婚是为了什么，有意思吗？"

"那是因为你不喜欢，所以总看着这些不好的地方，但是我还挺喜欢这份工作的。你看，两个人从茫茫人海里被命运选出来，把身心都交给彼此，举行仪式，对全世界宣告从此以后他们就要在一起了，他们对另一半的亲密程度比从小到大一直生活在一起的父母还要深，在这个仪式之后，他们会度过漫长的一生，这个仪式，对那些不想面对孤独的人来说，是后半生都有人扶持依偎的证据，你说它有没有意义？"

赵博沉默半晌，勉强点点头："你这么说也算有意义。"

"对，结了婚的人不一定真心相爱，但真心相爱的人一定会来结婚，所以你要爱你的工作，对它充满热情，好好对它，你对它好，它就会回报你。"孔真说，"它会给你很多钱。"

赵博是个墙头草，又被她忽悠进去了，搓搓手道："那我们第一步应该做什么？"

"我先给你放 10 天假，朋友，玩儿去吧你。"孔真擦干了鼻涕，站起来穿好了外套，"我有点事儿要去处理。"

孔真的贷款办得并不是很顺利，因为她属于"无产阶级"，没办法直接办贷款，只能尝试信用卡，再询问信用卡有没有附加的消费贷款。

她在网上查了很多资料，找了几家额度大的发了线上申请，并且试了试支付宝和微信上的正规借款，让她觉得苗头不对的是，这两个她都没额度。

她双目无神地盯着手机看，突然开始不切实际地畅想，能有个人给自己打一笔钱就好了，从前最不屑别人做白日梦的她居然会有这种想法，这让她觉得很悲哀。但是就在她刚刚有了这个念头的时候，微信居然真的提示她收到一笔转账！

孔真点进去看，居然是李松，给她转了 5000 块。

孔真："你……"

李松："什么时候有钱了再还。"

他一向沉默寡言不爱多说，但是心里很有数，且非常重情义。孔真帮过他一次，他能记一辈子，尽管他不读书也无所谓，但是他永远记得那件事，初中毕业时连句正儿八经的谢谢都没来得及说，就拿这5000块钱补了吧，孔真有难，他不能视而不见。

孔真自然是下意识地退回去，但是他又一言不发地把钱转过来，就在孔真再一次想要退回去的时候，她突然想起来，自己的房租还没交！

抵工资的5D3要留着用，并不能卖，她一时之间也想不到去哪里弄钱。

"啊——"孔真痛苦地长叫了一声，过了半晌，才把头抬起来，在屏幕上打了字又删除，删除了又打，不知道应该怎么说，天知道让她张嘴和朋友借钱是有多难，她一点也不想给朋友添麻烦，更不想被人知道自己已经混到需要借钱交房租过日子的地步。

终于，她鼓起勇气，万分艰难地发了一大段话。李松秒回："收钱，我还有点事先不说了。"

孔真："……谢谢你，去忙吧，我有了钱肯定会还你的。"

她发完这句话就忍不住把脸埋在枕头里，眼泪止不住地往外冒，在经历了这么多让她措手不及的烂事之后，她对自己的质疑达到了顶峰，总是在心里一遍遍地后悔，后悔自己做事不长脑子，不应该替孔海波去借高利贷，不应该在知道老板是个傻子之后还在他手里白打两个月的工，然而越是这样她越是要表现得不受影响，越是要给自己找事干，她洗脑自己一定会万事大吉的，但是心里也有一丝隐忧，她怕自己的结果会很不好。

在收到转账的那一刻，她一直以来绷着的那根线突然就断了，她总算知道为什么小孩子跌倒了最好不要哄，因为没人提醒他这件事有多严重，他就觉得没必要哭。而孔真也是在刚刚才意识到，自己可能真的没能力去承担这一切，她真的很希望有谁能来帮帮自己。

但是除了她自己外，没人能真的帮她渡过这个难关。

孔真哭够了，将鼻涕眼泪擦干净，一扫刚才的阴霾，心想自己遇到的也不全是烂人和烂事，一定会好起来的，她强打精神跑去卫生间洗漱完毕，决定明天出门去银行一趟。

第二天早晨，孔真从起床开始就觉得眼皮一直在跳，而且还是两只眼睛一起跳，她心想左眼跳财右眼跳灾，两只眼睛一起跳是什么意思？

强行忽略眼睛上的不适，孔真低头查了查地图，发现今天准备去的银行在金科华府附近，她习惯性地翻了个白眼，觉得晦气，无精打采地梳洗打扮好出了门。

天阴沉沉的。

从公交车上下来，孔真觉得自己的余光瞟到了金科华府，她伸出一只手挡着左眼，不让自己看那座晦气的建筑，一路小跑去了银行。

银行的填单台附近有两个工作人员弯下腰交谈着什么，孔真等她们忙完了，凑过去询问信用卡贷款问题，然而其中一位工作人员很温柔地说："对不起女士，我们暂时没有类似业务，您可以先尝试申请信用卡。"

孔真的心沉了下去，她掏出手机查询了附近的所有银行，一家一家跑过去问，所有工作人员给她的答复都是不行，只有一家表示他们最近开通了消费贷款业务，但是需要先申请一张他们银行的信用卡。

孔真记得自己在网上申请过，只是不知道会给自己批多少额度。

不，应该说不知道会不会通过申请。

她有些迷茫地走出了银行，不知道自己是不是应该先打道回府。在太阳下呆呆地站了一会儿，她决定还是先不回家，去附近找个面馆吃碗面再说。

5分钟之后，孔真今天的倒霉值到达了顶峰，她在过马路的时候被一辆超速行驶的车差点撞飞了。

说是差点，真的只差那么一点点，如果不是她反应快，火速往后退了几步，后果不堪设想，然而这个动作让她摔在了地上，右脚大概是崴了一下，一阵钻心的疼痛让她无法动弹。

这是个并不宽敞的单行道，没有斑马线和红绿灯，行人和车都很稀少，估计双方都没想到这里还会有别人，孔真疼得脸色煞白，眼看着车门打开，从里面走出一个熟人。

是那天报警的西装男。

孔真条件反射地想翻个白眼，却因为实在过于疼痛作罢了，对方跑过来，看见她也是一愣。

"撞到你了吗？你哪里受伤了？"

"没撞到，崴脚了。"孔真实话实说，"可能要去医院。"

西装男说："嗯。"

他想扶孔真起来，似乎又觉得伸手碰人家陌生姑娘不太好，便伸出了左臂让孔真扶着自己，孔真咬着牙蹭上了他的车。

车里的气氛尴尬到让人窒息。

孔真一向开朗外向，很多人都说她给人的第一印象就是很好相处，无论多么尴尬的社交场合她都能尽量把气氛弄得火热起来，然而今天她首次有了社交恐惧，甚至一度想让对方停车，自己打车去医院，医药费微信转账就好——不用加好友，她可以拿AirDrop把自己的微信收款二维码发给对方，赔偿金额随缘，只要让她摆脱这种尴尬的气氛就行。

可是开口提这个建议也很令人尴尬，尴尬到她的脚踝都不太疼了。

车开出去许久，中途路过一家医院，孔真做足了心理建设，开口问他："怎么不在刚才那个医院停？"

"我赶着去看我妈，医生说她情况不太好。"他打了把方向盘，"她住的那个医院离这里比较远。"

顿了顿，他又说："但是外科水平还可以。"

孔真在心里卧槽了一声，这话应该怎么接，谁来告诉她这话应该怎么接？

"嗯……"孔真冥思苦想了半天，"那个什么，嗯。"

赵博你个狗东西不是话很多吗？如果是你的话你会怎样回答啊你告诉我！

可是此刻正在撅着屁股睡大觉的赵博没有听到她灵魂深处发出的求救，气氛仍然很尴尬。

在医院附近停了车之后，西装男扶着孔真走到了一楼大厅，孔真刚站稳就非常善解人意地说："你快去……快去看你妈，我找人带我去检查就行，那个什么，啊，你忙你的，拜拜。"

两人互换了电话和名字，西装男急匆匆地上了楼，孔真金鸡独立状靠着墙站好，低头把他的电话写上备注：赵东林。

赵东林见到文惠萍的时候，对方看上去有些虚弱。

他很难把"虚弱"这两个字与文惠萍联系起来，因为对方在他的印象里，一向都是强大的代名词，这个从小生活优渥的女人在丈夫去世后迅速接手了家里的酒店产业，做得风生水起。她最经常说的一句话就是感谢时代，感谢机遇。但她从来不感谢命运，因为命运带走了她此生的挚爱——赵东林的父亲，现在可能还要带走她。

赵东林眼圈泛红，有些情绪失控，他知道他妈妈先天就有心脏方面的问题，但平时非常注意身体健康，也按时体检，怎么就突然到了要不行的地步？

他紧紧攥着文惠萍的手，动了动嘴唇，却半个字也说不出来。

文惠萍睁开眼睛，仍然像平时一样充满了亲和力，只是那种挥之不去的虚弱感让她的眼神中缺失了很多神采，她张了张嘴，很温柔地说："儿子。"

"妈，"赵东林的声音有些发抖，"你别多想，大夫说——"

"大夫说什么无所谓，遵从医嘱就行，我们说点别的。"

赵东林听她居然有交代后事的意思，心一下就沉了下去，他没有打断，示意文惠萍继续说。

"家里的生意，我还是希望你能接手打理，你的公司出了问题，我知道，我的建议是及时止损。"文惠萍说，"请你答应我。"

赵东林看着她的眼睛，那双琥珀色的眼珠倒映出正午璀璨的阳光，让他想起了小时候文惠萍抱着他坐在江边看风景时，地上斑驳树影之间的光斑。

"我答应你。"赵东林说，"不要担心这件事，我会尽力做好。"

"还有一件事就是，你的个人问题。"文惠萍很疲惫地叹了口气，"事到如今，妈就直接问了，你和小宇到底是什么关系？"

赵东林的眼泪一下子就憋了回去，他沉默片刻，艰难地解释："我和叶宇真的不是同性恋。"

"是吗？"

文惠萍用一种"我已经看穿一切"的眼神看着他："那你们为什么不谈女朋友，还整天混在一起？"

"叶宇一直在谈恋爱，他一个月换好几个女朋友！为什么你们都觉得他是单身？我们高中就是好朋友，这么多年交情了，平时在一起玩儿很正常，你和我张姨、兰姨不也经常去美容院做脸吗？"

"那你为什么不好好谈恋爱呢？"

赵东林为什么不谈一场以结婚为目的的恋爱，是一个让大家都很困惑的问题，但他自己觉得这简直再正常不过了，区区谈恋爱的快乐哪里比得上赚钱的快乐！而且他真的很忙，谈了恋爱总要抽时间陪女朋友约会、逛街、旅游、聊天，平均下来到底要占用多少赚钱的时间，简直是无法估量的损失，最重要的是，他觉得做人要认真，谈恋爱就要好好谈，像叶宇一样骚断腿像什么话？

但是此刻他有一万个理由也没办法说出口了，面前是他病重的母亲，在不到 1 分钟之前还怀疑他和自己的好哥们搞同性恋，他此刻有再多冠冕堂皇的理由也没办法说出口，就像所有拥有正常感情的人类一样，他动了恻隐之心，觉得自己应该说个善意的谎言安抚自己的母亲，而不是侧面证实她刚才的猜测，将她推向病危的深渊。

所以，他不慌不忙地说："妈，其实我谈恋爱了。"

文惠萍满是怀疑地"哦"了一声。

"我们相处得很好，我正准备过几天你过生日把她带回家里给你看看。"赵东林心想既然已经撒谎到了如此地步，干脆一步到位，"我觉得她挺好的，如果没什么意外的话，过段时间就直接领证了。"

文惠萍抓着他的手，眼睛里有了点神采："那你方便不方便让她来见见我？"

赵东林不慌不忙地说："好，我现在就出去给她打电话。"

然后他就走了出去，掏出手机拨了叶宇的号码，在电话接通后开门见山地说："把你女朋友借我用一下。"

叶宇被烟呛了一下，他慌乱地说："什么啊！"

赵东林说："我妈在医院，状态不太好，我和她撒谎说我有女朋友了。"

叶宇咳嗽得死去活来："你……你等着，我马上开车过去看阿姨。"

"我觉得你暂时还是别来了，我妈怀疑我和你搞同性恋，正等着见儿媳妇，你来干什么，你是她儿媳妇吗？"

"那你也不能借我女朋友啊！"叶宇直拍桌子，"我女朋友是我女朋友，万一你妈突然病好了指望你俩结婚呢？我怎么办？"

"不会有这种情况发生的。"赵东林说，"而且你换女朋友的速度这么快，很快她就不是你女朋友了。"

最后两个人没有谈拢，叶宇觉得赵东林脑袋进水了，赵东林骂他不够义气，两个人对骂了一会儿，双双挂掉电话拉黑了对方。

他站在病房门口，沉着冷静地翻着自己的通讯录，希望找一个人来救场，他认识的女性朋友有一半在全世界到处浪，并不能及时赶来，而且大多数他妈都认识，赶过来也没用。剩下的都是在工作中接触到的人，上到 49 岁下到 23 岁全都有，然而她们都和他关系平平，并不能让他坦然说出"请你赶紧来医院装一下我女朋友糊弄我妈"这种话——他以后还要和人家一起赚钱呢！

就在他想让总助帮他找个临时演员的时候，孔真的电话打过来了。

对方在嘈杂的背景声中说："喂？那个——那个谁，哈，我做完检查了，没什么大事，就崴了一下，大夫说养养就好了，开了点云南白药，咱俩加个微信，我把单据发给你，你给我报销了就行，微信号就是我手机号，你有时间加一下，我先打车回家了哈，有事儿再联系，其实也没什么事儿，那就这样，挂了。"

赵东林说："等等。"

孔真："啊？"

赵东林："你能帮我个忙吗？"

10 分钟后，两个人严肃地坐在了病房外的长凳上，面面相觑。

孔真先开口，她斩钉截铁地说："我觉得不行。"

"我保证这对你的生活不会有任何影响。"

"那也不行……"孔真说，"我凭什么要帮你这个忙啊？"

"我可以给你钱。"

"不是钱的事儿。"孔真一摆手。

"那是什么事儿？"

"你不觉得你应该给我道个歉吗？"孔真终于找到机会把这话说了出来，"你莫名其妙让警察把我带走以后，好像还没正经给我道歉过呢！"

如果此刻郑丽梅在场，她肯定会忍不住扯着孔真的耳朵，骂她又犯神经病了。

孔真性格里一个非常显著的特点就是较真且记仇，如果她和一个人的关系总是相处不好，那一定是因为对方做错了事还不认错，她见到这个人想的第一件事就是——他有错不认。

这个心结会一直伴随她，直到地老天荒，现在她的名单里有 6 个人：欠债跑路的孔海波、态度恶劣的刘浩波、做错事不承认的赵东林、初中时冤枉她早恋的班主任以及大学时找给她假钱的水果摊摊主，还有一个坚决不承认她修的图比美图秀秀一键美颜出来的图好看的客户。

赵东林说："好吧，我承认我那天误会你了，但是是你自己不说清楚就在暴力破坏我邻居家的门。"

"那好吧，"孔真跳起来，扶着墙往外蹦，面目狰狞地说，"爱找谁帮忙找谁帮忙，一边玩儿去。"

"如果你回到家里，发现有个疑似精神不正常的人在拿着锤子砸你邻居的门，你会怎么想？"

"我会先把情况打听清楚，谢谢！"

"然而当时面对我的询问，你的回答是让我滚回自己家，等砸到我家了再出来乱咬。"

"啊哈哈，"孔真干巴巴地笑了几声，"是吗？"

"是。"

孔真停了下来，转身面向他："那也不能说明你一点错误没有——当然，我承认是我先态度有问题的。"

赵东林看看她，非常勉强地开口说："我确实有做得不妥的地方，向你道歉。"

孔真默默地把赵东林的名字用绿色的水彩笔涂掉了。

"哦，"她说，"那行吧，我就当日行一善了，也勉强谢谢你那天晚上在金科华府给我解围。"

她与赵东林简单交流了一下，赵东林决定给她安一个名校毕业、在金融公司工作的人设，孔真表示接受，然后她跳着和赵东林走进了病房，与文惠萍打了个照面。

文惠萍见到她的第一眼就觉得相当满意。

她身材高挑，五官匀称，一管高挺的鼻子显得很精神，柔顺的头发留到肩胛骨处，上身穿了件米白色衬衫，下身穿一条深灰色烟管裤，脚上穿了双纯色低跟鞋，整个人显得整洁大方，十分讨人喜欢。

讨人喜欢的孔真像只兔子一样单腿蹦到她的病床前，笑着说："阿姨好。"

文惠萍赶紧让赵东林给她拿椅子。

"怎么了这是？"文惠萍关切地问。

赵东林说："是——"

"是我刚才着急上楼，不小心在楼梯上摔了一下。"孔真情真意切地说，"没什么事儿，休息一会儿就好了。"

然后孔真在接下来的时间里展示了自己高超的谈话技巧，她从关心文惠萍的病情入手，旁敲侧击地了解到一些赵东林还没来得及告诉她的信息。根据这些信息，她开始自由发挥，从自己的工作聊到了赵东林的工作，又和她一起批判了一下当下社会的不文明现象，回顾一下往昔峥嵘岁月，展望一下美好未来，重点表达了她对文惠萍这样有理想有抱负的中年女性的钦佩和向往，立志成为一个"像阿姨您一样的人"。

文惠萍对她的第一印象本来就不错，看她谈吐举止正是自己最喜欢的那种年轻女生，更是满意得很。

"阿姨，您放心，我看您比我妈身体棒多了，肯定没大夫说的那么吓人，医生一般都会把情况往严重里说，怎么还不打出点富余来，那还不是怕病情传达不到位，到时候医院还要承担责任吗？话说回来，现在不讲理的医闹这么多，咱们也应该理解人家医院，但是自己的身体自己清楚，您看您哪像病人了？"孔真眨巴着一双楚楚动人的杏仁眼，"改天您出院了，我陪您逛街去，在那之前我和我朋友约的全作废，就等着和您一起，咱们可说好了。"

文惠萍点点头："那说好了，阿姨带你去香港玩儿，你到时候可得留出时间来。"

赵东林适时地结束了这场谈话，他带着孔真走出病房，对她道谢。

"哦，没事啊！"孔真一直挂在脸上的微笑消失了，她无所谓地说，"你妈长得真好看。"

说完，她掏出票据给赵东林："你看看吧，报销一下，我得赶紧回家了。"

赵东林没有看，直接给她转了两万块。

"哎哟，"孔真挑了挑眉，"这么多。"

"没有，"赵东林收起了手机，"用我送你回去吗？"

孔真没有回答他的话，而是在收了钱之后眯起眼睛上下打量他，打量了半天，孔真说："你很有钱吗？"

赵东林不知道她什么意思，还以为她坚决不肯多要，非要自己把钱算清楚——他心里一阵烦躁，能拿钱解决的事儿为什么非要浪费时间呢？

"有钱，好，"孔真拍了拍他的肩膀，"再见，我自己回，不用你送，我打车。"

然后她就单腿蹦着消失在了赵东林的视线中。

孔真带着热乎乎的两万块回到家里，一拍脑门："我说怎么左右眼睛一起跳呢，崴了脚又得了两万块钱，可不是又有财又有灾嘛！"

她举着手机盯着自己的余额看，心想2万的10倍就是20万，我要是被那个姓赵的撞10次就能得20万，我还辛辛苦苦还什么债，碰瓷去得了。

然而这个想法显然是不靠谱的，万一赵东林直接把她撞死了呢？

听说有的人会因为不想负责伤者后半辈子的赔偿费用而反复碾轧，直接把人弄死，这种事儿上过新闻的，她觉得赵东林做得出来。

因为受伤，孔真没办法再继续出门跑银行，只能在家里等着信用卡申请的回复。

信用卡是要寄到工作地点，让本人亲自去取的，孔真还担心在寄过来之前自己的脚腕好不了，来来回回地跑很麻烦，可事实证明，她想多了，或者说她把事情想得过于简单了。

她的申请绝大多数都没有通过，只有一张 × 发银行给她发的卡，额度 2500 元，并且不能申请任何额外的消费贷款。

孔真开始觉得头痛，像是有一个金箍扣在她头上一样，到了晚上睡不着的时候她甚至觉得金箍上长了尖锐的刺，一直往她的脑袋深处扎根，让她根本无法入睡，她开始担心约定好的还款日期那天的到来，看着手机上的日期一天天推进，她开始感到焦虑。

她把全部的希望都寄托在这上面，可其实她心里也隐约清楚，20 多万，怎么可能这么轻易地就凑够？可她真的已经穷途末路无计可施，她为自己的愚蠢付出了惨痛的代价，如果把这件事匿名发表在网上她肯定会被人骂得狗血淋头——因为她也很想骂自己。

她在尖锐的头痛里咬牙切齿地恨孔海波，恨累了对方就恨自己，连着 3 天没有出门。

手机一直很安静。

没人来找她，她的朋友们没有，她的家人没有，就连催债的也没有，大家像是约好了一样，这让孔真觉得惶恐，可是她又不敢主动联系谁，因为她害怕自己会在这种情绪不稳定的情况下把所有事情和盘托出。

那还不如让她一头撞死呢！

她在这种几近崩溃的状态下接到了一个电话，来自赵东林的，问她有没有时间出来见个面。

孔真将被子盖在头上，闷声闷气地说："干吗？"

"电话里说不太方便。"

孔真抓了抓头发："没时间。"

"什么时候方便？"

"就电话里说啊，我又不会给你录音……"孔真敲了敲自己的头，觉得里面很空旷，还发出了回音。

赵东林沉默片刻，问她："你想和我结婚吗？"

两个人在孔真家楼下的星巴克见了面。

孔真脸都没洗就出门了，赵东林则穿了身西装，打扮得人模狗样，这让孔真很羞愧，一直在偷偷检查自己有没有眼屎。

"你刚才是不是在电话里说——"孔真咕咚咕咚地喝着星冰乐，"说什么来着？"

"我问你想不想和我结婚。"

隔壁桌玩手机的两个女生嗖的一下抬起了头。

"啊……"孔真以为自己因为过于头痛开始幻听了，她满脸柔弱地说，"什么意思？"

"字面意思，"赵东林冷静地说，"暂时不办婚礼，但是要领结婚证。"

"你看上我了？这么快？"孔真捂着自己的头，"还是我失忆了？"

"不，是我妈看上你了。"

赵东林没想到自己的妈居然又恢复了健康。

这么说十分不孝，但他确实对这件事十分疑惑，大夫当初虽然用词隐晦谨慎，但意思可是明明白白的——你妈要不行了，真的要不行了。

他找到大夫问对方怎么会这样，怎么要不行的人突然就好了呢？

大夫瞟他一眼，讽刺道："呦，我天天听家属问怎么好端端的人突然就不行了，还是头一次听人反过来问呢！你妈身体好了你不高兴？"

赵东林本来是很高兴的，如果不是他妈逼着他赶紧和孔真把婚结了的话。

"你那天在医院里和我说得好好的，你准备领证结婚了啊！"文惠萍在出院的第一天就和他提起了这件事，"是我逼婚了？是我不讲理了？"

她端起茶杯，摆出了一副非常善解人意的表情："我这个人，一向不愿意强迫别人做任何事，因为别人的人生是别人的人生，我还有我自己的事情要忙，就算你是我儿子，我也没强迫过你什么吧？你不想帮着我做酒店生意，要去自己创业，我没有反对，你整天和叶宇混在一起，关系不清不楚的——"

"我和叶宇关系很清白！他有 800 个女朋友！"

"啊好好好，这件事就当我错怪你了，我不是也一直拖着等到临死之前才提一嘴吗？现在我来问问你，为什么说好的要和人家姑娘领证结婚了，突然又变卦了？"

赵东林说："其实我那天把情况夸大了一点。"

文惠萍坐直了身体："夸大一点是什么意思？"

"就是把我们的感情夸大了一点。"

文惠萍做了个手势："你先等等，把我的药拿过来。"

赵东林意识到一件事，如果他不能好好地把这件事解释清楚，交出一个让文惠萍满意的答案，他妈马上就会变成大夫嘴里"好好的人怎么突然就不行了"的状态。

于是他疯狂甩锅给孔真："她觉得自己还小，不想和我结婚，怕结婚了以后你催她生孩子。"

"我坚决不催她生孩子。"文惠萍说，"你们当然要趁着年轻的时候好好工作，拼事业，30 岁左右要孩子就行，再说我催她要孩子干什么，我又不喜欢那玩意儿，你以为你很讨人喜欢吗？"

赵东林一时间无言以对。

他中途借口上厕所，溜到卫生间给他的好兄弟叶宇发微信，叶宇疯狂给他支招："你去找那女孩儿啊，问她愿不愿意和你结婚，她肯定不愿意啊，你就直接和你妈说，她不愿意，逼急了分手了，不就得了嘛。"

赵东林："怕我妈受不了这个刺激。"

叶宇："你妈这病生得挺俏皮，杀人于无形之中。"

那一晚的谈判以赵东林失败告终，他有点明白为什么文惠萍会喜欢孔真了，因为这两个女人的共同点是都非常执着，且话术水平高超。

简单来说，都很不好搞。

赵东林握着手里的美式咖啡，抬起脸来看孔真："事情就是这样，我和我妈谈判的结果是，我们先领证，但是不办婚礼，因为我说你今年本命年，你家里又很迷信。等到明年年底，我们再找借口把婚离了，这期间除了逢年过节，你偶尔和我回家作作客，其余时间你完全可以过你自己的生活，我不会打扰你。"

孔真果然摆出了一副很不好搞的表情，白眼翻进了天灵盖里："你这人也太扯了吧！哪儿跟哪儿啊这是。"

她起身要走，赵东林放下了咖啡杯，微微坐直了身体："我知道这个要求有些离谱了，但是你可以随便开条件。"

孔真刚要下意识地翻白眼，就顿了一下，犹如被一道雷直直地劈中一般清明——"随便开条件"。

她又重新坐了回去，端着剩半杯的星冰乐沉默不语。

20万对现在的她而言是一笔巨款，但是对赵东林呢？他手腕上戴的那块表就值好几个20万了。

可是，这卖的不是别的，是自己的婚姻，即使听他的意思，只领证不办婚礼，明年就离，那在法律上她也是二婚了，她恋爱都没谈过几次的人凭什么一下子就二婚了啊！以后如果遇到了真命天子，她要怎么解释？因为20万把自己的婚姻卖了？这听起来也太随便了吧！

而且她还很怕赵东林在忽悠她，他和他妈是一个犯罪团伙，专门用这种方式诈骗社会上的单纯女青年，在两个人结婚后，赵东林借一大笔债一走了之，然后这笔夫妻共同债务又要她来还。

人不能两次踏入同一条河流，她孔真不能两次踏入同一个坑。

"我不能答应你这个要求。"孔真当着他的面删除了与他的通话记录和他的手机号码，"再见。"

赵东林看看她，微微抬起下巴，轻声说："我知道了，那再见。"

第三章
柳暗花明

孔真回到家后就开始后悔。

20万20万20万20万……她不断回想着这个数字，只觉得快要抓狂，出了一趟门，呼吸了新鲜空气，她才好不容易从之前那种丧到地心的状态中清醒过来，还没到最后时刻，不能放弃希望。孔真好好地洗了个澡，抱着笔记本坐在床上，在各大信用卡论坛里搜索着相关的信息，还下定决心，劝自己实在不行的话，就要拉下脸去和朋友们求助。

眼看着还款日一天一天临近，李松也来问过她几次，孔真不好让人为难，只说让李松放心，她的焦虑与日俱增，好不容易稳定下来的心态又有逐渐崩坏的迹象。

让她彻底崩溃的是那通电话。

那天她还没起床，就接到了自己三姨的电话，对方神神秘秘的，一上来就压低了声音说："真真啊，你家里出啥事儿了？"

孔真心里一抖："嗯，怎么了三姨？没出什么事儿啊！"

"那你妈怎么要卖房子，让我帮着打听买主呢？我问她出啥事儿了，我这有几万块钱能借给她，她也不说。"

孔真含糊几句，说自己也不清楚，挂了三姨的电话，接通了自己妈妈的电话，她已经有些蒙了，也忘了怎么谈话，电话一接通就直截了当地问："妈，你要卖房子？"

"嗯，"郑丽梅似乎点了一根烟，一边咳嗽一边抽，"行了孔真，以后做事过过脑子，我懒得骂你了。"

"那你以后住哪儿？"

"租房子。"

她挂了电话，不等孔真回复。孔真呆呆地看着手机屏幕，眼泪忍不住流了下来。

从抽泣到号啕大哭，只过了不到两分钟，她不知道自己一句"不用你管"在别人眼里看来是有多么不自量力，不知道自己自以为是的自私和坚持在现实面前根本一点分量都没有，是的，郑丽梅说得没错，到头来还不是要别人给她收拾残局？她就是一个只知道保全自己面子和尊严的自私鬼。

还是一个无能的自私鬼。

她很想抓起电话给郑丽梅打过去，劝她别卖房子，没有一个属于自己的家真的会过得很难，可是不然呢？郑丽梅一定会说，不然怎么办？

不然怎么办？还不是要让自己的母亲卖掉唯一的家。

等等。

孔真突然想到了什么，她随手抓过几张纸巾擦干净自己的脸，掏出手机，想去找赵东林的电话，找了半天她才想起来，对方的电话被自己删除了，连通话记录都被删了。

她骂了句脏话，突然一拍脑袋——赵东林不是孔海波的邻居嘛！

孔真赶紧套上了衣服，一瘸一拐地跳下了楼梯，连夜打车奔向金科华府。

赵东林正巧在家。

孔真跑得气喘吁吁，与他打了个照面，只觉得肺都要喘出来，好不容易喘匀了气，她开门见山地说："我同意，咱俩结婚，你给我25万。"

"就25万吗？"赵东林有些意外，"可以。"

孔真不确定地问："真的可以？"

"可以。"

她猛地松了一口气。

"哇，"叶宇也走到了门口，"你们年轻人讲话都这么直接吗？"

孔真看了看叶宇，认出来是那天一起去派出所的人，她又看了看赵东林，露出一个了然的表情。

赵东林顺着她的目光看到叶宇身上，对方脖子上有一个很明显的吻痕。

赵东林受不了地说："那是他女朋友亲的！叶宇你给我赶紧滚！"

叶宇打着哈哈："我往哪儿滚啊，快让弟妹进屋喝口水，弟妹还吃果冻吗？我让楼下超市送几包来。"

孔真赶紧摆摆手："不了不了，你们忙，我走了。"

第二天赵东林又约孔真见了个面，做婚前财产公证，赵东林又给了她一份合约书，孔真带回去找了律师帮忙看，出于严谨又多加了几条——合约书的中心思想就是避免双方在婚后有任何经济纠纷，说白了，两个人都提防对方扔给自己烂摊子。除此之外还有对双方婚后财产的保护。

孔真在签合同的时候突然想到了一个很关键的问题，见家长。

赵东林说："你家里知道吗？"

"你想让我死吗？"

"那我们可以请临时演员。"赵东林掏出了手机，"来，选选哪个适合当你爸。"

"我没有爸，谢谢！"

赵东林面不改色地说："那就来选选你妈。"

假妈和真妈的见面还算顺利，在孔真的插科打诨下愣是没露出破绽来，最后文惠萍握着临时演员的手一锤定音，同意了他们先领证，明年再举行仪式的计划，也幸亏赵东林坚持今年不举行仪式，要不然孔真还真不知道去哪里找那么多演员来当自己的七大姑八大姨和同事同学。

两人在一个阳光灿烂的日子里领了证。

孔真坐在副驾驶上，捧着结婚证说："我们为什么不找个办假证的？"

赵东林说："首先，那犯法；其次，真的很假，我妈没那么好糊弄。"

两个人就这样成了法律意义上的夫妻，文惠萍虽然对要等到明年才办婚礼这件事有些不满，但也对孔真的封建迷信表示理解，而且赵东林还一直说领证只是为了让她放心，暗示孔真做出了多大牺牲，她就更不好说什么了。文惠萍本想小小地在家族内部举行一个庆祝仪式——大概也就在自家酒店办个五六十桌，被赵东林和孔真争先恐后地阻止了。

她只得作罢。

"那算了，等你小姨过段时间回来咱们再聚，总得摆一桌吧？"文惠萍说，"明年说什么也得大办一次。"

孔真收到了赵东林的钱，按照约定把债还了，总算没让李松为难，也避免了自己被扔进河里淹死的惨剧。在收到转账的时候她有一种强烈的不真实感，就这么完了？把她全家搅和得不得安宁的事儿在别人那里轻轻松松就这么解决了？她没什么心思去感叹人生的奇妙，只坚定了自己一定要努力好好工作的决心。

现在的问题是郑丽梅根本不相信她能有个这么有钱的朋友愿意借钱给她，还不急着让她还。

"是我大学室友，"孔真撒谎道，"人家特别有钱，生日礼物是杭州一套房，这也就是人家的零花钱。"

"哦，是吗？"郑丽梅说，"那你把人家请出来吃顿饭。"

"人家在国外呢！"

"那你怎么和人家说的？聊天记录发来给我看看。"

"等等，我翻翻，这几天和她聊了好多。"孔真回复。

然后她就疯狂戳李松："李狗你快出来！微信聊天记录生成器有吗？赶紧发我一个！"

李松："等会儿，我姐干微商的，那都快做到银河系总代了，天天上百万流水，肯定有，我给你要一个。"

没过一会儿，李松就丢给她一个应用程序，孔真火速在电脑上操作一番，生成几张图片发给郑丽梅。

不得不说，郑丽梅的警觉性是很高的，只是她不知道还有生成器这种东西，她看见上面的日期和对话内容就信了，又训了孔真好一会儿，给她做了长远规划，规定她每个月攒下来多少工资还款给人家，如果孔真生活上有困难自己可以补贴——只要孔真下定决心把自己逼到饿死边缘，四五年就能还清了。

而赵博对发生的一切一无所知，他恍恍惚惚地浪了10天，完全不知道孔真在这10天里经历了什么。

在第11天的早晨7点，他掏出手机疯狂给孔真打电话，在嘈杂的早点摊上大声叫嚷："真姐，你怎么还没起，快，咱那8000来万的大买卖赶紧操练起来，再晚一会儿赶不上2路汽车了。"

两个人来到公司碰面，赵博看到她的第一眼就说："真姐，我觉得你怎么变了呢？"

孔真一愣："哪儿变了？"

"我感觉你变沧桑了。"

孔真翻了个白眼："你才沧桑呢，行了，别扯，来吧，庆祝咱们的工作室正式开张。"

"去楼下撸串儿？"

"开始干活。"

新工作室的第一单来得十分不容易。

孔真知道刘浩波干这行将近5年了，积累下来的人脉有不少，他平时有自己的渠道去宣传以及和客户谈单，并不交给孔真他们经手，于是怎么给新工作室做宣传就成了重中之重。赵博去找了之前拒绝过的客户，然而其中一部分已经选了别的婚庆公司，另外一部分一听说是孔真与赵博两个人单独开的工作室，想都没想就拒绝了。

赵博的意思是印小广告满大街发，疗程短见效快价格低，孔真把他的提议否定了。

"没有门店地址，"她说出了最关键的问题，"看着就不靠谱，我之前告诉你说咱们工作室在装修，但这不是长久之计。"

"那怎么办？弄个二维码去地铁上让人扫码联系吗？大学生创业，婚纱滞销，帮帮我们……"

"比小广告强，主要是我们可以在朋友圈里发很多短视频和图片，这样打广告的效果比小广告好很多，因为它来得更直观。现在问题一就是需要准备大量的短视频和图片给我们做宣传，二就是我们一定要做好心理准备，可能我们会遭到白眼，可能人家态度会不好，这都是很正常的。但这不是长久之计，只是咱们现在没钱，只能用这种方法。"

赵博撩了撩头发："我觉得这是展示我个人魅力的好机会。"

孔真找出了自己废弃不用的微信号清理清理干净，改了基础信息，让赵博做了个扫码标志，她留下来准备视频和图片，一边做一边发朋友圈。赵博则出门去找人扫码。

然而他一上午只扫了两个，其中一个还下了地铁就把他删了。

"怎么可能呢！没人能拒绝我的魅力！"赵博坐在椅子上猛吃尖椒肉丝盖浇饭，满脸的不可思议，"我今天不帅吗？"

孔真正在处理图片，她伸了个懒腰，头也不回地说："你冷静一点。"

"我冷静不了，我冷静不下来！"赵博一拍桌子，"啊！"

孔真说："你看你和得了狂犬病似的，谁愿意搭理你啊！还有请问你穿的是什么，你为什么要穿个齐——齐裆小短裤？"

"我感觉我大腿挺好看，露一下。"赵博说，"难道不能给我加个 0.5 分儿吗？"

"非但不能加分，反倒让我好奇地铁安检人员怎么会让你进去的……"

孔真让他回家换了条正常的牛仔裤，又把那件起了球的短袖换掉，稍微给他修了个眉，赵博拿着孔真的小镜子使劲儿照，勉强道："还行吧。"

勉强像个正常人似的赵博当天下午的扫码事业顺利许多，他改变了策略，专挑那种看起来很好说话的学生妹搭话，扫倒是扫了十几个，却在临结束之前接到了抓狂的孔真打来的电话："兄弟，你能不能靠点谱？加一群还在上学的妹子干吗？我们这又不是出国咨询机构，我们是做婚庆的，做婚庆的，你好歹加几个适婚年龄的女青年啊！"

第一天的赵博一无所获，孔真却把定下的计划完成了，她找出了自己电脑里所有还算拿得出手的婚礼现场图片做好后期，又从之前还没来得及删除的库存视频中截取了几十段短视频重新配乐，分门别类地保存在了自己手机里，很快，刚刚还像个僵尸号的微信瞬间就热闹起来。

第二天孔真和赵博一起加入了扫码队伍，两个人在饱尝冷眼之后还算小有收获。

第一个客户上门了。

孔真三下五除二，与对方约好了见面的时间和地点——公司楼下咖啡店。

这对新人看起来年纪都在二十七八岁，新郎高瘦，穿一身非常程序员风格的休闲裤和格子衬衫，还背了个纯黑色的双肩包，实际上他也真的是个程序员，看起来很老实，在这场谈话过程中，他一共也没说几句话。

新娘目测一米六出头，微胖，穿着一身紧身枣红色连衣裙，黑色带防水台粗高跟，背了个非常大的红色包。

双方落座后，新娘的第一句话就是："我说，今天得你们请吧？"

孔真赶紧说："实在不好意思，当然应该我们请了，我刚给您点了卡布奇诺和水果慕斯，您看看还想来点什么？"她把菜单往新娘那边推了推，"我们店本来已经装修得差不多了，但是因为定制的——"

"哎呀，行了行了，我再要个黑森林吧，先点这些，咱们聊正事儿吧？"

"啊，好的，"孔真从包里掏出了自己的笔记本打开，"是这样，先给您看看我们公司的套餐，现在有 3 个档次的，分别是 4999 元、7999 元还有 18999 元的，不知道您的心理价位更贴近哪个呢？"

新娘抬了抬眼皮："看看最贵的那个。"

"啊？"赵博叫了一声，孔真回头笑着问他，"你怎么了？"

赵博看她眼神凶恶，好像要吃人，只好说："我那个什么，喝咖啡烫嘴了。"

他低头给孔真发微信："你怎么编出来一个 18999 元的！我们到哪里去给人家提供 18999 元的服务！"

孔真假装无意地扫了一眼手机，并没搭理他。

"18999 元的这款呢，是户外草坪婚礼。"孔真开始给新娘放她连夜做好的 PPT，"我们的套餐内容是这样的，当天的草坪租赁，婚礼顾问指导两位，负责您婚礼当天全程的咨询提示服务，以及场地沟通和前期创意方案沟通等，婚礼策划一位，专业司仪和场地督导各一位，DJ 一位，灯光师一位，现场执行导演一位，两录两照——就是两个摄像师两个录像师，化妆师一名，全部的鲜花装饰，场地布置大概分主舞台区、仪式区、红毯区、签到区四个部分，提供航拍，航拍操作人员两名，婚纱两件，敬酒服一件，仪式结束后会给您出两个视频，分别是全程的以及 3 至 5 分钟的 MV，全部刻盘包装顺丰同城邮寄给您。大概就是这样了，我还有哪里没给您解释清楚的吗？"

新娘本来紧绷着的表情缓和了点儿，吃了口蛋糕道："这草坪婚礼太西式了，而且我们家订了酒店的啊！"

孔真赶紧道："那就给您介绍一下这款 7999 元的套餐。"

7999 元的套餐实际上除了户外草坪这一项被剔除了之外，剩下的内容其实和 18999 元的那款大同小异，只是内容有缩水，规格低了点儿。

孔真说完了，微笑着看新娘。

新娘咳嗽了一声："看看那个 4999 元的。"

"这款套餐是我们开业酬宾价格，其实和 7999 元的相差不是很多，会场布置有主舞台区、红毯区、签到区，婚礼策划一名，灯光音响师各一名，一录一照，化妆师一名，婚纱及敬酒服各一套，全程视频剪辑和 3 至 5 分钟的 MV，鲜花装饰，可以根据您订的酒店风格提供相应风格的装饰。"

"那也没差多少啊……"新娘探身过来，内衣勒得后背上的肉都鼓出来一块，她随手在新郎后背上猛拍一下，"郑爱斌，你说句话啊，哑巴了？怎么从头到尾一句话不说，是我自己结婚还是咱俩结婚啊？"

实际上新郎也一直在很认真地听孔真的讲解，他被新娘突如其来的责问吓了一跳，但还是好脾气地说："我觉得那个 4999 元的就挺好，看起来和 7999 元的也没差多少。"

新娘冷笑一声："敢情你是看上人家便宜了？"

"不是不是……"新郎赶紧说，"我是觉得内容差不太多，不过肯定还是有区别，还是看你的意思。"

"你们朋友圈发的是之前实拍的案例吗？"新娘抬头去看孔真。

"是的，实际上很多就是他拍的。"孔真给她介绍身边正在吃蛋糕的赵博，"他虽然看着年纪不大，但是挺有经验的，已经做了将近 4 年了。"

赵博嘴边吃了一圈奶油，突然被点名，手忙脚乱地擦擦嘴，咳嗽着说："啊，那什么，是，都是我拍的，我拍得可好了，嘿嘿。"

新娘的表情晦暗不明，她端起咖啡杯喝了一口，目光在孔真和赵博身上转来转去："哦，是吗？"

孔真尽量真诚地看着她："是，他——"

"这样吧，你把 PPT 发我一份儿，我回去仔细研究研究再给你答复。"新娘把咖啡一口闷了，"毕竟婚礼是件大事儿，我们也不能随随便便就定了。"

"PPT 是我们内部用的，不太方便给您，但是回头可以给您一份更详——"

"啊，那算了，咱回头再联系。"新娘打断了她的话，拉着新郎站起身来，"再见哈。"

赵博根本不敢讲话。

两个人默默无语地吃完剩下的甜品，孔真无声地叹了口气，知道肯定没下文了，她不断回想到底是哪个环节出了问题，虽然很不想把责任推给赵博，但是她觉得今天赵博确实表现得太不专业了，除了混吃混喝就是往下拉印象分，然而这也不能全都怪赵博。

还是她自己没考虑周全。

两个人忙了这几天才有一个机会能面对面与客户谈话，却只能无功而返，说不沮丧是不可能的，孔真强打精神鼓励赵博："没事儿，今天先休息，明天继续，我今晚也想想别的办法做宣传吧，走。"

她去结账，发现新娘一个人就吃了将近 200 块的甜品加饮品，赵博在一边替她肉痛，孔真说："别这么小家子气。"

"哪是我小家子气啊？我说这娘们——啊不，这位女士也太能吃了。"

"以后我们有了办公室，泡杯花茶买点零食招待客户就行了啊！而且做生意就是这样，什么人都会遇到，没办法，在我们富起来之前只能穷大方。"

"真姐，听你说话的时候我总会有一种错觉，那就是你并不是一个穷光蛋。"

孔真假笑着说："谢谢！现在闭上你的嘴，不要整天穷穷穷的，我们很快就会变成有钱人的……还有，你不要总是当着别人的面给我发微信，做出一副生怕不知道别人你有不可告人的小秘密的表情！"

"不是，你为什么给她介绍那个18999元的套餐啊？你上哪去租草坪？"

"因为我觉得他们不会选择这个价位的套餐，也不会选择这种草坪婚礼，但是介绍一下可以暗示我们有能力做这个，给他们一种即使选择了4999元也享受了18999元的服务的感觉，就像潮牌店卖砖头，虽然是砖头，但它是潮牌店的砖头，懂不懂？"

"那要是她真的选了呢？"

"要是真的选了只能硬着头皮上啊！"孔真心不在焉地说，"那还能怎么办……啊，赵博，你说我们要不要试试去大酒店谈谈合作？"

她眼睛一亮："如果能谈下来以后就会有稳定的订单了。"

"哪种大酒店，桂宫那种的吗？"赵博笑嘻嘻地说，"你胆儿挺大。"

"这不是我胆儿大不大的问题，这是人家给不给我机会的问题，听说桂宫一直在和闻欣欣合作，暂时应该轮不到咱们。"

她嘴上这么说，却对这个想法有些动心，没试试怎么知道行不行呢？就算桂宫不行，其他的酒店也不是不可以。

想通此节，孔真决定主动寻找机会，她翻遍了微信联系人，找到了一个业内和她关系还不错的朋友，对方只知道刘浩波跑路，还不知道她准备自己做工作室，上次闲聊的时候，对方以为她会去北京呢！

到了约好的地点一落座，孔真就把自己的打算都说了，对方一拍巴掌："不错，妹儿，胆大，欣赏你，我看也是活该你运气好，你知道吗？桂宫准备换合作的婚庆公司呢！你要不就直接去桂宫试试，和他们谈谈？他们那个经理的联系方式我给你，或者我直接和他提一嘴，你直接过去就行。"

"真的假的？"孔真大喜过望，"什么也别说了，今天我请，想吃什么赶紧点，过了这村儿没这店了。"

孔真去见桂宫经理的过程比她想的顺利多了。

她在脑内设想了不下5种方案，以便让对方留下一个好印象，但是对方似乎很信任她那个朋友的推荐，信息回复得很快也很简短，约好了第二天下午在桂宫3楼的经理办公室见面。

孔真捧着手机激动得转了个圈。

第二天，孔真努力把自己拾掇得像个职场精英，站在镜子前面挑剔了好一会儿才出了门，因为她很怕对方觉得她学生气太重，不拿她当一回事儿。前台态度很好地确认了她的身份后就让人带着她上了3楼的经理办公室，那人大概是经理助理，有些抱歉地告诉孔真有个突发情况需要处理，大概15分钟后才能来。

办公室非常大，被一排高高的绿植分成了两个空间，办公区旁边是个隐蔽的小休息区，放了一圈小沙发和茶盘，孔真则坐在办公桌对面的椅子上等人，她独自坐了一会儿，决定先起身去趟卫生间。

从卫生间出来时，赵博打来一个电话，孔真接了，低声问他："怎么了？"

"真姐，出事儿了。"赵博哼哼唧唧地说，"我闯祸了……"

"停停停！你等会儿，我找个人少的地方和你说。"她举着电话往外走，穿过走廊，来到了楼道里，把身后的铁门关上，"你说吧，怎么了？"

赵博生无可恋："我自己清洁CMOS，结果把它磨坏了……"

孔真说："哈？是传感器坏了吗？修理这个要多少钱？"

"我去问了，修理费加传感器加起来小3000……"

孔真的心在滴血，但还是勉强冷静下来道："修吧，我掏钱，你这么穷，别下个月喝西北风了。"

"不是，真姐，你听我说哈，我把我自己那个弄坏了以后，我还觉得不确定到底坏了没，就又把那个5D3拆了看看它的，我就是想对比一下，结果我一不小心，我一个手滑……"

"赵博，你赶紧给我去吃屎吧！"孔真受不了地狂吼，"你是猪吗？我们就这么两台机器，你全都给搞坏了！你动那个5D3干吗？是不是吃饱了撑的，农民伯伯辛辛苦苦一辈子为了什么，为了让你吃饱了撑的拆相机吗？你对得起他吗？你对得起你吃下去的饭吗？你对得起你那么大个脑袋吗？你对得起我吗？"

赵博赶紧说："我错了，真姐我真的错了，你别生气。"

"你给我滚！我们这么穷，办公室都租不起！办公室都租不起啊赵博！你摸摸你自己的良心，你有良心吗你？你再摸摸自己的脑袋，你长脑袋了吗你！我告诉你，你那台我给你出钱修，那个5D3的维修费我也先垫着，但是之后肯定要从你工资里扣，你去吃屎我也不管你！滚蛋！"

她挂了电话，咬牙切齿地在墙上捶了两下，打开铁门往回走，铁门打开的一瞬间，孔真突然闻到一股还未散去的烟味儿。

她朝周围看了看，并无人影。

回到办公室的时候，经理已经到了，孔真迅速调整表情，抱歉道："不好意思，刚才出去接了个电话。"

经理抬抬手道："没关系，那这样吧，你简单介绍一下你那边情况。"

孔真赶紧说："是这样的，我们是一个刚成立不久的婚礼工作室，团队都是一些非常有个人风格的年轻人，我们主打的是概念婚礼，之前一直做私人定制和旅游婚礼服务，走高奢风格，最近刚拿了一笔投资，我们决定扩展业务范围，想找一些酒店合作，不知您这边有没有兴趣多一个婚庆服务提供方？"

"你们有样片儿吗？"

"有的，"孔真打开电脑给他看，"这是我们之前为了转型拍的一些素材，我给剪辑了一下，做了个 3 分钟左右的样片。"

样片是她熬夜做完的，确实都是实拍，然而她没说的是里面有不少素材都是从刘浩波的旧电脑里偷出来的，他做了这么多年，拿来撑场面的东西总要有一点。

经理看完了，没有表现出满意或者不满意，他问孔真："你知道我们酒店之前合作的团队吗？"

"知道的，"孔真说，"欣姐的团队也和我们有过合作。"

她说的欣姐叫闻欣欣，今年 30 多岁，离过一次婚，现在开了家规模很大的婚庆公司，养了上百号员工，据说公司当初是夫妻店，规模不大，闻欣欣和前夫离婚后自己把公司做到这个规模，高端定制婚礼和低端流水线都接，和刘浩波关系还不错。

孔真心想，自己这也不算撒谎，刘浩波之前让自己去人家那里帮忙打白工当过两次跑腿的，然而对方肯定早就忘了自己是谁，就算见了面也不会拆穿。

"他们实力很强，而且相当有经验，但我觉得他们也是在走自己的老套路，就那么几个套餐翻来覆去地做，如果想要做高档婚庆，光这样也不是长久之计，前期和客户好好沟通、制定相应的方案是很重要的，我们工作室卖的就是私人定制加品质婚礼，我相信——"

她话说到这里，突然被一声短促的笑打断了，那笑声从被绿植隔开的小休息区传出来，把孔真吓了一跳。

她记得刚才进来的时候那里没人啊！

赵东林从沙发上起身，走到经理的办公桌前拿了个笔记本，又走了回去，他看也没看孔真一眼，摆摆手道："不好意思，你们继续。"

孔真不知道赵东林为什么会在这里，也不知道他刚才因为什么笑，吹牛吹到一半卡了壳，把她的节奏都打乱了。

但她故意不去管赵东林，继续和面前的经理沟通，因为对方肯抽时间见她，一定是因为他们有这方面的需要，她一定要抓住机会。

"我们相信……"孔真下意识地攥紧了电脑，"让客户满意的才是最好的，高端婚礼的蛋糕就这么大，就应该主打私人定制和品质婚礼这两个点，我们很期待能和您的酒店合作，不仅仅是您单方面提供给我们机会和平台，我们也能给您提供广告和营销，因为我们工作室后续也有这个计划，比如说给您的酒店做深度宣传，打出我们的品牌，这些计划如果实施得好，婚礼服务这块的利润前景是非常可观的。"

"我觉得你的概念是没错的，我很认可，你给我看的样片也还不错，但问题是我们不能只看一个样片和概念就完全了解你们吧？这样，你再好好准备准备，回去整理个详细的团队介绍，再出一个婚礼方案给我们看看水平，主题你自己定，我们这边看完了，咱们再找个时间碰头，你看怎么样？"

孔真赶紧点点头："没问题。"

他起身道："不好意思，我先走一步，那边还有个会等着我去开，等会儿让我助理带你下楼——赵董，你跟我一起走吗？"

赵东林说："不了，你先走，我等会儿下去找你。"

孔真瞥了赵东林一眼，心想他又是什么董？桂宫可不是他家开的吧？

经理离开以后，办公室里只剩下赵东林和孔真两个人，孔真慢吞吞地收拾自己的电脑，在合上电脑的一瞬间，赵东林放下茶杯，起身坐到了经理刚才坐的位子上。

"你还挺能吹的。"赵东林说，"看不出来。"

孔真把电脑装进包里，理直气壮地看着他："我吹什么了？"

"年轻团队、高奢婚礼、私人定制。"赵东林不屑地笑了一下，"你刚才不还说工作室只有两部相机，办公室都租不起吗？"

孔真眼前一黑："你偷听我打电话！"

"我去吸烟区吸烟，你去楼道里打电话，就隔着一个门，你以为我很愿意听你大呼小叫？"赵东林说，"想忽悠人，找错地方了，别白费劲琢磨这些有的没的了，会吹牛的人满地都是。"他没再说下去，但脸上的表情摆明了在对孔真说：你又算哪根葱？

"你说了算吗？"孔真攥紧了电脑包，"他已经答应我等我的方案了。"

"他是经理，但这个酒店有我家的股份。"

孔真沉默。

她撒谎被人当面抓包，还当着别人面说了那么多不切实际的话，当然有些羞耻，也知道是自己不对，然而她一向脸皮厚，愈挫愈勇，并不把这当一回事，她此时此刻之所以会情绪激动到在桌子下面紧紧攥着拳头到指节都泛白，完全是因为赵东林眼里不加掩饰的嘲弄。

孔真本来想起身就走，但是在即将起身的前一刻她改变了主意，把电脑包往桌上一扔，对他说："撒谎是我不对，但我没有完全在吹牛，我说的所有肯定会百分之百实现出来的，这本来也不是什么需要苦心钻研才能做出来的东西，前期和客户沟通好，资金到位以后就按部就班地去做内容，拼的无非是品位和执行力，很难吗？经验我们又不是没有，你不用拿这么鄙视的眼光看着我吧？"

"我欣赏你的唯一一点，就是你挺能忽悠人的，你说我鄙视你倒是也没错，因为我最瞧不起你们这种觉得自己光脚的不怕穿鞋的，两手空空所以放了胆子胡折腾的人，好坏全凭你一张嘴，开口就是让人给你机会证明自己，出了事又让别人担着，你觉得有意思吗？事先说明，我不知道你是不是故意来这里的，但当初签合同的时候已经讲得很清楚，我们的财产不共有，如果你觉得你当初的钱得少了，其实可以直接提出来，不用这么迂回。"

孔真下意识地又要撸袖子，好在她忍住了。

"我听你在胡扯。"她压低了声音说，"那你就继续和闻欣欣他们合作去吧，他们做事什么风格我还不清楚，服务态度越来越臭，内容都是人家玩儿剩下的，土得要死，你们想一起土就一起土，等我的工作室做大了你拿结婚证来让我看在法律的面子上可怜可怜你和你合作我都不屑理你，还有你不要总是摆出一副自己很牛很有钱的架势，瞧谁不起呢，富二代很了不起吗？谁家祖上还没几个富农啊！"

她拎起了电脑包，转身就走，走到门口的时候没忍住，飞速冲他翻了个白眼。

"没素质。"赵东林面无表情。

"你才没素质。"孔真说，"你全世界第一没素质，你是猪。"

她咣的一声关上了门，一溜小跑出了桂宫的大门，很想打电话骂赵博一通撒火，然而往包里一摸，她发现自己手机忘带了。

孔真又把这笔账算到了赵博头上，虽然刚刚骂完人家就回去拿手机让她觉得有点没面子，但她跑快点就好了。

回到办公室门口，孔真没有敲门，而是轻轻拧开了门把手，赵东林回到沙发上背对着门坐，正在和人打电话。

"……我真的已经结婚了。"他说，"我不是为了你才去和别人结婚的，我们才在一起3个月，见面不超过15次，我至于因为你看破红尘吗？……好，你爱怎么想就怎么想吧，反正我已经领证结婚了，挂了。"

孔真咳嗽一声："你好。"

赵东林满脸不高兴地站起来，孔真一溜小跑去桌子上拿了自己的手机冲他晃了晃："我手机忘带了。"

"你没有敲门的习惯吗？"赵东林说，"没素质。"

孔真转转眼睛："你心情挺差啊？怎么着，前女友阴魂不散？"

赵东林确实因为这个心情很差。

他和前女友前前后后加起来见面的时间不超过30个小时，两个人分手原因是他超过两个小时没有回复她的消息，她连打了18个电话说分手，赵东林同意之后，她就开始了旷日持久的骚扰，还以自杀相威胁。

孔真幸灾乐祸道："哈哈哈哈哈，活该。"

她把两只手往桌子上一拍："你这样是不行的，她万一想不开自杀了怎么办，万一吊死在你家门口怎么办，万一心理变态了每天尾随你把你非法拘禁了怎么办？"

赵东林："……不会的。"

但他的表情明显因为这句话复杂了起来。

孔真说："哈，你怎么知道不会，我们女人疯起来那可是很疯的，你和人家在一起了又不好好谈恋爱，是不是瞧不起人家，是不是侮辱人家？士可杀不可辱，你就等着被人打击报复吧。"

赵东林终于拿正眼看她了："那怎么办？"

"我一个电话，不出5分钟帮你搞定，她以后再来找你的话我提头来见。"孔真信誓旦旦，"怎么样？"

赵东林虽然瞧不起孔真的工作能力，但是觉得她忽悠人还是挺有一手的，她说能解决，或许真的能解决。

"想要多少钱？"

"我不要钱。"孔真凑过去，努力做出一副真诚的表情，"你和那经理商量商量，分给我一个单做，只要一个单，如果你觉得不行，那我再也不会来烦你，如果你觉得可以，请给我一个和你们合作的机会。"

赵东林露出了一副"果然如此"的表情。

"请你搞清楚你是在做什么。"他慢悠悠地坐回到了椅子上，"这不是小孩过家家，你的草台班子想找个机会往上爬，你就在这里胡搅蛮缠，工作是很严肃的，我不能拿酒店的口碑开玩笑，不好意思。"

"我当然清楚我在做什么！"孔真被他的态度气得不轻，"你瞧不起我，对，我确实撒谎了，我就是想抓住个机会让别人看到我，你没说错，但是我必须说草台班子没你想的那么垃圾，我平均每个月要做30多场婚礼，最忙的一个月做了将近50场，从头到尾所有的流程都由我来安排，没出过一次岔子，没有任何一对新人不是在仪式结束以后感谢我的认真负责的。

"我前老板什么也不管，所有的创意都是我一个人找资料看书看视频想的，我现在就能立马拿出3个方案给你看——当然，你也不屑看，不过没关系，我总会找到人看的，刚才我说的都是气话，我知道不管我混到什么地步也轮不到给你大腿抱，但是你肯定有一天会改正对我的评价。还有，我不是很懂你为什么这么瞧不起草台班子，不是所有人都和你一样有人铺路的。"

她一口气说完了这么长的话，说得差点喘不过气，赵东林沉默许久，突然说："没有人给我铺路。"

"你刚才说——"赵东林打量着她，"你很有经验，每个月平均做那么多场婚礼，你具体的工作内容是什么？"

"我的工作就是……就是给我老板当牛做马吧。"孔真说，"和客户谈单签合同、出方案、布置会场、做后期修图剪视频，有时候摄影师不够了我还要去拍照片、现场督导、联系婚车，总之就是，当牛做马，猪狗不如……"

"小作坊，"赵东林摆出了自己的招牌表情，"正好压榨你这种蠢人。"

"我只是一个朴实的劳动人民，我不蠢好吗？"孔真没什么底气地反驳他。

"如果你不蠢，以你的能力，你应该早就跳槽了，不说别的，你一个人的后期水平就比很多团队强，郑经理说话一向刻薄，他说视频还不错，那就是相当不错。"

孔真不明白他什么意思："你是在夸我吗？"

"这不重要。你刚才说你随时可以拿出方案？"赵东林示意她坐下，"那说说吧。"

孔真愣了一下，紧接着用力点点头："嗯嗯！"

她拿出纸笔，从婚礼主题入手给赵东林讲解，思路相当清晰，看得出来不是临时起意瞎编乱造，连每个现场布置细节都说得清楚明白，而且不得不说，她那种异常投入认真的态度很有感染力。

让赵东林真正开始认真起来的是她所描绘的婚礼风格，或者换句话说，是她本人的品位，赵东林不得不承认这是闻欣欣的团队所欠缺的，和孔真的方案一比，他们那种力求闪瞎人眼的豪华奢侈风确实显得很土。

"……差不多就是这样了。"孔真将3张正反面都写了字画了画的纸收起来，有些紧张地看了他一眼，"你觉得怎么样？"

赵东林没有直接答复，而是问她："你学过画画？"

"我大一学过一学期的素描。"

"你挺聪明的。"赵东林沉思一会儿，掏出自己的手机，拨出了一串电话号码，递给她，"那就麻烦你帮我劝劝她别再来骚扰我了。"

孔真接过手机，过了两秒才反应过来对方这是同意给她分单了，高兴得差点跳起来，她拿着手机往外走："一定一定哈，我出去打，5分钟之内完成任务。"

她溜到无人的楼道，在电话接通后说："喂，你好，是赵东林的前女友吗？"

对方正在哭，听到电话那边是个女生，瞬间止住了哭声："你谁啊？"

"我是赵东林的老婆啊！"孔真压低了声音说，"你先别说话，听我说，我是偷他的电话打给你的，他随时都有可能回来，我看你因为他这么伤心觉得好不值啊，没必要我和你讲，你知道我为什么和他结婚吗？因为我急需用钱，他又急着找个人结婚，所以我们就合作一下，你知道他为什么急着找个人结婚吗？”

那边的女孩子呆了："为什么？"

"因为他和他那个哥们儿搞基被家里发现啦！"孔真一拍栏杆，"所以他来找我结婚，你知不知啊？"

那女孩恍然大悟："怪不得他都不和我睡！"

"……这种细节就不要和我说了！"孔真翻了个白眼，"好了，这件事天知地知你知我知，就别往外传了，我主要就是想鼓励你勇敢迎接新生活，别为了这种人浪费生命，懂不懂？"

"他怎么这样啊？"那女孩似乎是择了个茶杯，"我好想当面骂他一顿！"

"别啊，你这不是把我卖了吗？"孔真循循善诱，"你从现在开始就别想他了，你想啊，你再多浪费一秒钟给他，是不是就少了一秒钟有意义的人生？万一你在这一秒钟里遇到什么真命天子，但是你满脑袋都是赵东林，把真命天子错过了呢？"

那女孩沉默半晌，又开始抽泣，说："我知道了，那谢谢你哦……"

孔真表示不用客气。

她挂了电话回去找赵东林："搞定了。"

"你和她说了什么？"

"这我能告诉你吗？反正你现在可清静了，嘻嘻，那就这样，我回去等着你的消息，赵董再见。"

她浮夸地鞠了个躬，显得非常能屈能伸。赵东林看看她，勉强赏给她一个友好的微笑。

"你知道吗，你有那种县城出身的打工妹的努力，虽然我不是很喜欢，但我觉得还是值得鼓励的。"

孔真这回确定他确实是在损自己了。

"谢谢你的鼓励，首先我觉得你这人阶级意识太强了，让我不禁怀疑你是混血贵族吗？东京混迪拜的？其次你要是再这么喜欢瞧不起人，你就危险了我告诉你。"

赵东林看看她："我怎么危险了？"

"你会挨打的，我这种打工妹打人可疼了。"孔真抱着笔记本电脑，笑嘻嘻地说，"我走了，赵董，以后常联系，谢谢你的赏识，以后你就是我大哥。"

赵东林说到做到，很快就给了孔真回复——但是同时他也强调，只有这一次，如果这一次做得好，他才会考虑之后的合作。

孔真带着赵博与新人碰了面。

这对新人中的新郎是外企高管，新娘家境相当好，是大学教师，看上去郎才女貌，浑身上下写满了"人生赢家"4个字。新郎还算好说话，显得很信任孔真——当然也有可能是不想自己操心太多；新娘则十分挑剔，要求又高又多，孔真与她见了两次，第一次与她确定了婚礼的基本风格和大概流程，第二次就直接带着做好的方案等她敲定了，新娘看上去大体还算满意，但是在会场装饰和她当天的形象设计上总拿不定主意，方案前前后后改了7次，孔真加班加点，快要变成人干，终于把方案确定下来，拿到了工作室成立以来的第一笔定金。

赵博瞬间得到解脱，提议挪用公款去撸串庆祝。孔真虽然觉得第一笔买卖肯定会赔——赵博实在是太能吃了，但看在赵博这几天很辛苦的份儿上也就答应了，两人在公司附近找了家新开业的饭店，准备第二天晚上去庆祝一番，刚刚找好团购，负责联系客户的那个微信就有了新的好友申请，孔真大喜过望，和对方在微信上商谈许久，定好了第二天晚上见面。

"赵博，"孔真一边和客户聊天一边说，"完了，不能撸串了，明天和我去见客户，我们谈完了生意一起去吃麻辣烫吧。"

"我不！"赵博哭天抢地，"和客户一起去撸串！"

"你有病啊！"孔真踹他一脚，"哪有谈生意的时候撸串的？"

"手机给我，我来说。"赵博抓耳挠腮，"给我给我。"

孔真看他可怜，威胁他不要乱讲，就把手机递给了他，没过几分钟，赵博就巧舌如簧地忽悠了客户同意去撸串。

孔真感觉匪夷所思。

"你和我一起创业都是埋没人才了。"她轻抚赵博的头，"你应该去当特务套情报。"

"嘿嘿，好说好说。"

第二天晚上孔真和赵博比约定好的时间早到了，两个人正百无聊赖地等，孔真的手机突然响了一声。

是赵东林的消息。

对方发给她的第一条微信是："你为什么不更新朋友圈？"

孔真的双手不受控制地打下4个字："关你什么事？"

但是她觉得这样不太好，显得她很没有素质，便把问号删掉，用一个可怜的表情代替。

赵东林："你应该多在朋友圈发一些和工作有关的内容，万一我妈加你微信的话可以增加可信度，另外我提醒你说话注意礼貌。"

孔真："我觉得是你先没有礼貌的，你用质疑的口气问我为什么不更新朋友圈，实际上你没有权利质疑我为什么不更新朋友圈，懂吗？"

赵东林给她转了1000块钱。

赵东林："是有偿的。"

孔真以迅雷不及掩耳之势收下了钱："可以，1000块1条？"

赵东林："3条。"

孔真："也行。"

赵东林："更新的内容要和工作有关，你别忘了你在金融公司上班。"

孔真："知道了，回聊，拜。"

她放下手机美滋滋地说："赵博，放开了点，今天可以加餐。"

赵博心不在焉地应了一声，偷偷往吧台瞥。

那边站着个身姿曼妙的年轻女子，此刻正背对着他们在展示柜前选饮料，孔真看了一眼，转过身来说："看什么看啊，没见过美女？"

"长得可漂亮了……"赵博害羞地说，"像大明星，不对，比大明星都好看，转过来了，快看快看。"

孔真不经意地转过头去，恰巧对方也回头看到了孔真，两个人对视几秒，孔真微微睁大了眼睛，轻声说："湘南？"

谢湘南几乎是小跑过来的，她一把将孔真抱在怀里，只片刻又放开了她。孔真仔细看了看谢湘南的脸，眼圈红了，带着点哭腔说："怎么这么多年都没消息啊！QQ也不用了，想死你了！"

谢湘南赶紧在她眼睛边用手扇风："别哭别哭，等会儿妆花了。"

"谁哭了！"孔真嘴硬，"我都被你气死了。"

谢湘南在她肩膀上轻轻打了一下，露出一点小女孩的娇气，转身看向赵博："这是你朋友吗？"

"是呀，一起工作的，我弟。"孔真看了看赵博，发现对方满脸通红，浑身瘙痒地在凳子上扭来扭去，恨不得随时掏出手机要扫人家微信。

她没理赵博，拉着谢湘南坐下，问她："你现在在哪儿工作？"

"我刚刚辞职，你呢？"

"我现在在做婚庆呀！"

"哎？"谢湘南愣了一下。

"我们在这儿等客户呢，还不来，饿死啦！"孔真扁着嘴，"你来干吗？怎么一个人来吃饭？"

"我是来见婚庆公司的……"谢湘南迟疑道，"就是你们吧？"

双方这才知道闹了个乌龙，而本来沉浸在与女神近距离接触的喜悦的赵博瞬间垮了脸，知道女神要结婚以后就瘙痒瘙愈，开始猛喝雪碧。

"快说快说，你和你老公怎么认识的？"

"以后有时间再仔细聊啦！"谢湘南说，"我们今天先说正事儿。"

孔真想尽情八卦一会儿，但是转念一想，确实是应该以工作为重，她摆出一副专业的架势，详细给谢湘南介绍了自己公司的婚礼套餐，本来是想给她介绍最合适的，但是没想到还没等她说完，谢湘南就说："嗯……不要说啦，就最贵的那个吧。"

"哇，湘南。"孔真抱着她的胳膊，"你发达了。"

"哈哈，没有，好不容易结婚一次，当然要选个好的呀！"谢湘南一笑，"好饿呀，咱们开始吃吧，这个虾好大啊！"孔真觉得她笑起来的样子像另外一个人，和自己记忆里的谢湘南一点也不一样了，上初中的时候她哭起来总是嘤嘤嘤的，像个小孩子，单纯得很，然而——孔真想，人都是会变的，她自己的变化也很大。

似乎是因为受了打击，赵博化悲痛为力量，上蹿下跳忙得无比积极，孔真则早早联系好了摄像化妆师以及 DJ 等外包团队，并且提前与他们过了一次流程，她第一次觉得给有钱人办婚礼还是有好处的，因为新娘直接找了个在当地小有名气的电视台主持人做司仪，倒是省了她的事儿，主摄像还是赵博，孔真毕竟与他合作这么久，有了默契，而且平心而论，赵博虽然年纪不大，摄像技术还是过硬的，这也是孔真敢直接去桂宫的原因之一。

仪式开始的前一天，孔真带着赵博和两个帮手去布置会场，这活儿她做了大半年，轻车熟路，只是觉得偷偷去仓库拿东西有点胆战心惊，好在刘浩波这回好像惹出来的事儿不算小，跑路后，整个人好似石沉大海，毫无声息，孔真便放心大胆地仓鼠搬家。

4 个人忙完了，孔真给那两人结了账要他们先走，赵博扶着腰，犹如十月怀胎的孕妇环顾四周，他看着看着觉得不对："哎真姐，我怎么觉得这布置得和咱们之前的有点变化呢？不还是这么多东西吗？"

"你瞎吗？"孔真愤怒无比，按着他的脑袋给他看自己手机里的购买记录，"我新添置了这么多东西！"

孔真早在第一次给刘浩波布置会场的时候就想自掏腰包买东西了，可是一没那个必要，二是会招来刘浩波的责骂，他不觉得这是为了公司好，反而会觉得孔真在质疑他的审美。

他的审美就是便宜，以及把便宜东西胡乱堆一起。

虽然所有的装饰都不到大红大绿随便乱放的程度，但它们根本没有重点也没有风格，就像那种你朋友圈里随处可见的流水线婚礼现场。

用它们来装饰今天的会场，很显然是不够用的，即使勉强把场地铺满，也会显得很不入流。

孔真那天仔细数了数自己剩下的钱，虽然不多，但采购一些装饰品还是够用的。

她放弃了脏兮兮、怎么拿吸尘器吸都吸不干净的红毯，那套恶俗无比、沾满了粉色假花的烛台，让人看了以后只想发出叹息的奇怪路引，也重买了新的，又买了很多饱和度较低的装饰假花，把勉强过关但是积攒了很多陈年老灰的花门重新清洗一次，买了套环状吊顶装饰，和主舞台区的花艺背景，虽然让她肉疼，但效果不错。

整体以奶白色为主、金色为辅，显得干净清新又不落俗套，而且这两种颜色比较百搭，搭配鲜花或者假花也不会显得突兀——这也是她和新娘商议出来的结果。其他的饰品摆件林林总总也花了不少钱，但是现在一看，这些钱花得非常值得，酒店的打光大都是暖色，更显得现场气氛温馨。孔真心里痛快得不得了，终于可以不用刘浩波的那套破烂了！

赵博恍然大悟。

"真姐，你还准备买点什么？"他搓搓手，有些不好意思，"那个什么，我也做点贡献。"

"不用你啦！"孔真伸了个懒腰，"也没什么需要买的……走，早点回家睡觉，明天还早起呢！"

孔真最大的优点就是无论发生什么事都吃得下睡得好，她晚上 10 点半左右到家，11 点就睡了，第二天早上 5 点准时起床，收拾好自己后就背着包前往新娘的家。

她到的时候，新娘刚刚开始化妆，赵博比她早来一点，正拍摄素材留着剪 MV，还没等孔真把相机从包里拿出来，新娘就冲她招手："哎，你来一下。"

孔真赶紧跑过去："怎么了美女？"

"你们没准备和平鸽吗？"

孔真一愣："哈？"

"就是婚礼上放的那个小白鸽子啊，你们没准备吗？我刚才问这小伙子他怎么告诉我没有？"

"那个和平鸽……咱们的套餐里并没包括这一项啊，之前已经说得很清楚了。"

"这种东西不是默认都有的吗，怎么就说清楚了？"新娘微微抬高了声音，皱着眉头，显得有些不耐烦。

一边的化妆师与孔真合作过很多次，关系还不错，有些尴尬地看了看孔真，打圆场道："美女你别激动，和平鸽这种东西确实不是婚礼标配，说实话我参加过这么多场婚礼，还没见过谁放和平鸽的。"

"我没和你说话哦！"新娘看都没看她一眼，只从镜子里盯着孔真看，"你不是这里的负责人吗？我今天可以看得到和平鸽吗？"

她的表情像是在说如果看不到和平鸽，就要把孔真从楼上扔下去。

孔真沉默片刻道："那天和您沟通了很久，套餐里所有的内容都已经给您展示过，就连胸花款式这种小细节都说了，如果有和平鸽怎么可能不说呢？"

新娘脸上变色，刚要发作，孔真就继续说道："但是既然您提了要求，我们就尽量满足，也不收取您额外费用，您大喜的日子没必要因为这种小事生气，有任何事我们都可以好好沟通，是吧？"

新娘提起一边的嘴角笑了一下道："我没有生气哦！"

孔真和赵博等会儿跟着来接亲的婚车到酒店，正式的仪式就开始了，根本没时间出去，别的工作人员也各忙各的，哪里有时间跑去买鸽子？想了想，她拨通了李松的电话。

李松倒是很够意思，没听她多解释就一口答应，打车去花鸟鱼虫市场买了十几只小白鸽送来，前后不到半小时。新娘见到了鸽子，终于勉强露出了今天的第一个代表喜悦而非表达不满的笑容："你们还挺有效率的。"

"肯定要赶在仪式开始前给您准备好啊！"孔真很真切地说，"结婚这天哪儿能不高兴呢，得开开心心的。"

她这会儿讲话温温柔柔又妥帖宽容，好像一个大度的朋友不想计较新娘子的小任性一样，新娘嘟了嘟嘴道："谢谢你哦，不过我本来就以为这个鸽子都要有的。"

孔真笑了下，走过去帮她整理婚纱，并没说什么。

赵博拍得差不多了，新娘又说自己的朋友们都很饿，还没来得及吃早饭，孔真叫赵博和自己一起下去买，赵博在路上恨恨地说："你这样是不对的！这是无理要求！还鸽子，她要是看上我了你也满足她吗？"

"我当然会征求一下你的意见。"孔真说，"你别这么义愤填膺的了，客户脾气大你脾气也跟着大吗？我当然不觉得我的处理方式是完全对的，因为这看起来就是我们满足了一个客户的无理要求，但是以后这种情况还有很多，你一定要做好心理准备，我们能满足的就尽量满足。

"因为我们开门做生意，这不是你和家里讨人厌的亲戚打交道，该吵就吵，反正也可以老死不相往来，这是你的工作啊，你要吃饭。我觉得这个要求虽然无理，但是它还算好满足，反正比和客户争执讲理费的力气小，也不至于让我感到羞辱，让我有'老娘不伺候了'这种冲动，所以就这么办呗，不过下次我们一定要和客户强调所见即所得，别总想这些有的没的。"

赵博哼了一声："是你强调不强调的问题吗？那是客户人品问题，还是我的女神姐姐好，她肯定不会提这种无理要求。"

孔真看看他："幼稚。"

二人买了早餐回来，接亲的队伍也快到了，孔真抓紧核对一遍等会用的敬茶的茶具和喜烛硬币等小道具，新娘的妈妈突然找到她："小姑娘你来一下，我刚才听人说，结婚之前得找个童男子压床，你怎么没提醒我们啊？"

"哎？"孔真想了想，"别的地方确实是有的，但一般都是在婚床上，结婚之前找个童男子睡一晚，我们现在已经来不及了呀，而且我们这边好像没有这个风俗吧！"

"现在也可以的啊！"新娘妈妈推了推眼镜，"要不然多不吉利。"

"那……行吧，今天有没有男孩子过来玩儿的？让他去床上坐一会儿就好了。"

"没有。"

孔真说："那亲戚家的——"

"亲戚家的也没有。"新娘妈妈拿眼神暗示她，"年纪又不重要，是童男子就行。"

"……赵博！"孔真喊了一嗓子，"过来！"

赵博颠颠儿地跑过来："干吗啊真姐？"

"你谈过恋爱吗？"

"你这话说的！"赵博拉着脸，"瞧不起谁呢？"

"啊，那算了，刚才我们还说找个童男子压床给包个红包呢，我以为你是，原来你也被玷污了。"孔真遗憾地摆摆手，"你去忙你的吧。"

"那什么……"赵博腼腆地凑过来，"我的心灵已经被玷污了，但是我的肉体还没被玷污，主要是没人乐意玷污我。"

赵博抱着喜烛在床上坐了 10 分钟，拿到了只装有 5 块钱纸币的红包，把脸拉得老长，一直到接亲之后还拉着脸不想搭理孔真。

"坐了玛莎拉蒂哦！"孔真低头给相机换电池，"难道坐玛莎拉蒂不比拿红包开心吗？"

"玛莎拉蒂又不是我的，红包才是我的！"

孔真正要和赵博斗嘴，突然收到了新娘子的微信，叫她去大堂附近的包厢里去，她赶紧跑过去，发现里面除了新娘子之外还有几个伴娘在，新娘坐在中间，正冷着脸看她。

孔真的心一沉："怎么了？"

新娘子抱着胳膊，嘴角紧绷着："我们签的合同你拿了吗？"

"拿了，"孔真从包里掏出一叠合同放在桌上："有什么问题吗……"

"为什么合同上套餐的内容是一样的，但是——"新娘将指尖在合同上敲了两下，"你们给我的定价要比别人高呢？"

合同是孔真本人和新人签的，内容是孔真本人拟的，按理来说除了酒店方和自己还有对方，不会有别人看过这个合同，这又是孔真的第一单，哪里来的别的客户？

"请问这个价格——"

"我就和你直说了吧，刚才我一个朋友和我聊天，发现我们都是在这里办的婚礼，而且合同内容也是一样的，但明明都是一样的套餐，我的价格要比她高4000块，她在3个月之前办的哦，通胀也不至于到这个地步吧？钱是没有多少啦，可是我们花钱总要花得值得，往水里扔还要听个响呢，你说是不是呀？"

孔真一时之间不知道说什么好，她刚想问问哪个朋友也在这里办的婚礼？明明你才是我新工作室成立以后的第一单啊，可是这话她没办法说出口——因为当初在谈单的时候孔真暗示对方自己的工作室已经成立很久了。

她刚要开口，新娘子就摆摆手："好啦，你不要说了，等下仪式就要开始了，我先走咯，等仪式结束后我再和你说。"

她站起身来，孔真赶紧跑过去帮她整理婚纱："好，我们先出去，有事等仪式结束以后再说，我真的不清楚为什么合同会有两个版本，但是我可以确定另外一个版本的绝对不是从我手里出来的。"

"是吗？"新娘子不置可否，"那就等你查清楚咯。"

孔真出去与摄影摄像重新确定一次机位，又和DJ灯光师快速过了一遍流程，其余雇来的临时工各自待命，她做完这些，一边蹲下身去整理红毯两侧路引上的仿真花，一边心想这到底是怎么回事？

新娘子犯不着为了4000块说这种无聊的谎话吧？孔真想着她身上那套定制的兰玉婚纱，据说花了将近17万，人家至于因为4000块编个谎话骗自己吗？根本没必要啊……

使劲摇了摇脑袋，孔真决定暂时不去想了，今天是个非常重要的日子，她一定不能允许婚礼过程中出任何纰漏。

宾客逐渐多了起来，本来空旷的场地逐渐变得喧闹，很多年轻女孩子纷纷掏出手机拍照或者用背景自拍，孔真好歹得到了一丝安慰——说明她没白忙，还是有人欣赏的。

进入礼堂前要路过一条长长的走廊，孔真在这段路上用了和礼堂同色系的花艺装饰，又在尽头竖了新买的主题背景板和铁艺装饰，签字区有两个新娘的朋友帮忙记下礼金数额，并且分发伴手礼。两个结伴而来的女孩子一边拍照一边小声交谈，孔真清楚地听到其中一个女孩子说："布置得挺漂亮的哎……都是外包给婚庆公司做的吗？"

我我我，看我看我啊……孔真在心里无声地呐喊着，一边装作面无表情地从她们身边路过。

仪式开始后，孔真就和赵博待在一起，因为赵博是主机位，婚礼后剪辑视频主要用赵博的素材，她必须盯着点赵博，免得他放飞自我随意乱动机位。仪式进行得很顺利，孔真一个人干了婚礼策划、现场督导、总导演的活儿，没出什么纰漏，她的紧张感逐渐消退，又不由自主地想到了合同——不知道应不应该直接去找酒店对接的那个人旁敲侧击地打听一下情况，或者是直接去找新娘问清楚到底是哪个朋友？

孔真一边想着这些事，一边远远地盯着新娘在灯光下娇艳的脸。

仪式顺利结束了，没有前男友前女友来闹场，没有放 MV 时却不小心放了什么不该放的视频的乌龙，她精心设计的会场美得像是一场梦，孔真置身于这种虚幻的幸福里，和宾客一起在新郎新娘拥吻时鼓掌。

敬酒后宾客逐渐散去，精心布置的桌子零零散散，桌上杯盘狼藉，孔真看着穿秀禾服的新娘带着新郎施施然走过来，强打精神挤出一个微笑，新娘子随意地把手搭在椅背上："今天就辛苦你了，回去以后我们大概多久可以拿到 MV 呀？"

"一个礼拜就可以送到您手上了，我们会直接快递过去，电子版也会直接发一份给您邮箱，就按照合同那个地址对吧？"

"对，"新娘说，"关于那个合同——"

"关于那个合同，我想问一下，您是亲眼见到了，还是听朋友说的呢？因为我刚才回想了一下，确实是没有您说的那种情况出现，不存在套餐内容完全一样的情况下多收费的事儿，有没有可能您朋友记错了，或者是我们的套餐内容其实是有一些变化的呢？"

"这个我不方便说的，因为我不想给朋友添不必要的麻烦。但是无所谓啦，我只是顺便问一句，可能这里确实有什么误会吧，今天也辛苦你了。"

孔真"啊"了一声，刚要说话，新娘子就挽着新郎的胳膊："那我们先去忙咯，回头再聊。"

她冲孔真笑了一下，眼睛弯弯的，漂亮又可爱。孔真突然松了一口气，她觉得自己不应该这样如临大敌，她付出的诚意对方肯定看得到，不会因为误会对她有什么意见，只要孔真把事情查清楚告诉她就好了，说不定以后两个人还能成为朋友呢，谁说不能和客户做朋友了……

抱着这种想法，孔真在电脑前忙了两天一夜，用心地把婚礼现场的 MV 剪了出来，还手写了一段诚意满满的祝福准备一起发送给对方。可是寄出去的光盘和电子版 MV 都石沉大海，并没有一丝回音，离合同上规定好的付尾款的时间只剩一天，尾款也迟迟不到。

她决定打个电话问问，还没等她的电话打出去，赵东林的电话就过来了。

"喂……"孔真有些忐忑，"怎么了？"

赵东林开门见山地说："你被人投诉了。"

"啊？"孔真惊了，"为什么投诉我啊？出什么岔子了吗？我记得没有啊……"

"酒店员工私下和新娘聊天，暗示她被宰了，新娘直接来找酒店投诉你乱收费，如果不把这件事解释清楚，她会连酒店一块投诉。"

孔真结结巴巴地解释："大哥，你听我说，我真的不知道她那个 4000 块是哪里冒出来的，我给的定价很公平合理了，甚至有可能赔钱，我还养了个员工，你知道那个员工多能吃吗？和猪一样的，而且根本不可能有什么内容一样的套餐，我新店开业第一单，你知道的大哥。"

　　赵东林只说："嗯。"

　　"那我该怎么办，要不然我还是去和新娘子说实话，告诉她，她是我工作室服务的第一个客户，然后给她打个八折？"

　　"谁说的我们已经查清楚了，而且我们这边已经和新娘解释过了，给你打电话的目的是告诉你以后说话注意一点，别什么都往外说，闻欣欣和我们合作了这么多年，关系总有一些，想阴你很简单，这次就这么算了，尾款明天打给你。"

　　"怎么就这么算了？"孔真没听懂，"你的意思是闻欣欣找了酒店的工作人员去新娘身边说了什么吗？是谁啊，我肯定要找他当面说清楚，怎么能就这么算了？"

　　"他已经被开除了。"

　　"哦……"孔真的战斗激情迅速被熄灭了，她悻悻地把袖子撸下来，"为什么开除？就因为这件事吗？"

　　她眼睛一亮："因为我吗？大哥，你太够意思了吧！"

　　"……当然不是因为你，具体情况我不清楚，桂宫又不归我管，你改天可以问问郑经理。"赵东林冷淡地说，"挂了。"

　　"等等！大哥，我们有没有可能那个，再深入合作一下。"

　　"去和郑经理谈，这种鸡毛蒜皮的事情不要找我，我又不管酒店经营。"

　　"是，谢谢大哥！"

　　赵东林好像是笑了一下，又好像是冷哼了一声："少套近乎，挂了。"

　　"哎，你等等，别挂呀，我还没问你我们草台班子做得怎么样呢？"孔真又想起了对方那张臭脸，"我发给你的现场照片你看了吗？"

　　赵东林沉默半晌，勉强说："还可以。"

　　"是吗？只是还可以吗？你们酒店要求好低啊，还可以就可以和你们合作，那以后是不是什么阿猫阿狗都可以来了！"

　　"很好，"赵东林不情不愿地说，"闭嘴，真的挂了。"

　　孔真挂了电话，仍有些不放心，她忐忑地给新娘发了个微信，问她婚礼 MV 是否满意？有没有需要改的地方？新娘发来段语音，在那边娇滴滴地说："亲爱的，我刚要联系你，上次是咱们之间闹了点小误会，挺不好意思的，幸好酒店那边解释给我听了，你看，上次让你忙了一天还那么说你，我觉得心里可过意不去了呀，正好我这儿还有个朋友也要结婚，要不我把她联系方式给你？没事儿，这次你和她说实话就行，虽然咱们刚做不久，但是质量信得过呀！"

孔真把语音翻来覆去地听了好几次，美滋滋地对赵博说："哎，赵博，你听见没？"

"听见了呀亲爱的，"赵博捏着嗓子娇滴滴地说，"虽然我误会了你，但是我再给你拉个活儿，你就别叫唤了嗷！"

孔真说："怎么能这么想呢？她什么都不做也可以呀，又不是欠咱们的，因为我们的服务质量和努力程度得到了她的信任，懂不懂？以后的每一单我们都要努力做，这样就会多很多一直给我们打广告的回头客！"

"嗯嗯嗯嗯嗯，你说得对。"赵博蹬着椅子哧溜一下滑过来，"哎，那什么，你问清楚到底是谁搞的事儿了吗？"

"不是说酒店员工吗？"

"酒店员工闲的？"

"那你说是谁？"孔真眼睛里全是小圈圈，"我最搞不清这种事了，别问我，你帮我想想。"

"人头猪脑，人头猪脑，啧啧啧，"赵博摇头叹气，"把咱们的单搅黄了，让客户投诉了，单给谁做？谁得利？闻欣欣，你闻姐啊！"

第一笔尾款打来后，孔真如约给赵博分了一半的纯利润，虽然钱不算多，但赵博还是美滋滋地表示要请孔真吃饭，孔真摆摆手："不用啦，正好今天晚上有个饭局，带你一起去。"

"和谁吃啊？"

"上次吃饭的时候见到的那个朋友，"孔真说，"谢湘南和她老公，正好在我们这儿办婚礼。"

赵博猛地垮了脸。

第四章
〰〰〰 为自由而战

　　谢湘南的未婚夫是个浑身潮牌的富二代。

　　他整个人都流露出那种"我很有钱""我很浮夸""注视我，就现在"的感觉，搞得孔真很想冲他翻白眼，好在她及时忍住了，还假装很热情地与他握了握手："你好你好，我是湘南的中学同学。"

　　"啊，她和我提你了，你想给我们弄婚礼是吧。"未婚夫大大咧咧一点头，"我的意思呢是弄个专业团队，去欧洲结婚，找个名导给我们旅拍，她非推荐你给弄，那就先在国内弄一场吧，反正我也不差那个钱，她乐意花就花呗。"

　　孔真把自己的笑容扯得更大一些："嗯，看出来您不差钱了。"

　　谢湘南突然捂着嘴笑了一下："我觉得在国内也挺好的呀，去国外的话好多亲戚朋友都不会来的，多无聊啊！"

　　"土不土啊？"未婚夫喝了口冰水，"什么亲戚朋友七大姑八大姨的，烦死了。"

　　谢湘南轻轻在他肩膀上打了一下："你谁都烦，那你烦不烦我啊？"

　　赵博沉默不语，只在一边疯狂吃肉。

　　饭局过半，谢湘南的未婚夫接了个叫他去唱歌的电话就走了，赵博不知道是吃撑了还是气饱了，也找了个借口溜了。

　　孔真觉得有些尴尬，她夹了口菜："你老公挺忙的哈。"

　　"是呀，最近生意忙，工作需要。"谢湘南毫不在意地说，"我们吃吧。"

　　孔真本来想问问她，为什么非要找个这么讨人厌的老公，但是她一再告诉自己，忍住，她已经不是十几岁时候的单纯少女了，她一定要做一个成熟理智会社交的大人。

　　"你老——老爸，还在老家吗？"孔真硬是把话憋了回去，暗暗松了一口气。

"他在满洲里打工呢，我妈还在老家。"

"哦……我说你怎么这么多年都不和我联系啊？去外地读书了吗？"

"嗯，"谢湘南微微歪着头，一头精心养护的长发滑下来，搭在了肩膀上，"初中毕业以后家里出了点事，就去外地读高中了，我和我老公是高中同学，高中毕业以后他带我出国读书了，前段时间我们才回国。"

孔真在心里骂了一声，心想这是什么偶像剧情节！自己小时候的好朋友居然找到了一个青梅竹马富二代！那自己就不在心里说她老公很欠揍了！

"你们感情好好啊……"孔真发出了单身狗的哀鸣，"那么年轻就认识了，还带你出国，他肯定超级疼你。"

"还好，"谢湘南笑了一下，手指上的钻戒闪闪发光。

孔真赶紧摆摆手："好了好了，你不要再刺激我了，赶紧换个话题，谈正事儿，你们酒店订哪儿了？"

两个人聊起了婚礼的事情，孔真是真心实意想帮她把婚礼办好，谢湘南则表示不用考虑预算，不用给她省钱——反正钱都是她未婚夫的。

谢湘南的婚期离得不算太远，所以时间难免有些赶，孔真拉着一个不情不愿的赵博还有些忙不过来，谢湘南很热情地筹备着他们的婚礼，然而她的未婚夫对此兴致缺缺，对此唯一的表示就是：国内办婚礼太土。

在孔真的记忆里，谢湘南明明是一个只会靠在她怀里嘤嘤嘤让她保护的小姑娘，就算是要结婚也应该找一个脾气好又温柔的人，再不济装也要装得体贴一点儿，怎么找了这种会被人投稿到营销号的暴躁富二代，真想把他拖到小黑屋里猛踹一顿！

不过转念一想，她老公也许就是这个性格也说不定，人家小两口私下里怎么相处她又不知道，毕竟说起来也是和谢湘南从高中走到现在的人啊，算一算都快 10 年了，两个人还一起去国外留学过，肯定经历了很多，感情很深，她还是别瞎操心了。

某一天谢湘南又和孔真小聚，两个人都喝了点酒，孔真拿出自己找的捧花图片给谢湘南选，谢湘南很认真地看了一会儿，突然推开了手机，有些出神地笑着说："婚礼现场会不会特别好看？"

"那肯定超级好看啊！"孔真很得意，"一定要给你留下一个永生难忘的婚礼。"

"不是哦……"谢湘南摇摇头，"我不在意的，我是想给他们看看。"

"给谁？"

"我的亲戚们、我的老同学们……"谢湘南好像有些喝醉了，伸着手指一个一个地数，"我的亲戚们、我的老同学们……认识过我的人……"

她那张美艳不可方物的脸因为醉意变得更加梦幻了，孔真突然有了一种不真实感，她总觉得这种不真实感会出现在谢湘南身上，就像小时候对方会趴在她的课桌上满脸忧愁地小声问："日本很好玩吗？"孔真摆弄着自己的索尼随身听，笑嘻嘻地回："我爸说大阪很好玩，给你这张通天阁的明信片，你看，好看吗？以后我们不读书了有机会一起去！"

谢湘南听到这句话就会变得更加忧愁，孔真不知道她的忧愁从何而来，她从前就偶尔害怕谢湘南会突然变成一缕烟飞走了，以至于在两个人没有联系的这么多年里，孔真偶尔会怀疑这个人根本就是不存在的，她并没有和一个很漂亮的女孩子做过朋友……好在她们两个人又重逢了，大家都真真切切地站在生活里，虽然孔真已经不是那个耀武扬威、意气风发的小姑娘了。

"那就让他们都看看。"孔真一把抱住了谢湘南，把她的头按在自己怀里，"看看你到底是有多么幸福——"

"我很幸福啊！"谢湘南在她怀里闷闷地说，"很幸福，很幸福……"

谢湘南婚期将近，孔真手头的事情越来越多了，除了要事无巨细地帮助谢湘南准备婚礼之外，她还要和桂宫的经理去谈合同，这比她想象中的要复杂很多，在此之前她和酒店的合作仅限于在布置场地前打个招呼，所以在发现合同上规定她需要一次性支付一年的场租费用的时候，孔真瞬间感觉头大如斗。

不知道是不是被开除的那个员工的缘故，郑经理对她的态度有些暧昧，孔真还记得第一次见面时对方对她很客气，但现在每次见面，孔真都觉得他阴阳怪气的。

事实上孔真的感觉一点没错。

郑经理那天会与孔真见面完全是因为一个意外，桂宫与闻欣欣合作了这么多年，从来没想过换合作方，闻欣欣是个很会做事的人，自从双方认识之后，每到逢年过节，她都会给郑经理送点很贵重的礼物或者直接封个红包。但是前段时间郑经理知道闻欣欣和酒店的另外一个高层来往很密切，那会儿正值酒店人事变动，这是再明显不过的站队行为，郑经理暗示了几次，闻欣欣不为所动，郑经理也就心想你不仁我不义，你不想合作，有的是人抢着巴结我，哪怕最后我不留在桂宫，也要找人进来签合同分了你的单。

所以那几天除了孔真之外，他还见了别人，只不过后来闻欣欣大概是听到风声，知道桂宫内斗尘埃落定，她押错了筹码，又来找郑经理吃了顿饭——没吃什么好的，去了附近大学小吃街的路边摊串串香，当时正值毕业季，四处都是夜不归宿的毕业生在吃散伙饭，闻欣欣没事人一样和郑经理回忆起了自己的学生时代，结账时两个人才花了60多块钱，郑经理随手付了钱，闻欣欣笑着说那谢谢你破费了，然后很随意地从兜里掏出一张卡递给他，在他还来不及反应的时候很热络地与他拥抱了一下，摆摆手道："郑哥，我走了。"便跟着那些年轻的学生们一起离开了。

于是郑经理在顺路去了趟银行查看卡里余额后又与她重新建立友谊，并且开始头疼怎么把孔真赶走。

他不知道孔真到底是怎么搭上赵东林的，也不知道赵东林和孔真具体是什么关系，他只知道那天自己走了以后，赵东林和孔真在办公室里单独待了会儿，具体聊什么他不清楚，聊完了以后赵东林就打了个电话给他，叫他给孔真分个单，并且盯着点儿她干得怎么样，别让她糊弄事儿。前后不超过3句话，说完就挂了。

一般情况下，新人的酒店和婚庆服务是分开预订的，或者是找好了婚庆公司之后由婚庆公司一手包办，很少有酒店有能力分单给婚庆公司，但桂宫的婚宴预订一般是搭配婚礼服务的，大多数新人都觉得这种档次的酒店提供的服务肯定要比外面好，这里的客户大都愿意花钱买方便，桂宫口碑好，这也让它有权利挑选自己的合作伙伴。

郑经理最开始并没把孔真当一回事儿，甚至后悔那天下午浪费时间见她——不是因为别的，孔真实在是太年轻了，他不喜欢和小年轻合作，更不喜欢和年轻团队打交道，他们脾气冲，遇事儿更固执一些，也不懂得给他送各种各样的卡。

然而在婚礼当天亲自去会场转了转后，他无比惊讶，虽然面上没表露，但他不得不承认孔真的审美比闻欣欣团队的强不止一个档次，也用心了不止几倍，这从任何一个小细节里都看得出来，在他得知除了主摄像以外的工作人员都是外包的、孔真一个人身兼数职还能不出差错之后，他不得不承认自己最开始小看了孔真，这个姑娘确实是比闻欣欣的团队强。

然而闻欣欣会找他出去吃路边摊再送张卡，孔真不会，这就是孔真致命的缺点。所以在闻欣欣找了酒店工作人员以核对婚宴内容为借口去找新娘闲聊的时候，他假装没有看见，后来新娘向酒店投诉孔真，郑经理便联系了赵东林，他本来以为赵东林不会在意这点小事，直接叫他以后别再合作就是了，没想到赵东林认真了起来，非要让他搞清楚孔真到底是为什么被投诉的。

郑经理最开始还想搪塞过去，赵东林却对这事儿上心得很，还查出了替闻欣欣做事的那个员工的经济问题，郑经理怕这把火烧到自己身上，不得不弃车保帅，把对方开除了。

他更不想和孔真继续合作下去了。

合同是他亲自拟的，内容乍一看并没什么问题，但是细究起来对孔真很不利，因为它根本没有明说每年最低会分多少单给孔真，却着重规定了孔真必须尽到的义务，尤其在钱上十分严苛，规定必须一次性交齐一年的场地使用金，孔真不知道这条规定从何而来，难道不是每单签约一次，按比例分成吗？

她本来就没什么钱，第一次办婚礼赚的分了赵博一半，除去填修理两台相机传感器的钱、买各种会场装饰品的钱、支付外包工作人员的工资，以及各种乱七八糟她意想不到的花费，实际上还倒贴了 300 块。

虽然她一再安慰自己，下次不用给赵博这个狗东西垫钱修相机，也不用再花钱买这么多装饰品，但孔真还是高兴不起来，又一个很现实的问题摆在眼前——她一定要支付一笔租金才能有机会继续和桂宫合作，如果她失去这个机会，就又要重新和赵博去地铁上扫码挨别人的白眼，还要白请人家吃甜品。

想到这里她又开始在心里狂骂赵东林，明明说好了第一次表现得好就给我机会以后合作的，不想合作就直接说呀，暗戳戳搞这种操作是什么意思！可是她又不好直接去找对方，人家已经说得很清楚，这些鸡毛蒜皮的事不归他管，他只是一个普普通通不想继承家业的富二代。

孔真不想让自己显得很无理取闹。

她找郑经理谈了几次，希望让对方同意那种一次一签约的合作方式，她也可以在分成上作出让步，然而郑经理虽然表面上笑呵呵的，态度却很坚定——桂宫一向就是这个合作模式，都是别人来抱他们大腿，你不愿意合作有的是人等着，如果你不和桂宫合作，就你的草台班子等一辈子也别想接到这种价位的订单。资源是我们给你的，我们不给你什么都没有，就这么简单。

孔真有好几次都想打他一顿，让他少这么阴阳怪气地说话，经理很牛吗？她还是赵东林的合法妻子呢！

一想到赵东林，孔真决定忍住，因为她不想让赵东林瞧不起，即使两个人只是对方生命里的过客，她也希望有一天赵东林能认认真真地说，她是一个值得自己尊敬的过客。

眼看着郑经理这边态度强硬，孔真决定给自己留条后路，她在筹备谢湘南的婚礼之余积极联系其他酒店，也和赵博不断通过各种渠道打广告，上一次的婚礼成片 MV 效果实在是太好了，有了这块敲门砖，她的话变得更有说服力了，她可以毫不心虚地对人说：这场婚礼从头到尾，从框架设计到细节布置，全都出自我一人之手。

赵博揶揄她："真姐，你这个行为叫什么你知道吗？有枣没枣打三杆子，你可真是精力充沛，有一种二十世纪六七十年代劳动妇女特有的朴实感，看到你我就会感受到那种丰收的喜悦……"

孔真刚从外面回来，午饭都没来得及吃，听到他在这里说风凉话，气得二话不说将他暴打一顿："是，我就是朴实的劳动妇女，我让你感受感受劳动妇女的力量！"

她打够了，拉着赵博去吃排骨米饭，赵博被揍了一顿以后收敛了嚣张气焰，在等待上菜的过程中谨慎地说自己最近也有努力打广告，而且他已经帮助孔真找到了一个免费仓库，可以放他们的器材和装饰品，先用一年没有问题。

孔真瞬间松了口气，她正犯愁买了那么多体积庞大的装饰品以后刘浩波的小仓库放不下呢!

"哪里来的免费仓库?"她随口问。

"我朋友帮的忙。"

老板把饭菜端了上来,赵博很快转移了话题,问孔真谢湘南的婚礼准备得怎么样了。

"还好吧,都准备得差不多了,但是她的要求好奇怪啊,她说不需要接亲,我们直接去酒店举行仪式,我问了好几次她也不告诉我为什么。"

"是她老公不配合吧。"赵博显得不太高兴,"她怎么找这么个老公。"

"她老公对她很好的,你懂什么呀,他们两个高中就认识了,她老公带着她去国外读书,回国就结婚,你想想,这是多深的感情?"

赵博嗤笑一声:"认识这么多年了不知道她爱吃什么?那天我们一起吃饭,他点的菜全是重油重辣的,谢湘南一筷子没动,就吃了点炒时蔬,就算他知道吧,那也太不体贴了,这种人值得一嫁吗?"

孔真没想到赵博观察得这么细致,她无话可说,只好拍了拍赵博的肩膀:"算了,想那么多干吗?她开心就好,她是我的好朋友,以后我们可能还会有接触,你要好好调整自己的心态啊小伙子,人家结了婚的。"

赵博点点头,闷头吃饭。

很快就到了谢湘南结婚这一天。

孔真起了个大早,和赵博一起去酒店拍她化妆的过程,孔真心情很好,在一边聊个不停,谢湘南则有些心不在焉,妆化到一半,她动了动手指,有些不安地说:"他手机怎么关机了?"

孔真没当一回事儿:"肯定是忘记充电了,他们男的就这样,不丢三落四能死,别着急,喏,项链你选一选?"

谢湘南在孔真的陪伴下盛装前往酒店,一路上都非常沉默,一直盯着手机看,到了酒店后,孔真为了哄她开心,指着伴手礼里的小装饰画说:"你看,通天阁。"

通天阁是大阪的著名景点,有 100 米高,楼上有瞭望台,楼下有通天阁歌谣剧场,夜晚来临时通天阁的霓虹灯亮起,格外耀眼夺目。谢湘南小时候非常喜欢孔真给她的那张通天阁明信片,拿透明胶带将它缠好放在铅笔盒里,因为经常拿出来看都磨得软了。

这次的会场布置和上次的唯美梦幻风格不一样,孔真想了几个主题给谢湘南挑选,发现她更偏爱日式风格,便决定向那方面靠拢,在布置时着重注意了布光的层次感,放大自然光源,顶灯光源作为辅助,其余全部是亮度不是很高的点光,比如路引是上面有落英图案的长方体落地灯,仪式区则将点光源放在花艺装饰里做装饰和照明,营造出了朦胧的气氛。这次的花艺装饰不是上一次用过的仿真花，为了和整体的风格搭配，孔真买了很多绿萼梅和龙吟梅，这两种花都颜色偏浅，显得淡雅脱俗。会场所有装饰品颜色的饱和度都不高，整体干净而克制，而点缀其中的朱砂梅又恰到好处地让画面活泼起来。

孔真对最终呈现的效果表示相当满意，因为虽然这里没有各种金闪闪让人眼瞎的装饰，但显得非常高级——当然也显得很贵。

她挽着谢湘南的手，问她："怎么样，和我们讨论出来的是不是差不多？喜欢吗？"

谢湘南抬起头看了许久，看到孔真有些不安起来，才轻声说："我很喜欢。"

"喜欢就笑一个啊！"孔真与她十指紧扣着，觉得她的手很凉，便两只手握住搓了搓，"怎么总不开心呀？"

"没有想到我的婚礼是这样的。"谢湘南轻轻将头搭在她的肩膀上，很疲惫地说，"我小时候一直在想，我以后的婚礼是什么样子的呢？是不是像我妈妈带我去的镇子里那些婚礼一样，舞台布置得很简陋，桌子上铺着一次性桌布，大家一边大声聊天一边吃饭，到处都脏兮兮的……可是人的命运真的好奇妙，我没想到我的婚礼是这样的。"

"你想太多了吧！"孔真揽着她的肩膀，安慰似的轻轻拍了拍，"乖，别想这些了，快给你老公打个电话，问问他跑哪里去了，别等会儿堵车迟到了。"

谢湘南掏出手机，刚要拨出号码，便收到了一条短信，她看一眼，把手机放了回去。

"我婆婆叫我过去。"

"去吧去吧，可能要悄悄给你塞红包。"孔真帮她整理婚纱，"我就在这儿等你。"

谢湘南去了大概有 15 分钟，孔真等得百无聊赖，就在她等得不耐烦，想跑过去看看出了什么事的时候，谢湘南出来了。

她平静地对孔真说："我要出去一趟。"

孔真满脸问号："去哪儿啊？"

"去公安局。"

"哈，去公安局干吗？"

谢湘南没有说话。

她找了个包厢，让孔真帮自己脱下婚纱，换上一条方便行动的连衣裙走出了酒店，并没有回答孔真的任何一个问题，只在打到出租车之后迟疑片刻道："你和我一起去吧。"

孔真只得和她一起上了出租车。

一路上谢湘南都很沉默，两眼放空地看向窗外，孔真简直要急死了。直到车在公安局前停下，二人都下了车，谢湘南才回答了她的问题。

她很冷静，但是表情又很游离，似乎超脱在这一切之外，然而她终究是没办法真的超脱，还是要一字一句地对孔真解释："我老公昨天晚上去嫖娼，被警察带走了，警察早上打电话让家属来，我婆婆说丢不起这个人，叫我拿钱来捞。"

　　孔真过了5秒钟才消化了这个事实。

　　她第一反应就是露出了一个异常狂躁的表情，不容置疑地说："管他去死！让他在警察局待着吧！"

　　她拉着谢湘南想离开，谢湘南却不走，她抱着肩膀与孔真对视："今天我婚礼，我需要他出现和我结婚。"

　　"你疯了吗？你还结什么婚啊？这还结婚？这——"孔真气得眼前发黑。

　　"我一定要让他出现，和我结婚。"谢湘南固执地说，"我一定要办完我的婚礼。"

　　"你疯了吗！他嫖娼啊，嫖娼你懂不懂什么意思？你俩认识10年他都能这么对你，结婚前夜去嫖娼，你好好理解一下这句话的意思？这种人你还想和他结婚？"

　　"没有认识10年。"

　　"……啊？"

　　"我说，我们没有认识10年。"谢湘南居然还微笑了一下，"我们只认识了半年不到，是在网上认识的，而且他也不是第一次劈腿了，但是他说会和我结婚，我就没有分手，我不在乎。"

　　孔真蒙了："那你们不是高中同学？"

　　"我没有读过高中，初中毕业以后就不念了，那时候和你们不联系是因为你们都去读高中，我觉得很丢脸……毕业那年我爸喝酒骑摩托出门出车祸了，一年多不能干活，我妈说家里没钱，还要供我弟，叫我别念了，我出门以后去过南方的工厂给人家组装玩具，车间总有人骚扰我，当时年纪小太害怕，第一个月工资没要就偷着跑了。

　　"后来回老家去饭店端盘子，去理发店做过学徒，赚的工资除了租房子、吃饭，剩下的全被我妈要走了，20多岁了两手空空，什么也没有，恋爱谈过几次，也就都那样，没有一个主动提结婚的，嫌弃我没文化，或者家里觉得我太漂亮不适合过日子……好不容易遇到我老公，你觉得我不应该嫁吗？"

　　孔真已经被震惊到失语。

　　她过了半天才说："那你……那你为什么当时不告诉我？我可以帮你啊！"

　　"因为我们大家都有自己的人生。"谢湘南眼圈泛红，鼻尖也有些红了，她拿两只手捧着孔真的脸，露出了执拗的神情，"孔真有孔真的人生要过，谢湘南有谢湘南的人生要过，你可以帮助我一次，但是我的人生还有无数个难关，也不见得我读了高中生活就会有什么改变……我们大家，我和你，还有其他的人，我们都要去过自己的人生，这是我选择的，我永远也不会后悔。"

"什……什么啊！你为什么不会后悔啊！"孔真紧紧攥着她的手腕，"你要和这种人过一辈子吗？你的选择就是过这种生活吗？"

"我也许可以去别的吧，但是我没力气再选了……我真的好累啊！"谢湘南的眼泪止不住地流下来，露出了孔真熟悉的脆弱神情，"我真的好累好累，工厂每天要做十几个小时，去饭店每天要刷几千个盘子，永远和别人一起合租，从来没用过干净的卫生间，买一串40块钱的项链都要前思后想好多天。

"我想努力，我想好好去工作，可是我真的什么也不会，什么机会也没有，我永远在打工，永远在刷盘子，我不敢停下来去干点别的，因为没人管我，没人给我交房租，交过的男朋友都觉得我白长了一张漂亮脸，什么也不懂，在一起久了说句话就烦。

"孔真，我不是你啊，你可以去日本，去大阪，去看通天塔，去读书，去创业，你什么都可以，我不行啊！我也不知道我的人生怎么会变成这样的，好不容易遇到了我老公，他愿意给我花钱，愿意带我离开，我不应该选择和他在一起吗？我做错了吗？

"我不在乎他到底爱不爱我，我也没有任何理想，我不想改变世界，我最大的愿望就是能用一个干净的浴缸泡澡，可以买个漂亮花瓶不用担心搬家的时候不方便拿，再多一点我都不敢奢望了，你懂吗？对不起，你不要生气，我不配做你的朋友，可是我真的不想再看不见希望地混日子了……"

谢湘南已经泣不成声，眼泪把妆都冲花了，她想冷静下来，却很快就哭得止不住，早秋的凉风拂面，她觉得很冷，于是她猛地抱紧了孔真，像是抱紧自己床上那个买了5年的小狗抱枕一样，紧紧地与她贴着，把眼泪全都蹭在孔真的肩膀上，抽泣哽咽着说："是我太笨了，我眼界窄，我没见识，我不懂怎么做才是正确的，我只配过这样的生活，但是我真的好累啊，15岁到25岁，我辛苦了10年，没有一天是开心的，20岁生日那天我花了半个月工资给自己买了条裙子，等到25岁我也没等到合适的机会去穿它，我要等多久啊孔真，你告诉我，我还要等多久！"

她哭起来也依旧是隐忍的，然而抱着孔真的手却越来越用力，让孔真感到难过。

孔真抱着她，觉得她好瘦，像只小猫一样，外面的毛软软的，用力一摸全是骨头。

过了好久，谢湘南的哭声逐渐变小，孔真才开口说话。

"没想到你会对我撒谎。"她拿手背擦了擦眼睛，轻声说，"好吧，我也对你撒谎了，其实我爸妈早离婚了，我爸穷得叮当响，高二开始就没给我打过生活费了，今年还骗我去给他当担保借钱，骗了我20多万。"

谢湘南愣了一下，她看着孔真，吸了吸鼻子说："那你怎么办？"

"我还好好地活着啊，还能怎么办呢？我想努力赚钱，赚很多钱，好好生活，就算被人骗也没关系，吃点苦也没关系，我一定要好好生活。"

"我知道你很辛苦。"孔真攥着她的手，攥得越来越紧，像是想给她力量一般，"你为什么要说自己不配当我的朋友呢？我又怎么样，你又怎么样？

"你比我坚强多了，你很勇敢，也很聪明，只是之前的运气不好而已，这个世界上辛苦的人那么多，难道都是因为他们不努力吗？不是的，但是即使这样，你也要想清楚你到底要什么，好不好？你真的想过那种生活吗？你今天原谅了他，假装什么事也没发生，从此以后他不会再尊敬你，也不会发自内心地关心你爱护你，你拿他没有任何办法，我知道你累了这么久，也一直遇人不淑，你很怕以后过得还不如现在……

"我可以理解，但是你真的不会后悔吗？即使你不后悔，你觉得他会和你在一起一辈子吗？你看着那种人，你敢把'一辈子'这3个字和他联系在一起吗？我说句不好听的，就算你是图他的钱，图他能给你带来安定的生活，他又能给你花多久的钱？这种事我小时候见得太多了，我爸身边都是这种人，无情的人永远无情，无情到你头上的时候你怎么办？"

谢湘南的眼神里满是迷茫，她几乎脱了力，懵懵懂懂地说："我怎么办……"

"你听我的话，不要去管他，我们今天不结这个婚了，好不好？"孔真鼻子发酸，她很认真地对谢湘南说，"我带你走，我把我会的一切都教给你，以后有我一口吃的我就不会让你饿着，我们一起努力工作，赚了钱我请你去吃好吃的，你买的那条裙子可以扔掉了，因为以后你还可以买好多条裙子穿，我答应你，肯定会让你买很多漂亮裙子穿的，你想买什么就买什么，不用和一个不尊重你的男人伸手要钱……

"我们不要这样没有尊严地活着，为什么要和一个去嫖娼的男人结婚啊，那种垃圾，凭什么啊？我知道你有理想的，你的理想和我一样，都是好好生活，我们这辈子唯一需要去实现的理想就是它，你不要害怕，有我陪着你，我们一起去努力地好好生活，好不好？"

谢湘南呆呆地看着她。

"你相信我吧。"孔真的眼泪一直顺着脖子流到了衣服里，她不去管，只执着地重复，"你相信我，我不会骗你的，我要带着我的好朋友一起去大阪旅游，我们一起去看真的通天阁，去住豪华酒店，开开心心地玩，开开心心地谈恋爱，不用担心一转身你老公又去和谁鬼混了，好不好？孔真没有孔真的命运，谢湘南也没有谢湘南的命运，我们的命运不是被注定好的，你今天的选择就会直接改变你今后的命运，你选吧，选我还是选他，不管怎样，我都会祝福你，但我希望你选我，因为我真的很想和你一起去看通天塔。"

谢湘南的眼泪扑簌簌地落下来。

"可是……可是我好害怕……"她手忙脚乱地擦眼泪，"我什么也不会，什么也不懂，我怕我做不好……"

"我会教你的！"孔真执拗地瞪着眼睛，"你一点也不笨，你比我聪明一万多倍，我物理考 4 分，你考 90 多分，你忘了吗？谁敢说你笨我就打死谁！现在你把戒指摘了给他送过去，告诉他让他去死，然后跟我走！"

谢湘南沉默了很久，久到孔真也觉得冷了。

"对不起……"她慢慢地说。

"算了，算了算了。"孔真的力气顺着这几个字消散了，觉得自己有些心力交瘁，她拿出一张纸巾在脸上胡乱抹了一圈，闷声闷气地说，"不用觉得对不起任何人，你选择的是你的人生。"

谢湘南没有说话，她转身往公安局里面走，孔真没有再看她，而是转过身去，看着马路对面的树。

她不知道自己应不应该等着谢湘南。

……还是算了吧。

孔真想，她选择了那个男人，也可以理解，谢湘南过得太累了，我又凭什么让她跟着我去奔向一个未知的未来呢？我自己都不知道会不会饿死呢，说到底结局会不会好我也不清楚啊，这是人生，不是漫画书，可以一眼看到最后一页，我敢拿出人生来保证吗？她不在乎爱情，不在乎对方是不是尊重她，她想得很开，做那种只花钱享受生活的阔太太不是也很好吗，想得开就好……

好什么啊！孔真在心里胡乱骂街，狠狠地踢开了一块石头，裹紧了外套抬腿就走。

大概走出去 100 米不到，孔真忍不住停下了脚步，她一边骂自己又在犯贱，一边犹犹豫豫地转身往回走，但她刚转过来就愣住了。

那个漂亮的新娘子穿着那双做工精细的高跟鞋，像是追赶寒冬午夜来临前最后一趟公交车一样急切地跑过来，她迫不及待地拿一只手紧紧抓着孔真的胳膊，又将另一只手举到孔真眼前，给她看自己光秃秃的手指。

"我……我把戒指扔给他了，我说我会和你离婚，然后再也不要和你见面了。"谢湘南气喘吁吁地说。

孔真过了几秒才忍不住咧开嘴笑了起来。

谢湘南也努力笑了一下，她看着孔真的眼睛，有些忐忑地说："刚才我……我突然就后悔了，见到他就后悔了，我不想这样……"她擦了擦脸上的泪痕，"我——"

孔真的笑容更大了。

她一把抱住了谢湘南，在她头上胡乱地揉，把她精心准备的发型都揉乱了。

"不要说了，走！"孔真大声说，"我带你去吃肉！"

那天剩下的时间对赵博来说是一场灾难。

他一脸迷茫地等着新郎，新郎不在，等着新娘，新娘也不在，等着孔真，孔真还是不在。

就在他怀疑自己是不是掉入了一个平行时空的时候，孔真给他打了个电话，在那边笑嘻嘻地说："赵博啊，我和你说哈，今天这个婚礼不办了，你去找到新郎他妈，告诉她赶紧去公安局把自己儿子领回来，来的客人她想办法打发走，谢湘南不结婚了，他们爱找谁结找谁去。请来的那些外包你告诉人家撤了吧，钱我回头结给他们。"

赵博："啊？哈？啥玩意儿？"

孔真把电话扔到一边，开开心心地和谢湘南吃着俄罗斯菜，她激动地搓搓手，又了一块罐闷羊肉喂给谢湘南："好不好吃？我早就想过来吃了，但是总没人陪我。"

谢湘南吃了，有些不安地看着自己的手机，孔真说："干吗呀？等谁给你打电话呢？"

"我妈还有我婆婆……"

"什么婆婆！什么婆婆！"

"啊……是他妈，我怕她俩吵起来。"谢湘南有些食不下咽，"因为钱什么的。"

孔真抓过她的手机关机，顺便把自己的也关了。

"就让她们去吵嘛，她们吵到你头上我来保护你，快吃，吃吃吃。"

这家俄式西餐厅开了将近100年，名声在外，孔真小时候经常来，那时候孔海波还很热衷于一家三口一起出门吃喝玩乐，他和郑丽梅都喜欢把孔真打扮得像个洋娃娃，自豪地接受众人的夸赞和羡慕。

然而孔真来这里并非为了回忆过往，她只是单纯想带着谢湘南来大吃一顿，吃饭是个大事，是生活中为数不多的仪式，古人拿祭品祭天求雨是一种仪式，我们拿起筷子吃饭也是一种仪式，祈求我们吃下去的食物供给我们力量，祈求我们带着食物给的慰藉顺利度过这一天剩下的时间。她开心或者不开心都要去吃点东西，这种值得纪念的时候不好好吃一顿实在是太说不过去了。

"来，喝一杯。"孔真举起了格瓦斯，"庆祝你迎接新生活，还有鼓励你勇敢面对接下来的挑战。"

二人吃饱喝足，孔真又带着她回到自己家里洗了澡，重新化了淡妆，换了身衣服鞋子，谢湘南想继续穿自己的裙子，孔真非要让她穿上行动方便的长裤。

"万一等会儿打不过，我们就要跑得快，灵活，灵活是很重要的，知道吗？"孔真挥舞着拳头，"走！"

事实证明，孔真的想法是正确的，二人重新回到会场以后正好见证了一场史诗级的争吵，赵博被夹在两个中年妇女中间左右为难，他脸上写满了弱小可怜又无助，在见到孔真的那一瞬间露出了快要哭出来的表情："真姐！"

谢湘南的妈妈和婆婆也停下了争吵，转过身来看着她俩。

婆婆指着谢湘南，气得话都要说不出来，孔真赶紧把谢湘南护在自己身后，用力拍了拍手道："停一停停一停，我们先把现在的情况说一下，大家都知道，我也不藏着掖着了。"她抬高了声音，"今天的新郎，也就是您儿子——"她对新郎母亲庄重地点头示意，"于昨夜，进行了一些违法犯罪活动，被人民公安依法逮捕了，所以今天这个婚我们肯定是不结了，大家都没有意见吧？"

　　"你说不结就不结了？这是你一个人的事儿吗？"新郎母亲指着谢湘南，"我们家丢不起这个人，今天这个婚你是结也得结，不结也得结，听懂了吗？"

　　"哇，你儿子嫖娼丢人还是你儿子不结婚丢人啊！"孔真简直奇了怪了，"你不应该急着把他从局子里捞出来好好教育教育吗？"

　　"关你什么事？小姑娘，你给我们办婚礼就好好办婚礼，瞎掺和什么，和你结还是和她结？"

　　"她是我朋友。"谢湘南说，"她说的也是我想说的，我今天是无论如何都不会结婚的。"

　　谢湘南的婆婆打量着她，嗤笑一声道："不想结啊？行，让你妈把我们家的彩礼钱退回来。"

　　她做皮草生意发家，分店开了十几个，给儿子结婚花的钱在她看来不过是九牛一毛，还觉得找个小家小户的省了钱呢，但是她知道自己不在乎，有人在乎，谢湘南的妈等这天不知道等了多久，到嘴的肉哪里肯吐出来？她相当瞧不起这家人的穷酸样，然而送上门来的把柄她不可能不抓，只要把今天糊弄过去，谢湘南爱离就离，一个初中毕业的打工妹，要不是她儿子吵着结婚，她还不同意呢！

　　"不行！"谢湘南的妈一拍大腿，"凭什么退？酒席也办了证也领了，这就是嫁给你们家了，不退！"

　　谢湘南的婆婆冷笑一声："嫁给我们家就是我儿媳妇，那你就让她把我儿子带回来，马上去。"

　　"南南，你去啊！"谢湘南的妈妈回头看她，"你好歹把婚礼对付过去吧？要不然多丢人啊，你就让这些亲戚朋友在这儿干等着？"

　　孔真觉得这简直匪夷所思。

　　她不理解为什么大家注意的点都在婚礼上，为什么现在最重要的事是把婚礼办完，让来的宾客看完这场仪式，吃完这顿饭？没有一个人觉得新郎在结婚前夜去嫖娼这件事是很令人作呕、很不可思议的，是最需要关注的。

　　新郎的妈妈不想让自己一家成为亲朋好友们八卦的话题，所以要谢湘南去把儿子领回来，装作无事发生一样办完婚礼。谢湘南的妈妈不想失去刚刚到手的彩礼钱，所以也想把婚礼办完，以便有理由把这笔钱彻底占据。而新郎呢，他不想让婚姻束缚自己，是因为一贯放荡不羁也好，为了向即将到来的婚姻生活示威也好，他选择在结婚前夜快活一把。

大家都是为了自己。

孔真想到这句话，突然觉得豁然开朗，大家都是为了自己，甚至最开始的谢湘南也是为了自己，她不想自己以后再过那种颠沛流离的生活，所以做出了和别人结婚的选择。

她看了看谢湘南，突然很好奇这时候她会说什么，她会害怕吗？会软弱会退缩吗？孔真抓着她的手，心想你可千万不要怕。

我们的一生必将以战斗贯穿，我们唯一永远拥有的就是孑然一身时也留存心中的勇气，不要妥协，不要怕，不要委曲求全。

唯有如此才能带自己走向终点与自由。

谢湘南沉默了很久才轻声说："妈，你把钱给人家，我要离婚。"

谢湘南的妈愣了一下，然后就对她破口大骂，谢湘南听着，就像每次听着她不分场合地骂自己一样。

总是如此，她在很小的时候甚至以为人就是这样活着的，人就是不能犯错，就是要不给别人添麻烦，就是不能软弱，她甚至不懂关心为何物。在遇到孔真以后，她才知道原来人是可以得到别人的关心的，不需要理由，只要别人爱你，那别人自然就会关心你。

所以她爱我吗？谢湘南恍惚地看着自己母亲的脸，她想要从记忆里找出一点聊以慰藉的碎片都找不到，谢湘南恍然大悟，她很平静地想，原来我的妈妈不爱我。

她妈没有重点地骂了一通，又拿出了自己的杀手锏："我从小到大养你容易吗？花了多少钱？你就是这么对你妈的？"

"你养我花了多少钱啊？"谢湘南似乎真的很疑惑这个问题，"我初中毕业就不读书了，前15年除了吃饭读书之外买过一个玩具吗？买过几件衣服？花在我身上的钱，我工作这些年还了你几倍都不止了吧，你养我很难吗？"

"你少胡说八道！"谢湘南的妈推了她一把，气得脸红脖子粗，"我为你操了多少心？"

"操心吗？我小学五年级在镇里念书，骑自行车回家的时候不小心摔倒了，腿摔坏了，只能推着车往回走，晚上将近10点才到家，你着急了吗？你操心了吗？我现在都记得你的第一句话是骂我怎么把裤子摔坏了。前年我们房东要涨房租，我把工资都寄给你了，让你借给我一点钱，你怎么说的？你是不是说让我自己的事情自己管好，别来烦你？"谢湘南轻声说，"你怎么就不能承认，你就是不喜欢我，你就是重男轻女，就是想留着人家的彩礼钱给我弟弟买房子，不管我死活呢？我嫁给一个什么样的人，你也不在乎吧，说到底，你根本没有拿我当女儿一样爱过，你承认就好了呀！"

一时间酒店的包间里寂静无声，谢湘南的妈妈脸色涨红，一个字也说不出来。

"那就这样吧。"谢湘南看向了新郎妈妈，"彩礼钱在我妈那里，我一分没拿，我会努力配合你们把钱要回来，实在不行你可以去法院告她，她肯定会还的。今天这个婚我不会结，但责任不在我，所以我没那个义务去和宾客解释，就麻烦你们了，你的儿子你自己带回来，我的东西都在你儿子家里，有很多都是他给我买的衣服和首饰，你就让他随便处理了吧，我现在不欠你们任何人什么东西了，离婚证等他出来找个时间领一下就好，我手机不会换号，方便联系，就这样，我走了。"

她抓着孔真转身就走，赵博也反应过来，跟着她们逃之夭夭。谢湘南的妈妈想抓住她，然而孔真和赵博力气更大些，硬是拉着谢湘南走侧门冲出了酒店，七拐八拐地打车跑了。

接下来的场面相当血雨腥风，各路亲戚汇聚一堂，吵成一片，甚至还动了手，惊动了警察，大家轮番上阵给谢湘南打电话，她一个也没接，最后她一直没有出现，大家喜宴也没有吃，婚礼散场，不了了之。

下午 4 点，孔真躺在床上看剧，谢湘南坐在一边，认真往下抠她新做的指甲，孔真随手拿起一个苹果啃了，含含糊糊地说："你今天好帅。"

"你也很帅。"谢湘南像个小媳妇似的，乖乖地说，"你最帅。"

"爱你——"孔真咽下苹果，"唉，好可惜哦！"

"什么可惜？"

"老娘的会场布置得那么好看，都没来得及拍张照，气死我了。"

"我们现在可以偷偷去拍一张吗？"

"可以吧，他们是不是都走了呀？"孔真掏出手机给赵博发微信语音，"赵博赵博，你在吗？快，你打听打听酒店里还有人没有了？没人的话咱们赶紧去偷拍几张照片以后做宣传用。"

赵博很快回复道："据我的线人说，那里没人了，人家酒店还等着咱们去撤东西呢，你倒好，撒手不管了。"

"听你瞎扯！"孔真说，"人家在吵架呢，说不定要撸起袖子干架了，我不赶紧走我还要拍拍人家说，女士您挪一下，先生您先抬抬腿，我要收红毯了，啊？你是不是傻？行了，赶紧拿相机咱们去拍几张照片。"

孔真说完便从床上跳起来穿外套拿机器，她对谢湘南说："南南我走啦，你自己在这儿玩电脑吧，我电脑里好多电影，你自己挑，等我回来一起去楼下吃饺子，饿了的话我抽屉里有零食，你先垫垫。"

"我可以和你一起去吗？我想帮你干活。"

孔真想了想道："也行，我教你用相机，先熟悉一下基本操作，入门以后送你去报个班培训，好好学几个月，当然得等我有钱了，不过我们很快就会有钱啦！今天好几个酒店联系我呢，我好火啊，我红啦！"

她只觉得心里的喜悦快要溢出来，虽然今天经历了这么多糟糕的事情，但是她完全没往心里去，她觉得仿佛又回到了小时候，她还是那个无所不能不可一世的孔真，讨人喜欢也招人讨厌，什么也不怕，认定自己可以得到一切。

她现在也可以。

带着谢湘南来到酒店门口，孔真鬼鬼祟祟地独自一人上了3楼宴会厅，在发现里面没人之后她松了一口气，叫谢湘南也跟着上来。

椅子乱七八糟地摆放着，但都好好立在地上，只有靠近仪式区的一张桌子被人掀了，椅子也倒了，差点砸坏了路引落地灯。其余被破坏的还有梅花以及红毯。

孔真和谢湘南将它们一一收拾好，让会场又恢复了刚布置好时的光鲜亮丽，赵博拿着相机进来，孔真随便乱指："这里这里这里，快拍。"

赵博头都大了："时间太赶我拍不好啊！"

"那就慢点拍。"孔真说，"我帮你放风。"

赵博拍这种照片得心应手，孔真则坐在一边教谢湘南相机的基础操作，还让她试着拍了两张，孔真看了看她拍的照片，竖起大拇指道："比我第一次拍的强多了，我就说你聪明。"

"真姐第一次拍的时候镜头盖都没打开，拍了一团黑。"赵博在一边揭短，"人家可不随便拍拍都比你强。"

谢湘南笑了一下，自己低头摆弄相机，她似乎对这个很感兴趣，问孔真自己能不能再试着多拍几张。

"去去去，随便拍，"孔真挥挥手，"我在这里思考一会儿人生。"

她环顾四周，看着自己精心布置的会场，感觉只留下几张照片就拆掉有些可惜，可是不这样还能怎么办呢？拍视频的话只能拍空镜，没有任何意义呀……

等等，空镜？

孔真只觉得有什么念头在自己脑海里一闪而过，她呆呆地思考了一会儿，突然福至心灵："赵博，你说我们还原一个布置现场的视频好不好呀？"

"怎么还原？"赵博头也不回地说，"还原这个有什么用。"

"当然是给我们打广告了，要有一个对比，对比啊！"孔真一拍桌子站了起来，"你想，是简简单单几张布置好的会场照片有冲击性，还是把这个会场从无到有布置出来的过程记录一下，到最后放个对比有冲击性？视频不用长，三十几秒就够了，太长了人家也不爱看，这种看起来不费脑又好玩的视频最容易传播了，就算不能传出去也可以留着打广告，不是挺好的吗？你先拍，拍完了我们把这些装饰品撤掉，撤掉的过程你好好拍下来，只拍近景，到时候倒放一下我们剪个视频出来，这次就先这样，以后我们直接在布置的时候架个相机拍全程再快进就好了……"

3人简单商量了一下，在赵博又拍了几条长镜头后从进场区往仪式区开始拆起，用了将近两个小时才把会场整理干净，孔真跑去和酒店负责人解释了一下，对方是个年纪不大的男生，想必也知道了上午发生的八卦，倒没说什么，过来看了看会场，发现他们收拾得挺干净就让他们拿着东西走了。

3人找了一辆小货车把东西运回新的仓库，孔真说："幸好我没和你按合同走，要不然我们的尾款就要不回来了，因祸得福，因祸得福，哈哈！"

她当时坚持要和谢湘南签合同，和别人一样走定金尾款的流程，然而谢湘南觉得这很麻烦，在敲定了流程和会场布置方案，把当天要来的工作人员定下以后，她就直接让人给孔真打了全款。

晚上孔真把利润的一半按照约定给了赵博以后，坐在床上与谢湘南算计着她们剩下的钱怎么花，她托着下巴，像个养活一堆孩子的单身母亲一样觉得自己责任重大，以至于她看着谢湘南的时候眼里流露出一些母爱，摸摸她的头说："你来就好啦，赵博天天惹事儿，不让我省心，来来来，给你发零花钱。"

她数出来一些给谢湘南："喏，你拿去买点衣服化妆品什么的，我的那些你也可以随便用，等我把那几个酒店谈下来以后，我们的收入就稳定了，可以按月开工资给你，我们也可以换个大点的房子住，你就不用和我挤一张床了。"

谢湘南看看她，挺高兴地说："我们住一张床也很好。"

"好吗？肯定不如你那个——那个男的。"孔真给对方找到了一个合适的代号，"他一看就很有钱。"

"但是他睡觉打呼噜。"谢湘南忍不住笑了一下，"很讨厌。"

孔真捂着眼睛倒在床上："那太讨厌了，还是我好。"

第五章
理性感性 〰

　　谢湘南就这样加入了孔真的工作室，孔真一直在积极联络的其他酒店也陆陆续续有了回应，她选了一家档次不是太高的，和对方暂时达成了口头约定，她想在这里专门做中低端的流水线婚礼，说白了，这种婚礼就是赚个中介费，孔真依然会认真完成所有的环节，但是她不必费心思给客户出方案，也不用一次次地为了一个小细节把方案改来改去，省时省力又不费心，虽然利润很薄，但是赚钱很快。

　　然后她就把全部精力都放在了和桂宫的经理谈合同上。

　　她从头到尾也没想到对方和闻欣欣有什么私交，只是很执着地认为对方是对分成不满意——以她简单粗暴又幼稚的思维方式只能想到这里，她觉得郑经理是桂宫的员工，当然要为了公司的利益着想，就像她虽然很讨厌刘浩波，但一切的出发点都是想让公司发展得更好一样。

　　虽然赵博无数次告诉她小心闻欣欣，他敢保证上次在新娘前乱说的工作人员就是闻欣欣一派的，但孔真对这种勾心斗角的事情有种天然的抵触，和赵博说了好几次不要总是把重点放在这些小九九上，她觉得这是在浪费精力，最后能决定一切的，无非服务的质量和口碑而已。

　　她以自己之心度郑经理之腹，当然是猜不到人家到底做的什么打算的，所以桂宫的合同迟迟不下来，她思来想去，决定还是找赵东林见一面，哪怕旁敲侧击让他透个口风给她也好，她总得知道自己到底哪儿做错了啊！于是孔真打通了赵东林的电话，说非常想请他吃顿饭。

　　赵东林接了，问孔真想请自己吃什么，孔真说麻辣烫，赵东林沉默半晌："为什么是麻辣烫？"

孔真忧愁地叹了一声："那小说里不都这么写的吗，你们有钱人家的大少爷没吃过麻辣烫，偶尔一吃，惊为天'烫'。"

"……你们高中大学附近没有卖麻辣烫的？"赵东林觉得脑袋疼，"你是觉得我们有钱人家的孩子没上过学吗？"

"啊哈哈哈，"孔真尴尬地笑了几下，"你就说你出来不出来吧！"

赵东林一直觉得自己的人生是一条可以随意延展的折线——不是直线，因为他从来不给自己限制方向；也不是曲线，因为他意志坚定，一旦作出决定就不会更改。

他本科毕业后拒绝了文惠萍叫他回家帮忙打理酒店的邀请，去了一家互联网头部公司就职，入职 3 年后离开公司，和他本科时的师兄一起做了一款办公软件，很快就在 B 轮融资到近千万美金，然而他和师兄因为理念不合，最终分道扬镳，赵东林没有因为此事耗费过多精力，而是毫不犹豫地卖掉了自己手上的股份迅速离场。

当时很多人都以为他是意气用事，但是在他离开后，那曾经被很多人看好的软件很快就悄无声息地没落下去，公司股价跌得飞快，师兄在公司破产清算后来找他喝酒，赵东林拒绝了。那时候他正在为出国读研作准备，在考上了国外专业排名前十的大学的计算机专业之后，赵东林直接拎着 4 瓶百龄坛去了师兄家，两个人喝到深夜，师兄问了他两个问题，一是赵东林是不是觉得自己落到今天这步田地很活该，二是赵东林为什么选择这个年纪去读研。

赵东林只回答了第一个问题，他对师兄说，你的人生你自己过，和别人没任何关系，活该不活该轮不到别人说。对于第二个问题他不置可否，因为他觉得没必要回答。

离开以后赵东林把之前卖掉股份赚来的钱转给了师兄，并没留一句话，谁也不知道他心里在想什么。

赵东林其实并没有想什么，他只是凭借自己的理性和直觉做事，他直觉这个时候重回校园是个好选择，理性让他马上开始着手规划接下来 3 到 5 年的生活，把钱给师兄只是听说他要卖房子，而彼时师兄的孩子刚出生半年不到。

事实证明他的选择没错，赵东林读研那两年的状态堪称完美，除了学业上的进步，他的观念思想也有很大变化，还结识了很多在之后给他很大帮助的人。结束学业后，他回国做了一款主打陌生人社交的聊天软件，软件初期的成长野蛮暴力，很快势如破竹占领了市场，营收规模增速在国内的互联网公司中都能占有一席之地，股价涨幅也相当可观，把同类型的软件远远甩在身后。

公司在今年年初陷入了和对手公司的一场舆论战中，对方紧紧抓住了那款产品的天生弱点——陌生人社交，在互联网语境下，它逐渐和不入流的约炮软件画了等号。

但赵东林迟迟没有把软件上线其他业务慢慢转型的想法，也没想把它洗白。

因为在他的心里，这根本不需要洗白，他不觉得陌生人社交这个点打得不好，相反，市场的反应已经明明白白地告诉他，这个点打得相当成功，要不然怎么会走到今天？刀能雕花，也能杀人，结果好坏与刀无关，而与用刀的人有关，在这里，用刀人是用户，用户用软件来做什么，他是无权干涉的。

为了消除舆论战带来的影响，赵东林选择做了付费公关，在公关的努力下，媒体上突然出现了一系列关于对方的负面新闻，其中大多数标题耸动，言辞过激，比对方所做的有过之而无不及。

这个反应有很明显的赵东林式风格，果决干脆，从不瞻前顾后，只抓住核心问题解决处理，凭直觉和理性办事，不去考虑对错，只考虑利弊，他一向都觉得活着是件很简单的事——做点什么，或不做，再无其他选择。

然而在几个月前，事情起了变化，对方突然开始转变方向，从攻击赵东林公司的内容定位，转变到攻击他企业的社会责任感，虽然表面看起来说的其实是一个东西，但是细究起来天差地别，正赶上当时出了几起网络交友引发的恶性案件，对方推波助澜，又引发了一轮舆论对赵东林的攻击，他之前的言论"我没有权利干涉我的用户去做什么"也被翻出来供人批判，最棘手的，是他之前请人做付费公关的事情被曝光出来，一时间舆论哗然，赵东林的公众形象一下子变得非常不堪——一个明明接受过高等教育却惯常使用下作手段的人。

与此同时，上面的监管力度也日益增大，一个主要的付费业务一直在被各种投诉，赵东林不得不把这个业务关闭掉，公司的现金流锐减，之前想要上线的新业务不得不无限期推迟，这也是为什么文惠萍会在觉得自己要不行了之前劝他及时止损，虽然文惠萍的眼光有些保守了，但赵东林不得不承认他现在感觉到一些压力，主要是因为他不知道之后还会发生什么，他有一种山雨欲来的预感。

现在，赵东林决定先解决眼前的问题，他想让对家公司先停下针对他的负面公关，因为它会引起什么后果谁也说不准，赵东林不想让事情再发酵了，这件事相当难办，各种意义上都很难办。

对家公司新聘请来的公关经理名叫郑小竹，大约一年前和赵东林谈过不到半个月的恋爱。

赵东林不禁想起了孔真曾经说过的关于女人的话，他不得不承认一件事，当一个女人对你有感情的时候，是很不好惹的，当她对你没感情的时候，就更不好惹了。

郑小竹是南方人，父母经商，家境相当优越，不知为何独自一人来到北方工作。当时两个人在朋友聚会上认识，在确定关系半个月后，郑小竹发了一篇长达3000字的Word文档，条理分明地对赵东林进行了全方位的批判，主要内容为：

他没有时间观念（平均每次约会都会迟到 8 至 10 分钟）；

他大男子主义（觉得女性就应该服从男性审美，打扮成男友喜欢的样子）；

他歧视女性（觉得女性天生不适合在职场打拼）；

他共情能力差（对催泪电影嗤之以鼻，观看途中数次发出冷哼）；

他做事不择手段（得知他对竞争对手做的事情）。

如此种种，重点标红，并且以具体事例做了批注，还穿插了一些两个人聊天的截屏佐证，在文档的结尾，郑小竹言辞恳切地说：

我觉得我们不适合再保持恋人关系了，为了及时止损，我决定和您分手，所以在您看到这个文档的时候，我们只是普通朋友关系了（说朋友只是因为没有其他合适的词，您也可以理解成普通熟人，或者普通不是很熟的人）。但是在此之前，我友善地提醒您，一定要正视自身的缺点，如果不想孤独终老，就请加以改正，和您相处的这半个月对我来说是一场漫长的折磨。

赵东林还记得自己把这封信仔仔细细看了 3 遍，然后满心震惊地抽了一根烟，在抽完烟之后，他冷静下来，暗自下定决心，以后绝对不会和郑小竹这种类型的女人打交道。

然而——赵东林面无表情地盯着自己的电脑，他今天必须去找郑小竹见一面，而且一定要谈出一个结果，不能再让这个女人继续疯狂地迫害自己了。

就在他离开公司之前，他接到了孔真的电话，对方盛情邀请他去吃麻辣烫，赵东林对此嗤之以鼻，却又隐约觉得自己今天可能真的要去吃麻辣烫，因为孔真这个人实在是非常难缠，她就像一个永动机一样精力旺盛，并且不达目的誓不罢休。

他知道孔真来找他是为了什么，无非就是酒店分单那点事儿，他觉得见见也可以，孔真虽然难缠，但是和郑小竹一比，还是挺可爱的。

二人见了面，孔真带他走街串巷，找到了一家非常小非常不起眼的小板房，赵东林瞬间对自己的决定产生了怀疑，他问孔真："咱们就在这儿吃了？"

"是的呀，赵总，咱们就在这儿吃了。"孔真像个冲锋军一挥手，"走！"

这里虽然看上去又脏又破，但是不得不说，麻辣烫的味道很好，赵东林一边吃一边吵个不停，一会儿说碗脏了，一会儿说纸巾不上档次，一会儿说调料味道太重肯定食材都不新鲜，孔真小声说："你不要再吵了哦，你再吵我就和人家大姐一起打你了哦！"

赵东林回头一看，果然店主大姐面色不善，他咳嗽两声，不再说话，专心吃麻辣烫。

吃到一半，他的手机响了，赵东林一看，是郑小竹，他接起来："喂？"

"我等下就过去。"赵东林的脸上迅速阴云密布，孔真甚至从中看出了一丝愁苦，"知道了，你把地址分享给我。"

"赵总，你怎么啦，让人煮了？"孔真在一边贱兮兮地搭茬，"看这一脸苦大仇深的，谁欺负你了？"

"一个和我有深仇大恨的女人，"赵东林说，"我的前女友。"

"怎么回事儿？又是前女友？这事儿我拿手啊，放着我来。"

赵东林把事情对她说了，孔真一拍桌子："什么也别说了，我肯定替你把她忽悠瘸了。"

赵东林："你还是别跟着添乱了。"

"什么添乱？你好，请问你有我会忽悠吗？"孔真不服气了，"你们搞创业的不也是靠着忽悠骗投资人的钱吗？我早已看透，哈哈。"

赵东林本来是不想搭理她，但是她一个劲儿地抱大腿，赵东林烦不过，只好答应了，孔真觉得自己接了个大活儿，认认真真准备起来，找赵东林要了相关资料，赵东林让自己助理整理好了发过来，孔真一丝不苟地捧着手机看，像是大学生考试前夜临时抱佛脚。

"你还挺认真的。"

"做人，当然要认真！"孔真头也不抬，朝他挥了挥拳头，"不认真就什么也得不到！"

眼看着出发时间要到了，孔真信心满满地跟着他出了门，在车上的时候，她说："你看过《我爱我家》吗？知道和平平时怎么给她公公捧哏的吗？我就按照那个标准来，你看行吧？"

赵东林突然有些不放心，他怀疑地眯起眼睛："行吧，快点看，还有，你记住你今天的身份。"

"知道了，我是你助理，月薪3500，妥妥的。"孔真一拍胸脯，"你是不是总担心我在外面暴露咱俩的婚姻关系啊？你放心吧，我比你还怕暴露呢，平常心，你永远是我大哥。"

在郑小竹公司附近的咖啡厅，3人见了面。

郑小竹和一年前相比变化不大，依旧打扮得精致得体，穿一身米白色法式连衣裙，同色系的圆头低跟鞋，驼色长款外套，戴了一对精致的珍珠耳钉，留到肩胛骨的长发被梳成了一个柔顺的低马尾，指甲做成了低调的裸粉色。赵东林到的时候，她看了赵东林一下，皮笑肉不笑地说："你迟到了九分半钟，这位是？"

赵东林瞬间想起了那个3000字的文档。

他深吸一口气，决定让自己忘掉那个文档，开门见山地说："不好意思，路上堵车，这是我助理，咱们别浪费时间寒暄了，今天来找你主要是想知道，你们公司要怎样才能停止对我公司以及我个人的恶意攻击？"

"你光这个季度做付费公关就花了60多万，这60多万大部分用来产出针对我们公司以及我老板个人的恶意新闻，比如说我老板受教育程度低下，创业时因为利益分配不均和赏识他的大佬决裂，暗示我老板目光短浅，人品不佳，剩下的用来攻击我们公司，说我们公司内部男女关系混乱，企业文化就是产品文化……还有很多很多，我改天可以打印出来做个手账送给你，你回去看看再好好想想你今天对我说的第一句话是不是显得很无理取闹？"

"这不是重点。"

"好，那你说说什么是重点？"

"重点是，你们要怎么才能停下现在这种行为。"

"这我哪说了算啊！"

"郑小姐，"赵东林看着她，"你是不是在对我恶意报复？"

"我老板每个月开将近10万块给我。"郑小竹又开始皮笑肉不笑，"对你恶意报复这件事值将近10万块？不值，但是我老板给的任务值，你拎拎清楚吧。"

孔真非常想笑，她今天终于见到了一个经典的场面，那就是恶人自有恶人磨——当然，这个漂亮姐姐不算恶人，孔真两眼放空，心想她的外套好好看在哪里买的？鞋子也好好看哦是Gucci的吗？连衣裙也好好看哦这个颜色是米白色吧，耳钉也好好看哦我有一对类似的但是我那个珠子太大了没有这个精致，我全都想买，我也想给南南买一件一样的连衣裙，她会不会嫌我幼稚不和我穿姐妹装啊，我还没有和别人穿过姐妹装好想穿啊……

"我听说你们公司的头部产品会转型。"赵东林换了个话题，"想要尝试去做直播和其他增值服务？"

"一、这是商业机密；二、我不是做内容的，我不清楚。"郑小竹喝了一口咖啡，"你这是暗示我，以后我们可能不会做同一个领域，所以让我放你一马吗？不好意思呀，这个我还是做不了主，就算我们转行去送外卖，老板让我干什么我也得照做，别说暗示了，你就是明示也没用，我老板就是要我拿砖头扔你，我也得扔啊！"

赵东林微微蹙着眉头看她："所以你今天为什么答应出来见我？"

"我等下要去和我男朋友说分手，顺道来见见你而已。"

赵东林忍了又忍，还是没有忍住："你怎么又分手了。"

"因为我发现恋爱谈久了就很没意思，而且我对男性的容忍程度很低，偏偏我约会的大部分男性都有很多缺点让我无法容忍，要么就是缺点很少但是急着结婚，我根本不想这么早结婚，所以我只能又又又分手了。你要是真的不想浪费时间在这些事上，就直接去找我老板好了，但是我也不敢保证他会不会见你，他真的很讨厌你，前段时间还扎了张你的照片在飞镖盘上，真令人害怕。"

赵东林说："孔真。"

孔真说："啊？"

她赶紧装模作样地打开了手里的文件夹看了几眼，清清嗓子道："郑小姐，是这样，我知道对我们公司的公关基本上都是您给做的，所以我也就暂时默认对我们公司的攻击内容也是您个人的意见了，我有一个问题不太明白，不知道您有没有时间听我说说呢？"

郑小竹看看她，轻声道："你说吧。"

"是您说的企业的社会责任感，这一点我非常赞同，无论是不是成功的企业家，都应该有社会责任感，富豪投入那么多金钱和精力去做慈善，我们普通人在路上看到需要帮助的人也会尽自己所能伸出援手，这是很好的。

"但是我不知道我们做社交软件为什么会代表没有社会责任感？您那边一直以来攻击我们的点，我说得难听点，就是在把我们和约炮软件画等号，说是陌生人社交，微博算不算陌生人社交？微博用户会不会收到性骚扰言论？那为什么没人说微博是约炮软件呢？

"我也觉得赵总那句话说得没错，我们做产品的没办法管理用户用产品做什么，我们只能加以约束和引导，您也看到了，我们产品从来没有任何暗示性，从里到外，都是干干净净的，我们的广告词还曾经拿过大中华区艾菲奖，如果真是一个上不得台面的约炮软件，也不会取得今天的成就，我们的用户基本上都是一二线城市收入和素质都很高的年轻人，对我们来说收割底层用户根本就是个伪命题，不存在以低端取胜的情况。

"还有，就是关于付费公关这个问题……您刚才言之凿凿地说60万公关费，不知道您有没有证据呢？这个事情可大可小，光凭道听途说，或者是您朋友之间口口相传是不行的，我们公司的名誉受到了极大损失，行贿受贿或者敲诈勒索都是可以入刑的，侵犯他人名誉权也是可以入刑的，希望您谨言慎行。"

郑小竹面带微笑地掏出自己的手机按了几下，找出一段她收藏的微信语音给孔真听。

孔真清清楚楚地听到手机里传出赵东林的声音："陌生人社交的重点当然是约炮了，这有疑问吗？食色性也，不拿这个挣钱拿什么挣钱？"

孔真望着赵东林无言。

"这是你们赵总去年亲口和我说的。"郑小竹微笑着看向孔真，"当时我们还是普通熟人，我多管闲事地劝他把产品转型，因为我觉得红利期快过去了，而且有可能因为曝光度太高受到监管，你们赵总当时就发了这条语音给我，难道他当时被人绑架了吗？有人拿着枪指着他的脑袋吗？我也很好奇，小妹妹，你好奇吗？"

她说完了便站起身来："这算解答了你的疑问吧？不过赵总放心，我是不会把这个公布出去的，这有违我做人的原则。第二个疑问我觉得没必要解答，你们要是觉得60万这事儿不存在，那我随时等着你们的律师函，没事的话我先走了，回头见。"

赵东林眼看着郑小竹远去的背影，沉默很久才说："你们女人真可怕。"

"哈？"孔真也看着她的背影，"你觉得她哪个点可怕？"

"1年前的语音，"赵东林重复，"1年前。"

"我高中毕业的时候和同学拿QQ在线吵架的截图现在还在我电脑里！那可是6年前的！"孔真不可思议地说，"1年前算什么，这就可怕了？我觉得你比较可怕，那种话你怎么张嘴就来？怎么不直接说开窑子赚钱呢？资本家真心黑啊！"

赵东林面色不善地看着她。

孔真赶紧把杯子里的咖啡一饮而尽，起身道："回家喝点菊花茶败火，麻辣烫吃多了，怕你上火，估计你已经很上火了，我走了走了，咱改天再聊，回见。"

郑小竹没有和赵东林撒谎，这次她确实是出门和男朋友说分手的。

她总是在恋爱，因为她觉得和年轻帅气的男生约会是一件让人愉悦的事情，同时她也总是在分手，因为她很难接受别人的缺点。

就像她刚才说的一样，她对异性的容忍度很低，觉得最不可思议的事情就是有人会跟着一个浑身缺点的老公相伴一生只因为"有感情在"，她的感情只能给她自己，她的爱也只能给自己，在找到与这个世界和平相处的方式之前，她拒绝踏入婚姻，或者维持任何一段长久的感情。

她对感情的仪式感体现在分手一定要当面说，所以她在前一天约了现在的男朋友出来，对方是个年纪不大的男生，刚刚毕业不到两年，是健身教练，郑小竹觉得对方长得干净秀气，然而在交往了一段时间之后她发现男生很喜欢不分场合抽烟，抽完了乱扔烟头，屡教不改，还和她撒娇说不是有阿姨打扫吗？

上个礼拜郑小竹发现自己的衣帽间有很大一股烟味，地板上有个被踩扁的烟头，还拖出了一条长长的灰，这让她对这个男生彻底失去了兴趣。

与对方见了面，郑小竹开门见山地说了分手，男生根本就没反应过来，高高壮壮地站在那里，显得呆呆的，让人顿时生出一股母爱，郑小竹倒觉得他有些可怜了，然而转念一想衣帽间里的烟头，郑小竹又坚定地告诉自己：这个不行。

男生在郑小竹临走之前突然出声了，他眉头紧皱，说："为什么要分手？只是因为扔烟头吗？我可以改啊，我想和你结婚的啊！"

"我不可能结婚的哦！"郑小竹说，"和你结婚会降低我的生活质量，也会让我多出一笔没有必要的开销，更重要的是我不想再多花精力去维护和你家人的关系，维护和你本人的关系现在已经让我感觉很累了，而且你这种性格的男生肯定会急着要孩子，要孩子也是不可能的，生育对女性来说是一件非常严肃的事情，不说它会让我有生命危险，只说它带来的身材走形产后抑郁妊娠纹等问题我也不可能接受，有了孩子以后又要分神去投资他的教育，付出极多的感情，我不确定我能不能承担这个责任，看你也不是那种会家庭事业一把抓的男人，很大概率会在结婚以后躺着整天玩手机，我要你来分担家务你会选择花我的钱找保姆或者叫你妈来，这两种结果我都很不喜欢，你也对教育孩子起不到什么正面影响。综上所述，我觉得我们还是分手吧，你说呢？"

对方一个字也没敢说。

郑小竹离开以后百无聊赖地想，她被人指责过很多次过于现实，然而她感觉到的是大多数男人比女人现实多了，一听到老婆不会像他期待的一样为了家庭义无反顾地牺牲自我和事业，就马上会改变立场，从"希望和你结婚幸福地生活在一起"变成"你不适合和我结婚"，因为总是要有一个人来牺牲，谁也不希望是自己。

不是你，也不是我，那我们就都不要牺牲，好好地过自己的人生吧。

她今天限号，没开车，在商业街逛了逛，买了一串新项链以后就准备叫个车回家，然而半天都等不到车，距离她不到半米的地方就是个公交站牌，正巧有路过她家附近的公交。她想了想，从包里找出了一个一元硬币，决定坐公交车回家。

这会儿正是晚高峰，公交车上人不算少，郑小竹一上来就后悔了，她跟着前面的人往后走，决定在下一站下车，宁愿多等一会儿也不要挤公交了。就在她走到车厢中后段的时候，突然被后面的人撞了一下，郑小竹差点没站稳，后面的人无知无觉似的，根本没道歉，她微微蹙着眉头往前走，后面的人亦步亦趋地跟上。

……也许确实是太挤了。郑小竹在心里这么想着，努力忽略对方身上刺鼻的烟味儿，她攥着扶手，正要把手机放进包里，便觉得自己的腰被人摸了一把，她还没来得及叫出声，那只手就往下，在她的屁股上用力捏了一把。

"你干什么！"她猛地转过身去。

对方看上去不到40岁，精瘦，穿了一身灰黑色的运动服，留着乱七八糟的胡子，戴着一个枣红色的毛线帽，眼神很阴郁，在见到郑小竹的时候嘴角很明显地往下动了动，他将身体转过去，侧对着郑小竹，掏出手机，没事人一样低头看时间。

"我在问你话，你干什么！"郑小竹抬高了声音。

周围的人那么多，却没一个肯出声的，离得近的都把目光转移向别处，离得远的伸着脖子看热闹，司机也没有任何表示，继续开他的车，郑小竹脸色非常难看，那个男人在发现没人出声以后转过身来看着她，挺横地说："我怎么了？"

郑小竹差点脱口而出"你摸我了"，但她终究是迟疑了一下——没别的，她觉得很羞耻，她没办法这么坦然地把这4个字说出来，虽然这不是她的错，但当着满公交车的看客，她确实是没办法开口，而且这个环境也让她觉得很不安全。

她下意识地掏出手机，勉强镇定道："你怎么了你自己知道，我要报警。"

直到此刻，还是没有一个人站出来说话，郑小竹越发不安，对方的胆子也越来越大，他甚至伸手去抢郑小竹的手机，嘴里不干不净，骂骂咧咧，嚷嚷郑小竹随便拍他照片了，他要把照片删掉。

"哎，那男的！"公交车的后方突然有个声音传了过来，在一片抱怨声中，一个女孩挤开了人群露出了头，盯着那个男的大声说，"好啊你，可算让我找着了！"

郑小竹呆了，她发现这个女孩就是上午才见过面的孔真。

孔真根本没去看她，只抓着那个男人不放，她对着周围看热闹的人说："大家都来看啊，就他，就这个男的，常年在这趟公交车上骚扰小姑娘，上礼拜还对着一个中学生脱裤子，把小姑娘吓得直哭，旁边人看见了他还死不承认，我们要把他送派出所，他就躺地下装犯心脏病，司机刚一打开车门他跳起来就跑了，你们就说这种无赖——哎那阿姨你拍他呢吗？来来来拍正脸，回去发群里好好传播传播，让他出出名，说不定有认识他老婆孩子的，咱们提醒提醒，也算做好事儿了，来来来，你不是愿意脱裤子吗？当着大家伙的面脱啊！"

那个男人被大家注视着，早就没了刚才的嚣张气焰，他用力挣脱孔真，含含糊糊地说："你认错了，你认错了，谁脱裤子了？"

"你看你长得贼眉鼠眼这样儿，满车还能找出来第二个吗？"孔真扯着嗓子喊，"家里有闺女的赶紧把他拍下来曝曝光，给孩子提个醒，以后见到这模样的离着远点儿，谁下次抓个现行赶紧给送派出所去关他十天半个月的，看他还敢不敢耍臭流氓！"

也许是因为有人带了头，车里的气氛很快就变了，几个大妈一边拿手机拍一边附和着孔真，骂他不要脸，孔真身边的一个光头大哥在发现对方用力推了孔真一把之后猛地反推回去，粗声道："你还想动手啊？"

那个男人彻底蔫了，只顾拿一只手挡着脸，在下一站停车的时候挤开人群飞速跑下了车。郑小竹还蒙着，下意识地也想下车，突然觉得自己的手腕被人抓住了，她吓了一跳，回头看去，发现抓她的人是孔真。

"你不要和他一个站下车呀！"孔真小声说，"他报复你怎么办，等等再下吧。"

到了下一站，孔真领着有些失魂落魄的郑小竹走出公交车，郑小竹呼吸到新鲜空气，慢慢缓过神来，她过了半晌才说："吓死我了……"

"不怕不怕，找个地儿坐坐吗？"孔真说完，不等她回答就拉着她拐进了一家麦当劳，找了两个空位挨着坐。

"谢谢你！"郑小竹仍然心有余悸，"我——"

"哎呀，不用谢，其实我也挺怕的，我怕他揍我。"孔真给她看自己胳膊上竖起的寒毛，"啊哈哈，咱俩还挺有缘的，又在这儿遇到了。"

"嗯……还遇到了同一个色狼。"

"哈？没有啊，我第一次见他。"孔真说，"我怕我大声嚷嚷他骚扰你，你会害怕，万一让别人把你拍下来多不好，你当时都快吓哭了。不过我觉得我也没冤枉了他，他办得出来骚扰小孩子这种事儿，以后再遇到这种情况不要怕，就大声喊出来，或者在人群里找个面善的阿姨帮帮你，你自己和他硬杠不行的，他万一打你怎么办呢？你一嚷嚷别人都看他，他就害怕了，就光顾着拿胳膊挡脸，你就安全了呀！"

郑小竹点点头，孔真说："我去给你要杯奶茶呀？喝不喝甜的？"

她要起身往柜台走，郑小竹下意识地抓住了她的手腕，惴惴不安地说："我和你一起去吧。"

孔真笑嘻嘻道："来呀来呀。"

郑小竹离孔真近了，闻到她身上甜甜的香水味儿，有一股橘子的清香，让人联想到夏天的树林，她蓦地对孔真生出一股亲近来，这是她之前的人生里从来没有过的感觉。她完全忘了上午自己是怎么言辞犀利地反驳孔真的，忘了自己和孔真本来应该是什么关系，只觉得自己似乎和孔真认识很久，她很想抱抱对方。

孔真点了一堆吃的，要给钱的时候被郑小竹拦住了，她掏出手机要给店员扫码，孔真却从兜里掏出一堆乱七八糟的纸币给店员清点："我今天早上出门忘带公交卡了，身上还没零钱坐公交，赶紧跑银行取了一百买了个手抓饼换了一堆零钱，今天花不出去以后就没地儿花啦！"

她端着大托盘回到座位上，抓起一个汉堡就往嘴里送，郑小竹慢慢地喝着自己的热牛奶，那种被吓到后背发凉的感觉逐渐消失了，她开始仔细地打量孔真，发现对方长得很漂亮，眼睫毛茸茸的，吃东西的时候脸颊一鼓一鼓，怪可爱的。

"你多大了？"郑小竹问她。

"啊……"孔真转转眼睛，"我今年24岁。"

"比我小5岁，"郑小竹心想，还是个小姑娘呢！

她看孔真的眼神多了一点怜爱："赵东林是不是挺难伺候的？"

"还行吧，嘿嘿。"孔真一笑，开始猛啃炸鸡腿。

"其实我和他谈过半个月的恋爱，大概知道他什么脾气，那个人确实是很难相处的。"郑小竹对孔真坦白，"你要是做得不开心可以来找我，我最近也在找助理，待遇应该不会比他差。"

她说完就有些后悔，自己是好意，可这么说确实很不妥，也很唐突，郑小竹暗暗责怪自己怎么在孔真面前失态了，放在之前她打死都不会讲这种话。

　　孔真放下炸鸡腿，又擦擦嘴，犹豫着说："姐姐你好好啊，哎……那个，我也不想骗你，其实我……我不是他员工。"

　　"嗯？"

　　"我——"孔真深吸一口气，小声说，"我和他有两张一样的结婚证。"

　　郑小竹没听明白："什么意思？"

　　孔真把她和赵东林的事情从头到尾全都说了，郑小竹听完沉默半晌，不可思议道："你们有点……太胡闹了。"

　　"我也觉得有点胡闹。"孔真说，"可是现在已经这样了，我也没办法，而且当时我真的走投无路了，我妈一说要卖房子，我跳楼的心都有了，一张结婚证算什么呀……"

　　"事已至此，不要责怪自己了，他虽然不好相处，但不是不守信用的人，答应你到时候会离婚就会的，你还这么年轻，不要怕，而且这件事根本不怪你，是你爸爸太过分了。"

　　孔真继续啃自己的炸鸡腿，用力点点头："嗯嗯！"

　　"那你现在是在自己做婚庆吗？"郑小竹伸手帮她挤了一包番茄酱，"很累吧？"

　　"累倒还好，就是我不知道怎么得罪人了……"孔真很苦恼地说，"我和酒店谈合同，本来人家都答应我了，要签合同的时候又为难我，那个酒店还有赵东林家里的股份，要不是不好意思，我都想问问赵东林这到底是怎么回事儿了……"

　　郑小竹让她把情况详细说说，孔真说了，郑小竹摇摇头笑道："傻姑娘，人家这是和那个姓闻的谈妥了，又怎么会放你进来呢？"

　　孔真只觉得晴天霹雳："啊，哈，是这样吗？经理和闻欣欣认识？你怎么知道？"

　　"怎么可能不认识，人家之前合作过那么久了，既然合作那么久都没挑剔过闻欣欣的服务，没想换合作方，怎么这会儿就突然不满意了？这是在利用你给她施压，要是我没猜错的话，除了你，那个经理也见了别人，谈不拢就用你们，谈得拢就继续和闻欣欣合作，你别在他身上浪费时间了，他不会松口的。"

　　孔真的肩膀垮了下来："唉……好吧。"

　　她闷闷不乐地继续吃，抓了一把薯条往嘴里塞，郑小竹看得好笑，给她分析道："我的建议是你暂时不要和桂宫合作，因为权衡一下利弊，高档酒店并不是只有桂宫一个，你完全可以和别的酒店好好谈合同，还有更多自主权，因为我听你刚才的意思，你现在也不是只有这一条出路，就算是委曲求全强行和桂宫谈了合同，闻欣欣那边肯定会给你使绊子，绊子使多了你每天光顾着提防她，怎么好好工作？这件事和赵东林其实关系不大，也许他第一次同意给你机会只是单纯地被你打动了，酒店到底换不换合作方他不在意的，据我所知他很忙，应该没心思管这些事，可能只是有他妈妈的投资，他那天去应该是帮他妈妈办事的吧。"

孔真想了想："你说得对，那我就不用去看那个经理的臭脸了。"

吃过东西，二人加了微信，郑小竹给她改了备注，笑着对她说："今天非常谢谢你……以后有任何事你都可以来找我，没事了聊聊微信或者约着一起逛个街都可以。"

孔真用力点点头："嗯嗯，有件事我刚刚一直想问，那个，你的裙子哪里买的啊？"

"这件吗？"郑小竹低头看了看，"去日本玩儿的时候买的，在横滨的一个小店，你喜欢的话改天我让朋友帮忙看看还有没有同款。"

"不用不用，"孔真心想这怎么好意思，她疯狂摆手道，"我就是随便问问，我回家了，姐姐拜拜。"

郑小竹在回家的路上心想，孔真这种性格大概不会遇到事情来找自己求助吧，她连自己妈妈都不愿意麻烦呢……也许下次有时间了可以找个机会约出来一起逛逛街，请她吃顿饭什么的。

孔真回家以后，发现谢湘南坐在床上看一本摄影书，她凑过去看了两眼："这个有用吗？"

"我觉得还是挺有用的。"谢湘南说，"对啦，赵博让我告诉你，他把咱们的那个视频发到了大群里，挺多人私聊他，问他最近跳槽到哪个大工作室了，还有摄影想和咱们合作，后来那个视频又被转出去了，赵博还加了几个有意向办婚礼的客户，他在跟进呢！"

"啊哈哈哈，"孔真搓搓手道，"形势喜人形势逼人呐。"

她和赵博一起谈下了3单客户，其中两单都没找好酒店，孔真想介绍客户去她有意向合作的一家酒店，顺便谈谈长期合同，她在临出发的前一天发消息给郑小竹："姐姐，我准备去和别的酒店谈合作了，不知道这次又见哪个经理呀，我觉得能成。"

郑小竹很快回复她："加油。"

孔真发了一个可爱兔斯基表情。

郑小竹："有时间的话可以来我家，我的衣服和包给你用，出去谈生意，穿得好一点儿，别人会更重视你。"

孔真："啊……可以吗？"

郑小竹："可以。"

孔真本来想推辞，毕竟她不太喜欢麻烦别人，但是转念一想，自己确实没什么好衣服，也许还像之前一样随便穿真的会对明天的合作有什么影响。

孔真："谢谢姐姐！你今晚方便吗？"

郑小竹："方便的。"

当天郑小竹下班以后开车接孔真回了自己家，然后孔真就被她放满了衣帽间的衣服和包震惊了。

郑小竹给她选了个Gucci的芙蓉红色链条包，又给孔真找了条还没拆吊牌的Edition裸色收腰长裙，还有一件海军蓝的Buberry双排扣外套，和一个卡地亚的经典款手镯。

"我的鞋码好像比你小，没有合适你穿的，你回家随便搭个基础的高跟鞋就好，和你包或者外套一个色系的都可以，实在不行黑色也可以，一定要露脚背。衣服什么的都没穿过，镯子买回来也一直没戴过，你就留着吧。"

郑小竹当然觉得为了感谢别人直接送东西挺俗的，而且这又不算很正式地送礼物，但是她这么做的时候其实没想太多，只是欣赏孔真这种有上进心的姑娘，作为一个比她大几岁的女性，郑小竹很想尽自己所能帮助她，给她一点鼓励——毕竟孔真出门见人，穿着打扮确实是很重要的。

孔真抱着衣服和包呜了一声："这好贵吧？我不能要，穿完了我会送洗衣店洗干净送回来的。"

"我觉得现在把它们给你比给我自己更有价值。"郑小竹笑着说，"而且你以后肯定会赚很多钱的，到时候再买回给我吧，加油。"

孔真抱着衣服回家，与谢湘南一起分享了穷光蛋逛衣帽间的经历，谢湘南满脸羡慕地说："她好棒啊，赚这么多钱。"

"我们也会很棒的！"孔真搂着她安慰道，"明天一定会成功！"

也许是郑小竹的祝福起了作用，也许是孔真的外表和谈吐实在是怪能忽悠人的，第二天孔真和另外一家酒店的谈话异常顺利，对方很快就同意了孔真的提议，没过几天就送来了合同，孔真捧着合同在床上疯狂打滚，恨不得跑到郑经理面前拿合同打他耳光，一边打一边说：看到没，看到没，老娘很红的！

让她更加惊喜的是，第一次在桂宫做的那一单被宾客拍下了现场布置发了社交软件，视频瞬间火了起来，虽然大部分观众都是看看就算，但也有几个本地的潜在客户看了以后真的动心了，提前为了自己的婚礼过来找她预约。

而桂宫那边虽然暂时失去了合作的机会，却也不是铁桶一个——并不是所有人都是郑经理一派的，有些客户来问，工作人员或许觉得郑经理这事儿做得不地道替孔真觉得委屈，或许单纯是为了给郑经理和闻欣欣找不痛快，还会主动告知对方婚礼是外包给孔真做的，这就导致闻欣欣的一部分单子流失了，她知道以后生气极了，对这个之前没太放在心里的孔真异常不满。

更让闻欣欣生气的是，一直以来和她沆瀣一气的郑经理居然也开始指责她。

她一直对自己和异性搞好人际关系的这些小手段非常有自信——又是送钱又是撒娇拿好话捧着，试问哪个男人不喜欢？在她去找郑经理半是撒娇半是认真地抱怨这件事的时候，已经做好打算对方肯定会再帮帮她，没想到郑经理叼着烟，无可奈何道："欣欣啊，这事儿不是哥不帮你，那人家客户不愿意在这儿做，咱总不能绑着人家强迫吧？我这人说话直，你别往心里去，咱这质量和孔真一比，确实是差点儿意思，当然了，我最后选的是你不是她，以后也不会选她，因为你一直以来对我都不错，哥都记在心里，但是我能一直这么想，你不能要求客户也像我吧？"

闻欣欣瞬间感觉到异常羞耻。

她一是觉得自己的眉眼抛给瞎子看，对方非但没被她忽悠得神魂颠倒，还暗搓搓地教训她一顿。二是觉得自己的业务能力受到了质疑，她离婚以后自己一个人把事业做大，还是非常以自己的能力为傲的，现在郑经理这么说她，难道不是在说她只会溜须拍马送礼，却做不好该做的正事儿吗？

因为憋着这一口气，她决定好好做下一单，大不了花钱做做推广，难道她还比不过一个小丫头片子？

孔真很快就从发愁没生意可做过渡到发愁太忙了的阶段，之前和另外一个低端酒店谈好的合同也送了过来，好在她曾经被刘浩波压榨过，应付得游刃有余，还觉得忙得怪开心。她有空了就和谢湘南聊一些设计会场时的思路和创意，因为她总记得自己和谢湘南保证过，会把自己会的一切都教给她，谢湘南在这方面很有灵气，往往一点就通，一聊就透，很快也能试着提出几个方案了。状态越来越好，早就摆脱了之前的颓唐之气。孔真终于把自己之前欠李松的钱还清，还买了个她一直都想买的BOSE降噪耳机。

在疯忙过了10月份的婚礼季之后，孔真拖着垂死的身躯把赵博和谢湘南叫在了一起，对他们说："大家辛苦了……"

赵博坐在椅子上抬起头睡着了，孔真踢了踢赵博："赵博吃饭了！"

"啊，啊？"赵博擦擦口水左右看看，"吃啥？"

"还没吃呢，"孔真微笑着看他，眼神凶恶，"你能不能等会儿再睡？"

"我都要累死了……"赵博哼哼唧唧的，"我算是发现了，谁当老板，谁就要变成刘浩波，你当老板，你也是万恶的资本家，把我这顿压榨，我这种祖国的花朵经得起你这么摧残吗？你比刘浩波还狠800多倍，绝了。"

赵博这几天确实是出力不小，基本上是连轴转的节奏。

"刘浩波能给你那么多钱吗？"孔真也忍不住打了个哈欠，"你再这样污蔑我人格的话把钱还回来。"

3个人互相传染，哈欠一个接一个，最后还是孔真意志坚定，将他们两人挨个摇醒："同志们，朋友们，说正事儿，咱们最近虽然很累，但是赚到钱了，众所周知，赚到钱的第一件事就是赶紧花出去，要不然我们赚钱干吗呢？所以我决定，租个办公室，我们以后不用在咖啡厅办公了，你们有办公位啦，还要招新员工，你们有新同事啦，开心不开心？"

"开心，"谢湘南给孔真捧场，"你钱够吗？不够的话把我的给你吧。"

"我刚给你你怎么又要给我……"

赵博虽然一直在打哈欠，但是不断用余光偷瞄谢湘南，他低头给孔真发微信："真姐，你不能招那种年轻单身男性。"

孔真："为什么不能招？"

赵博："我会有情敌的。"

孔真："南南对你有意思，我招个单身男性可能会给你招来潜在情敌；南南对你没意思，我也就是给你招个一起打游戏的新同事。"

赵博："那也行，你招个技术好的。"

孔真："走开。"

办公室的新地址是孔真在很久之前就开始看的，地段一般，周围没什么商服，但是环境清静，交通也算便利，签了合同之后孔真就开始忙装修，由于不想入驻太晚，3个人商量过后决定简装一下即可，参考了一些俱乐部型的办公室装修风格，与此同时，孔真也开始正式招聘摄影师和后期，每天忙完了回家还要看很多应聘者的作品，她第一次觉得自己有些蹦跶不动了。

郑小竹几次约她出门去逛街，她都因为实在太累拒绝了，好不容易周末有空，孔真在床上睡了一上午，醒来的时候发现谢湘南不在，发消息问她，谢湘南说自己和赵博一起出门去拍外景了。孔真打着哈欠给郑小竹发消息："姐姐你在吗？"

郑小竹："在呀，你今天不忙了吗？"

孔真："是的，给自己放假了，我们去逛街好不好啊？"

郑小竹："逛街你不嫌累吗，感觉你最近整天在外面跑来跑去的，我们去看电影吧，最近挺火的那个《高定恋人》你看了吗？"

孔真倒是在微博上看过一些博主的推荐，她本来对这种爱情片不太感冒，但是她转念一想，自己应该多看看这种电影，培养一点浪漫细胞，也许对自己的事业也有所帮助。

孔真："好的呀，我看看票哈，下午两点半这场可以吗？"

郑小竹："可以，你地址发给我，我去接你。"

二人见面以后，郑小竹发现孔真穿了个粉色的外套，她有些好笑地看着孔真："你怎么穿这个外套，不适合你。"

　　"这是我朋友的外套，我想穿得可爱点儿，再看场爱情电影，培养一下浪漫细胞，也许还能对我的工作有帮助呢！"

　　"这种东西有必要培养吗？我觉得浪漫分两种，一种是做作的求偶仪式，另一种是可遇不可求的天时地利人和，前者是假的，后者才是真的，刻意了就没意思了，你平时多去感受，兴许比努力培养有用。"

　　谈话间，郑小竹的车就开到了电影院，孔真被前来观影的人吓了一跳："这么多人啊……"

　　来的人很多都是一对一对的情侣，也有闺蜜约着来看电影的，孔真捏着电影票找到座位坐下，心想这多半又是个烂俗的都市爱情剧。

　　让她意外的是这个剧还行，虽然表达的东西很简单，但是角色的人物设定和演员的演技都不错，电影里的女主角是个技术宅家里蹲，在一场演唱会上对一个帅哥一见钟情之后，开始疯狂搜索帅哥的一切个人信息，从各个社交网站上了解到男主的性格和择偶偏好，在发现帅哥新注册了相亲网站后，女主角决定也注册一个，并且把自己伪装成帅哥喜欢的类型，从喜好、学历到个人经历，全都造了假，还让朋友帮自己制定减肥计划，努力学习化妆和穿衣搭配……

　　让女主角想不到的是，在各种造假的加持下，本来非常不受欢迎、从小到大也没有桃花的自己突然变得炙手可热起来，相亲网站上很多男生主动联系她，恰巧女主当时发现了自己喜欢的帅哥公布恋情，心灰意冷之下为了转移注意力开始了相亲游戏，在经历了一系列啼笑皆非的故事之后，女主终于遇到了一个能接受她本来面目、并且真心喜欢她的人，故事的结局是女主角结婚5年后抱着自己的宝宝与邻居谈话，邻居认为女主角和老公感情这么要好，一定是因为有一段特别浪漫的恋情开场，女主角笑着说："不，我和我老公是因为相亲认识的。"

　　孔真觉得它总体来说普普通通，无功无过，人设和演技加分而已，不知道怎么炒这么火的。

　　看完一场电影，孔真伸着懒腰和郑小竹走出了电影院，郑小竹载着孔真去吃晚饭，两个人聊起了刚刚看过的电影，孔真说："还可以吧，挺普通的，是因为恋爱题材所以才这么火的吗？我觉得它不太能说服我，相亲多无聊啊，就是奔着结婚过日子去的，还没开始谈恋爱呢就把恋情结束了。"

　　"你这么想不对哦。"郑小竹微笑着看她，"客观来说，因为激情产生的爱情反而有很多不稳定的因素，对方过去的经历和品格你不了解，对方的经济情况你也不了解，短时间内产生的激情并不能让你知道对方到底是个什么样的人，贸然因为爱情走入婚姻，在以后的生活中遇到困难的时候，你有很大的概率会觉得对方和你想象的有差距。

"但是相亲的话，大家把自己的兴趣爱好、生活习惯、工作性质和收入摆在台面上来说，大大减少了婚姻不幸福的概率，我举个例子，你和一个男人在酒吧认识了，对方外表英俊，很有魅力，做饭很好吃，在关键时刻总能不顾一切地保护你，于是你们很快就走进了婚姻——相信我，这种事很常见。

"只不过大多数男主角都长得普普通通而已，在结婚之后，你发现他做饭只是因为自己爱吃，除了做饭之外不做任何家务，自己的臭袜子都懒得往洗衣机里扔，还要求你必须在结婚一年之内怀孕生孩子，孩子生出来之后他也很少帮忙带，他妈妈和你相处得不太好，他的经济状况时好时坏，你要为了孩子的开销操心。

"但是与此同时，他还是外表英俊，很有魅力，他还是喜欢给你和孩子做各种好吃的，他依然愿意在结婚以后不顾一切地保护你，这是人的多面性，你只了解了一面，剩下的在你俩很难分开的时候才有机会了解，这就是因为爱情产生的婚姻，好像也并没好到哪里去。

"相反地，去相亲的话，最开始就可以把不合适的人筛除掉，在有进展的时候试着把双方的疾病史、什么时候要孩子、家庭的开销如何负责、彼此的财产怎么分配、家务的分工规定清楚，觉得合适了，再去结婚，我觉得未必就没有那些激情闪婚的伴侣幸福，爱情只能提高你对对方的容忍度，然而在爱情褪去后，你总是会惊讶你到底嫁了个或者娶了个什么鬼东西。"

"你……你说得很有道理。"孔真目瞪口呆，"我要被你洗脑了。"

"我没有在洗脑你，只是说说我的想法。"郑小竹给她倒了杯饮料，"关于结婚这件事我没有发言权，因为我是不会结婚的，只是想着玩玩儿罢了。"

"你为什么不结婚呢？"

"我说不清楚，不结婚的原因很多，能让我结婚的原因一个都没有。"

"哎……我觉得不结婚也挺好的。"孔真捧着脸，"我妈妈很早就和我爸爸结婚了，我爸爸出轨的时候她很痛苦，现在一个人过得倒是挺潇洒。"

郑小竹怕她想起自己爸爸伤心，赶快转移了话题，两个人聊起了赵东林，孔真说："我觉得他有点那个。"

"哪个？"

"就是……我说不清，你看，他明明受过那么好的教育，从小到大成长的环境也不差，为什么会那么直白地说什么食色性也，就是要拿约炮赚钱，我觉得很不理解，我不是说他这个软件有什么问题，他是为了赚钱，我懂的，赚钱没问题，大家都是为了赚钱，但是他的想法让我很吃惊，我觉得这种话不应该从他嘴里说出来。"

"他说这种话很正常，他是我见过最聪明、最适合做生意的人。"郑小竹这样评价赵东林，"他想问题的方式很简单，但却是最有效的，当时社交软件风头正劲，他觉得做这个可以，他要做，做就要做到最成功，在他心里最成功就等于最赚钱，所以一定要抓好重点，他的重点就是利用人类的本能，你也看到了，他做得很成功，用户的付费意愿很强烈，你知道一个在微博打广告卖黄片的人有可能日入 4 万吗？说白了，他们赚钱的原因都是同一个，只是赵东林没那么低俗罢了。"

　　"……我有点震惊卖片的赚这么多？"

　　郑小竹笑道："就是这么多，但是天上不会掉馅饼，这种会上网就能做的买卖要是没有一点风险，那大家就都不要努力工作，都来卖片好了，你知道每个月有多少因为卖黄片的人被抓起来判刑吗？赵东林也是一样，实话和你说，他最近烦心事很多，除了我和我老板这边，他还要一直应付上面的监管，据说一个主要的付费业务也不得不关闭了，有一个部门要裁员，难办得很，主要是监管很难……以后有机会再和你解释吧，大家都在猜测他要卖公司了，也有资本方有意向收购。"

　　"如果我是他，我就改行去做相亲软件啦！"孔真说，"约会是刚需，结婚也是刚需啊！虽然大家在网上都在讲不结婚不结婚，但这么嚷嚷的大部分人最终到年纪了还是要结婚的嘛，大家都是普通人，独自生活终究还是不容易。

　　"与其像你刚才说的那样，和一个看着还行其实缺点挺多让你无法忍受的男人结婚，还不如就干脆好好找个靠谱的未婚夫，你看啊，他那个程序表面上看还是很正经的，而且我觉得有些设计思路很不错，你没发现它那个社区功能有点像微博的热门广场吗？内容都是很有意思的，大家都在努力展示自己，什么琴棋书画，唱歌跳舞，帅哥录的自拍视频，美女拍拍锁骨，随便刷刷就半个小时过去了，如果保留下来的话，就是一个和其他相亲网站不一样的点。

　　"还有赵东林妈妈不是做酒店的吗？听说做得很成功，很多城市都有店，那就可以做一条龙服务啊，直接把婚礼也给人家安排了，还可以搞个分区，教人约会，线上线下约会指导，求婚指导，生孩子指导，养孩子指导，肯定会有很多人愿意付费啊！

　　"他现在还有基础这么广的用户群，可以引个流什么的，多好，我其实之前为了找潜在客户注册过相亲网站，也下过几个程序，但是我发现他们大部分的界面都设计得好老龄化，让人没什么浏览的欲望，而且像病毒网站一样总有弹窗跳出来，好烦，赵东林不是说他们的用户都是 30 岁以下高学历高素质的年轻人吗？他可以好好做啊，做得高端点儿，好好营销一下，核心竞争力就是和其他的同款软件不一样嘛！"

　　郑小竹越听越惊讶，等孔真说完了，她沉思一会儿道："你这个想法……挺好的，我觉得很有价值。"

　　"但是我不要对他说。"孔真撇了撇嘴，"他肯定会嘲笑我的，他觉得我很笨，像县城打工妹，一次能扛三麻袋那种的，才不想听我说什么呢！"

郑小竹忍不住笑出声来："谁说的，你一看就是小富婆好吧。"

孔真开心了："真的吗？"

"当然是真的啦！"郑小竹莞尔一笑，"我们等下去吃那家最近很火的店怎么样？"

她虽然没再把这个话题继续下去，但是这件事总是不经意地在孔真心里一次次地过。

虽然嘴上说不会和赵东林说，但是其实她很想和赵东林谈谈自己的想法。

没过几天，赵东林居然主动来找她，让她接触一个客户，对方是赵东林的朋友，需要一份婚礼策划案，找的婚庆公司给了几个建议都不满意，赵东林觉得孔真的想法不错，肯定符合对方的要求，就转手让两个人交换了联系方式。

果不其然，孔真手到擒来，和对方详细谈了一次就回家做了个婚礼策划案，一次性把对方拿下，对方财大气粗，对预算没什么要求，孔真这一单赚头不小，她知道感恩，特意请赵东林出来吃海底捞，赵东林这次没有叽叽歪歪，很痛快地同意了。

二人见了面，气氛倒是很融洽，赵东林为了找话题，还主动与她谈起了那个朋友的婚礼，孔真翘着尾巴疯狂吹嘘自己，赵东林呵呵一笑："知道你厉害，行了，快吃。"

"你那朋友好帅啊！"孔真忍不住发花痴，"他老婆也好漂亮，他俩这恋爱谈得是不是很像偶像剧啊！"

"相亲网站认识的，"赵东林给自己盛了一碗番茄汤，"低配版偶像剧吧。"

孔真闷头吃菜，突然又想到了和郑小竹那天的谈话。

她心里的那个小念头蠢蠢欲动，过了半晌，她终于忍不住开口问："赵总，我听说，你们公司想转型了？"

"嗯，"赵东林没有正面回答，"怎么？"

"我是说那个……"她试探道，"要不你也去做个相亲软件吧。"

赵东林沉默片刻，她鼓起勇气，把那天和郑小竹讨论的都说了出来，赵东林从头到尾都没有打断她，孔真越说越来劲，她深知想要忽悠住别人，必须先忽悠住自己——她确实是对这个想法很有信心的。

她说完了，兴致勃勃地等着赵东林的回复，对方一直在沉默，孔真的心一点点沉下去——他很有可能口出恶言，这个叽叽歪歪的男人！

没想到，赵东林看看她说："你再好好想想，做个策划案给我吧，成了给钱。"

孔真："哎？"

第六章
执迷不悟

孔真用了将近一个礼拜的时间才把这份策划案写完。

她将它打印出来，约了时间，有些忐忑地拿到赵东林面前给他看，在赵东林低头看策划案的时候，孔真表面上佯装淡定地玩着手机游戏，其实不住地拿余光偷瞄他，在经历了一个世纪的沉默之后，赵东林终于开口说话了。

"你的策划案做得很好。"赵东林平静地说，"但是有个很重要的点你没想到。"

"什么？"

"赚钱和引流。"赵东林把策划案整理好递给她，"我们现在社交软件的用户群体是 30 岁以下、高学历高素质的年轻人，这样的人根本不是相亲软件的潜在用户，甚至很多人决定不婚不育，他们根本不会对相亲感兴趣，更何况付费？但是浪费这样一个天然的广告位，我又觉得非常遗憾，如果你能把这件事解决掉，这个策划案还是很有价值的。"

"你凭什么说 30 岁以下的人不想相亲不想结婚啊？大家都是渴望爱情的单身狗，装什么大尾巴狼呢？"

"爱情和婚姻是两码事。"

"哦，就算是两码事，咱们把婚姻拎出来单看，你说 30 岁左右的人是不是都急着结婚了？"孔真突然想到了自己的身份，大声说，"你，你都因为你妈催婚和我结——"

"你小点声！"赵东林压低了嗓音打断她，"喊什么？"

"哦哦哦哦，我没有喊。"孔真乖乖地压低了嗓音，"我就是在阐述一个事实嘛，大家嘴上说得好，不要结婚啦，不要生孩子啦，我承认结婚生孩子确实是一种负担，但是普通人里又有几个人真的到 30 岁不结婚的呀？国外倒是爆发过不婚潮，可是在咱们这儿根本没土壤，社会还没进化到那步呢！大家都说一个人生活得多惬意，说飞国外就飞国外了，那是事业有成的人生赢家，人家单身潇洒幸福，结婚了也可以潇洒幸福啊，说不定找个比自己还厉害的另一半，以前坐头等舱，结婚直接坐私人飞机了呢！不要把人生的失败怪罪到结婚身上呀，普通人结婚不幸福，单身了也未见得幸福到哪里去，房租水电想找个人一起分担一下，头疼发热了想找个人照顾一下，时间到了就在双方家长的帮助下结了算了，这不是很好理解吗，你觉得我说的有没有道理？"

赵东林微微抬起下巴看她："有道理。"

孔真还没来得及高兴，赵东林又说："但还是不足以说服我，我们的核心竞争力还是不清晰，我们要传达一种什么样的价值观，这个价值观要怎么渗透进用户群，让他们相信结婚不是亏本买卖，又怎么拥有我们的话语权，让我们有能力促使用户愿意主动付费？之前我做社交软件根本不用考虑这些，它天生就带这些东西，但是这个相亲软件没有，如果你能说服我，我会同意让你做我的服务供应商，可能还会给你的草台班子投资……如果你不能说服我，很遗憾，你只能白忙了。"

"我一定会说服你的。"孔真又想到了那个郑经理，她翻了个白眼道，"一定。"

赵东林打量着她："为什么这么执着于说服我？"

"因为你是不一样的烟火呗。"孔真把策划案收进自己包里，"你是霸道总裁，我抱你大腿。"

赵东林说："你上次不是要请我吃麻辣烫？"

"今天不行。"

"为什么？"

"因为我要让你记住我就是那个胆敢拒绝你的女人，啊哈哈。"孔真干巴巴地笑了两声，"你等着我想好这个什么核心竞争力的，我一定要说服你，然后再请你吃一顿永生难忘的麻辣烫，别忘了你刚才说你想给我投资，再见！"

她不请赵东林吃饭，其实是因为没时间，下午约了几个来面试的，孔真马不停蹄地面完了，又赶紧跑去谈单——她晕头转向地想，等上一批尾款打来，钱周转得开以后，自己一定要多招几个业务员。

孔真到的时候，那对新人已经坐在咖啡厅等着她了，孔真赶紧说："不好意思不好意思，路上堵车，你们没等太久吧？"

"没关系，"那女生说，"也没等多久。"

她看上去比孔真大不了几岁，外表普普通通，微胖，皮肤有点黑，没有化妆，但是涂了个正红色的口红，在微微黑黄的皮肤的衬托下显得有点突兀，说起话来声音小小的，显得很没底气，是那种一打眼就让人觉得气场很弱的人。

"那咱们先来看看套餐吧，3个价位的，4999元，7999元，18999元，您看您大概对哪个档位的比较感兴趣，我给您详细介绍一下。"

"麻烦你都说说吧。"男生道，"我们也都不太了解，还是得你多帮忙——你喝咖啡还是喝茶？"

"我喝茶就好。"孔真打开了电脑放在桌上，一不小心撞了下杯子，那男生面前的咖啡洒了出来，淅淅沥沥地滴到他的裤子上。

"啊，不好意思，没烫着吧？"孔真抱歉地起身，想拿纸巾帮他擦擦，手伸出去一半又缩了回来，她总不好摸人家大腿吧！

那女生赶紧接过纸巾帮他擦，一边擦一边小声说："没事没事，你坐下吧。"

"这不太好洗吧，要不然我帮您送洗衣店洗洗去？"

"不用，我能洗干净。"女生有些腼腆地笑了一下，"他的衣服都是我手洗的，上次也是不小心洒上咖啡了，多搓一会儿就搓干净了。"

"那……那还得辛苦您了，真不好意思……"孔真讪讪地坐了回去，心想我没听错吧，全都手洗？这年头洗衣机也不贵啊！

孔真把套餐介绍完了，那男生说："媳妇儿，你看哪个好？"

女生说："我看那个4999元的就挺好……咱们就简单办一下呗。"

"那听你的吧。"

这是孔真谈得最顺利的一个单了，过程非常迅速，除了她不小心把咖啡洒到顾客身上之外没有什么波折，他们当场签了合同交了定金，临走之前，那女生抱着肚子不肯走，她未婚夫在一边催，那女生低声说："我肚子疼，等等吧。"

"怎么肚子疼了？"未婚夫大大咧咧的，"咖啡喝坏了？"

"哎呀，不是。"她欲言又止，孔真一下子就明白了，她突然觉得这个男的为什么这么粗心，都要结婚了这点事儿还不懂？

"没关系哈，我来的时候看见门口有个药店，我去帮你买点布洛芬。"孔真说。

"布洛芬？买布洛芬干吗？"未婚夫愣愣的，孔真忍不住转过去，背对着他翻了个白眼。药买回来，孔真就离开了，那女生似乎很感动，一直在谢她。

孔真并没把这单当一回事儿，因为这单不需要她花太多心思，不需要定制什么东西，排好外包工作人员的档期就可以，因为不是什么大日子，外包人员安排得也很顺利，如果不是在半个月后孔真收到了女生的微信，她都要把这两个人给忘了。

对方发了个你好，又发了个笑脸，孔真回复："你好，请问有什么事吗？"

那女生回复："你好，我叫柳叶，是上次和你约好了办婚礼的新人。"

孔真："您好，我知道呀，这里有备注和聊天记录的。怎么了，关于婚礼您那边还有什么要求吗？"

柳叶："不是婚礼，是别的。"

孔真："啊？您说。"

柳叶："我想问问，你的衣服平时都是在哪里买的呀？"

孔真捧着手机在床上狂笑了10分钟，她非常得意，因为她看见郑小竹的时候也想问人家衣服哪儿买的，试问还有什么比这更能代表对一个女人品位的最大肯定了吗？没有了！

她孔真也是别人眼里的精致女生了！

孔真笑完了回复柳叶："都是淘宝货，你需要的话我把店铺发给你。"

柳叶："啊，好的好的。"

孔真大方地贡献了自己的淘宝心爱店铺，又给她推荐了几件适合她的单品，也许这个话题实在是太好聊了，两个人不知不觉聊了40多分钟。大多数是孔真在说，柳叶一直嗯嗯地回应，聊到最后孔真说："你可以试着把你头发剪一剪，稍微剪短点可能看着还精神一些。"

柳叶："啊，是吗？我老公说过喜欢我长头发，所以我才留着的。"

孔真心想你的长头发也没有造型，真的不太好看呀，但是她没有直接说，只是婉转道："我也不太懂这些，你到时候可以和理发师多沟通。"

柳叶："我觉得你懂得好多，上次我们见面之后，我老公一直说你穿衣服很好看。"

孔真瞬间在心里冒出了无数个问号，她心想这个男的怎么回事？有毛病吗？当着自己老婆的面夸别的女的，还一直说，你这不是挑拨我和顾客感情不和吗？但是这个柳叶看上去也不是那种会生气的人吧……要不然也不会过来问我链接了，果然都是柳叶惯的吧，还给他手洗衣服，那么硬的牛仔裤也手洗，手不疼吗？这年头真的还有这样温顺贤淑的女生吗？

她一边心里觉得不可理喻，一边斟酌着回复："啊哈哈，没有没有，都是和朋友一起聊天聊出来的。"

柳叶："不说了，我要去做饭了，回头再聊。"

孔真以为回头再聊是句客套话，毕竟她平均每天能和别人说好几次，没一次真的忙完了再和人家聊的，没想到柳叶是认真的，她经常过来找孔真聊搭配，孔真本来也是爱交朋友的人，有时间就回复她，还聊得挺来劲。

但是让孔真有一点感觉不舒服的，是柳叶这个人好像有点讨好型人格，她还没听对方反驳过自己一句呢，哪怕是谨慎地提出自己的观点的时候也很少，从来都是孔真说什么，她就跟着对对对，是是是，好好好。孔真能感觉到她和自己说话的时候如履薄冰，生怕得罪自己似的，还经常因为孔真回复的语气有问题而紧张地问她是不是在忙，那自己就不打扰了，改天再聊……

孔真觉得她大概也不是对自己这样，这种性格的人对谁都这样吧，但是因为关系半亲不近的，她又不好说什么，还私下里和谢湘南讲过几次，谢湘南问孔真柳叶长什么样儿，孔真想了想道："就……就挺普通的，有点黑，不算太瘦，但是眼睛挺好看的。"

"可能是没自信吧，没自信的人就容易变成讨好型人格。"谢湘南想了想道，"这种情况很多的。"

"哦，你又懂了。"孔真凑过去捏她的脸，"你长得这么好看，肯定很有自信。"

"我之前没有，现在有了，但是和长相无关。"谢湘南说，"其实之前也不是没有自信吧，就是觉得未来没什么希望，也想不到自信不自信的，现在是觉得未来很有希望，每天都很开心。"

"每天都很爱我。"孔真大声说，"对不对！"

"对！"谢湘南笑道，"明天我去领离婚证了。"

"你和他说好了？"

"是的，说好了，他最开始不同意，说我要是不回去就把我的衣服和包都扔了，我说你一把火烧了也无所谓，反正都是你买的，你不同意就这么拖着吧，反正我也不着急结婚谈恋爱，对我没影响，我无所谓，过了几天他也不知道怎么就想通了，说同意离婚，估计也是觉得拖着挺没劲的。"

"好好好，"孔真鼓掌庆祝，"今晚必须加个餐了，你是吃香辣牛肉还是老坛酸菜？"

眼看着柳叶的婚期一天天近了，孔真和她的关系也亲近了起来，不得不说，柳叶其实是个挺好的姑娘，没有一点心眼，待人非常诚恳，也很朴实，前段时间还给孔真送了个自己绣的十字绣钱包，虽然挺丑的，但孔真还是美滋滋地换上了，她一向很珍惜朋友的心意。

就在举行婚礼的前十天，孔真想约柳叶出去试婚纱，柳叶接了电话，似乎在哭，孔真吓了一跳："怎么了你？"

"没……没怎么，"柳叶说，"我现在出门去找你。"

两个人见了面，孔真发现柳叶眼睛通红，鼻子也红红的，她知道婚礼筹备前期正是新人吵架的高峰期，兴许两个人因为什么琐事又吵起来了，她不想让柳叶影响了结婚的心情，便出言安慰道："怎么了？和你老公吵架了啊，别哭，都要结婚了，有什么小事儿大家彼此理解一下也就过去了。"

"不……不是……"柳叶又要哭了，"可能我来大姨妈了吧。"

"呃？"孔真一时没转过弯来，"你痛经吗？"

"没有，就是总想哭。"柳叶擦了擦眼泪，"早上被我老公骂了。"

"为什么骂你啊？"

"昨天他说想吃饺子，今天早上我就给他下去买了一包速冻的，买了他不喜欢吃的馅儿，他就开始骂我，我说下楼再给他换，换回来了他还骂我，嫌弃我耽误他吃饭了……"

孔真只觉得天雷滚滚。

"为什么要挨这种骂啊？"孔真努力压抑着自己的怒气，试图展示自己比较理性的一面，让自己看起来像个知心姐姐，"你为什么不让他试着自己下楼买呢？上次见面的时候，他不是腿脚挺灵活的么，也没坐轮椅啊！"

"啊？一直都是我买啊，他不太喜欢跑腿做家务什么的……"

"那他也不该骂你啊，他凭什么骂你呢，有饺子吃就不错了，还嫌这个嫌那个的，我看他就是欠——就是脾气太暴躁了，这样不太好呢，哈！"

柳叶犹豫着说："其实他平时对我也挺好的。"

孔真一听这话，就知道自己应该立刻闭嘴，转移话题，因为所有抱有这种想法的女生都是不听劝的，而且人家都要结婚了，还能劝人家离吗？她暗暗在心里翻了100来个白眼，心想这男的也就看柳叶好欺负吧，换个人他敢吗？

然而在心里纠结半天，孔真还是很想多管闲事，没办法，她就是这样的性格，她的好朋友全是多管闲事管来的，不过在多管闲事之前，孔真一再告诫自己一定要注意尺度，柳叶只是她的普通朋友，普通朋友就是不能说太多，过于掏心掏肺反而会起到反效果。

"柳叶啊，"孔真挤出来一个微笑，"你俩认识多久了？"

"6年了。"

"这么久了啊，那是该结婚了，你们怎么认识的啊？"

"是大学同学，一个系的，他追我，我们就在一起了。"

"那感情还挺好的呀，他怎么能这么骂你，都在一起这么久了，大家相互理解理解就过去了呗，总欺负你干吗？"

"他就是这个脾气，平时对我真的挺好的，我肚子疼了还会给我煮红糖水喝，很照顾我。"

孔真一时语塞，她决定终止这次多管闲事的行为，人家的日子人家自己觉得好就行，各人三观不同感受也不同，她不能总替别人瞎担心。

二人很快来到了店里，孔真在店员的帮助下挑了几件尺码合适的给柳叶穿，她觉得柳叶穿那种大裙摆经典款婚纱挺吃亏的，因为对方是苹果型身材，没什么腰身，肚子上有些肉，四肢比较纤细，如果穿那种露腿的短款婚纱可能效果更好，孔真让店员找了几件剪裁还不错的给柳叶挑选，柳叶看起来非常喜欢，她最终在其中两款短款婚纱之间摇摆不定，孔真说："拍照片发给你老公看。"

照片发过去，过了会儿才有回音，柳叶本来还兴致勃勃地等着老公的夸奖，在看到消息的一瞬间垮了脸，她按了手机，对孔真说："他说不喜欢这种短款的，算了，随便选个长的吧……"

孔真看看她："哦，那行吧。"

两个人选完已经接近饭点，孔真带着柳叶找了家面馆，柳叶减肥，不敢吃太多，只喝了点汤，孔真看她闷闷不乐的，觉得她有点可怜，想逗逗她开心："柳叶我和你说哈，那天刷到个微博特别搞笑，有人发微博说我老公愿意为了我做一切，除了让我看他手机，啊哈哈哈！"

柳叶听完了之后慢慢抬起脸来看她："啊？"

孔真有些尴尬地说："不好笑吗？"

"为什么这个会好笑……"柳叶露出了迷惑的表情，"为什么老公会这么说啊？"

孔真不得不给她解释这句话的笑点："因为这个老公可能在搞外遇，做贼心虚，不敢把手机给老婆看呗，但是又假装自己很爱老婆，说愿意为了她做一切，我的天为什么解释笑点会这么尴尬！"

柳叶的表情立马变得很复杂。

"昨天晚上，我洗完澡上床睡觉，我老公突然说很爱我，然后……然后我想拿他的手机定个闹钟，因为我的手机闹钟声音非常小，我怕睡过头了，他突然就把手机抢回去了，不给我看，说我应该尊重他的隐私，那……那他应该不会……不会是在搞外遇吧……"

孔真盯着她看："如果我说有可能，你会想知道真相吗？"

"不会的不会的，"柳叶脸红了，"他人很好的，对我也很好，不会做这种事的，我相信他。"

"老板来一瓶冰可乐！"孔真抬高了声音，"越冰越好！"

她喝完了冰可乐，感觉自己的三昧真火被浇灭了，心平气和地说："可是你会不让他看你的手机吗？你手机肯定连密码都没有。"

"我的手机必须设置密码，我就随便设了一个，密码他知道的。"

两个人对视一会儿，孔真说："算了，吃面吧，吃完了早点回家，一会儿天黑了，外面不安全。"

当天晚上8点，孔真正和赵博与谢湘南一起布置第二天某场婚礼的会场，柳叶突然发微信给她："在吗？"

孔真："在呢！"

柳叶："你说，我是不是应该和他说说，让他别这么防着我啊？"

孔真在心里纳闷，这都要结婚了你才想起这些事儿，早干吗去了？

孔真："嗯，我觉得应该说说，总彼此防着多生分啊！"

柳叶："我怕我说了他不高兴。"

孔真："那你也不高兴呗，他哄哄你，可能就让你看了呢！"

柳叶："唉……还是算了吧，我觉得他挺好的，我应该信任他。"

孔真受不了地狂喊："赵博，你去给我买瓶可乐，越冰越好，要透心凉心飞扬那种的！"

"真姐，那是雪碧。"

"雪碧也行，快去！"

谢湘南赶紧跑过来看她："怎么了你？"

"我要被一个人给气死了！"孔真眼前发黑，"还是你好，你最聪明，知道不往火坑里跳。"

谢湘南捂着嘴直笑："你昨天还说我笨呢！"

"我以后再也不说了。"孔真拍拍她的头，"你最聪明。"

她决心等柳叶的婚礼办完了就和她疏远一点儿，要不然总有一天会被她给气死，所以这几天回复柳叶微信的语气也和之前有点变化，柳叶内心敏感，不知道自己哪里得罪孔真了，对她更加殷勤讨好，总要约她出来吃饭，这天又说自己爸妈来了，带了些土特产，她想带爸妈吃顿饭，也想邀请孔真一起去，原话是"想让他们见见我的朋友"。

话说到这个份上，孔真再不去就太不给人面子了，她想了想，觉得自己是有点莫名其妙的，她和柳叶做不做朋友和人家的感情观有什么大关系吗？便回复柳叶："好的，就咱们4个吗？你老公不跟着呀？"

柳叶："他公司有事儿，可能要晚上才一起吃，咱们吃中午那顿，我得先去车站接他们，接到了再去找你。"

孔真："我看了看路线，我先去你家找你，咱俩一起去车站，接到了再回你家附近找个地方吃可以吗？"

柳叶："啊，那还要麻烦你陪我一起去车站接人。"

孔真："没事儿，当锻炼身体了。"

第二天孔真到了柳叶家楼下，给柳叶发了个消息之后便百无聊赖地在原地走来走去，踢着小石头，柳叶很快就下了楼，头发还是半干的。

"你别感冒了。"孔真低头叫车，"帽子戴好。"

两个人到了火车站，柳叶想给爸爸打个电话，一摸兜才想起来："哎呀，我着急穿外套，把手机落在门口的鞋柜上了。"

"先用我的打。"孔真将自己手机递给她，"记得号码吗？"

好在柳叶记性还不错，顺利接到了自己爸妈。

柳叶的爸妈都是中学教师，看上去有些严肃，见到孔真后倒是对她很喜欢，柳叶的妈妈还一直问孔真谈恋爱了没有，孔真疯狂摆手："我还小，还小，不谈恋爱呢，嘻嘻。"

几人上车后，柳叶决定先回家去拿手机，正好也让爸妈看看自己布置好的新房，孔真跟着他们上了楼，在柳叶打开门的一瞬间闻到了一股挺刺鼻的香水味儿。

柳叶的妈妈刚说了一句话，卧室里便传来什么东西掉到地上的声音，孔真吓了一跳："柳叶，你家进贼了？"

柳叶说："是我老公吧，他怎么还没走，不是说今天公司有事儿吗？"

几人到了卧室，果然是柳叶的老公在床上坐着，赤裸着上身，只穿了条睡裤，孔真吸了吸鼻子，那股刺鼻的香水味儿更浓了。

"老公，你怎么还没走啊？"柳叶说，"正好我回来拿手机，带爸妈和孔真来坐会儿。"

"啊，行，随便坐，你们随便坐，我先换换衣服。"

孔真眼睁睁看着他的一滴冷汗从额头流下来。

一股强烈的冲动让孔真忍不住开口道："柳叶！"

"啊？"

"你们家这衣柜——"孔真顺嘴胡扯，"挺好看的哈，我妈正想换家具呢，哪儿买的啊？"

柳叶妈妈看看她老公，又闻了闻屋子里的香水味，脸色顿时难看起来，她快步走到衣柜前，当机立断地拉开了衣柜门。

一个浑身赤裸的女人正缩在里面。

一时间房间里安静得吓人，孔真也惊着了，她后退几步，大气也不敢出，柳叶完全愣了，她眼睛都不眨地看着那个女人，柳叶的妈妈似乎被刺激得心脏病犯了，捂着胸口一直大喘气，柳叶的爸爸直接给了柳叶老公一巴掌，气得一个字说不出来。

等大家都说出来话了，自然又是一片鸡飞狗跳，柳叶爸爸妈妈把柳叶老公和那个女的狠骂了一通，看得出来强忍着没有继续动手，吵到大家都精疲力竭了，柳叶爸爸拉着柳叶说："走，结什么婚啊，走！"

一直都傻了似的柳叶像是被钉在地上，动也不动，她痴痴地看着自己的老公，突然甩开了自己爸爸的手，冲过去猛地抓住他的胳膊，指甲都陷进他的肉里，这个从来都没高声说过话的姑娘疯了似的喊："为什么？你为什么？你告诉我，你说话，你说话啊！"

孔真觉得自己正在亲眼见到一个人的死去，柳叶曾经生命里很重要的一部分就这样因为一个躲在衣柜里的女人消失了，她的问题一点也不愚蠢，她当然要问清楚到底是为了什么，自己到底为了什么而被杀死？

"你别喊！"那个男人受不了地说，"我错了，我对不起你，你别问了。"

躲在衣柜里的女人趁着刚才的乱劲儿想溜，低着头，一把撞在了孔真身上，孔真尴尬极了，那女人几乎要吓哭了。

她脸色惨白，穿上衣服以后就在原地低头站着，柳叶没去管，只抓着自己老公的胳膊，泪流满面地说："你告诉我为什么啊？算我求你了，你告诉我，好歹我得知道个理由吧？我快要把心掏出来给你了，我真的就差把心掏出来给你了啊！"

"真的没什么，咱们先别这样行吗？好歹让我把衣服穿上，有外人在，像什么话。"

"外人是说我们还是说她啊？张晓东你这个畜生！"柳叶的妈妈气得眼睛都红了，"我们都走，你接着和她——哎哟老柳，气死我了，气死我了，我——"

柳叶爸爸作势还要打人，被柳叶哭叫着拦住了。

"我们真没什么关系……"那个女的吞吞吐吐的。

"你放屁！"柳叶的妈妈忍不住说了脏话，"你俩怎么认识的？怎么勾搭到一起的？"

"我……我是他同事。"她说，"我们真的没什么关系，还是两年前谈的恋爱呢，今天来这儿找他拿资料，他说……说自己要结婚了，就想……"

两年前？孔真只觉得天雷滚滚，心想两年前柳叶和她老公不是还在一起谈恋爱吗？他们不是在一起6年了吗！这是个什么人啊！要不是孔真实在身份尴尬她真的想撸起袖子打爆这个狗男人的头！

柳叶看上去彻底蒙了。

她像是一个写错了程序的机器人，只会重复那句为什么，她整个人都处在一种非常不真实的状态，没有悲伤，没有痛苦，一切都被强烈的好奇心战胜了。

她老公看上去已经快要崩溃了，他用力推开了柳叶，烦得抓了抓头发："没有为什么，我错了，你打我吧。"

"为什么？你告诉我，到底为什么？"

"因为我嫌你长得不好看行了吧！"他受不了地说，"真的，没别的理由了，你挺好的，对我也挺好的，但是我嫌你身材不好，长得不好看，我不是人，行了吧。"

孔真眼睁睁地看着柳叶像是被人抽去了骨头一样软绵绵地跪坐在地上，她终于知道了答案，就是这样一个可笑的答案，她所有真诚的炙热的坚定的感情就这样被扔进了垃圾桶。求知欲消失后，巨大的痛苦像是潮水一样袭来，她不知道自己是在哭还是在喊，或者是在痛苦地号叫，痛苦导致的缺氧让她觉得灵魂出窍，她对那天的记忆只截止在这里了，之后是怎么被人扶着出门的，她一概不知。

再有记忆的时候，柳叶恍惚了很久，她看到了自己的爸妈，才想起来发生了什么，于是那股潮水又向她席卷而来，丝毫没有一点预势，柳叶不住地拿手背狠狠地擦眼睛，眼泪却越擦越多，她咬着嘴唇呜呜地哭，脑海里全是刚刚看见的景象。

孔真坐在一边担心地看着她，柳叶的爸妈沉默着不说话，脸色相当难看，孔真叹了口气道："叔叔阿姨，你们在这儿看着点她，我出门给你们买点吃的回来。"

柳叶妈妈要掏钱，孔真赶紧拒绝了，她跑出了气氛让人压抑的宾馆房间，才长长地松了一口气。她觉得这对柳叶来说是有点残忍了，柳叶要是在这之前有点疑心还好，可她真的是一点疑心没有，全心全意地爱着那个人，说是心都掏出来了也不为过，这样的一个姑娘，在满心欢喜地筹备着自己婚礼的前几天突然发现了这样的事实，发现她所坚信的一切都是假的……孔真想到这里不禁了摇了摇头，她不敢把自己代入柳叶。

她买了几份快餐拎回宾馆，发现柳叶已经起床了，正坐在床边沉默地流泪，她的爸妈正在教训她。

柳叶妈妈道："你是不是脑袋有问题啊？你说话啊，你是不是脑袋有问题？"

孔真发现她骂起人来的语调很刻薄，声音也很尖锐，在一边听着都让人感觉不舒服，更别说挨骂的柳叶了。

"叔叔阿姨，先来吃饭吧，无论如何你们下午也得和男方家里见一面，可能还得折腾到晚上，不能饿着肚子。"孔真赶紧过去打圆场，"先吃点东西再说……"

柳叶妈妈道："孩子你回来了，正好，你过来帮我劝劝她，你说她是不是脑袋有问题？都这样了怎么还要和人家结婚？"

柳叶爸爸一拍桌子："你怎么这么丢人？柳叶，你就这么愁嫁不出去？你就这么怕没人要？"

"咱先吃饭，先吃饭……"孔真头大如斗，"柳叶，来，你多少得吃点东西，要不然看着一点精神没有，怎么应付之后的事儿啊？"

柳叶抽泣着点点头，孔真便把饭摆在宾馆的桌子上："来，你和叔叔阿姨一起吃点。"

柳叶闷头吃饭，嚼都不嚼，就大口往肚里咽，柳叶爸妈没吃几口，便把饭菜放在了一边。

"柳叶，你别吃了，把头抬起来，看着我。"柳叶妈妈说，"你再说一次，你到底怎么想的，怎么还要和他结婚？"

柳叶抬起脸来，眼睛红肿不堪，里面挤满了泪水，她拿了纸巾胡乱擦擦嘴，低声说："他可能就是一时糊涂，我和他好好说说……"

孔真刚想趁机找个借口溜了，听到这话手一抖，简直不知道说点什么好，她斟酌半晌，才谨慎地开口道："柳叶啊，他不是一时糊涂，两年前他就和别人勾搭上了，除了这个还有几个，你知道吗？你根本就不知道，以后还会不会有了，你能保证吗？你也不能保证。我说句不好听的，咱们已经知道他是畜生，就别要了呗。"

"不是的，不是的，他平时对我很好的。"柳叶着急地说，"他肯定是爱我的，可能是我哪儿做得不好了，要不然就是……就是他被别人给骗了，我和他好好说说，我们好好谈谈……"

执迷不悟。

孔真头疼地想，算了，人家喜欢畜生，那就让人家喜欢呗，兴许你阻止了人家还不高兴呢！柳叶妈妈脸色难看极了："柳叶，你小时候明明挺好的一个孩子，怎么就变成了这样？我不想骂你骂得太难听，但是你看看你自己，就这么怕自己没人要吗？说句不好听的，你不就是个赔钱货吗？这个婚百分之百不能结了，我和你爸丢不起这个人，你爱和他结婚可以，我们马上回老家，你和他在一起一天就当我们死了一天，别回家，也别管我们要钱了，老柳，收拾东西买票回家。"

"你们别走！"柳叶又哭着拉住了自己妈妈，"别走别走……"

那天中午，柳叶终于在哭了将近两个小时之后同意不结婚了，其间孔真见识到了各种来自她妈妈的花式辱骂，尖酸刻薄到让孔真无言以对，她甚至开始有些同情柳叶了，就算这姑娘自己不争气吧，可突然遭遇了这么大打击，一时转不过弯来也可以理解，怎么当爸妈的就嫌弃成这样，一个劲骂她已经是赔到底的赔钱货，就别再这么死皮赖脸地缠着男方给他们丢人了……孔真默默地听着，发现还真的是一句安慰都没有，一点好言相劝的意思都没有。

下午柳叶爸妈带着她去和男方一家谈判，孔真则去工作室看了装修进度，她时不时就拿出手机看一眼，柳叶一直没消息，她又不好在这个时候发微信问。

工作室已经装得差不多了，这几天就可以开始软装。孔真买的桌椅书架也到货了，散散味儿就可以搬进来，她不想闲着，让赵博陪自己去挑了几台电脑和小音箱，一直忙到晚上，孔真才小心翼翼地发微信给柳叶："在吗？"

柳叶："嗯，在。"

孔真："怎么样了？"

柳叶："大闹一场，不结婚了。"

孔真："别太难过，失去一个不合适的人不是坏事，你只是需要一点时间来适应。"

柳叶："他不是不合适的人。"

孔真："我想不出还有什么人比一个婚前出轨的男人更加不适合结婚。"

柳叶："我真的好难受。"

孔真："你想出来走走吗？"

柳叶："不了，我不想动。"

孔真："你好好休息，有事叫我，对了，你是不是还要租房子？我最近看了很多房子，可以给你推荐几个合适的。"

柳叶："不一定呢，我可能要辞职了，不知道会去哪。"

孔真："为什么要辞职？"

柳叶："我和他是一个公司的，那个女的也是。"

孔真："……你又没做错事，凭什么你辞职啊！要辞职也应该是他们辞职，别冲动。"

柳叶："可是我看着他们就难过，而且工作还是他帮我找的……"

那天之后，孔真连着几天没有收到柳叶的消息，她发微信柳叶也没回，打电话过去的时候柳叶倒是接了，说自己没什么事，就是不想回。

众人终于可以入驻工作室，新员工开始报到，孔真也着手准备注册公司的事儿，天气凉了之后没有之前那么忙了，除了过年期间可能还会忙一忙之外，剩下的时候基本上都是淡季，孔真开始琢磨着赵东林给自己留下的那个难题——相亲软件的核心竞争力是什么，就是让大家为了结婚去相亲呗，想要做到这一点，只要让大家相信结婚这件事儿是利大于弊就好了，可是——孔真有些疑惑地嘀咕着，结婚这事儿真的很好吗，值得让大家一股脑不管不顾地一头扎进去吗？

如果没有婚姻这回事儿，柳叶应该还是在过她自己的小日子，就算过得没多好，可也不至于伤心成这样儿，把自己的后半生和别人绑定，本来就是一件风险很大的事情，尤其是在投入了真情实感的前提下。

她和柳叶的关系逐渐淡了下来，主要是因为她经常给柳叶发消息，发 10 次柳叶偶尔能回复一两次，她似乎在忙着找新工作，孔真多次提出帮忙或者请她出来见个面，但是她一次都没回应过。

这天孔真独自一人坐在办公室里闲得发呆，谢湘南被她送去摄影培训班学习，赵博带着其他几个摄像出门干活儿，郑小竹最近也忙得很，王梦琳刚被升了职也没时间整天和她一起聊天儿，孔真感觉到了前所未有的孤单，就在她准备去淘宝买个垂涎已久的游戏机用作打发时间的时候，柳叶的微信消息突然跳了出来。

柳叶："真真，在吗？你最近怎么样，忙吗？"

孔真："不不不，一点也不忙，你怎么样了？新工作找到了吗？情绪好点了吗？之前发给你的微信怎么都不回呀？"

柳叶："我不太好。"

柳叶："我想求你个事儿，如果你不方便的话就算了，当我没说。"

孔真："哎，你说你说，没事的。"

柳叶："你方便借我点钱吗？3000 块就够了，我一找到工作马上就还你。"

孔真："好的，没关系，你什么时候方便什么时候还，我这里还有。"

她给柳叶转了 3000 元，其实已经默认这些钱要不回来了，虽然她觉得自己和柳叶的关系并没有亲密到可以借钱不还的地步，但是她总觉得柳叶怪可怜的，自己能帮一把就帮一把吧，很多时候人不到走投无路的时候不会拉下脸来借钱，更何况是柳叶这样一个比较内向腼腆的姑娘。

过了大概半个月，柳叶要找孔真吃饭，没提还钱的事情，孔真也没有多问，约了个时间，简单收拾一下就出门赴约了。

她见到柳叶的时候就惊呆了，因为柳叶在这短短的两个月内瘦了好多，几乎快脱了相，整个人都显得非常萎靡，脸色蜡黄蜡黄的，穿着一身不合时宜的黑色长款薄棉服。

孔真不住地打量她，"你怎么瘦这么多啊？"

柳叶嗯了一声，勉强笑了一下，把菜谱拿给孔真，让她点菜，孔真随便点了两个便宜的，等服务员把菜单收走之后便忧心忡忡地看着柳叶："你身体没事儿吧？"

"我……我挺好的。"柳叶的眼睛里流出了大滴大滴的眼泪，她努力控制着自己的情绪，"没关系。"

孔真赶紧给她要了壶热茶，一边倒给她一边说："别哭别哭，你和我说，怎么了？怎么过了这么久还没缓过来呢？"

"不……不全是因为他。"柳叶哽咽着轻声说，"上个月做了个小手术，当时刚交完半年的房租，还辞职了，身上没有钱，所以才和你借的钱。"

"你要不先回家住一段时间呢？"孔真哄她，"别哭了，别把眼睛哭坏了。"

柳叶猛地摇了摇头："我不要回家。"

"唉……"孔真忧愁地看了看她，"你新工作找到了吗？"

"还没有，"柳叶说，"前几天看了一个，离家太远，坐公交要两个小时，那条路上还经常堵车，我迟到了几次，就被辞了。"

孔真想了想："要不你去我工作室呢？但是不清楚你会做什么，你会用Lightroom或者Photoshop这类图像处理软件吗？或者去谈业务之类的？谈业务的话旺季的时候可能会忙一点，天冷了就没那么累了，主要就是和人沟通。"

"真的可以吗？"柳叶有些紧张地攥着自己的衣角，"我……你不用为了给我找工作为难，我自己也可以找，找到以后就会把钱还给你的。"

孔真根本就没有想到让她还钱这回事儿，被柳叶这么一提感觉好像自己在变相催她还钱一样，孔真浑身不自在，她给柳叶倒了杯茶，苦着脸说："你不用急着还钱啊，我又不着急用，你别……别这么生分行吗？我就是觉得你一个人挺辛苦的，想帮帮你，我没别的意思，咱们不是朋友吗？出门在外都不容易，互相帮助嘛！"

柳叶怔怔地看着她，突然眨了眨眼睛，眼泪掉了下来，吸了吸鼻子道："嗯，谢谢你！"

那晚两个人说好了让柳叶去孔真的工作室跑业务，虽然孔真有些怀疑内向腼腆的柳叶到底能不能胜任这份工作，但嘴上还是鼓励她，教她一些谈话的技巧，柳叶倒是很认真，似乎挺看重这份工作的，每天除了吃饭睡觉就是在闷头看孔真给她的PPT，努力记住各种婚礼套餐的内容，只是和工作室的其他人很少交流，孔真知道她没有恶意，这种性格内向的人就是这样的，也就没说什么，只私下里告诉大家平时主动和柳叶多聊聊天，有什么活动别忘了带着她。

转眼间注册公司的事已经忙得有些眉目了，郑小竹帮了她不少忙，孔真从郑小竹那里打听到，赵东林那边似乎已经开始和收购方频繁见面了，但新的方向是做短视频，孔真依然没有放弃自己想要说服对方的想法。

公司里，柳叶依旧是一个和外界格格不入的人，朝夕相处之下，孔真也发现了问题所在，她真的太闷、也太敏感了，别人的一个无意识的动作或者眼神都会让她想很多，甚至还因为这个私下里来找过孔真，让孔真问公司里的某位同事，自己是不是什么地方得罪过她了，因为上次她去找那个同事要某个司仪的联系方式，对方冷着脸把联系方式给她，然而当孔真硬着头皮去问人家的时候，对方的回答是："啊？我没有啊？我有吗？"

这些都还好，让孔真感到最受不了的是，她居然又偷着和那个男的联系上了。

发现这件事完全是因为意外，那天柳叶下楼去拿外卖，手机随手放在桌子上，孔真在起身去对面桌拿一份合同的时候下意识地瞥了一眼，正巧一个微信消息弹出来，上面的备注是亲爱的，消息的内容是："你就辞了吧，也没什么前途，回来呗。"

孔真捏着合同坐了回去，心想这个"亲爱的"是谁啊，新男朋友吗？没和我说啊！还有这个辞了吧，辞什么？孔真想不到这个语境下除了辞职还能辞什么，我这儿怎么不好了，撺掇人家辞职干什么？

她想了想，给郑小竹发了微信，把事情简单说了，郑小竹很快回复："别明着问，你呀，就是心眼太实在，你先找个借口打听打听她的情感状况，问问她最近有男朋友没？你说没有你帮她介绍一个，看看反应，我看这姑娘也不是藏得住事儿的人，估计你问烦了她就说了。"

孔真觉得有道理，就这么办了，她挑了个只有她俩的时间问了柳叶，说自己一个同学正急着找对象呢，柳叶最近状态怎么样，想不想开始新的感情生活？

果不其然，柳叶显得非常紧张，顾左右而言他，孔真没再继续问了。

让孔真始料不及的是，过了不到一个礼拜，柳叶就给孔真惹出了一个不大不小的麻烦。

那天孔真正在办公室剪MV，突然接到了一个客户的电话，对方听起来相当不高兴，"老妹儿，你们这员工怎么回事儿啊？怎么事儿谈了一半说跑就跑，把我们撂下让我们在这儿等着看电视剧啊？"

"哎？"孔真愣了一下，"您别着急，慢慢说，出什么事儿了？"

"你们员工和我说到一半接了个电话就跑了，叫都叫不回来，怎么着，她是不想干了来骗我一杯咖啡喝是吗？至于吗？"

孔真哎了一声："那个员工是不是叫柳叶啊，个子不算高，今天穿了件橘色外套的。"

早上她确实是叫柳叶出门去见客户了，对方的住址离孔真的公司实在是太远，几乎横跨了整个城市，孔真便叫柳叶带着合同去找客户了。

在得到了客户的肯定回应后，她下意识地对客户撒谎："不好意思不好意思，真的很抱歉，我们这个员工最近家里出了点事儿，爸爸在医院，她可能是接到了医院那边的电话了，要不然也不可能这么着急，连解释都不和您解释一句，这样吧，麻烦您在那等着我，我现在马上过去找您。"

"算了吧，离这么远，等到你午饭都吃完了，改天再说吧。"

"女士，实在是不好意——"

对面挂了。

孔真叹了一声，给柳叶打了个电话，打到第 3 次柳叶才接，小声说："怎么了？"

"你去哪儿了？为什么扔下客户就跑，也不和人家解释一声？"

"我……我回去再和你说，好不好？"

"是因为他吗？"孔真的语气有些严肃，"他因为什么事找你？"

柳叶不说话，算是默认，孔真的语气更加不善："他生病了？出车祸了？去吃饭没带钱被人扣下了？"

柳叶支支吾吾了半天，才回答孔真："他发烧了，说自己一天没吃饭了，我……"

"这很重要吗？"孔真觉得自己要是个打火机的话，天灵盖都要喷出火来了，"他一个成年人了发烧不会吃药打针上医院吗？给你打电话有什么用，你是他身体里的白细胞转世替他去了他就能好？而且你俩是什么关系，他还有脸叫你回去伺候他？你别告诉我你又和他和好了！你想干什么？柳叶我问你你想干什么？你是开废品收购站的吗？我告诉你人家废品收购站都知道收点冰箱彩电洗衣机，人家能卖钱！你看看你收购的这是个什么玩意儿，这是个什么玩意儿你告诉我！剁碎了当化肥都嫌臭，有害垃圾你懂不懂，你懂不懂！你疯了吗？你再不疯我都要疯了，我真的受不了这个我告诉你，我受！不！了！"

柳叶不说话，过了半天才小声而急促地说："对不起。"

孔真："……拜拜！你去忙你的吧！"

她像个即将暴怒的巨龙在自己的巢穴来回踱步，此时此刻这个巢穴只有她一个人，大家都出门干活了，第一个回来的倒霉蛋是赵博，他开开心心地拎着相机走进办公室，往椅子上一瘫，哼哼唧唧："真姐，可累死我了，中午吃啥啊，我得吃点好的补补。"

"赵博！"孔真大吼一声，"你这个狗东西，怎么天天给我闯祸！"

赵博满脸疑惑地看着孔真："我咋了？"

"你为什么要去碰那个 5D3 的传感器！"

赵博："……那都是 800 年前的事儿了！你已经骂过我了，我都赔钱了！"

"我就是要再骂你一次，你有意见吗？！"

赵博："我的天啊！你们女人怎么这样？"

"是啊！"孔真咬牙切齿道，"女人怎么这样？"

柳叶直到傍晚 5 点半才回到了公司，当时公司里只有孔真一个人在，孔真的仇恨已经被无辜的赵博拉走了大半，所以她见到的孔真还算正常，孔真一边低着头哗啦啦地翻着一本《金色梦乡》，一边面无表情道："你回来了。"

柳叶点点头，忐忑不安地坐在了孔真对面。

"我只问你两个问题，你和他是不是又和好了，你只需要回答是或者不是。"

柳叶蚊子哼哼一般："是。"

"还有，你是不是不想在我这里做了，又想回去找他。"

柳叶仍然回答是。

"为什么？"

"我……我觉得这个工作不是很适合我。"柳叶吞吞吐吐的，"怕我自己做不好，耽误你的事儿。"

"算了，"孔真站起身来，心烦意乱地说，"我知道了，你走吧，今天就可以收拾东西，这个月工资我等会算一下打到你那张邮政的卡里，我先去忙了，回头再聊。"

"孔真！"柳叶着急地抓住了她的胳膊，"我不是……不是觉得这里不好，我很喜欢现在的工作，在这里也很开心。"

"哦，"孔真面无表情道，"反正你都要走了，讨论这个话题没意义吧，我不懂你说这些干什么。"

"你是不是……是不是很瞧不起我。"

"没有，你想多了。"

"我没有想多。"

"……是，我就是瞧不起你，我就是不喜欢你明知道是垃圾还去吃，行了吧！"孔真脱口而出，"但是别人瞧得起瞧不起和你有关系吗？你自己和他谈恋爱谈得开心就得了，我不喜欢你这样，但我只是你的普通朋友，不，说不定连朋友都算不上，我没有对不起你的地方吧？我这个人对朋友一向是有什么给什么，能帮就帮，从来没藏过心眼，但是你呢？

"一个结婚之前和别人睡的渣男朝着你勾勾手指头，你说走就走，这儿还谈着客户呢你连句解释的话都不说拔腿就跑？你工作什么啊，每天看着他喝露水多好，我费那个心思教你剪视频，教你怎么和人谈话，你是不是还觉得我多管闲事呢？你在乎我怎么想？你在乎我瞧得起你吗？问这种无聊的问题干什么，你想让我祝福你和他双宿双飞是吗？不好意思我做不到，我觉得你有病！好多年没和朋友吵过架了，你真的让我感觉莫名其妙！"

她说完转身就走了，柳叶抿了抿嘴唇，觉得鼻头酸酸的，她努力大口吸气，想忍住别哭，却没忍住，眼泪大滴大滴地流了下来，一转眼就什么都看不清了，她慢慢将头埋在胳膊里，肩膀不住耸动，眼前是一片黑暗，她一向内向腼腆，年纪大了，朋友越来越少，孔真是为数不多的能让她有冲动主动去交往的人，只因为第一次见面的时候对方就帮自己买了药，还热情地和自己聊了那么多女孩子的话题，但是现在，这个对她这么好的人也没了。

孔真气得在深秋的寒风里快步前行，走着走着就打了个喷嚏，她走路的速度逐渐慢了下来，一边吸鼻子一边想，我刚才是不是说得有点过分了？

好像是有那么一点点过分。

孔真捏着两根手指头，只有这么一点点。

但是——就算是再少的一点点，也挺让柳叶伤心的吧，孔真停下脚步纠结地想，我要不回去看看她？万一把人家欺负哭了怎么办？那我不是也成人渣了，我孔真什么时候对妹子做过这样的事情，这不符合我的做人原则好嘛！而且办公室的门还没锁，她又没有钥匙……烦死了，还是勉为其难回去一趟吧。

这么想着，孔真慢吞吞地转了个身，顺便在路边小超市买了两杯冲好的奶茶。

柳叶也不知哭了多久，突然听到头顶有人说："哎，你要原味儿的还是草莓的？"

她抬起头来，一张脸哭得乱七八糟，抽泣着看孔真，孔真手里拿着两杯冲好的香飘飘。

"要哪个呀？"孔真一边问一边看了看两杯奶茶，"算了，给你原味的吧，喏。"

天已经凉下来了，但是还没入冬，办公室只有白天供暖，这会儿时间晚了，暖气逐渐冷下来，孔真喝完奶茶呼出一口热气，能看见白雾在空中蒸腾。

"刚才我说话难听了，别往心里去。"孔真吸了吸鼻子，"我真的挺不理解，说实话，现实里第一次看到你这样的女生，我以为都是网上的写手为了骗点击量编出来的，你到底怎么想的啊你告诉我？"

"我很害怕……"柳叶捧着奶茶，仍然止不住哭泣，"我真的很害怕。"

"怕什么呀？"

"怕离开他以后再也不会有人对我好了。"

"他怎么对你好了！"孔真眼前一黑，"你看啊，你大早上起床给他买饺子，买错了馅儿他要吼你，咱们那天去挑婚纱，那个短款的多好看啊，他完全不问问你的意思，说不要就不要，然后呢，就是——就是那个事儿，是吧，这还是我知道的，我不知道的还有多少？你告诉我，他怎么对你好了？"

"他是第一个夸过我好看的人。"

"啊？"

柳叶擦干了眼泪，哑着嗓子说："在和他谈恋爱之前，我没被任何人肯定过，我爸妈从小到大最常说的话就是，柳叶，你怎么这么不争气，你要好好努力，不能给我们丢脸。我一直在努力啊，可是我就是普通人，我每天晚上学到凌晨1点也只能考上一个普通大学，家里人怎么骂我，我都可以接受，我自己都觉得自己不值得别人对我好……

"从来没人夸过我，大家都在说柳叶你真的不是学习这块料，你真胖，你皮肤真差，你真笨，你真讨厌，你真烦，所有人都在这么说，但是你知道他和我说的第一句话是什么吗？我们两个班一起上了一节课以后，他加了我的QQ，发消息给我，对我说，你是柳叶吗？你的眼睛真好看。

"我的第一个戒指是他给我买的，第一个生日蛋糕是他给我买的，第一条白裙子也是他买的，第一次有人在我爸妈骂了我之后抱着我安慰我，让我不要伤心，他觉得我挺好的……我到现在都记得读书的时候我生病了，眼睛出了点问题，要去做个小手术，当时我爸妈正在闹离婚，我不想和家里说，他很理解我，让我别担心，不知道从哪拿的钱陪我去做手术，后来我才知道，他拿了自己的学费，又为了交学费和室友借的钱，为了还清这笔钱，他一个人打了好几份工……"

孔真喝了口奶茶，犹豫道："但是这也不能说明什么啊，一个人之前对你好和现在对你不好又有什么联系呢？图什么都不要图别人对你好，而且男生最开始谈恋爱的时候都会对女生很好的啊，装也得装几天吧，你总看着过去，那未来他杀人放火你也选择原谅他？"

"可是……我真的不信他没爱过我，我在遇到他之前从来没感受过别人的爱，我怎么会分辨不出来呢，他当时说的话都是真的啊！我相信他说的都是真的，我真的被人好好地对待过啊……孔真，我知道你们在想什么，我知道你们觉得我就是个脑袋不清醒的女人，活该以后被人当垃圾一样扔掉，活该把日子过成一团乱，我就应该像电视剧里演的一样，潇洒地把他甩了，然后变成更好的人，让他去后悔，对不对？"

"可是我真的好害怕啊……"柳叶的眼泪又流了下来，"我好害怕又回到一个人的时候，没有人喜欢我，没有人爱我，我和你不一样啊，你总是这么厉害，什么都难不倒你，生活对你很容易，你有那么多朋友，大家都在对你好，不像我这种什么也做不好的蠢人，我那么努力了也没得到什么，我那么对他好他也会对不起我，可是我真很怕失去他，我根本不知道下次我鼓起勇气和别人在一起，让别人知道我到底有多讨厌有多笨是什么时候，别人对我来说太可怕了……我是一个没有尊严的人，我承认，我就是你们最瞧不起的那种没有尊严的人，但是我真的害怕一个人面对以后，我不想孤孤单单地活着……"

她的眼泪流到了奶茶里，孔真眼睁睁看着那几滴眼泪在奶茶里荡漾片刻，消失了。

"人本来就是孤单的。"孔真帮她擦了擦眼泪，"你觉得我朋友很多，永远都有人陪，不孤单是吗？但事实上不是的啊，真正的难题还是要自己解决，我的朋友们有我的帮助，但她们也有自己的难题，她们也很孤单，所以你不要怕孤单啊，孤单的才是人生。"

柳叶听完，沉默了很久，她一口一口地喝着奶茶，一下一下地眨着眼睛。

"……可我还是很害怕，就因为孤单的才是人生，所以我才很害怕。"柳叶轻声说，"对不起，我可能就是这样一个个性软弱的人吧，他答应我以后不会再犯，他说他也离不开我，所以我决定回到他的身边，像以前一样对他好，无论以后再有什么困难，我都不会麻烦你了，因为这是我自己的选择。"

"不不不，"孔真赶紧说，"你看，你就是因为这样才觉得孤单的，你完全把自己封闭起来了呀，我们是不是朋友，和你的这个决定其实没什么关系，不用太在意别人的看法，我觉得我今天不能说服你，那就这样吧，我也觉得好累，不想说服你，你说你想好了，做出这个选择，可以，这是你的选择，你去好好感受吧。"

"但是——"孔真在离开之前说，"我一直都坚信不要把希望寄托在别人身上，谁也不行，没人能给你解脱，除了你自己，今天你能为了他放弃这份工作，明天就能放弃更多，等有一天你发现他已经完全不再爱你，变成了一个冷漠的陌生人，你要怎么办？你一无所有啊，其实我觉得你还会再回来找我的，但是我今天不想说服你了，你做出这个选择肯定也下了很大决心，那就试试走下去，你记住，不要怕，孤单的才是人生。"

第七章
孤单人生 ≈≈

　　孔真捧着半杯没喝完的奶茶回到家里，谢湘南已经洗了澡在床上等着她一起睡觉了，孔真草草卸了妆，倒在床上，辗转反侧，一直到后半夜也没睡着，她隐约觉得自己忘了些什么。

　　就在入睡之前，孔真又想到了柳叶说的话，那些关于惧怕孤单的话，孔真想，是吗？孤单就这么让人害怕吗？也是啊，人总有软弱的时候，人是群居动物嘛，生病了可以在外卖软件上买药，但是总不能要外卖小哥陪你聊天听你撒娇吧……就连郑小竹这样独立的女性也总是在谈恋爱，除了谈恋爱真的很好玩儿之外，是不是她也惧怕孤单呢？我们大多数都是普通人啊，我们做不到像机器人一样没有感情，我们也穷穷的，这辈子赚不到足够的钱去见识足够的世界来填补内心的空虚，找个人作伴互相取暖也是可以理解的，只不过聪明点的像郑小竹一样，傻一点的就像柳叶一样……

　　"啊！"孔真猛地坐起来，把谢湘南都吓醒了，她赶紧拍拍谢湘南的后背，"没事没事，我做噩梦了，你接着睡。"

　　谢湘南睡下以后，孔真蹑手蹑脚地捧着自己的电脑溜到了客厅——她知道应该从哪个点切入说服赵东林了，她知道那个相亲软件的核心竞争力是什么了！

　　孔真连夜搜集了所有自己能找到的婚恋网站的广告，从中挑选出了几个相当经典的反面典型，其中比较经典的是去年在网上被炒得沸沸扬扬——主角年迈的祖母重病在床，唯一的心愿是主角尽快解决自己的终身大事，主角因为自己这么大年纪了还是条单身狗感到万分愧疚，异常沮丧，此时妈妈拿着手机给他看了传说中的相亲网站，主角瞬间找到了生活的希望，火速注册填信息，终于娶妻生子，完成了祖母的愿望，露出了人生赢家的表情。

孔真还记得这条广告当时被骂得有多惨。

在孔真看来，这条广告的策划人员实在是走偏了，刀刀戳中了那些不愿意被束缚，极力想摆脱传统家庭观念的年轻人的逆鳞，他们最反感的就是把别人的意愿强加在自己身上，拿自己的幸福做赌注，去换取家人对他们莫名其妙的期望和肯定，而这些群体，就是赵东林现在的用户群。

然而他们不渴望爱情和家庭的温暖吗？不，完全不是的，没有人不渴望来自他人的关心，即使这些人大多数都是能一边输液一边单手捧着电脑干活的职场精英，是他们自己平凡生活中的大英雄，经历过生活的艰难和曲折，完全有能力把自己照顾好，但他们肯定也不想自己是孤独的。

人生而孤单，所以终将用一生去摆脱孤单，这不是降临在某个人身上的宿命，而是全体人类必须去面对的现实，人类在太空技术有所突破时就不遗余力地向外太空发送消息，那些刻有我们银河系位置的镀金铝板像一个信号，传递着我们不甘心在茫茫宇宙中感受孤独的心情。众生如此，何况渺小如蝼蚁的个体。

孔真不断回想着柳叶的话，她从那个敏感自卑的姑娘身上看到了很多人的影子，每个人都需要一个人来包容自己的缺点，宽容自己的任性。

只有经历过孤单的人才知道孤单有多么可怕，人的心是一个长有利齿的怪兽，如果不把它填满，它就会从内部把你吞噬，那些恐婚的年轻人，怕的是家庭关系不和，怕的是另一半的不尊重，怕的是生活的各种琐碎磨平自己的棱角，但是没有一个人会害怕有人陪伴，没有一个人会抗拒回家的时候有一盏灯和一碗热汤，没有一个人不喜欢那种自己在卧室玩游戏另一半在书房看书，即使谁也不说话，也能在空气中感知到彼此的存在的安心与默契。

而那些他们惧怕的东西到底可不可以避免呢？孔真觉得完全有可能，只看你用什么方式。

郑小竹那天提出的相亲理论是非常实际的，在大家结婚之前，确定对方的三观与你相似，这就可以免去大部分困扰，彼此的财产如何规划，家务如何分担，婚后是否和家里人同住，是否决定生育后代，如果决定的话什么时候生育……这些足以让大部分已婚人士感到棘手的问题如果在婚前就解决好，婚姻就可以往自由幸福的天平倾斜一些，而他们要做的，就是让用户在这个软件里感受到真诚和安全感，他们做的是让用户既能产生对其他用户的信任，又能对外界加以坦诚。

赵东林的应用主打陌生人社交，它能从同类型软件中脱颖而出，除了它看起来很高级，还有它优越的算法，如果能继续使用这个算法做陌生人匹配，再重新上线一个个人主页功能，除了发布实时心情外，还可以变成展示自己的平台，而之前的社区功能可以保留，对用户来说，这就像是微博的新鲜事广场一样，只不过微博用户刷微博是为了接受新的信息和打发时间，这个软件的用户则另有他求。

能让这款软件迅速走红和被大众接受的方式，就是着重宣传自己不同于其他软件的价值观，也就是赵东林需要的所谓核心竞争力——我们不是为了结婚而结婚，不是为了让自己变成一个满腹怨气的失败者而结婚，我们结婚，是在自己完全能保证好自己生活的前提下，寻找我们的伴侣和战友，抵抗来自全宇宙的孤独。即使这是我们生而为人的宿命，我们也要拿出自己最漂亮的姿态对抗它。

这是能让它迅速被自己的用户群体接受的方法，从这个点切入的话，也能迅速反作用于这个群体，掌握相当的话语权。它不需要那些让人反感的道德绑架和情感束缚才能让人走入婚姻，事实上，那一套除了激起别人的反感也没什么用了。

"Don't worry（别担心）……"孔真不在调地乱哼哼，"Be happy（开心点）……"

她熬了一晚上，把上次的策划案改出来一个大致的雏形，又用了两三天把它打磨到完美，在去见赵东林之前给郑小竹看了一遍，得到了郑小竹的充分肯定后，孔真有些忐忑地把它打印了出来，出门之前，孔真突发奇想，她找到了一支笔，在这份策划案的最后一页龙飞凤舞地写：也许孤独的才是人生，但我是专属你的，来自数万光年外的回应。

在公交车上，孔真盯着面对自己站着的年轻男生的外套，心想我的回应什么时候来呢？要不我养条狗？让狗回应回应我？养只金毛行吗？再不济养只哈士奇好不好呢？以后每天都过得很热闹，忙着缝沙发扫卫生纸，没心思去想这些情情爱爱的事儿了，太俗！

又见到了赵东林，孔真她未雨绸缪，抢在赵东林前面说："今天你对我态度放端正一点。"

"我怎么对你不端正了？"赵东林打量她，"这话应该我说吧。"

"我的意思是，你应该鼓励我……"孔真掏出了那叠纸，"你看！"

赵东林接过，孔真又凑过去，小声说："鼓励我哦！"

她身上那股清淡的橘子味道猛地钻进了赵东林的鼻子里。

赵东林拿文件的手顿了一下，下意识地避开了她的目光，却不小心瞥见了她露出来的一截脖梗，赵东林不自在地说："你别离我这么近。"

"哦……"孔真捧着脸看他，"那我要不出去等？"

"不用！"赵东林直起腰身，"安静点儿。"

孔真果然安静了下来，掏出手机与郑小竹聊微信，她飞快地打字："姐姐，我在和你前前前前男友进行不太友好的交谈。"

郑小竹："你在和你现任合法丈夫进行什么不太友好的交谈？"

孔真："我觉得他好讨厌我哦！"

郑小竹："怎么可能,你这么可爱。"

孔真："是吗?但是我很害怕他的偏见会导致他对我做出来的东西也有偏见。"

郑小竹："不会的,相信我,你的点找得很准,而且他早有此意,他之前只是在对你装样子而已。"

孔真："好饿。"

郑小竹："等下要去吃饭吗?我公司附近新开了家潮汕火锅。"

孔真："如果他同意了我的提案,答应让我和他合作,那我就要请他去吃麻辣烫,如果他又拒绝并且打击我,我就要和他决一死战然后找你去吃火锅。"

郑小竹："好的,别紧张,想要说服别人先说服自己,你要先相信自己的东西有价值,别人才能相信。"

孔真放下了手机,默默地盯着赵东林看,她假装自己法力无边,能够影响赵东林的脑电波,就在她暗自作法到昏昏欲睡的时候,赵东林慢慢合上了她的文档,抬起头来与她对视。

孔真忍不住打了个哈欠,眼睛里泛出了一点生理性的眼泪,她就这么眼泪汪汪地看着赵东林,满怀期待地说:"怎么样?"

赵东林与她对视片刻,把目光移开了。

"嗯。"

"嗯?"孔真一头雾水,"什么意思呀?"

"我会考虑的意思。"

"上次你就说你会考虑!"孔真简直要崩溃掉了,"你是在玩弄我的感情。"

"……就是我同意的意思!"赵东林不耐烦地说,"你最后拿笔在纸上写的那句话我很喜欢,可以拿来做我们的广告词,作为交换,我同意你成为我们的服务供应商,还有,我说到做到,会以我私人的名义给你们工作室投一笔钱当作入股的,你的公司注册好了吗?"

孔真眯起眼睛看着他。

"我不同意你拿那句话做你的广告词。"她说,"绝对不允许。"

"为什么?"

"因为你听起来并没有肯定我的意思,看起来你之所以会去做这个相亲软件,和我一点关系都没有,那我的这个东西又有什么价值?这句话又有什么价值,此时此刻我出现在这里又有什么价值?"孔真紧紧皱着眉头,"我是一个很笨的人,如果你真的觉得这个东西没价值,就和我直说,不需要看在我们两个人关系的面子上勉为其难地给我好处,如果你觉得这个东西有价值,就告诉我,让我知道那一切都是应得的。"

"你为什么纠结这个?"

"因为我就是不想被人否定，我希望得到别人的认可，只有这样我才觉得自己所做的一切都是值得的，我是一个有价值的人，这很难理解吗？"孔真看着他，那双形状好看的眼睛发出一点光来，像是两汪秋水。

赵东林被她这么看着，突然觉得有些不自在，他很想伸手用力捏捏孔真的脸，让她别用这么严肃的表情对着自己，他看久了那双略显蒙眬的眼睛，突然觉得那股清甜的橘子味儿弥漫开来了，以至于呼吸之间全是孔真的味道。

孔真等了许久，赵东林也不讲话，她突然垮了肩膀，闷闷道："算了，我走了。"

她说完就伸手去拿那份策划案，赵东林下意识地将她的手按住，两个人的手贴在一起，赵东林觉得她的手很软很滑。

孔真面无表情地低头看，看见了一只骨骼分明的大手盖在自己的手上，赵东林的手干燥而温暖，让孔真想起了一个非常讨厌的人。

孔海波。

她板着脸，将自己的手抽回来，蓦地生出一股烦躁，她不清楚自己到底在纠结些什么，赵东林的认可对自己真的有那么重要吗？自己真的听不出来他到底是嘴硬不愿意承认还是真的不认可吗？只要自己的目的达到了，赵东林是否认可自己又有什么要紧的呢？

孔真越是让自己不去想，就越是忍不住让自己去想，她不得不直面自己的内心，是的，她就是想让对方认可。

因为本来对方有的一切她也可以有。

她也有机会一不高兴了就坐上飞机看看世界，而不是让自己囿于琐碎的生活里，她也有机会接触到那些可能会改变她一生的人或者事，把奔向罗马的路修得更平整些，她也有机会做一个像赵东林一样永远大权在握、胸有成竹的人，而不是被从天而降的倒霉事儿逼迫到丢盔弃甲，和别人结成可笑的契约婚姻。

然而，时也命也，她没有。

她挣扎着折腾着做到现在这一切，她努力没有变成一个更糟糕的孔真，真的是因为她一直以来对赵博说的那样，只是因为她想赚很多很多钱吗？

不是的。

她尽其所有想要改变的，不过是这该死的命运，她希望自己在 60 岁时能骄傲地说出：我的一生充满了波折和起落，但我没有认输过，我也做到了，别人以为我生来就有的一切在我十几岁时被剥夺，我的人生也曾跌落在谷底过，然而我又将它们一一夺回。

所以我值得别人的尊敬。

她看着赵东林，在这个时刻悄然下定了决心，如果赵东林真的从未将她当作一个值得尊敬的伙伴，那她以后无论如何都不会再主动来找对方了，更别提与对方交朋友，她逢场作戏到约定的时候与对方一拍两散就好，虽然这样做相当幼稚，但孔真在这种事情上一向是这么执拗而幼稚的。

赵东林伸手拿起了那份策划案，将它们整理好，放在了自己办公桌的抽屉里。

"你的想法很有价值。"赵东林看着她，"看出来也是用了心的，辛苦了。"

孔真怀疑地眯着眼睛看他："那你刚才为什么不夸我？"

"我没有否认就是肯定的意思。"赵东林说，"气性别那么大，对身体不好，小姑娘。"

"谁是小姑娘啊！你这人怎么年纪轻轻的说话这么猥琐。"孔真起了浑身的鸡皮疙瘩，"我迎风流泪，不让啊？还有你别哄我，哄我就是瞧不起我。"

赵东林做了个休战的手势："我认真的。"

"我真不爱和你们文化人说话！"她把手机扔进了包里，"夸个人还不直接夸，你夸我一句我能原地猝死是怎么着？"

她还吊着刚才的那口气，半天才缓了过来，连开心也是延迟的，直到那些因为肉麻而起来的鸡皮疙瘩都消下去了，孔真才后知后觉地在心里比了个胜利的手势。

赵东林起身穿好了外套，低头对孔真说："走吧，请你吃饭。"

孔真吃软不吃硬，倒有些不好意思："不是说我请你吃麻辣烫吗？"

"算了吧，"赵东林往外走，"头一次和你吃饭，我请吧。"

赵东林和孔真去吃饭的过程很波折。

车开到一半，孔真觉得很渴，叫赵东林停车，她去路边的小超市买瓶水，就在她买完水往外走的时候，赵博从天而降，喜气洋洋地冲她打招呼："哎呀，真姐，你接我来了？咱中午吃点啥？"

孔真这才想起来，赵博今天确实在这附近的一个酒店有工作，他要负责录像——这活儿还是孔真安排的。

"额……"孔真吞吞吐吐地说，"我就是随便过来看看。"

"那咱们一起回公司啊？"

"你先回，我还有点事儿。"孔真佯装镇定地拧开瓶盖喝了一口，却因为看到赵东林打开车门下车不小心呛到了，她咳嗽得死去活来，赵东林越走越近，赵博还在一边咋咋呼呼说个不停："咱俩涮火锅去啊？要不去吃春饼？快，赶紧地，做出你的选择！"

"咳咳咳……"孔真捂着胸口难受地说，"我——咳咳，真不和你吃了，你快走吧。"

她非常害怕赵博和赵东林遇到，因为赵博这个"八卦协会总会长"肯定要把两个人之间的关系打听得清清楚楚明明白白，不能放过任何一丝疑点，要是让他知道孔真居然偷偷结婚了他肯定会脑补一出大戏四处传播，隔壁楼打扫卫生的阿姨都会知道，总之，如果不把赵博灭口的话，她的处境肯定会十分危险。

但这时已经来不及把赵博灭口了，赵东林走到了二人面前，问孔真："这是谁？"

"这是我员工赵博。赵博，这是咱们以后的合作伙伴加金主赵东林赵总！"孔真说，"快和人家打个招呼。"

"赵总好赵总好。"赵博笑得灿烂极了，"那咱一块去吃春饼呗！"

赵东林："……好。"

3个人来到了人均消费60元的连锁春饼店，赵博没有察觉到任何尴尬的气息，他活泼地和赵东林搭讪，问了800来个问题，孔真生怕赵东林说漏了嘴，全程提心吊胆，好在赵东林保持了一贯的高智商，并没让赵博看出什么端倪来，孔真在上菜以后手脚麻利地卷了张春饼塞进赵博的嘴里，挤出一个凶狠的笑容看着他："你慢点吃，别噎着。"

赵博开始非常投入地吃饭。

赵东林给孔真倒了杯茶："慢点吃，别噎着。"

孔真："……咳咳咳，我，我那个什么，咳咳咳！"

赵博的耳朵支棱起来，炯炯有神地看着他俩，眼睛里明晃晃地写着：真姐，大款就在你面前，请你赶紧睁开眼。

"赵总，客气，"孔真说，"看见了吗赵博，和人家学着点，文化人，留过学的，绅士风度，女士优先，我们拢共也没见三面，就这么客气，你看看你，我就不说什么了，差距自己慢慢品吧。"

她话音刚落，手机突然响了，3个人全都下意识地低头看，手机上5个明晃晃的大字——"赵东林妈妈"。

"阿姨还惦记着我呢？"孔真非常慌乱地开始胡扯，"不就是上次她出门买菜碰见小偷了让我帮忙报了个警吗，都小事儿，小事儿，总约我出去买包，我都不好意思了，赵总，要不这个电话你来接吧。"

"还是你接吧，我妈就爱假客气。"赵东林说，"随便糊弄两句就行。"

赵东林发现自己非常喜欢看孔真手忙脚乱的样子。

孔真接了，对方很热情地和她聊了会儿闲话后终于说了正题，原来是邀请孔真去参加她的生日宴会。

孔真忙不迭地答应了，客气得很。

挂了电话，她和赵东林同时松了口气，赵博发现没八卦之后早就闷头猛吃，这会儿看她挂了电话，还在猛吃春饼之时不忘抽出手来疯狂给她发微信："真姐，这大哥真帅，你和他妈好好套套近乎吧，万一真傍上了呢？"

孔真想死的心都有了，因为她的手机就攥在左手里，赵东林一低头什么都看见了。

"赵博，"孔真心如死灰，"吃饭别玩手机了。"

但是赵博充耳不闻，微信消息一个接一个地发过来。

"真姐，你傍大款的机会来了！"

"你要是认识个富婆什么的也给我介绍介绍！"

"我们成立一个贫穷青年傍大款互助协会吧！"

孔真勉强挤出一个微笑看着赵东林："你听我说，我们员工其实都是正经人，就是爱开玩笑，平时业务能力特别强，一心扑在工作上……"

"哎赵总，你会不会打王者荣耀啊？我和你说我猴子玩得特别好，那啥，你要玩的话咱俩加个好友，24小时带你。"

孔真第一次真的对赵博动了杀心。

直到回家之后，孔真才反应过来自己答应了赵东林他妈妈什么的。

她虽然生性开朗爱社交，但是对这种家里亲戚之间的聚会相当抵触，主要是因为小时候每次过年对她来说都是一场灾难，一大家子凑在一起，每年大人都会因为打麻将翻脸一两次，她也会因为保护自己的洋娃娃和其他熊孩子吵架一两次，最后往往是她爸押着她给别的孩子道歉，她妈又押着她爸给别的亲戚道歉，一想到那种令人窒息的气氛她就觉得头疼。

更何况还是和一堆完全不认识的人聚会。

万一有人看不上她私下疯狂讨论怎么办啊？她这言情剧还演不演了？万一有人拿300万让她离开赵东林，她应该拿这300万去买个房呢还是环游世界呢？生活真是让人左右为难，怎一个"惨"字了得。

然而已经答应了的事情不能反悔，而且这也是当时和赵东林说好的，对方家里有必须她出席的场合，她有义务出席。

本着不给赵总丢脸的原则，孔真还是花了点心思把自己好好打扮一下的，她穿了件珍珠色长裙，搭了个蓝灰色毛呢外套，脚上穿了双圆头低跟鞋，还稍微把自己的头发做了个造型，谢湘南坐在床上看她忙活，撑着下巴问她："你去干吗呀？"

孔真看她一脸天真无邪，心想你早已经逃出了婚恋的牢笼，哪里懂得走亲戚的险恶，我还是把我的惊天大秘密藏得严实点，免得吓到你，午夜梦回时全是你前婆婆的脸。

"我一个朋友过生日，出去吃饭呀！"孔真假装轻松活泼地说，"你自己在家吃吧，用不用我给你带点什么东西回来？"

"我想吃旺旺仙贝。"

孔真几乎要泣出血泪了——好一个无辜的旺旺仙贝！我这个已婚妇女不配吃！

"行，知道了。"

“你怎么不化妆啊？”

“我化妆了啊！”

“你就涂了涂口红，哪叫化妆啊！那么多化妆品堆着都不用，浪费，要不要我给你化个妆，万一在聚会上遇到了什么帅气的小哥哥呢？”

“……有道理，来。”

谢湘南其实并没有给孔真下多重的手，只是在打了底妆以后稍微画了下眉毛和眼影，孔真的眉眼细看之下有一种犀利的美，她便放大了这个优点，给孔真画了两道微微上挑的长眉，眼部则用了大地色系的眼影，还给孔真画了内眼线——这是孔真第一次画内眼线！她之前总担心会戳到眼睛里面把自己戳瞎！

孔真的唇膏不多，谢湘南拿一个橘色和一个深粉色叠了一下，叠出了一个珊瑚色，想了想，她又拿腮红在孔真的鼻尖处轻轻扫了扫。

“你为什么给我的鼻子打腮红啊？”

“因为这会让你看起来有一种无辜的感觉。”

孔真照了照镜子，评价道：“看不出来有什么区别，就感觉眼睛大了，什么是无辜的感觉，就是我化了这个妆以后和老太太打扑克偷着藏大小王都没有人谴责我道德败坏吗？”

谢湘南摸了摸她的头，宽容地说：“你快走吧，这个问题我回答不出来。”

孔真喷好香水，戴上自己为数不多的首饰下了楼，与正靠在车边抽烟的赵东林打了个照面。

赵东林在时隔很久之后也会偶尔回忆起这个场面，深秋灿烂的阳光下，孔真迎面向他走来，在与他的目光对视以后，孔真露出了一个比阳光更灿烂的微笑，就那样拿那双让人着迷的眼睛看着自己。

回忆在这里戛然而止，因为之后孔真就一溜小跑冲了过来，猛地在他胳膊上拍了一下，大声说：“大哥，你看我今天和以前有什么不一样的？”

那股熟悉的橘子味道又飘了过来，赵东林掐了烟，拿出一盒橘子味的口香糖塞进嘴里，他说：“看不出来。”

“我画了内眼线！”孔真努力抬起眼皮冲他显摆，“这玩意太难画了，要戳到睫毛里面去，还是我朋友给我画的，你知不知道这玩意儿有多危险？简直就是刀口舔血，为了给你撑个场面我容易吗？”

赵东林忍不住笑了一下：“你自己笨就承认了吧，别人会画你不会画？”

孔真撇撇嘴。

车一路前行，畅通无阻，孔真在车开到一半的时候突然感觉右眼皮一阵狂跳，这让她觉得心烦意乱，因为上一次右眼皮跳的时候她被赵东林的车给撞了。

想到这里，孔真悄悄地检查了一下安全带。

"今天来的人不会很多。"赵东林突然开口，"只是家里几个关系近的亲戚，主要是我小姨要看你。"

孔真说："知道了，我什么场面没见过啊！一只羊是赶两只羊也是放，你就让他们都放马过来吧。"

二人不多时便开到了目的地，在服务生的带领下进了个包厢，里面已经到了几个人，众人寒暄一会儿纷纷落座，只剩下赵东林妈妈身边的一个空位。

"你小姨还没到，刚和我说路上堵车呢！"赵东林妈妈笑着对孔真说，"等会你先喝点汤暖暖，穿得太少了，冷不冷啊？"

孔真还未答话，包厢门便被推开，一个身形高挑的女人走了进来，笑得灿烂极了，一边脱外套一边说："哎哟真不好意思，让你们久等了，饿不饿呀？哪位是我外甥媳妇儿？快来，给小姨看看。"

她长得相当年轻，除了因为很瘦导致笑起来有点鱼尾纹之外，根本看不出真实年纪，孔真一看见她脑袋就嗡的一声，什么都听不见了。

直到赵东林在桌子下狠狠掐了她一把，孔真才回过神来，勉强打起精神与她打了个招呼，赵东林狐疑地看着她，轻声问："你怎么了？"

孔真迟钝地摇摇头。

众人只在最开始与孔真和赵东林寒暄一会儿，其余的时间就开始讨论各自家里的生意和亲戚的八卦，孔真从头到尾只喝了一碗汤，剩下的时间都低着头发呆，偶尔抬起头来往赵东林小姨那边看看，与她目光对视之后就赶紧躲开了。

好不容易熬完了一顿饭，赵东林带着孔真将客人一一送走，只剩下他妈妈和他小姨，赵东林的小姨穿好外套，攒着孔真的手笑道："这姑娘长得真漂亮，和我们东林怎么认识的啊？"

"工作认识的，"孔真看着她的眼睛，语气有点古怪，"我还以为他这么大岁数了都有家庭了呢，最开始他追我我还不同意。"

赵东林的妈妈和小姨哈哈大笑，也挽着胳膊往外走。

过不多时，孔真和赵东林也出了门，孔真一坐上赵东林的车，赵东林就问："你今晚怎么了？"

"你过来。"

"什么？"

"我说让你过来！"孔真这么说着，突然在狭小的空间里转了个身，差点扑在赵东林的怀里，赵东林吓了一跳，下意识地扶住她的腰，两个人挨得太近了，呼吸都交缠着，赵东林的鼻尖都差点擦上她的脖梗。

"不要动！"孔真一手扶着驾驶位的靠背，一手在赵东林的头上摸来摸去，她凶巴巴地说，"闭嘴。"

赵东林大气都不敢喘——他稍微一低头就要把脸贴到孔真的胸口上去了！

孔真终于找到了她想要的，一块两个指节长的疤，在赵东林的头顶，虽然被头发遮着，但是能摸到那些增生出来的组织，她在黑乎乎的车里把那块疤痕从头摸到尾，一言不发地坐了回去。

"你什么毛病？"赵东林莫名其妙。

"你头顶有个疤。"孔真说。

"有疤怎么了？"

"那个疤是我弄出来的。"

赵东林没反应过来。

"什么？"

孔真抱着肩膀，满脸严肃地盯着他看："你头上的疤，就是我十几年前拿石头砸的。"

十几年前，孔真初三刚毕业，她对自己的中考成绩闭口不谈，拉着郑丽梅出门疯玩了一个礼拜。

她本来也要孔海波和自己一起去的，但是孔海波说自己忙，没时间，孔真非常不开心地从他那里敲了一笔钱，大人大量地表示这事儿就算过去了。

在她们娘俩回到家以后，孔真的中考成绩也公布了，郑丽梅大发雷霆，和孔真吵了惊天动地的一架，孔真连夜拿着自己的私房钱，背着包离家出走了，目的地是她奶奶家。

她奶奶住乡下，虽然没城里那么方便，但是环境相当好，家附近还有个景点，住起来倒比城里舒服，除了蚊子多点没毛病，孔真想得挺美，自己去了和奶奶诉诉苦，又能拿钱又能吃喝玩乐，简直没这么美的买卖。

她怕大晚上去把老太太吓着，便在附近找了个招待所对付一晚，第二天早晨，孔真梳洗打扮，背着小包推开了自己奶奶家的大门，还没来得及大吼一声奶奶我来了，就被眼前的景象惊呆了。

孔海波正搂着一个她不认识的女人站在院子里的小鱼池边喂鱼。

光喂鱼也就算了，孔海波还不要脸地亲了那女的一下。

"爸！"孔真发出了惊天动地的一声喊，"你干吗呢你？"

孔海波一哆嗦，差点没掉到鱼池里，他烫了手似的放开了对方，惊慌失措地对孔真说："宝贝闺女，你怎么来了？"

"你和谁套近乎呢？"孔真猛地翻了个白眼，"这女的谁啊？你俩什么关系啊？"

"这是爸爸的朋友……"

"什么朋友啊，你糊弄谁呢？"孔真拿出了在学校与她最讨厌的女同学吵架时的架势，"我告诉你，我可看见你俩亲嘴了，你俩是不是偷着搞对象呢？啊？"

她从小见的人多，听的事多，看得比谁都明白，甚至在这种情况下还能想到为什么他们敢来自己奶奶家——那肯定是奶奶知道并且默许的啊，这老太太就算是对我妈不满意也不能干这种事吧，我妈还活着呢，我还没死呢！

孔海波面子上过不去，脸色不大好看，搂着那女的往后退了一步："你从哪儿学的这些话？这是你该说的吗？"

"啊！"孔真尖叫一声，"那刚才那事儿是你该做的吗？你等着，我马上给我妈打电话去，你等着我妈过来揍死你！"

她叉着腰往外走，被那个漂亮阿姨一把拉住了书包带子。

她虽然有些紧张，但还算是挺温柔地说："闺女，你别生气，来，咱们先进屋，阿姨给你弄点吃的吧？"

孔真又尖叫一声："啊！你松开我！"

她被孔真吓了一跳，孔海波赶紧过来把她俩隔开："你放开她，她一发疯就这样，听不进去话……"

孔真干脆利落地摘了自己的书包丢给她，顺势把他们两个人都推进了鱼池里。

她看着在鱼池里扑腾的两个人，恨得咬牙切齿："你们有胆子别跑！"

说完，她转身就走，找到了附近的一个小卖铺，给自己妈妈打了个电话。

郑丽梅接了，打了个哈欠问："哪位？"

"我孔真！"

"哎哟，大小姐知道找你妈了，饿了楼下买俩包子去，妈一会儿就回家。"

郑丽梅根本不知孔真离家出走这件事，因为昨天两个人吵完了架，她比孔真还先出的门，坐车去牌友家打了一宿麻将，现在还在玩儿呢！

"吃什么啊，我爸和一个女的在我奶奶家呢，一边亲嘴一边喂鱼，你管不管？"孔真简直要气死了。

她说完便放下了电话，把兜里的零钱扔给小卖铺老板，头也不回地跑了出去。

呼吸到外面的空气，孔真非常想哭，主要是被气的。

她感觉非常恶心，孔海波恶心，那个女的也恶心，两个恶心的人凑在一块了，真是恶心到家了。

然而在恶心的同时她又非常饿。

她不知道郑丽梅来之前自己还能去哪里，不过转念一想，她为什么不能回自己奶奶家啊？她凭什么不能回啊？要是那两个人合伙欺负她，她就算变成鬼也不会放过他们的。

孔真踏进家门的时候，孔海波和那个女的刚刚换好衣服，正狼狈不堪地擦着头发，孔真大刀阔斧地坐在椅子上，又给自己盛了碗粥，她奶奶搓搓手，用一种很为难的语气说："真真啊，你来怎么不和奶奶说一声呢？"

孔真没有回答她的问题，只不断瞥着坐在自己身边的一个男生，那男生看上去比她大了几岁，已经长得很挺拔了，冷着脸一言不发，孔真喝完了粥，指着他问："这谁啊？"

"这是阿姨的外甥，陪阿姨来玩儿的。"那个女人赶紧解释。

那男生很不屑地看了孔真一眼，起身出了门。

孔真白眼快要翻到天上去，过不多时也出了门，想去房后的小河边坐坐。

没想到那男生已经坐在那里了。

孔真看着他的背影，越想越不对——这种场合带着外甥干吗呀？这不有病吗？

不是外甥，又出现在这种场合，那不是他俩的私生子吧！

孔真想到这一层可惊得非同小可，她刚刚放下来的心又提了起来。

然而她确实是想多了，这个男生确实是那个阿姨带着来玩儿的外甥，从某种层面上来说，那个阿姨和郑丽梅一样不靠谱，带孩子这事儿对她们来说永远是计划外的事儿。

炸了毛的孔真气势汹汹地走到了他身边，对着这个比自己高了两头的男生横眉冷对："哎，你起开，这地儿是我的。"

她摆明了要找茬，然而那男生并不和她一般计较——好歹他已经是个大小伙子了，而且这女孩儿看起来疯疯癫癫的，还是少惹为妙，所以他站起来就走，却在临走之前做了一个让他非常后悔的决定，他冷淡地说出了自己对孔真的评价："没素质。"

孔真不可思议地说："你说谁没素质呢？"

那男生转身看着她："在说你。"

那男生不再搭理她，孔真却越看越觉得他有几分像孔海波，虽然这男生比孔海波好看了一万来倍，但是孔真怎么看怎么像，她不能放走了他，便一把抓住了他的胳膊："你别跑，你到底和他们什么关系？"

那男生不耐烦地抽出了自己的胳膊，孔真没站稳，一下跌倒在河里。

好在小河是人工挖的，只到她小腿肚，并没把她怎么样，然而孔真当时正来例假，被凉水一激，肚子开始隐隐作痛，这让她的怒气瞬间到达了最大值，她想也没想，随手从河里抄出一块石头往对方头上扔去。

对方瞬间就捂着头蹲了下去，血从他的手指缝渗出来，淅淅沥沥地流到了地上。

孔真的记忆在这里戛然而止，之后发生了什么，她有些记不清了，因为她被血吓了一跳，还以为自己杀人了，然后大人们围着那个男生，送了他去医院，在医院里郑丽梅没顾得上对孔真差点过失杀人这事儿进行批判，而是和孔海波大吵了一架，夫妻二人彻底撕破了脸皮，孔海波也说出了自己忍了很久的心里话。

他觉得郑丽梅根本不配当一个好妻子，更不配当一个好母亲，她结婚这么多年给孔海波做饭的次数一只手就能数过来，全家不是下馆子就是吃泡面，更别提其余的关心照顾，能纡尊降贵用洗衣机把家里的衣服一锅出就算不错了，至于染色不染色不在她考虑的范围内。按理来说她没有工作，又不做家务，总该把孩子带好，然而事实证明，孔真也没好到哪里去，发起疯来整个一泼妇，说她刁蛮任性不讲理就算委婉了。他觉得自己的家庭是一个完全失败的家庭，他在家里感受不到任何温暖。

孔真呆呆地听着，只觉得一把重锤在她心里砸了一下，她心想原来我是我爸爸不爱这个家的元凶之一，他不太待见我，所以连带着不待见我妈，因为他觉得她没有把我带好。

郑丽梅听了孔海波的话以后二话不说猛抽了他一个嘴巴，提出了离婚。

孔真一直是不太愿意去回想这段记忆的，因为它实在是过于鸡飞狗跳，孔真在这场闹剧里担当了一个重要的角色，直接推动了自己父母的离婚，而且她从头到尾都表现得非常像一个泼妇，这个形象让孔海波觉得郑丽梅教育得很失败，孔真的性格在那以后改了许多，她有段时间还规定自己每个月发脾气不能超过两次，和别人大声说话不能超过 3 次，然而到后来她就不用去规定这些了，因为她在后来漫长的 10 年里，在将近 3000 多天琐碎的时光里，已经努力把自己变成了一个看起来勉强正常的女青年。

今天在看到赵东林小姨的那一瞬间，孔真把这一切都想起来了，她记得自己和他小姨的初次见面有多狼狈，她直接把对方推进了鱼池里。

赵东林在听到孔真说她就是当年差点把自己打死的女生的时候，内心十分震惊。

因为孔真这么多年以来实在是变化太大了，他只记得那个小姑娘长得又矮又瘦，梳着个一丝不苟的大马尾，哪里和现在的孔真有一丝一毫的相似之处？

当年赵东林完全是受了一场无妄之灾，他那时候已经在念大学了，暑假替他妈去他小姨家里送一筐新摘的草莓，他小姨开开心心收拾了东西要出门，赵东林顺嘴问了一句去哪儿，他小姨就不由分说地拉着他一起走了，并不忌讳把自己的私事暴露在自己外甥面前，赵东林在知道是怎么一回事儿以后尴尬得想跳车，他小姨浑然不觉，还觉得自己又能进行约会，又能顺手带孩子游山玩水，真是挺厉害。

所以孔海波这个人的情路似乎出了很大的问题，无论是找老婆还是找情人都没一个靠谱的。

车里的气氛一时之间十分尴尬，孔真不知道应该用什么态度去面对赵东林，赵东林也不知道应该用什么态度去面对她。

思考片刻，赵东林决定把问题直接扼杀在摇篮里，他独断专行地说："以后别提这件事。"

孔真冷笑一声："你凭什么命令我？"

"你提了又有什么意义？"

"你小姨破坏别人家庭，别人妻离子散了，她倒是开开心心的，我这个受害者还得躲着她走是吗？"

"那你想怎么样，你让她给你道歉？道歉了又有什么意义？"赵东林低头看了眼手机上的时间，有些烦躁地说，"这事儿就这么算了，这么多年都过去了，你不提这件事，我给你工作室的投资再追100万，这100万算我赠予，不多要你的股份。"

"所以你就不觉得她有错是吗？"

"你纠结这些根本没有意义！有错没错又能怎么样，很重要吗？"

"为什么不重要，人活着难道不是不要犯错最重要吗？你觉得不重要那是你自己的事儿，少拿你自己的观念强加给别人！"

"那你想怎么样，让我承认她做错了？"

"所以你觉得她没错吗？"

"成年人的世界不是非黑即白这么简单。"

"恶心！我长这么大最恶心的就是这句话，什么成年人，什么不是非黑即白，一群垃圾给自己的无能和放纵找借口，恶心死了！"

她打开车门，裹紧了大衣走得飞快。

孔真没走多一会儿就被冻得浑身发抖，然而她没什么感觉，只顾着一个劲儿地擦眼泪，她脑袋里一个场景挥之不去——她刚上初中那年，孔海波给她过生日，一家三口围在一起有说有笑，郑丽梅当时还非常年轻漂亮，孔海波还没发福，他们让她对着蜡烛许愿，孔真想了半天，说我没什么想实现的愿望，因为我想要的都有了，我什么也不缺。

她越是不想去回忆，这个场景就越是在她脑袋里一次次地过，提醒她：即便是把生活过成一地鸡毛的自己，也曾经有那么幸福的时候，能那么坦然地说出我要的都有了，我什么也不缺这种话。她不知道刚才自己到底生的是什么气，难道只能怪赵东林的小姨过来破坏别人家庭吗？难道不是孔海波明的责任更大一点吗？

再退一万步说，郑丽梅不可能一点点孔海波变心的信号都没接收到，可她还是一如既往地昼伏夜出围着麻将桌打转，饭都懒得做一顿，所有人的行为一起促成了这个局面，更何况赵东林从头到尾什么都不知道，她又让人家滚到哪里去呢？

我想怎么样？孔真茫茫然地问着自己这个问题，我就是想回到过去，回到我还有一个圆满的家庭的时候，不用担心我妈要是二婚了再要个孩子我在这个家怎么待，也不用担心那些看不见的未来。

现在想这些都没用了。

孔真狠狠地拿袖子擦了擦眼睛，心想生活就是这样，对我们凡夫俗子来说，幸福的不叫生活，做人都是度劫来的，她不可以因为这种莫名其妙的事情伤心了。

赵东林到底是不放心她一个女孩子在天黑之后一个人走，慢慢地开车跟着，他发现孔真挺瘦的，风一吹，勾勒出一个纤细的轮廓，在车开到了孔真身边时，赵东林按了下喇叭，孔真回头，拿那双倔强的眼睛看了他一眼，眼睛里蓄了眼泪，亮晶晶的，像繁星点点。她看了赵东林几秒，突然头也不回地快步往前跑，一直跑到了前面的十字路口，她伸手拦下了一辆出租车。

赵东林被那一眼看得心跳漏了几拍，他想，你哭什么呢？

孔真回到了出租屋，谢湘南还没睡，一边看电影一边说："宝宝你回来了？我的仙贝呢？"

"啊……"孔真吸了吸鼻子，闷闷地说，"我忘了，要不我下楼给你买吧，我看楼下超市还开门呢！"

"不用不用……"谢湘南暂停了电影转过去看她，"你怎么了？哭了？"

孔真点点头，坐在床上擦眼泪，谢湘南赶紧把她抱住了，一边拍着她的背一边说："不哭不哭，你和我说，怎么了，谁欺负你了？"

"没……没有谁欺负我。"孔真又开始哭，抽噎着说，"我今天看见和我爸搞婚外恋那个女的了，我觉得好气啊，可是我又不能说什么，一想到以前的事情我就想哭，我，我——"

她稀里哗啦哭了一通，谢湘南柔声软语地不住安慰她："乖，不哭了，都过去的事情了，她过得好不好啊？"

"过……过得特别好，是个漂亮的富婆，我到她那岁数不一定老成什么德行呢！"孔真抱着她不松手，鼻涕泡都快哭出来，"比我妈好多了。"

"那你更不能哭了，人家过得那么好，咱们也不能认输啊，我们一起努力好好赚钱，让阿姨过得比她还好，行不行？"

孔真发泄得差不多了，哭也哭累了，又觉得谢湘南这话有道理，便止住了眼泪，倒在床上擦鼻涕，谢湘南看得好笑："哎呀，你看，我们的化妆品还是防水的，你妆都没花。"

孔真咦了一声，爬起来照镜子，发现果真如此，两个人凑在一起快乐地网购了一些新的化妆品，孔真心满意足地挨着香喷喷的谢湘南睡觉了，觉得今天好像经历了很多事，果然成年人的世界就是这样风云变幻。

赵东林则没睡好，还罕见地做起了梦，他梦到孔真在那条小河边坐着哭，眼泪流了满脸，显得柔柔弱弱，柔柔弱弱的孔真带着一身橘子香气朝他走过来，鼻尖红红的，无辜极了，她很委屈地说："你为什么欺负我？"

梦里的赵东林解释道："我没有。"

孔真突然一头扎进他的怀里，一边抽泣一边说："你就是有。"

赵东林手足无措："你别哭了。"

孔真抬起头来，一脸委屈的表情："那你亲我一下我就不哭了。"

这个梦到这里戛然而止，赵东林看着窗外刺眼的阳光阴沉着脸，起身猛地拉上了窗帘。

因为这个梦，赵东林这几天总想着孔真，然而孔真却完全消失在了他的世界里，朋友圈也不更新了，赵东林思来想去，找出了赵博的微信——幸好那天吃饭的时候顺手加上了。

赵东林："孔真在你身边吗？我这有个合同要给她，但是她电话打不通。"

赵博："我在公司呢！真姐不在，今天有个外景，她出门帮忙了，等她回来我和她说一声吧。"

赵东林："不用了，你把她地址发我，正好有点事和她当面说。"

赵博把地址发过来以后，赵东林决定制造一个完美的偶遇，他查到那附近有个酒店，正好是他们家开的，他可以假装自己是去那里干正事，顺便开车在附近转转。

开着车在那条江附近转了将近半个小时后，他终于见到了孔真。

孔真正经历人生的第一场碰瓷。

她今天带着新人来拍外景，拍摄过程很顺利，新人开车离开后，她带着谢湘南收拾东西，坐上那辆她租来的车拉着器材离开，车还没开出去 100 米，一个老太太就倒在了她的车下。

孔真大学时考了驾照，但是一直没机会开车，也是最近不得不开了，才有机会上路，因为没经验，所以她格外小心，这附近人多，她开得不快，又十分警惕，所以她是眼睁睁看着那老太太自己扑上来的，在那一瞬间她赶紧踩了刹车，她可以百分之百确定自己并没撞到对方。

她一阵头大，心想这是碰瓷的？有这么大岁数碰瓷的吗？过不多时一个中年男人窜出来，解答了孔真的疑惑——还有个同伙。

说实话，中年男人是孔真最怕打交道的一个群体，尤其是这种看上去经济状况一般的，别说是这种情况，就是平时接触她都异常小心，所以在看到对方的一刹那，孔真心里咯噔一下，心想这事儿怕是不能善了。

她没等对方说话，先发制人道："您别着急，咱们这就把老太太送医院，送医院了就打电话报警，119、120、110你随便打，我跑不了，救人要紧，扶着老太太上车，咱们赶紧去医院吧。"

她想得很简单，去医院了也查不出外伤，老太太糖尿病高血压总不可能是出车祸撞的，到了医院以后马上报警，警察出面处理总比她单枪匹马面对一个陌生的中年男人强吧？

然而事与愿违，对方怎么可能答应去医院，他专门挑女司机下手，就是为了方便大着胆子耍无赖："我妈岁数这么大了，禁得起你这么折腾吗？还去医院？她半道上死了算谁的，你能赔我妈一条命啊？你赶紧掏钱，2000块，我找救护车。"

孔真简直都要气笑了："2000块？2000块我自己不能叫救护车吗？"

"别废话！"那男的打量她几眼，"你就说你今天掏钱不掏钱吧？"

谢湘南也下了车，但她下不下车都没什么用，因为她的战斗力是孔真的十分之一，对这种看起来穷凶极恶的中年男人的恐惧是孔真的好几十倍，孔真还要分心护着她。

"我不和你争那些没用的，咱们赶紧把老太太送医院，到了医院就报警，警察还不能管这事儿吗？"

她掏出手机要拨110，那男人突然过来推搡她，孔真一个没拿住，手机摔在地上，她头大如斗，心里的火苗子噌噌噌地往外冒，恨不得撸起袖子和他干架，然而考虑到实际情况，孔真知道两个自己也打不过他，直接照着他两腿之间踢一脚，那自己没错也变有错了。

孔真把手机捡起来，屏幕上两道裂纹。

那男人高声道："你少和我废话，我妈快90岁了，让你撞这一下还有好？找警察？你找谁来也不好使，我告诉你，今天这钱你要是不给，你别想回去。"

他们制造了一场小型的交通堵塞，后面的车过不去，直按喇叭，孔真有些手忙脚乱，她推着谢湘南回了副驾驶，对她说："报警。"

那男人和孔真拉扯起来，孔真心里害怕，嘴上兀自强硬道："这么多人都在这儿看着呢，我根本就没撞到这老太太，你碰瓷也没这么碰的吧？"

那中年男人耍起了无赖，干脆往地上一坐，看样子是无论如何也不会走了。

孔真的脾气，一向是吃软不吃硬，本性又容易冲动，平时也就算了，遇到这种情况，又被周围的喇叭和议论声催得心烦气躁，刚刚那些理性的考虑和对眼前这个中年男人的恐惧很快就消失不见了，她忘了自己刚刚让谢湘南报警的事儿，满脸凶气地指着那男人道："你起不起来？"

那男人也指着她，骂骂咧咧："不给钱我就不走！"

孔真二话不说，转身就回到车里拿了三脚架，在那男人胳膊上狠砸了一下，一边砸一边骂："行，那你就别起来！"

谢湘南绝望地捂住了额头，她抖着手又打了一次报警电话，带着哭腔说清楚地点和发生的事情以后，就赶紧下了车拉着孔真，让她别不知天高地厚地和男人动手了。

孔真从小学五年级就开始和别人打架，还被送去学过一段时间的跆拳道，战斗力比一般姑娘强一点，她在那男人跳起来以后就拿着三脚架在他肚子上猛击了一下，这一下用力不小，那男人捂着肚子后退了一步，然后就满脸凶神恶煞地还了手。

他在孔真脸上狠抽了一巴掌。

孔真简直要气疯了，她疼得脑袋嗡嗡响，手上的三脚架却没松开，她看准了时机，毫不犹豫地拿着这三脚架照着他腿间打了一下，对方瞬间没了声音，捂着胯下跪倒在地，围观群众叽叽喳喳议论个不停，还有人拿着手机拍，那碰瓷的老太太已经吓得拄着拐棍站了起来，弓着腰颤颤巍巍往前走，孔真喘着粗气把三脚架往车上一扔，就想上车等警察。

然而事与愿违，孔真没想那男人还能站起来，他跟跟跄跄地猛推了孔真一把，不让她上车，还扯着嗓子喊："杀人了啊，肇事逃逸以后还要杀人了啊！"

孔真挣脱不开，谢湘南又没那么大力气，眼看着事情被弄得一团糟，孔真觉得自己因为情绪过于激动有些缺氧了，眼前只有那个中年男人旧衣服的颜色，看得她发晕，就在她深吸一口气想拿额头撞对方脸的时候，她鼻子里突然钻进了一股好闻的男士香水味儿。

她眼前的人不知被谁给踢开了，那个突然冲过来的人挡在她身前，不由分说地抬起了她的下巴。

孔真看见了满脸焦急的赵东林。

她瞬间松了一口气，想要挣脱对方的手，然而赵东林把她的下巴捏得更紧了一点，凶巴巴地说："流鼻血了，别动。"

孔真："……南南，快，快给我买包湿巾去，我衬衫新买的，弄脏了洗不干净了！"

谢湘南简直要哭了："什么衬衫啊，别乱动了你，我去给你买湿巾。"

赵东林来了，事情就好办很多，对方知道自己打不过赵东林，也不那么凶神恶煞了，赵东林被孔真拦着，在踹了对方后再没动手，总算是没把事情继续闹大，孔真挪了车，坚持不让他走，非等警察来，最后众人都被带去问话，双方都被批评教育了，孔真还不服气，指着自己的鼻子说："他打我这事儿怎么算啊？还有他带着人碰瓷怎么算，那是敲诈！"

但很多人都看见是孔真先动的手，看伤势好像对方也比她重一点——他还一个劲儿喊疼要上医院呢，对方敲诈的金额也不算太大，取证比较困难，最后还是和稀泥处理了。

赵博开车赶过来带着谢湘南回了公司，孔真坐在赵东林的车里气得要死，赵东林买了个冰棒贴在她脸上帮她消肿，哭笑不得地说："你怎么这样？"

"我哪样了？"

"怎么这么冲动？"赵东林说，"敢去和男的动手，你不知道你打不过他吗？"

"可是他当时躺在地上不起来，我有什么办法，我很生气。"孔真咬牙切齿道，"我要保护我自己。"

"你可以在最开始的时候就回到车上去报警，无论如何都不要下车。"

孔真瞥他一眼，突然抓着冰棒开了车门下车。

赵东林拦着她的腰："你跑什么？"

"我不喜欢别人教训我。"孔真甩开了他的手，"你不用批评我这种行为有多冲动，有多没素质，有多不像个女孩子，我早听腻了，吃一堑长一智，我以后会注意的。"

"我没有教训你。"赵东林关上了副驾驶座的门，沉默几秒后突然说，"对不起。"

孔真愣了一下："啊？"

"那天晚上的事，"赵东林说，"无论如何，那些事在很多年前都给你带来了伤害，我不该说得那么轻描淡写。"

孔真反倒因为他的态度不自在了，她摆摆手道："关你什么事，又不怪你，你平白无故挨了一下也挺倒霉的，我那天说话太冲了，你也别往心里去，事情都过去了，他俩也没走到一起去，而且当年就算不是她也是别人，我冲你发脾气挺不应该的，以后别提了，我也和你道个歉，对不起。"

她这么坦荡，赵东林反倒不知道该说些什么好了，孔真吸了吸鼻子："我先回了，你忙你的，今天还是谢谢你，我以后做事不会这么冲动了，也怪丢人的，回头聊啊，拜拜。"

赵东林突然拉住了她的胳膊，孔真下意识一回头，红肿的脸磕在椅子上，疼得她呜了一声，赵东林眉头一皱，手伸出去一半又收回来："你没事吧？"

孔真疼得眼泪汪汪："疼啊，怎么没事，你总对我动手动脚的干什么，不知道你劲儿特别大吗……"

她微微蹙着眉头，眼角带泪，脸颊还有些肿着，看上去楚楚可怜，赵东林猛地想起了梦里的孔真，那股橘子香气又钻进了他的鼻子里。

他不说话，孔真眨了眨眼睛，带着哭腔道："你放开我啊！"

赵东林拿手背在她微热的脸上贴了一下，又恢复了一贯的面无表情，他说："别动。"

说完，他微微偏过头，在孔真脸上轻轻吹了几下，板着一张脸说："吹吹就不疼了。"

孔真脱口而出："你好恶心！"

她的脸迅速红了起来，连耳朵都红了，赵东林若无其事地低下头，帮她系好了安全带，把车开走了。

车里安静了许久，孔真攥着的冰棒都化了，她终于出声问道："去哪儿啊？"

"去吃顿饭吧。"赵东林说，"正好有正事儿要谈。"

赵东林这话半真半假，他确实是有正事儿要谈。

孔真第二版策划书拿过来以后，赵东林觉得很不错。上面对社交软件的监管不断收紧，本来要进行的一轮融资也因此没了下文，他如果维持现有的情况，想办法在社交上多花点心思，开辟一个新的付费功能也可以，但是他觉得自己这样做没什么意义了，做事情讲究天时地利，他何必去和大环境抗争呢？

在和公司的高层开了几次会以及见了收购方之后，孔真又恰巧带着第二版策划书来了，她对这个软件的定位和以后主打的广告风格的阐述让赵东林非常认可，孔真有一种小女孩的天真烂漫，又有一种游离在世俗里的豁达通透，她的想法其实是很有价值的。

赵东林觉得孔真虽然年纪不大，却是个非常优秀的合作伙伴。

二人边吃边谈，把事情聊得差不多了，达成了约定——孔真负责赵东林这个新软件的服务供应，包括但不限于婚礼策划和婚礼服务，如果孔真愿意，还可以找几个写手来做线上约会指导，赵东林觉得这方面才是赚钱的重头，他仔细研究过关于这方面的东西，发现女性为了情感解答和恋爱指导等虚拟产品付费的意愿是非常强烈的，如果他们能好好开发这部分内容，这个相亲软件的流量不会比赵东林的社交软件小。

孔真和他有一点分歧，主要是她觉得赵东林说的这套都是糊弄人的："你是不是就想写什么钓金龟婿秘籍骗钱呀？如果是这种的话我没兴趣的，公众号有的是。"

"不，"赵东林摇摇头，"这不符合我们产品的定位，为什么恋爱指导必须是钓金龟婿呢？虽然都是鸡汤，但是鸡汤也有品种之分，既然我们想让用户认为用了我们软件就能找到让他心甘情愿步入婚姻的灵魂伴侣，那我们为什么不可以大批量写找优质男秘籍？本质上其实都是一个东西，只是换种说法而已。"

孔真想了想："我理解了，有道理，我回去就开始准备，找一批写手写写软文，买点推广，炖点鸡汤，先试试水。"

赵东林点点头："可以，还有就是我那天说好的投资，你的公司注册得怎么样了？"

"差不多了，"孔真问他，"你想投多少？"

"300万，要18%的原始股，再按照那天说好的追加100万，不占股份。"

"那还是给你25%的原始股吧。"孔真冷静道，"我从来不平白无故要别人钱，100万，拿着烫手。"

赵东林还以为她听到几百万好歹会惊讶一下，没想到她这么平静，还这么快就把数字算了出来。

"我最近一直在研究婚庆行业，觉得它非常有潜力，也对我的公司成长做了全面的计划，在你资金到位之后，我会马上开始进行营销，扩大知名度，也把我们的设备和技术都做更新，继续招聘员工，开始准备 7 万到 15 万的高端婚礼套餐，在把手头的合约都结束掉以后，我们就不做中低端婚礼了，大概一到两年会完成这个计划，400万拿 25% 的原始股，你不亏的，去年国内大品牌的婚礼公司几乎都是营收上亿，虽然我们和人家还有很大一段差距，但是我相信——"孔真说到这里戛然而止，喝了一口酸梅汁，"总之我不会让你的钱打水漂的。"

赵东林点点头："嗯。"

两个人谈完了正事，又进入了相顾无言的状态，孔真的脸还肿着，赵东林要了几块冰，包在毛巾里帮她冷敷，孔真浑身不自在，抓着毛巾道："我自己来就行。"

赵东林收回了手，看了她的脸一眼，还是忍不住说："女孩子，做事别这么冲动，怎么能打架呢？"

"又不是我主动要打架的……就算是我主动要打架的，那也是对方先挑事儿的，我好气啊，就忍不住拿着三脚架打了他一下，打完了我觉得，哇，好爽啊，就忍不住继续打了。"

赵东林皱眉。

孔真撇撇嘴："你别批评我了。"

她这句话说得软绵绵的，像是在撒娇，赵东林完全忘记了她刚刚和男人在街头打架斗殴的英勇，怎么看她怎么觉得可怜巴巴的，于是被猪油蒙心的赵东林拿餐巾擦了擦嘴，假装不经意道："以后有事可以打电话给我。"

孔真慢吞吞地点点头："哦。"

赵东林表面上镇定自若，其实心里觉得自己相当不正常，他心想自己这是喜欢上孔真了吗？喜欢她什么？喜欢她拿石头砸自己还是喜欢她在大街上和碰瓷的打架？我喜欢的明明是那种温柔贤惠的传统女性，孔真这种肯定不行。

再三考虑过后，赵东林决定把自己对孔真的喜欢扼杀在萌芽时，他不喜欢这种类型的，以后也不会喜欢上。

吃完了饭起身出去的时候，孔真接了个电话，电话那边不知道说了些什么，孔真非常开心地笑了起来，赵东林问她："怎么了？"

"我中彩票啦！"她扑过来抱了赵东林一下，"我和赵博一人出了两块钱买了张彩票，中了 8000 块，厉害吧！我可以换手机了！"

赵东林被她这么抱了一下，直到回家了还觉得怀里温温热热的，他坐在沙发上，隔一会儿就要情不自禁地拿手摸摸胸口。

那天晚上，赵东林居然把之前的梦又接上了，孔真蹲在小河边，仰着脸看他，扁着嘴说："你不喜欢我，那我也不喜欢你了。"

梦里的赵东林一把拉起了孔真，将她抱在怀里，斩钉截铁道："谁说我不喜欢你了？"

"是你自己说的呀！"孔真又要哭了，可怜巴巴地揉眼睛，"你今天还说了呢！"

赵东林闻着熟悉的橘子香味儿，满怀爱意地说："我就喜欢你这种爱和别人打架的，特别厉害。"

第八章
〰〰 都好好的

　　孔真拿到了赵东林的投资，日夜兼程地设计了几个 7 万到 15 万的婚礼套餐，并且开始计划自己承包宴会厅，虽然这个计划短期内不会实现，但她总有一天要做的。

　　公司摄像设备一律鸟枪换炮，由孔真出资购买了新机器，她还买了两个航拍无人机和滑轨之类的器材，赵博坚持说是赵总给他们带来了好运，要不怎么能又中彩票又得投资的呢？

　　孔真冷哼一声道："彩票是我提议要买的，投资也是我拉来的，你天天在一边给我坏事儿也就算了，怎么还在这儿造谣污蔑呢？你那么喜欢赵总你去让他包养你吧，赶紧去。"

　　她嘴上在和赵博瞎扯，其实心里想着别的事儿——闻欣欣前几天居然主动联系她，想要和她合作。

　　说是合作，其实就是变相收购，闻欣欣的意思是将孔真的工作室归入她的名下，以后所有的策划案都由孔真负责，其余开支也由她负责，而孔真每单都有提成，年底还有分红。

　　如果是工作室刚刚成立之初，说不定孔真还会对这个提议有点动心，毕竟当时她起步艰难，一笔一笔的花销要咬着牙往外掏，有人把成本全部解决，她只负责出策划案，实在是一个稳赚不赔的买卖。

　　但是现在来看情况就大大不同了，孔真拿到了赵东林的投资，成本完全不是问题，她能把每个案子做到最完美化，拥有最大的自由，不用受制于人，更重要的是，这是她自己的生意，如果同意了闻欣欣的提议，那她就是在给别人打工了，而且闻欣欣那边单子虽然多，却不一定就是好，那完全是在压榨自己的劳动力，还不如像现在这样只做精品，打出口碑。

她没忍住，把这事儿和赵博说了，赵博的意思比她更坚定点儿，直接说："这不就是想雇你出策划案吗？咱们自己好好的生意不做你去跳槽给别人当婚礼策划啊？"

一语点醒梦中人，孔真心里有了计较，直接婉拒了。

没想到闻欣欣还不死心，说什么也要和她面谈一次，电话里语气热情极了，孔真这人一向拉不下脸来做什么果断的拒绝，心想见个面自己也不会少块肉，就答应了。

见面的地点约在了一家串吧，吵吵闹闹的，气氛倒是挺好。见了面，闻欣欣显得比在电话里还要热情，拉着她的手妹妹长妹妹短的，先是不住地夸奖她年纪轻轻就这么有能力，这么有想法，直把自己给比下去了，又话锋一转，说起了自己刚刚离婚时的艰难处境，表示都是女人，姐姐欣赏你，理解你，以后这个朋友咱们是交下了，有什么事儿和姐姐说，没二话，保证帮你办到。

孔真非但没有融入这种迅速热络起来的气氛中，反而觉得浑身不自在——她不适应这么自来熟的人，还没怎么着就拜把子了，这感情也来得太猝不及防了吧？爱情和龙卷风都没来得这么快呀！

她努力挤出热情的微笑回应对方，尴尬地嗯嗯啊啊，正巧串儿上来了，两个人边吃边聊，闻欣欣把话题转到了工作上，孔真这才明白她还没死心，仍然是想让自己去她的公司工作。

当面婉拒比发消息婉拒难多了，孔真急死了，只好猛吃串化解尴尬，好在一通电话解救了她，她没看来电人，直接接了，然而在听到电话那边的声音的瞬间，她变得心情复杂起来——是柳叶。

孔真深吸一口气，做了个抱歉的表情，起身走到了串吧后面僻静的小过道。

"喂，是柳叶吗？"孔真说，"怎么了，找我有什么事啊？"

电话那头突然传出了一点声音，孔真以为柳叶在笑，过了会儿才明白她在哭。

她哭得伤心极了，孔真甚至听出了一点撕心裂肺的感觉，这让她头晕眼花，嘴上胡乱安慰着："怎么了你？别哭了，说话呀。"

"他……他走了。"柳叶痛不欲生道，"他走了……"

孔真捂着额头道："你来公司吧，咱们当面说，我等你。"

她知道柳叶是个一根筋的傻姑娘，生怕她做出什么不计后果的事儿来，一时之间又想起了不少社会新闻，把自己吓出了一身冷汗，想了想，她走回去，满脸歉意地对闻欣欣说："欣欣姐，实在是抱歉，公司那边出了点急事儿，催着我回去，你看，要不咱们改天再谈？实在是太不好意思了。"

闻欣欣微笑着看她，倒是比刚才热络的样子看起来自然不少。

"没关系，妹妹，你去忙，工作重要。"闻欣欣说，"老板——买单。"

"别别别，我来我来。"孔真赶紧拦着她。

"我来吧。"闻欣欣仍然微笑着，"下次再让你请。"

柳叶很快就到了公司与孔真见了面。

她嘴唇干裂，讲话的时候还因为张嘴流了点血，脸上应该是什么也没涂，连洗没洗脸都不确定，皮肤黑黄还爆皮，在她颠三倒四的叙述中，孔真知道了两个重要的消息：一、她怀孕了；二、那个男人不同意和她结婚，不辞而别。

在柳叶回去的这段时间，两个人堪称相敬如宾，柳叶硬是忍着一次也没提到他在外面乱搞的事情，还私下多次和他父母联系，又不断地做自己父母的思想工作，希望继续这段婚姻。

那个男人对她态度还算平和，偶尔两个人也会一起出门买菜，做顿晚饭吃。柳叶的父母在知道情况后把她一顿臭骂，还以断绝关系相威胁，让她赶紧退了现在的房子回到家里来考公务员。男方父母的态度则暧昧不明，柳叶不明白他们是什么意思。

就这么平平淡淡地过了几个月，柳叶发现自己怀孕了。

在那个深秋的、还没供暖的寒冷清晨，她拿着验孕棒坐在马桶上，感到暖意从小腹开始顺着全身流动，她做出的第一个表情是微笑，她因为这件事感到了前所未有的开心，因为这就意味着她必须和自己男朋友结婚了，没有任何东西能阻拦两个人。

没想到在把这个消息告诉对方之后，对方的第一反应居然是斩钉截铁地说："这个孩子不能要。"

柳叶愣了一会儿，把那根验孕棒攥得紧紧的，她隐忍已久的情绪爆发出来，歇斯底里地问对方是不是还和那个女的有联系，是不是想和那个女的结婚，甚至气急败坏地问是不是怀疑这个孩子不是他亲生的，她可以去做亲子鉴定。

然而对方摇摇头，什么都没说，改天就在一个环境不错的小区重新租了房子，把柳叶的东西全都搬了进去，他劝柳叶把孩子打掉，因为自己没做好准备当孩子的父亲。

柳叶简直要蒙了，她不明白为什么对方会这么做，难道不是应该马上谈婚论嫁把孩子生出来吗？

对方做了3天思想工作，中心思想是劝她把孩子打掉，理由很多，也很充分，从两个人的经济状况说到两个家庭以后可能都不会有长辈帮忙带孩子，柳叶一个人没有经验，如此等等不一而足，柳叶一概听不进去，她铁了心要和对方在一起，在第4天的早晨，对方走了，柳叶一边哭一边给他打电话，在打到第30多个的时候柳叶被拉黑，然后她就收到了一笔8万块的转账，过了一天，她的邮箱收到了一封信。

对方在信上写的第一句话就是对不起。他写道——

对不起，柳叶，你从此以后可以用任何难听的词去定义我，"人渣""渣男""畜生"，我都接受，因为事实就是如此，写这封信是想把我们之间的事情做个了断。

我已经不爱你了，但是我确实爱过你。在读书的时候，我觉得你就是我心目中理想的爱人，你温柔体贴，善良单纯，每次和你在一起我都觉得很放松，我当时说了很多山盟海誓，虽然我没能做到，但是我当时想要做到的心情是真的，我以为我可以做到。

我不得不承认，我变心了，那天我脱口而出的话对你伤害很大，每次回想起来都让我感到内疚。其实我并不是挑剔你的外表，非要说，只能说不喜欢了所以什么都挑剔吧。工作以后我见到了很多人，也经历了很多让我意想不到的事，我对人生又有了重新的认识，生活的重心也转变了，我想过上更好的生活，看更多的风景，不想做一个没有上进心的人。也许是运气好，也许是我够努力，我的事业有了一些进展，我也见到了更大的世界，等我回过头来看你的时候，我惊讶地发现我已经不爱你了。

我不想给自己的变心找任何理由，因为你对我真的很好，你对这份感情百分之百付出，你无愧于心，以至于让我变成了一个混蛋，你是一个完美的恋人，但是我不爱你了。写下这段话的时候我的心里很难过，虽然听起来很虚伪，但我确实是很难过。我不爱自己曾经爱过的姑娘了，每次看见你的时候我心里只有厌烦，你说的一切我都不感兴趣，你做的事情我都会嗤之以鼻，现在回想起来我觉得我罪孽深重，我应该在发觉自己不爱你的时候就提出分手，而不是任由我们走到结婚那一步，那天我做的事完全就是混蛋行为，我当时可能是精神不正常了，因为一想到婚姻就觉得喘不过气来，我想放纵一次。

也许我可以试着让我们一起进步一起改变，但是现在已经来不及了，首先我没那个资格要求你为了我改变，其次你的偏执和对我的爱让我感到压力非常大，我有一种窒息的感觉，还有怀孕这件事，我不知道我们做了措施怎么会怀孕的，但是这个孩子的到来让我惧怕和你在一起的生活，一想到以后就要因为抚养孩子付出，我觉得手忙脚乱，没有一点喜悦，你的性格肯定会为了孩子付出一切，我也不想让你的人生在这里就被定性，你也许应该迎接一个全新的生活。

这8万块给你去做手术和之后的营养费，年底发奖金了我还会再给你打一笔钱，我是个懦夫，不配做男人，甚至不配做人，我将永远活在对自己的谴责里，但是我也希望我们都能为了自己而活，如果你觉得没办法释怀这件事就去想想我有多混蛋、多虚伪，这可能会让你好过很多。你只需要恨我而不是为了我伤心，恨一个人总是没那么难受的。

我计划明年辞职，去德国留学，我的父母很支持我，我发现他们比我想得开明，也许你也应该和你家里多沟通。如果你想通了联系我，我会陪你去医院，当作是我为你做的最后一点事。依旧说一声对不起。

孔真看完了这封信，被震撼得久久无言——她很久没见过这么坦坦荡荡的混蛋了。

这种慷慨激昂的感觉是怎么回事！这种明显松了一口气决定远走高飞的感觉是怎

么回事!

她把手机还给柳叶,心情沉痛道:"算了,别和他见面了,我陪你去把孩子打了。"

"不不不,不能打掉他……"柳叶哭得眼睛里全是红血丝,只一个劲地说不能打掉他。

孔真觉得很累,从里到外地累,她一见到柳叶就有这种感觉,很想长长地叹一口气,恨不得把自己的五脏六腑都掏空了才好。

让柳叶先去公司的沙发上睡一会儿,孔真愁容满面地给郑小竹发微信,把事情说了,郑小竹很快回复:"她无药可医,管她干吗?"

孔真:"都是朋友嘛,怎么能不管呢!唉,关键是我觉得我管了也没用,人家心里又没我,那男的是不是给她下了迷魂药啦!"

郑小竹:"如果我是你,坚决不管,远离她是提高你生活质量的秘诀,她喜欢做单亲妈妈就去做吧,随意了,这种女人最自豪的事儿也就是把尿布洗得干干净净,多干点有技术含量的事儿都算为难她。"

孔真:"姐姐,我怎么感觉你比我还气啦!"

郑小竹:"气她自寻死路,不犯贱就活不下去,你以后别和我提她了,也别管她的闲事儿,听见没?答应我你还是我的好真真。"

孔真:"真真做不到啊!"

郑小竹:"不和你说了,我去忙了。"

柳叶醒了以后就坐在沙发上哭,哭得稀里哗啦的,孔真看着怪可怜的,带她出去吃了顿饭,劝她把孩子打了算了。

柳叶一直不肯,孔真嘴皮子磨破了也没能成功说服。她不敢去打扰郑小竹,便偷偷和谢湘南说了,谢湘南说:"你傻呀,她这种奉献型人格,肯定看重别人超过看重自己,你和她说要为了自己活是没用的,你得和她说,单身妈妈带出来的孩子可能会生活得不太好,要是妈妈有钱有能力还好,她又没钱,怎么保障孩子的生活?她自己愿意受虐是她自己的事情,小孩子可是无辜的呀,为什么要小孩子生出来就没爸爸,又得不到好的照顾呢?"

孔真恍然大悟:"你也太聪明了吧!"

果不其然,孔真抓着这个重点不放,柳叶的态度不像之前那么坚决了,她听着孔真给她摆出来的各种具体问题,小孩的奶粉尿不湿幼儿园兴趣班,衣服玩具生病吃药学区房生活费……她空有一腔热血是没用的,没钱就是没钱,她家里也不会管她,而那个男人已经把话说到这个地步了,又怎么会主动回来和她一起过上朝九晚五抚养孩子的平淡生活?

在经过将近一个月的反复纠结拉扯以后,柳叶几乎哭干了自己的眼泪,她整夜整夜睡不着，暴瘦的同时狂掉头发，最终她给那个男人打了个电话，孔真不知道两个人说了些什么，只看见柳叶在挂了电话以后目光游离地走到沙发前坐下，她这次没有哭，也许是因为身体里实在没有多余的水分了，孔真起身给她倒了杯热水，她接过，轻声说："明天他带我去医院。"

孔真俯身去抱她。

柳叶打掉了孩子，对方没有亲自过来照顾，而是找了个月嫂，孔真偶尔也会去探望柳叶，她总觉得柳叶怪可怜的，自己能帮一把就帮一把，还请她等身体养好了以后回到自己公司工作。

柳叶流着泪同意了，她现在很依赖孔真。

平心而论，孔真是她遇到过的最能给人力量和温暖的人，自己不用因为做过蠢事就怕被她耻笑，不用因为看起来很讨人厌就被她嫌弃，孔真像块玻璃做的具象的力量，因为她对人诚恳毫无保留，又能让人感到安心，柳叶希望自己有朝一日能变成对方那样的人。

等忙完了这一切，孔真突然想起来自己还没去找闻欣欣，她打了个电话对方没接，发了个短信，对方回复说自己最近有点忙，改天再约，孔真又道了个歉，对方再没消息了，孔真只当她把自己忘在脑后，再加上公司也有事情要忙，就逐渐把这事儿给抛在了一边。

郑小竹在小寒这天约孔真出来吃饭，她提出要投资孔真的公司。

"哎？"孔真很惊讶，"为什么呀？"

郑小竹一笑："哪有那么多为什么，之前我一直准备开个文化公司的，但是始终觉得准备不足，前几天一个师兄又因为创业失败欠了一屁股债人间蒸发了，听着怪瘆人的，最近大环境不好，平稳过冬算了……考虑了一下，这笔钱先投给你，赵总都投了，我也跟一把吧，虽然他那个人不怎么样，但他做生意的眼光我还是比较信任的。"

孔真想了想："好呀，正好我昨天算一算觉得钱怎么都不够呢……"

"我看你也是瞎来，走一步算一步，都没个预算和计划。"郑小竹撩了撩头发，"但是你能力很强，踏实又聪明，这是别人比不了的，婚庆行业前景不错，至于预算，你记住，永远留出两倍，要不然你会发现钱怎么都不够用，前期别急着招人，稳扎稳打，有野心没错，谨慎一点也没错。"

孔真点点头道："现在公司里就不到 10 个人，很多东西还是外包的，等我把手上的单子和酒店的合同做完了，再考虑扩大规模吧，其实这些人里还有我 3 个朋友，赵博、谢湘南、柳叶，他们都——"

"谁？"郑小竹微微皱眉道，"柳叶，是那个让前男友劈腿又甩了的女孩吗？"

"对呀，她好可怜的。"孔真捧着脸，叼住吸管喝了一口可乐，"我花了好大的劲儿才把她劝住了，希望她以后不要总想着过去，好好干，赚钱才是最重要的嘛！"

"你准备让她做什么？"

"管财务吧，"孔真说，"之前人少单子少，还没觉得需要个财务，想让她学点技术做个后期，现在开公司了单子也多了，就必须要一个了，她做事很稳妥的，在之前的公司也是管财务的，有经验人又老实，我比较放心。"

"我觉得不行。"郑小竹冷静道，"你让她帮忙打个下手当当你助理还行，做财务不可以，听你这意思以后做大了还准备让她做财务总监吗？"

"哎，为什么不行啊？"

"因为她不靠谱。"

"她挺靠谱的呀，任劳任怨的！"

"她对自己的事业毫不珍惜，我记得你说过她做前一份工作是因为她前男友，不做了也是因为他，到后来再回去还是因为他，她自己有一点主见吗？我不用'事业'这个词，就算大家都是出来给人家打工的，她对这份工有任何珍惜的意思吗？任劳任怨只是因为她没有自己的主见，领导让她干什么她就干什么，但是一百个领导加起来也比不过一个男朋友，下一个男朋友再谈得死去活来的，怎么办？你是给她留着位置还是撤了？这种人你想委以重任，我不理解。"

"但是我们难道不应该互相帮助吗……"孔真有些手足无措，"我是想，她这么可怜了，爱情已经没有了，如果有这样一个机会转移注意力，让她知道努力工作有多开心，收到的回报有多宝贵，多有成就感，或许就不会像之前那样谈恋爱谈得死去活来的呢？"

"你会像她一样吗？"

"我？我当然不会了……"

"那你为什么指望她像你一样，这现实吗？她这辈子都在做为了爱情献身的准备，随时找机会为爱痴狂，你为什么指望她变成正常人？这种爱情第一位的女生永远不会变正常的，除非她因为这个死了，在变成鬼以后也许会正常一点。"

"你为什么这么讨厌她？"孔真有些不高兴了，"我觉得你对她敌意很大。"

"我就是讨厌她。"郑小竹微微抬起脸来，"我不喜欢这样的女生，女人为了爱情放弃人生的时候，就应该做好准备被爱情放弃，一个没有自我的人不值得任何人尊敬，我也丝毫不同情她，甚至可以说完全是她把对方纵容成这样的，在对方背叛她以后，在对方明确说了不要孩子以后，她居然还能对这份爱情抱有幻想，哭得死去活来，你要是那个男的，你不想把她一脚踢开吗？被这种人死心塌地地爱着，只会令人恐惧，她没有健全的人格，连怎么好好生活都不懂，怎么好好工作？"

"可是她变成这样不是自己的责任啊，她憧憬爱情是因为想找一个人理解关心她，人本来就是需要陪伴的，不是每个人都天生有好的家庭、好的环境造就一个健全的人格，每个人对人生的追求也不一样，不能因为她谈恋爱的时候比较投入就全盘否定这个人吧，可能你觉得我是烂好人——"

"你就是烂好人。"郑小竹轻声说，"你想让你的公司变成失败者收容所吗？"

"可是我们之所以会成为朋友也是因为我是烂好人啊！"孔真觉得太委屈了，"满车人没有一个帮你，是我觉得你一个女孩子被欺负了很可怜我才不管不顾地帮你解围的，我就是这样，我就是觉得我们女孩子生活都挺不容易的，能帮一把就帮一把，这也错了吗？我在我力所能及的范围内帮助朋友，你不用说得那么难听吧，他们不是loser，他们都很努力在工作，没有人给我拖后腿。"

"可是你帮她和帮我不一样！"郑小竹高声道："她出了错，连累的是公司，公司不是你一个人的。"

"你怎么这么自私啊！难道因为我雇了柳叶就会让你的投资打水漂吗？"

"我自私？"郑小竹不可置信地看着她，"孔真，你说话要凭良心，我是为你好，你和我扯什么投资，在你心里我就是个唯利是图、刻薄自私的形象，是吧？"

孔真自觉失言，可郑小竹没听她的解释，扔下饭钱转身就走了。

孔真蒙了，她也不知道好端端的怎么就吵起来了？

她低着头坐在原地，心里很不是滋味儿，过了半天才起身拎着包出了餐厅大门，外面很冷，好在这里离她家很近，走路不过10分钟就到了。

回家以后，她魂不守舍地倒在床上，捧着手机琢磨应该给郑小竹发个什么……她和朋友吵架了，一向是先低头认错的那个，而且她那么想郑小竹，确实是不对，郑小竹只是对柳叶这种姑娘比较反感吧，不是像她想的那样因为自私，人家只和她见了一面就给她那么贵的衣服和包，不也只是为了帮她吗？明明是对方付出的更多点，怎么能说人家眼睛里只有钱呢？

孔真越想越觉得愧疚，她终于忍不住给郑小竹发了个消息："姐姐，你到家了吗？冷不冷？"

郑小竹过了半晌才给她回复："救我。"

郑小竹从餐厅出来以后就随手叫了辆车回家。

她真的因为孔真说的那句话非常生气，以至于气到一口气过了好一会儿才提上来，她是真的拿孔真当好朋友看待，还觉得她和自己特别亲，像妹妹一样，如果孔真有需要，她愿意尽自己所能帮助对方，然而孔真又是怎么想她的？一个精致的利己主义者？或者换句话说，一个眼睛里只有自己的自私鬼？

郑小竹不住劝自己，对方还小，别和她一般见识……劝了自己好几分钟，才冷静下来，当她下意识地转头望向车窗外的时候，外面的景色让她觉得很陌生，本来应该走的那条路很繁华，怎么会这样黑乎乎的，过了半天才有个鬼火一样忽明忽暗的路灯？

"师傅，咱们这是走的哪条路啊？"

那司机不说话，把车开得更快了点儿，郑小竹的心里一紧："师傅，您好像走错了，是导航出问题了吗？"

"你是处女吗？"司机突然没头没尾地冒出来这么一句，"啊，你和几个男的睡过？"

郑小竹瞬间想到了前段时间在网上看到的网约车凶杀案。

她选择了沉默，低下头看着手机，却一时之间不知道应该做什么了，报警吗？万一出声以后把对方激怒了怎么办？向朋友求助吗？怎么说，这是哪里她都不知道。

她眼睁睁看着自己的手抖了起来，那张受害者的照片在她眼前不断打转，也许是天气太冷了，她的脚趾都感到了麻木。

就在这时，孔真的微信消息发了过来，郑小竹快要哭出来，她如蒙大赦，想也没想，回复道："救我。"

孔真："怎么了？"

郑小竹："我坐车，司机不知道开到哪里去了，对我说脏话，我很怕，我在后座，他还在开车，开得很快。"

孔真："手机静音，和我位置共享，别激怒他，拖着，我报警，车牌号和司机姓名能看见吗？副驾驶座前面应该有个牌子。"

郑小竹抖着手调了静音，把车牌号和司机姓名发给对方。而这时外面已经偏僻到漆黑一片了。

"女人都是贱货。"司机突然说，"女的都该死，一个都错不了，都该死。"

郑小竹仿佛被人扼住了喉咙一样一个字也说不出来。

手机那端，孔真急得要死，火速报了警，在对警方说了位置以后，警方叫她注意和郑小竹保持联系，孔真坐立不安，扶着腰在地上走来走去，不住盯着手机上的地图，她眼看着郑小竹的那个小点离自己越来越远，焦虑几乎要冲破她的胸膛，最终，她受不了地一咬牙，拿着车钥匙跑下了楼。

跳上那辆租来的车，抖着手拧了钥匙，孔真深吸一口气，不住地告诉自己，冷静冷静，小心点开。

她给郑小竹发微信："别切断位置共享。"

郑小竹回复了一个逗号，孔真不知道这代表什么意思，她顾不上再问，一脚油门冲了出去。

郑小竹已经快要被吓哭了。

对方虽然没有对她做什么，但是一个劲儿地骂脏话，还开到了一个让她感觉完全陌生的地方，马路周围是一片水塘，这会儿已经结了薄冰，她不知道这个司机是吸毒了还是精神有问题，又不敢激怒他，车开得这么快也不能跳车，只能抖着手看着手机。

她发现孔真的小点离她越来越近了。

郑小竹还是很怕，甚至连大声呼吸都不敢，即使她是一个性格强势有主见的女生，但是遇到这种事没人能保持镇定，努力不让自己出声已经用尽了她全部的力气，然而司机对她的沉默很不满意，突然猛砸了一下方向盘，喇叭发出一声刺耳的响声，车子几乎在路上横了过来，他没去管，而是冲郑小竹吼："我问你是不是处女，你说话啊！"

郑小竹终于忍不住哭了出来。

她紧紧咬着嘴唇，努力不让自己哭出声音来，过了半晌，她才勉强冷静地说："为什么要问我这个啊？"

"不是处女都该死。"司机神经质地说，"女人都该死。"

"你冷吗？"郑小竹小声说，"今天挺冷的。"

她觉得司机应该是吸毒了，因为她之前在网上看过人吸毒以后的视频，人会出现幻觉，而且情绪暴躁、多动，这种人和心理变态的就要杀人作案的罪犯有区别，因为这种人虽然也会没有理智地发泄，但是杀人的目的没有那么明确，如果她适当拖延一下，可能就会多一点生机，她不想顺着对方的话题谈下去，所以随便找了个别的话题说。

果然，对方没再骂她了，然而过不多时，他又突然叫了一声："滚！"

郑小竹脑袋里嗡嗡直响，她太害怕了，害怕到耳朵嗡鸣，甚至能听到自己血液流动的声音。

"你可以稍微开慢点。"她带着哭腔轻声说，"路上有冰，很滑，会摔倒。"

对方突然踩了一脚刹车。

郑小竹几乎手足无措了，她下意识地开了门往下跑，没跑几步就被对方抓了回来，狠狠扔回车里。

郑小竹很痛，对方刚才抓着的是她的头发，她努力忽视那种痛，恳求道："我身上的钱都可以给你，这块表值一点钱，你想要的话都给你，你别冲动。"

对方根本不听她说什么，在郑小竹猛地挣扎了一阵后，对方突然给了她一巴掌，然后把郑小竹往后座上一摔，单手掐住了她的脖子。

好疼。

郑小竹瞪大了眼睛，喉咙里发出嗬嗬的声响，她的眼睛不断流出眼泪，蒙眬中她看见了对方的脸，方方正正的，平下巴，眼睛神经质地一抖一抖，那双浑浊的眼球暴凸着，好像随时会掉下来，嘴里发出烟臭味儿，她胡乱踢着腿，挣扎着反抗，却没有给对方造成任何伤害。

不要。

她绝望地想，我不要死，不要！

就在她眼前的脸开始模糊的时候，她听到似乎有一辆汽车开过来，瞬间得救的希望充斥了她的整个胸腔，然而那辆车并没有减速或者停下来的意思，一直到两辆车距离很近了，它似乎就这样与郑小竹擦肩而过。

郑小竹绝望地闭上了眼睛。

就在此时，整辆车出现了一阵激烈的晃动，车身被猛地撞了一下，郑小竹滚到了座位下面，那个男的则跌出了车外。

孔真喘着粗气看着自己面前那辆车，她的额头也在挡风玻璃上被撞了一下，好在不算严重，她抄起副驾驶座上的三脚架下了车——谢天谢地那天忘记把它带到仓库去了！

趁着那个男的还没爬起来，孔真不管不顾地在他脑袋上猛砸了一下，对方像条鱼似的猛地弹跳了一下，没能起身，却把她的腿抱住了，孔真被他拖得跌倒在地，膝盖和脚踝一疼，她两手握着三脚架猛地往下一砸，正砸在了他的喉头，坚硬的支架似乎正中靶心，碰到了他的喉结。

对方哀号一声，撕心裂肺地捂着脖子咳嗽起来，孔真赶紧爬起来，拉着郑小竹下了车。

她几乎是夹着郑小竹回到自己的车附近的。

郑小竹已经被吓得腿软了，她看着仿佛神兵天降的孔真，吓得只会哭，孔真把她塞进了副驾驶座，正要转身，就被气红了眼、挣扎着爬起来的司机猛打了一拳。

这一拳没有瞄准，孔真又躲得及时，只被擦到了胳膊，她一咬牙，抢着三脚架打在对方的肋骨上。

如果是一个正常男人，不会让她这么轻易得手，但是对方大概率吸了毒，神志不清，虽然很狂躁，反应却不是很快，孔真正要再打，突然被一线车灯刺痛了眼睛，她下意识地往自己车里跑，跑到一半才反应过来，是警察来了。

孔真瞬间汗出如浆。

她的膝盖疼了起来，头皮也疼，手也因为太用力隐隐作痛，扶着车门慢慢滑在地上，发抖的手还抱着三脚架。

警察很快就把对方制服了，还带着几人去做了笔录，果不其然，对方是毒驾，似乎之前因为感情问题受过点刺激，精神也不太正常，做笔录的警察问孔真怎么会出现在那里，她傻了吧唧地说："啊？"

警察看她似乎是被吓傻了，只简单说了她几句，让她以后做事别这么冲动，孔真愣愣地点头，郑小竹坐在一边，眼里含泪地看了她一眼。

等忙完已经将近 11 点了，二人被警车送回了郑小竹的家，孔真在电梯里，突然没头没尾地来了一句："我今年坐了 3 次警车了。"

她与郑小竹进了家门，郑小竹一屁股坐在沙发里，孔真也坐在了上面，二人久久无言，还是孔真先打破了平静，她后知后觉地说："吓死我了……"

"你跑去干什么啊？"郑小竹突然攥住了她的手，"你也不叫上别人，你一个女孩子——"

"你和我说救命哎！"孔真瞪着眼睛看她，"警察也不知道你的实时位置，我看你离我越来越远，越来越偏，都要急死了，我不出去看看，就在家干等着，我坐得住吗？"

郑小竹张了张嘴，一个字也说不出来，她看着孔真，心想为什么呢？

为什么你是这样的人呢？

没有任何一个朋友这样对我，为什么你会这样？你也是个女孩子，你不怕吗？

她怕，但是她更怕我受伤害，她就是这样好的姑娘，所以永远是她更担心我，即使我刚和她吵了一架。如果是我，我敢这么不管不顾地单枪匹马去救她吗？我肯定会犹豫。

但是她敢。

郑小竹突然抱紧了她，眼泪一滴一滴落下来，因为心里有太多感情，反而不知道说什么好，孔真手足无措地拍了拍她的后背，小声说："我可后悔了你知道吗？我一边开车一边哭，怕你真的出了点什么事，咱俩见的最后一面还是我和你吵架，还冤枉你爱钱又自私，我这辈子想起来就会后悔，后悔死了，你没事就好，不哭了，我以后不和你吵架了。"

郑小竹点点头，眼泪流得更凶了，孔真拿了纸巾帮她擦："我今晚可能得睡你家了，好累啊！"

经历了一晚上的担惊受怕，两个人又累又困，挤在沙发上就睡着了，连妆也没卸，孔真起床以后发现自己嘴角起了几个痘，哀号一声，郑小竹赶紧拿了清洁面膜让她用。

今天是周末，郑小竹不用上班，孔真也没什么要忙的，两个人被吓了那么一场以后都有点恐惧症，总觉得不安全，孔真躺在沙发上玩手机，郑小竹站在灶台边煮泡面，她说："要不要叫几个朋友来家里？"

"谁啊？"孔真懒洋洋地说，"你的朋友们我都不认识，会不会好尴尬。"

"叫……叫柳叶来吧。"郑小竹轻声说，"还有谢湘南。"

她想了很多，总觉得自己做得不太对，她不应该一味地批评孔真为了朋友付出，这是孔真自己的权利，而且自己也是她朋友中的一个，自己也是被她付出的一个。反观她自己，之前对朋友的态度是不是太苛刻了？说话的时候是不是有些刻薄了？既然以后大家可能会因为工作接触到，她们又是孔真的朋友，还不如大家早点认识一下，她也愿意抛弃之前对别人的成见。孔真不是烂好人，她有自己的是非观，也算成熟，还非常坚强乐观勇敢，非常有力量，这样的人不会交什么烂人做朋友，她应该相信孔真的眼光。

"哎？"孔真坐起来，搓搓手道，"不会打扰你吗，我感觉你挺喜欢清净的。"

"以后大家都是朋友。"郑小竹端给她一碗煮好的面，"没什么打扰不打扰的。"

"呜呜呜！"孔真开心死了，"那我让她们买点菜过来吧，一起做饭吃。"

孔真约了柳叶和谢湘南来这里，还让她们在楼下带了菜和饮料，昨晚孔真回去的时候谢湘南在洗澡，根本不知道发生了什么，晚上她看孔真迟迟不回来，给孔真打了电话，孔真当时在警察局，不想让她担心，推脱说自己去朋友家玩儿了。柳叶更是对这一切全然不知。

　　她们到了以后，孔真笨手笨脚地跟着做饭，谢湘南和柳叶把她推开了，谢湘南道："我觉得你还是别做了，挺好的鱼，不能白死呀！"

　　"怎么说话呢？"孔真攥着刀郁闷道，"这也不能怪我，谁让小时候我妈天天让我吃外卖，包子麻辣烫冷面凉皮，楼下就这么几个好吃的，我都吃腻了，连吃饭我都没兴趣，更别说做饭了。"

　　"阿姨怎么不给你做饭吃呢？"柳叶问。

　　"她沉迷打麻将不能自拔，我爸因为这个和她离婚了，她还是不能自拔，我觉得就算有一天我死了，她第一件事就是打打麻将败败火，没一圈儿麻将不能解决的事儿，如果有就打一宿。"

　　"别瞎说。"郑小竹打了她一下，转过去切水果，准备做水果捞。

　　"我妈也特别喜欢打麻将。"谢湘南说，"我们老家这种中年妇女很多，男的在外地打工，女的就在家里打麻将，孩子一般上高中或者大学，也不用管了，闲着也是闲着。"

　　"我们那边这种人很少。"郑小竹说，"好像大家都忙着赚钱。"

　　"怪不得你也这么喜欢赚钱，你有这基因。"孔真伸了个懒腰，"得了，你们忙，我不赚钱我也不做家务，不思进取，不事生产，我先打会儿游戏再说。"

　　过了1个小时，午饭做好，3个人做了6个菜，分别是红烧鲫鱼、小鸡炖蘑菇、排骨炖土豆玉米汤、辣椒炒肉、素拍黄瓜，还有一碗水果沙拉。

　　4个人围坐在餐桌旁边吃边聊，虽然郑小竹和另外两个人都是第一次见面，但气氛很热络，并不尴尬，在提到了前一天晚上的经历时，柳叶吓得捂着胸口，她对郑小竹说："你真的应该交个男朋友保护你。"

　　"她屁股后面一堆人追着跑呢，人家挑花眼了都。"孔真怕柳叶这么说会让郑小竹不开心，赶紧插科打诨，想转换话题。

　　"你说得也对。"郑小竹出乎意料地说，"有个男朋友保护着是很好，谈恋爱是很开心的。"

　　"也不一定啦！"谢湘南说，"不要为了找男朋友而去找男朋友，先把自己的日子过好，这种事还是得找警察。"

　　"昨天的警察小哥哥好帅啊！"孔真发花痴，"我都想偷拍了，没敢，怕人家把我关起来。"

"我都没注意。"郑小竹说，"有赵东林帅吗？"

柳叶和谢湘南齐刷刷地抬头看孔真，谢湘南说："你和赵总在谈恋爱吗？"

"啊？啊？"孔真手忙脚乱，"你别瞎说哈，人家和我就是合作关系，是咱们公司金主，金主的脸那当然永远是帅的！"

她没把自己偷着和赵东林领证这事告诉谢湘南和柳叶，柳叶是因为关系没到那里，谢湘南是因为不好意思——她不想被对方知道自己之前过得有多狼狈。

郑小竹一笑："行了，不开玩笑了，快吃，等会儿鱼凉了就腥了。"

"鱼冻你没吃过吗？很好吃的。"孔真怀念地说，"每次过年我都特别喜欢12点以后去厨房吃中午剩的菜，排骨和鱼凉了都很好吃，那个鱼凉了以后周围就会有一些亮晶晶的东西，像果冻一样，特别好吃，啊，可惜在我上高中以后就没吃过了，我妈说她最讨厌鱼鳞了，所以不杀鱼，我俩过年，她恨不得炖个10斤20斤的猪肉，随便蘸点酱油吃吃，打发打发就过去了。"

"我们家不允许偷吃剩菜。"柳叶和她们吐苦水，"我爸我妈说这样不好，没规矩。"

"那你别吃了哈，等会儿凉了你再偷吃一下。"孔真很开心，"体验生活嘛！"

几人吃完了，郑小竹没有像她们一样在沙发里窝着，而是起身拿了本杂志，一边贴着墙站一边看，孔真奇怪："干吗呢这是？"

"不长胖，"郑小竹说，"年纪大了，注意一点。"

"那我也注意注意。"孔真跑到她身边一起站着。

柳叶表面上像是在看电视，实际上不断用余光打量着郑小竹的衣帽间。

她只在照片里见过这种衣帽间。

郑小竹看见了，只装没看见，过了15分钟，她放下杂志，对其他几个人说："我后天可能有个约会，你们来帮我选选衣服吧。"

柳叶点点头，却不动，还是孔真先去了，她才起身跟着。

郑小竹的衣帽间被归置得整整齐齐，深秋和冬天的大衣拿防尘罩盖着，连衣裙按照长短颜色一一排列摆放好，短上衣在裤子边挂了一排，旁边就是个一米高的首饰收纳柜，里面放了很多包装盒都没拆的首饰，还有她常用的一些在上面放着，鞋柜上各种鞋都被擦干净保养好整齐摆放，一些礼服则被单独放了起来。

柳叶从来没见过谁有这么多衣服。

她低头看了看自己的西瓜红卫衣，和磨起球的黑色紧身长裤，觉得自己真的很不像个女孩子。

郑小竹最终也没选好到底穿什么，倒是选好了首饰，她拿了条手链挂在手上，手链是石榴红，衬托纤细的手腕上皮肤通透雪白，柳叶羡慕极了，说不清羡慕她手腕漂亮，还是羡慕她首饰多。

"这么多，怎么穿也穿不完啊！"柳叶小声问。

"不会啊，而且买回来也不一定穿，在这儿放着我也挺开心。"郑小竹微笑道，"每天辛苦工作不就是为了让自己过得更舒服更开心吗？买了它们，我就开心了，工作起来也更努力，感觉很值。我们做人还不是要哄自己开心。"

柳叶张了张嘴，没出声，郑小竹随手把手链放在一边，对3人说："等会儿咱们去做个身体护理吧，正好我的卡还没用完，用完了我就换一家。"

"好啊好啊！"孔真挥挥手，"走走走，我们去收拾厨房，然后再去做身体护理。"

1小时后，4人来到了郑小竹常去的美容会馆，柳叶还是第一次来到这样的地方，显得很拘谨，她在换衣服的时候忍不住小声对孔真说："这里好漂亮。"

"电梯很高哦！"孔真随手把头发扎起来，"高高的电梯，好像压着你一样。"

"什么？"

"刚刚坐电梯的时候，你不觉得电梯里面很高吗？"孔真比画着，"这——么高，让你感觉自己很渺小，动也不敢动，就像是在压着你一样，你觉得它在藐视你哎，吊灯也是，挂得那么高，像太阳一样，让你感觉自己灰蒙蒙的，像老鼠。"

"啊……"柳叶点点头，"是有这种感觉。"

"不是感觉哦，这是错觉。"孔真说，"如果你是小竹，你根本就不会往这儿想，什么压迫感，这就是一栋普通的建筑物啊，你会觉得楼下20块剪一次头发的那个理发店让你有压迫感吗？你肯定不会，可是有人会，路边捡垃圾的人就会觉得这个店好干净好漂亮，他会有压迫感。"

"我的意思是，任何时候都不要自己给自己施加这种压迫感，懂吗？没有人时刻关注你，你也不用时刻关注自己，放轻松一点，把这些当作你自身以外的东西，我们的注意力不应该在这些身上，这不太好。"

柳叶懵懵懂懂，好像懂了她的意思，又好像有什么东西不理解，然而孔真没给她发问的机会，系上浴袍腰带后冲她招招手："走。"

孔真最近虽然活动量不小，但是她一向作息不正常，总觉得自己处于亚健康状态，身体随时被透支，在按摩的时候不住哀号，感觉疼得要死。郑小竹和谢湘南都很安静，柳叶则从头到尾默不作声。

这种感觉非常好，柳叶从来没体会过，她的生活向来都是简单到几乎透明，公司家里两点一线，很少逛街，购物全靠淘宝，除了必需品之外几乎没有任何消费，她的最大爱好是攒钱，以便随时拿钱给自己的男朋友买个什么新出的电子产品，即使对方说她不懂就不要乱买，她也觉得很开心——因为她觉得对方只是单纯心疼她的钱，从没想过那句话是否真的就是字面意思，男朋友真的在嫌弃她品位低，不会挑礼物。

想到这里，柳叶觉得更委屈了，她不知道自己的委屈从何而来，因为她之前是非常愿意将自己的一切奉献出去，用这些奉献换取他人的关心，不需要太多，但是她几乎对此产生依赖。

她在开心这件事上很少自给自足。

做完了身体护理，几人又一起去逛街，郑小竹照顾她们的消费水平，没去什么大商场，而是找了条步行街逛了几个快销品牌——进去后她也只是四处看看，并没有试衣服的意思，她从不在这里买东西。

谢湘南和孔真逛得不亦乐乎，孔真的快乐主要来源于看谢湘南试衣服，她觉得这里的东西和自己不搭，但谢湘南穿什么都好看。柳叶在一边看着，想到了自己小时候总捡大她半岁的表姐的旧衣服穿，虽然她家并不缺钱，但爸妈不愿意在她的穿着上费心思，她还记得有一次坐校车去学校，同座的女生指着她身上的衣服对她表姐说："哎，我说这衣服你也有一件吧？"

表姐当时看了她一眼，回答那女生："这就是我的啊！"

这件事让柳叶难以忘怀，以至于她强迫自己去相信父母的说辞：女孩子不要和别人比吃比穿，整天研究这些东西的都不是正经姑娘，一个女孩子最值得自豪的事情是学习成绩优异……她把这些话当作挡箭牌，然后她沮丧地发现自己学习成绩也不太好。

似乎她的一生根本没什么值得拿出来自豪一下的。

孔真和谢湘南一个试衣服一个捧场鼓掌不亦乐乎，郑小竹受不了地转过脸来，对柳叶说："你不去试试吗？"

柳叶手上还有 6 万多的存款，全都是那个男的给她的，再加上之前她工作期间攒下来的 3 万多，还有将近 10 万可以自由支配的钱，在这种地方消费完全没有任何压力，她不去试是因为觉得自己身材一般般，很挑衣服，效果不好的话还不如继续回家淘宝呢，之前孔真推荐给她的店铺她还没看完，

"你穿那种提高腰线显腰身的衣服会好看点儿。"郑小竹打量着她，"下身穿膝盖以上的短裙或者高腰阔腿裤都可以，再穿个高跟鞋拉长一下腿部线条。你现在穿的这身把你的胯和大腿都暴露出来了，也没显出腰身，而且这种高帮板鞋会显得腿短，因为别人看了以后会觉得你的腿到鞋帮那里就没了。"

"哎？"突然受到关注的柳叶满脸通红，"我——"

她本想拒绝去试衣服，然而在郑小竹的注视下，她不得不说："那我去试试吧……"

郑小竹坐在休息区听歌，随手在隔壁架子上拿了个帽子试了试，觉得还不错，便决定要它，今天也不算空手而归。

过不多时，柳叶出来了，她穿了一件白色的收腰毛衣，下身穿了件高腰阔腿裤，郑小竹抬头看看，赞许道："比你刚才那套好多了，但是这个裤子布料太软了，会显得胯宽，你可以找找布料稍微硬挺一点的，修饰腿型。"

孔真和谢湘南一个捧场累了，一个试累了，抱着战利品走到休息区和郑小竹一起坐下，给柳叶出谋划策，让郑小竹没想到的是，最合适的一套衣服居然是孔真给柳叶搭出来的，她拿了件白色衬衫，搭了件朋克风格的绑带格子半身裙，一双黑色长靴，还有一件短款黑色外套，虽然谈不上什么风格，但这身让柳叶显得比实际年龄小一些——她之前的衣服拿去给40岁的女性穿都没有违和感。

　　"这个衬衫很好。"孔真抱着肩膀打量她，"显得你胸很大。"

　　"你怎么不夸我胸大？"谢湘南狐疑地说。

　　"你有胸吗？"孔真看看她，"但你是仙女，仙女不需要有胸。"

　　柳叶有些手足无措地看着镜子里的自己，她没什么信心，小声对郑小竹说："这个太夸张了，像高中生穿的，我穿着不合适……"

　　"很适合你啊，显得你很少女。"

　　"可是我都27岁了……"

　　郑小竹不敢相信自己的耳朵："什么叫都27岁了，27岁很大吗？"

　　"你要是觉得27岁很大的话就直接去住养老院啊！"孔真帮她整理衬衫，板着脸说，"开始你的老年生活，别和我们小姑娘一起玩儿。"

　　"小姑娘，走了，晚上去吃什么？"郑小竹问。

　　"撸串！"孔真搓搓手，激动地说，"弄两串大腰子补补，我请客。"

　　几人找了家街边随处可见的烧烤店，孔真拿着菜单干脆利落地开始点菜："来30个牛肉30个羊肉30个猪肉，4个腰子，10个板筋，5个鸡爪，4个烤馒头片，4个蜜汁鸡翅3个香辣鸡翅和1个变态辣鸡翅，1份烤茄子1份拍黄瓜1份锡纸土豆片，8个排骨串8个心管8个脆骨8个羊排串8个烤黄花鱼，10个鸭舌，1份锡纸金针菇，1箱青岛啤酒，4碗珍珠汤，就先来这些，不够再点。"

　　郑小竹："……我来你们这儿将近4年，依然没习惯你们这儿的点菜风格。"

　　"什么风格？"孔真满脸天真无邪地看她。

　　"'先来这些，不够再点。'"郑小竹学着她说话，"这8个字是你们必备的社交礼仪吗？4个人吃饭点8个人的量也是你们的社交礼仪吗？"

　　"吃饭当然要多点几个菜啊！"孔真理所当然地说，"那我们4个人每人来碗面条得了，出来撸串干什么，我就是没那个命，如果有一个我命中注定的大哥开着一辆丰田霸道来娶我，我就可以每天陪他出来撸串，做一个幸福的扒蒜小妹儿，让他给我买貂，还要金立语音王8848手机，还要养只泰迪。"

　　"可是我们为什么要喝酒啊……"柳叶小声说，"我不会喝酒的。"

　　她一边说一边看向郑小竹，希望对方给自己一点支持，没想到郑小竹理所应当地说："当然要喝酒了，不喝酒这日子怎么过啊！"

串陆续上来，孔真给几人都倒了啤酒，开心地说："这还是我这一年多以来第一次和朋友喝酒撸串呢，大家一定吃好喝好，喝好吃好，干杯！"

柳叶捧着酒杯不敢喝，孔真一口气干了，怂恿柳叶："喝喝喝，你知道怎么获得真正的快乐吗？来喝酒吧。"

柳叶仍是不敢，直到大家都吃饱喝足了，聊起了各自的心事，她又想起了自己刚刚失去的孩子，心头郁闷，端起酒杯来，闭上眼睛一口喝了。

很苦，没什么好喝的，柳叶的脸迅速红了，却忍不住行云流水般又给自己倒了一杯，孔真称赞地点点头，"恭喜你，开启了快乐的第一步。"

我好迷茫啊！我好痛苦啊！喝醉了的柳叶脑海里不断重复这两句话，我该怎么办呢？我找错了生活的方式了吗？为什么你们都可以轻而易举地找到自己的位置，找到快乐的方式，找到自己的价值，只有我这么迷茫这么痛苦？我很努力很努力地生活过了，别人教我的一切通往幸福的方式我都尝试过了，可为什么我还是变成了这样，没有人喜欢我，没有人爱我。现在我一无所有了，我追逐的一切都如梦幻泡影消散了。

"那么，小姑娘们，"郑小竹突然端起酒杯，眼神迷离地做了总结，"希望我们都能在各自的生活里开开心心的，依靠自己的力量找到幸福，依靠自己的力量获得别人的尊敬，无论如何，一定要记得哄自己开心，谢谢今天请客的真姐，我非常看好她，她是本市区仅次于我的有潜力的年轻富婆……"

孔真："哈哈哈哈哈哈哈嗝。"

柳叶张了张嘴，跟着举起了酒杯，她小声又小声地问郑小竹："真的吗？"

"什么？"

"真的可以依靠自己的力量找到幸福吗？"

"这世界上只有这一种方式。"郑小竹重复道，"只有这一种，唯一的一种，你一定要相信我，相信我……"

柳叶看着她，怔怔地，用力点了点头。

她在这个寒气肆虐的初冬傍晚因为这句话泪流满面，她不断对自己做出承诺，我会让你幸福的，那个看着朋友们穿着新衣服，只能偷偷把自己穿着旧球鞋的脚缩回去的柳叶，那个因为没考到满分被罚不许吃饭的柳叶，那个被爱人嫌弃的柳叶，那个被别人讨厌的柳叶……对不起，是我没能照顾好你，从今天开始，我会努力让你幸福的，我不会再让别人觉得你是累赘，你的爱是负担，你的人格可以随意践踏。

我会对你好。

我保证。

柳叶的转变似乎是悄无声息的，所以孔真在发现她舍得给自己花钱买好衣服好化妆品、并且偷偷报了个班学化妆以后，开心之余还有点惊讶，她很好奇，觉得应该问问柳叶怎么突然想开了，柳叶的回答是："想着想着就想开了，对了，那个班教化妆的老师挺帅的，你跟着一起来吗？"

孔真忙不迭地答应了。

天气一天天冷了下去，孔真的化妆培训班终于结业，她也成功拿到了化妆师二级证书，不过她对此兴致寥寥，反而觉得得不偿失，柳叶说的那个老师根本就不帅，她只是不想让柳叶一个人孤单才坚持上完的。

第一场大雪飘飘洒洒落下来那天，她接到了郑丽梅的电话。

郑丽梅说："孔真啊，你今天有时间回家一趟不？冬至吃顿饺子。"

"你过得也太糊涂了，冬至早就过了……行，回家，吃什么馅儿的饺子？"

"我不知道楼下超市卖什么馅儿的啊！"郑丽梅说，"等会儿我下去看看。"

"……吃速冻饺子我还至于跑家里一趟！"孔真翻了个白眼，"咱们自己买点馅儿包不行吗？我和你一起包，就吃白菜猪肉的吧，我回家顺道买点肉和白菜，再买点熟食，你吃红肠吗？"

"吃，再买两瓶啤酒。"

"还喝……"孔真觉得头疼，"我前几天和朋友喝了6瓶，现在还没缓过来呢！我今天不喝了啊，我喝椰汁。"

挂了电话，孔真正要收拾收拾东西提前溜了，突然接到了赵东林的电话。

"喂，赵总，有事儿吗？"

"你今天有时间吗？"赵东林那边很安静，"请你吃顿饭。"

"我刚和我妈约好了回家吃饺子，要不咱改明天？"

"好，帮我给阿姨问声好。"

"这个不好，我敢让我妈知道你的存在吗？"

赵东林似乎有些不高兴："那我挂了。"

然后就真的把电话挂了。

孔真心想：开个玩笑还不许了？

她给赵东林打过去，赵东林说："什么事？"

"你怎么能挂我电话呢？这对一个女孩子来说是多大的伤害呀！以后不能挂我电话，听见了吗？挂了。"

然后她火速把电话挂了。

惹赵东林生了气，她开开心心地往家走，顺道买了饺子馅和调料，还有一堆熟食和饮料，然而她的开心并没持续多久，因为她不是很想回家和郑丽梅独处。

母女二人感情算不上深厚，因为脾气一个比一个火爆，所以在二人之间看不出什么相依为命的温情，在孔真的脑海里，郑丽梅更像个麻将精，麻将才是她的孩子，自己可能是她从哪个人类那里偷来的小孩儿，她从没受到过什么来自郑丽梅的照顾，就连吃饭这种事都要孔真自己去食堂餐馆解决，更别提悉心地照料她的起居，给她洗衣服晒被子叠袜子了。

而孔真也算是个适应能力很强的人，她自己能做的事自己做，自己不能做的事花钱做，从来不会因为缺少关爱去郑丽梅那里撒娇，她只会翻个白眼，乱七八糟地把自己的生活搞定，然后把母女二人的关系搞得更僵一些。

回到家时将近晚上7点，孔真和郑丽梅一起忙活着煮了一锅饺子，孔真把它们盛出来，又把熟食一一摆盘放好，搓搓手道："来来来，吃。"

郑丽梅没吃，她先喝了口酒，放下酒杯以后，她问孔真："你欠朋友的钱还得怎么样了？"

"全都还清啦！"孔真说，"刚要和你说呢，你知道我最近干吗呢？"

她快人快语，竹筒倒豆子般把最近发生的事都说了，除了隐去赵东林的部分以外，她对郑丽梅原原本本讲述了自己是如何开始干工作室做婚庆的，如何努力做成第一笔生意的，如何和酒店签合同的，如何认识郑小竹又拿到她的投资的……说到最后，她对郑丽梅总结道："我们新办公室就在咱们家之前拆迁那房子那儿，便宜又宽敞，反正很快我们就可以换个房子住了，我再给你买辆车，让你风风光光打麻将去，多好。"

没想到郑丽梅听完了，把筷子一摔："不行！"

孔真愣了："什么不行啊？"

"你是做生意的料吗？"郑丽梅老大不高兴，"我指望你买车买房还是我指望从你身上看见回头钱了？你一个小姑娘安安稳稳找份工作多好，我拦着你好好工作了？你说要去北京找工作，我说一个'不'字儿了？你找工作赚多赚少不会赔，自己做生意是那么好挣钱的吗？你爸当时生意做得大吗？整天人五人六的，最后裤衩子都快赔进去了，你光看着贼吃肉不看贼挨揍啊？"

　　"你怎么总拿我和我爸比啊……没这么比的啊，我是有他的一半基因，你也不至于这么嫌弃我吧，你还和我爸结过婚呢，你怎么不嫌弃你——算了。"孔真也有些不高兴了，"我爸才不是做生意的料呢，他赔是因为什么啊，他自己作的，偷工减料做出来的东西人家经销商不要，钱收不回来，工人工资都发不出来了，还让人告了赔了一大笔钱，不是因为这件事他才开始走下坡路的吗？我好端端地干我的事儿，怎么就能赔了？"

　　"你少和我扯！"郑丽梅一拍桌子，"你郭姨家那孩子，你认识吧？在北京创业，咱也不懂什么 A 轮 B 轮的，反正现在你郭姨把别墅卖了，现在住的这套房子听说也要卖呢，你看见没有？这就是不知道自己几斤几两瞎嘚瑟的下场，连累自己老娘睡大街。"

　　孔真气得要死，语气生硬地说："我能让你睡大街吗？我是那种不负责任的人吗？就说我欠钱那件事，我连累你了吗？我现在不是自己搞定了吗？"

　　"你还有脸提呢，你这个智商，孔海波这个瘪犊子都能把你骗了，你还指望骗谁去啊？"

　　"我没有骗人。"孔真抱着肩膀，紧紧抿着嘴唇，像是要把自己的牢骚都咽下去，强迫自己好好说话一样，"我给人家提供婚庆服务，人家给我钱，事前会签合同，看效果图，这是你情我愿的买卖，我为此付出了很多，为什么在你嘴里就成骗人了？我的为人你应该很清楚，我不指望你鼓励我，但是你也没必要把话说这么难听吧？而且恕我直言，我在外面干什么你应该不是很在意吧，毕竟你挺忙。"她没忍住脱口而出，"打麻将还不够你忙的吗？"

　　"孔真！"郑丽梅差点把桌子掀了，"你什么意思啊，我不配当你妈？我劝你别把自己折腾成睡大街的我还有错了？"

　　"我没说你有错，但是我希望你别管我了，实在不行也可以当我死了，等我挣钱了回来你就当我诈尸了，行吗？"

　　"行，"郑丽梅指着孔真说，"你挺能耐啊孔真，那我就当你死了，我今年之内必须要个二胎给我养老送终，你等着，到时候你可别后悔。"

　　孔真阴沉着脸狠狠地拿钳子夹碎一个核桃："她敢生我就敢再也不回家了。"

　　赵东林无语地看着她："她肯定是开玩笑的，你不至于当真吧？"

他想约饭被孔真拒绝了，自己一个人也没心思叫外卖，便坐在家里看电影，看到一半，赵东林摸出了手机，给孔真打了个电话，问她："饺子吃上了吗？"

孔真当时刚跑出家门，气得大衣扣子都没系，哆哆嗦嗦地说："我被我妈赶出来了。"

赵东林赶紧开车去接她，在车上孔真就开始哭，看不出多伤心，倒像是被气哭的，赵东林不知道她到底怎么了，两个人回到赵东林家里，孔真捧着矿泉水一口气喝了大半瓶，才对赵东林说："我妈不同意我创业，她说就当我死了，她要去生二胎。"

赵东林一再劝说她："她肯定是在开玩笑。"

"她不是在开玩笑，她是喜欢开玩笑的人吗？"孔真依然沉着脸，坚定地摇摇头，"你不知道她多狠，她对自己狠对我也狠，全世界就没有她下不去狠手的人，我爸当年差点让她给一刀捅死，反正我看她是真的下决心了，估计明天就得去相亲，她这么大年纪了，生个孩子怎么养？"

"你还是先冷静一下，行吗？"赵东林做了个停止的手势，"你觉得你妈是怎么样的一个人？"

"她？"孔真想了想，"她是个狠人。"

"我没问你这个……我的意思是，你觉得你妈是那种传统意义上的贤妻良母吗？"

"你快别侮辱'贤妻良母'这几个字儿了，她包饺子都包不好，你觉得她是吗？"

"那她怎么会想40多岁了再生个孩子给自己找罪受呢？"

孔真一窒："你不懂的，我和她母女连心，我知道她这回是铁了心要弄个小崽子出来了。"

"她连你偷偷结婚了都不知道。"赵东林一锤定音，"你又怎么知道她的心思？什么母女连心，你自己听着不搞笑吗？"

孔真彻底没词儿了，她看着赵东林，突然说："你还是她法律上的女婿呢，要是她真的准备去生二胎了你得帮我劝她高龄产妇有多危险，听见了吗赵总？"

赵东林哭笑不得，清了清嗓子道："可以……但是你为什么这么苦大仇深的？你和你妈关系不好？"

"不好，"孔真一锤定音，"我就直说吧，她不是个好妈妈，没有责任心，很少照顾我，我对她没什么感情，如果不是这样她想生二胎也可以，我大可以出钱出力出感情照顾着，说不定还会很喜欢，但是现在这样我觉得不行，我死也不会接受的。"

"你太偏激了。"赵东林说，"那是你妈妈。"

"我小的时候，"孔真故意提高了声音，"她带着我去逛街，我想吃商场门口卖的鲜奶冰激凌，但是她不想给我买，因为我吃得慢，冰激凌化了会弄在衣服上。所以我空着手进了商场，我说想吃冰激凌，只说了一次——我发誓，再多一次都没有，也没有满地打滚大喊大叫，她就猛地推开我，拔腿就往外走，我哭着在后面追，她又把我推开了，要不是她不会开车，我们那次是打车出的门，我肯定被人拐跑卖进山里去了，她生气的时候会把我从车上推下来的，你觉得她是个合格的母亲吗？因为这种事发这么大的脾气，正常人做得到吗？"

"那也不能说明……"

"还有一次，"孔真的声音更高了点儿，"我高中，那段时间我凉的喝多了，肠胃感冒好几天，她整天忙着打麻将，根本不知道，有一天好不容易纡尊降贵地下了厨，做了辣椒炒肉，非常难吃，但是我心怀感激，把菜吃掉了，然后我就开始狂吐，她没有关心半句我到底怎么了，而是开始歇斯底里地发脾气，骂我不知好歹，又骂我不注意身体，不知道好好保护身体，生病了又要花钱。这种事我说三天三夜都说不完，只是举两个记忆深刻的小例子。如果你被长年累月地这么对待，别人再和你说要对妈妈心怀感恩，你想不想拿钳子狠狠地把他的头夹碎？"

"但是她也负责了你的学费把你供到毕业。"

"钱是我爸的。"孔真不屑地笑了一下，"离婚时拿的钱，具体不知道有多少，勉强供我，还有供她自己吃喝玩乐打麻将，她从没工作过，你还有什么想问的？"

赵东林似乎也不知道说点什么好了。

孔真突然叹了一口气，这在她身上是非常罕见的，因为她就像一个精力充沛的永动机，永远也不知道累，也不会被莫名其妙的事绊住了脚，但她这口气叹得非常长，像是把自己的活力都吐出去一样，抽空了她的脊椎，让她不由自主地倒在了沙发上，像个软绵绵的大玩具。

"我也好想被妈妈亲亲抱抱什么的。"她的眼睛无神地瞪着天花板，"但是她从来都不亲我，也不抱我。"

"你很想被人抱吗？"赵东林说，"为什么？"

"因为很开心啊！"孔真喃喃道，"不开心的时候被人抱一抱就开心了，你知道那种感觉吗？"

"不知道。"

孔真张开了双臂，喃喃自语道："就这样。"

赵东林突然俯身过去，一把抱住了她。

孔真瞪大了眼睛，在说点什么和沉默之间犹豫了很久，做出了第三个选择，她伸长了胳膊，有些费力地把赵东林也抱住了。

此地此刻，孔真不在乎对方到底是谁，两个人到底是什么关系，过去有过或未来会有什么纠葛，她脸上没有表情，内心也很平静。眼前突然闪过了无数的画面，那些脸像是跑马灯一样过去了，最后只凝固成属于她自己的、迷茫的表情。如果最后的归属也失去了，她以后还能去哪里呢？房子和家，是不同的啊！

她闻到了赵东林身上的男士香水味儿，味道很淡，她不喜欢，然而对方的洗发露或者刮胡子用的泡沫却很好闻，一股清爽的香气在她的呼吸中氤氲开，她把鼻尖凑到对方的耳后嗅了两下，像是一只好奇的狗。

　　赵东林放开了她。

　　"哎呀，"孔真依然瞪着天花板，声音平静地说，"好开心啊，你开心吗？"

　　赵东林看着她，强行压抑了自己再去俯身抱一下的冲动。

　　"还可以，"赵东林起身去冰箱里给她拿饮料，"一般般。"

　　那一天过后，郑丽梅连着半个月都没联系孔真，孔真也没敢联系她——怕自己受不了这份儿刺激。她工作也心不在焉，连做梦都是郑丽梅抱着个猴儿似的丑孩子，让猴儿管她叫姐姐。

　　她实在是不想让郑丽梅抱着个猴儿来找自己认亲，因为她不想自己的家被破坏掉。

　　孔真在心里回味着这句话，觉得不可思议——家里只有她和郑丽梅两个人，这两个人关系也很不好，她为什么要介意家里再多来几个人呢？

　　这两个人都太自我了，孔真性格里的固执和反叛全部来自于郑丽梅，这个年轻时候漂亮爽朗的女人不顾家人反对嫁给了风评很差的孔海波，只因为孔海波是唯一一个敢当着别人面约她去看电影的男人，她喜欢对方的坦荡，后来孔海波一夜暴富，她不听别人劝告继续整天沉迷麻将，醉生梦死，离婚了以后也没管别人的风言风语，一边勉勉强强地当一个不太合格的母亲，一边继续沉迷麻将，醉生梦死。

　　孔真更是和郑丽梅一样，遇到事情第一反应是我开心就好，我想做的事就一定要去做，否则我白来世上一回。

　　然而在长年累月的相处中，孔真和郑丽梅之间的感情——无论是好的还是坏的，都像密密麻麻的蛛网一般，越结越多，越结越厚，孔真觉得无论何时何地，无论自己身处什么样的困境，她都不会绝望，因为自己还有个家可以回去，那不是郑丽梅独有的，也是孔真的。这也是为什么在得知郑丽梅要卖房子的时候孔真会这么惊慌，那个面积不大的房子对孔真来说更像是一个立体的图腾，让她感到来自家庭的羁绊。

　　这并非中国人骨子里的家庭观念作祟，而是人作为群居动物被刻画在基因里的东西，我们终其一生都在寻找安全感，对孔真来说这个家和自己虽然整天沉迷麻将却神采奕奕的母亲就是安全感的具象，这里是她的来路，在过去的无数个日子里，郑丽梅与这个家一起构成了孔真的一部分，永远在那里一成不变地等着她，即使没有多少温情，她也无法接受这个图腾要被涂抹修改，郑丽梅要去二婚或者是生二胎，孔真都完全无法接受。

　　那天孔真正坐在沙发上玩奇迹暖暖，一个年轻男人被商务带去了会客室，孔真忙里偷闲看了他一眼，不看不要紧，看完了孔真总觉得这人眼熟——过了会儿她才想起来，这不是老客户吗？

她还在刘浩波手底下干活儿的时候对方就在他们这儿办过一次婚礼了，上一次二婚还是在他们这儿办的，孔真当时心想你更新换代的速度还挺快……这怎么又来一次？她放下手机，接了杯大麦茶端进去，笑着对商务说："刘儿，你先去忙，我和这位先生谈，赵博那边找你有点事儿。"

商务出去以后，孔真坐在他对面，他很热情地和孔真握手："哎呀又见面了又见面了，你最近挺好的？"

"啊，那什么，挺好的挺好的，是给你朋友来咨询婚礼的？"

"啥朋友啊，我结婚，哈哈，我又结婚了！你不知道吧？"

孔真心想你是不是有病，你结婚不结婚我哪儿知道啊！

"和上回那嫂子——"孔真斟酌着用词，"你们……"

"离了，离了好，世上姑娘千千万，这个不行咱再换，你看我不又换了一个吗？这个好，我和你说，老好了。"

孔真说："啊，哈哈！"

二人将婚礼套餐敲定，孔真起身给他倒水，回来时他正给别人发微信语音消息："喂，小航啊，是我，你李哥，我过段时间结婚，你来不？你得来吧，必须给你喝倒我和你说……"

"结个婚也怪麻烦的……"孔真等他说完了尴尬地寒暄，"你看，还要重新通知亲朋好友，又置办东西，要不是为了爱情谁还结婚啊！"

"就是的，要不是为了收份子谁还结婚啊！"

"哈？"

"老妹儿我就和你说实话，要不是为了收份子我连结婚证都不想领，现在结个婚多费劲，你说说，多费劲，比生孩子还费劲，生孩子吱溜一声就窜出来了，你看看结个婚……"

"哥，哥你先停一下，生孩子也不是吱溜一声就窜出来了，女的生孩子麻烦着呢，非常遭罪，你不生你不知道。那什么，咱先不讨论这事儿了哈，刚才那婚礼套餐差不多就这样，那我们这边就去给您订酒店了，我先去忙，有事儿咱微信联系，随时联系哈。张儿，过来给客户倒茶！"

她走出了会客室，心想这男的可真够不要脸的，她活了20多年，还没见过不要脸得这么坦坦荡荡的人！

是啊，他怎么就这么不要脸呢？

孔真停下脚步稍微一琢磨，他不要脸，他失去了什么？他什么也没失去啊，反而得到了一堆红包。

在那一刻孔真为自己接下来的行动找到了借口——她要等下班之后冲回自己家，不管三七二十一，火速和郑丽梅重归于好，即使是表面的也行，她要让自己的家重新恢复安定团结，做人是不能太要脸的，太要脸会失去很多东西。

而且今天是郑丽梅的生日，她不想母女两个在郑丽梅生日这天还生着气，虽然过去有很多伤感情的时刻，但总归还是不能伤得太过。

打定这样的主意，孔真一扫刚才的颓唐，精神奕奕地干完了手头堆积的所有工作——一个婚礼策划案，一个和相亲角一起组织的联谊活动，赵东林那边的对接方案，在把最后一个字敲定之后，孔真啪的一声合上了电脑，背着包走出了公司。

她在路上买了个巨大的芝士生日蛋糕，耷拉着嘴角拎着它回家了。

然而就在她努力调整好表情，挤出一个微笑来，掏出钥匙打开家门的时候，她发现家里没有开灯，厨房微光闪烁，那光来自蛋糕上插着的几支蜡烛，那个心形的蛋糕后面，坐着孔真的母亲郑丽梅，和一个孔真完全不认识的中年男人。

郑丽梅愣了，她站起身来开了灯，看到孔真手里提着的蛋糕，神色舒缓起来，招呼她道："进来吧，还没吃呢吧？"

孔真勉强抽动了一下嘴角当作笑容，干巴巴地说："吃完了过来的，那你们忙，我先走了。"

她把蛋糕扔在沙发上，转身就走，刚刚走到楼梯拐角，就被追出来的郑丽梅拦住了。

"你走什么？一起吃顿饭。"

"那男的是谁？"孔真的声音依旧干巴巴的，"你交男朋友怎么不和我说啊？"

"我和你说得着吗？"

孔真被这句话打击得差点站不稳，她生硬地推开了还要说点什么的郑丽梅，头也不回地跑了。

母女二人彻底决裂，孔真还咬牙切齿地把郑丽梅的微信拉黑了——郑丽梅根本就没想着给她发个微信，所以她基本上等于白忙一通。

孔真认为自己对这件事的态度确实过于严苛狭隘，她也知道一切大道理，比如大家都应该有彼此的生活，不能束缚彼此的自由，母女二人应当互相理解，然而道理是道理，感情是感情，无论她知道多少大道理，她在感情上还是无法接受。

仿佛一艘巨大的宇宙飞船撞倒了她心里的阿尔卑斯山，她不能接受阿尔卑斯山倒下，不能接受自己的家庭即将发生变化。

在她还不懂亲情为何物的时候她失去了一半亲情，她不能再失去另一半了。

因为这件事，孔真整天耷拉着脸，员工都不敢和她讲话，只有赵博和谢湘南才能鼓起勇气靠近她，谢湘南在知道这事之后劝她顺其自然，说不定她会和那个叔叔相处得很不错，孔真砰砰砰地敲着键盘，坚定道："绝不可能。"

赵博则每天神出鬼没地想要逗她开心，但这完全不管用，因为他逗孔真开心的方式是拿着那种打开就弹出来一条假蛇的恶作剧盒子过来，孔真在尖叫了几次过后见到他就打，甚至差点患上了恐慌症。

受到影响最大的是赵东林，孔真没把这事儿和他说，因为她自己也知道不太好张嘴——因为自己妈妈想要和别人组建新的家庭而不高兴，这听起来多像女高中生的烦恼，还不如她那个担心妈妈生二胎的烦恼听起来让人信服呢！

所以每次赵东林找她谈正事儿，她都紧紧板着一张脸，像在心里偷偷谋划着要把他杀死似的，赵东林不知道自己哪里得罪了她。

"你是对我们的合作方式不满意吗？"赵东林谨慎地问，"或者是你对我本人不满意？"

"我都很满意。"孔真咬牙切齿地说，"太满意了。"

赵东林狐疑地上下打量孔真："还是因为你妈妈的事情吗？难不成她已经有男朋友，准备开始新生活了？那你也不必太放在心上，我觉得结婚没什么不好的，人总得有个伴。"

"我觉得结婚一点都不好！我要是不和你结婚就不会认识你，我要是不认识你就不会有机会听你说结婚有多好，你再说我就跳楼，我觉得结婚一点也不好，就是不好，就是不好就是不好就是不好！"

孔真一边说一边咣咣地拍桌子，好像要吃人，赵东林却觉得有点可爱，他一边在心里对自己的判断表示微弱的疑惑，一边做了个停止的手势："好了，我觉得你先冷静冷静我们再继续说，我要下楼买盒烟。"

他起身打开门，看见了目瞪口呆的赵博拿着个小盒子站在门口。

孔真惊慌失措地回忆自己刚才说话的声音大不大，很快赵博就给出了答案，他一屁股坐在了赵东林刚刚坐过的地方，无比震惊地说："真姐，你和赵总结婚了？你俩咋结的婚啊？"

"你少放屁啊！"孔真辩解，"说什么呢，谁和他结婚了？"

"你说的啊，你亲口说的，怎么还不承认呢？"

"谁不承认了，我没说我承认什么。"

"我听得清清楚楚明明白白，要不然调监控，监控都听见了，说不定外面都听见了！"

孔真神色复杂地看着他。

她慢吞吞地说："我和赵东林，确实是因为一些误会，领了结婚证，但这不代表我们是夫妻关系，我们之间还是非常纯洁无瑕的合作伙伴关系……"

"哎呀，真姐，你听你说这话，是不是在搞笑，都领证了还合作伙伴关系，你咋这么蔑视法律呢？"

"行行行，你别嚷嚷了。"孔真一挥手，"闭嘴吧，你要是敢把这个消息透露出去，你就死定了，听见没？公司要是还有第二个人知道这事儿，我就弄死你。"

"我懂我懂，隐婚嘛，"赵博很快接受了这个设定，"我早就看你俩勾勾搭搭眉来眼去的，原来早就领证了，那啥，早生贵子啊！"

"滚开！"

赵博坐了一会儿，直到赵东林买烟回来他才起身，顺手把手里的盒子扔给孔真，孔真不长记性，毫不犹疑地打开来看，一条假蛇窜了出来，她吓得尖叫一声，赵东林下意识地把那东西抢过来扔到地上，不住拍她的后背安抚，不满地瞪着赵博。

赵博一脸"哦哦哦哦哦哦哦"的表情，捡起假蛇走了。

"他吓唬你干什么？"赵东林问孔真。

孔真哆哆嗦嗦地说："我早晚有一天要杀了他！"

公司接了个新案子，一对新人去敦煌旅拍，孔真亲自接待的，公司之前还没做过旅拍的单，她决定这单自己亲自跟，有什么问题之后总结出来也算个经验教训，自己肯定比别人上心。不过她本以为这活儿几个摄影师都会抢着做，毕竟也勉强算公费旅游了，没想到大家都不愿意去，一是工作和旅游肯定截然不同，二是旅拍太耗费体力，为了等一个好的光线可能要扛着机器在沙漠里风吹日晒几个小时，实在辛苦。

孔真倒是想派赵博去，但是赵博的工作排得满满的，没办法，孔真只好指派了一个技术还算过得去的摄影师，自己也以助理加化妆师的身份一起去，好在孔真前段时间把该忙的都忙完了，公司这边离了她也可以正常运转，赵东林的程序还有一段时间才会上线，暂时没什么需要她亲力亲为的。

这次的女客户已经人到中年，据她自己说之前有过不少于三段婚姻，这让孔真觉得有些新奇，因为一般这个年纪的人很少有闲情逸致去旅拍，就连婚礼都只是简单操办，但坐在她身前的女人似乎对这件事抱有极大的兴趣，吹毛求疵地和孔真在每个细节上争论。

"当然要最少8个人去了，少一个都不行，一个摄影师，一个摄影助理，两个化妆师，三个后勤，你也得跟着去帮我管着他们……"

"3个人真的够了，我学过化妆，有化妆师二级证，化妆完全没问题。"孔真向她保证的同时暗暗感谢柳叶，要不是她自己还拿不到这个证，"一个摄影师，一个助理，我们的助理做事很稳妥，人也勤快，不会弄出什么岔子的，林——"

她高傲地抬起下巴，一字一顿地说："林明珠。"

"不好意思……明珠姐。"

也许是孔真的称呼让她感到愉悦，她放弃计较到底带几个人才能把她照顾得好好的这件事，转而和孔真讨论起了要带的衣服，孔真有些走神，因为林明珠说起话来嗡嗡嗡的，像是什么催眠的白噪音，她不得不好几次使劲掐自己的手心才把心思转回来。

"……红色的，红色的肯定要带，去沙漠拍照肯定穿红裙子才有气色，但是你们小姑娘穿的裙子我不喜欢，显得太轻浮了，我自己选了几条非常合适的，还准备去成衣店做两条，连带着我先生的也一起做了。"

她先生看上去最多 35 岁，是个面目英俊但是眼神油滑的人，他和孔真一样，强迫自己装出对这场谈话有兴趣，实际上一直在眼珠子乱转，从孔真的脸上转到桌上摆着的多肉，又转移到孔真身后摆满了假书的书架。

大概过了 1 万年，她终于说完了，孔真隐蔽地长出一口气，试图在结束之前找个话题聊一下，让气氛显得亲密一点儿再分开——她一直觉得和客户搞好关系是很重要的。

"姐，你真有生活情趣。"孔真给她的茶杯续水，笑着说，"就连年轻人都很少出去旅拍呢，都嫌麻烦。"

"现在的小年轻，"林明珠做出一个不屑的表情，眼角的鱼尾纹堆到了一起，"还没七老八十呢，活得和老头儿老太太似的。"

她从兜里掏出一块话梅糖塞进嘴里，说话时便有一股香精的味道。

"您这心态比我都年轻，当您的孩子肯定挺幸福的。"孔真说着，其实心里根本没这么想，她觉得郑丽梅倒是有个最大的好处，就是不唠叨。

"我？我没孩子。"林明珠一挥手，好像赶苍蝇似的，"要那玩意儿干吗，拖累，我开饭店的时候有个服务员，为了给她闺女挣学费——"

"媳妇儿，"她老公突然开口说话了，"咱们不是等会儿得去提车吗？"

"哎哟，忘了，"林明珠一拍巴掌，"那小姑娘，你合同拟好了和我说，我们先走了。"

"回见回见。"孔真热情地送她出了门，看见她的丈夫伸手把她的腰搂住了，这个动作做起来有点费力，因为对方的胳膊怪短的，最后两个人还是牵着手走了，赵博在一边说："这大哥，和霸王龙似的，这大姐，和小河马似的，两人就能演动物世界了。"

孔真悄悄踹了他一脚："你怎么对客户这么大恶意？"

"太能唠叨了，"赵博做出一副怪相，"听得我脑袋嗡嗡的。"

孔真当时还不以为意，但是很快就后悔踹赵博的那脚了，因为后来林明珠又和孔真见了两面，要求一次比一次多，她必须明确地知道自己的每一分钱都花到哪里去了，还要确保这些钱都花在了刀刃上（在她心里到处都是刀刃），并且一再强调既要拍好照片，又不能让自己遭罪，风吹日晒想都别想，最好是找好了景摆好了机器自己嗖的一声蹿出去，几秒钟拍好了再回到阴凉地方歇着喝饮料，似乎她觉得这是很容易实现的，最好能顺手在敦煌给她搭个影棚。

孔真与她见了3次才敲定了合同，其间孔真几乎把网上能查到的旅游攻略都查遍了，但对方还是对这个行程不太满意，孔真大半夜还要顶着黑眼圈搜索相关问题，实在是有点心态崩了，给赵东林发了条微信抱怨。

过不多时，赵东林传给她一份图文并茂的取景攻略，孔真如获至宝，眼泪都要流出来，问他："这哪儿找的？"

赵东林："网上找的。"

孔真："肯定不是！我怎么没找到。"

赵东林："我写的。"

孔真："大哥，你太仗义了。"

赵东林："以后赚钱了多出去走走，别这么没见过世面，什么都百度百度百度的。"

孔真："你怎么突然人身攻击我？"

赵东林："赶紧睡，别去了敦煌让沙子埋了。"

孔真："你怎么人身攻击完了又开始诅咒我？"

赵东林没再回复她。

孔真结合了网上的攻略和赵东林发过来的文档，重新给林明珠交了一份拍摄方案，她这次倒是很痛快地同意了，几人按照约定好的日期，一起坐上飞机前往敦煌国际机场。

敦煌，本意为"盛大"，虽然现在提起这里，很多人的第一反应是漫天的黄沙，但从各种古迹上依稀可见过去的繁华显赫。

作为古代丝绸之路上的重要城市，敦煌是中原通往西域的唯一通道，也是四大古老文明的交汇处，这里最大的特色除了壮阔的自然景观之外，就是满满的异域风情了。

几人的第一站是莫高窟，虽然这里禁止拍照，但是林明珠执意要来这里转一圈看看，所以这天总的来说还是很轻松的，美中不足的是他们要站在太阳底下听着林明珠絮絮叨叨地说自己在30多岁的时候和当时的男朋友来这里时发生的事情——玩到一半突然遭遇了百年难遇的沙尘暴，她差点死在了这里，那个男朋友对她不离不弃，一个人找了她两天两夜，最后两个人都活着回去，但是她还是和对方分手了。

"因为他实在是太缠人了，我觉得一点空间感都没有，你说这人和人也不能离得太近，而且……"林明珠滔滔不绝地说着，孔真早已经魂游天外，她不知道对方的丈夫在想什么，但肯定没听林明珠说话，因为林明珠期望看到的吃醋表情并没有出现，这导致她迅速拉长了脸，把嘴抿得紧紧的，一言不发，又掏出了一块话梅糖，嚼得嘎嘣嘎嘣直响。

孔真在查询资料的时候对这里就抱有非常大的期待，亲眼见后只觉得震撼，这里开窟造像的历史可以追溯到前秦建元二年，经历了数个朝代近千年的岁月，形成了如今人们所见到的规模宏大的石窟群。在近100米长、40余米高的石壁上，存有洞窟400多个，鳞次栉比，排列有序，完整记录了我国在漫长历史中的绘画雕塑艺术的发展。佛像宝相庄严，令人心生敬意，壁画则大量描绘了佛像、飞天、伎乐等，更有各种各样的精美装饰图案，看得人眼花缭乱、目不暇接。

她几乎当场就想让林明珠化妆换衣服，痛痛快快地拍一场，然而遗憾的是这里规矩很严，根本不允许拍照，更别说长时间逗留拍摄艺术照了。

拍了一些日常留作素材，几人来到了下一站鸣沙山，这里的面积约有200平方公里，整个山体由黄沙组成，黄沙形状如同细小的米粒，这里的神奇之处也是它名字的来源，当人经过时，沙子会发出鸣鸣的鸣叫声来。山体绵延起伏，色若黄金，传说盛夏时这里的山体不动自鸣，据说从前人们在端午时节的庆祝方式是从山顶一起往下滑，沙声如雷。

早就跃跃欲试的孔真赶紧找了地方让林明珠开始化妆换衣。

在来之前，孔真就与她敲定了各种细节，包括这次拍摄的整体风格，她想要拍出"又文艺又唯美又遗世独立"的感觉，看得出她丈夫对这件事兴致寥寥，似乎觉得四处摆造型非常傻，只是在哄着她，但是林明珠对这件事显然热情高涨，光是拍照用的衣服就带了6套。

虽然孔真暗地里嫌弃过她略微磨叽的性格，但孔真不得不承认，在同龄人里，她算是相当年轻漂亮的，虽然有了些皱纹，但是整个人还算有气质，而且拍照时表现力很强，让人看着就能感受到她的愉悦——当然，只是她的愉悦，只要她一张嘴，全世界就只有她一个人愉悦了。

孔真本来想简单化个日常妆，林明珠之前也同意了，但是她也不知怎么想的，突然改口说日常妆没特点，来了敦煌就要化有敦煌特色的妆。孔真不知道什么是敦煌特色，拿沙子糊脸吗？她在心里抱怨了会儿，默默想着该怎么办，过了会儿，她灵光一闪，对林明珠说："明珠姐，要不咱们试试仿唐妆？"

她说着掏出手机找了图片给林明珠看，林明珠挑了挑眉毛，同意了。

唐妆的主要特点是腮红重而面积大，眉形多变，孔真没有选择这么夸张的表现手法，只把腮红画得比以往面积稍微大了些，眉形则选择适合客户的小山眉，在额头上贴了花钿，又用浅棕色眼线液笔点出了两个小小的面靥。

在帮林明珠整理好衣服后，孔真让摄影师去附近找合适的取景地点，自己则去租骆驼，中午11点半，第一张照片终于拍摄成功，闭嘴不言的林明珠似画中人，她大红的衣摆随风飘扬，斜斜依靠在骆驼上，背后是通透湛蓝的天空，和线条如刀锋般绵延的山体。

第一张照片拍好之后，接下来的一切都很顺利，也许是孔真的认真负责赢得了她的好感，她没再挑剔个不停。

还没等孔真松一口气，第二天的麻烦又马不停蹄地找上了门，林明珠准备拍她期待了很久的那张拿着琵琶的照片，但是孔真把琵琶给忘记了，根本就没准备道具，林明珠非常不高兴，她说自己和孔真强调了两遍，说这话的时候她的脸拉得很长，嘴角也绷得紧紧的，看上去非常不好惹，两个男人都明智地选择了沉默，林明珠又开始吃她的话梅糖。

孔真没有心思谴责自己的马虎，因为她来例假了，又忘记带止疼片，痛经夺走了她80%的注意力，她只好勉强挺直腰板站着，马马虎虎地道歉："姐，真的不好意思，这件事确实是我们疏忽了，您看这样行不行，您做个抱琵琶的动作，我们回去试试能不能做个后期，合成一下应该没什么问题，不会显得特别假的……"

"万一特别假怎么办？"林明珠不依不饶地说。

"那您看这样呢，我在网上现买一个，找一找那种隔日达的快递。"

"明天我们就不在这儿了啊！"

"那我先搜一下，看看这附近哪里有乐器行吧。"孔真豁出去了，"有的话我们打车去给您买。"

她转身去身后的小凳子上找自己的包，林明珠突然叫住了她，很没礼貌地说："哎，你回来一下。"

孔真烦躁地转过身去，不知道她又要干什么。

没想到林明珠居然说："算了，先歇一会儿吧，你陪我去趟卫生间，我得把这衣服换了。"

她走在孔真身后，把背挺得很直，好像随时预备着给孔真脖子上来一下似的，这让孔真很紧张，觉得自己的肚子更疼了。

二人到了卫生间之后，林明珠脱下了自己的外套递给孔真，孔真在胳膊上挂着，她扑哧一下笑了："你穿上啊！"

"啊？"孔真满脸痴呆的表情，"我不冷啊！"

"裤子脏了。"林明珠说。

孔真的脸唰的一下红了，她羞耻地回想刚才有没有人看见，林明珠看她不动，推推她道："等什么，赶紧穿上回宾馆啊！"

"不拍了吗？"孔真赶紧低头翻自己随身带着的小本，"今天还有——"

"你是不是肚子疼啊，回去歇歇吃点药再说吧。"林明珠又开始了她的唠叨，"现在的小姑娘都这样，不注意身体，瞎嘚瑟，大冬天的连羽绒服都不穿，落一身毛病，最后还是自己遭罪，我们年轻那时候……"

孔真披着她的外套和她一起往外走，忍不住笑了一下，她奇异地感觉自己的肚子好像没刚才那么疼了。

接下来的几天，5个人按照原定计划逛完了剩下的景点，拍了足够的素材，摄影师带的内存卡全都满了。回程前一天，孔真睡不着，坐在宾馆的床上拿着一个小本子写写画画——她在谋划着做一场走遍全国的旅拍。

孔真在到达莫高窟的第一时间就萌生了这个想法，她很爱旅游，小时候孔海波和郑丽梅经常带着她到处玩儿，如果不是因为家庭变故，经济状况一落千丈，她估计早就游完了国内，开始往国外走了。

来之前有了这个想法，来之后她更加肯定之前的打算，那要怎样才能给这个计划赋能，让它产生更大的经济效益呢？

孔真皱着眉头想，可不可以尝试做自媒体？在把自媒体账号做大以后，产生的额外价值会相当多，能给自己的公司做宣传，之前她做的几个案子都被剪辑成了精美的短视频，在业内被传播转发，但是没有一个固定的平台，也没什么有黏度的客户。除此之外还会和其他各方有额外的合作机会。

可是要怎么把自媒体做起来呢？她可以非常肯定一件事，这年头做自媒体的太多了，她上街开车撞倒10个人，得有8个是做自媒体的。自己又不像萌宠或者美食这两种类型的自媒体一样接受度高，签约额外的什么经纪公司来帮自己弄更是不现实，想了想，她给赵东林发了条微信："在不在哦？"

不知不觉间，她似乎变得有些依赖赵东林了，虽然这种依赖看起来轻飘飘的，一戳就破——很难想象孔真没有主见地去依赖谁，但是她不得不承认自己在遇到困难的时候总是想听听赵东林的意见，比起自己来说，赵东林看起来更像个冷静理智的成年人，而且他身上有一股非常难以言明的魅力，在你和他亲近起来后，就很难对他生出疏离的感觉，让孔真情不自禁地把自己的想法和盘托出。

赵东林在收到她的消息后很快回复："瞎折腾。"

孔真："这怎么是瞎折腾，这是很好的事情呀！"

赵东林："意义不大。"

孔真："意义很大！"

赵东林："不是感叹号打很多就代表你是对的。"

孔真："你为什么觉得意义不大嘛？"

赵东林："做旅拍的多了去了，请问你拿什么和人家打，人家有很多做的还是全世界范围内的旅拍。"

孔真："我知道啊，可是别人能做我也能做啊！"

赵东林："你非要做还不如换个思路，少搞什么高大上的东西，和当地政府合作，别找那些火的景点，多找找没人去的，最好当地有特殊的婚礼习俗，做短视频，好好营销一下，说不定能赚笔快钱。"

孔真："我的目的不是为了赚快钱。"

赵东林："不想赚钱就赶紧睡。"

孔真："我想做点有意思的事儿呀！"

赵东林："幼稚。"

孔真："不过你说得非常有道理，等我回去就开始收集那些游客少的景点，有时间把这个策划做一下，时机成熟了就开始做。"

赵东林："想一出是一出。"

孔真："我才不是想一出是一出呢，我想的都实现了呀，你看，我想开工作室，开起来了吧，想和酒店谈合作，谈下来了吧，拉投资，拉到了吧。"

赵东林："那是我给你投的。"

孔真："……还有小竹姐呢！"

赵东林："她是看我投了才投的。"

孔真："不和你说了！大哥晚安，我真的睡了。"

她扔下手机就倒在床上，决心睡一个舒舒服服的美容觉，完全不知道明天有什么东西等着她。

第二天中午 12 点，郑丽梅从床上爬起来，拒绝了 3 个邀请她打麻将的人，把自己拾掇一番，出门往孔真的公司走。

那一天孔真离开后，郑丽梅就一直觉得心里不大舒服，无论如何，孔真回来是为了给自己过生日的，孔真和自己与孔海波都不一样，这孩子很重感情，这么一想，她不愿意自己再成家也可以理解。郑丽梅决定有事还是和她当面说开，她越来越老，孔真越来越大，两个人见一面少一面，没有必要这么拧着。

孔真此时正在飞机上郁闷地看杂志，她本来能提前两个小时坐上飞机的，但是出于天气原因飞机延误了，她在机场干坐着，把手机都玩得没电了。

如果不是这样，那她大概还不至于倒霉到家。

下午 1 点半，郑丽梅女士来到了孔真的公司，她站在门口咳嗽一声，派头很足地问："我说，有没有人啊，你们老板在吗？"

赵博正巧背着相机干活回来，他哎哟一声："您好您好，我们老板出差了，得下午回来，您想办婚礼啊？你老伴我叔呢？"

郑丽梅的脸迅速耷拉下来："你这孩子怎么说话呢，谁办婚礼啊，我这么大岁数了办什么婚礼，我是你们老板她妈！"

赵博说话不带脑子的习惯终于给他带来了报应，郑丽梅满心盘算着等孔真回来就把这小子给开了，就连赵博满脸堆笑地给她端茶倒水都没能让她的脸色好看点儿。

赵博显然也和她想到一块去了，为了防止这个看起来挺不好惹的中年妇女煽风点火把自己开除了，他决定务必要在孔真回来之前和她搞好关系，于是他像一只聒噪的蛐蛐一样伸着脖子叫唤个不停，一会问水温烫不烫啊，一会儿问葡萄干甜不甜啊，一会儿问阿姨你吃了吗没吃的话我下楼给你买麻辣烫楼下那家老好吃了……

"行了行了，你歇会儿吧。"郑丽梅示意他坐下，"我有点儿事想问问你。"

"您问，问问问，我知道的我肯定全都说，公司里大事小情没我不知道的。"

"你们公司效益怎么样？"

"好，老好了我和你说。"赵博一拍大腿，"哗哗挣钱，回家赶紧让孔真给你买个车，法拉利都不好使，必须布加迪威龙，那小车一开，贼飒。"

"那孔真平时忙不忙啊？"

"忙，老忙了我和你说。"赵博又一拍大腿，"白天忙到晚上，晚上忙到白天，一天恨不得忙 25 小时，忙啊忙，忙啊忙，忙得孔真是愁断了肠……"

"行行行，你省着点用嘴，这孩子说话怎么和机关枪似的呢？"郑丽梅打断他，"那你们老板感情状况怎么样？"

"挺好啊，婚姻美满家庭幸福，你女婿我大哥，挣老多了我和你说……"

郑丽梅放下了嘴边的茶杯，打量赵博几眼，慢慢地说："婚姻幸福？"

"啊？"赵博不理解她这什么态度，"挺幸福的啊，我看他们小两口天天有说有笑打打闹闹的。"

郑丽梅的眼皮危险地抖动起来。

"你给孔真打个电话，孩子，我手机没电了，你就告诉她赶紧回来，我这儿有点事要和她说。"

孔真没有接到赵博的电话，如果接到了，警惕如她就根本不会回去，而是等过段时间郑丽梅能像个正常人一样思考了再回去。她也没有想到，自己当初只是少嘱咐了一句话，没有特意说明"我结婚这件事公司以外的人知道了不行，我妈知道了不行，我所有的七大姑八大姨知道了不行"，赵博就上赶着把这事儿给抖搂出去了。

等她回到公司的时候已经是下午 5 点多了，孔真和摄影师拎着行李箱与器材踏进门，天真活泼地喊着："我们回来啦，你们今天有没有迟到早退啊？"

赵博闻风而动，嗖的一声从会客室里蹿出来，像大太监李莲英一样给郑丽梅通风报信："真姐，快过来，你看看谁来看你了？"

孔真拎着行李箱进了会客室，在看到郑丽梅的一刻愣住了，她干巴巴地说："妈，你来了。"

郑丽梅看看赵博："小伙子，你先出去，我们有点事要说。"

赵博又唰的一下蹿了出去，并且带上了门。

郑丽梅开门见山地问孔真："你结婚了？和谁结的婚？"

孔真瞬间感到头晕目眩，她就知道赵博肯定有一天要坏自己的好事！

"我……我那个……"孔真结结巴巴地说，"你听我解释，我其实没结婚。"

"没结婚你解释什么，你就告诉我现在去公安局查你资料，你是已婚还是未婚，别撒谎，说吧。"

孔真一个头两个大。

"孔真，你行啊，你可以啊，真是翅膀硬了！"郑丽梅脸上的肉和她的眼皮一起危险地抖动着，用劈了叉的声音说，"你在外面偷着结婚这么大事不和我说？你还是个东西吗你？"

"我不是想给你个惊喜吗……"孔真还在努力挣扎，"要不我打个电话让他看看你？那人挺好的，真的。"

"挺好的你藏着掖着不让我知道，你以为你老娘傻啊？"郑丽梅一言道出了问题的关键所在，"你少在外面惹什么烂摊子，自己抓紧收拾了！"

孔真无力道："你听我给你解释。"

"你解释什么！你一张嘴就没好话！我不同意啊我和你，赶紧离了，马上离了，什么时候离了你什么时候进家门。"

孔真的眼皮开始狂跳，她心烦意乱地说："你能不能不要这么说话？你不会好好说话是吗？我长这么大给你惹什么烂摊子，你少拿那20万说事儿，我已经说到做到，没影响到你。还有你能不能别一张嘴就没一句好话，这是公司不是在自己家里。"

郑丽梅好像被人迎面打了一拳似的，她面红耳赤，二话不说，跳起来给了孔真一耳光。

孔真不确定这声音会不会被外面的人听到，但是她不在乎了。

"你不愿意让我说啊？"她猛地把自己的包甩在桌子上，一副豁出去的样子，"你不愿意听是吧，不愿意听我也说，我就是没影响到你，我做人的第一原则就是不拖累别人不影响别人，不像你，你生什么气啊，你除了生气还会干什么啊？我爸那人是混蛋，他在外面乱搞是他不对，但是你平时怎么对他的啊？他过生日还得自己做菜吃，抱着我在家里等你，等到晚上11点你才打麻将回来，你自己吃饱了就睡连句话都懒得说，第二天起床第一句话就是和我爸要钱，你以为我忘了？这种事儿你做得少吗？离了婚了你又是怎么对我的，我那天说的话是不是以为我在和你开玩笑，你给我做过的饭有10顿吗？你会用家里的电饭锅吗？你给我开过家长会吗？说白了你关心过我吗？"

一种难以言明的委屈冲上了她的心头，似乎她为了这些话准备多时，就等着找这样一个合适的机会说出来似的，她越说越生气，气到眼泪都流下来，噼里啪啦地往下掉："我说我解释，你就知道让我闭嘴，让我自己收拾自己的烂摊子，让我滚，唠叨为了我付出多少，多苦多累，耽误了你的人生，可又不是我愿意来到这个世界上的啊，你生孩子的时候难道没想到以后要养孩子吗？没想到以后要为了孩子尽到责任吗？没有，你根本没想过，你心里只有你自己！你以为生了孩子把她放在窗口喝风就行了！你都不管我吃没吃上一口热乎饭这么简单的事儿，你管我结不结婚干什么？你有意思吗？"

郑丽梅面对孔真的控诉显然很震惊，有那么一会儿她像个石像一样端坐在那里，一言不发。

但是很快她就找回了自己的声音。

"行，孔真，行……"她哆嗦着嘴唇，"我在你心里一点好落不下，你就记着我的不好，你就恨我，那咱们以后谁也别管谁的闲事儿，听见了吗？你能耐大了，自己养活自己，自己买房买车，别记着我了，以后咱们各过各的，听见了吗？"

她拎起自己的包推门就走，差点把在门口偷听的赵博的鼻子撞扁了，孔真的眼皮终于停止了狂跳，但是停留在不知道应该称之为抽搐还是抽筋的状态里，她像是肉毒素打多了一样僵硬地调动着自己的面部肌肉，挤出一个难看的微笑，对着外面所有看热闹的员工说："没事儿，该忙忙你们的，赵博你进来一下。"

赵博当天遭遇了有生以来最恐怖的折磨，他甚至差点以为孔真会说着说着就从兜里抄出一把刀来捅死自己，好在机场安检很严，孔真没机会往包里装刀，她咬牙切齿地说赵博是她有生以来见过的最破的破车嘴，简直破得没边了，赵博鼓起勇气打断她："真姐，事已至此，你别生气了，来，站起来，咱俩下楼去吃碗麻辣烫消消气，你看你这火上得，眼珠子都要瞪出来了，这对身体能好吗？你万一气出个好歹的公司可就是我的了，你冷静。"

孔真长长地吐出了一口气，似乎要把自己的魂儿都从喉咙里吐出来似的，过了半晌，她用一种虚无缥缈的声音说："滚出去。"

第十章
依靠 ≈≈≈

　　孔真和郑丽梅在公司大吵一架，和外面只隔着薄薄的一扇门，事后想想估计全世界的人都听到了，她觉得非常丢脸，并不想去公司见大家，也不想给自己的员工提供茶余饭后的话题，索性背着自己的笔记本在家办公。她已经找了大概14个有特色婚俗的景点，去掉那几个知名度较高游客很多的，又去掉几个评价一般的，正在其中做着选择，她从早上起床就开始查资料记录，中午随便要了份外卖吃了，就一直忙到这个时间，其间和赵东林聊了会儿微信。

　　和郑丽梅吵架的事情她并没对自己的朋友们说，所以尽管柳叶和谢湘南私下问了好几次，她也以家庭内部矛盾为由强行结束了话题，然而在告诉赵东林的时候，她反倒没什么心理负担，似乎是因为已经被他知道了那些说起来让人头疼的烂事，反而有一种豁出去的感觉，她总觉得自己和赵东林之间的气氛变得怪怪的。

　　具体哪里怪了，她说不清楚，总之就是很怪，她现在遇到事情首先想求助的不是自己的好朋友们，而是赵东林，有事没事就想和赵东林聊上几句，似乎有他在，自己就能安心一点儿，赵东林也像个手机宠物似的有求必应，可是——孔真莫名其妙地想着，我之前明明很讨厌他啊！

　　她拖完了地，又精力充沛地拿着一个刮墙的小铲子去厨房的抽油烟机附近铲除一块她早就看不顺眼的极其顽固的油泥，在她咬牙切齿地和那块油泥作斗争的时候，她的心思已经从赵东林身上转到了郑丽梅身上，她愤愤不平地想着，不，这次我是绝不会先低头认错的，从前的每一次都可以，即使我是无辜的，我也可以先认错，但这次不行。

　　因为我受够了。

冬天几乎是一下子就到来了，阴沉沉的天空让孔真联想起了自己小时候在素描课上走神时画的大块大块的铅笔印，她很少抬头看看今天有没有云彩，因为每次出门她都会裹紧自己的围巾低着头急匆匆前行，就像后面有谁在追她似的。现在公司里爱美的小姑娘们还在和羽绒服做顽强的斗争，坚决不肯当办公室第一个穿羽绒服的女生，大家都在拿各种各样款式时髦的大衣挺着，最后还是孔真先挺不住了，率先把自己那件遮到小腿肚的长羽绒服翻出来穿上，不得不说，尽管这件衣服显得她很矮而且没什么曲线，但是真的很暖和。

郑小竹在这期间约孔真出来吃了几次饭，身上一直穿着那件看起来非常漂亮但是不保暖的大衣，孔真终于忍不住问她怎么能忍住这么冷的天气的，郑小竹笑着说："你总不能指望我真的穿个羽绒服去上班吧？"

"可是到了冬天你必须穿羽绒服啊！"孔真不服气地嚷嚷着，"我就不信你来东北这么多年，都没穿过羽绒服，除非你早就冻死了，现在和我说话的是你的仿生人。"

"我就是不会穿。"郑小竹冷静地说，"这里室内供暖很好，我穿什么都不会冷，而我也没有大冬天在室外闲逛的爱好，上下班我自己开车，下车到室内这么短的距离还冻不死我，我就是不会穿的，这是尊严问题。"

孔真不知道这怎么就关乎尊严问题了，她并不觉得穿个羽绒服就没尊严了啊，然而公司里的小姑娘们并没有在她的带领下抛弃大衣，就连柳叶也没有。

"我觉得穿羽绒服很显胖，想等等再说……"柳叶的态度罕见地坚决。

所以在终于看到了一个穿着和她同款的羽绒服的女客户踏进公司的时候，她异常殷勤地招待了对方，尽管那个人是年纪能做她妈妈的林明珠——她昨天接到了通知，今天可以来选照片做相册了。

"可真够冷的。"林明珠吹着热茶，小心翼翼地喝了一口，发出很大的响声来，赵博在一边偷偷翻白眼，她没看见，喜气洋洋地说，"你们这儿供暖不太好啊！"

"我觉得还成，比我家里好。"孔真说到家这个字心里又是一片低落，因为她目前处在一个有家不能回的状态。

"那来看看照片吧，我要选选。"林明珠放下茶杯，让孔真带着她走到一个空电脑旁，絮絮叨叨地说，"选选照片……先发朋友圈，再去做相册。"

孔真觉得有些好笑，她假装绷着脸打开了电脑，第一张就是她和那个年轻丈夫的合影。

"这个不要。"她绷着脸说。

接下来的几张都是这样，一切换到有她丈夫的照片她都要求删掉了，孔真不明所以："姐，我觉得有几张拍得不错呀！"

"哎哟，你还不知道呢？"林明珠说，"我和他离了。"

正在偷着喝香蕉牛奶的赵博被呛到了，发出一阵死去活来的咳嗽声。

孔真无视了他，处变不惊地说："那我们做相册的时候换个外封吧，之前选的红色就不合适了。"

"那就不用了，我挺喜欢红色的，一个人就不能喜庆了吗？就当我去敦煌拍了写真了。"她不等别人发问就絮絮叨叨地说了起来，"整天盯着我手里这点儿钱，打听我的钱是哪儿来的，买表买车，我又不傻，这不拿我当傻大款了吗？！"

"那您没和他在一起确实是对的。"孔真心想这人怎么想一出是一出的，也不知道是聪明还是傻。

"那是啊，我这人——哎小姑娘你把这张删掉，我看着有那么胖吗？"她低头打量自己的腰身。

"没有没有，这角度不好。"孔真点点鼠标，接着刚才的话题，"但是您和家里人解释起来挺麻烦的吧。"

"解释什么，用不着解释，我又没孩子，不用担心那么多。"她从兜里掏出话梅糖塞进嘴里，腮帮子鼓出来一块。

"怎么没要孩子啊？"孔真心不在焉地捧哏。

"我那天不是和你说了嘛，要孩子有什么好的，我要是有孩子了这会儿还能去敦煌玩儿吗？想都别想，还不得给他买房子买车娶媳妇，娶完媳妇带孩子，我闲的啊？我之前开饭店的时候有个服务员，为了给孩子攒学费，从早干到晚，腰都累出毛病了，还不敢让孩子知道自己干吗的，说怕孩子丢脸，你说这帮人就是想不开，生孩子干吗来的，活遭罪。"

孔真觉得她和郑小竹大概挺有共同话题的，心想难道郑小竹老了以后会变成这样？一个絮絮叨叨的老大姐？每天劝人别生孩子？那倒是挺可爱的。因为突然萌生了这种想法，孔真看林明珠都觉得多了几分顺眼，然而这几分顺眼很快就消失不见了，因为对方坚持让她在相册做出来之后亲自送到她家里，她怕快递把相册摔坏，所以孔真没敢告诉她相册在做好了以后也要先快递到公司。

一个礼拜后，相册印刷完成，孔真决定不派别人，还是自己亲自去送吧，因为她预感林明珠会对这本相册挑三拣四，尽管它已经做得很不错了。

为了避免这种情况出现，她决定买一束鲜花和相册一起带去，让对方不好意思张那个嘴，于是她去了公司附近一直合作的花店，让店里的小妹挑了一束康乃馨。

"你们老板今天不在吗？"孔真在等着花包扎好的时候随口问。

"我刚刚在后院喂猫呢！"老板像是凭空把自己变出来似的出现了，随着话音现了身，怀里还抱着一只不断蹭他下巴的小黑猫，他脚步轻快地走过来，随手把小猫放在一把椅子上，笑眯眯地问孔真，"去看病人吗？"

"不不不，见客户。"孔真解释，"去客户家里送点儿东西，空着手不好。"

"见客户的话还是别送康乃馨了，是女客户吗？"

"啊，是。"

"那白色多头百合搭澳洲腊梅就行，用咖啡色系的包装纸比较好看，你觉得呢？"他很热情地指给孔真看，那些百合娇嫩欲滴，非常讨人喜欢。

孔真大大咧咧一点头："成成成，听你的。"

花店老板很年轻，大概和孔真同龄，身材高瘦，长相清秀，说话时总给人一种高中生般天真无邪的、非常纯情的感觉，让人很想让他知道一下社会的险恶，事实上也是如此，孔真曾经暗自揣测他刚毕业，所以在听到他比自己还大 1 岁的时候感觉十分吃惊。

那只趴在椅子上的小猫不安分地跳到了他怀里，他低头挠了挠小猫的下巴。

花很快就包好，孔真抱着花和相册，深吸一口气离开了。

中午 12 点，她按照约定好的时间敲开了林明珠家的门。

毫无疑问，这里看起来非常舒服，到处都是鼓鼓囊囊的抱枕和靠垫，客厅的茶几上有个椭圆形的冒着香气的加湿器，雾气笼罩了桌上的新鲜水果，客厅的地毯是乳白色的，非常干净，家里养了 3 只同样颜色的猫，都趴在沙发上警惕地看着她。林明珠拿着锅铲跑过来开门，嘱咐了一句随便坐之后，就跑去厨房继续做饭了。整个房间里弥漫着让人非常非常有食欲的饭菜香气，还没来得及吃饭的孔真几乎是一下子就饿了。

她不好出声打扰人家做饭，只好在沙发上靠边坐下了，一只蓝眼睛的猫跳过来，孔真随手抓了抓它的下巴。

大概等了 10 分钟，抽油烟机的声音突然停了下来，林明珠忙忙碌碌地从厨房往外端菜，孔真偷偷吞了口口水，飞快地瞥了一眼，香辣蟹、清蒸鱼、排骨土豆汤、小炒肉、可乐鸡翅、西红柿炒鸡蛋、蒜蓉油麦菜……都是些家常菜，但是个个色香味俱全，孔真光是闻着都要昏倒了，她看林明珠摆完了菜，赶紧把相册递给她："姐，您看看这相册有什么问题没有。"然后我赶紧下楼吃碗麻辣烫去。

"不着急看，先吃饭吧，来，洗洗手。"林明珠挺热情地招呼她。

孔真愣了："哎？不了不了——"

"就是给你做的，你不吃我一个人也吃不了啊！"林明珠一笑，眼角的鱼尾纹又堆起来。

孔真稀里糊涂地洗了手，坐在了饭桌前，林明珠一再招呼她吃，热情得好像在饭里下了毒，孔真实在是饿得受不了了，心想下毒就下毒吧，我先吃两口再说。

林明珠慢慢地挑鱼刺，时不时看看她："怎么样，还行吧？"

孔真努力咽下嘴里的饭，相当真诚地说："太行了，好吃极了。"

她虽然吃得挺开心，却好奇到底为什么林明珠会突然对自己这么热情，因为她回想半天，两个人根本没什么值得一提的交情，无非是一个很挑剔的客户和一个还算耐心的小打工妹——两人没在半路上撕起来就算不错了，怎么就到了能给她洗手做羹汤的地步了？

　　好像知道孔真心里在想什么似的，林明珠突然放下了手里的筷子，挺坦诚地说："那天你身体不舒服还张罗给我弄琵琶，后来想想心里怪过意不去的，以后可能也没机会见面了，阿姨请你吃顿饭吧，你也别往心里去。"

　　"您太客气了……"孔真有些惊讶，"还是管您叫姐吧，您这么年轻，叫阿姨叫老了。"

　　"年轻什么啊，甭哄我了！"林明珠假装虎着脸，瞪着孔真，突然又忍不住扑哧一声笑了出来，"其实我闺女要是长大了的话也该和你同岁了。"

　　"啊……"孔真呆呆地说，"您不是没孩子吗？"

　　她刚说完就想把自己舌头咬掉了——她怎么就这么说话不经大脑呢！

　　林明珠不当一回事，依然在笑："其实有过一个小闺女，没缘分见面，在我肚子里就没了，我身体不太好，后来想要也生不出来了。"

　　孔真不知道为什么她突然要和自己说这种私密的话题，也不知道怎么接，尴尬地猛往嘴里送大米饭。

　　林明珠替她解围："快吃吧，这蟹可好了，我觉得做个清蒸的也能好吃，但是看你吃东西都挺重口的，就做了个香辣蟹，吃得惯吗？"

　　孔真使劲点头，脖子都要扭了，她为了避免尴尬的气氛大口吃菜，过了会儿就因为实在是太好吃了忘记了刚才的尴尬，还很没出息地吃撑了。

　　吃完饭，孔真捂着肚子直哼哼，林明珠掏出一块话梅糖递给她。

　　"我怀孕的时候总想吃话梅糖。"林明珠和她解释，"后来觉得怪好吃的，买了一堆放在家里，没事儿就吃一块。"

　　孔真大概猜到了她为什么过早地结束了第一次婚姻，又是为什么改变了对家庭和爱情的看法，然而孔真无力安慰她，因为生活对每个人来说都是不同的。

　　包罗万象，复杂，多变，孔真初尝它的一点滋味已经体会到厉害，早不敢妄下评论。

　　茶几上的花瓶里有一束已经干掉的玫瑰花，瓶子里的水很浑浊，和干净的茶几格格不入，她瞥见了花瓶后面的卡片，蓝色的一小张，皱巴巴地立着。孔真赶紧跑去拿了自己买的花："姐，要换上新的吗？"

　　"换上吧，"林明珠说，"那还是我前夫前段时间给我买的呢，算了，扔了吧。"

　　孔真觉得心里怪难受的，她觉得林明珠也许没表面上那么刻薄和挑剔，也没看起来那么洒脱。

也许是想打破现在的气氛，林明珠突然用一种不正常的兴奋声音说："相册递给我，我看看相册吧。"

孔真赶紧把那本厚重的玻璃外壳的相册递给她。

她坐在沙发上安静地翻，没有对这本相册进行吹毛求疵的批判，孔真本来是和她挨着坐的，但是觉得一个人在旁边玩手机有些不礼貌，便站起身来，假装去看那个置物架上的相框。

"那都是我年轻时候照的了。"林明珠似乎根本没集中注意力看相册，而是拿余光跟着孔真，孔真刚刚探头去看相框，她就合上了相册，起身走到孔真身边，挨个指着给她看，"上大学的时候……和我妈一起合的影，这个是第一次结婚的时候，这个是第二次结婚的时候……这是我开饭店的时候。"

她兴致勃勃地等着孔真恭维自己年轻时的美貌，却发现孔真愣愣地看着那张相片。

"怎么了？"

"这个人，"孔真不敢确定地拿手指着照片上还没她指甲盖大的脸，"这是谁啊？"

"我们饭店的服务员，我不是和你说过吗？"林明珠啰啰唆唆地说，"这是她不干了那天我们饭店的人一起合的影，后来我饭店也不开了，总招不到好员工……和我一起干了6年多，最开始还在早上给人家超市送货，后来腰不行了就只干我这一份工了，命苦。"

"命苦？"孔真还是那副愣愣的表情，"为什么？"

"一个女人带孩子，又没钱，你说苦不苦？"林明珠把相框拿了出来，"孩子还没生出来老公就出轨，为了孩子不想离婚，后来不知道为什么离了，本来孩子不能判给她，她非要，最后没要她老公的钱，拿钱把孩子换回来了，她说怕后妈对孩子不好……还不敢让孩子知道自己在外面给人家当服务员，怕孩子知道了丢脸，还说她闺女心气高，不想让闺女知道家里情况，怕孩子有压力……听说和自己闺女关系也不好，要我说，这孩子也够没长心的，都不知道关心关心自己妈天天干吗？我闺女要是这样的，我还不如……"

她嗡嗡嗡的声音逐渐远去，孔真什么也听不到了，只是愣愣地站在原地，等她说完，也许和她好好地打了招呼告别，也许没有，但是孔真一点印象也没了，她裹在自己厚重的羽绒服里，心像是被塞进了一块冰。

她不断地回想林明珠刚才说的话："都不知道关心关心自己妈天天干吗？"脑袋里像是有一个坏掉的录音机，一直一直重复着这句话，为什么就不知道关心一下呢？她到底在关心什么呢？关心自己，关心朋友，关心世界，关心除了妈妈以外的一切。

妈妈的代号是什么？是世界上最讨厌的人，因为妈妈没有耐心，总是骂我，妈妈做饭很难吃，妈妈没有责任心，总是在打麻将，妈妈不爱爸爸，妈妈谁也不爱，她每天早上起床只会煮泡面，非要让我吃两个鸡蛋，自己把方便面的汤都喝光，喜欢吃亲亲虾条，因为不喜欢妈妈所以觉得妈妈这样做很讨厌，宁可把虾条扔进垃圾桶里也不给妈妈吃，觉得她一点也不像个成熟稳重的大人应该有的样子。

妈妈回家很晚自己也从来没担心过，因为她肯定是去打麻将了，从来不主动给妈妈打电话，因为不喜欢听她讲话。妈妈很懒，在家的时候总是在睡觉，房子被搞得一塌糊涂，妈妈不值得我尊敬，明明自己拿着离婚分到的钱什么也不干，还告诉我一定要好好学习，好好学习才能有好工作，才不会受欺负被人瞧不起。

所以我才不信，我不信她在我高考考砸了的那个晚上抱着我说我是她最爱的人，让我无论如何都别想不开，我从来没觉得她爱我，即使在那个时候我也觉得妈妈很讨厌，根本没有一点感受到爱时的感动，因为我根本没有想不开，她看了有人因为高考跳楼的新闻就跑过来抱着我，我觉得她脑袋不正常，我觉得她只会大惊小怪。

……即使是现在，我也觉得妈妈很讨厌，为什么要这样做，为什么要因为那种可笑的理由对我撒谎，为什么要照顾我的自尊心，为什么要因为我拒绝爸爸的钱，为什么什么也不对我说？不告诉我是因为爸爸持续了这么多年的不忠所以你才讨厌他，所以你才不想为了这个家付出，就连离婚也是因为被我撞破。从来不问我为什么不关心你，从来不对我抱怨生活有多累，因为知道我是一个自尊心很强的人，知道对我来说自尊心大于一切，不想让我因你蒙羞，不想让我感受生活的压力，所以宁愿我讨厌你，为什么要最爱我，为什么要担心我不能被好好照顾所以放弃了一切只要我，为什么？

她没有去擦脸上的眼泪，因为根本擦不干净，她的眼泪一直流到了脖子里，也有一部分停留在她的脸上被风吹干，很快就被新的补充，填满浅浅的沟渠。

她猛地吸了吸鼻子，与一个又一个行色匆匆的人擦肩而过。

为什么不对我说呢？我在你眼里就是这样一个不懂事的人吗？

……因为妈妈知道我并不关心她，因为妈妈不想让我感受到一点点的苦，因为妈妈很骄傲，她不可以让人指责她是错的，也不可以让人认为她是软弱的。

因为妈妈很爱我。

手机铃声响了起来，她掏出电话，因为眼前一片蒙眬看不清楚到底是谁打来的，于是她只能尽量深呼吸，努力抹平呼吸中的颤抖，假装镇定地说："喂，你好。"

那边传来一声干巴巴的"嗯"。

孔真张了张嘴，用极小极小的声音说："妈。"

郑丽梅在电话那边吧嗒一声点燃了打火机，她叼着烟，像平时一样用沙哑的、模模糊糊的声音说："那什么，你吃饭了吗？"

孔真终于忍不住呜咽起来，郑丽梅的声音变得清楚了很多，似乎是吐掉了什么东西，她粗暴地问："怎么了？又号什么呢？"

"我要回家。"孔真紧紧闭着眼睛，"你在家吗？"

郑丽梅闹不明白怎么回事儿，但是她保持了自己一贯的冷酷，并没有多问，而是在确认她没有又莫名其妙欠了20万又进警局之后就让她自己打车回来了。

坐上家里旧沙发的一瞬间，孔真就从刚才那种难到失魂落魄的感觉中清醒过来，郑丽梅对她的回来没有任何特别的表示，而是云淡风轻地看了她几眼之后继续站在灶台前眈眈地剁着自己的饺子馅，似乎和那堆肉有什么深仇大恨似的。

"你生日，"郑丽梅突然说了一句，声音响亮又清楚，"在家吃吗？"

孔真猛地点了点头，但是随即她想到对方看不见，便嗯了一声。

"我刚刚见到林明珠了，很——很巧，她是我店里的顾客，我去她家里给她送相册。"她突然来了这么一句，没有任何铺垫，"我看见了你和她一起拍的照片，她说你一直在她那里打工。"

她以为自己的话会让郑丽梅大惊失色，至少也会让对方结结巴巴地解释什么，然而郑丽梅只是稍微停顿了一下自己的手，继续更用力地剁着饺子馅。

"我以为你早知道呢！"她叼着烟，粗声粗气地说。

"……什么？"孔真站了起来，"怎么会呢？你不说、你不说我哪知道？"

"那还是我错怪你了。"郑丽梅将剁好的馅儿放进盆里，开始往里面撒盐，"知道就知道呗。"

"你为什么不和我说啊！"孔真跑到她面前，像是犯了焦虑症一样来回地走动着，"为什么不告诉我？怕——"

"哪来那么多为什么。"郑丽梅不容置疑地打断了她，"我想说就说，不想说就不说，我的事儿你没必要全知道。"

孔真急促地喘息了几下，突然把自己的身体往前倾，紧紧抱住了她。

郑丽梅的身体非常僵硬，乃至一动不动了，她放下手里的筷子，感受一会儿来自女儿的温情，便转过身，干巴巴地说："怎么了？"

孔真又哭了起来，她不知道郑丽梅为什么总是这样，但是此刻她的心里被内疚装满，并不在乎这些，她说出了自己最想说的3个字："对不起。"这3个字说出来之后，剩下的就顺畅很多，她虽然哽咽，脑袋却还能思考，于是她组织了语言，略显混乱地说出了自己憋了一路的话。

郑丽梅听着，显然是非常不适应这种气氛的，因为她很少有过这样的经历，和自己的女儿坐在一起，像别的母女一样谈心，互相诉苦，再互相安慰，然后再达成一个以彼此为依托的同盟，这在她心里是完全不可想象的事情，她听着听着不知不觉地软化了态度，随手揪了一张卫生纸，在女儿的脸上胡乱擦了擦。

她不小心把孔真的假睫毛擦掉了，小心翼翼地拿两个手指头捏着想粘回去，在发现粘不回去之后放弃了这个想法，随手把纸巾和假睫毛都扔进了垃圾桶。

"哭什么，有什么可哭的，你这人就是心思太重，逮着一点小事儿就能想一晚上，行了，过来帮我和面。"

"什么叫我心思太重啊……"孔真哭哭啼啼的，"你什么都不告诉我。"

"我为什么非要告诉你呢？"郑丽梅终于放弃了把这个问题含糊过去的打算，她拉着孔真在沙发上坐下，像是和朋友聊天似的，"我告诉你了你能帮我什么忙？除了让你担惊受怕，还有什么用？"

"我肯定可以帮上你一点啊，你一个人赚的钱怎么够咱俩花？"

"咱俩现在是饿死了吗？"郑丽梅说，"没让你毕业？这不是都没有吗，怎么就不够咱俩花了？我告诉你或者不告诉你都没什么区别，懂吗？明明咬咬牙就能挺过去的事儿，我不想把咱家搞得愁云惨雾的，好像咱娘俩快活不下去了似的，说实话，离了以后我过得挺开心的，对我来说重要的不是辛苦不辛苦，我心里好受就行，但是你爸他从来没让我好受过，懂不懂？"

"我爸……"孔真想起孔海波又一阵头疼，"林明珠说我爸好多年前就出轨了，你知道吗？"

"我当然知道了，我不说她会知道吗？我和你说了多少次了，你爸就是个王八蛋，刚结婚没多长时间就和他们厂那个女的眉来眼去的，你也知道我这人什么脾气，当时就想离婚了，但是那时候怀上你了，我想把你堕了，谁也没告诉就去医院了。"

孔真终于不哭了，她完全没想到还有这茬，没想到自己曾经离死亡那么近。

"去了医院，大夫都见了，一掏兜，钱忘带了，我心想和你也挺有缘的，那就算了吧，没想到把你生出来以后就开始后悔，过不去心里这个坎，有时候看你也烦，但是有时候又感觉挺爱你的。"她说爱那个字的时候，清清楚楚，但是表情有一点不自在，似乎不太适应说这种话。

"后来你爸又在外面勾三搭四的，我懒得管了，早就对他没感情了，恨他，他死不死也和我没关系，但是得一起养着你，就将就着过，后来又出了那事儿，被你发现了，我觉得受够了，就提离婚了。"郑丽梅从兜里掏出了一包烟，"你爸说要你，我没给，你在他家里肯定受气，我就告诉你，你爸那个人有了女的能把闺女卖了，你别不信，离婚以后我俩抢你的抚养权，后来我说了，要一套房子，别的我什么也不带走，我自己养你，你爸就同意了。"

她把一根烟送进嘴里，却没点，像是对谁示威一样，昂着头说："我不是把你养得挺好？我自己挣钱，别管我干什么，反正是把你供完了大学，我也不图你给我养老送终，你好好的我就知足了，你知道就知道，知道和不知道有什么两样的？我又不用别人给我立牌坊，快别哭了，起来去包饺子，我和你薛姨学了半天呢！"

孔真又想起自己上次和她见面时吵吵嚷嚷地说她不关心自己，连饺子都不会包。

原来自己说的每句话她都是往心里去的，好的不好的，温柔的或者是伤人至深的。

母女两个站在灶台边，沉默地包饺子，郑丽梅的手艺明显比上次强了许多，包着包着，她突然问："你真和别人结婚了？"

孔真下意识地想要撒谎，却觉得今天不能这么做，她小心翼翼地点了点头，然后把事情从头到尾都说了，包括赵东林的小姨。

她以为郑丽梅听了以后会大发雷霆，但是她并没有，只默不作声地干活儿，过了会儿，她潦草地擦了擦手，给自己倒了杯水喝。

"你也够倒霉的。"郑丽梅说，"摊上一个拖后腿的爸，又摊上我这么一个妈。"

孔真赶紧反驳，"我觉得你挺好的。"

郑丽梅没有对这个评价发表意见，而是转移了话题："离了，欠他的钱我到时候给你，别因为这种事儿和人有牵扯，这叫什么事儿，这不胡闹吗？"

孔真其实并没觉得和赵东林的婚姻给自己带来了什么不方便，他是一个说到做到的人，除了推脱不开的场合赵东林让自己去他家里走个过场，其他时候他很少来打扰自己，当然，现在他俩关系亲近了，彼此联系就不算打扰。想到这里，孔真那种不自在的感觉又回来了，她没有把这个也对郑丽梅说，而是看了看她的脸色，挺认真地点了点头。

"你从哪儿拿的钱，是那个——"孔真斟酌着用词，"那个叔叔的？"

"我们没在一起了。"她声音平淡地说。

"为什么啊！"孔真吃了一惊，"因为我吗？"

郑丽梅没有说话，算是默认，孔真难过的感觉又涌了上来："我不是……不是那个意思，我觉得你重新有个家庭挺好的。"她违心地说。

郑丽梅看了她一眼："我知道你不愿意。"

"我没有不愿意。"孔真强忍着巨大的羞耻感，说出了自己的心里话，"我之前总觉得、总觉得你不爱我，所以不想让你去和别人在一起，我怕以后你们在一起，这里就不是我家了，但是……"孔真飞快地瞥了她一眼，"嗯……现在就不这么想了，我希望你能幸福，你以前为了我不离婚，家里有钱的时候你也不开心，后来离了婚一个人养我，没钱的时候你过得也挺辛苦，现在有机会……有机会去好好谈个恋爱，也挺好的。"

让孔真感到奇怪的是，从她进屋到现在，这么长的时间里，郑丽梅的情绪都没有什么剧烈的变化，一直像平时一样，显得冷漠又自我，是孔真记忆里那个让人喜欢不起来的人，好像孔真敢对她施舍一点同情她就要把孔真掐死似的，可是在她说完这段话以后，郑丽梅的眼圈迅速红了，她眨了眨眼睛，想要阻止自己的眼泪流出来，然而她没有成功，那些眼泪很快就浸湿了她的眼睑，流到了脖子里。

"你别……你别恨妈妈。"她突然抽泣了起来，像是终于控制不住了一样，"妈妈没把你照顾好。"

"没有没有，"孔真吓了一跳，赶紧抱着她，胡乱拍打她的后背，"你挺好的，你比别人的妈妈都好，我觉得你可厉害了。"

"我知道你不喜欢我……我那么晚回来，你看都不看我一眼，一点也不关心我，这么多年，你从来没关心过我，但是妈妈不怪你，我知道告诉你以后，你肯定会心疼我，你是个好孩子，我不想让你想那么多，不想让你有负担，我也不想让别人可怜我，最不想让你可怜我……真真，你明白吗？"

郑丽梅两只手攥着她的肩膀，拿一双含泪的眼睛死死盯着她看，孔真这才发现她也只是一个普通的女人，会老，也会变得软弱。

虽然她很要强，很好面子，但是她也会受伤，即便家里只有一个对自己漠不关心的女儿，她也能坚持着与女儿一起在这个家里过了这么多年。因为前半生的感情失利，她不再寄希望于任何男人，甚至连搭理都懒得欠奉，她希望自己在女儿眼里是无坚不摧的，是有一双铁打的心肠的，这好过女儿的同情和怜悯，她希望自己的姿态永远不和弱势沾边，因为她不想对任何人或者任何事低头，就当是对自己乱七八糟的前半生的报复。

然而她也只是一个普通人，做过错误的决定，走过错误的路，也会感到力不从心，会因为怨恨不忠的丈夫对闹着要吃冰激凌的女儿发火，会因为心力交瘁对生病的女儿喊叫，她希望自己做到最好，但最后的结果却只是看起来不太糟。

如果说有什么遗憾，那就是她希望自己做个好妈妈，但她觉得自己从来不是。就像这个年纪的普通女人一样，因为没有做到完全地牺牲隐忍就被冠以自我冷漠的罪名。

她抬头看着孔真，看着这个莫名其妙长这么大的孩子，似乎有千言万语，最终又把那些话嚼碎了咽进肚子里，只抱住了自己的女儿，像世界上所有相依为命的母女俩一样。

而孔真决定记住此刻，同时忘记之前所有对自己母亲产生怨恨的瞬间。

因为妈妈也不是生下来就为了给自己做妈妈的。

妈妈也是别人的公主，也是别人的小姑娘，也是别人心爱的宝贝，不是每个妈妈都能做到十全十美，也不是每个妈妈都天生应该为了家人牺牲自己的人生。她没办法体会妈妈是带着什么心情生下自己的，又是带着什么样的心情忍耐着怨恨的同时把自己变成一个不讨人喜欢的人，在只有她们两个人的漫长岁月里自己尝过了多少苦楚她从来不会说，更不会强调为了你，妈妈付出了多少。

她不是神，她只是一个很普通的人，狭隘，急躁，小心眼，没有多少智慧和胆识，会冲着女儿发完全没必要的脾气，因为生活对她并不温柔，她爱的人一再背叛，她期待的全部落空，她想要的仿佛是镜花水月全盘虚幻，近在咫尺的只有生活带来的满地鸡毛和无尽心酸，她能抓在手里的，也只有那点不足为外人道的骄傲。

她为了自己的女儿付出了能付出的一切，即便没有人理解她，没有人爱她，她还是要做到自己心里的最好，直到真的拼尽全力，直到精疲力竭。

因为她是妈妈。

孔真一再告诉自己，因为她是妈妈，所以忘掉一切解释清楚的没解释清楚的，从今天开始对她好一点，即使她永远也不会生自己的气。

因为在被忽视的那么多年里，妈妈依然丝毫不变地爱着她。

"所以你就这么接受你妈的男朋友了？"谢湘南叼着奶茶的吸管愣愣地看着她，"你俩就算是和好了？"

孔真坐在她的对面往脸上涂面膜，那些黑黑的泥弄得到处都是，她一边拿湿巾胡乱擦干净，一边回应谢湘南："是的，那天见面的时候还没看仔细，昨晚叫那叔叔一起出来吃饭的时候发现长得挺帅，我妈很高兴……她偷偷告诉我很高兴我能接受他，我还以为她从来都不在乎别人的看法呢，而且她还告诉我不会再管我的事儿了，如果我睡大街她会把我捡回家睡沙发的，你觉得怎么样？"

"我觉得很好。"谢湘南把奶茶放在一边，两手交叉着放在了脑后，梦游一般倒在枕头上，"我也希望我妈能告诉我她其实也很爱我，之前对我不好只是在考验我，可惜我觉得这种情况不会发生的。"

"妈妈爱你。"孔真噘着嘴凑过去亲她。

谢湘南皱着脸躲开了，笑嘻嘻地说："别闹别闹，你电话响了，快看看。"

孔真捏着手机看了看，两个人同时给她发消息，一是赵东林，告诉她软件预计的上线时间，让孔真注意日期，在这之前把宣传需要的资料发过来；二是郑小竹，她发给孔真一张男生的照片，问孔真："怎么样？"

孔真瞪大了眼睛，因为照片上的男生赫然就是与她认识了很久的花店老板。

"哎哎哎！"孔真疯狂地拍谢湘南的肩膀，把手机举给她看，"他叫什么来的？"

"这不是咱们公司一直合作的那个花店老板吗？"谢湘南努力回想着，"我上星期还去他那儿买花了呢……他叫陆——"

"陆常远！"

"没错，"谢湘南凑过来，"怎么啦？"

孔真一屁股坐在沙发上，飞快回复郑小竹："怎么啦？"

郑小竹："没怎么啊，新交的男朋友。"

"哦哦哦哦哦哦哦哦！"孔真捧着手机叫起来，"小竹男朋友！"

"你哦个什么劲儿。"谢湘南无语地看她一眼，"好八卦啊你。"

孔真说："没错，我就是爱八卦！"

说完，她头也不抬地疯狂打字给郑小竹："你们怎么认识的？"

郑小竹回复："还没认识，但很快他就是我男朋友了。"

郑小竹放下手机，继续尝试自己搭配一束鲜花。

多头百合、白玫瑰、向日葵、鼠尾草，完全不搭的花被插在一起，她抱着肩膀打量一会儿："我觉得不行，我从来没这天赋。"

"挺——挺好看的。"陆常远紧张地看她一眼，又飞快看向别处，"很有创意。"

郑小竹突然笑了一下，温柔的眉眼被灯光照得更温柔了："你这算是夸我吗？"

"嗯嗯——"陆常远说，"没，不是。"

"那就是在批评我呀！"郑小竹依然笑着说，"怎么第一次见面就批评我？我觉得你应该鼓励我一下呢！"

陆常远完全不知道自己在说什么了："嗯……真的挺好看的，我鼓励你。"

郑小竹来这里的目的非常单纯，她只是下班开车路过这里，想起自己家里的花好像有点枯了，所以下车来买一束带回家，然而看到花店老板的第一眼，郑小竹就决定不能单纯地买花，所以她问老板能不能自己挑几束搭配，老板当时正抱着猫，手法娴熟地给猫喂药，在看到郑小竹的时候他手上的劲儿使大了一点，猫的嗓子受到了突然袭击，它疯狂地咳嗽起来，虽然把药咽下去了，但是反手挠了他一把，还跳起来在他脸上狠狠地拍了好几下，凶巴巴的。他捂着手跳起来，不小心把身前的小桌子撞歪了，上面乱七八糟的小东西撒了一地。

非常狼狈。

他满脸通红地制服了那只狂躁的猫，让郑小竹随便挑。

郑小竹很开心，因为她有预感自己又能谈恋爱了，她一直认为谈恋爱是一件非常快乐的事情，让人充满活力，只要不涉及生活的真相和本质，恋爱永远是她最好的解压药。

多头百合、向日葵、白玫瑰、鼠尾草，郑小竹抱着乱七八糟的一捧花，在店里温柔的灯光下站定，掏出手机递给对方："你扫我吗？"

"啊？啊——好。"陆常远掏出手机打开了微信。

郑小竹扑哧一声笑了出来："我要付钱呀，这是付款码，不是我微信的二维码。"

陆常远蔫巴巴地带着郑小竹去收银台，收了钱之后，郑小竹低头慢慢闻了一下怀里鲜花的香气，然后一言不发地转身离开了，她银灰色的大衣像是水波一样发出神奇的光来，陆常远不知道自己是不是眼花了，她的手碰到了门把手——拧开了——已经一只脚踏出了花店大门。

"等一下！"陆常远慌慌张张地跑了过去，脚下带着一根长长的粉红色礼品包装绳，把他绊了一下，差点跌倒。

太逊了。

他心里的期望已经被自己浇灭了一大半，太丢人了，他不抱希望地、灰头土脸地说："能留个联系方式吗？手机号或者微信什么的……什么都行。"

郑小竹没有挑剔地上下打量他，而是盯着他的眼睛看，看得他快要原地爆炸了，大概过了 3 秒或者 100 年那么久，郑小竹笑眯眯地说："好呀！"

陆常远："嗯嗯好，我知道了，没关系。"

他转身往回走，走到一半停下了，郑小竹乐不可支："我说好呀！"

"所以，情况就是这样。"郑小竹说，"我又谈恋爱了。"

"那你们是怎么确定的关系呀？"孔真恨不得把脸戳到郑小竹的脸上，满脸都是八卦的快乐，"是谁先说的？你说的吗？"

"这还用说吗？"郑小竹不是很理解，"加了微信以后，他约我出来吃饭，我答应了，然后晚上他送我一束花，我说我想把它们插进花瓶里但是自己搭配得不好看，希望他去我家帮我一下，然后他就带着新花瓶去了……第二天我们就在一起了。"

孔真和柳叶被这种大人的恋爱震撼得久久说不出话来，谢湘南倒是非常淡定，她说："我觉得他挺可爱的。"

郑小竹严肃地点点头："非常可爱。"

孔真说："像儿子一样可爱！"

"呸，"郑小竹说，"我还没你那么变态。"

"可是，"柳叶紧张地打断了她们，"可是你们才第二次见面啊，怎么能——"

"能什么？"郑小竹看着她。

"能那个，"孔真替柳叶说了出来，眼珠子滴溜溜乱转，"就是那个呀！"

郑小竹脸上的笑意淡去了："为什么不呢？"

"可是——"

"没有可是，"郑小竹果断地说，"我觉得这是很简单的事情，我们活着难道不是为了让自己更快乐一点吗？想太多会很累，在没有违反法律的前提下，在没有伤害别人的前提下，我们可以做一切喜欢做的事情，我觉得你也可以试着，怎么说……别这么胆小，世界是很大的，太胆小可走不远。"

柳叶摇了摇头，不知道是拒绝她的提议，还是在否定她的话。虽然柳叶已经从郑小竹身上学会试着对自己好，但她仍然不能全盘认同对方的话。

"那你最后能得到什么呢？"柳叶突然鼓起勇气说，"不安定，也没有归宿，就这么一直漂着吗？"

"归宿是什么呢？"郑小竹抱着肩膀，挺严肃地看着她，似乎也不想结束这个话题，"在你们看来，归宿就是结婚，建立家庭，因为这代表稳定，但是相反的，这对我来说代表不稳定，我不知道我的另一半能给我带来什么意料之外的麻烦，他会不会出轨？会不会没有责任心？会不会欠很多我不知道的外债？我对他的爱能支撑我不去在乎这一切吗？要是不能支撑，怎么办，解散一个家庭可不是那么简单的，亲爱的，我要是在没准备好的前提下贸然走入婚姻可是很不负责任的做法。但是相反的，我自己完全能够建立自己稳定的生活，经济方面没有顾虑，感情方面，我有朋友，也有爱情，并不觉得很空虚。我得到了我想得到的一切，就现在，我已经全部得到了，你呢？你秉承着你的理念去生活，你又得到了什么？失去了什么？"

"……你们不要吵架呀。"孔真看看这个又看看那个，紧张地说，"要不要喝花生牛奶？"

"我觉得你不用总这么高高在上的。"柳叶满脸通红，小声说，"我知道你很瞧不起我。"

"我没有，"郑小竹有些意外，"我什么时候瞧不起你了？"

"没什么，"柳叶拿起自己的包，眼圈有点红了，"我先走了。"

孔真不顾周围人的围观，一把将她抱住了。

"别走别走别走别走，"孔真不住求她，"你一走，我就得当居委会大妈，这调解工作可太难做了！我非得更年期提前不可，赶紧坐下，小竹，你快哄哄她。"

郑小竹在不谈恋爱的时候其实完全是个死理性派，她没有像孔真期望的一样"哄哄她"，而是拿出了有一说一的态度，好像要誓死把这事儿掰扯明白一样，满脸严肃地看着柳叶，"首先我要声明，我没有瞧不起你，我从来不和我不喜欢的人交朋友，其次，我还觉得你有些鄙视我呢，我知道你在想什么，你觉得我很轻浮，或者很浪荡，随便什么词儿吧，这不重要，你不要否认，但我就是觉得这样没问题，我还是要多嘴一句，劝你不要太执着非要从男人身上找到幸福了，我的观点非常简单，所有人都有靠不住的可能，只有自己靠得住。"

"那孔真也靠不住吗？"柳叶突然指着孔真，"她永远都对别人很好，和她在一起的时候我永远觉得很开心。"

郑小竹干巴巴地说："这不是一回事儿，孔真是女孩子，女的和男的不一样。"

"停停停！"孔真一拍桌子，"吵什么吵什么？怎么还扯到我头上来了？我觉得你俩都有点儿毛病，为什么非要说服对方啊？是不是闲的，赶紧吃菜，吃完了去蹦迪，再吵吵我把你俩全都打晕了扔河里。"

郑小竹和柳叶对视片刻，突然笑了一下："行吧，孔真说得对，因为这种事儿吵没意思。"

柳叶似乎松了一口气，小声说："那……那我要一瓶花生牛奶。"

郑小竹并没有和她们一起去蹦迪，因为她的颈椎这几天又开始疼。回到家后，郑小竹从抽屉里翻出了几贴云南白药的膏药，驾轻就熟地自己贴好，闻着弥漫的膏药味，她突然有一些沮丧。

是女生年近 30 岁时特有的沮丧，再过几个月她过完自己的生日，就到 30 岁了。虽然她说的都是实话，她非常满意自己现在的生活，也不想去涉足婚姻这片未知的浑水，但柳叶的眼神还是让她觉得有些许的郁闷，人当然不能独活，这是她恋爱的原因。她深知没有人是依靠自己成为自己的，人与外界是一个紧密联系的有机体，所以她并没有把自己封闭起来，她有正常的恋爱、正常的社交。

家庭，非要有一个家庭吗？郑小竹随手往肩膀上喷了两下香水，混合着膏药味儿变得更加难闻了，她继续自己的沮丧，揭下了膏药去快速冲了个澡，用了很多很多的沐浴露，把自己弄得香气扑鼻，然后重新贴了膏药。

不。

她想，不要完全活在别人的眼里，想想你本来的家庭。

想到自己的父母，郑小竹突然释然了，连膏药味都不那么难闻了，她伸了个懒腰倒在床上，掏出手机给陆常远发微信："干吗呢？"

第十一章
璀璨星空 ≈≈

　　入冬以后时间似乎突然过得很快，赵东林那边的团队已经做好了程序的项目概要设计，正在进行功能实现，预计初步的工作周期是两个月，两个月后大概可以开始测试，如果一切都没问题的话开始报审，一到三个星期会审核完毕，到时候就可以投放市场了。

　　在这期间，孔真有好几件事要做：一是把公司内部规范化，重新梳理人员架构；二是扩大办公场地；三是加强员工技能培训。除此之外，赵东林还非常直接地指出了一个严重的问题：这个公司根本没有一点严肃的气氛。

　　程序快要面试，两个公司开始频繁对接。赵东林那边的工作人员无论年龄大小入职多久，都是经过正规培训的，就连发邮件这种事情都有自己的一套规矩，与之相比，孔真公司里的员工就不仅仅是"业余"二字能够形容的了——本来约好了在周三下午2点之前把孔真公司的物料发给对方，但是负责的几个员工拖来拖去，居然把约定时间都拖过了，孔真非常无奈，开了个小会询问到底什么情况，没想到发现了很多问题。她开过会之后看着自己的笔记本，满脸的生无可恋。

　　虽然没有人无故旷工或者捅什么大娄子，但是工作的时间越久，迟到早退就越像家常便饭，请假更是常有的事——孔真为了创造宽松的工作环境连打卡机都没买。而且员工之间责任分配不明确，现在除孔真外有9个人，赵博和谢湘南以及另外两个男生是全职摄像，两个女生是后期，剩下的两个女生兼任了婚礼策划和外联商务的工作，柳叶负责账目，然而除了柳叶之外，剩下的所有人都几乎不会只做自己的工作，比如谢湘南就经常帮孔真打下手想策划案，赵东林觉得婚礼策划和商务外联应该分开，而两个后期一个负责平面一个负责视频，工资都差不多，但是剪视频的工作量大概是平

196

面的 3 倍。而这次的事情也是因为分工不明确，孔真让几个后期一起把物料准备好发过去，但是并没有具体分工，工作氛围又一向宽松，几个人习惯性拖延症，活生生把事情给耽误了。

这次的事情不大，几个人加个班耽误几个小时也就弄好了，但是暴露出来的问题很多，赵东林知道这件事之后，特意与孔真长谈了一次。

"我知道你不是吝啬的老板，你比很多人都大方得多，听说你直到上个月才正式给赵博发工资，之前都是直接分给他对半的利润，因为你觉得在公司初期他出力不小。"赵东林冷静地说，"但是事情不应该这么做，不是所有的人都来和你讲感情讲付出，你开公司就是为了赚钱，人家打工也是为了赚钱，明确责任的同时给人家合适的工资，制定合理的规章制度，让大家明白我们来这里不是为了交朋友吃烧烤的，而是为了一起创造出更多的经济价值，懂吗？"

"可是那样我觉得不太好。"孔真没什么底气地反驳，"你知道我读书的时候最向往去哪种公司吗？就是那种环境氛围特别好的创业公司，大家都在一起像朋友一样，零食酒水无限量供应，办公环境温馨，每个人都很有干劲——"

"这样的公司我见过很多。"赵东林打断她，"你知道为什么零食酒水无限量供应吗？"

"为什么？"

"因为可能会加班到很晚，方便饿了随时吃点东西。知道为什么办公环境温馨吗？"

"为什么？"

"因为可能会加班到很晚，把办公室装得漂亮点会让人不那么暴躁。知道为什么环境氛围特别好，大家都在一起像朋友一样吗？"

"为什么……"

"因为可能会加班到很晚，大家在一起骂老板，如果老板在，就一起骂客户，一起骂人建立起来的友谊确实很真挚，这点我倒是同意。那你知道为什么会加班到很晚吗？"

"不知道。"

"因为老板希望员工以为大家都很有干劲，在为了公司和自己的美好明天奋斗，期待去纳斯达克敲钟上市，自己分到原始股，却没注意到加班没有餐补——零食酒水无限量供应。"

孔真彻底词穷了。

"请你舍弃你开公司等于交朋友的不成熟想法，把你的公司弄得看起来像那么回事儿，别像个骗钱的地方。"赵东林一锤定音，"按照规章制度办事才好赚钱，谈感情最容易被得寸进尺，以及被背叛。"

孔真深思熟虑之后信了他的话，毕竟这听起来挺有道理的，她的性格其实有一点大大咧咧了，说不定她觉得自己平时给了员工很多自由和丰厚的报酬，但是员工还觉得她给自己太多不清不楚的工作，在背后偷偷说她是"周扒皮"呢！

于是孔真很快新拟了一份公司规章制度，又买了个打卡机，还简单地开了个会，说了一下新的规定纪律，开完会后又私下找员工谈了谈，把工作内容分割交接清楚，适当做了一下工资调整，又找了个30多岁的人事姐姐，赵博对此表示不满，他说我自由散漫惯了，突然搞这么严肃我不适应，孔真则以自己被他的假蛇吓出了心理疾病相威胁，表示如果赵博还在那里叽叽歪歪的，就马上带自己去北京最好的医院看心理医生，赵博不得不闭了嘴。

赵东林在发现孔真对自己的意见照单全收之后非常满意，他有事没事就不辞辛苦地来孔真的公司转两圈，搞得孔真以为他很闲，而赵博已经完全变成一个三八了，每天最大的爱好就是打听孔真到底是怎么和金主搅在一起的，是不是像偶像剧里演的一样被强取豪夺了，赵东林有没有精神空虚的富婆朋友等着他去拯救。孔真非常生气，平均每天要抽他8次，然而他死性不改，势必要问个明白，孔真被他烦得不行，威胁他再烦人就要开除他。

讨厌赵博的不只有孔真一个人，赵东林也对赵博很不满，原因无他，只是觉得对方和孔真走得太近了。

由于孔真经常以各种出其不意的方式在他的梦里出现，赵东林心里的抵抗已经逐渐变得薄弱，虽然他会在心中历数孔真的毛病，一桩桩一件件都不放过，从她偶尔的不修边幅到她的粗暴与尖锐，这些和自己的择偶标准都是完全不相符的（他一再重申），但是有时候他又觉得孔真是个非常有趣的女生，尤其是双手撑着桌子满脸严肃地和他谈正事的时候，整个人像是一桶熊熊燃烧的机油，好像马上就能骑着摩托扛着刀上战场，看起来很有生命力，这和他之前约会过的所有女生都非常、非常不一样。

按照刻薄和暴虐程度来讲，郑小竹已经算是一个极限，即使是郑小竹，大多数时候也非常温柔，并且时刻都注重体面，万事务必面子上好看，不能落下任何让人耻笑的把柄，像孔真一样在街上撸起袖子和男人打架，这种事她们是绝对做不出来的，诚然，这件事对别人来说有很多更好的解决方式，绝不会像孔真一样莽撞冒失，把事情搞得乱七八糟，然而她们也必定不会像孔真一样给人以真诚的感觉。

郑小竹前段时间和赵东林因为工作上的事碰了面，那时郑小竹的老板已经收到了赵东林决定转型的风声，把赵东林千疮百孔的大头照从飞镖盘上拿了下来。郑小竹终于不再为赵东林烦心了，两个人见面之后谈了会儿公事，话题自然而然地转到了孔真身上，郑小竹提起那个惊心动魄的夜晚，复述了孔真当时是如何不顾自身安危开车从天而降的，赵东林听了之后沉默很久，在沉默之后他说的第一句话是："她是不是傻？"

"这个世界上的大多数真诚看起来都很傻。"郑小竹说，"因为聪明的坏人太多了，所以聪明没什么稀罕的，真诚才……我说，赵东林，你不喜欢她吗？"

赵东林违心地说："不喜欢。"

郑小竹离开的时候脸上挂着那种只有女生做得出来的、神秘莫测的表情，看上去勉强算是一个笑。

当时赵东林还没想明白为什么她要那么笑，但是现在赵东林知道了，自己说"不喜欢"的时候，他的表情一定出卖了他，就像现在一样。

赵东林对着车窗玻璃努力调整表情，尽量板着脸，像是出门掉钱包了，然后他整了整衣领，走进了孔真公司的办公楼。

前几天孔真随口和他提了一嘴自己想要再找个大点的办公室，赵东林让人帮她选了几个合适的地址（都离他的公司非常近），他提前两天就和孔真约好，今天开车带她去看看。

踏进孔真公司的一瞬间，赵东林本来故意板着的脸看起来更吓人了，因为孔真正和赵博挤在沙发上，不知道因为什么事笑得气都要喘不过来，孔真疯狂地拍赵博的肩膀，一边狂笑一边问："然后呢然后呢？"

赵博好不容易把气儿喘匀了，咳嗽着说："然后彬彬就和他媳妇说——"

"孔真。"赵东林出声打断了他们。

"哎呀，赵总来了。"孔真从沙发上跳起来，拖拖沓沓地在赵博腿上踢了一下，"我今天和赵总去看新办公室，你在这儿好好看家，听见了吗？"

赵博嗯嗯啊啊地应了，又过来和赵东林套近乎，赵东林脸拉得老长，随口应付了他几句就带着孔真走了。

"赵总，你怎么啦？"上车的时候孔真坐在副驾驶座上不安分地动来动去，好像屁股下面放了个弹簧，赵东林转身替她系了安全带，没搭理她。

"咦，怎么这么沉默，谁惹你生气啦？"孔真兴致勃勃地盯着他看，"有什么不开心的，说出来让我乐呵乐呵。"

赵东林心想你乐个啥。

"我没什么不开心的。"他微微抬高了下巴，矜持地说，"你好好坐着。"

孔真哦了一声，正襟危坐，低头玩手机。

赵东林瞥见她手机上的聊天对话框，对方好像是赵博，于是他的脸板得更难看了，猛地踩了一脚油门，周围的景色飞速后退，孔真吓了一跳，收起手机紧张地看着他。

"你到底怎么了，是不是不想活了准备报复社会去学校撞小孩儿呀？我可不陪你，我和你说，你要是真有这打算，前面路口停了，我要下车，人家晚上还团了个烤肉没吃呢，我劝你赶紧放下方向盘立地成佛啊！"

赵东林减慢了车速，沉默半晌道："和谁一起吃？"

"哈？"

"你的烤肉，"赵东林打了把方向盘，"和谁一起吃？"

"我自己吃。"孔真嘟嘟嚷嚷地说，"我发现他们太不地道，每次都是我烤，烤完了他们就疯抢，回回都吃不饱，我还吃个什么劲儿呀？所以今天只有我自己吃，哈哈哈。"

"哈哈哈。"赵东林干巴巴地学她笑，"你为什么一笑起来就像个傻子？"

孔真摸不着头脑："你到底怎么了，为什么突然人身攻击我，我也是有律师的人好吗，小心我发律师函啊，I am warning you（我警告你）！"

赵东林忍不住扑哧一声笑出来："你还警告我……美剧看多了？"

"也是，警告你不符合国情，那你小心我找人揍你，我的天字第一号小狗腿子赵博最近可抓紧锻炼身体呢，打你一个没问题。"

赵东林的脸又板了起来。

孔真安静地思考一会儿，突然一拍大腿："赵总，你是不是看上赵博了？"

赵东林差点把方向盘脱手了："你再说一次？"

"你看着点车！"孔真闭着眼睛尖叫，"会不会开啊，我开得都比你稳！"

"你刚才说什么？"

孔真吓得浑身无力，蔫巴巴地说："我没说什么，就是针对你的性取向开了个非常不成体统但是很俏皮的小玩笑，你不要介意，我们女人有时候就是这么口无遮拦，当然你们直男有时候对自己的性取向也是过分在意了——我没有针对你！好好开车，你乖乖的，我晚上带你去吃烤肉好不好？"

赵东林非常做作地咳嗽一声："那我要看看有没有时间。"

二人到了赵东林公司附近的选址，孔真对这里相当满意，但是她觉得租金有些高了，赵东林听了之后微微皱着眉头说："租金并不算高，我们投你的钱都花哪儿了？"

他这么说，孔真马上就认真了起来，火速从包里掏出办公用的平板，打开，噼里啪啦地给赵东林报账——购买摄影器材和会场装饰，酒店租赁，员工工资奖金，大批量的外包人员预付款，广告营销费用，租金和装修以及新招员工的预算，她举着平板，非常严肃地说："都花到了该花的地方，没有贪污腐败！"

赵东林没想到自己只是随口一说，她就这么在意，赶紧把她的平板放了回去："谁说你贪污腐败了？"

"这事关我的人格，人格你懂吧？"孔真说，"我的人格就和你的性取向一样不容污蔑。"

"上纲上线……"赵东林看了她一眼，"就这儿吧，租金我来付，找个好地段，别每次让顾客上门都觉得上郊区野游似的，很掉价。"

孔真为难地在平板上戳戳："不要你付……虽然你说得也有道理，我们现在的地方是偏了点儿，不过也很好呀，静中取静！有个好的办公环境不是也不错吗？前段时间天还没冷的时候，还有燕子在我们窗口造窝呢，多么好……"

赵东林正要再劝几句，孔真话锋一转："可是现在那附近什么吃的都没有，外卖就那么几家，我都快吃吐了，想聚个餐吃点好的还得开好久的车，不好不好，我来看看这儿附近有多少外卖……嚯！"孔真瞪大了眼睛，"这么多啊，那就这儿吧，我再控制一下预算，肯定能把租金挤出来的！"

赵东林嘴角抽动了一下："很好。"

二人速战速决，本来空出来的时间不知干什么用了，赵东林还惦记着孔真的烤肉，孔真却好像已经把这件事忘到了脑后，她要赵东林把自己送回去，赵东林憋了半天："你晚上还去吃烤肉吗？"

"去不了啦！"孔真低头看平板，"我要和小叶子一起好好算一下账，还有一堆乱七八糟的事儿没干呢，上次说的那个民俗婚礼的事儿都拖了好长时间了……对了，烤肉的券给你吧，100多块钱呢，不去浪费了。"

赵东林心想我出门吃饭一瓶酒2万多块钱，你就让我去吃100多块钱的烤肉？

"好，回头发给我吧。"他狡猾地说，"不白吃你的，下周请你吃回来。"

"嗯嗯嗯，行行行，"孔真没抬头，非常敷衍，"停这儿吧就，我走了啊，拜拜。"

说完，她裹紧了自己的羽绒服，一溜烟跑下了车，留下了满车的橘子香水味儿。

赵东林没把车开出去，他低头给叶宇发了个微信："带女孩儿约会去哪儿比较好啊？"

叶宇很快回复："对症下药。"

赵东林："什么？"

叶宇："见过世面的带去乡下摘葡萄逗狗，还必须是那种小土狗，没见过世面的带去那不勒斯看夜景，最好是租个私人飞机在天上转圈看。"

赵东林虽然觉得他在乱扯，但是在结束对话后他发现自己开始认真地思考孔真到底算是见过世面的还是算没见过世面的。

毫无疑问，孔真这个人浑身上下都洋溢着浓厚的乡土气息，到现在赵东林还是不能把自己的评价改过来，他依然认为孔真似乎随时能撸起袖子挥大铲，或者是抢起凳子照着他脑袋来一下，她对时尚和艺术一窍不通，对那些他认为女孩子应该感兴趣的话题全然不感兴趣。然而他又觉得孔真不会因为去了那不勒斯看夜景就开心地抱着他在飞机上转圈——这个画面非常难以想象，但是他能想象得到，如果自己敢在她面前炫富，或者表现出任何一点"我带你出来见世面你不要不识好歹还不跪下谢恩"的意思，孔真会当场把他干翻在地，绝对地、毫不留情地瞬间干翻在地。

思考了好一会儿，赵东林仍然无法把孔真这个人严格定性。

他决定放弃这个念头，在把手头的工作处理完毕以后再好好计划一下两个人的下一次约会。

新办公室选址之后，孔真紧锣密鼓地开始安排装修，虽然很忙，但是她心情很好。和之前几个酒店的合作都非常顺利，公司在业内也逐渐有了口碑，之前合作过的客人给出的评价都是一致好评，广告营销的效果也不错，订单一直在增长，和妈妈的关系前所未有地和谐，朋友们在一起生活工作，感情很好，总能相互支持，虽然免不了有各种小意外，但对她来说更像是生活的调剂而非考验，让她每每想起来都觉得非常神奇的事情是——事情终于朝着好的方向发展了。

她每次想到这句话都觉得非常不可思议，这件事终于也会发生在自己身上吗？在她十几岁的时候，有很长一段时间她都觉得自己的运气已经全部用光了，用在那些闪闪发亮的小皮鞋上，用在那些笔挺整洁的大衣上，用在那些想要什么都会得到、趾高气昂又志得意满的时刻。她天生就有的一切，在失去之后才显示出了自己的宝贵，在孔真知道世界上还有很多种别的生活方式后，她才后知后觉地懂得了自己习以为常的一切到底价值几何。

然而也是因为知道了世界上还有很多种别的生活方式，孔真在结束了青春期后就逐渐接受自己也许会一辈子平庸下去这件事，由于在学习上并不算出类拔萃，她找工作的选择实在是不算太多，当初想去北京做特效只是闭着眼睛在混沌里胡乱指了指方向而已，毕竟没有人能给她什么好的建议，高考之后的大学还是她坐在窗台上捧着报考指南胡乱选的，事后想想在很多个关乎未来的重要时刻，她都这样胆大妄为地自己做出了草率决定，包括自己的大学，包括那笔让她伤筋动骨的高利贷，包括和赵东林的婚姻。

让她意外的是只在短短的半年时间内，她的人生就彻底改变了，她早已推翻了那个灰蒙蒙的假设——她知道自己的人生不会像一块被人吐掉的口香糖一样黏糊糊脏兮兮惹人讨厌又不起眼，这就足够了，这种启示给了她勇往直前的勇气，她也不再相信所谓的宿命。

如果真的有宿命，她的宿命就是反抗宿命。

新工作室装修完那天，孔真也带着谢湘南搬出了之前的合租屋，她在郑小竹住的公寓租了间房子。所有的地方都很好，唯一不好的是新房子的格局让她想起了孔海波在金科华府的那套，不过转念一想也不错，她没有像孔海波一样坑蒙拐骗也有机会住上这样的房子，而且如果按照现在的趋势发展下去，她很快就可以买一套属于自己的房子了。

柳叶也在同一时间搬了家，离开了那个见证了她很多狼狈时刻的小家，但是她拒绝了孔真的邀请，自己在附近找了个环境不错的单身公寓。在晚上的聚会上，孔真兴致很高地频频举杯，郑小竹在她喝第3瓶啤酒的时候劝她："你少喝点，等会儿吐了多难看。"

孔真说："我怎么可能吐！我酒量很好的好吗？"

"这个我可以作证。"谢湘南说，"孔真的酒量真的很好，而且是天生的，你们没发现她不管喝得再多脸色都不变吗？我们初中毕业之后吃散伙饭，孔真一个人喝倒了一桌。"

"往事不要再提！"孔真笑嘻嘻地把自己的酒杯倒满，"人生已多风雨。"

"那是喝了多少啊……"柳叶受到了惊吓似的，"一个人喝倒一桌？"

"我忘了，但是班主任应该还记得，她肯定印象特别深。"谢湘南也笑了，"老师一直以为孔真是个好孩子来的，因为孔真平时——"

"平时总是帮助弱小，比如弱小的你！"孔真搂着谢湘南的肩膀，猛地蹭了蹭她的脸，"啊哈哈哈。"

"我亲爱的、挚爱的、可爱的朋友们，今天虽然我们都离开了熟悉的地方，但是这不重要，我们喝酒不是为了庆祝这个。"孔真端着酒杯站起来，梦呓似的说，"希望我们可以永远做个好人，虽然我为了做个好人付出了很多……很多我本来不应该去付出的，但是我们一定要做个好人，如果条件允许，我们也可以尝试着勇敢一点，坚强一点，不服输一点，哪怕只有一点点——"她眯着眼睛，将两根手指凑到一起，"这么一点点。"

"好的，"郑小竹笑着看她，"祝酒词很有说服力，让人心潮起伏，喝吧，我开车，就喝橙汁了。"

孔真将杯里满满的酒一饮而尽，仍然脸不红气不喘，看上去清醒无比，所以剩下的3个人就默认她真的很有酒量，在她眼神闪烁地说自己想尝试喝点白酒的时候，并没人去阻拦她。

一个小时后，孔真趴在桌上一动不动，手里还紧紧攥着酒杯。

谢湘南说："是不是混着喝酒劲儿比较大？"

"是，"郑小竹咬牙切齿，尝试把孔真扶起来，"我信了她的邪。"

3个人轮番上阵也没能把孔真扶起来，因为喝醉了的人格外沉，唯一完全清醒的郑小竹捂着额头在原地站了会儿，掏出手机给陆常远打电话，叫他过来帮忙。

"丢人，丢人啊孔真，"郑小竹拿手指头戳戳孔真的脑袋，"真的丢人，明天早上起来你会后悔的。"

"也没有很丢人。"谢湘南脸上红扑扑的，眼神也有点涣散，但还是下意识地为孔真说话，"她又不撒酒疯，就这么安安静静地睡觉，多乖呀！"

郑小竹说："可是——"

她的话被打断了，孔真的手机铃声响了起来，郑小竹赶紧说："要是她妈打过来的湘南你接，就说你们两个人在家呢，孔真感冒吃了药睡着了，她和她妈关系刚好一点儿，别让她妈找着机会再骂她一顿。"

谢湘南点点头，郑小竹把手机掏出来看，来电人是赵东林。

郑小竹想了想，把手机放了回去，然而赵东林锲而不舍，继续打过来，在打第3个的时候，郑小竹接了，不等那边开口就说："赵总你好，我是郑小竹，孔真喝多了睡着了，有什么事儿你明天再打吧。"

赵东林沉默一会儿："喝多了？谁灌她了？"

"不，是她自己非要喝，我们拦不住，但是我们真的尽力了。"

"她心情不好？出什么事儿了。"

"不，因为今天她搬家，心情很好，所以喝多了。"

赵东林说："喝了多少？"

"半瓶白的，啤的数不过来了。"郑小竹看着桌上的酒瓶啧啧称奇，"我真的长见识了。"

"你们现在在哪儿，需不需要人——"赵东林斟酌着用词，"帮个忙什么的？"

郑小竹清了清嗓子："我已经打电话叫我男朋友来了。"

赵东林急了："这不合适吧。"

"怎么不合适了？"郑小竹假装天真，"那你觉得谁来合适呀？"

赵东林犹豫了两秒之后决定不和她一般见识，清了清嗓子道："要不然我过去一趟吧。"

郑小竹拉长了声音说："哦——好吧，既然你都说你合适了，那我就把地址发给你，你可以来，在我地址发给你之前你会对我说什么呢？"

"非常感谢，"赵东林冷着脸说，"无以为报。"

郑小竹轻快地说："不用客气。"

她给陆常远打电话让他不用来了，挂了电话没多久，赵东林就到了，郑小竹看着赵东林把孔真半抱上他的车，脸上又挂上了那种只有女生能做得出来的神秘莫测的表情，赵东林看看她："你又怎么了？"

"没怎么，"郑小竹说，"你记得跟紧我们，不要把车开到别的地方去。"

"……我还没那么下作。"

"只是一个忠告，"郑小竹挥挥手，"出发了！"

把柳叶送回家之后，两辆车很快一前一后到了目的地，赵东林扶着仍然一动不动的孔真下车，看上去并没费什么力气，孔真似乎有点难受，手指头紧紧抓着他的衬衫。谢湘南也醉得晕晕乎乎的，她左看右看，不知道为什么赵东林会在这里，在赵东林扶着孔真走到她们的家门口时，她还在思考这个问题。

一直到赵东林扶着孔真坐到沙发上之后，孔真抓着他衬衫的手指头仍然攥得紧紧的。

4个人都很沉默，郑小竹和谢湘南盯着孔真的手看——赵东林在尝试把她的手指头掰开，但是他没有成功，实际上他也没怎么用力。

赵东林放弃了和她的手指头较劲，起身道："我可以留下来照顾她。"

"不行！"郑小竹和谢湘南同时说。

谢湘南看了看郑小竹，晕晕乎乎地说："已经很晚了。"

郑小竹则更加尖锐："大半夜的孤男寡女共处一室算怎么回事儿啊？她还喝醉了，赵东林你别占便宜啊！"

"我不是那个意思！"

郑小竹走过去在孔真的手上拍了几下，恨铁不成钢地一字一句道："快，放，手，让，他，走！"

也许是她力气大了点儿，孔真居然把眼睛睁开了，她看上去一点也不迷糊，反而从眼睛里冒出精光，像是刚从太上老君的炼丹炉里蹦出来的孙悟空，她扶着沙发站起来，绕着这3个人转了一圈，挨个从他们脸上看过去，突然指着谢湘南说："南南！"

谢湘南吓了一跳，"干吗呀？"

"你这个月工资多少？"

"啊？"谢湘南蒙了，"你问这个干什么？"

"我要给你涨工资。"孔真突然抱了她一下，还在她脸上亲了一口响的，"必须涨起来，不涨不行了，我感觉我特别爱你。"

谢湘南害怕地摸了摸她的额头，还没等摸到，孔真就扑到一边去亲了郑小竹一下，她攥着郑小竹的手，认真地说："你也涨，一起涨。"

"谢谢你，但是我工资不归你发，亲爱的，你先去床上躺一会儿吧，听话。"郑小竹想推着她去床上坐下，孔真突然来了个非常奇特的走位，让她扑了个空。

孔真看着赵东林，以迅雷不及掩耳之势在他胸口捶了一拳。

"哟，大哥！"她又捶了一拳，"见到你太高兴了！"

赵东林一只手攥着她的两个手腕，强行把她扶到了床上。

谢湘南被孔真一吓，醉得更厉害了，她捂着胸口，脸色惨白，似乎随时都会吐出来，郑小竹一时间也不知道怎么办好了，她看看谢湘南又看看孔真，一时间难以取舍。

"我先带谢湘南回我家。"郑小竹说，"但是我还会回来的！就楼上，10分钟的事儿，你不要轻举妄动！"

"谢谢关心，有醒酒药带点过来。"赵东林头也不回地说。

房间里终于只剩下两个人，孔真瞪着眼睛看天花板，眼神很空洞，似乎刚才的激情表白消耗了她的全部精力，赵东林帮她脱了外套，拧了毛巾擦手的时候她也毫无波动。

"你想吐吗？"赵东林有些担心地看着她，"没事吧？"

孔真嗯了一声，赵东林拿不准她什么意思。

他看孔真的头发在脖子里乱糟糟地团成一片，便弯腰帮她把头发拿出来，孔真吸了吸鼻子，突然说："好闻。"

赵东林的动作顿了一下："什么？"

"你，好闻啊！"孔真摸索着他的肩膀。

赵东林紧紧抿着嘴唇，过了很久才慢慢地俯下身，把脖子挨近了孔真的鼻尖。

他记得上次两个人这样近距离接触的时候，孔真的呼吸就喷在了那里，他不知道到底是什么味道，因为今天他根本没喷香水。

果不其然，孔真把鼻尖贴着他的脖子嗅了嗅，手上的动作放松下来，她迷迷糊糊地说："我好想吐啊……"

"我有这么恶心吗？"赵东林哭笑不得。

他一动不动，维持着一个非常不舒服的姿势，孔真似乎也不是很舒服，她动来动去，像个大号的、不安分的婴儿，随时预备着大哭一场似的。

郑小竹拿着醒酒药回来的时候，只看见两个人抱在一起，孔真正闭着眼睛哼哼唧唧，她噔噔噔地冲过来，显得恶形恶状的，勉强压低了声音对赵东林说："你干什么？怎么会有如此淫乱之事！你要上社会新闻还是法制频道！你是不是疯啦！"

"……是她抱着我不松手！"赵东林强行把孔真的胳膊拽了下来，孔真马上又黏了上去。

郑小竹抱着胳膊站在原地："不和你废话，你就说你走不走吧，我发给你地址只是为了让你来露个脸帮个忙，明早我和她提一提，让你刷刷好感度，我可没让你干别的。"

赵东林说："是她不让我走。"

"但是你强行走也不是不能走。"

"好吧，我不想走。"赵东林突然厌烦了和郑小竹打哑谜，或者说，他终于开始回答了自己一直逃避的那个问题——他确实是喜欢上孔真了，就算有再多的但是，就算孔真这个人和自己再不搭，他也必须承认自己完全被她吸引了。

"我想多和她待一会儿，因为我喜欢她，而且她现在喝醉了很不舒服，我怕她半夜吐了把自己呛死，所以我想留下来照顾她，就这么简单，有问题吗？"

郑小竹露出了很严肃的表情，她每次认真思考的时候就是这副样子，把两片嘴唇抿得紧紧的，死盯着赵东林不放，看上去非常不好惹，过了好一会儿，她才慢慢地说："但是你不可以占她便宜。"

"我是那种人吗？"赵东林不耐烦地说，"你少在这儿污蔑我。"

"你是个肮脏的男人。"郑小竹下了结论，"肮脏呀，赵东林，你很肮脏，所以此时此刻你要持续净化你的心灵，你要提醒自己，孔真还小，她不能遭到你的毒害，有法律在保护她……"

"你也很肮脏！"赵东林脱了自己的外套塞进孔真怀里，接过郑小竹手里的醒酒药，起身去厨房烧水。

"好吧，勉强相信你，毕竟你在我这里还算是有信誉，但是我可能会半夜睡醒了随时冲过来检查，你给我小心一点。"

赵东林说："再见。"

郑小竹一步三回头地走了，好像孔真随时会遭到赵东林的毒手一样，走到门口的时候，她又重复了一句："你给我小心一点。"

房间里又只剩下了两个人，只剩下水壶里的开水咕噜噜地冒泡的声音，水蒸气氤氲开来，赵东林不时回头看看孔真，发现她抱着他的外套在床上不住翻身，头发乱糟糟的。

赵东林混了杯温水端到床头柜上，扶着她坐起来，轻声说："把药吃了。"

孔真乖乖吃了药，喝了半杯水，看上去清醒了点儿——但是她刚刚发酒疯的时候表现得也很清醒，所以赵东林不敢妄下结论。

"怎么喝这么多？"他扶着孔真躺好，"以后少喝点，对身体很不好。"

孔真说："昂。"

"算了……"赵东林摇摇头，"醉鬼一个，不和你啰唆，哪有你这样的女孩儿，你不担心自己嫁不出去吗？"

孔真仍然抱着他的外套，瞪着眼睛看他。

"我忘了，"赵东林自言自语，"你已经嫁出去了。"

孔真突然用很小的声音嘀咕了一句什么，赵东林没听清，他把耳朵凑近了她的嘴唇，问孔真："你说什么？"

"好困……"孔真皱着脸，"困死了。"

"那你就睡啊！"赵东林说，"帮你把窗帘拉上？"

"可是我想吐。"

"那你就吐啊！"

"但是我好困……"

那一晚孔真终究是没吐出来，她抱着赵东林的外套迷迷糊糊睡了过去，除了撒那场酒疯以外表现得非常安静，并没给他添什么多余的麻烦，赵东林则自己在沙发上睡了一晚。

第二天早晨，赵东林被一声扑通声吵醒了，他睁开眼睛一看，是孔真因为刚换了床不习惯，一不小心翻身翻到了地上。

他赶紧跑过去把她扶起来，孔真肿着眼睛看他一眼就蒙了，哑着嗓子说："你干吗？"

"你喝多了，郑小竹她们扛不动你，打电话叫我帮忙，昨天晚上你拉着我不让走，好不容易折腾完了都快1点多了，我就在沙发上凑合一夜。"赵东林干脆利落地把她拉起来，几句话解释清楚前因后果。

他以为孔真肯定会感觉到羞愧——听听这叫什么事儿，身为一个年轻女子大半夜的因为喝酒断片无法独立行走，只能让名义上的丈夫扛回家，还发酒疯折腾人，难道她不应该羞愧吗？

没想到孔真脸上毫无愧色，还大言不惭地眯着眼睛说："你拉倒吧你，谁拉着你不放手啊，我可干不出这种事儿。"

她扶着床头的小桌子勉强站起来，晃晃悠悠地走到卫生间门口，猛地打开水龙头，水溅了她一身，吓得她尖叫一声，尖叫完了她似乎才清醒过来刚才赵东林到底说什么了，她孔真，居然和赵东林一个单身男子，孤男寡女，共处一室了！

她嗖的一声蹿出来，瞪着赵东林："你真在沙发上睡的？"

赵东林嫌弃地看着她。

"你去照照镜子，眼睛都肿得快和鸡蛋差不多大了，再闻闻自己这一身酒味儿，我非和你挤一个床干什么？我有那么饥渴吗？"

孔真转念一想这话也对，就收起了凶恶的表情，非常豁达地说："行吧，长得太丑吓着你了不好意思，我去拾掇拾掇，您老有事儿忙就走，没事儿忙留下吃顿早饭。"

赵东林当然不想走，但是他又不想这么干脆地留下，所以他选择了折中的方式——一言不发地回到沙发上坐好，假装低头看手机，实际上他在竖着耳朵听卫生间的声音。

只有水龙头哗啦啦响个不停。

"你干吗呢？洗脸呢还是洗衣服呢？"赵东林不耐烦地问，"差不多得了，赶紧出来一起吃个早饭，我还得上班去呢！"

他话音刚落，孔真就顶着满脸的水珠探出头来，闭着眼睛说："我不得好好洗个脸刷个牙，要不你又嫌弃我。"

出乎赵东林的意料，她素颜的模样倒比化妆时顺眼，把脸上花了的妆洗掉之后，皮肤看起来很白嫩，整个人显得干净清爽，又很清纯，像个随时准备拎起书包上学的女高中生，赵东林不得不承认自己挺吃她这种类型的，第一眼不惊艳，但是非常耐看，即使看的时间久了也挑不出什么毛病来。

为了避免尴尬，赵东林没事人一样站起来打量客厅，一边打量一边说："你怎么能这样呢？大晚上的在外面喝酒喝到断片，没个女孩儿样。"

"你这话说得好奇怪哦！"孔真在哗啦啦的水声里含含糊糊地说："谁规定女孩儿就不能喝酒了，法律规定了吗？卖酒的规定了吗？我一没酗酒伤身，二没酒后妨碍公共治安，为什么不能喝？"

赵东林最讨厌听到这种论调了。

"因为这不是好事儿。"他的口气认真了起来。

"你就告诉我你做没做过这种事儿，因为心情好一不小心喝大了断片了，以后还会不会有？如果你告诉我你没做过，以后也不会做，那我就不和你争了。"

"但我和你不一样。"

"哪里不一样？因为你是男的我是女的？"孔真还在扑噜噜地洗脸，声音闷闷的，"你看看我这副德行，你再看看你自己，多么星目剑眉身长玉立英俊潇洒，咱俩一起躺大街上还不一定谁先被捡走被疯狂侵犯呢！咱俩确实不一样，酒后断片这事儿放在你身上更危险，危险啊赵总，你以后真该雇个保镖，就雇我得了。"

孔真擅长诡辩这件事赵东林早已领教过，他不想因为这事儿和她浪费口水，所以赵东林想以一句经典台词结尾："我是为了你好。"

"啊，为了你好，多么经典，多少控制欲假你之名，我一个未婚女青年，和几个女性朋友出门喝酒，为什么还要被人指责，如果真的要指责什么，那就是我的体重，我确实该减肥了，要不然下回你都扛不动我了。"孔真脸上湿漉漉地走出来，蹲在打包好的箱子前找牙具，"你们这些人，想伸长手管别人就直说嘛，非得说为了别人好，这可不行，不诚实。"

"首先，我是真的为你好，其次，你不是未婚女青年，你已经和我结婚了。"

孔真呆滞地回头看他："哈？"

赵东林假笑道："开个玩笑。"

孔真没搭茬，晃晃悠悠地去刷牙，赵东林觉得不能任由沉默继续蔓延，哪怕是令人不愉快的话题，继续下去也是好的。

"你觉得喝酒是什么好事儿吗？"

"对我来说它不是好事儿也不是坏事儿，就像刷牙洗脸一样，是个很客观的事儿，在我有需要的时候我会刷牙洗脸，也会喝酒，怎么了？"孔真往牙刷上挤牙膏，同时抬高了声音，"首先，我没有心怀不轨的异性出去喝酒，我的朋友会照顾我，这就避免了绝大部分的坏后果，而且我昨天之所以会喝醉，是我啤的白的混着喝了，太难受了我真的，下次可不能混着喝了。"

"你能不能别这么自我？这样不好。"

"哪样不好，非要不服输非要和你争个对错出来吗？是你一直在说，我只是在回答你而已哎，喝酒好不好，分情况，我昨天那样并没什么可指摘的，和靠得住的同性朋友出去，因为意外喝晕了，不会有什么严重的后果，而且我是个根本不会轻易和陌生异性出去吃饭的人，应该有的防范意识全都有。

"至于女生应不应该喝酒，这个问题我觉得很有意思，为什么你们会这么问，为什么不问问女生应不应该涂口红、做家务或者学习插花，当然了，不会有人这么问的，因为这几种行为没有侵略性，不像喝酒一样，大家普遍认为女生就应该做她们应该做的事，但是这些应该做的事不是基因或者法律规定的，而是男生规定的，很有意思！"孔真兴致勃勃，似乎完全醒酒了，"我一直在想这件事，你没想过吗？我们给男生的机会好像更多一点，浪子回头金不换这句话说了多少年了，有没有人说过荡妇回头是什么下场呢？好像没有，赵总你书读得多，你来说。"

"什么乱七八糟的！"赵东林不耐烦地挥了挥手，"怎么又扯到荡妇身上了？"

孔真不回答他，开始飞快地刷牙，又用清水冲洗了嘴上的牙膏沫，从卫生间走出来开始梳头发，"这是一个很严肃的话题，值得一扯，你来说说嘛！"

赵东林沉默半晌，发现自己并不能很好地反驳孔真。

首先，她说得没错，她没有和异性单独吃饭，她是和女性朋友一起的，那几个人也很靠谱，她并没有因为喝酒把自己置于危险的境地。其次，好像并没有人规定只有男的才能晚上出去喝酒。

然而他之前从没听别人和他认真讨论过这些。

"我不是因为什么控制欲。"赵东林虽然隐约知道自己控制欲很强，但他嘴上仍不认输，极力撇清关系似的补充道，"我和你的关系也不至于到了有控制欲的地步，好吗？我只是单纯地担心你。"

孔真拿一双肿肿的眼睛盯着他看，看得他浑身不自在。

"你看什么？"

"我好感动哦！"孔真说，"我们是什么关系，也就比邻居亲近那么一星半点儿，你还这么关心我，是我以小人之心度你君子之腹了，我太惭愧了。"

"什么叫就比邻居亲近那么一星半点儿？"

"是你说的呀，你和我的关系并没有到控制欲的地步。"孔真赶紧辩解，"那可不就是比邻居亲近那么一星半点儿吗？"

赵东林突然起身，把孔真吓了一跳。

"别动手别动手！咱俩世界第一好还不行吗！"孔真抱着抱枕紧张地说，"因为这个杀人犯不上，真犯不上，赵总，感情是可以培养的！"

赵东林心想，没错，感情是可以培养的。

"下周我去日本，你有时间一起去吗？"赵东林的语气很随便。

"你去日本干吗呀？"

"谈业务。"赵东林撒谎。

"不成啊，我又没护照，看看我们乡下来的穷苦女青年就是这么惨，好不容易傍个大款，大款说，哎，明天带你上日本花钱去，要什么买什么，哥一句话的事儿。可惜穷苦女青年没护照，第二天去不了，大款只好带别人去，等女青年的护照办好了，大款早已将她忘在脑后，你说惨不惨，真是闻者伤心见者流泪，太惨了，世界是不公平的，穷苦青年越发穷苦，大款说不定去日本以后傍个日本大富婆，越发有钱了，你说说，这个世界，公平吗？不，太不公平了。"

"你哪儿来这么多话啊！"赵东林只觉得脑袋嗡嗡直响，好像有1万只蚊子绕着他疯狂地叫，"你别和我在这儿臭贫，等你办好了再去呗，十天八天的事儿。"

孔真想了想，摇摇头："不不不，我还想带着南南一起去呢，早就答应她挣钱了一起去日本玩儿，哎赵总你去过大阪通天阁吗？要不我带她上红灯区溜达一圈儿了，至于你呢，你要是非和我们一起去呢也不是不可以，但是据说那儿可不接待外国人，你自己规矩一点，不要犯事儿，要不然我们两个弱质女流也不好捞你，人生地不熟的，我也不会说日语，就会那么几句，也不顶用啊，这次就算了，你先自己去咯，等我攒够钱了就约你。"

"这都什么乱七八糟的！"赵东林恨不得把她的嘴堵上，"不准带别人，就咱俩，去哪儿听我的，衣食住行我都安排了，你把你自己带好了就行，抓紧办签证吧。"

孔真打量他几眼："赵总，你今天怎么这么霸道，像个霸道总裁一样，真的让我很不习惯。"

赵东林疑惑地看着她："我以前不是霸道总裁吗？"

"啊不，你以前也很霸道，但是我总是忘记你很有钱这件事，所以总觉得你就只有霸道，然而你今天突然说要包揽我的衣食住行，霸道总裁这个人设就立起来了。"

"我给你投了400万！"赵东林拿4个手指头在她面前晃来晃去，"400万！你为什么要忘记我很有钱这件事？"

"哦哦哦哦哦哦。"孔真赶紧摸狗似的在他头上撸了两把，"咱们有钱着呢，富裕着呢，不气不气噢，等我化个妆咱们出去吃饭饭。"

赵东林灵光一闪："你不是说要做旅拍吗？正好和我一起去看看。"

孔真刚刚还不以为意，听他这么说突然有些心动了，她想了想，离开几天公司也没问题，正好让谢湘南帮忙盯着，看看新的规章制度实行的力度如何。而旅拍业务以后肯定不仅仅限制在国内的，国外第一站选在日本也不错，近几年赴日旅游人气很高，很多事情在网上查攻略肯定没有自己亲眼去见见好。

"好！"她鼓鼓掌，"那就决定了，选定你做我的高端商务伴游了！"

孔真一贯是心比天大，除了工作之外万事不上心，反应又慢了点儿，直到开始办签证了才觉得这事儿不对，她单独和赵东林去那么远的地方，是不是不太妥当呢？虽然时间不长，就三天两夜，但总归是两个人的单独旅行，虽然两个人是去做正事的，但是总归男未婚女未嫁的……啊这么说好像也不对两个人还真都结婚了……

"我这不是商务伴游嘛！"孔真实在憋不住，偷着和郑小竹抱怨，"就我这姿色还是那低端的，好吗，人家都高端商务伴游，到我这儿低端商务伴游，还不给钱，太掉价了。"

郑小竹差点儿把茶呛出来。

"宝贝儿，你是真傻还是假傻呀？要说伴游也不是你，赵东林才是那伴游的，懂吗？"

"啊？我们这趟还有别人啊，他也没和我说，伴谁啊？"

郑小竹慈爱地看着她。

"伴你，他，赵东林，伴你，听懂了吗？他想陪着你单独出门旅游。"

孔真彻底晕了。

"不过年不过节的他陪我玩儿什么啊？生意不做了啊？钱不挣了啊？伟大事业不发展了啊？"

"我就没见过你这么迟钝的女生……那我就直说吧，赵东林看上你了，想追你，所以找机会叫你出去玩儿，他业务都在国内，去日本谈什么业务？"

孔真听完这话，沉默地端起自己眼前的饮料咕嘟咕嘟地喝，喝了大半杯，她放下饮料，老神在在地说："你蒙我。"

郑小竹翻了个白眼："我蒙你还不如去蒙弱智，蒙弱智都比蒙你有成就感，打住，反正我把事实和你说了，你爱信不信，真想去我也不拦你，赵东林那人虽然毛病一大堆，但是人品还行，不能占你便宜。"

孔真又喝了一口饮料，呛住了，一直从餐厅咳到回家。

她觉得那口饮料似乎是顺着气管一直呛到了大脑里，里面丰富的二氧化碳气体涤荡了她的神经，让她的记忆力突然变得好了起来，她把和赵东林相处的每个细节都摘出来仔细回味——倒是没回味出什么滋味儿来，只觉得赵东林似乎对她还不错。

在她人生中最困难最低谷的时刻，是赵东林出来帮了她的忙，虽然那时双方付出各取所需，然而她也不得不承认赵东林对那时候的她来说像是天降神兵。之后两个人又一起做生意，赵东林给她投资，这想一想都是非常不可思议的事情——她确是有这个自信说自己完全配得上赵东林的信任，然而能力只是一方面，这个世界上有能力又努力的人太多了，这些人很优秀，但他们未必有和她一样的好运。

这是她不得不去承认的事情。

似乎是她在翻山越岭时一不小心跌落了谷底，在遇到赵东林之后就一直往上爬，而且如果不是赵东林，她也不会遇到郑小竹。

一贯自称不信宿命的孔真不得不承认赵东林的存在似乎确实影响了自己人生的走向，无论多少，都不可否认。

思路戛然而止，孔真决定不去想那么多，无论如何，在赵东林开口之前，她想要珍惜这段交情。

怀揣着这样的想法，孔真和赵东林一起坐上了前往日本的飞机。

她前几天还在为了这3天突如其来的假期熬了夜把手头的事情处理完，几乎是一上飞机就睡着了，赵东林也没理她，自顾自低头看书，不时回头看看孔真——他总觉得今天孔真脸色不大好看。

孔真一口气睡了将近两个小时才醒过来，情绪低落地对着赵东林的书发呆，她发现赵东林在看一本看起来非常无聊的书——《博弈论》。

"好饿啊！"她把眼神从书上收了回来，嘟嘟囔囔地说，"是不是吃饭了你没叫我呀？这人心眼儿怎么这么坏，我看你是没救了。"

"别冤枉我。"赵东林说，"你闻着味儿就能从梦里爬起来，你没闻着就是没开餐呢！"

"嘿嘿，那个，你这书讲什么的啊？给我说说呗，让我也受点教育。"

赵东林看看她，把书收了起来。

"算了，说了你也没兴趣。"他说，"怎么脸色这么差，最近没休息好？"

"这不出来玩儿嘛，我不得赶紧主持主持大局，方方面面都安排好，让我的员工们都有事可做，让我的每块钱都沾上劳动人民的血和泪，不安排好我哪儿能放心走呢，赵博还不得带着他们造反啊！"

"你很忙？"赵东林用一种不是很相信的语气说，"你们那小公司好像没什么需要你忙的吧？"

"瞧谁不起呢，我忙得很呀我，最早到最晚走，每天都超——忙的好吧。"孔真打了个哈欠，又把眼皮合上了，"你不懂的。"

赵东林换了个话题："你和赵博关系挺好的？"

孔真心里咯噔一声，他怎么问起这个来了？如果他喜欢我那事儿是真的，那他这算不算吃醋啊？天啊妈妈你看见了吗有人为了我吃醋哎！女儿有出息了！我生死不明的爸爸你看见了吗？算了你看见不看见我也不在乎了……

她停止了自己的胡思乱想，假装气定神闲地回复："还成吧，我刚工作就和他认识了，他那人看着不靠谱，其实人品还行，很靠得住的，够朋友。"

她说的倒是实话，赵博虽然平时不靠谱，但是关键时刻总是最挺她的，虽然这和孔真对他不错也有关系。

"你一个女孩子家家的，少和男生走得太近，说出去影响不好，就算你不管这些，赵博以后还谈不谈恋爱了？"

孔真哪里想到他本次发言的角度如此清奇，瞬间就不知道怎么回答好了。

"嗯……"她只好说，"那我以后注意。"

"不是你注意不注意——"

他话音未落，空姐温柔的声音就在二人耳边响起："咖啡苹果汁可乐冰水桃子汁橙汁，请问这位先生喝什么呢？"

赵东林的发言被打断了，然而接下来的飞行时间里两个人都想着这件事，孔真是在心里握拳跪地流泪，一边沉浸在有男人为了自己吃醋的喜悦里，一边又嫌弃吃醋对象是个大马猴儿一般的赵博，赵东林则是琢磨自己刚才的表现是不是显得太不大气，总盯着赵博不放算怎么回事儿，赵博一看就不是什么正经人，孔真肯定都没拿他当男的看。

远在千里之外的赵博突然打了个喷嚏。

到的时候接近傍晚，孔真呆呆地仰着头看天空，她一瞬间想起了很多很多的往事，从10年前到更久。如今她故地重游，竟在离家千里之外的异国他乡找到了熟悉的记忆，那是她一生中最好的时候，金灿灿、沉甸甸，像是缀满了糖果，浸透了蜂蜜的圣诞树，在温吞和昏暗的回忆里是那么闪闪发光，不用努力，不用费尽心机，带着可乐蹦到鼻子上的点点凉意和炸鸡油腻腻的香气，带着加热的椰汁的醇香，带着鲜花和初雪的味道。

她用了很大的力气才把自己从这种情绪里拔出来，因为她不想浪费时间在已经失去的东西上。

二人到了酒店时天已经黑了，要是一般的家里蹲女青年肯定已经累得歇菜，然而孔真一贯战斗力拔群，折腾这么一圈根本不是问题，她把行李放好，在酒店的床上躺了3分钟不到，就跑出去敲赵东林的房门，赵东林在里面用日语问了一句是谁，声音模模糊糊的，孔真贴着门缝说："是我呀赵总！你收拾好了吗？咱出门玩儿去吧。"

赵东林开了门，探出一个头来："玩儿什么？行程都在明天，你今天不累吗？"

孔真说："不累啊，我说你藏什么呢？"

"我没有藏什么！"赵东林说着就要关门。

孔真眼疾手快，突然伸手一推，赵东林赤裸着上半身站在她眼前，腰间只围了条浴巾。

孔真差点儿咬了舌头，嗖的一下转身就走："你忙你忙，我回去睡了，折腾一天可把我累毁了。"

赵东林在后面叫她："等会儿，我换好衣服陪你出去。"

孔真走也不是留也不是，站在原地踌躇，赵东林已经关上了门回去换衣服，她盯着酒店走廊光滑的浅色壁纸发呆，突然拿手往脸上一拍，"我——天——"

她孔真第一次这么近距离地看男人的胸肌！

真想伸手摸一把！

但是不敢，异国他乡的，赵东林再告她性骚扰，她可没地儿说理去。

赵东林很快就换好了衣服从房间里走出来，就像刚刚什么也没发生过一样，他很自然地带着孔真往电梯走，一边走一边低头看手机："想去哪儿？"

孔真脱口而出："去通天阁。"

赵东林看看她："不去阿倍野Harukas吗？"

"不去。"孔真一头雾水，"干吗的？"

"购物中心。"

孔真走到电梯里才恍然大悟："赵总，你又要树霸总人设了，我喜欢，但是今天买不动了，我们就简简单单地出门逛一逛就好，不用弄得那么血腥，什么购物中心啊，可不能搞资本主义那一套，你怎么能让资本主义腐蚀你呢？是不是生意做多了忘了立场？咱共产主义青年，聚在一起谈谈人生谈理想。"

赵东林听得好笑："谈人生谈理想？咱俩能谈到一起去吗？"

"呦！"孔真惊了，"您老是苏格拉底转世思想境界特别高深，还是亚历山大嫡亲血脉文韬武略无一不精啊？怎么就和我谈不到一起去了？"

赵东林说："行，那就谈谈，你觉得我放弃之前的一切是正确的吗？"

"当然是正确的，"孔真不假思索便脱口而出，"你不想做吗？"

"想做。"

"想做的事就是正确的事啊，为什么非要别人告诉你正确不正确，难不成你等着别人把以后10年的命运都算出来摆在你眼前，你把一桩桩一件件的坏事一定要都躲过去才算完吗？非要把一切都弄得那么精确，胜券在握胸有成竹就是正确的吗？我看未必。我知道你这人志存高远着呢，看不起那些混吃等死的人，要是你知道这个世界上有人混吃等死一直到真死了，就这么过一辈子，你肯定特瞧不起人家，然而人家为什么不能选择这么做呢？

“也许他就是有这个混吃等死的能力，他把这件事做得很好，他人生的意义就在里面，他觉得这样做才能获得巨大的开心与满足，所以他就做了，对社会并没造成什么危害，这是法律和世俗的道德都允许的，你明白我的意思吗？正确的事不是利益最大化的事，而是你最想做的事，因为只有这样你才会最快乐，满足感才是最大的利益，因为求而不得的煎熬是地狱，如果说这个世界上有什么事是一定正确的，那就是做快乐的事情，只有这一个答案。”

“所以你觉得人只应该为了自己活吗？”

“当然是，因为你为了别人活是非常不道德的，谁也没有要求你必须符合他们的期待，你一厢情愿绑架自己为了别人活，相当于把别人未经允许绑在了一条船上，这对别人来说也是一种负担，比如说我今天非常想让你带我去疯狂购物，这是我对你的期待，然而你并不想去，只是为了不辜负我的期待强忍不适带我去了，却没想到我只是随口一提，我的期待并不能和你的强忍不适画等号，你的付出真的有你想的那么重要吗？并不，我的看法就是，选择让你快乐的，仅此而已，没那么麻烦。”

“……你平时会想这些问题吗？”

“会啊，为什么不。”孔真漫不经心地说，“我一直希望自己能够变成一个有用的人，但是在我长大以后我发现这件事很难，于是我降低了标准，希望能变成一个快乐的人。对我来说，快乐是努力做好我的工作，努力赢得属于我的尊敬，保护我的尊严，如果与此同时还能创造一些价值就再好不过了，就……就这样了，如果说所有问题只有一个答案的话，就是去追求满足与快乐，不要违背道德和触犯法律，其实想一想还是挺简单的。”

赵东林像是与她第一次见面一样看着她。

每每多与她接触，对她的印象就会改观一些，他到现在还忘不掉两个人初次见面时，孔真拿着锤子满脸暴戾地看着他的样子，那时候他心里只想着3个字——“神经病”。然而没想到孔真并不是个神经病，还勉强比大多数正常人来得更正常一点。

二人走出酒店，清雪飘飘洒洒，像天上的星星坠落，天空是蓝灰，街灯是斑斓，浓烈与昏暗对比，边际也模糊不清。

孔真觉得冷，又很畅快，她吸了吸鼻子，拿手接着雪花，一触即融，什么也留不住。

“不好意思哦，”她突然说，“不应该说教，不应该讲大道理，这样很讨厌，也许你和我是没什么好谈的，我们也算不上一个世界的人。”

赵东林低头看她，她怏怏不乐，有点不高兴地噘着嘴。

"我不是认真的。"赵东林有些不自在地说，"之前——只是在开玩笑，我很欣赏你，我喜欢上进又聪明的人。"

他还是第一次这么正儿八经地夸奖孔真。

"咦？"孔真惊了，"你欣赏我？你什么时候开始欣赏我的？"

"从第一次见面开始，"赵东林伸手帮她戴好了羽绒服的帽子，"我很欣赏你砸门的气势。"

孔真忍不住笑出声来："看不出来，你眼光还挺独特，喜欢我们江湖儿女呢，但我本性还是挺温柔的，真的！"

"话说回来，你之前去砸你爸爸家门，是不是因为他——"赵东林其实好奇了很久，但是一直没有合适的机会问。

孔真不笑了，她踢了一脚雪："我爸爸躲着不见我。"

"怎么？"

"没怎么，"孔真努力让自己的语气变得轻描淡写，但是不太成功，"他让我帮他借高利贷，到期了他跑路了，我找不到他，一时冲动就去砸门了。"

赵东林过了几秒才消化了这个事实，他万万没想到事情居然是这样的。

"那后来怎么办了？"

"后来？"孔真看着他，眼睛映出路灯的暖光，"后来你就拿着钱来和我结婚了啊！"

赵东林愣住了。

"假结婚，我知道是假的！您别生气。"孔真赶紧往回找补，"哎呀，这都是命，巧了嘛这不是，那话怎么说的，我刚想吃饺子你就开始给我捣蒜……好像没这么句话啊，哈哈哈哈哈……"

她看赵东林脸色不对，伸手拍拍他肩膀："你怎么了呀？"

"亲爸？"赵东林问她。

"亲的，不能再亲了。"孔真撇撇嘴，"算了，都过去了，就当度劫了，可能我要成仙哦！"

赵东林没跟着她瞎扯，问："高利贷来找过你吗？"

"找过呀，那大哥，大金链子那么粗，和哆啦A梦似的没脖子，直接带着人找我公司去了，还要动手，好凶的我和你讲，现在想想我当时好傻大胆啊，我还气得要命，差点儿没打起来。"

赵东林听不下去："你别说了。"

孔真不知道他今晚怎么情绪起伏这么大，但她很听话，让闭嘴就闭嘴，一言不发地跟着他继续往前走。

前面跑过一个小孩儿，高声笑着，声音尖尖的，跑了没几步便停下来，喘着长气叫："ぱぱ！"

"我听得懂哎！哈哈，总算有一句我听得懂的了。"孔真眼睛一亮，"他在叫爸爸是不是，我爸小时候带我来这儿玩，他那个日本客户的小孩儿就是这么叫他朋友的，我就在一边跟着学，我爸还偷着乐。"

"你小时候来过这里？"

"是喔，很小的时候了，我爸那时候很有钱。"孔真伸出两根手指，做了个数钱的动作，"很大方的，带着我四处玩儿，要什么都给我买，你喝过那种迷你装的可乐吗？我记得就一包面巾纸那么大，在那时候就要20块一罐，我每次去逛超市都要买一大堆塞在书包里抱回家，就觉得好玩嘛，我妈说我浪费钱，我爸说他有钱，随便买，我闺女喝点饮料算什么！那时候觉得自己好幸福啊，哈哈哈，没想到长大了被他坑了……算了，其实我也不恨他，就当扯平了吧。"

赵东林看着她，不说话。

"不要这样看着我呀！"孔真微笑着与他对视，"怎么了呢？"

那一瞬间，赵东林有很多话想对她说，他想说也许我理解你，哪怕只有一点点，但我真的理解，比你日夜相处的朋友们还要更加理解，你灵魂中的某个片段与我不谋而合，那一部分的你也和我一样慌张过彷徨过，我们不该以那么突兀的方式开场，如果让我从头去理解你，我和你也许会比现在亲近许多。

孔真仍然没有移开自己的目光，她看着赵东林的眼睛，那双总是显得严肃又刚毅的眼睛，此刻却好像装载了很多的情绪，她试着去读，但是读不懂，她一贯是这样，如果别人不说，她永远也不懂。猜测是一件很累的事情，期待是一件很危险的事情，她的鲁莽在此刻消失得一点不见，只剩下断断续续的犹豫和胆怯，于是她不想再去看，更不想去试着解读什么。

"冲！不要再彷徨了，中华少年！"她突然在半空中挥舞着拳头，"开始新世界的旅程！去玩扒金库！去吃日本炸串串！去看福神Billiken！"

她拉着赵东林在雪地里前行，两只冰凉的手紧紧攥着他的手腕，像两块冰，但没过一会儿就逐渐与他的体温合为一体。

第十二章
〰〰 浪漫回应

　　新世界是大阪的商业街区，虽然现在已经风光不再，但曾经这里是大阪最闪耀、最引人注目的区域，二战以后才逐渐落寞，即便如此，它也是大阪的标志性街区之一，里面的通天阁更是游客必去的景点。

　　此时虽然天冷夜深，但这里热闹不减，非常有日本特色的窄巷两边全是密密麻麻的摊位，居酒屋、麻将店、棋牌店、弹子店，发出浓郁的烟火气来，游客们擦肩而过，脸上带着跃跃欲试的好奇或欣喜的满足，孔真刚刚还能分出些心思在烦心事和理不清的关系上，这会儿却完全把它们抛在脑后，她拉着赵东林吃了好几家街边小店，光是大阪特色炸串就吃了 10 多串，并且非常犀利地挑出了她自己认为最好吃的组合——鸡肉和青椒串，赵东林在眼睁睁看着她吃了那么多串之后又去居酒屋吃了一份煎饺一碗拉面，然后转身又去了一家居酒屋，要了一份炸猪排。

　　赵东林："……你为什么刚才不要？刚才那家也有卖炸猪排的啊！"

　　"我不好意思啊！"孔真小声说，"人家眼睁睁看着我吃了一份煎饺一碗拉面，嘿嘿，我不得注意一下形象。"

　　赵东林心想我不光眼睁睁看着你吃了一份煎饺和一碗拉面，我还眼睁睁看着你吃了 10 多串炸串呢，你怎么在我面前就不注意形象了？

　　没等他发问，孔真就像是会通灵一样把他的疑惑解答了出来："你不一样啊！"

　　赵东林还没来得及高兴，孔真就接着说："你是同胞，同胞见同胞，必须吃饱，我在你面前不用注意形象，我说你也吃点儿啊，光我一个人吃我非常尴尬的。"

　　赵东林刚才和她吃得差不多，这会儿已经感觉很饱了，孔真在一边撺掇："你连我一女的都吃不过，丢人不丢人啊，快随便点点什么，装模作样吃两口。"

219

"你还挺有理的你。"赵东林只觉得不可思议，"能吃是优点吗？你看给你骄傲的……"

孔真装没听见："点完了吗？"

赵东林也点了份炸猪排，两个人面面相觑，孔真不好意思了："你看你，就算我能吃点吧，你也不用拿这种眼神看着我啊，看得人家都不好意思了。"

"得了吧你。"赵东林低头给手机解锁，默不作声地看了会儿，把手机放在一边，"可算是快上线了，A轮的钱也快烧完了。"

"你A轮融了多少钱啊？"

"800万美金。"

孔真两眼转圈圈："800万美金是多少人民币。"

"5000多万人民币。"

孔真眼睛里的圈圈更多了："5000多万人民币？"

"怎么？"

"我发出了没见过世面的惊叹好嘛！做实业果然不行啊，要玩还是得玩虚的，炒股炒币互联网，咦，我们等下去通天阁看那个福神Billiken，一定要摸摸它哦，赵总，你要满怀诚意地摸，祈祷金钱的光辉照耀着我们，保佑我们永远庸俗，永远有钱，永远充满希望。"

赵东林不知为何把她的这番话记了很久，在之后的日子里，他总是会想起这番疯疯癫癫的话，甚至一度睁开眼睛就是孔真说话时的样子，他觉得孔真把自己一直以来想说又不知道怎么说的表达了出来，他赵东林其实也只是一介俗人，最大的满足来自于成功，成功就是成功，他很想永远庸俗，永远有钱，永远充满希望。

就像无论经历了什么都没被打倒的孔真一样。

那一晚两个人玩得很开心，孔真在吃完猪排以后又吃了一份寿司，赵东林担心她会肠胃不舒服，然而孔真整个人舒服得很，回到酒店以后洗漱完毕倒在床上就睡着了，做梦的时候还梦到自己变身怪盗基德站在通天塔的顶端，微笑着说："炸猪排配寿司同吃，会变胖。"

第二天的行程很紧，赵东林带她去京都见了个本科时的同学，3个人聊得很开心，下午两个人又去了金阁寺和伏见稻荷大社，至此孔真终于反应过来赵东林此次根本没有正事，来之前说要带自己看看日本特色婚礼也完全是骗人，然而她吃得好玩得好，刚刚还兴高采烈地拉着人家合影，这会儿突然变脸实在是说不过去，那个一直萦绕在她心头的疑惑又浮现出来——赵东林到底什么意思？

对待感情，孔真一向迟钝，从小时候就看得出来，要不然她也不会在情窦初开的年纪看不出李松其实喜欢谢湘南——说不定谢湘南自己都隐约看出来了就是不好意思提！那可是女生最憧憬爱情、对这些事情最敏感的时候，她却毫无知觉，一心只想做扛把子为谢湘南出头，而不是像别的女生一样挤眉弄眼地调笑谢湘南"他是不是喜欢你才欺负你呀？"

一贯很有自知之明的孔真只敢心里犯嘀咕，她还要抱着赵东林大腿好好赚钱发家致富呢，万一自己在这边乱写剧本暗示赵东林和自己乱搞男女关系，赵东林根本没那个意思可怎么办呀？钱还赚不赚了，伟大事业还要不要成就啦？

所以"你到底找我出来玩儿一圈干什么"这句话在嗓子眼里转了又转，终究还是没说出来，孔真端着酒店自助餐的橙汁一口灌下去，这句话也跟着沉了底。

赵东林看孔真不动如山，也就在一边装没事人，然而他的心思根本不在眼前之事上，只琢磨到底什么时候开口表白比较好，虽然他知道时机根本不成熟，但犹豫不是他的作风，他甚至开始后悔昨天晚上在新世界的时候没有表白，比如在她说"在你面前我不用注意形象"的时候接一句"因为你知道我喜欢你，所以不用在乎是吗？"又或者是今天在见同学的时候自然而然地介绍这是我老婆，等她私下里找自己算账的时候再邪魅一笑说几句例如"你不就是我老婆"的骚话，然而他没有，所以他只能一再错过机会。

在离开日本之前一定要说。

不如就现在吧。

打定了这样的主意，赵东林开口道："孔真。"

"赵总！"孔真举着一块蛋糕泪流满面地说，"这个好好吃啊，怎么做的，太牛了，你什么时候开始B轮融资啊，骗到钱了分我点我雇个厨子做蛋糕好不好啊，求求你。"

"什么叫骗钱！"赵东林忘了自己的计划，满腔旖旎消散一空，他恨铁不成钢地看着孔真，"吃吃吃，你就知道吃，吃完了就琢磨骗钱，你赶紧给我少吃点，吃多了会变成猪，没看过《千与千寻》吗？"

孔真龇牙咧嘴地狂笑起来："赵总你是不是疯啦，啊哈哈哈，要我说做人不能求胜心太强，你同学混得好那是人家有本事呀，而且人家从爷爷那辈就那么有钱，富三代来的好吗？你撑死了也就是个富二代，拼不过正常的嘛，我们工作的时候要有进取精神，平时可不能比上不比下，比多了就容易心理变态，你看你，从人家家里出来就耷拉着脸，不知道琢磨什么呢，怎么，后悔住一个寝室的时候没给人家投毒吗？我们做人要阳光啊，阳光一点好吗？快，笑一个，不要拿我这个无辜的可爱女孩子撒气，来尝尝这个蛋糕，真的，你必须尝一口，太厉害了这个。"

赵东林忍无可忍："你自己吃吧！"

孔真捧着蛋糕嘀嘀咕咕地走了，赵东林转过身不到一秒又转了回来："你往哪儿走？"

孔真忙着吃蛋糕，不理他，脸颊一鼓一鼓的，像腮帮子里藏了两个小小的气球，起起伏伏，充盈又抽空，赵东林瞬间又不生气了，拉着孔真在椅子上坐好，起身给她取蛋糕。

孔真却铁了心和他作对一般，吃完他拿的蛋糕又开始胡言乱语："我们这次没有去牛郎店，好可惜啊！"

赵东林的脸拉下来："可惜什么？"

孔真一贯不会看人脸色，大大咧咧道："可惜就是可惜，啊哈哈哈，等我下次带南南来再去，没关系的。"

赵东林一直到回房间都没搭理她。

孔真追在他屁股后头问要定几点的闹钟，赵东林冷着脸不说话，她才反应过来自己好像是不该当着他的面说那个，她一贯秉承不能和任何亲近的人有隔夜仇的理念，说道歉就道歉，绝不含糊，然而赵东林心力交瘁，生她的气也生自己的气，气自己这次真是眼光有问题，怎么会喜欢这种人呢？

"赵总你不要再耷拉着脸了，好小气啊，快，我们拉拉手，好朋友，告诉我定几点的闹钟，明早起床我们就要回国了，就不能一起吃炸猪排了，你都不想我的吗？"

赵东林冷着脸不看她："不用定闹钟，自然醒就行，我要睡了。"

他说着说着就要关门，孔真力气没他大，眼睁睁看着门被关上了。

"那晚安呀！"孔真贴着门缝说，"你真的睡了吗？你睡着了吗？"

赵东林还是不理她，她只得回到自己的房间，在微信上和朋友们聊了会儿天，贴了片面膜就要准备上床睡觉，刚刚盖上被子不到 10 分钟，床头柜上的花瓶突然开始原地晃动，然后她就感觉周围的一切都在震动，孔真愣了一下，突然吓得背后一凉——地震了？

她掀开被子就往外跑，镂空置物架上的摆件和假书已经被震在地上，孔真一时之间慌了手脚，不知道自己是不是应该钻到桌子下面躲起来。

酒店的广播隔着一层门响起，孔真扶着身边的椅背努力分辨有些失真的日语男声，就在此时，她的门突然被人敲响了，力道很大，几乎称得上砸，孔真吓了一跳，跌跌撞撞地跑过去拧开门。

她还没看清眼前人是谁的时候就被对方紧紧攥着手腕推了回去，孔真闻到一股熟悉的味道，像是小时候冬夜晚归的人身上凛冽的寒气，与她贴得如此之近，几乎差一点就要穿透她的胸膛，她慌慌张张地抬头去看，赵东林的嘴唇抿得紧紧的，推着她蹲到桌下，气氛慌乱又沉默，花瓶在地上磕碰作响，两个人的呼吸声此起彼伏，吊灯上的玻璃交织撞击。

震动慢慢地变小了，花瓶停止滚动，孔真一直僵硬的背放松下来，她这才感觉赵东林的手一直按在自己的背上，她的耳朵正对着他的心脏，很清晰地听见他胸膛中传来击鼓般的跳动声。

孔真不敢用力呼吸，甚至不敢眨眼，她只觉得血液一下子冲上了脸，在她薄薄的皮肤下变得更热，让她有一种想流泪的冲动，她前半生所有的漫不经心与大大咧咧都在此刻消失无踪，纤细敏感的神经像是被施了魔法的嫩芽一般从她的血肉里破土而出，仔仔细细地包裹着她身上的每一寸，原来此时此刻她正在被人拥抱。

赵东林的呼吸平缓起来，他拿开了自己的手，孔真呆呆地蹲在原地，脸仍然贴着他的胸膛。

"应该没事了，小震。"赵东林出声安慰她，"让我吓着了？我怕你一个人慌了往外跑，楼层高下不去很危险。"

孔真点点头，脸仍然很红，她喉咙发紧，说不出话。

赵东林说："你要是还怕的话就在这儿蹲一会儿，我下楼去看看。"

他说完就起身走了，孔真抱着膝盖慢慢坐在地上，她克制不住那种想要流泪的冲动了，于是她觉得脸上湿漉漉的，少有的莫名情绪让她难堪又高兴。

但她的难堪也是高兴的原因之一。

果然是小震，3级，没有余震，赵东林回来的时候发现孔真依然在桌子下蹲着，他还以为是自己破门而入把她吓着了，便又耐心地解释了一次，孔真眼神放空，也不知道听没听到，她支支吾吾地说没事了，让他回去睡，赵东林不放心地看看她："真没事？"

孔真磨磨蹭蹭地走到床边，把枕头摆正，钻进了被窝，她把被子直往上拉，把整个人都给盖住了，在被子下闷闷地说："真的没事呀！"

赵东林转身走了，回到自己房间后突然有些怅然若失，他抬起手闻了闻，隐约还有一股甜甜的橘子味，不知道是不是他的错觉。

日本一行后，两个人在机场分别，连着一个礼拜都没见面，赵东林几乎是连轴转地忙，孔真也没好到哪儿去，公司的后期给她惹了个不大不小的麻烦——客户的素材被弄丢了。

这件事几乎每个婚礼工作室都遇到过，丢素材的理由多种多样，硬盘被摔了、硬盘突然发疯了、没备份、SD卡魂游天外、电脑坏了……除了丝毫不可预见的不可抗力，剩下的都是人为因素，不过这次的人为因素比较奇葩，对方把SD卡里的素材拷贝到公司的移动硬盘里，然后把移动硬盘带回了家不知道拷了什么东西，硬盘中病毒彻底无法读取，而SD卡也被删光且覆盖了。

如果是平时，孔真根本不会因为这种事情生气，生气管什么用呢？把硬盘送去修就好了，但是这次她特别生气，因为对方拿硬盘回家下载了什么拷了什么根本不言而喻，她不敢相信这么低级的错误还能发生在一个已经工作了的成年人身上，还是因为这么猥琐的理由，想通以后孔真只觉得一阵恶寒，工作和私人生活都分不清吗？

这个男生叫钱晓文，是因为人手不够后招聘过来的，之前在闻欣欣的公司做过，和大家相处的时间很短，关系也一般般，孔真不止一次听到其他同事在背后说他喜欢占人小便宜，很没素质。说实话，孔真对他的第一印象就很不好，面试的时候他说起话来流里流气的，眼珠子乱转，还一个劲儿地抖腿，看得她眼晕，孔真觉得后期工作不用接触客户，能不能让人产生好印象也不重要，对方干活手很快，流水线的活儿不用动脑一样，所以没费什么周折就把他招进来了，谁想到这么不靠谱。

在这之前，钱晓文还和孔真不大不小地吵过一架，当时他在修照片，有一张照片角度没选好，走光了，他满脸猥琐地拉着旁边的男生看，孔真当时正好端着水杯路过，看清他电脑屏幕，脸色就变了，她停下来让钱晓文赶紧把照片删掉，钱晓文还满脸不高兴，孔真有些生气了，问他还有没有点职业素养，他才不情不愿地删除了，从那以后孔真对他的印象更是一落千丈，根本好不起来了。

硬盘已经被送去修了，数据能不能恢复出来还不敢保证，孔真已经在心里盘算着万一真的救不回来要怎么和人家私了，怎么赔礼道歉赔偿损失——然而她的思绪总是很快就被打断，因为她心里的火一个劲儿往上蹿，大家都没事人一样干着手里的活儿，偌大的办公室只有键盘鼠标的声音和偶尔絮絮低语，她环顾四周，只能忍了又忍，不断告诉自己生活就是这样，要习惯，要忍耐，百忍成金，而且她已经不是之前的孔真了，她已经感受到爱情的召唤了，眼看着就要有机会谈恋爱，可不能再发疯和别人打架了。

这股火还是在 3 天以后爆发了，硬盘被送回来，素材丢了一小半，剩下的实在是无法恢复，孔真拿着硬盘走到他身边，深吸一口气，努力让自己的语气显得亲切友好："晓文，就剩下这么点儿素材了，你看着剪吧，千万不能让人家看出毛病来。"

对方接过硬盘，又开始眼珠子乱转，也不抬头，拿侧脸对着她："我怎么剪啊？丑话说前边，素材剩多少我剪多少，我可不敢保证客户看不出来。"

孔真的笑僵在脸上，赵博在一边听了，不大高兴地哼了一声："晓文儿，你什么态度啊，她不就那么一说吗？你尽量好好剪就得了呗。"

钱晓文鼻子不是鼻子脸不是脸的："素材就剩这么点儿了，我怎么好好剪啊？"

"素材就剩这么点儿了是因为我吗？！"孔真终于忍不住炸了，一拍桌子，"老娘还没和你发脾气呢你先来劲了，你牛什么啊？欠你的？素材是你弄丢的！听得懂中国话吗？你和我摆什么谱啊，有病吧你！"

办公室里鸦雀无声，所有人都抬起头来看着孔真，钱晓文的脸涨得通红，看上去也气得不轻，张了张嘴想反驳，却不知道想到什么忍住了。孔真简直要字面意义上地气炸，她指着钱晓文说："你，走人，听见了吗？"

钱晓文张了张嘴，没说出什么来。孔真一拍桌子："聋了吗？"

孔真开公司以来第一次开除员工。

钱晓文很有个性地背着包当场就走了，赵博微信问她怎么发那么大脾气，孔真回复："你觉得我不应该发脾气吗？气死我了。"

赵博："不是，就是那人挺小心眼的，你当着这么多人骂他，他肯定记恨你。"

孔真差点把手机屏幕戳碎："来啊，老娘怕他吗？小鸡崽子一样的，爱干干不干滚！是他先对我态度不好的！死猥琐男，有多远滚多远。"

她不住地深呼吸，感觉刚才那种血液直冲上脑的愤怒逐渐消失了，拧开一瓶矿泉水猛喝了几口，孔真的心跳也平稳下来。午休时谢湘南和柳叶拉着她去外面吃饭，谢湘南告诉孔真："你没看见钱晓文的脸色，难看死了，说不定憋着什么坏主意呢！"

孔真这人最不怕吓，遇强则强，吃软不吃硬，听谢湘南这么一说不但没怕，反而嗤笑一声："你们怎么胆子这么小？怕这个怕那个。"

"宁惹君子不惹小人。"柳叶小声劝她。

孔真挥挥手："行了行了，我骂都骂了还能怎么着啊？当老板不就是要骂人吗？不骂人我开公司干什么？为了赚钱啊？呵呵呵。"

然而让她没想到的是，谢湘南一语成谶，她在不久之后就为了片刻的冲动付出了一些代价。

元旦过后，赵东林的软件终于上线了。

很多人一生之中的重要时刻开始时，往往毫无预兆，没有繁星陨落做灯，没有狂风暴雨做景。那是一个再普通不过的寒冬清晨，赵东林起床的时候觉得天气有点阴沉，后来他才反应过来只是因为自己起得太早了，太阳还没有完全升起。他在跑步机上跑了20分钟，去卫生间冲了个澡，走出来的时候阳光泼洒在客厅里，像是泄了满地的洪水，浮动在半空中的细小灰尘颗粒都可以看得清清楚楚，书房墙壁上挂着的草书被书柜挡住了一半的光，切割成齐齐整整的两半，"无远弗届"4个草书大字半明半暗，玻璃下的纸张已经微微泛黄。

上线第一天，下载量破万，蓄势已久的广告位全部被那句出自孔真之手的广告词刷屏——"也许孤独的才是人生，但我是专属你的，来自数万光年外的回应。"

婚恋软件的市场早已不是尚未开垦的处女地，然而这并不意味着市场已经饱和，不需要任何新鲜血液进来，网络上的反婚反育声音一浪高过一浪，但孤独终老并不是大多数人的最优选，即使是完全抛弃感情原因，从现实角度考虑，养老问题也不是一个可以忽视的事情。

看起来未婚人群被完全割裂了，要么是激进的不婚不育派，要么是无论如何也要求得一个已婚人士资格的焦虑派，事实上割裂这件事并不存在，只需要一个缓释剂将两方人群的需求中和，赵东林的软件很精准地抓住了潜在用户的心理——如何把未来的婚姻风险降低到最小，如何享受婚姻生活而非在其中煎熬。他投入了相当多的精力在广告营销上，因为他认为大众是盲从的，与其单纯推广一款软件，不如推广一种新的生活方式，一旦大家接受了一种新的生活方式，也就是接受了一种新的观念，付费的意愿会十分强烈。

事实证明他是正确的。

广告营销的钱并没白花，软件上线第一周就跻身下载周榜，注册用户增速不减，在上线 10 天后，公司精心准备了许久的一只广告短篇火了起来，引发的关于当代适婚青年婚恋问题的讨论十分热烈，也给软件增加了许多曝光量。

要拍一个流传度很高的广告，要有煽动性，能让人产生共情，情不自禁地参与到话题中去讨论，这是拍摄这只广告的初衷，既然软件要和竞争对手走不同的路，那么之前有过的主题就一律不能拍了。无论是妈妈重病，只有看着儿子结婚成家这一个愿望，儿子在××相亲网站上火速找了个经济适用女结婚领证，妈妈含笑九泉这种反面典型，还是一个生活艰难的单亲妈妈找到了合适的经济适用男过上幸福生活这种不温不火的内容，都是不行的。

说来也巧，这次广告的创意来自孔真的灵光一现，她觉得既然要能让人产生共情，那就必须真实，让观众看到自己的缩影，所谓真实的人是什么样子的呢？是一体两面，广告里出现的所有人都必须遵循这个原则。

她创造了一个角色——28 岁的女孩子，这个女孩子最终也成了第一只广告片的主人公。

开场，阴天，小小的卧室，淡粉色的壁纸，被子乱糟糟地揉成一团，虽然触目所及全部都是鲜嫩活泼的颜色，但是画面看起来阴暗消沉。

女孩正躺在床上刷微博，她刷微博的速度很快，只偶尔才在她感兴趣的消息上停下来，她打字的速度也很快，不消片刻就打好了一行字：结婚了日子过成这样，还不如单身呢！

刷了一圈，她面无表情地起身洗了脸，化了淡妆，找出掉在床缝里的补光灯，拍了二十几张照片，盘着腿坐在床边仔细挑选出一张最合适的，加了个滤镜发微博，妈妈推门进来喊她吃饭，她满脸不耐烦："和你说多少次了敲门！"

妈妈比她更不耐烦，连珠炮似的唠叨一通，主题无非是嫌弃她工作四五年了还在家里住。她反驳自己每个月给很多家用，妈妈改口说她快 30 岁了也没对象，朋友也没几个，整天抱着手机玩个不停……她被戳了痛处，急赤白脸地说自己马上就去找房子，下个月就搬走，妈妈刻薄不减："你有钱吗你？这么大人了一点钱都不知道存，整天就知道买衣服买化妆品买什么漫画书，下次再往家里送一个快递扔一个。"

妈妈摔门走了，她回头环顾自己的小屋，拿起手机写了一条微博：郁闷死了，好想搬走自己住，可是整租好贵，也不想和别人合租……

手指在发送键上游移半天，还是按了删除，重新编辑：新入的四色眼影，很喜欢，显色度很高。

加班到晚上9点，回到家里，爸妈因为琐事吵架，家里的空调又坏了，爸爸想换，妈妈不同意，她也主张换，妈妈把枪口掉转冲向她，又是老一套，末了发泄似的让她赶紧搬走，眼不见心不烦。

她回到卧室，依旧是灰蒙蒙的一片粉色，看得她心头发堵，眼睛里有点水色，却没流出眼泪，她拿起手机，编辑微博：工作高不成低不就，生活乱七八糟，做人普普通通，爱情里没人在等我。

她看着那几个字，就像之前无数次一样把未发出的微博删掉了，呆滞的瞳孔映出手机屏幕的亮光，瞳孔越来越大，瞳仁里是无数双链接在网络背后的眼睛，每个人都觉得自己没有过上想要的生活，开心的时刻当然也有许多，难过时却加倍难过。

手机锁屏，又因为一条推送亮了起来。

"也许孤独的才是人生，但我是专属你的，来自数万光年外的回应。"

她呆呆地看着那句话很久，手指游移，最终还是解了锁。

漫无目的地在软件里闲逛，她注册了账号，填了资料，犹豫再三也把自己的自拍放了上去，她满脸纠结，抓起镜子看了看自己，长长地叹了一口气。

她发微博的次数越来越少，刷软件的时间越来越多，奇怪的是在微博上不想说的话，在这里反而可以畅所欲言，漫画书、新口红、实习生……也有人和她打过招呼，她没有理会。

转机在一条打招呼的消息上，消息很短，回复她拍的漫画书内页："不要难过，据说下一部科奥比复活了。"

她脸上闪过一丝惊喜的表情，过了会儿才想到回复："真的假的？"

画面闪烁，一行行聊天记录由慢到快滑过，天南海北，诗与远方，前年去西藏时见到的雪上朝阳；早餐的手抓饼被放多了番茄酱；家里的狗生小狗了，死了一个真可惜；一起追的漫画终于到了大结局，隔着屏幕一起不争气地流眼泪；上星期吃的铜锅羊肉真好吃，下礼拜再去试试隔壁的烤肉吧；喜欢的电影要上映了，一起去看午夜场……从电影院出来，戴眼镜的男生斯斯文文地求了婚，右手紧紧攥成拳头也缓解不了心里的紧张。

她犹豫了，于是斯斯文文的男生泄了气，强打精神说没有关系，以后我们还是好朋友，她张了张嘴，一个字也没说出来。

生活又回到了原点，依旧是两点一线，不成熟的自己，和妈妈激烈又琐碎地冲突，一个又一个快递也填不满自己的欲望，他送的花已经干了，木然地贴着墙壁，一起看的漫画已经完毕，再不会有续作……她回到一切开始的地方，寥寥数语写下了自己的恐惧与忐忑，结尾她写下"没有只为我准备的一场烟花，没有只为我等待的一个回应"，积攒许久的憋闷再也控制不住，倾泻而出，画面变得昏暗模糊。

突然，一丝光照了过来，她睁开眼睛，模模糊糊地往外看，砰砰砰，烟花绽放，脆生生，像是揉碎了一把刚出炉的饼干，她走到窗边，拉开了窗帘，那个斯斯文文的男生被冷风吹得瑟瑟发抖，抱着肩膀往上看，她探出头，他露出一个大大的笑容，两只手捂在嘴边，闭着眼睛喊："我在回应你啊！"

她的眼睛里蓄满了眼泪，扑簌簌落下来，她也学着他的模样把手放在嘴边，喊："你扰民呀！"

斯斯文文的男生不好意思地笑了一下，紧张地看着她，她继续喊："你不要动。"

噔噔噔跑下去，最后一束烟花也放尽，一片寂静，她突然冲过去抱他。

这是她平淡生活里为数不多的浪漫的高光时刻。

广告结束，结尾仍是那句短短的广告词："也许孤独的才是人生，但我是专属你的，来自数万光年外的回应。"

广告制作相当精良，演员演技出色，质感很好，而主角的日常虽然平淡，却让很多人受到触动，因为大家都是普通人，烦恼总有重合的时候，被生活折磨得精疲力竭的人们对爱情的渴望似乎更加多了。广告在微博上的转发量很快破万，宣传效果超出预期。

赵东林觉得孔真功不可没，他自己并没这么感性的一面去体会这么细腻的情感。为了表示感谢，他三番五次想请孔真出来吃饭，孔真却一直以没时间为由推脱了。赵东林不禁怀疑上次的日本一游自己不经意间得罪了孔真。

然而孔真的忙不是借口，她确实非常忙，软件第二次更新之后就上线了线上婚礼策划案服务，素材都是她之前做过的婚礼现场实拍，效果太好，很多本来没有计划单独购买婚礼策划案的新人都动了心。

第二年的订单超出预期，她不得不把手里还没做完的低端流水线婚礼转手给其他相熟的经纪公司，虽然从此彻底摆脱了单纯走量的婚礼是一件好事，转了型也节约了成本，但其中的麻烦不是一两天可以解决掉的，要和之前签订好合同的新人还有其他工作室两方面协商，好在孔真前期以服务态度好出名，客户都没太为难她，实在说不通的就答应优惠 5%，也一个个搞定了，而业内需要这种订单的小工作室很多，孔真找了两个信得过的工作室分了单，一个个仔细对接，不敢马虎，每天只有睡觉之前的半个小时才能看一会儿手机——不干别的，偷偷反复听赵东林白天给自己发的语音，虽然此种行为有点奇怪，但是她不断以"是他主动给我发的我不听白不听"来安慰自己，倒也没觉得有多羞耻。

机场一别后，孔真再也没和赵东林见过面，她一方面要忙自己的工作，一方面又觉得近乡情怯，在不断回忆那天在桌下的拥抱之后，她反而有点不敢和赵东林见面了，因为她心里乱七八糟的，迟来的敏感如同洪水一般席卷了她前半生的所有钝感，就算是平时和赵东林发个微信也要小心翼翼斟酌词句，实在是累得慌，更别提真的见面了，她怀疑能因为挑选衣服把自己折腾死。果然儿女情长影响她好好赚钱，这不耽误事儿吗？

不能和赵东林见面，只好和自己的朋友们疯狂喝酒以缓解压力。临近过年，大家的聚会频繁了起来，柳叶从善如流，酒量比之前大有长进，奇怪的是郑小竹开始滴酒不沾，并且变得心事重重起来。

孔真三番五次地问她到底出了什么事，她没有一次正面回答，只波澜不惊地岔过话题，孔真一向非常关心朋友，哪里有不管的道理，在被她纠缠了好几天之后，郑小竹终于无奈地和她说了实话。

"先说好，不许告诉别人，湘南和柳叶也不行，你答应我我就告诉你。"

郑小竹坐在自己家的沙发上剥橘子吃，看也不看孔真，孔真忙不迭答应了，恨不得举起3根手指发誓。

"我说我就是小狗。"

"你这誓挺恶毒的……"郑小竹忍不住笑了一下，"但是不够。"

孔真灵机一动，掏出手机找了一张照片给她看，照片里是一个年轻男人抱着个小姑娘，小姑娘正疯狂大哭。

"这是我小时候，不是一般的丑，这都给你看了，你可以翻拍，我要是说漏嘴了你就公布我的丑照，怎样？"

"哈哈，好，这是你爸爸吗？"

"是啊！"孔真撇撇嘴，"年轻时候还挺帅，老了就变丑了，你看，都拍都拍，拿我爸担保。"

她又找了张照片出来，照片里的中年男人眼袋很深，皱纹在脸上肆意蔓延。

郑小竹挺认真地掏出手机翻拍了那两张照片，清了清嗓子说："其实也没什么，就是我怀孕了。"

孔真惊呆了。

"哈？"她结结巴巴地说，"怎么就怀了呢？"

"意外。"郑小竹轻描淡写，"这个世界上没有百分之百保险的避孕方式，我也没办法。"

孔真凑过去摸她的肚子，平坦紧致，她拿手指头轻轻戳了戳，郑小竹说："去去去，别闹。"

"几个月了？"孔真抬起头来问，满脸的天真。

郑小竹神色复杂，很快就控制住了，就像刚才一样，冷静又镇定，她回答孔真："一个多月。"

"你想留下吗？"

郑小竹的镇定溜走了，她第一次在孔真面前露出了迷惑和脆弱，就像抚摸一只小猫小狗似的，她摸摸孔真的脑袋："哎……我也不知道。"

她确实是不知道。

怀孕是个意外，陆常远知道以后也很惊讶，但是他很快就从惊讶变成了狂喜，抱着郑小竹开心得嘴都合不拢，他一个劲儿地问她婚礼想在哪里办，婚纱想买什么牌子的，度蜜月要去哪里，一会儿又开始操心房子的事，说自己现在的房子虽然离这儿不远，面积又大，但是没好好装修，怕她住着不习惯，但是装修又怕甲醛对她身体不好……林林总总说了一大堆，郑小竹插不上嘴，等他终于冷静下来，郑小竹拉着他坐下，犹豫着说："但是我不想结婚。"

不想结婚，要孩子就更别提了，陆常远猝不及防，像是被人兜头浇下一盆冷水，郑小竹抬手去摸他的脸试图安抚，他躲了一下，不过片刻后又主动抓住了郑小竹的手腕。

"为什么呢？"陆常远努力像平时一样温柔平和，但是他的眼神透露出紧张和疑惑来，"是因为经济问题吗？我有存款的，也一直在买理财，我——我不只这一家花店，还和朋友一起投资开了个餐厅，你知道的，就是上次带你去的那家，每年都有分红，如果你觉得——"

"不，不是不是，"郑小竹赶紧打断了他，"不是因为钱。"

"那是为什么？"

回答这个问题是很难的，因为这意味着在两人之间砍一道深深的裂痕出来，陆常远没有错，但是郑小竹觉得自己也没有错。

"我还没做好建立一个家庭、抚养一个孩子的准备。"她轻声说，"我连你爸妈都没见过，这么突然地去告诉他们我怀孕了，要结婚，这太仓促了，我希望结婚之前能和你的家人有一段长时间稳定的接触，我们需要了解彼此的家庭。至于孩子，我生了孩子以后可能要一到两年的时间不能像现在一样高强度地工作，而且生孩子对我的身体伤害很大，我没做好这个心理准备，希望你能理解我。"

她是非常冷静地，一桩桩一件件，把所有的顾虑讲给他听，陆常远眼里的火光逐渐熄灭了，他不得不收起自己刚刚还未结束的畅想，包括把哪间屋子留作婴儿房这种事，他知道自己应该怎么做，如果自己还想和郑小竹继续这段关系，就要理解她，把这个孩子打掉，照顾她一段时间，然后继续这种没有负担的关系。

是的，负担，陆常远刚刚才意识到，自己向往的生活对郑小竹来说可能是一种令人厌烦的负担。

"现在要孩子确实是——是有点仓促了，我最近还总抽烟，不知道对孩子好不好呢！"他站起来，给郑小竹倒了一杯温水，攥着水杯的手有些发抖，"那你准备什么时候考虑结婚的事儿呢？"

"等我想结婚的时候吧。"

"你什么时候会想结婚？"

郑小竹有些窘迫，因为她发现陆常远居然露出一种受伤的神情。

"等我的工作再稳定一下……"她佯装镇定，"想结婚的时候就结婚了呗。"

"你根本就不想结婚。"陆常远把水杯递给她，低声说，"你根本就没考虑和我结婚，而且你永远也不会考虑的……算了，你不想就不想吧，喝点水。"

郑小竹和孔真的性格在这一点上其实很像——吃软不吃硬，如果陆常远拍案而起，冲她扯着嗓子喊怀了为什么不生，或者凶神恶煞地说这是我的孩子你凭什么不要，她马上就会翻脸不认人，然而陆常远的反应是这样，她觉得很难办。

她看着他，黑色衬衫袖口挽起，露出的手臂白皙结实，侧脸的轮廓像是会出现在服装广告中的平面模特，他眼中流露出很明显的受伤眼神，那是只有少年才会有的样子，他们会为了你笨拙地学着做一切琐碎的家务，会牵着你的手为你挑一件漂亮的婚纱，会为你们的孩子做一个可爱的小木马，会把婚姻当作很重要很重要的事情来看待，会有和勇气一样多的责任感，觉得照顾自己的家庭是不可推卸的责任……即使再过几十年，他的灵魂也是一个那样的少年，永远有一颗坚定又勇敢的心，就像是你在学校里偷偷喜欢的学长一样，善良正直又可靠。

可惜，郑小竹忍着自己心里突如其来的难过想：可惜，我们终归要走的路是不一样的。

陆常远与她沉默着对坐，就像是在等郑小竹改变主意一样，他悬着一颗心，等了又等，直到那颗心直直地落在了地上，他叹了口气，没说什么，起身帮郑小竹收拾了房间，没看完的书整整齐齐地摆在小书架上，床上的4件套换成她喜欢的那套真丝的，地上的长头发一根根扫干净，捏起来扔进垃圾桶，沾了水垢的镜子一点点擦干净，纤尘不染，又给她煮了一锅龙须面，他忙忙碌碌地做完了这一切，洗了把脸，走到郑小竹面前说："这几天带你去医院……先检查一下，听大夫的吧，你先把饭吃了，我花店那边还有点事儿，先走了。"

郑小竹很高兴他这会儿可以走，因为她实在是不想再看到他那种神情了，有好几次她都想站起来抱抱陆常远，摸摸他的头什么的，看着那样的眼神，她是没办法无动于衷的。

陆常远没再多逗留，离开了，郑小竹去吃面，香喷喷，热腾腾，上面两个嫩嫩的煎蛋像是在对她大笑，她把一大碗全都吃干净了，一点不剩，因为她隐约觉得以后可能没什么机会吃到了，自己这次大概戳破了一个对方之前从未想过的事情——自己根本没想和他结婚。

睡觉之前，郑小竹看着天花板发呆，她缩在被子里，觉得自己买这个真丝的4件套实在是一个不好的选择，睡得一点也不踏实，滑溜溜的，她喜欢被陆常远换下来的那套水洗棉的，浅灰色，有点硬，但是很暖和，陆常远喜欢在背后抱着她，一只胳膊环着她的腰，像两层盔甲似的将她包裹住了，她不会害怕，不会冷，不会孤单。

是的，郑小竹眼神呆滞地想：我也会害怕，我也会冷，我也会孤单，我没有那个勇气去接受和另外一个人绑定的人生，我没有那个勇气去孕育一个小孩，和陆常远比起来，我真的胆小得像一只老鼠，他敢去承担自己该承担的，敢去追求他该追求的，但是我想要的却不敢去得到，因为我很懦弱，所以我一直在失去，失去，失去，无穷无尽地失去。

她惧怕的东西无论如何不会说出口，所以无论是谁都无法窥得事情的全貌，就算是她的好朋友孔真也是如此，在听完她的讲述以后，孔真哭丧着脸，像是为那个还没出世的小孩子惋惜，她垂头丧气地说："我搞不懂你。"

"和柳叶一样那种搞不懂吗？"

"唉……"孔真依然打不起精神，"结婚就这么可怕吗？我觉得陆常远很好的，他也就是长得嫩点，其实很成熟的，他花店员工偷着和我说了他做生意其实特别厉害，人也好，又没有不良恋爱史，什么心里装着放不下的前女友啊，根本就没有，之前都没怎么谈过恋爱，和你在一起以后整天笑呵呵的，肯定觉得你们会结婚，现在孩子都有了，你和他说你根本就是想睡睡他——"

"我不是！"郑小竹瞪着她，"我在你眼里是那种玩弄别人感情的人吗？我每次谈恋爱都是认真的，好吗？"

"你所谓的认真就是给人家一个男朋友的名分咯。"孔真掰着指头数，"一起逛逛街，互相送送礼物，约个会，带着和朋友出来喝几顿酒，这就是认真啦，我觉得认真地谈恋爱是可以结婚的，可能咱俩对认真的标准不一样。"

郑小竹捂着肚子，孔真赶紧两手合十地道歉："哦哦哦，我错了，你现在是孕妇，我不能气你，不过我也没有气你呀，就是说句实话……好好好，你不想说就不说，咱们聊点别的，聊什么呢？"

郑小竹也不知道要聊点别的什么，她现在满脑子都是肚子里的孩子。

一种她之前从未体会过的感觉逐渐裹挟了她，虽然此时此刻这个小孩子还不到一粒黄豆大小，但是它的能量却让郑小竹惊讶，它像是一颗永恒燃烧的星星藏在她的肚子里，让她觉得自己在被保护和庇佑着，她的惊讶与日俱增，每次起床，她都觉得今天和从前不一样了，在一两秒的迟钝之后，她才反应过来，确实是不一样了，现在她的肚子里藏着一个小小的生命，一颗小小的星星。

30岁了呀，郑小竹想，自己最引以为傲的是什么，难道只是胆小吗？

她干巴巴地笑起来，硬要把那个笑往外挤，她问孔真："你觉得我胆小吗？"

"你胆小得要死呀！"孔真一锤定音，"你这人看着好像女强人，咋咋呼呼的，其实我觉得你特别胆小，你记得咱们那次在公交车上见面吗？你让那个男的欺负了，可怜巴巴的，明明很害怕还在硬撑着。"

郑小竹哑口无言，她觉得自己在孔真面前一直是成熟的大姐姐，没想到孔真一眼就识破了自己的本来面目，她的笑变成了苦笑，端起面前的热牛奶一饮而尽。

"你不胆小吗？"

"我当然不！"孔真摩拳擦掌，"实话告诉你，我看上赵东林了。"

郑小竹吃了一惊："什么时候的事儿？"

"就上次我们去日本玩儿呀，不是赶上地震了吗？他突然冲过来抱着我躲桌子底下，天哪，我一下子就心动了，心动的感觉你懂吗？我要等和他表白，我要和他谈恋爱，哈哈哈。"

"你傻呀！"郑小竹摇摇头，"我不是早告诉你他对你有意思吗？等他先说，你怎么这么沉不住气。"

"哈？"孔真不理解，"能沉得住气管什么，能吃吗，我为什么不能先表白，他怕那是他的事，我才不怕呢，反正我后天就要行动了，买了个特贵的面膜，我先贴两天。"

郑小竹耐心地和她解释："女孩无论如何不能先表白，先表白你就输了。"

"我这琢磨谈恋爱呢！又不是打游戏线上PK，怎么还扯上输赢了？再说了，我早表白，我们就早谈恋爱，我就早高兴一天，明明是我赢了啊！"

郑小竹一时语塞。

她看着孔真闪闪发亮的眼睛，再一次感觉到了自己的胆小和懦弱。

能勇敢去追逐所爱的人永远会得到所爱，而只敢故步自封守卫自己领土的只会不断后退。

她心里的烦躁越来越多了。

突然，电话响了起来，是陆常远，来接她去医院做检查。

孔真送她出去，她依然挂着挤出来的笑容，难看又僵硬，外面的冷风狂吹，车里暖和又干净，陆常远一言不发，车里安安静静，连个歌都没放，郑小竹觉得压抑，轻声问他："怎么不放首歌听听？"

　　陆常远哦哦地应了，依然是平时的温柔模样，他放了歌，忧伤的大提琴，像是窗外的天空一样灰蒙蒙，郑小竹不再发出声音来，她觉得肚子里那个小小的星星在逐渐熄灭，暗淡无光，将她仅有的力量也带走。

　　医院里人不多，郑小竹冷静地被人带去做检查，大夫说下周就可以做手术，B超单子被陆常远拿着，他一直沉默，只顾着跑前跑后，两个人走到医院大厅，郑小竹说："那就下周吧。"

　　陆常远嗯了一声，闷闷的，他低头看手里的B超单，郑小竹要走，他突然死死地抓着她的手腕不放。

　　郑小竹回头看他，发现他眼圈居然红了。

　　"求求你。"陆常远说。

　　郑小竹心烦意乱："你求我什么？"

　　"求求你把他留下吧。"陆常远的神情看起来像个带自己同班同学女朋友来医院的高中生。

　　"不是那么简单的事儿……"郑小竹努力让自己的语气平和又温柔，她不想在这里和对方起争执。

　　"是很复杂的事儿吗？"陆常远微微抬高了声音，因为努力忍着不失态咬着牙，露出了线条明显的下颌骨，"你根本就不喜欢我，如果你不喜欢我为什么要和我在一起？"

　　"我什么时候说我不喜欢你了？"

　　"你根本没想过和我有将来，我就是累赘，我的孩子也是累赘，我们都是你需要去摆脱的人，是吗？"

　　"不是！"郑小竹忍不住了，她狠狠甩开陆常远的手走出了医院，外面寒风刺骨，陆常远追上来拦着她，她的眼泪终于忍不住流下来。

　　天依旧是灰蒙蒙的，郑小竹的鼻尖红了，陆常远手足无措，他没见过郑小竹的眼泪。

　　"我告诉你为什么，因为我根本就不适合结婚，不适合当妈，我连人都做不好我当什么老婆当什么妈啊！我知道你们怎么想我的，我没有感情，我只爱我自己，不是的！我不喜欢你为什么要和你在一起？就你们的感情金贵，我是没有感觉的人，肚子里的不是我的孩子是吗？"她不顾形象地喊，耳朵里嗡鸣一片，陆常远拉着她上车，她一下子把对方推开了。

　　"你别生气，有话好好说。"陆常远手足无措，"太冷了，你先上车。"

"我没有生气。"郑小竹一把擦干了脸上的眼泪，倔强地说，"你想知道为什么，我可以告诉你，很简单啊，你知道家庭对我来说意味着什么吗？我没那个能力维持一个家庭，我也做不到完全信任你。"

陆常远强行把她拉上了车，车里的暖气打得很足，落在她头上的雪花很快就化了，陆常远坐在她身边，攥着她的手，郑小竹把脸转过去对着车窗，没有把手抽出来。

"为什么那么说呢？"陆常远小心翼翼地观察着她的神色，"我觉得家庭很温暖，能和你在一起……组建一个家庭，我特别开心，我觉得肯定会很幸福的，为什么你会那样想？你是害怕生孩子疼吗？"

"怎么可能！"郑小竹吼道。

陆常远简直不知道怎么办好了，他从来没见过郑小竹发脾气，没见过她喜怒无常，她看起来总是那么温柔大方，没什么事能让她皱一下眉头。

"怕的不是生孩子疼。"郑小竹吸了吸鼻子，低声说，"我可以和你说实话，我其实很胆小，我怕我完全交付出感情，完全把家庭当作自己生命的一部分以后又失去一切。"

陆常远恨不得跪下发誓了，他急匆匆地说："我会一直和你在一起的！"

郑小竹看看他，突然有些羡慕地说："你的家庭一定很幸福。"

"啊？这个……"陆常远说，"就是普通的家庭，我爸是公务员，我妈是大学讲师，但是感情还不错，他们都是非常好的人，如果你和我结婚他们肯定也会对你好的，真的。"

郑小竹仰头靠在座位上，闭着眼睛，有气无力地说："我爸和我妈都是做生意的，在一起合伙，他们都很坏，很坏很坏，有无数种方法折磨对方。"

她的家是个马戏团，爸妈是负责驯兽和收钱的，她每天要小心翼翼地钻火圈。在她很小的时候，她以为自己比这个世界上的大多数人都过得幸福，因为她有很多很多的零花钱，还有很多很多的爱，情况不知道在哪一天起了变化，那天的落日余晖照耀天际，妈妈坐在客厅里，抱着手臂，像是在等待一个重要时刻的来临，爸爸回家时，那个重要时刻开启了，两个人不知道因为什么开始大吵了一架，爸爸打了妈妈一耳光，妈妈不甘示弱，穿着尖头高跟鞋在他小腿上狠狠踢了一脚。

然后事情变得越来越失控，两个人开始无穷无尽地互相仇视，她至今仍然不知道记忆里的哪个画面能够排上不可思议的第一位，暴力和疯狂在滋长，不忠和背叛更是时刻迸发，到后来她居然能从同学口中听到关于自己爸爸的桃色传闻，郑小竹觉得摆在自己面前的选择有两个，一是表现得坚强，二是顺从内心表现得软弱，她选择了看起来更难但是更有效的那个，于是嘲笑她的人越来越少，她终于获得了一件生存于世的重要法宝：懦弱时也要表现得勇敢坚强，要冷静，要上进，要懂得保护自己，要爱自己。

这是胆小鬼的生存之道。

对家庭的渴望被自己的家庭亲手毁灭了，在亲眼见到了持续那么久的暴力之后，她对他人产生了一点怀疑，人是愚蠢又恶毒的，毋庸置疑，每个人的灵魂深处都藏着一些愚蠢和恶毒，不值得被信任，不值得把自己的心交付出去。

然而在与陆常远谈恋爱的时候，她又会情不自禁地想起那些以为被自己遗忘了的片段——夕阳西下的午后，父亲拎着母亲喜欢吃的奶油蛋糕回来，一家三口坐在餐桌前默不作声地吃完，那些欲言又止的时刻，母亲坐在沙发上拿着那只小小的诺基亚翻看过去她和父亲发过的短信……他们之间有爱情吗？郑小竹想过很多次，说没有，她是不相信的，但是为什么结婚之后反而把爱情消磨干净了呢？难道生活的琐碎真的有这么大的威力吗？或者换句话说，爱情真的有这么大的威力，可以敌得过仇恨，让两个人无论如何也不要分开吗？

她看着陆常远，看着这个干净得宛如少年的男生，突然涌起了极度的渴望，那是她这么多年都一直在压抑的，越是觉得不值得，就越想寻找值得的。

这是胆小鬼的心愿。

陆常远不会懂为什么仅仅是见到原生家庭的不幸就对自己的家庭失去信心，因为被爱的人永远被爱，幸福的人永远幸福，逐光者会得到他的光，胆小鬼只会假装勇敢，实际上再悄悄地后退一步，再后退一步，到最后只能看着脚下不过一个托盘大的土地聊以自慰，以为自己是那土地的国王。

"我走了。"郑小竹不想再说，"下周电话联系。"

陆常远慌了神，他把 B 超单子猛地放在一边，拦着她不让走，想好的一肚子话全都不见踪影，他只能没有尊严地一次次地恳求，他说求求你，留下孩子吧，你不想要我可以养，我真的很想和你有一个孩子，求求你了，留他一条生路，我不会拖累你，他也不会拖累你，求求你，求求你。

郑小竹简直要疯了，她不得不在他手上狠狠咬了一口，趁着他松手的一瞬间冲了出去，打车落荒而逃。

第十三章
≋ 幸福零点

孔真在家里兴致勃勃地换衣服，她面前 10 多个快递，全是新买的衣服，既然已经决定要表白，她就要努力做到最好，看赵东林那个德行也是个"外貌协会"的，邋里邋遢的可不行。

拆到第 4 个，郑小竹给她打来了电话，孔真接了，郑小竹急匆匆地说："我要出门旅游，你陪我一起去吗？"

"哈？"孔真蒙了，"你不都怀了吗，出门瞎溜达什么啊，你想蹦极去把孩子吓死在你肚子里啊？这可不行啊我和你说，你悠着点，还是你孩子已经没了？"

"不是，我心里烦，出门走走，孩子……孩子还在呢！"

孔真哦了一声："你犹豫了，你彷徨了，你不知道生活的方向了，行，陪你去，等到后天，我明天有大事儿要办，嘿嘿，我要谈恋爱。"

"等不及了，今晚就走。"

"那不行啊姐姐！我这儿快递还没拆完呢，这样吧，你让柳叶陪你去，我给她放几天假，带薪旅游，你掏钱啊，哈哈哈哈哈，给你找个高端伴游。"

郑小竹不知道孔真怎么这么没心没肺的，就知道哈哈哈哈哈，有什么可哈哈哈的？

她挂了孔真的电话，想了想，给柳叶发了条微信。

孔真终于选中了自己表白时穿的衣服——米白色的短毛衣、牛仔裤、短款羽绒服、白球鞋，她觉得冬天既然不能像夏天一样穿着漂亮的小裙子和高跟鞋，那就打扮得休闲一点，主要是方便运动，如果赵东林拒绝她，她可以身手灵活地猛揍他一顿，如果赵东林答应她，她可以跳到他身上吻他。

"夜长——"她突然闭着眼睛唱起来，"梦太多——你就不要——"

"干吗呀？"谢湘南在隔壁卧室喊，"你疯了。"

孔真深吸一口气，差点喊到缺氧："想起我——！"

赵东林突然打了个喷嚏。

他掏出手机找出自己和孔真的聊天记录又看了一次，对方约他明晚出来吃饭，这是很奇怪的，因为孔真每次找他都非常开门见山，经典画风是："赵总，陪我去看看新办公室。""赵总，我去给你送合同。""赵总，来开个会。""赵总，你别烦我。"

但是这次孔真首先发了个表情包试探一番，屏幕上的小猪从屏幕边探出头来，孔真问："在吗，赵总？"

赵东林："在，怎么？"

孔真："你后天有没有时间啊？"

赵东林："晚上有。"

孔真："那咱俩去吃饭好不好？"

赵东林："怎么了？"

孔真："吃个饭能怎么！"

赵东林："有事儿就说。"

孔真："烦死了，别废话，后天晚上收拾收拾出来吃饭，到时候电话联系，拜拜。"

赵东林茫然，他发微信给郑小竹，试图放低身段求助前女友，问问她孔真这是怎么了，然而郑小竹自己满肚子的烦心事还没理清楚，恨不得把头埋进沙子里做鸵鸟，哪里有精力理会这些。赵东林依然不知道自己要面对的是一个什么形态的孔真。

柳叶在接到郑小竹的来电时有些手足无措，差点儿一时忙乱给挂了，因为郑小竹很少和她私下联系，柳叶也一直有点不敢和郑小竹打交道，两个人又没什么共同话题，只是因为孔真才认识的，怎么会好端端地突然联系自己呢？

她一贯是很好说话的，不擅长拒绝别人的请求，更何况郑小竹说孔真也同意了，所以她一句话也没多问，把自己的身份证号告诉郑小竹让她买机票，便开始收拾行李等着她第二天开车来接自己。

收拾到一半，柳叶突然觉得不放心，给孔真打了个电话问她自己真的可以去吗？孔真正坐在梳妆台前试口红，胳膊上画得一道一道，一接电话不小心蹭到睡衣上了，她手忙脚乱地擦，又不小心碰倒了化妆水，不禁烦躁地说："去啊，她还能骗你啊！"

"哦哦……"柳叶弱弱地说，"她怎么了，突然找我出去干什么，还这么急？"

孔真伸手去扶化妆水，胳膊肘碰倒了一排口红，排着队似的掉到地上，孔真眼前发黑，急着挂电话："哎呀，她怀孕了不知道该不该要这孩子，心情不好想找个人陪她出门散心。"

说完了，孔真才想起来自己当初可是对天发誓绝对不说的，一拍脑门，这都什么事儿！她心里着急，赶紧往回找补："那什么，你就当不知道哈，千万别和她说我和你说了，怎么一不小心就说出来了，我闭门思过去，挂了挂了。"

她把电话挂了，柳叶过了会儿才反应过来，有些紧张地看着自己的行李箱，想了想，她下楼去买了个折叠烧水壶——听说酒店的水壶脏得很，别再给郑小竹喝出什么毛病来。

怀孕了？柳叶下意识地摸了摸自己的肚子，就在不久之前，那里也有一个小小的生命。

她不无难过地想，郑小竹的孩子如果生出来肯定很可爱。

第二天一早，柳叶又清点了一遍行李，确认没什么落下的东西才动身下楼，郑小竹穿了件特别厚的黑色羽绒服，一双厚厚的雪地靴，不施粉黛，戴了个黑色的一次性口罩，看上去一点儿也不像她了，但是不知为何，郑小竹的这身装扮让柳叶觉得很亲近。她拎着行李箱跑过去，问郑小竹："我们要去哪儿啊？"

"重庆。"郑小竹闷闷地说，"带你去吃火锅。"

机场大巴里人很少，郑小竹和柳叶挨着坐，她觉得车里总有一股怪味儿，闻得她胸闷想吐，柳叶看看她，默默地从兜里掏出了一个橘子。

"你是不是晕车啊？"柳叶轻声说，"闻闻橘子。"

郑小竹接过来闻了闻，确实没刚才那么难受了，她看看柳叶："谢谢你哦！"

柳叶赶紧摇摇头："没事的。"

郑小竹眼神放空地看着窗外，柳叶坐在座位上昏昏欲睡——她每次出门之前就习惯性睡不好觉，就像小时候春游之前总觉得兴奋一样，她不想睡，但是眼皮发沉，还是在不经意之间睡过去了。

醒来的时候，她正靠在郑小竹的肩膀上，郑小竹的头压着她的头，她一动，郑小竹也跟着动，柳叶迷迷糊糊地笑了起来，感觉她俩这么突然说走就走，好像两个逃课春游的女中学生。

"笑什么，做梦了？"

"没有。"柳叶摇摇头，没敢把自己的想法说出来。

大巴在机场门口停下，郑小竹和柳叶拎着行李箱下了车，郑小竹想呼吸几口新鲜空气再进去，便靠在行李箱边随意张望，四周都是来往的行人，行色匆匆地从她身边路过，突然，郑小竹看见了一个人，她皱着眉头仔细看了半天，柳叶问："怎么了？"

"嘘嘘嘘……"郑小竹摆了摆手，掏出手机飞快地拍了一张照片，她将拍好的照片在屏幕上放大再放大，又飞速往前滑，找出另外一张照片作对比。

迟疑片刻，她点进微信，找到了孔真的对话窗。

孔真收到郑小竹的消息时正在公司忙着干活儿，她对着一份合同看了半天，才发现自己看反了，不得不把合同摆正重新从第一行开始看。

手机响了两声，她心不在焉地拿起来，没急着点进去，先找出了照相机仔细观看自己今天的妆容，看了半天，她觉得勉强可以，才返回微信。

她看到了郑小竹发来的照片。

照片拍得有点模糊，里面有很多路人，但是孔真一眼就看到了郑小竹想让她看的。

高个子，穿着熟悉的黑色羽绒服，头发花白，脸上的皱纹纵横蔓延，看上去很疲惫。

是孔海波。

孔真瞳孔骤缩，猛地站起身来，推开办公室的门就往外跑。

"哎！"赵博被她吓了一跳，也跟着往外跑，"真姐你干吗去啊？外卖不是刚点吗，这么快就送过来了？"

孔真没听见似的冲进了电梯，按1楼的时候手都在抖，她确实是什么也没听见，只能听到脑海里一阵潮汐涌过来般的嗡鸣声，她不知道自己胸口充盈着的感情是什么，是恨，是厌恶，还是无处倾诉的愤怒。

走出电梯的时候，孔真突然停住了脚步，她紧紧咬着嘴唇，眼里的怒火褪去了，看上去清醒了一点，她找到自己存的孔海波的电话号码拨出来，小心翼翼，满怀期待——她期待电话会拨通，后面会发生什么，她一概不知，但是她此时此刻恨不得用所有念力去促成电话被接通这件事——不要再是那个令人作呕的电话无法接通。

"对不起，您所拨打的电话暂时无法接通。"

电子女声将她眼里的平和摧毁殆尽，周围来来往往的上班族拿着外卖从她身边走过，塑料容器包裹不住的饭菜香气直窜进了她的鼻孔。

她在这人间烟火的笼罩里彻彻底底地愤怒了。

没头苍蝇一样，孔真直接打车去了机场，郑小竹一直发微信给她，问她有事没，孔真回复："他往哪走了？"

郑小竹说："我没注意……拍完了就发给你了，再一抬头他就不见了。"

孔真啪的一声把手机扔进兜里。

开始下雪了。

飘飘洒洒，温柔又冷淡，大雪一年一年地下，从一个人的新生到14岁，从一个人的14岁到25岁，它事不关己，那个人却永远也忘不掉每一片落在自己肩头的雪花，因为总有一个冬日让她感觉自己一部分死去了，像是路边已经落光了叶子的树。

孔真终于忍不住站在机场外哭了起来。

她努力让自己悄无声息，不引起任何人的注意，她做得很成功，因为这个世界上每时每刻都有无数的人在失望在心碎在流泪，每个人都可能随时死去，这样一点被背叛的感觉实在是算不得什么，我们的星球就是因为这样一点一滴的痛苦终有一天会变成一片苦海在宇宙中漂流。孔真努力让自己做一个不会让人心碎的人，因为她对别人也抱有这样的幻想，她不想自己被苦海吞噬，也不想自己爱的人被吞噬。

有那么片刻，孔真几乎决定要放弃了，她不想再看到孔海波哪怕是一秒钟，她害怕见面之后孔海波的话会把她推向那片她无比惧怕的苦海，然而她一贯的不死心又冒出头来，满脑子都是想打破砂锅问到底的冲动，她狠狠地用袖子擦了擦脸，决定无论如何今天也要找到孔海波。

转眼间天色开始变暗，孔真已经找遍了她能想到的地方，甚至包括他常去的酒店，但是她一无所获，如果不是郑小竹发给她的照片还好好地躺在她的手机里，她一眼就认出来自己的亲爹，那么她可能会觉得自己今天经历了一场持续时间很长的幻觉。

天空变成了阴沉的蓝黑色，孔真冻得双脚发麻，却还是不死心地又伸手打了一辆出租车，司机停在路边，她艰难而缓慢地坐进去，司机问她去哪儿，她一时之间语塞了。

她也不知道去哪儿。

她想找到一个可以得到答案的地方，为什么你要这么害我，为什么你不顾我们之间的亲情，难道那个喝醉了之后告诉我在学校里被欺负了就打回去、爸爸永远和你站在一边儿的男人没有在我的生命里存在过吗？难道那个把绿豆冰棍藏在保温杯里，满脸邀功表情地递给我的男人不是你吗？难道那个因为我生病了急得差点在医院里掉眼泪的男人只是我幻想出来的吗？

她突然觉得好累，她第一次这么厌恶长大，第一次这么讨厌面对这样的真相，她很想回到小的时候，回到还不需要面对这些烂事儿的时候。

"去城西老机械厂吧。"孔真说，"机械厂家属区那边。"

在手机电量只剩 1% 的时候，车到了目的地，她长长地叹了口气，对司机说："师傅，前边停吧，我下车。"

破旧的老城区，楼房没有超过 7 层的，即使这会儿天已经黑透了，也没有任何一面窗户后面露出灯光来，因为这里已经没有什么人住了。

这是她小时候的家。

家属区附近就是工厂，夏天灿烂的阳光下工人们三五成群地拿着玻璃瓶装的橘子汁从里面走出来，热水的蒸气从搪瓷脸盆里升起，米饭和红烧肉，馒头和菠菜鸡蛋汤，干干净净的毛巾被烘得微硬，厂电影院按时放的电影，蝉一叫就是一整个夏天，夏天结束时，死去的蝉带走一切。

她以为她忘了，原来没有。

她试图通过记忆找到自己小时候住的楼，这一点也不难，因为我们的记忆力是在长大以后才变得不好的，长大以后的事情往往没那么重要，而在我们小时候，并非如此。她很快就凭着记忆走到了目的地——一棵早已死去的枯树旁，已经变成红褐色的楼体满是污损，玻璃碎了一大半。

孔真的脚步变得很轻很轻，她不敢再用力了，因为不远处站着一个人，就着月光她看不清楚，她怕这是自己的幻觉。

不是幻觉。

那个男人像一尊雕像一般立着，仰起头看着某层楼的窗户，那是他曾经的家，装满了他一生中最好的回忆，尽管那时候他还没那么富有，还没带着自己的老婆孩子搬进那个将近 200 平方米的大房子，但是在此刻，在他非常想回忆往昔时，这里仍然是他最好的庇护所。

"爸？"

平地一声雷，本来一动不动的男人被吓了一跳，匆忙转身过来。

凛冽的风突然刮了起来，雪四处乱飞，飞到了孔真的眼睛里，她下午刚哭过的眼睛感到了一阵刺痛，这阵刺痛惊醒了她，本来已经逐渐熄灭的怒火突然窜了起来，她大步走到孔海波面前，像个坚定的士兵，挺直的背上似乎扛着一把长枪，孔海波则像个被人抓住的小偷，左顾右盼，不敢上前，也不敢后退。

孔真的喉头发哽，感觉已经沉默了千万年那么久，她看着自己的爸爸，这个她一直都很尊敬的男人，这个她以为无所不能的男人，此时此刻显得狼狈又猥琐，因为心虚甚至不敢抬头好好看一看自己的亲生女儿。

"你为什么要走啊？"孔真的声音有些发抖，但只到这种程度为止了，她此时此刻确实很想知道他为什么要走？没想过他一走了之自己会遇到什么吗？没想过自己应该怎样应对这从天而降的债务吗？

孔海波答不出来，这是自然的，他心中尚存一丝羞耻，不能光明正大地扯谎，不能巧舌如簧地为自己辩解什么，然而正是沉默让孔真控制不住愤怒的情绪，她突然扯着嗓子喊："你说话啊！哑巴了？我哪点对不起你你这么害我！"

她甚至大逆不道地拿手去狠狠推他的肩膀，在中国的传统文化里，对父亲不敬是不对的，是要受到天道的谴责的，因为父亲对子女具有天然的权威，但是在孔海波一走了之以后，这种权威就荡然无存了，他越是不敢言语，孔真就越是生气，她像所有心里积攒了大怨气的人一样发了疯似的宣泄，她一句句地问："你不是答应我这笔债和我无关吗？你不是说肯定会还上不会让他们来找我的吗？你走这么长时间一个电话都没给我打过，一条短信都没给我发过，你就不怕我被要债的打死？你不怕我被他们扔河里去？有你这么当爹的吗？你说话啊！"

她嗓子火辣辣地痛，眼睛也是，她觉得难过极了。

小的时候孔真英语成绩很差，老师忧心忡忡地找孔海波谈话，孔海波表面上答应，私下里拍着桌子和孔真说，我闺女爱干什么就干什么，学不好就不学，爸还能让你饿着吗？

他们父女俩谁也没有想到自己会有今天。

沉默太难熬了，尽管有北风作伴，但孔海波还是无法忍受这样的沉默了，他一点也没有年轻时的意气风发，像是每个卑微的中年人一样，弓着背，低声下气："闺女，爸当时实在是——"

孔真没有打断他，她在等着他的下文。

实在是怎样呢？要说出怎样的理由，才能让这一切都显得合理起来呢？才能让他们父女两人的感情恢复如初呢？她也很好奇。

但是她没有等到。

因为根本就没有这样的答案。

孔海波说不出话，孔真的心突然之间变得空荡荡，她叹了一口气，于是她的心就发出了回声，像是无数个失落的人和她一起沉重地叹息，唉，那就算了吧，事情已经发生了，我不能改变，只能接受，然后忘记它。

"你以后别来找我了。"孔真说，"大家都要努力好好过，做好人，别当坏人，我走了。"

她转身就走，孔海波冲过来拦着她，孔真很快就不再激动了，她兴致寥寥地回头看："干吗？"

孔海波把手伸进自己的兜里掏，掏出来一块金表。

他29岁那年买的，即使身无分文的时刻他也没有卖掉它，因为在他心里，它更像是一种象征而非财富，它象征着自己的好时候，用来提醒自己不要放弃希望，然而这会儿它已经没什么用了，就在刚刚，他彻底变成了一个无用之人，一个被自己女儿放弃的人。

"给你，你拿着。"孔海波把表往她手里塞。

孔真不争气地又想哭了，但是她像刚才一样，努力维持着自己的面无表情，一言不发地把表推了回去。

汽车引擎的声音从远处响起，孔海波突然慌了手脚，他强行把表塞给孔真，就推着她走。

"干吗？"孔真没去管那辆车，她忍着眼泪抗拒，用力把表推给对方，"你自己留着吧。"

孔海波摇摇头，比她更强硬，他眼圈红了，一个劲儿地把表往孔真怀里塞，天冷地滑，他没站稳，一不小心摔倒在地上，闷哼一声，当时就不能动了。

一辆宾利在他们身边停下了，孔真顾不上看，她赶紧蹲下去看孔海波的情况，对方缓过来之后说的第一句话，仍然是"爸爸对不起你，你拿着吧，别管我了，你走吧"。

"爸爸？"一个女声突兀地响起，孔真吓了一跳，抬头看，居然是赵东林的小姨。

文慧姗看着孔真，脸上的惊讶毫不掩饰，孔真被冻僵了的脑袋慢慢地运转过来，她知道了，如果她知道了孔海波是自己的爸爸，那她就知道了——

"你到底是谁？"文慧姗指着孔真，瞪着眼睛等她的回答，孔真一言不发，她却越看越眼熟，过了半晌她一拍脑门——居然是那个小女孩儿！

孔海波回到东北，第一个联系的人是她，两个人之间的关系过了这么多年，已经很难说清了，但当初两个人在一起也有一部分原因是爱情。女人总是感性，曾经的恋人混得不好，她倒是没有避之不及，刚才还是她开着车载他到这儿的，到了楼下，他说想抽红双喜，她就开着车去附近的小超市买，没想到再回来时就看见了让她目瞪口呆的一幕。

接下来发生了什么，孔真事后已经记不太清了，她只记得是无休止的混乱，文慧姗骂她是骗子，孔海波问孔真到底为什么要这么做，她一句话也说不出来，只猛地把那块金表丢到孔海波怀里，就一言不发地跑开了。

雪下得更大了，孔真突然想起自己今天还有任务呢，她还没和赵东林表白，还没来得及告诉他自己喜欢他。

她咳嗽了一声，觉得自己好像感冒了。

感冒，是一件非常累的事情，你身体里的白细胞在努力地对抗感冒病毒，于是你的身体里兵荒马乱。

身体之外，孔真的生活也是一片兵荒马乱。

当晚文慧姗还没顾得上处理好自己的感情问题，就开车杀到了文惠萍家，把这件事抖了出来。

文惠萍差点儿又进了医院，她打电话给赵东林，声嘶力竭地让他回家当面对质，赵东林开车回了家，发现自己辩无可辩，索性就承认了。

文惠萍气得要骂人，她拍着桌子痛心疾首："你是不是脑袋进水了啊你？那个小姑娘给你下了什么迷魂药了？她冲着你的钱来的，你就这么大咧咧地让她得偿所愿是不是？"

"她不是冲着钱来的。"赵东林解释，"这是一个误会，是我主动找她和我假结婚，因为你那时候身体不好，所以我随便找个人骗骗你，谁知道她和我们家还有这层关系？"

"你是真傻还是假傻？没点好处她凭什么和你结婚？"

"她自己也很努力地工作，需要我给什么好处啊？她不是那种人，你——"

他妈抄起桌上的文件朝他扔过去。

乱七八糟。

孔真虽然没有亲眼见证，但是也猜了个大概，她无心去管，只每天专心对付着感冒，这次的感冒来势汹汹，到最后甚至发展成了肺炎，她不得不每天都去医院打针。

她的表白迟迟没有送出去，但是她没觉得有多遗憾，因为她打定主意要去做的事情一定要努力做成，等她感冒好了，她一定要重新好好地打扮自己，把自己的心意传达给赵东林，赵东林一定会答应的，然后所有的麻烦都是两个人的了，赵东林和自己之间没什么奇奇怪怪的第三者，没有什么说不清道不明的误会，她相信只要好好解释，文惠萍一定会原谅自己的谎言的，大家的心都是肉长的，哪儿来那么多的你死我活呢？

怀揣着这样的期望，孔真每天坚强地一个人在医院、公司和家之间来回折腾，意外之喜，瘦了 5 斤，孔海波给她打了几次电话，她没接，发来的短信她没看就删除了，自己说过的话不会忘记，世间不是只有男人才有资格言而有信，这是她自己的决定，不原谅，坚决不原谅，无论如何她都不会回应。

与赵东林的联系仅限于微信，赵东林没和她多说别的，只嘱咐她好好养病。

事实上，赵东林觉得自己正克服着一个不可能的困难。

他对任何人都可以狠下心来，但是对文惠萍不能，因为她是自己的亲妈，这是道义上的原因，而从感情上看，文惠萍在他成长的过程中待他实在不薄，理解包容鼓励慈爱，她做到了一个母亲能做到的一切，成年之后赵东林的人生轨迹完全不能再被任何人掌控，她也没有试图去掌控，她觉得赵东林是个非常"心里有数"的成年人，完全可以对自己的生活负责，而她也没那么多过剩的控制欲去控制自己的儿子。

但是现在她觉得自己真是大错特错了，赵东林岂止是心里没数，简直是个纯种的二百五，被人卖了还美滋滋地帮人数钱，一个劲儿地在自己面前为孔真说好话。

如果她能对自己的儿子多一些了解，她就会明白为什么自己会直到现在才有一个儿媳妇，赵东林在和女性沟通方面的思维方式是非常直线的，他能对着投资人巧舌如簧你来我往，但是面对较为感情用事的女性时，他还没一个高中生来得有办法，郑小竹曾经发给他的 Word 文档显然没能指出实质性问题来，不是他会不会沟通，而是不知道应该怎样去沟通，如果他能晓之以理动之以情，佐以各种证据证明孔真根本没有盯上他财产的意思，可能文惠萍还不会这么激动，但是他觉得这事儿根本不用那么麻烦——事实我给你摆在这里，你爱信不信，文惠萍就非常火大了。

母子二人吵得不可开交，赵东林觉得自己胜券在握，因为一般情况下都是这样的，任何一个正常的家长在面对自己的孩子时总会在紧要关头心软，然而他忘了一层——文惠萍的身体禁不起这么折腾，她最开始还能靠着由愤怒激发的战斗力和赵东林过招，在发现赵东林冥顽不化时，她觉得心力交瘁，很快就再一次气病了。

于是赵东林认清了情况，他之前太自大了——在紧要关头，他作为一个正常的儿子也会对自己的母亲心软。

文惠萍进了一次医院，赵东林瞬间战斗力减半，他不敢造次，兢兢业业扮演好一个儿子的角色，亲自在医院陪护，电脑都搬过来，病房里的气氛很尴尬，母子俩谁也不说话，赵东林低头打字，或者压低声音聊微信，文惠萍把平板放在床边，开着最大声音看日剧，女主角声嘶力竭地喊："桥豆麻袋——！"

赵东林不得不暂停了自己的电话会议，起身到她身边："您老能把它关小声点吗？"

文惠萍不理他，赵东林只好自己伸手去关小声音，越过病床，他看见了文惠萍的侧脸，苍白，显出一点衰老，保养和医美都没什么用，一个人的心衰老时，是无论如何也藏不住的。

她衰老的脸上挂着两行眼泪。

赵东林的心很不舒服，他知道文惠萍不是一哭二闹三上吊的人。

"我没想到你会这样。"文惠萍说，"都说儿大不由娘，但是我觉得咱娘儿俩不会有矛盾，没想到会闹成这样，你觉得我是在害你吗？"

赵东林头大如斗，恨不得拿和 10 个大汉打一架来换取逃避这一刻，他面无表情，调小了日剧的声音，在心里思考着应该怎么回答，还没等他思考出结果，文惠萍就又觉得天旋地转地不舒服，仪器嘟嘟嘟地报警，赵东林慌了，转身就往外跑："大夫！"

又折腾到后半夜，赵东林困倦极了，文惠萍被推回病房，显得无精打采，很脆弱。

赵东林做出了一个让他在之后很后悔的决定——就像当初他想找个人假结婚来骗骗文惠萍一样，此刻他决定先和孔真把婚离了，换取一时和平，以后的事儿以后再说。

他觉得这事儿非常简单，权衡一番这是最好的解决方法，感情用事没有意义，而且孔真本来也没有和他确定什么关系。

孔真的病拖拖拉拉，终于在临过年时好了，她大病初愈，觉得自己被充了一点电，就试探着联系赵东林，问他妈妈那边是什么情况，赵东林当时正好在医院，不好多说，在医院走廊里三言两语把孔真打发了，并没有告诉她自己家里出了什么事情。孔真之前与文惠萍接触，对方的印象是非常大气而明事理，自然以为这件事没有到最坏的地步，最差对方也知道了事情的原委，觉得她虽然做事不靠谱，本性却不坏。思来想去，她决定继续自己还未完成的告白，希望能和赵东林一起面对之后的问题，便主动约了赵东林出来见个面，赵东林正有此意，自然是一口答应下来。

约好了见面的地点，孔真挣扎着在寒冬腊月换上了新买的大衣外套和高跟短靴，希望让自己看起来更漂亮点儿，谢湘南担心地看着她："你不冷吗？"

孔真摇摇晃晃，扶着鞋柜努力站稳，闷闷地说："你个单身狗，懂什么。"

谢湘南说："再见。"

这不是个告白的好天气，风太大了，差点把孔真吹跑，好在吹不凉她的满腔热血，她终于见到了赵东林，那个让她日思夜想的人，赵东林看起来有点没精神，但是总体来说还好，高大英俊，足以让孔真露出一个真心实意的灿烂微笑，赵东林没有回应这个微笑，孔真不当一回事，只觉得赵东林在装模作样，反正他总喜欢这样。

上了车，孔真半天才说出话来，外面实在是太冷了，赵东林狐疑地打量她："你穿这么少干什么？"

孔真哆哆嗦嗦："你管我呢！"

赵东林没和她斗嘴，开车往餐厅去，孔真在心里颠三倒四地排练着等会儿要说的话："赵总，我觉得我挺喜欢你的，要不咱们假戏真做呗？""赵总，你看，你也老大不小了，该凑合就凑合吧，你看我怎么样？""东林，我觉得我好像喜欢上你了……"

她犹豫不决，不知道自己该说哪个，因此生出一些烦恼来，但烦恼也是开心的烦恼，她好像一瞬间回到了十几岁，偷偷给喜欢的男生递情书，好像对方收下就代表永远。

少年人的永远总是很远很远的。

餐厅里人不多，两人坐在一个相对安静的角落，孔真想流鼻涕，勉强忍着，不想破坏自己辛苦维持的形象。

赵东林让她点菜，她随便点了几个，赵东林低头看看，又加了两道，服务生离开了。

"我和你说个事儿！"孔真下定了决心。

"我先说，可以吗？"赵东林罕见地温和。

"啊？可以……"孔真说，"你说吧。"

"咱们改天去把婚离了吧。"赵东林开门见山地说，"我小姨和我妈说了你的事儿，我妈觉得你目的不纯，我和她解释过了，没用，她现在年纪大了，很固执，前几天又进了医院，我觉得再这么耗下去也没什么好处。"

一盆冷水兜头浇下来，孔真的心迅速被冻成一个小点儿，丑丑地缩在原地，她眼睛热热的，鼻子酸酸的，觉得非常委屈，然而赵东林这么冷静，她总不好把场面搞得难看，因为大家都是这样的，做人最重要脸上好看嘛，于是她假装没事人一样地说："啊，可以啊，没问题，你让阿姨好好养病。"

空气安静下来，赵东林没想到事情会这么轻松，他松了口气："你刚才要和我说什么来着？"

"啊，我是要和你说，咱们合作的事儿要不先放放吧。"孔真没过脑子就把这话说了出来，"我觉得自己还是不能太好高骛远，先好好把婚礼工作室做好就行，本来我也没什么大志向，又不想去美国敲钟，没奢望什么远大前程。线下服务谁都能做，肯定有很多大的婚庆公司愿意合作的。"

赵东林措手不及："什么？"

"就这样。"孔真的眼睛里渗出水来，脸上的表情却没变，"之前的婚礼策划案你们随便拿去用，都是朋友，以后有困难随时找我，我能帮得上忙的就帮。"

她知道自己不应该这样，生气、委屈、不可思议，这些情绪是不应该有的。赵东林担心自己的妈妈，这是很正常的事情，这是人之常情，他的妈妈很爱他，所以他也爱自己的妈妈，这是再自然不过的事情了，难道郑丽梅生病的时候自己没在担心吗？

她应该体谅，成年人总是通过不限量赠送的体谅来维持和身边人的关系，如果万事都要斤斤计较，都要分出个对错输赢，很多关系是没办法继续发展的。

但是她这么做不是为了维持这份关系，就在刚刚那短短的瞬间，她觉得非常受伤，非常难堪，她要命的自尊心又窜了出来，嘭的一声变成一座雷峰塔，威风凛凛地压倒了刚刚的期待和欢喜。

赵东林的语气，公事公办，冷静理智，没有一丝一毫的不舍，不觉得"离婚"是什么重要的事情，是呀，离婚并不重要，因为这场婚姻就是由谎言开始的，毫不庄重，没有亲朋好友的祝福和见证，这对赵东林来说其实也真的不重要，只是他人生路上的一个小插曲而已。

但对孔真来说不是。

孔真能不管不顾地在晚上开着车去救郑小竹，能夸下海口带着谢湘南和自己奔赴远大前程，能给柳叶留一个永远都回得来的退路，不是因为她同情心泛滥，而是因为她重感情，所有的缘分在她看来都是非常难得的，她的喜欢也是如此，认定了就要得到，要过一辈子，要坦诚相见，要互相爱护。她有无上的勇气，也有赤子之心，婚姻是一件严肃庄重的事情，她想守护所有她觉得重视的感情，像卫兵守护城堡。

然而赵东林不觉得这是什么严肃庄重的事情。

……也对呀，赵东林都没亲口说过喜欢自己。

他喜欢自己吗？也许吧，朝夕相处，有一点微不足道的喜欢很正常，不正常的是自己，喜欢了就偷偷下那么大的决心，想破釜沉舟，想鼓足勇气，以为对方都和自己一样，对这种事看得很重。

她觉得难过，又失望，从自己包里拿出面巾纸，一时拿不准擦鼻涕还是擦眼泪——眼泪已经流下来了，让她非常尴尬。

"你哭什么？"赵东林手足无措，"你不想离婚吗？"

孔真恨不得踹他一脚，但是孔真不能，因为她的自尊心不允许，所以她只能擦擦鼻涕眼泪，声音微微沙哑地说："不是啊，昨天谢湘南非拉着我看一个电影，可把我哭死了，现在想想还难受呢！"

"怎么这么多愁善感？"赵东林皱着眉头看她，"我刚才的话没别的意思，别多想，你听我说，我只是——"

"只是缓兵之计而已嘛！"孔真说，"我知道，理解，咱聊点别的。"

赵东林聊不出来别的，他又一次惊讶于自己的笨拙，孔真全程都表现得很自然，吃完饭，两个人往外走，孔真低头在手机里找日历："就下礼拜三吧，早上9点民政局门口见。"

"我送你。"

"不用，"孔真说，"我打车就成，赵总再见。"

她在凛冽的寒风里拥抱了赵东林，回到家以后感冒又复发了。

谢湘南看着她大半夜地披着毯子给自己煮面，问她怎么这么晚还吃东西，晚上没吃饱吗？孔真说："因为我饿了，我饿了就要吃饭，不能把自己饿死，我要好好地活着，我要爱我自己，谁不爱我谁就不会感到快乐，他们再也不会感到快乐了！但是我还好好地活着，我想吃什么就吃什么，我很快乐。"

谢湘南担心地拿手碰了碰她的额头，担心地说："发烧了呀？"

"我没有！"孔真咬牙切齿，"去给我切半盒午餐肉，赶紧的。"

谢湘南更担心了："你怎么了，是不是吃坏东西了？"

"我要午餐肉！"孔真咆哮，"你是不是也不爱我了？"

"爱你爱你。"谢湘南惊恐地说，"你别喊，去躺着吧，我给你煮面。"

"这还差不多。"孔真打着喷嚏走了。

面煮好了，孔真又披着毯子走出来，谢湘南在卫生间洗脸，孔真低头咬了一口午餐肉，眼泪一下子就流了出来，这就是失恋的感觉吗？孔真觉得做人有点儿惨。

柳叶还和郑小竹在重庆待着，孔真没有去联系她们，柳叶此时此刻会因为一个突如其来的带薪旅游快乐吗？不一定，郑小竹怀孕了，有一个看起来不错的男朋友上赶着求婚娶她，她却不想要，柳叶会不会觉得羡慕呢？这是柳叶梦寐以求的人生。但是郑小竹也有自己的烦恼，她害怕面对未知的未来，害怕自己的人生往下滑，心里的难过和忐忑不比柳叶少吧。

她小时候以为人生很简单，就像是玩儿射击游戏，出现一个敌人打死就好了，出现一个问题解决一个问题就好了，然而长大了她才发现不是的，很多时候她甚至不会因为一个确切的问题烦恼，每个烦恼总是包裹着说不清道不明的前因后果，她要瞻前顾后，要小心翼翼，小时候她考虑的问题是我还需要多少，现在她考虑的问题是我还能再接受失去多少。

这是一件非常无奈的事情。

她新买的大衣还在衣架上挂着，笔挺光鲜，像是一场美梦，她嘲笑自己的幼稚，觉得自己永远是那个长不大的初中女生，不会因为年纪变大、喜欢上一个男人就改变什么。

一转眼时间到了该死的周三。

孔真早晨睁开眼的第一个念头就是：今天我要去离婚了。

她前几天还故意不去想这件事，然而事到临头，她突然觉得手足无措，她不想——她什么也不想。

喜欢一个人是很简单的，在有危险的时候，他冲过来抱着你，短短的一瞬间足以让全世界的花朵都开放，因为怦然心动时时间总会被模糊成无限长。她在这无限长的时间里慢慢地长大了，重新走过了自己的青春期，她志得意满地看着那个整天不拿正眼看人的小姑娘，因为她觉得自己比对方要幸福。

在确定喜欢这件事之后，时间又会过得很快，像是被开二倍速的电影，大家都忙忙碌碌，没有值得反复观看的慢镜头，因为喜欢这件大事已经确定了，其余的都是可有可无的事情，见客户、签合同、回复消息、吃饭睡觉，二倍速，三倍速，她不想再看一眼，满眼都是对方白衬衫前的纽扣还有对方脖子上的细小纹路，她记得那么清楚，甚至闭上眼睛时也能看见，那时男人的喉结因为紧张上下动了一下，她很想凑过去亲吻，可惜的是她以后再也没机会去亲吻了。

大家都说喜欢是一件小事，我们需要担心需要烦恼的太多了。

是吗？

不是的。

对有些人来说不是的。

冬天的寒风被设定好速度一般刮着，孔真依然穿着自己的新大衣，她觉得要有仪式感，分别时，我们总是很庄重。

也许是因为天太冷了，来办离婚的人不多，前面有一对夫妻，在等待的时候分别把脸冲向两边，谁也不去看谁，在进去之后很快吵了起来，你一言我一语，女的吵着吵着就哭了，吵架的声音逐渐小了，最后两个人一起出来，没离成。

孔真和赵东林只用了不到他们三分之一的时间，两个人全程都很冷静，赵东林把这当成一次普通的突发事件，就像是来领结婚证时一样，毫无仪式感，毫无庄重，他不在意，当时他不在意孔真的到来，因为他觉得对方和自己的生活毫无关系；现在他不在意孔真与自己的分别，因为他觉得这不是真正的分别，以后两个人还有很多的机会。他不知道孔真在想什么。

离婚证拿到手，孔真随意把它扔进了包里，赵东林送她回家，她再一次坐在赵东林的副驾驶座，说不出口的表白已经被烂在了肚子里，像是垃圾桶里的腐烂水果，曾经也是新鲜又甜美的。她低着头，突然偷偷地看了赵东林一眼，最遗憾的不是没有表白，而是没有吻他。

她的人生似乎总是由一个又一个的遗憾组成。

到了目的地，她下车，赵东林把这当成一次普通的分别，甚至没有礼节性地握一下手，道一声再见，孔真也没有，她要命的自尊心从四肢百骸涌出来，努力让自己情绪稳定，表现正常。

上了电梯，孔真猛地深吸一口气，她一个劲地猛按自己的楼层，一打开家门就直接奔向卫生间，干净的镜子照出她的脸，通红，扭曲，非常丑，非常滑稽，就像是小时候吃不到冰激凌时一样，她低声地哭起来，觉得自己又失去了很宝贵很宝贵的东西。

她不知道那个宝贵的东西是赵东林，还是自己这份喜欢。

低声的哭终于变成了号啕大哭，在这个光怪陆离的冬日，孔真的青春期终于结束了。

生活依然在无力地前行，孔真觉得自己像是被泡在一壶鼻涕里，黏糊糊的，这个比喻很恶心，但是她觉得很贴切，她没有力气向上游，也不想沉到最底部，按部就班地运转，像一颗螺丝钉，她知道自己总会没事的。

这个世界上的每个人都会没事的。

如果是18岁，她肯定不会善罢甘休，她想问个清楚，为什么你一点也不在乎呢？为什么你的心里毫无波动呢？你不喜欢我吗？你不在意我吗？一桩桩一件件，她都要问清楚，不光问清楚，还要得到自己满意的答案，然而现在她不会这么做了，她再也不会这么做了。

转眼间元旦已经过去，这是个索然无味的节日，柳叶回来了，郑小竹却没回来，孔真问柳叶，柳叶只说郑小竹不需要自己陪了，问郑小竹，郑小竹说自己工作变动，可能要在外地待上几个月，孔真觉得心里空荡荡的，并没把自己的事情对她说，她不想让朋友们心烦了。

元旦那天，她在饭店订了两桌，请自己的员工们吃饭。晚上她拎着一堆食材回了家，和郑丽梅合伙做了一桌勉强称得上可口的菜，母女二人将它们吃完，郑丽梅坐在沙发上看电视，孔真倒在床上昏昏欲睡。赵东林的消息发过来，祝她元旦快乐，她回了个谢谢，赵东林问她什么时候有时间出来吃顿饭，孔真没有回复，她对此感到厌烦，她讨厌透了这些家伙，他们有事从来不明说，要考量，要等候时机，就算再出去吃100顿饭，赵东林也不会表白的吧，孔真恶狠狠地想，你们全都是讨厌鬼，我讨厌你们。

因为这样显得我像个笨拙的傻瓜。

离了婚，赵东林成功避开了一记来自亲妈的直球，但是他又要面对另外一个女人带来的麻烦——孔真不搭理自己了，而且拒绝再和自己合作了。

他不知道这两件事哪件更棘手。

领了离婚证之后，孔真还没和他见过面，每次去孔真的公司，她都不在，赵东林怀疑她故意躲着自己，干脆在她办公室等，但是一直等到加班的后期都收拾东西走了，孔真也没有回来。

谢湘南与他谈终止合作的事情，有点麻烦，因为这期间大多数都是孔真在操作，好在谢湘南做事细心稳妥，给他找好了线下服务供应商，从婚庆公司到鲜花采买一应俱全，赵东林不甚在意，本来线下服务就不是软件的主要付费功能，就算是完全撤掉影响也不大。他仍然不知道自己到底哪里得罪了孔真，却碍于面子不好张口，眼看着交接工作快要完成，赵东林终于忍不住了，他叫住想从自己办公室离开的谢湘南："请等一下。"

谢湘南坐了下来，微微歪着头看他："嗯？"

"孔真最近怎么这么忙？"

"是啊，年底了，大家都忙。"谢湘南说了句废话。

"她到底怎么了？"赵东林问了出来，"遇到什么麻烦了吗？"

谢湘南在此之前已经知晓了事情的全过程，孔真是忍不住自己藏着这么一个不大不小的秘密的，谢湘南作为朋友很同情孔真，很理解她，也很理解赵东林，但她还是觉得这份遗憾非常可惜。

她自己从未追逐过真正的爱情，所以见了别人的爱情消失时就会觉得可惜。

她知道孔真不是在闹小脾气，她是真的下了决心，孔真是个自尊心非常强的人，确实会比平常人倔强一点，所以按理来说，她不应该多事，然而那点可惜让她很想多事，犹豫再三，她选择了一个折中的办法。

"可能是……感情问题。"谢湘南说，"爱情方面的。"

赵东林心里一沉："什么？"

"好像是表白失败了。"

"她和谁表白？"

"不清楚，她没和我说。"谢湘南露出了慈祥的笑容，像是看着班里男同学早恋的高中班主任，"要不你自己去问问吧。"

赵东林不说话，谢湘南继续说："赵总你还有事儿吗？没事儿的话我先回了。"

"等等——"赵东林拦着她，"具体是什么时候的事儿？"

"啊，上个月月底吧。"谢湘南想了想，"那天挺冷的，我就记得她穿了件大衣高高兴兴地出门了，具体哪天我还真的忘了。"

她走了，赵东林突然后知后觉地感到心惊——他上次看见孔真的时候，孔真就穿着一件大衣，之前她都穿着那件把她裹得严严实实的羽绒服的。

然后呢？赵东林努力回想当天的细节，两个人见了面，在餐厅落座，孔真说有事情要说，她显得兴致勃勃，但是被自己抢了先。

孔真这天一直觉得自己的右眼皮在狂跳，她一直在使劲儿揉眼睛，揉得她眼睛都发疼了，谢湘南回来之后面无表情一切如常，问孔真要不要和自己一起去吃晚饭，孔真拒绝了，她说自己今晚得加班。推了之前的订单，又终止了和赵东林定的合作，明年 6 到 9 月份的工作量不饱和，孔真本来是想用今天晚上的时间将明年的订单先重新统计一次，再决定增加旅拍业务还是继续做婚礼，但是狂跳的右眼皮总是让她分心，晚上 7 点，她进度几乎为零，索性要了外卖，把电脑和记事本扔在一边，趴在桌子上看哆啦 A 梦。

脚步声从走廊传过来，孔真没当一回事，以为是隔壁办公室的人下楼去拿晚餐，他们设计师经常加班到后半夜，说不定等会儿还要拿宵夜。脚步声在门口停了，孔真的右眼皮跳得更厉害了，她抬起头往外看，门把手被拧了一下，她吓了一跳，以为进贼了，嗖的一下蹲在了桌子下面。

有人进来了，皮鞋踩在地板上，发出清脆的响声，孔真听见对方朝着自己办公室走来，手机里的哆啦A梦还在放着，大雄和哆啦A梦吵吵闹闹地讲话，那个人推开了她办公室的门，孔真的右眼皮终于不跳了。

"孔真？"赵东林问。

孔真依然在桌子底下蹲着，不说话，赵东林走过来，拿起手机，看到了她没藏好的衣服下摆，他觉得好笑："你躲在桌子下面干什么？"

孔真说："没什么。"

她捂着自己的右眼，没有从桌子下面起来的意思。

赵东林一时语塞，他伸手想把孔真拉起来，她不为所动，还猛地一下甩开了他的手，然而一不小心力气用大了，自己的手一下子打在办公桌旁，嘭的一声，疼得她眼泪都要出来，赵东林终于有机会强行把她拉起来，让她面对着自己。

"你最近到底怎么了？为什么一直不理我？"

"我没有。"孔真烦躁得要死，觉得自己刚才怪丢人的，"我回你微信了。"

"你不和我见面。"

"我为什么非要和你见面？"

"你因为离婚那件事生气了是吗？"

"我没有生气。"孔真不算撒谎，她只是觉得失望伤心而已。

"我和你解释了——"赵东林说，"你当时不也好好的吗？"

孔真觉得他看起来很讨厌，简直是又坏又愚蠢，把一切都当作理所应当，在什么都没发生的时候就认定了自己和他感情牢固。

她不想再藏着掖着了，不想再做一个好面子的大人了。

"你等等，赵总。"孔真说，"你觉得咱们是什么关系呢？"

赵东林看着她微微蹙起来的眉毛："你觉得呢？"

"我觉得什么！"孔真突然变了脸色，"你真的没劲死了，我再也不想喜欢你了，喜欢你很没劲，我不和你玩儿了，再见，以后别来找我。"

赵东林急了，攥着她的手腕不让她走："你发什么疯？"

"我没有发疯，真情流露，不行吗？真情流露出对你的讨厌不行吗？"孔真想甩开他的手，但是没有成功，"你们都是成熟的大人，做事有分寸，考虑的都是把麻烦减到最小，我就是那个麻烦，把我弄没了就没麻烦了，我不喜欢你们，所以我走了，不和你们玩儿了，这很难理解吗？"

"离婚只是一个形式而已，不能代表什么，你听我说——"

"因为你觉得什么都不重要，所以你觉得什么都是形式而已！喜欢我，不重要，不用急着表白，想什么时候告诉我都可以，因为我还单身，我还整天在你身边晃悠，离婚，不重要，因为你根本没把这段婚姻当成一件很严肃的事情，你觉得自己以后还有很多机会来慢慢地和我在一起，暧昧个三年五载也没关系，又自由又快乐的恋爱谁不想谈呢？你觉得你的妈妈很重要，没问题，因为每个人都觉得自己的妈妈很重要，大家都爱妈妈，但如果我是你，我至少会试着为了自己那点儿喜欢去争取一下，不是一味地骗骗骗、躲躲躲！"

"……我和你说过了，那只是权宜之计，我们以后还有很多时间！"

"既然你单方面宣布我们还有时间，那我也可以单方面宣布我们没有时间。"孔真终于甩开了他的手，低声说，"我知道你之前很不喜欢我，觉得我这个人做事不好看，没格调，是呀，我就是这样的，就是会在大街上和别人打架，意气用事，把场面搞得乱七八糟，我就是你最不喜欢的那种不会看人脸色的女生，你不好意思说的话，我现在替你说，你没有那么喜欢我，并没怎么把我放在心上，所以连个表白都拖着不说，我们假结婚的事情败露了，你妈妈很生气，你觉得权衡之下我的感受更不重要一点，所以你还是连一句喜欢都吝啬和我说，直接说了离婚，你不知道我喜欢你吗？

"我觉得你知道，你比起我要聪明很多倍，要不然你也不会这么成功，但你就是一个和他们一样没劲透了的人，什么都不敢说，什么都不敢做，整天说自己要改变世界，其实最害怕的事情是丢脸！"

孔真突然拉着他的领带，在他嘴上狠狠亲了一下，赵东林只觉得自己嘴唇一热，然后就是尖锐的疼痛，孔真居然咬了他一口。

只不到5秒钟，孔真离开了他，气喘吁吁地说："你不敢说，我敢说，我之前很喜欢你，但是我现在决定不喜欢你了，我亲你是因为我之前很想知道和你接吻是什么感觉，现在我知道了，也不会再好奇了，再见。"

趁着赵东林发愣的时候，孔真抓起手机就跑了。

第十四章

≋ 永不言败

　　孔真从第二天开始就没来过公司，她让赵博把自己的东西都带回郑丽梅家里在家办公，好在年底是婚庆行业的淡季，公司离了她照样可以正常运转，郑丽梅问她出了什么事儿，她不说，问急了就闭着眼睛大声喊："因为我爱我妈妈！"

　　她把赵东林的联系方式都删除，发誓要让自己真的像临别时说的一样潇洒，赵博几次三番说自己真的快挺不住了——赵东林软硬兼施，非要让他说出孔真到底躲哪儿去了，孔真威胁他："赵博，你要是真的敢对金钱低头，我就当没你这个朋友。"

　　她刚说完这话没5分钟，赵博的微信消息就发过来："真姐，你赶紧来公司一趟。"

　　孔真眉头皱起来，回复给他："干什么？你直接让赵东林滚蛋不就得了。"

　　赵博直接把电话打了过来，孔真接了，只听他在那边急急地说："不是赵东林，是刘大脑袋。"

　　孔真愣了一下："谁？"

　　"刘浩波！"赵博的声音压得很低，语速很快，不知道正躲在哪里和孔真讲话，"他刚才突然带了一堆人来公司，非要见你，也不说到底干什么，我们要走还不让我们走，真姐，他知道你家里地址吗？要不你换个地儿躲几天吧。"

　　他以为孔真知难而退，躲几天也就算了，刘浩波还能一直不吃不喝地带着人在公司守着吗？没想到孔真想了想，告诉他："我现在就过去，你让他们别害怕。"

　　赵博一听这话，瞬间头大如斗："我的天……真姐你不要命了，他们打你怎么办！你看我这小身板能帮你打几个？你过来干吗，赶紧躲着去得了。"

　　"谁说我指望你了，我指望谢湘南我也不指望你啊，让我躲，我往哪儿躲，这是躲能摆平的事儿吗？我还能一辈子不去公司了？他们要是真的把你们员工怎么样了我负不起这个责任，再说咱们开门做生意，让他在这儿坐着算怎么回事儿？行了，你们在公司等着我，别和他们起冲突，我现在就过去。"

"……那我现在报警还不行吗？我在卫生间，他们不知道我在这儿，是谢湘南给我发的微信。"

"谢湘南和你说他们打人了？砸东西了？"

"那倒没有，就是在公司坐着。"

"人家只是来坐坐，你报警要怎么说？别说了，我现在过去，光天化日的还能明抢不成？"

她挂了电话，穿上衣服就往外走。

这是一年之中最冷的时候，已经连着几天没有下雪了，积雪被人踩成了厚重的路，空气中的热量全部被雪吸收，冷硬的风从四面八方吹过来，甚至让人的眼球都感到寒冷。孔真被这寒冷包裹着，刚刚的激动逐渐退去了，她没有害怕，因为她现在已经学会了不为还没到来的事情担心。她只是突然觉得从前让自己分外激动的事情此刻已经变得不再重要，做一个感情用事的人到底有多糟糕，她已经体会过了，她在心里劝自己等会儿一定要冷静，她规规矩矩做生意的人，不好和这种混混硬碰硬。

她在心里默默盘算着等会儿见到刘浩波要用什么话做开场，但是当她真的见到了刘浩波本人时，刚刚想好的话全都用不上了，刘浩波看起来变了点，虽然还是脑袋大脖子粗的，但看起来阴沉了不少，不复过去的快乐了。孔真觉得他在外面的这大半年里一定受了不少苦，周围站着的几个男人看起来比他稍微年轻点，看上去都是那种没交过社保的人。

这么冷的天，他只穿了一件旧皮衣，想想也知道肯定很冷，孔真知道今天怕是不能善了——穷才能生出凶和极恶来，一个过得不好的人肯定比一个养尊处优的人要难对付得多。

刘浩波见她来了，脸上的表情变了几变，最终对着她嗤笑一声："来了？大半年没见面，你混得挺好啊！"

他掐了手里的烟，余味久久不散，味道很大很刺鼻，孔真闻了直犯恶心，公司的员工都离他远远的，谢湘南想站起来说话，孔真冲她摇摇头。

她去饮水机边给他接了杯热水，递给他，刘浩波没接，孔真也没在意，随手放在他身边，拿了把椅子在他对面坐下了。

"刘哥，你什么时候回来的？"

刘浩波摆摆手，不想多废话："行了，别和我在这儿套近乎，说说你欠我那钱什么时候还吧。"

孔真愣了一下："什么钱？"

"我仓库里的东西你没少动吧?"刘浩波又点着了一根烟,"布景花门红毯这些乱七八糟的就不说了,光我一个大疆就值多少钱?你就随随便便给我祸害了?"

孔真就知道他要拿这个说事儿。

仓库里的东西她确实动过,但是总共也没用过几次,连损耗都没有,她自己的公司资金充足了之后,早就把设备鸟枪换炮,也租了新的仓库,刘浩波的东西已经完璧归赵,碰都没再碰过。

她虽然神经粗了点儿,冲动了点儿,却也知道宁惹君子不惹小人,就算是今天和刘浩波起了正面冲突,她完全不还手,被打了,报了警,对方被抓进去,不过一段时间还会再出来,肯定不会善罢甘休。今时不同往日,不是她和赵博两个人连个办公室都没有的时候了,这么多人指着她吃饭,她不想把事情闹到不可收拾的地步,倒不如和平解决,大不了出点血,就当是破财免灾了。

但是也不能显得她太好说话了,要不然对方知道她有钱,想过来串个门就过来,那怎么得了?

想了想,孔真说:"刘哥,咱们明人不说暗话,我确实是用过你仓库里的东西,但是……"

她话还没说完,刘浩波突然猛地砸了一下桌子,声音大得吓人,那杯水翻了,滴滴答答流了满地。

"但是什么!你胆儿挺大,动我仓库,还用着我的人脉四处揽活儿,我给你脸了是不是?"

孔真没被他吓着,依然很冷静:"这话怎么说的,什么叫你的人脉?外包的工作人员都是我花钱雇来的,只要档期排得开,有钱谁都能雇,没一个是专门等着听您一个人招呼的吧,您今天来,说到底是事出有因,好好谈,总能谈出个结果,您要是不想好好谈,非要骂人动粗,就算把我打死了也一分钱拿不着,说出去也不好听。"

刘浩波的样子看起来非常容易被激怒,孔真心里也没什么底,好在他终究是想起来今天是要钱的不是来泄愤的。翻倒的水杯掉在地上,被他一脚踢开了,浅灰色的地毯被他的鞋底蹭脏了一大块。

"和你有什么可谈的?少废话,给你打个折,30万,仓库里的机器先算这么多,我工作室的损失以后再慢慢和你算。"

孔真觉得好笑:"30万?您仓库里的东西加起来连3万块都不到,哪儿出来的30万?那大疆还是精灵3,狮子大开口也得有个限度吧,我这么多员工每个月工资社保五险一金就够我受的了,天冷了单子少,手头的流动资金也不多,每个月只出不进,上哪儿给你弄30万去?"

孔真这话倒是不假,现在让她拿30万现金,她肯定拿不出来,之前刚退了那么一大批订单，定金全都交给了接盘的工作室，还赔偿了一部分客户5%，手头的现金一下子少了不少，而赵东林和郑小竹之前投来的钱早就花得差不多了——买机器、买道具、租仓库、租办公室、装修，为了更好地安排档期，还花大价钱租了两个酒店一年的场地使用权，养着这么多号员工，每天睁开眼睛就是一笔账，还要应付各种各样的突发情况，比如哪个做事不小心的员工又弄坏了机器或者丢了素材，偶尔自掏腰包请员工聚个餐，方方面面都是钱，她还等着回暖了办完一波婚礼，客户给结尾款呢！

"少和我在这儿哭穷。"刘浩波脸上全是不耐烦，"以为我不知道？傍上财神了，给你投了三四百万，拿不出我这30万？"

孔真心里咯噔一下，他怎么知道自己有人投资了？这事儿只有自己公司的人知道，但是自己公司的人除了赵博，没人认识刘浩波，赵博又根本不可能和他说这个。

她琢磨着这事儿，隐约觉得不安起来，说话也就没有刚才那么心平气和了："我真的拿不出来，你爱信不信，我惹急了你们又没好处，我还要开门做生意，拿得出来我就当花钱买清净了，我拿不出来你逼我也没用。"

刘浩波站起来："拿不出来是吧，行，那我不用你拿了，你动我的东西，我也动动你的东西，全是苹果电脑，挺高级啊，砸了！"

他话音刚落，旁边的人就开始动手，随手把旁边的木椅子掀翻了，本来就不太结实的椅子腿掉下来，孔真简直要瞬间爆炸了，她刚要一拍桌子说你们敢砸我就敢报警，赵博突然从门外跑了进来。

"刘总！"赵博过去和他握手，像老乡见了下来视察的省长一样，夸张地两只手攥着他的一只手上下猛摇，"刘总你看这怎么话说的，有话好好说，怎么还动起手了呢？"

刘浩波被他晃得头晕，不耐烦地把手抽出来，粗声粗气道："你们几个等会儿！"

他带来的那几个人停下来，赵博也松开了刘浩波的手，他走到孔真身边，小声说："你什么时候来的？怎么不告诉我。"

孔真不理他，显然是被刘浩波气得不轻，赵博看她那样怕她又像以前一样撸起袖子和人打架，赶紧先一步制止了她，他又去攥着刘浩波的手疯狂上下摇晃："刘总，你先坐，咱有事儿坐下好好说，来来来。"

他几乎是按着刘浩波坐在椅子上的，还给他背上塞了个柯基屁股的小靠垫，刘浩波虽然烦他，却也不想真的把事情闹得不好看，毕竟他来不是为了闹事，只是为了要钱，钱最后还得孔真掏，这女的难缠得很，光吓唬怕是不行。

"别废话，30万，就当我仓库里那堆东西的损失费，我工作室的损失就不和你们要了。"

"30万也太多了点儿……"赵博看着刘浩波的脸色要变，赶紧往回找补，"刘总你做大生意的，30万对你来说也就是个零花钱，几顿饭就没了，我们这小公司哪儿能拿得出来30万给你啊？"

"30万拿不出来？少和你爹在这儿哭穷。"

孔真脸色难看得很，她觉得这是自己的事儿，赵博跟着受他的侮辱干什么？

还没等她说话，赵博就开口了，他表情都没变，微微弯着腰说："刘总，你看你，仪表堂堂人中龙凤的一个总，肯定和那些上来就喊打喊杀的地痞流氓不一样，我们当初没经过你允许，擅自动了你的东西，那确实是我们不对，没说的，给您点赔偿应该的，但是30万就有点儿多了吧？这样，我们呢，给您拿5万，您留着花。"

5万和30万差得有点多，刘浩波脸色当时就难看起来，他猛地一拍桌子："你在这儿逗我玩呢是吧？"

"你先别急着生气啊，还有别的呢！"

孔真猛地站起身来，一下子把他推开了："没你的事儿！你是老板吗？过去和他们一起坐着。"

赵博被推开了，孔真直冲着刘浩波，她拎着椅子猛地砸在地上，面无表情地坐下了："你来作客，那就在这儿坐着，爱坐多久坐多久，一天坐25个小时也没人赶你们，你们——"她冲着自己员工，"回工位，该干啥干啥！"

刘浩波此人，说是黑道大哥，还差那么点儿意思，说是流氓无赖，又比他们难缠，打打杀杀的事儿，他肯定是不敢做，否则当初欠了钱被人追着满世界跑，也不会一躲了之，四处坑蒙拐骗欺骗感情。但是欺负一个正经做生意的小姑娘，他还是很有一手的，孔真让他在这儿坐，他还就真坐得住，当天下午来了4个约好了要谈单的客户，全都被刘浩波几人吓走了。

孔真的脾气，一贯是吃软不吃硬，越吓唬越不怕，她的想法非常简单，凭什么老实人就要被无赖欺负得死死的？那大家都别工作了，都出去勒索老实人吧，天底下没那么好的事儿。

刘浩波在这儿坐了两天，孔真早出晚归地陪他坐了两天，第3天有5个员工请假，分别是3个后期两个摄像，孔真都准了，并且也没让谢湘南跟着自己来公司上班，刘浩波在第3天下午坐得火大，觉得自己简直像个傻子，又故伎重施，要让人砸电脑。

"砸！"孔真依然坐在椅子上，动也不动，面无表情地喊："全都砸了！你敢动一下手我马上报警，毁坏他人财物我看看警察管不管！你爱有什么人脉就有什么人脉，弄不死我我就不会停止告你，弄死我了我妈也不会停止告你，弄死我妈看我姥姥不吊死在你床头，我们仨做鬼也不放过你！我倒看咱们还是不是法治国家的公民了！"

刘浩波脸憋得通红，显然是觉得受到了很大的侮辱，因为一山不容二虎，这个房间里的大哥只能有一个，他不蒸馒头争口气。

为了争这口气，刘浩波大喊一声，掀起一个键盘，孔真掏出手机一边拨110一边快步往办公室走，嘭的一声反锁了办公室的门，她把手机贴在玻璃上给刘浩波看，刘浩波脸上的横肉抖动两下。

正乱着，孔真突然听到一个熟悉的声音："你们干什么？"

她手忙脚乱地把还没接通的110挂断了。

赵东林站在工作室门口，脸色阴沉沉的，刘浩波还没说话，孔真就打开办公室的门走了出去，她看看刘浩波，又看看赵东林，不得不面对一个艰难的选择——是继续和赵东林拉拉扯扯不清不楚，还是和刘浩波和谈。

时间一分一秒地过去了，孔真下定了决心，她说："没怎么，我们这儿谈生意呢！"

这几天她三令五申不许赵博和谢湘南对赵东林透露一点消息，说得非常严肃，甚至放出了他们敢多嘴就绝交的狠话，所以赵东林并不知道孔真的公司发生了什么，他只是又过来碰碰运气，想见见孔真，就看见了这个场面。

"谈生意？"赵东林皱着眉头，"有这么谈生意的吗？"

"没谈明白。"孔真假笑着让刘浩波坐下，"赵博，你那天和刘哥说还要加点什么条件来着？"

赵博反应也快，没事人一样走过来说："我那天是想说啊，刘总以后还干不干婚庆了？我们这儿好多高端单，正愁接多了没人做呢，利润比之前四五千的那种高多了，弄好了一年做个十几单，就可以歇着了。"

赵东林脸色阴晴不定，却没走，盯着孔真看。

说来也巧，赵博这话说得正合刘浩波的心意。

刘浩波当初落荒而逃，确实是因为欠了赌债，差点儿没被人堵在家里出不来，好在他别的不行，忽悠有钱的中年妇女游刃有余，相当有一手，不仅摆平了他老婆，还东拼西凑，从几个红颜知己那儿骗了不少钱，谎称"有个特别好的项目"，把追得特别凶的那几位债主的钱给还上了，甚至还利用他岳父的势力摆平了几个本地被他坑了一起去赌博想找他报复的人，这会儿他倒是敢大摇大摆地回来了，只是今时不同往日，之前有个婚庆公司在，好歹靠着人脉单子不缺，婚庆这行的特点就是现金流特别大，他定金收得又高，什么时候缺过钱，哪像现在，出门请人吃个饭还得从老婆手里骗钱，岂止一个憋屈了得。

人没钱，就容易心理变态，他正变态得不知道怎么办好，突然有个老朋友提醒他还有条来钱的路子——他之前的员工孔真现在咸鱼翻身了。

30万，确实是狮子大开口，他知道孔真不会全都给他，哪怕对半也有个15万，可话说回来，钱总有花完的一天，他痛定思痛，男人还是得靠自己，老娘们儿终究是靠不住的，自己现在是风韵犹存、硬汉气质，等自己人老珠黄，和别的糟老头子一个德行，还怎么去做爱情的骗子？所以赵博刚才的提议让他非常心动，给个5万块启动资金，之前的设备修修补补还能用，做点高端婚礼，说不定谁的有钱丈母娘就看上他了呢，她们小姑娘能攒攒钱一咬牙坐头等舱傍大款，他就不能拓展拓展人脉，从工作中收获爱情吗？

靠着自己的人脉，他肯定是一时半会接不到单子了，他临走之前管圈里人借了一圈钱，几乎一个都没还，名声早就臭了，哪还有人愿意帮他？

想了半天，他觉得这事儿值得一干，也就收敛了刚才的嚣张气焰，示意赵博坐下："小赵，你说得对，咱们这是双赢的事儿，你们两个之前在我手底下打工，我用着还算顺心，别的小事儿就不计较了，那单子的事儿，你们预备发多少给我啊？"

赵博暗自松了口气："我今天就统计统计，晚上就能给你发消息，我还有你微信呢！前两天看你发那朋友圈，上江边吃烤鱼，吃完看老头冬泳去了？这生活也太滋润了，给我羡慕坏了。"

"我就是这两年不爱动了，要不然我也跟着游两圈，还不比那帮老头游得快？"刘浩波哼了一声，"不和你扯这些没用的了，行，晚上咱们微信联系。"

他站起来提了提裤腰，孔真受不了地翻了个白眼，他指着孔真说："你怎么的你，有意见啊？"

孔真脸色相当难看，像是有人在她腰上猛击了一把似的，正要说话，赵博出声阻止了她。

"没意见没意见，她就那样，见谁都翻白眼，一天天的没个正形，两个大眼珠子不够她翻的，就是欠揍，我一天揍她8遍，回头我收拾她，哥你慢走，我们这儿还有个苹果，你吃不？"

这几个瘟神终于走了，办公室里一时没人说话，赵东林拉着孔真去了楼梯间，不放心地问她："到底怎么了？你为什么要给他分单？"

孔真板着脸，又是一副欠揍的样子："没什么，和你说了你也不懂，你哪儿来的回哪儿去吧。"

"孔真！"赵东林哪里被人这么对待过，觉得有些没面子，"你差不多行了啊！"

"行了。"孔真挤出一个假笑看着他，"你赶紧回吧，别再来了。"

她转身就走，赵东林站在原地看着她的背影，终于没再跟上来。

回到公司，孔真冲着赵博招招手："过来，去我办公室。"

赵博赶紧跟着她进了办公室，孔真一屁股坐在椅子上，不断地深呼吸，半晌才冷静下来，她无力地说："赵博，谢谢你！"

赵博在她对面坐下："谢我？我还以为你得揍我呢！"

孔真不说话，赵博又说："我知道你这人气性大，一言不合就要和人家对着打，你能打过人家吗？你看那大脑袋，人家打你8个都有富余。报警，我觉得你说得也对，打架斗殴也不能判死刑，不枪毙了他总有一天要出来，出来一回找你一回，出来一回

261

找你一回，生意还做不做了？不说别的，就咱公司那几个货，我看全都得吓得辞职。"

"嗯，"孔真点点头，有些心烦意乱，"你说得对。"

赵博说："行了，别生气了，人最没用的就是争这一口气，有什么用啊？想开点，好人不和狗斗。"

"那单子怎么办？"孔真说，"我们现在手里的单子本来就不多了，我——我和赵东林那边的合作有点问题，可能不会再继续下去了，之前低端场的婚礼我也给别人接盘了，哪来的单分给他？明年咱们自己做什么？"

"咱们手里的单肯定不能分给他啊，多高端的场都能让他给做成刘老根大舞台，倒买倒卖么，这事儿简单，你就别管了，我肯定给你摆平了。"

"我觉得好奇怪。"孔真脸上依然满是忧虑神色，"他怎么知道赵东林给我投钱了？金额还这么具体，咱们公司的同事除了你也没有认识他的啊！"

"我可没给他通风报信啊！"赵博赶紧疯狂摆手，"你别看我。"

"谁说你了……这不是问问你的意见嘛，你觉得是谁说的？"

"这可说不准，赵总给公司投钱又不是什么国家机密，说不准谁知道了就往外说一嘴，说着说着就都知道了，咱们本地做婚礼的公司，有规模的就这几个，咱们公司又起来得这么快，肯定有人盯着看，别多想，咱们做好自己的就完了。"

赵博说的倒也有道理，孔真没再想这件事，只低着头想那5万块钱，她倒不至于为了这点钱伤筋动骨，就是觉得非常憋屈——她这辈子什么时候被人这么欺负过？

"我不会让他那么痛痛快快地拿到钱的。"孔真突然说，"让他去死吧，狗东西。"

赵博惊了："你又出什么幺蛾子啊？"

一个礼拜后，刘浩波来取钱，他终于知道孔真到底要出什么幺蛾子了——她不知道从哪儿弄来了5万个一块钱的硬币，找公司的员工帮她从后备厢一趟趟往公司搬，600来斤的硬币，几个员工忙活了好半天才搬完。

赵博简直头大如斗："你疯了啊？非要这么折腾吗？"

孔真不动如山，满是爱意地看着自己的硬币，像看着自己的亲儿子。

刘浩波来的时候很是志得意满，他一向很喜欢这种耀武扬威的时刻，所以特地多带了几个小弟帮自己撑场面，尽管5万块钱他一只手拎着就能走了，但是让别人看看自己到底多有本事，他还是非常开心的。

所以当他走进孔真的公司，看见那些硬币时，他的脸色突然变得分外难看。

"哥，你来了。"孔真假笑着说，"钱在这儿，你点点。"

刘浩波不动，也不说话，他罕见地认真思考问题，他炸还是不炸？不炸，显然非常没有面子，没有面子，他赖以生存的荣耀也就不复存在，但是炸，这个女人肯定不会善罢甘休，他体会过孔真的轴劲儿不止一次了。

两相权衡，刘浩波选择了一个比较自欺欺人的应对措施，他哈哈一笑，大手往硬币上猛地一拍："为难你弄得这么隆重，哥几个，往下搬吧！"

最后一批硬币也搬走了，刘浩波和自己的小弟们进了电梯，他脸上辛苦维持的得意表情迅速崩塌，变得像是被人猛踢了一脚的狗一样，他没上车，站在车边打了个电话。

表面上看，这次的事儿就算这么完了，孔真却总觉得心神不宁，她只好拼命努力工作来分散注意力。赵东林不再主动和她联系，她知道也许两个人之间的缘分就到此为止了，除了他曾经投资给自己的那些钱，她和赵东林再没什么别的关系了，也正是因为如此，孔真决定孤注一掷地把自己的公司做好，她不想让赵东林再觉得她是个失败者。

之前的伟大蓝图已经撕毁，因为孔真没有自信能与他日夜相处时还保持着冷静，曾经见过的世界就像是昙花一现，她自己偷偷在心里构想过的未来也轰然崩塌，这是一件听起来非常不好的事情，事实上也是如此，孔真非常难过，尤其是她发现自己似乎也没有把本职工作做好时。

她发现自己之前实在是太冒进了，以至于手里的流动资金一再短缺，新的办公室已经装修好，但是新的员工招聘却迟迟没有开始，她后期花费了很多心思在赵东林的软件上，自己的公司只维持着之前的业务，现在订单骤然减少，新的办公室就成了多余，而一直说要新增加的旅拍业务也没进展，孔真估算了一下，只得长叹一口气——等着4月吧，天气回暖，去年签好的几个单好好做，尾款收回来就好了。她不好在公司泄气，只好在家里和谢湘南哭诉："钱怎么这么不经使啊！"

"因为我们还不够有钱。"谢湘南很有智慧地说，"不要哭了，比比从前我们已经很好了，来，我送你一瓶香水，很贵的，你喷喷就开心了。"

"不要香水……啊，我今天好像在公司楼下看见刘浩波了，好奇怪啊，他和一个女的走在一起，那个女的我好像见过，但是一时半会儿又想不起来在哪里见过。"

"可能是他的新女朋友吧，不要想啦，来，看看香水。"

香水到了，孔真天天喷也觉得不开心，也许是时运不济，在她期盼的4月份到来前，总是要出大大小小的事儿，其间她出了一次小车祸，人倒是没事儿，修车花了两万多。眼看着就要过年了，虽然随着生活水平的上升，年味儿越来越淡了，但是总归是忙碌了一年之后阖家团圆的日子，只是她现在根本没心思过年了，这期间给酒店高层请客送礼又破费不少，其余乱七八糟的花费更别提了。现在的穷比之前的穷更加难熬，因为现在不是她一个人穷，她还要养活这么多员工呢！

令人喜爱的4月终于来了，万物复苏，天气回暖，婚礼一场挨着一场，孔真鼓足精神，又开始了高强度的工作，然而事情没有像她预料到的一样往好里发展，公司里两个做后期的女孩子先后向她提出了辞职。

孔真自然要问问原因，她分别找了两个女孩子谈话，没想到两个人的说辞都差不多——觉得现在做的内容没什么意义，职业上升空间也不大，而且忙起来实在是太忙了，身体有些吃不消。

孔真其实也理解她们，因为做婚礼后期的上升空间确实不是很大，很多小工作室做后期的都是些高中毕业没几年的男孩女孩，只要会操作软件，剪十几个片子把手练熟了，也就基本上能很好地胜任这份工作了，即使孔真的要求比较高，经常组织他们看国内国外的婚礼样片或者电影混剪，给他们讲镜头语言，讲音画结合，讲蒙太奇，收到的效果却也不是很明显。她们的工位不是好莱坞后期剪辑师的工作室，剪出来的东西最多也只会被发到家庭微信群里，而不是被送上大屏幕供人一帧一帧地品味，这两个女孩子算是工作室里学历比较高的，毕业的学校也挺不错，想要在这方面有所建树也可以理解。

她同意了两人的辞职请求，大概一个多月之后她们就可以离职，孔真觉得在这期间找到两个能替代她们的后期并不难。没想到这两个女孩开始频繁地请假迟到，孔真从谢湘南嘴里得知她们是报了个班学习去了，她觉得无可奈何，却也没太放在心上，说到底人往高处走，她可以理解。

只是工作摆在那里，不能不做，孔真只好开始继续做她的后期老本行，和公司后期一起加班剪辑 MV。

最忙的时候总算是过去了，只等着出片结尾款，虽然大多数婚庆公司都是在婚礼办完当天就要尾款的，但是孔真做事一向实在，觉得没有把事情全部做好，就不能收全部的钱。

"还有——十几个来着？"孔真问那男生。

孔真对对方其实印象一般，因为上次钱晓文偷看客户走光照的时候他也跟着看了，只不过没说什么过分的话，但是从那件事之后孔真就不是很喜欢他了，好在他工作还算认真，没出什么大乱子，也就凑合着用。

办公室里只剩下他们两个了，这会儿已经快到 9 点，孔真剪片子剪到头晕眼花，觉得自己马上就能睡着。

"16 个。"

"别弄了，回家吧，明天再说。"孔真累极了，起身穿上了羽绒服。

那男生说："我渲染完这个就走。"

"啊……"孔真说，"行，我把钥匙放这儿，你走之前把电闸拉了，把门锁好。"

男生含含糊糊地应了一声，孔真忍不住打了个哈欠，离开了公司。

那一晚她睡得很熟，第二天一大早就醒了，她开车载着谢湘南来到公司，一出电梯就看见公司的门半开着，谢湘南哎了一声："谁啊，这么早就来了，柳叶吗？"

"不是，柳叶和我请假了，说她今天身体不舒服。"

她推门就进，在看清屋里的景象以后瞬间瞳孔紧缩。

桌子椅子乱七八糟，像是被人狠狠踹过，电脑屏幕倒下来，键盘歪歪斜斜地挂在桌子上，垃圾桶里的东西洒了满地，这些还都不算什么，有人用红色的喷漆在她办公室的墙上喷了好几个半人高的大字，全都是不堪入目的脏话。

谢湘南慌极了，一个劲儿问她到底怎么回事，要不要报警，孔真转身锁上了门，掏出手机在公司的群里说："今天放假，赵博来一趟。"

半个小时后，3 人坐在鹅黄色的小沙发上，孔真依旧气得不轻，谢湘南有点害怕，赵博则是愁眉不展。

"都没了，让他删了。"赵博说，"拿去修修看吧，看看能不能恢复，10 多个没做完的单子……这怎么办啊这。"

"不用费心思了。"孔真说，"他肯定删了之后又下了别的东西覆盖了，他知道怎么弄……咱们云盘里的备份素材也没了，这十几个片子没剪完，还没来得及做存档，我等会儿再去想想有没有别的备份吧，估计是没了，他把能想到的都删了。"

"他有病吧他！"赵博也开始跟着生气，"你招他了？"

"不知道，除了视频文件被删除，还有别的东西被带走了吗？"孔真起身去看，"电脑机器什么的……"

"没有。"谢湘南说，"我刚才清点了一遍，什么都没被带走，电脑也没坏，还能正常工作。"

"所有的放那些素材的内存卡都不见了，不值几个钱，他可能是来不及覆盖内存卡，所以就都拿走了。"

孔真又走了回来，重新坐在沙发上，低声说："我知道了。"

知道了，然后呢？赵博和谢湘南不约而同地看着她。

10 多场婚礼的素材全部丢失，他们怎么和那些客户交代？

"先去报警。"孔真两眼放空地看着天花板，"报完警开始联系客户，挨个解释。"

"你傻了吗？"赵博急急地说，"你怎么和人家解释，对不起，我们员工把你们视频删了，没办法恢复了，要赔多少您开个价？不说别的，光是尾款不打过来就够你喝一壶的了。"

"是啊……真真，你别冲动，咱们先把那人找到再说，你最近不是没钱了吗？咱们拿什么赔给客户啊？"

"合同上写了出片日期，在那之前我们也拿不出来，早说早好。"孔真双目无神，"尾款还没打，能抵一部分，剩下的赔偿……看看再说吧，船到桥头自然直。"

赵博说："免了尾款就行吧，好歹咱们也给他们做了那么多活儿呢，场景布置不要钱啊，四大金刚不要钱啊？这都是实打实花出去的钱，怎么就——"

"人家一生一次的婚礼啊！"孔真瘫在沙发里，无力地说，"一辈子也许就这么一次，精心准备了那么久，连个用作纪念的视频都没有，谁会因为不用付尾款一笑而过呢？我觉得很愧疚，是我给人家的人生带来了遗憾，赔偿是应该的。"

"又不是你弄坏的！"赵博敲着桌子，"是那小子，好吧？我就不明白了，多大仇这是？"

孔真突然想到什么似的，起身去电脑前调监控，她离开之后，那个男生又面无表情地在电脑前坐了大概半个小时，孔真不耐烦地快进，过了会儿，一个人走了进来，轻车熟路，与那男生勾肩搭背，还扔给他一根烟。

是钱晓文。

接下来的事情不需要再看了，3个人面面相觑，过了半晌，赵博急了："这人怎么回事！真姐你等着，我这就找他去！"

"别冲动，错误已经酿成了，而且我觉得我们不一定找得到他，他很精明，什么都没毁坏，客户那边的赔偿金额也没确定，能不能立案都两说。"孔真摇摇头，"别说了，先这样吧，我想想怎么和客户解释，怎么商量赔偿，你俩先回家吧，咱们有的忙了，五一又是那么多场婚礼，新的后期还得赶紧招，我——"

她站起来，原地摇晃了一下，谢湘南赶紧过去扶住她。

"你没事儿吧？"

"没事，早上没吃饭，我点个外卖。"孔真深吸了一口气，"我要多吃点，赶紧把这些糟心事一个一个解决。"

嘴上是这么说，谢湘南和赵博都看得出来她这次被打击得不轻，因为她责任心太重了，总是把责任都揽到自己的身上，她甚至认为如果不是自己当时当着那么多人的面给钱晓文难堪，他就不会记恨自己这么久。是啊，明知道对方是个心理不正常的人，惹不起躲着点不就结了，她总是控制不住自己的脾气，总是要争一口气，总是把事情搞得一团糟。

也许赵东林不和自己在一起确实是对的，她根本没有自己想的那么好。

谢湘南帮不上忙，孔真亲自去找客户挨个解释，不让任何人和自己一起，她看起来越来越憔悴，有一天回来的路上摔了一跤，倒在地上，好半天才从雪里爬起来。最近每天也就睡5个小时左右，在发现自己的公司被人匿名挂到了本地论坛上以后，她就更加睡不着了，她没把理由详细和客户解释，只说是员工的失误，发帖的人说她在找借口，下面的回复也让她感到焦虑，最开始还有之前在这里办过婚礼的客户给她说几句好话，后来就出现了很多匿名用户攻击她的公司，孔真哪里经历过这些，她不知道自己的服务什么时候变得这么十恶不赦？赵博一再告诉她，肯定是别的公司的员工没事闲的过来匿名泼脏水，他还组织自己员工也跟着留言，但是收效甚微。

无论是谁泼的脏水，效果很快就显现了，下半年约好的婚礼订单被人退了3个，客户即使不要定金也不想委托他们给办婚礼了，孔真几乎是磨破了嘴皮子，使尽浑身解数才勉强留下1个，另外两个客户无论如何也不同意。

这样长期接受负能量的生活很快就消耗了她的精力，好不容易忙过开年的第一个旺季五一黄金周，孔真熬了将近半个月的大夜，和新来的后期一起把片子做完，她几乎患上了强迫症，无论谢湘南怎么和她保证自己会盯着，她也不放心，一直到所有的片子都剪好，送到客户手里，她才终于停止了这种神经质的行为。

谢湘南以为她的压力来自她的责任感，私下里很多次劝说孔真，不要把事情想得那么严重，虽然是别人一生一次的婚礼，但她也是世界上只有一个的孔真，谁还能保证这辈子都不犯错误了？因为这么点事儿真的把身体搞坏了值得吗？况且事情根本不怪她，她没必要抢着负全责。

后来她才知道，孔真的压力不光来自这个，那十几个客户不知为何统一拒绝了她的赔偿，要联合起来起诉她。

她之所以知道这件事，是因为无意之中看到了孔真手机里弹出来的微信消息记录，谁知道在她想提供帮助的时候，孔真说："你们别管了。"

"……我们为什么不能管啊？"谢湘南一反平时的柔弱，语气倒是有点像生气时的孔真，她罕见地强硬起来，"赚钱的时候大家一起花，赔钱了就要你自己顶着吗？"

孔真看看她，突然扁着嘴哭了起来。

谢湘南瞬间慌了手脚："哎呀，你别哭，我不凶你了，你好好的。"

平时都是孔真哄着她，她还不太习惯情况掉转，哄起人来也手忙脚乱，她搂着孔真去沙发上坐好，看着她的哭脸，觉得她还像个小孩子似的——其实也不大嘛，谢湘南想，突然经历这种事儿，哪能一点压力都没有呢？

没想到孔真是铁了心地一个人扛，她哭完就算，并没把具体情况告诉谢湘南，谢湘南不知道对方具体要求赔偿多少，她撬不开孔真的嘴，只好劝她："不一定能告成的，不是你弄丢的资料，是钱晓文故意毁坏资料，他们要告也应该去告他啊！"

"不是的，客户的合同是和公司签的，公司负责人是我，他们是可以告我的，只能由我之后去告钱晓文。"孔真摇摇头，"不要问了，我不想让我的事儿影响到你们，放心，我在找靠谱的律师了。"

谢湘南没忍住把这事儿告诉了赵博，赵博听了之后也觉得很生气——他倒不是气别的，气孔真怎么就这么倔，怎么就这么爱担责任，私下里找孔真问了好多次，孔真也还是那套话，不关他的事儿，他帮着好好把公司管好就行，自己会解决的。

孔真这么做并不是因为逞英雄。

她只是不习惯用自己的过错去麻烦别人，从她知道给客户造成这么大的损失那天开始，她就一直觉得非常愧疚，现在又出了这档子事儿，她的自责就更多了，因为她觉得自己影响了公司，她和律师见了几次面，律师告诉她，这种案件之前有过很多先例，大多数原告的精神损失费都要得非常高，一般在 2 万到 3 万之间，法院基本上都判决赔偿 4000 块左右，然而有一些案例是按照婚礼全款的规格来判决赔偿的，这批婚礼的规格都在 3 万到 5 万之间，如果按照 3 倍赔偿的话，全部的赔偿款加起来是一个她无法承受的数字，到时候公司能不能开下去还是两说。

员工们会自谋生路，赵东林和郑小竹的钱怎么办？他们的钱也不是大风刮来的，她怎么面对自己的投资人？无论他们私下里是什么关系，她都没有权利把事情搞到这个地步。

孔真也有些不明白，明明之前说得好好的，16 个客户，虽然没一个给她好脸色，但是因为她道歉的态度实在是太诚恳了，最后在她离开时也都算心平气和。她本以为事情已经告一段落，大不了伤筋动骨地赔偿，努努力工作也就赚回来了，以后万事小心，却突然得知那些客户建了一个群，决定一起起诉她。

这件事让她感到身心俱疲。

上一次有这种无力感，还是因为孔海波给她留了一笔莫名其妙的债务，她觉得自己一个刚毕业的穷打工妹，根本支付不起这笔钱，所以才感到无力，但是那时候她也没有像现在这样身心俱疲，而是一个劲儿地想办法，不断尝试，不断做出努力……这次她不像是上次一样一穷二白，有一点底气和资产，却比上次更加灰心丧气了，责任和愧疚压抑着她，她甚至不敢去想赵东林知道这件事会作何反应，他肯定会觉得自己活该，肯定会觉得自己很失败。

和她想的一样，法院最终受理了这个案子，开庭时间待定。

公司表面上看起来一切正常，新招聘来的后期表现也不错，但是孔真的压力与日俱增，那十几个婚礼的尾款全都没收上来，账面上亏空了一大笔，好在五一那些单都正常交付了，有了一笔进账，但是这笔进账她也不敢乱动，因为她不想让同事们知道公司缺钱了。孔真记得自己看过一个帖子，说公司经营不善，老板借钱发工资，但是员工知道后纷纷辞职，因为他们觉得已经到了这个地步的公司不会有什么起色了。

孔真觉得老板做得没错，员工这么想也没错，她不敢保证自己的公司除了赵博和谢湘南之外还有谁会毫不动摇地支持自己。

谢湘南用自己的方式默默地支持着孔真，她承担了家里的全部花费，孔真的衣食住行全部被她包揽，赵博也帮着她管理公司，还问她新办公室什么时候能开始用，他可以招几个人去做旅拍的新业务。

然而好像还嫌她不够倒霉似的，还没出 5 月，就又出了件不大不小的坏事儿——本来说好了季结的外包摄影师团队突然说要提前结清款项。

孔真无奈地看着手机上的微信消息，回复对方："哥，咱们不是说好了季结吗？我之前一直都是按时打款，从来没一次往后拖延，你完全可以放心。"

对方的语音很快就发过来，无非是说最近手头紧云云，孔真想了想，如果真的把这笔钱提前结了，就连给员工发工资都会有困难，她只好再一次婉拒了。

然而让她没想到的是，对方干脆直接挑明了，说他知道有 10 多个客户合起伙来准备起诉孔真，万一真的告成了，她公司能不能开下去还不一定，哪儿还有钱结款了？

孔真面无表情地低头看着手机，过了会儿才回复："明天给你打款。"

如果不是这笔钱，可能情况还不会那么糟，但是在把那笔钱打过去之后，孔真的经济压力变得前所未有地大，这不像她当初一个人的时候，就连晚上舍不得吃晚饭还能安慰自己年轻人就是要吃点苦，以后总会好起来的。

她没办法再这样安慰自己。

本来她还和谢湘南、柳叶说好了，六一期间 3 个人去日本玩儿，如果时间倒退几个月，她没做出那些让她后悔的决定——喜欢上赵东林，和钱晓文发生冲突，也许这会儿她们已经开开心心地收拾行李准备出国了。

5 月底，孔真给员工发了工资，6 月 1 日，公司技术最好的摄像和徒弟一起来找她，说要辞职。

孔真一时间根本没反应过来。

"为什么啊？"她愣愣地说。

对方将近 40 岁，和孔真也认识很久了，之前孔真在刘浩波手底下工作的时候，她就和对方合作过，这个人非常靠谱，看着很老实，话不多，技术好，从之前的公司离职是因为工资谈不拢，孔真很大方地给他开了价，他来这里之后表现得也非常不错，孔真让他带着经验少的小摄像，他也毫不藏私地带了。

她这么问，对方支支吾吾答不出来，过了半晌才说："我家里有点事儿，可能过段时间要去外地了。"

这是个非常敷衍、非常模糊的答案，孔真不想就这么过去了，她不顾徒弟在场，直接说："是因为工资的事儿吗？工资咱们好商量，王哥，你知道最近不好招人，圈里熟手就这么多，马上就要到旺季了，你一走我怎么办啊？赵博倒是能行，但是他一个人也忙不过来，找外包的也就能做做普通婚礼，高档婚礼还是得你来，要不然成片质量根本不能看，家里有什么困难，你和我说，我能帮的肯定帮你。"

对方不说话，又是支支吾吾地敷衍，孔真见问不出什么来，干脆转向他徒弟，"你呢？"

徒弟转转眼珠子："真姐，我听我师傅的。"

孔真在心里叹了口气，坐下来，头也不抬地说："行吧。"

办公室很快就空了 3 个工位，赵博提出要帮着她招人，孔真拒绝了，她心里有种很不好的预感——公司可能撑不到 10 月 1 日了。

还有一场官司在等着她。

整个 6 月都没什么新客户，虽然之前的订单也在按部就班地做，但是所有人都提不起精神。

赵东林再也没有主动联系过她，或者来公司一次，这对孔真来说是件好事儿，因为她此刻最不想在他面前露出疲态。

因为压力过大，孔真发现自己居然开始掉头发了，这让她非常恐慌，每次洗完头几乎都能梳下来一大团头发。

这算是她人生中的一个难关吗？孔真偶尔会在夜深人静的时候想，也许算吧，如果官司打输了——其实几乎是必输无疑的，之前类似的案子还没有过被告无罪的先例，只是赔偿多少，如果对方的高价赔偿被法院通过，那才真的是一道过不去的难关。

她喜欢这个行业吗？她又在坚持着什么呢？

怕丢脸吗？怕输吗？

输是一件很可怕的事情，一旦认输，你的人生就会像一片雪花一样一直地往下坠落，一直落到底，哪怕最后你被太阳发出的热度融化，变成水蒸气，重新慢慢地飞上天，那你也不是你了，你也不是原来的雪花了。

每个活着来到这个世界上的人都是一个巨大的偶然，这完全是一件随机的事情，你的爸爸妈妈几十年前在朋友的聚会上因为巧合对视，所以他们会在一起，如果当时他们之间被一个什么人挡住，那个对视没有发生，你就不会存在。既然是一种巧合，谁也没有肩负特定的任务，没有人规定成功这件事必须发生，你想怎么样虚度，都是无所谓的。

能改变世界的只是很少的一部分人，大多数人的生命都是无意义的，那她自己的不服输又有什么意义？

孔真突然沉浸在一种巨大的迷惑情绪中。

6月中旬，赵博突然问孔真要不要扛着机器拍一场婚礼。

孔真当时正在和律师聊微信，听闻此言下意识地拒绝了他："不去，我哪做过摄像啊，你那机器我都不会用。"

"我教你啊，我把数据给你调好了，反正也没什么要求，就随便拍拍。"

孔真看着赵博，突然就哭了出来。

赵博吓得话都不会说了。

"你是不是也不想在这儿好好干了？"她拿袖子擦了擦眼泪，闷声闷气地说，"咱们人手不够可以找外包，又不要你花钱，拿我出去糊弄事儿干什么，你是不是想把我支出去卷着钱跑路啊？"

赵博惊呆了："我就是想让你出去换换心情，还卷钱跑路，你都穷成什么德行了，早饭还蹭谢湘南的煎饼果子，哪来的钱让我卷啊？就是我前段时间答应朋友帮他家一亲戚的忙，随便拍拍就行了，说是在农村，也没什么要求，布场全都人家家里自己弄的，我倒是能去，这不是看你最近心情挺不好的，放你出去散散心么！"

孔真觉得更压抑了，疯狂摇头表示拒绝："我不想去，我做不好。"

"又没让你拿着片子去参赛，都说了随便拍拍，你就拿着三脚架架着相机，把该拍的都拍了就得了，山清水秀好风光啊，你就当散散心。"

赵博磨牙的功夫可是一绝，孔真本来就心烦意乱，哪里有心思听他唠叨，终于还是答应了他。

临走之前，孔真又找到赵博，赵博还以为她临时反悔，没想到孔真说："赵博，我想过了，如果官司真输了，最坏的情况可能要赔偿100来万——大概就是这么多钱吧，我肯定会上诉，但是改判的希望不大，再怎么也要几十万的赔偿，毕竟他们是16个原告，这笔钱我会自己承担，但是之后我可能不会再经营这个公司了，我觉得——"她咬着嘴唇，想了半天，"算了，说不好，到时候再说，我走了。"

她背着一个大包，里面装的是刘浩波当初拿来抵债的5D3，三脚架挂在背包后面，里面鼓鼓囊囊地带着一些洗漱用品，她今天也没有化妆，嘴角都有点起皮了，一点儿也不像赵博记忆里的那个总是踩着高跟鞋、把自己打扮得非常精致的女生。

"你怎么能这么想呢？你——"

"别别别，你别说了。"孔真打断了他，"我现在什么也不想听，可能我真的不适合做生意吧。"

"是你当初忽悠我让我和你一起创业的啊，怎么说不干就不干了？"赵博堵着门，不让她走，生怕她真的想不开放弃了，"你还记得你怎么和我说的吗？你还记得你当初怎么忽悠谢湘南进来的吗？她可都告诉我了，你说过的话你自己都不信了？"

"我当时那么以为，和我现在这么以为，没有冲突。"孔真深深地看了赵博一眼，赵博觉得那个眼神空洞又疲累，"人是会变的，我不是能改变世界的人，甚至连改变自己的生活都做不到，如果我说过的话真的激励了你们，也许是件好事，但是我不能再做什么了，我觉得压力很大，你看，我就是这样一个普通人，遇到困难就感到压力，想放弃，我不是日本动漫主角，如果你想做主角，就去做吧，我祝福你。"

她推开赵博，背着那个看起来比她上半身还大的、脏兮兮的黑色双肩包离开了。

赵博站在原地，久久地说不出话来。

车票是赵博帮她订的，孔真根本没心思去查，到了火车站取了票，她才发现票是去邻市的一个小县城的，坐火车要将近4个小时。

没心思骂赵博坑人，孔真在车上睡了一觉，看了一个电影，看了会儿电子书，总算是到达了目的地。

她一下火车就更想叹气了——这儿好像在修路，几辆挖掘机停在路边，火车站前面居然都是凹凸不平的土路，前一天刚下完雨，道路更显得泥泞不堪，好在孔真穿了双脏兮兮的白球鞋，踩在泥里倒是也不违和，接她的人和她碰了头，对方开着辆孔真见过最脏的面包车，她一坐进去就闻到了非常刺鼻的臭味儿，臭得她差点儿没吐出来。

她终于忍不住在微信上大骂赵博："你给我找的这什么地儿啊？"

司机大声告诉她，今晚要去村里男方家里住，明天跟着接亲的人来县城的旅店接新娘子，酒席还要回到男方村里吃，孔真还有点儿期待，她对农村的印象就是她奶奶家住的农村，好山好水好风光，除了夏天蚊子多点儿，没别的毛病，园子里种的樱桃和李子抬手就能摘到，随便洗洗就可以吃。她觉得自己等会儿去的大概也是个差不多的地方。

天逐渐黑了下来，她的希望也一点点破灭了，车窗外的景象是一成不变的荒地，路越来越不平坦，孔真又饿又困，突然还生出一点儿担心来，她不是遇到人贩子了吧？

赵博在微信上三番五次和她保证，那是他认识了十几年的哥们儿，就是家里亲戚要结婚了，条件不太好，预算不够，让他帮忙出个差，肯定不会坑他，孔真觉得赵博更不靠谱了，把手机扔回去，她呆呆地抱着包坐着，和司机搭话："师傅，咱们大概几点到啊？"

司机不说话，孔真更害怕了，她抬高了声音又问了一次，司机突然用更大的声音说："啊？你大点声，我耳朵不好。"

孔真闭着眼睛喊："师傅我饿了！咱们什么时候到啊？"

"马上就到了！"

司机没有骗她，大概10多分钟左右，车停了。

这会儿天还没有完全黑透，她能看清村子的大概样子——这和她想的根本一点也不一样。

整个就是脏乱差。

深一脚浅一脚地踩着泥到了新郎家，孔真觉得自己都不饿了，这里虽然收拾得还算整洁，但是也显得非常陈旧，灶台边的窗框刷了蓝色的油漆，已经被油泥盖住，看不出来原来的样子，屋子里人非常多，都在和身边的人聊天，孔真连落脚的地方都没有，好在开车带她来的司机人还不错，记得她说饿了，让主人把她领到厨房先吃点东西垫垫。她简直要晕了，递过来的碗筷油腻腻的，碗里盛了大半碗饺子，有点凉了，她只好接过来，趁着没人注意的时候端着碗去外面挑挑拣拣地吃了几个没碰到碗边的饺子。她觉得浑身都难受死了，连和赵博抱怨的力气都没有，谢湘南发微信问她那边怎么样，孔真只回复了两个字——"还行"。

她坐在院子里低头玩手机，苍蝇蚊子在她身边乱转，孔真连玩手机的心思都没了，在心里琢磨着晚上要住的地方会是什么样的。

手机屏幕被熄灭了，她一抬头，一张小孩儿的脸正对着她，孔真吓得叫了一声，那小孩儿咯咯地笑了起来。

她看着也就七八岁大，挺瘦的，穿了件盖过屁股的白色大短袖，一条粉红色的喇叭裤，一双有点发黄的凉鞋，孔真看看左右，没人看着她。

"你笑什么啊？"孔真说，"过来，吃糖吗？"

那小孩儿不说话，只是笑，看着有点傻乎乎的，孔真掏出一块大白兔奶糖递给她，她接了，连着包装往嘴里塞。

"把外面那塑料纸剥掉。"孔真说，"别吃别吃，给我，我给你弄。"

她从小孩儿嘴里把糖拿了出来，那小孩儿还在笑，孔真剥了糖纸，把糖塞进她的嘴里。

不远处跑过来一个女孩儿，穿着初中校服："哎，不行不行，不能给她吃这个。"

她又强行从那女孩嘴里把糖抠了出来。

"怎么了？"孔真抬头看那女孩儿，"这糖能吃。"

"她不能乱吃东西。"大一点的姑娘说，"她身体不好。"

孔真愣了一下："什么？"

大一点的姑娘没回答。

屋子里的人突然涌了出来，孔真被人招呼着去屋子里一间小小的房间，她抱着自己的包，外套都没脱就睡着了。

第二天早上5点，孔真被闹钟吵醒，她一个鲤鱼打挺坐了起来，脸都没洗，找了个一次性口罩戴上以做伪装。

这会儿才看见新郎长什么样，孔真觉得他真的是非常——非常老，能看出来年纪还不到30岁，但是那种长期为生活奔波的人特有的老相是盖不住的，他面对镜头的时候显得非常僵硬，却很是配合，穿着那身半旧的西装努力对着镜头做出不自然的微笑，孔真说："对着镜头说句话。"

"说什么？"他有些紧张地整理着自己的衣服领口。

孔真漫不经心地说："说，老婆我来娶你了。"

他身边的兄弟哄笑起来，推推搡搡，孔真以为他肯定不会说了，没想到他跑到镜子前，仔细拿沾了水的梳子把自己的头发梳整齐，又跑过来，满脸通红又认认真真地对着镜头说："老婆，我来娶你了！"

周围的兄弟们哄笑得更大声了，他赶紧摆摆手，似乎在请求孔真别让他说更多的了。

车队很短，短到根本称不上车队，什么车都有，大概都是他的兄弟们帮着凑数的，除了打头的婚车还算干净，后面的车都脏兮兮的，沾了不少的泥，新郎喜气洋洋地上了车，短短的车队往前走，顺着孔真来时的路离开了。

到了昨天下火车的小县城，新娘子住的宾馆门脸窄窄的，孔真先被娘家人带着进了新娘住的房间。虽然知道这么想很不好，但是孔真还是忍不住想，这也太破了……好不容易结个婚，为什么不能弄个好点儿的地方呢？

房间里挤满了新娘的朋友，孔真找了个合适的机位，去架机器，她们凑在一起哈哈大笑，不知道在谈论什么，孔真瞥到了墙上的霉菌，又看了看新娘子，觉得这化妆师也真够可以的，把新娘化成了一张浮粉的大白脸，假睫毛长得吓人，口红色号还是粉色的，婚纱也不是很合身。

新娘的朋友们提了好多问题，做了好多恶作剧，才勉强把外面接亲的人放了进来，放进来以后又是好长时间的恶搞，场面一度十分混乱，孔真差点儿被挤倒了，她一点儿也不想再继续做了，只想着赶紧回去洗个澡吃顿好的，她不知道为什么大家都能这么快乐，这样的婚姻真的很快乐吗？或者说，这样的生活真的值得快乐吗？如果她结婚时只能住这样的宾馆，只能穿这样的婚纱，只能请得起这样的化妆师，她肯定会觉得遗憾万分的。

混乱而乏善可陈的接亲环节结束了。

被车拉到办酒席的地方，孔真环顾四周，她发誓这绝对是自己见过最寒碜的礼堂，处处都透着寒酸，她搬着相机去红毯前找机位，就在她觉得合适的地方偏偏黏着一块口香糖，孔真只好从包里掏出一包纸巾压在地毯上。

人很快就坐满了，都是些老人小孩儿，年轻人很少，她发现一件事——没有司仪。

话筒在音箱上放着，没人去拿，过了会儿，新娘来了，显然是不习惯穿高跟鞋，走起路来一瘸一拐的，孔真心不在焉地拍，新郎赶紧跑下来接她，两个人互相搀扶着上了台，让孔真意外的是，新郎自己拿起了话筒。

他伸手拍了拍话筒，发出刺耳的声音，他赶紧住了手，挂着笑，还有些拘谨地说："喂，喂。"

底下一阵哄笑。

"感谢大家来参加我的婚礼。"他说完了，自己也觉得好笑，露出一片牙龈来。

孔真在口罩下打了个哈欠。

"今天我呢，很高兴，真的很高兴，真的。"他显然不习惯在这么多人面前说话，脸涨得通红，"因为我答应老婆的事情，做到了，给她办了一场婚礼。"

下面的人起哄鼓掌，孔真闹不明白了，结婚哪有不办婚礼的？这有什么值得感动的。

"我这个人嘴笨，笨得很，也不会说什么好听的。"他紧张极了，一只手努力揉搓着西装下摆，突然大声对着话筒喊了一句，"老婆，我爱你！"

孔真觉得这个场面很好笑，他老婆却红着眼睛擦了擦眼泪。

奇怪的是，女方家长根本没来，男方家长也没有上台讲话，新郎说了那短短的一句话以后，新娘子接过话筒，鞠了个躬，对大家说："我也非常感谢今天大家来参加我的婚礼。"

虽然新娘子看上去非常害羞，但是明显比她丈夫要大方很多，说起话来温温柔柔，有条不紊。

"我们已经结婚 8 年了。"她说，"我们闺女也 7 岁了。"

孔真愣住了，这是什么情况？

"可能大家都知道，但是我觉得我还是应该说一下，因为今天我们请了摄像师来，能把这个场面录下来。"她看着孔真，孔真不明所以，好在她很快就把目光移开了。

"我们已经在一起快要8年了，这8年，我们一直在外面打工，因为要带着孩子治病，很少回村里来，今天大家能来，我真的觉得非常感动。我们当初结婚的时候一穷二白，什么也没有，也没有举行婚礼，就领了个结婚证……"

孔真抬起脸，看着那个羞涩拘谨的新娘子。

原来新娘子和新郎是一个村的，从小就认识，两家条件都不太好，新娘家里更穷一点，她爸爸很早就去世了，因为酒后和别人斗殴，妈妈也在她很小的时候就离开了，母女两个很少联系，她一直跟着爷爷奶奶生活。新郎和新娘子两个人都是高中没念完就出门打工，但那时候还没确定关系，只是当老乡互相照顾。

两个人在20岁出头的时候确定了关系，新娘子没多久就怀孕了，新郎很为难，因为他给不起彩礼，甚至办不起婚礼，贫穷总是一个循环，一代一代地循环下去，生活像是死里逃生。但是新娘说没有关系，她什么都不要，不办婚礼也可以。亲戚过来劝她必须要彩礼，她不听，一意孤行，差点儿和亲戚们闹掰了。把闺女生了下来，没想到孩子生了病，两口子耗尽了积蓄，被人骗了很多次，也没找到靠谱的医院。

新郎虽然承诺过一定要给她办一场婚礼，但是一直都因为种种原因拖着，一直拖到了今年，让他们感到开心的是，今年终于在北京找到了靠谱的医院愿意免费治疗，因为孩子得的病很复杂，有医生愿意做课题研究，除了路费以外的费用全部都被减免，两个人抱着孩子站在医院门口哭了半天，丈夫答应她，在孩子治疗开始之前，带她回村里办一场婚礼。

新娘子说完了，下面的宾客开始稀稀拉拉地鼓掌，也许他们已经听过这个故事的各种版本很多次，甚至拿它当茶余饭后的话题聊过，小孩子们听不太懂，只眼巴巴地等着上菜，新娘子似乎是不想破坏自己的妆，一直在忍着哭，她的朋友跑过来递给她一束小小的捧花，她想转过去往后扔，却被新郎一把抢了过来，塞给她。

朋友们鼓掌哄笑起来。

菜上来了，没有人再去关注台上的新人，有人抱着一个孩子过来，放到台上，正是孔真昨天看见的穿喇叭裤的小女孩。

新娘招呼孔真，让她给自己一家三口拍个照，孔真认认真真地拍了，那小孩儿还是像昨晚一样傻笑，在阳光下她的脸色很苍白。

新人走下了舞台，孔真也收了三脚架，她听着周围嘈杂的人声，突然觉得自己早上隐蔽的高高在上非常狭隘，非常见不得光。

人的情感并不相通，这个世界上每时每刻都会发生很多堪称悲惨的事情，总有人被生活的困难折磨得喘不过气来，孔真却第一次有过这种感觉——在被那个新娘坦诚的目光注视着的时候，她感到无地自容。

比起自己来说，他们才是真正的勇士。

人真的可以自己决定自己的命运吗？孔真一次次地问自己，如果自己成长在那样的环境中，她会做出和新娘子不一样的选择吗？不，她不会，谁都知道读书很重要，就像癌症晚期的病人也知道活着很重要，但是病人无能为力，这个世界上无能为力的事情很多，贫穷和死亡并驾齐驱，过早地品尝到贫穷，我们的灵魂会变得小心翼翼，会变得逆来顺受，因为没有人会接着你的小脾气，只有日复一日的现实摆在那里。

所以她可能也不会再继续读书了。

出去打工是很辛苦的，每天都站着做同样的事情，谢湘南曾说过那种感觉就像自己不是有思想的人，而是一个随便人怎么摆弄的机器人，天空像个小小的口袋，一点一点被收紧，什么不放弃自己的生活，什么努力变成更好的人，都是高高在上的天方夜谭而已，越是身处其中，就越是感到无能为力，因为每一天都不能停，停下来就意味着赖以生存的钱没有了，会惊慌，会失措，会焦虑。在那个时候，从小认识的男孩子向你求爱，希望和你在一起，大概是平淡生活里唯一的光吧，毕竟喜欢一个人是多么快乐啊！

所以，她可能也会和那个男孩子在一起，两个人在一起，生存压力也小了一点，可以出去租房子住，做点自己喜欢的菜吃，或者也可以学着别人，周末去看看电影，花几十块钱吃顿好的。

有了孩子，是一件好的事情还是不好的事情呢？孔真说不清，如果这件事发生在一个女大学生身上，家长会痛心疾首地把她拉去医院，因为他们觉得这个女孩子的前程远不只如此，可能还会反思自己性教育的缺失。但是这件事发生在一个年轻的女工人身上，没有人来反思自己作为家长的性教育缺失，没有人三令五申地说过要爱护自己，她只有耳聋眼花的爷爷奶奶。这个孩子对她来说也不是什么负担，她不是郑小竹，不是谢湘南，甚至不是柳叶，她不会去想别的，生下来就好了，也许还带着期望——自己没有感受到的爱，会努力让自己的孩子感受到。

所以，孔真不敢保证如果自己处在那种情况下，会做出什么截然不同的选择。

孩子生下来以后，他们绝望地发现她是不健康的，也许发现的时候已经很晚了，但是既然为人父母，就要负起责任，他们一直坚持到了今天。这个世界是很大的，有很多的人，有很多模样的生活，有的女孩子躺在阳台的摇椅上吹着风，昏昏欲睡地给自己选一只300多块钱的口红做生活中点缀的小玩意儿，有的女孩子抱着自己的女儿掀开医院厚厚的门帘，把自己为数不多的钱花出去；有的男孩子因为无聊一晚上就可以在游戏里花几万块，有的男孩子带着自己的孩子坐在面馆里，要一份牛肉面，把里面薄薄的几片肉喂给他。

我们小的时候都会觉得，自己会有光明的未来，当我们第一次睁开眼睛看这世界时，世界总是亮的。

然而在知道了生活的真相时，在我们知道自己永远也无法改变有些东西时，我们就不得不承认，虽然太阳公平地照耀着每个人，但有些人的生活却永远阴云密布。

然而，人和人的区别却不在于此。

我们真正的区别，不在于穿着的衣服价格，不在于肩上背着的包的真假，不在于家里的地板是红木还是水泥地，而在于我们是否勇敢，我们敢不敢在一无所有时认定所爱，敢不敢承担起本可以逃避的责任，敢不敢对着生活怒目而视，敢不敢永远挺起胸膛向着自己期盼的光明未来走去。

这个世界本来就是不公平的，新娘子期盼了8年的婚礼只能是这个样子，虽然这已经竭尽了她丈夫的所有，很多华丽的婚礼却不一定能见证彼此走到生命的尽头。

正因为这是个不公平的世界，我们才不能放弃所爱，不能放弃责任，因为当我们放弃这一切时，我们就等于放弃了自己。

她站在这个简陋的礼堂里一次次地想，我真的只是一个胆小鬼吗？在我拉着谢湘南一次次地告诉她我们的命运不是被注定好的时候，难道不是真心的吗？新娘子可以勇敢8年，坚持等到她的孩子可以被治好，等到一场婚礼让她穿着婚纱见到自己的挚爱，我呢？我拥有的难道不比她多，我所期盼的未来难道不是更加唾手可得吗？

我的命运不是被注定好的，她闭着眼睛一次次地对自己说：不是的，不是的。

不是的。

时间的洪流滚滚而来，我们能改变的东西确实很少，甚至整个人类都是漫长岁月里的沧海一粟，我们的史诗无论被文学家们描写得多么波澜壮阔也无法改变地球的运动轨迹，但这不代表我们对一切都无能为力。这世界光怪陆离，唯有人生可以操控，你做出的每个选择，都会在无意识中影响你的未来。

甚至你的一生。

她觉得自己的手脚似乎慢慢地被注入了一点力量，那力量从她的心脏开始蔓延，最后又倒流回她的心脏，聚光灯转了一个面，又照向她初始的模样，坚定勇敢，永不言败，像一团流火，像高悬的太阳。

第十五章
敞开心扉 〰〰

婚礼结束后，孔真背着自己的大包离开了，在走之前，她郑重地承诺会好好剪这个片子——虽然其实并没什么可剪的。新娘子很高兴，好像得到了一个什么了不起的承诺，孔真想了想，又答应她可以免费拍一套婚纱照和一套全家福，一切道具和来回的费用都由她的公司垫付，新娘子又惊又喜，却不好意思平白受人这么大的恩情，一个劲儿地说："还是算了吧，不能给你添麻烦。"

"不麻烦，我是老板。"孔真不知道为什么觉得很骄傲，"我说了算。"

把公司的地址交给对方，孔真背着那个沉甸甸的大包返程，走之前她借了这里的卫生间洗了脸，还蹲在地上化了个淡妆，她一直认为，自己一个女生还有心思化妆，那么事情就没糟糕到最后的地步。

回到公司以后，一切风平浪静，所有人都在工位上安安静静地工作，就连赵博都在装模作样地干活儿，孔真觉得过于风平浪静，反而不正常，她里里外外看了几圈，暂时没发现什么异状，但还是不放心，走到赵博桌前问："赵博，你们今天怎么这么安静？"

赵博吓了一跳，显然是心里有鬼："我们好好干活儿你还不高兴，非让我们在办公室蹦迪你才觉得正常啊？"

孔真拎着凳子坐在他身前，低声道："说话别藏着掖着的，好事不出门坏事传千里，我早晚得知道。"

赵博转转眼珠子，小声说："真没事儿。"

"扣工资。"孔真说，"这个月工资没了。"

"扣扣扣，你随便，不就钱嘛，身外之物，我们工人阶级啊就是这个命，这辈子怎么还不遇到几个万恶的资本家了。"赵博依然不去看她,拎着鼠标在屏幕上乱点,"再说了,你当老板不就是为了扣工资的嘛,啊哈哈哈!"

他干巴巴地笑了两声,谢湘南放下手中的相机,小声说:"赵博……我觉得咱们还是告诉真真吧。"

孔真有些紧张,主要是害怕自己再秃下去就得把假发预备上了。

赵博终于停下了胡乱点击鼠标的手,谢湘南也走了过来,3个人来到了孔真的办公室,谢湘南和赵博对视几眼,最终还是赵博先开了口:"哎呀,其实也没多大事儿,就是很多客户又开始退款了,刘浩波今天上午又过来一趟,说——"

"说什么?"

"说咱们公司要是开不下去了,欢迎咱们员工去投奔他,但是!但是谢湘南就和他吵起来了,把他骂走了。"

孔真惊讶地看着谢湘南:"南南,你什么时候会和别人吵架了?"

谢湘南依然是那副柔柔弱弱的样子:"我没有和他吵架,我就是在和他讲道理,谁让他骂你来着。"

"骂我什么?"

"骂你骗子什么的……"

"我?我骗什么了?骗他感情了?"孔真惊了,"奇了怪了,他怀孕了吗,真怀了我又不是孩子爹,怎么骂到我头上了。"

"不是……"谢湘南掏出手机点了点,递给孔真,"你自己看吧。"

孔真点进去看,这次不是本地论坛,而是一个本地的公众号,又是一篇曝光稿。

曝光的是孔真本人。

文章一开头就给孔真这个人定了性:"虽然年纪轻轻人模狗样,却是个十恶不赦的骗子老赖。"

在几段煽动力非常强的控诉之后,文章亮出了孔真当初给高利贷签约的合同照片加以佐证,白纸黑字写着孔真的签名,甚至放出了她打码的身份证照片,再下面就是正文了,对方说孔真设计陷害了自己前任老板刘某,使其公司易主,孔真现在的婚庆公司就是从刘某手里抢回来的。此人的恶行到这里还没有结束,她对待客户态度十分恶劣,甚至在4月份因为个人失误弄丢了整整16场婚礼的素材,在客户找她反映情况之后,她更是放话道:"你们找谁也没用,有本事就去法院告我。"现在16位客户已经对孔真的公司提起了集体诉讼,但是由于她势力很大,资金雄厚,还暗示客户自己在公检法系统也有关系,所以目前诉讼到底能否成功还未可知。文章的结尾,留下了孔真公司的详细地址,还好意提醒其他消费者不要再上当受骗。

这个公众号在本地非常出名,几乎算得上是公众号刚火起来的时候就开始运营的那批，光是谢湘南一个人的共同好友就有两百多人关注，那些在这里预订婚礼的客户肯定也看得见这篇文章，就算他们看不见，也拦不住他们的亲朋好友在朋友圈里分享，毕竟这篇图文并茂，有那么多不愿意透露姓名的当事人在其中作证的文章写得实在是太精彩、太真实、太有煽动力了，怪不得客户要冒着找不到下家婚庆公司的危险终止合同。

文章很长，孔真花了将近10分钟才看完，谢湘南和赵博都有些紧张不安，他们知道孔真之前的压力很大，刘浩波来闹事、集体诉讼、老员工离职、订单锐减、和赵东林的合作中断打乱了计划、感情问题等，都一股脑地压在孔真身上，她在临走之前就和赵博透露过想要撂挑子不干的想法，这会儿突然被人扣了这么大一口黑锅，还被人曝光了隐私，肯定会崩溃的。

然而让他们没想到的是，孔真看完了并没什么表示，她抬起头来，把手机还给谢湘南，对着她的手机鞠了个躬。

"真真，你怎么了？"谢湘南紧张极了，"你别害怕，我们都知道事情不是那样的，我们都会支持你的，就算是你不想干了，我们也陪着你，我那里还有钱，够咱们花的，诉讼你也不用担心，我们都会尽最大力量帮你，我带你去日本散散心，好不好？"

"我只是对这篇文章的作者表示敬意。"孔真认真地说，"不管这个人是谁，他都非常认可我的价值，居然还把我借高利贷的借据给找到了，这得费多少精力啊，我一直以为只有大明星才有这待遇，你看，底下还那么多评论，骂我骂得那个认真，我孔真这辈子值了。"

谢湘南更紧张了，她攥着孔真的手："真真，你别这样，你要是难受你就哭出来，我们不会让你一个人扛着的。"

"我难受什么呀！"孔真一拍桌子，"正愁没钱呢，上赶着给我送钱来了，污蔑懂不懂啊，侵犯名誉权懂不懂啊，不告白不告，还有这一直以来在背后搞我的人，一起揪出来。"

谢湘南和赵博面面相觑，赵博说："真姐，你怎么突然又……又好了。"

"岂止是好，简直是很好，还不是小好，不是中好，是大好。"孔真冲他们摆摆手，"行了，别在这儿挡我的思路了，我得好好琢磨琢磨这些事儿，晚上请你们撸串啊，忙去吧，有工作就忙工作，没工作就自己找点儿工作干，看看书看看报，学习学习充充电，去吧，别担心我，我们黑心资本家抗打击能力强着呢，和你们工薪阶层不一样。"

赵博和谢湘南走了，孔真从抽屉里找出一叠A4纸和一管中性笔，把最近发生的事情都按照时间顺序一件一件列出来，这是她一直以来的思考习惯。

还没到下班时间，孔真就从办公室里走了出来，她急匆匆地穿上羽绒服，头也不回地说："等着我回来啊，别锁门，晚上一起撸串儿去。"

谢湘南等她走了，犹豫片刻，想偷偷看她在纸上写了什么，却发现桌子上她的手机没带，想追过去已经晚了，孔真走得很快，急匆匆，不知所终。A4纸上的字乱七八糟，还画了几个含义不明的小人儿，谢湘南看不懂。

　　等她回来的时候已经快要5点半，公司里依然是静悄悄，她推开门，兴高采烈："同志们是不是等急——"

　　话没说完，因为她看见赵东林就坐在沙发上，正看着她，目不转睛。

　　赵博见她回来，松了一口气，拎着自己的相机起身，招呼着员工们："走了啊走了啊，打卡下班，撸串改明天，赶紧的，等会儿又得和隔壁的挤电梯，那帮男的天天加班也没时间洗澡，臭死了。"

　　也就不到半分钟的时间，屋里的人都走光了，孔真不知所措，她看着赵东林，目光很疑惑。

　　哪知道赵东林还没开口就有了动作，他居然站起来，猛地抱住了孔真。

　　非常用力的那种抱法，一只手揽着她的肩膀，一只手盖着她的背，生怕她跑了一样，孔真不明所以，挣扎着推开了他。

　　"干吗呀？"她疑惑地看着对方，"不要总是动手动脚的，什么毛病？"

　　赵东林的眼神很奇怪，像是满怀愧疚，孔真一有这个想法就马上打消了，愧疚吗？他是永远不会有愧疚这种无用的情绪的。

　　没想到赵东林突然道了个歉，看着她，认认真真地说："对不起。"

　　孔真怀疑自己听错了。

　　"我不应该在那个时候提出离婚，还有终止合作。"他说，"我希望你原谅我。"

　　孔真过了一两秒才消化了这件事，赵东林居然认认真真地给自己道歉了，而道歉的理由居然又真的是她曾经伤心失望的理由，这简直太不可思议了，和活见鬼一样的不可思议。要知道赵东林留给孔真的印象一直是固执且理性有余、感性不足的。

　　"如果你不原谅我，也没关系，但是我希望你能让我帮你，帮你度过眼前的事儿，我之前真的不知道，如果我知道了我肯定早就——"

　　"等等，等等等等。"孔真做了个停止的手势，"你再说一次？"

　　"我说我之前真的不知道。"

　　"前面的。"孔真盯着他，目光狐疑。

　　"对不起。"赵东林居然老老实实地又说了一次，"我不该和你提离婚，不该和你终止合作。"

　　孔真绷着脸，嘴角微微往下耷拉，她不断强迫自己回想那个差点儿冻死的冬日自己到底是怎么从里凉到外的，然而她心里另外一个声音突然冒出来叫嚣：他懂什么呀！他根本就没想那么多！和直男计较这些有的没的还不如和猪讲产后护理！

思考再三，孔真的表情依然没变，她觉得自己还是很生气赵东林那天的所作所为，她仍然忘不掉当时那个类似于梦破碎的瞬间，一想到这里，那个叫嚣的声音彻底不见了，她的心微微沉了下去。

算了，我又不是什么大度的人，何苦装大度呢？

"我接受你的道歉，你要是想继续搞搞社交，我们还是普通朋友嘛！"她挤出了一个很假的微笑，"但是那些事儿不用你帮忙，也不是什么大事儿，总能解决的，我找了个靠谱的律师，出来混谁还不遭遇点儿挫折啊，行了，一切都妥了，我得赶紧回家了，你也早点回吧。"

她说得潇洒，其实心里也觉得可惜，毫无疑问，她还是喜欢赵东林的，但是赵东林自尊心这么强的人，哪里有耐心忍受三番五次的冷淡拒绝，也许这次再见了就真的再也不会见面了吧。

让她没想到的是，赵东林突然伸出一只手拦住了她，孔真抬头，赵东林低头，她听见对方说："不可以。"

只一瞬，孔真突然意识到了什么，她刚才的冷静与强硬全都不见了，罕见地慌乱，如果她是一只猫，肯定浑身的毛都会炸起来，她的紧张变成了突然流窜的血液，从侧脸红到耳朵尖，赵东林没有给她再说话的机会。

赵东林吻住了她。

最开始，是那种非常单纯的吻，两个人的嘴唇相贴，谁也没有进一步的动作，他们的呼吸都交缠着，像两股混乱的风，突然，赵东林微微侧过脸，将她薄薄的上嘴唇含住，孔真瞳孔紧缩，一瞬间什么也听不见了，那种潮汐奔涌的错觉闪现，她觉得自己背后就是悬崖，悬崖下是狂乱的海，头顶是阴沉的天，天上下着瓢泼大雨，让她浑身湿透，只剩下身前的人是温暖的，那个人慢慢攥住她的一只手腕，缓缓将她压在墙上，后面冰冷的砖石硌着她的背，有一只手抚摸她的脸，虽然对方的指腹有些粗糙，那抚摸却温柔得像一朵云，那朵云又移动到她的脑后，轻压着她。

全世界都在压着她，让她倾斜向他。

潮汐不再奔涌，这个吻终于结束了，她回到了现实中。

赵东林微微眯着眼睛看她，似乎等着她生气，但是她没有生气。

她呆呆地看着赵东林，不知道自己应该作何反应，她觉得自己这种没怎么谈过恋爱的人非常可悲，别人随便回应一下，就丢盔弃甲手忙脚乱。更可悲的是，她的那点喜欢居然被这个吻燃烧了起来，堪称死灰复燃，化作一团狂暴的火焰熊熊燃烧，让她无比难过，因为太难过，所以她哭了。

赵东林仍然紧紧攥着她的手腕不敢放开，生怕再没机会攥住，孔真只是呆呆地流泪，她说不清自己到底为什么要流泪，眼泪却止不住。她的心里没有刚才的斤斤计较，只剩下咸涩的海水涤荡。

赵东林紧张起来，他笨拙地擦去她的眼泪，一时之间找不到合适的理由为自己开脱，过了半晌，他只好说："不要哭了，就当我们扯平了。"

"什么？"孔真问。

"那天你也未经允许亲了我一下。"赵东林说，"扯平了，别哭了，对不起。"

孔真看着他，她还是第一次敢用含着这样神情的眼睛看着他，她眼圈红红的，鼻尖也有点红，稀里糊涂，头昏脑胀，她想，虽然做出这个决定自己肯定会后悔——她现在就有点儿后悔了，但是，她没办法不这么做。孔真吸了吸鼻子，觉得自己要爆炸了，她完全不明白为什么只是一个吻就让她这么手足无措，甚至一瞬间慌了神，连思考都不会了。

赵东林仿佛瞬间穿越回了自己青春年少的岁月，他不再是那个所有的情绪都可以消化的成年人，他只是一个真切的少年，不愿意失去自己喜欢的女生，就像这一刻的不再见变成生离死别一般，上一刻还有爱，有梦，可这一刻有人将它们全部带走了，他的爱与梦会如同杂草一般枯萎，没有人兴致勃勃地和他讲述伟大时刻，没有人眼神坚定地说自己一定会成功，没有人明明很柔弱却有着不畏惧一切的勇气，像灯塔一般照亮他迷途的眼睛，这个世界上的人有很多，可孔真只有一个，能因为熊熊燃烧的生命让他动心的孔真，只有一个。

他不该那么考虑周全，不该那么四平八稳，他顾忌得越多，越觉得自己变成了一个懦夫。

如他一般的懦夫，除了后悔毫无知觉，他觉得自己搞砸了，所以他用垂死挣扎的口气说："不管怎么样，我会尽我所能帮你的，我知道你没做过那些事，你完全可以起诉对方。"

"你当然应该帮我了。"孔真稀里糊涂地说，"谁让你喜欢我呢！"

再一次，孔真亲了上去，依旧横冲直撞，像一只热情的小狗，只顾着自己开心，过了半晌，她离开了赵东林的嘴唇，拿两只手捧着他的脸，微微踮起脚，眼神变得清明多了，"现在我想做一件事，你不要动。"

赵东林说不出话，仍然回味着刚才乱七八糟胡闹似的吻，孔真只当他默认。

突然，孔真拿自己的额头狠狠撞了他的额头，发出嘭的一声响，赵东林疼得皱眉，孔真捂着自己的额头说："好了，现在真的扯平了，我接受你的道歉，翻篇了。"

赵东林看着孔真，就像之前每次为她的快乐所吸引时的目光一样，但他不理解，只好像个后进生一样忐忑地问自己神秘莫测的班主任："翻篇了是什么意思？"

"我原谅你了，就当你这人做事太不长心。"孔真说，"勉强相信你确实有点儿喜欢我。"

赵东林开心了会儿，又觉得她爱作弄人，神情复杂地说："你这人……"

"我看我这人不错，你就偷着乐去吧你，别在那儿得了便宜还卖乖了，我这人不好你一次一次过来晃悠什么啊？"孔真推开他，"你怎么突然开窍了？"

赵东林本来是不想说，但此时此刻对着孔真的脸，他什么都可以说。

"是我那哥们儿……"赵东林说，"叶宇，你见过的。"

自从孔真把他从公司赶出去之后，赵东林整个人就一直不太好，整天阴沉着脸气不顺，叶宇问了他几次，他也不说，但拦不住叶宇这人聪明，三两下就猜出了前因后果。

"你可真二啊！"叶宇感叹，"二到家了，你怎么能那么做呢？"

赵东林不服气："我那么做不对吗？"

"咱俩绝交吧，以后别来找我。"叶宇说，"你听了什么感受？"

"没有感受，滚！"

"你没有感受，但是我弟妹和你这个冷血动物不一样啊！人家小姑娘气性大着呢！人家是有自尊心的，好吧？"叶宇耐着性子给他分析，"你知道你为什么一直找不到正经对象吗？就是因为你太二了，哪怕你把你赚钱的智商稍微挪一挪，挪给你的同理心一点儿？你想想，我弟妹那是什么人啊，老爹留下一堆烂债，她没哭天喊地没自暴自弃，抓住一切机会摆平了事情，还自己做婚庆，这么短的时间就做到这个规模——你别说里头有你投资，换谁谁都愿意给投，人家值得啊，这种人看起来没有自尊心吗？她自尊心强着呢，你当时怎么和人家说的？"

"没怎么说，就直接说离婚，以后的事儿以后再说。"

"对啊，你看你，没有感情，说离就离，人家那天还兴冲冲地准备和你表白，你这也太瞧她不起了吧？用完了就扔啊？人家凭什么不能生气啊？死了心吧都。"

赵东林沉默不语。

叶宇看他难受，也不好再说什么："哎呀，算了，女孩儿有的是。"

"我不喜欢别人！"

"那你就对人家好点儿啊！"叶宇直拍桌子，"有你这么喜欢的吗？"

赵东林沉着脸抽烟，叶宇劝他："哎呀得了，你就先缓缓，等有机会你去给人家道个歉，我看我弟妹那人重感情呢！"

没想到叶宇一语成谶。

孔真在赵东林的注视下不好意思地理了理头发，突然想起了自己刚才的收获："好了，我们不要再搞这些儿女私情，我有个事儿要和你说，特重要。"

她拉着赵东林坐在沙发上，赵东林伸手去摸她的头发，被她啪的一下打开了手。

"不要动手动脚的！"

赵东林只好将手收了回来。

"你要说什么啊？"

"我刚刚去刘浩波之前的公司找他，发现那里又有人工作了哎！他哪儿来的钱？我还打听了一下之前一个楼层总一起拼单点外卖的小姑娘，她说我们走了之后，那个办公室一直就没租出去，最近回来的确实是刘浩波，我站在楼下等，发现刘浩波带着一个女的下来了，但是那个女的没有露脸，我就看见了她的背影，特眼熟，我之前就见过。"

"刘浩波？就是你们之前的老板吗？那天来这里找你的那个男的？你和他之间有什么过节吗？"

"过节……就是当初他欠我们工资不发，因为他欠了很多赌债，有一天赵博说我们之前的同事发现他在火车站，我当然以为他想跑路啊，就去追了，当时他急着跑，把背着的相机拿给我抵工资，后来我们做工作室，一些基础的道具就是从他仓库里搬的，前几天他来找我，就是因为这件事，在我公司连着坐了两天，想讹钱。"孔真说到这里又在赵东林胸前猛捶了一下，"都怪你！那个时候来找我，他动手砸东西，我都要报警了，不想让你跟着掺和我才把电话挂了的，还给了他 5 万块钱，赵博还答应帮他找活儿，都怪你，想想就气，把你俩绑在一起揍一顿，你和他喜结连理。"

赵东林抓着她的手揉了揉，漫不经心地说："别生气……你觉得他是一个很有心机的人吗？"

"我觉得不是，这大哥有点傻。"

"那我猜得应该没错了。"赵东林说，"这些事儿确实都不是偶然，肯定有人在背后害你，就算之前的都是巧合，这篇公众号也肯定是有人花了心思写的，害你的人不是刘浩波，另有其人，刘浩波顶多帮了几个忙。"

"啊，不是他吗？"孔真迷惑了，"那是谁？"

"熙熙攘攘，利来利往。"赵东林冷静地说，"没有好处肯定不会做这件事儿，我猜是你的同行，同行陷害非常普遍，你这大半年发展得太快了，肯定有人眼红，你想想谁会做这件事，一是和刘浩波关系好，二是和你有过过节。"

孔真努力思考着，就在她觉得自己的大脑要过载之前，一个名字突然闪电般显现在她的脑海，她情不自禁地说："闻欣欣。"

"闻欣欣？"赵东林说，"我认识，她之前经常和我妈的酒店合作。"

"就是那次呀，我们在你家入股的那个酒店见面，就是桂宫！然后我做了一单，后来就……"她停住了，怔怔地看着不远处的小茶几。

"我想起来了，那次你记不记得办完婚礼之后，客人投诉我乱收费，还是你帮我说了几句好话，还说酒店员工有问题什么的，其实不是酒店员工有问题，肯定是闻欣欣找人去客户面前撒谎的，我说后来为什么那个酒店的经理对我阴阳怪气的呢，应该是闻欣欣不高兴我去分单了，他和闻欣欣私下有来往吧。"

她的心脏怦怦直跳："然后呢，我想想，开始出事儿的时候是钱晓文，就是他故意把所有的数据都删除了的，可他那么做是因为和我有私仇啊……"

"什么私仇？"

"一点小事，我当着大家的面骂了他一顿，他这人非常小心眼，肯定要记恨我。"

"删除数据以后你报警了吗？"

"报警了，但是没别的经济损失啊，就是丢了点数据，还有几张不值钱的SD卡，公司的电脑相机他都没碰，就是把公司弄得乱七八糟，还在墙上喷了字骂我，警察说没有直接损失，数据什么的得和客户那边商议以后才能确定，建议我可以先起诉他，但是后来事情太多了，我就一直拖着没办。"

"这不正常。"赵东林的语气非常肯定，"他都有心思把这儿弄得乱七八糟，还在墙上喷了字骂你，为什么不干脆把这儿砸了，给你造成更大的损失？"

"可能怕警察叔叔抓他呗。"

"但是删除数据造成的损失也不小，不可能让他跑了，他不会不知道，反正都是泄愤，他哪来的那么多心思考虑这些？钱晓文我见过几次，他绝对不是能考虑这些的人。"

"那是为什么？"

"除非有人告诉他不要动值钱的东西。"

"谁告诉他的？闻欣欣吗？可是他俩……啊，我怎么把这事儿忘了，闻欣欣是他以前的老板！我知道了，我说怎么刘浩波知道你给我投了400万，肯定是他说的，他们一定很早就联系上了，我们那摄影带着徒弟辞职肯定也是让闻欣欣给挖走的。还有那些客户，本来我卑躬屈膝的，差点儿答应去人家家里当菲佣，才谈下来差不多的赔偿价格，他们也保证不会曝光不会外传，怎么突然就开始起诉我了，肯定也是他们在背后捣鬼！"

做得这么绝，到底是心思扭曲的钱晓文想出来的阴招，还是那个神秘的闻欣欣提出来的主意，又或者是两个都和她有过节的人凑在一起研究出来的，暂时无从知晓，但是好歹真相基本被推论出来了。两个人面面相觑，赵东林问她："你准备怎么做？钱的方面不用担心，有我在。"

"不着急，让我缓缓，咱们一件事儿一件事儿地准备。"孔真倒在他肩膀上，无奈道，"我真的没想到居然有人会这么处心积虑地搞我，有这心思提升一下自己的业务能力，说不定早就成首富了，他们想什么呢啊？"

"如果是闻欣欣的主意，其实可以理解，直接搞掉你，性价比更高，市场就这么大，她再提升业务能力也有你在这里分单，她花费十分的努力可能只能得到三分的回报，但是把这十分用来对付你，以后多出来的蛋糕就不止三分了。很常见的思路，但是很愚蠢，因为你的成功并不是因为搞掉了别人。"赵东林摸摸她的脸，轻声说，"我觉得你比较聪明，如果是钱晓文的话，也可以理解，他精神不正常，心理扭曲。"

"不要碰我的脸，我的脸很贵的！"

赵东林不耐烦地喷了一声："你哪儿不贵？"

孔真将自己的手凑过去："摸手，我的护手霜九块九包邮。"

赵东林笑起来，孔真却满脸严肃，她说："现在最重要的是不能让她继续污蔑我了，你看看那个文章，把我说成什么人了，评论里骂得要多难听有多难听，再不辟谣就有人人肉我了。"

两个人商议半晌，决定还是先走法律程序，赵东林连夜找了朋友推荐的律师，律师对这类案件并不感到陌生，近年自媒体走红，很多自媒体为了吸引眼球都会发布一些标题惊悚劲爆的不实消息，很多名人或互联网公司都起诉过自媒体，几乎无一例外都以胜诉告终。

"我也觉得肯定能告赢，也不知道应该说他们太傻大胆了还是太大胆了，居然把我身份证信息也泄露了，这侵犯他人隐私好吧！那个高利贷的公司也一起告了算了。"孔真郁闷道，"我唯一担心的就是以后我很难再做到现在的好口碑了，负面印象很难剔除的，造谣有人看，澄清不一定有人看。"

"没关系。"赵东林肯定地说，"她可以把造谣变成炒作，我们也可以把澄清变成炒作，可以操作的方法很多，实际上闻欣欣用这种方式还是挺聪明的，没什么成本，又闹得这么大。"

"你刚才是对她表示欣赏？"

赵东林自觉失言，装作无事发生一样补救："不是，我只是让你师夷长技以制夷。"

"哦呦，我们东林哥哥懂得好多啊！"孔真把自己的手抽出来，"行，那我回家再研究研究人家那篇成功的炒作文，走走走，我得回家了。"

"你还没吃饭吧？"

"减肥。"孔真说，"你没发现我最近脸都圆了吗？"

"我觉得你一点也不胖，这样就很好看，我很喜欢。"

"你这人怎么这么恶心！"孔真推了他一把，"你不可以讲这么恶心的话，不符合你的人设，你不是总装霸道总裁吗？继续装啊，我喜欢。"

赵东林这话倒是毫无虚假，他觉得孔真的脑回路和别人有些不一样。

最终烛光晚餐还是没吃上，赵东林开车送孔真回家，到了目的地，他拉着孔真的手，问她："明晚有时间一起吃个饭吗？"

孔真说："没有。"

"那后天？"

"可以。"她不知为何，罕见地生出了羞涩的情绪，她这才发现赵东林的手很大，居然可以把她的手整个包住，他的手也很暖和，像个磨砂质感的暖手宝，孔真低下头，看着自己的膝盖，酝酿片刻，她轻声说："来，打个啵再走。"

赵东林满腔的旖旎被她伸手扇了个干净，他哭笑不得："以后你不要说这种话，很破坏气氛。"

孔真忍不住叽叽叽地笑，她知道自己一向没这根筋，除去那些似是而非的暧昧时刻外，她不擅长和这种温情的时刻和谐共处。

她没笑完，嘴唇被赵东林堵住，又是那种缠绵的吻，孔真头晕目眩，情不自禁地去摸他的脖子。

一吻终了，孔真终于离开了，赵东林没急着把车开走，停在原地远远地看着她的背影，她像个没长大的小女孩儿，蹦蹦跳跳走了进了公寓，赵东林的心瞬间被这个动作打成了渣，他忍不住掏出自己的手机给叶宇发微信："忙着呢吗？"

叶宇很快回复："没，吃饭呢，干吗？"

赵东林："别吃了，抽时间好好谈个恋爱去吧。"

叶宇满脸疑惑。

他没回复，把手机放回去，想了想，从储物盒里拿出一瓶香水，往副驾驶座的位置轻轻喷了喷。

是橘子味的。

他一边开车一边心不在焉地想，和她身上的味道还是不太一样，改天问问她在哪里买的香水。

孔真和赵东林的恋情很快就曝光了，因为赵东林根本没等到所谓的后天晚上，一大早就开车在她楼下接她去上班，谢湘南死活不搭这趟顺风车，坚持自己打车走，孔真还处在一个没睡醒的呆滞状态里，赵东林把买好的早餐递给她，是热乎乎的豆浆和附近很出名的豆沙馅小酥饼，他排了十几分钟的队买的。孔真梦游似的吃，赵东林目前处于一个恋爱初期非常盲目的状态，哪怕她在他的车里杀鸡，他都会觉得这个女孩儿真的毫不做作好勇敢，和别的女的根本不一样，所以看她的眼神越发柔和起来，问："好吃吗？"

孔真含含糊糊地说："好吃好吃。"

她捧着没吃完的小酥饼又睡了过去。

到了她公司楼下，孔真才彻底清醒过来，她惊讶地看看后座："南南呢？"

赵东林无奈："她说不想当电灯泡，自己打车走的，你没听见吗？"

"坏了坏了，这下可坏了，她最近和赵博学坏了，也知道传播小道消息了，肯定又去公司和赵博八卦，赵博知道全世界都知道了……"

"为什么不能让人知道？"赵东林有些不高兴了，"和我在一起是什么见不得人的事情吗？"

孔真想了想："也有道理，我和你，我算傍大款，倍儿有面子，赵博傍不上大款，肯定特别嫉妒我，哈哈哈。"

她三下五除二吃完了早饭，摇摇晃晃地进了公司，果不其然，她一进去，赵博就站起来给她鼓掌，心情激动地说："欢迎欢迎，欢迎咱们公司第一个傍大款的同志亲自来上班，您看看，这多不好，还麻烦您亲自来，来都来了，给我们办个讲座，讲讲经验吧。"

公司里只有他们3个人，谢湘南耳朵通红，坐在一边假装看书，还把书拿倒了。

孔真撸起袖子抽了他一顿，赵博再三保证以后肯定会管好自己这张破嘴，她才停下。

员工们陆续打卡上班，等人都到齐了，孔真拍拍手，对着大家说："咱们去会议室，开个小会。"

大家脸上的表情各异，但孔真看得出来，不止一人觉得今天的会不会有什么好消息宣布。

"我知道大家早上起来都挺困的，也就不多废话了，今天这会的中心思想，就是和大家说，公司肯定会照常运营，甚至下半年还会扩大规模，拓展更多业务，比如国外旅拍之类的，以后的事儿以后再说，我先不给大家画饼了。咱们说说眼前的事儿。

"我这人说话比较直接，毕竟效率第一，那我就直接说了，昨天的公众号，大家肯定都私下看过了，里面写的完全是不实信息，我本人已经动用法律武器，事情总会见分晓。别人我管不了，实际上我对你们也没有任何管辖控制的权利，我只是希望，你们作为我的员工，如果觉得我人品没有差到让人特别想落井下石的地步，就不要去私下传播，外界和你们打听关于我的事儿，一律用不知情回答，不要利用自己内部人员的身份让事情再恶化下去。

"公司现在运营确实非常艰难，我们面临着一场官司，是上次被钱晓文恶意弄丢了素材的16个客户的集体诉讼，这件事我们确实是过错方，所以输赢我还不能下定论，但是我本人可以保证，这场官司的赔偿金额不会影响到公司的经营，你们不用担心随时都会丢工作，但是如果有对我本人和对这个公司没信心的，想离开，稍等私下联系我，不用说理由，我会发放给你本月工资之后放你离开，海阔凭鱼跃，天高任鸟飞，我会非常诚挚地祝福你未来发展得更好。接下来的事情是说给想留下来的人的。

"大家也都知道，我们目前面临的最棘手的事情是很多客户开始退单，我觉得我们大家应该想出一些办法劝住客户，因为我们现在不能有断层，一旦有断层，这个停滞期对公司来说是比官司更大的打击，大家集思广益，想想怎么让客户回头，我昨天想了想，觉得难点在于不要让客户引起反感，因为他们已经先入为主对我们的印象不太好了，我们主动去联系客户，做得过度，对方会觉得这是骚扰。"

她做了个请的手势，本来相对安静的小会议室逐渐吵闹了起来，隔得近的员工开始窃窃私语。

"我先说，"赵博吊儿郎当地举了手，"带人堵门，拉横幅，什么骚扰啊，就骚扰了怎么的，说毁约就毁约，我们行程给你安排了，酒店订好了，方案选好了，道具给你准备好了，说毁约就毁约？还要往回要定金？就因为别人在网上说两句胡话？这样的人还结婚呢，我和你说，结完婚了也得让人骗得团团乱转，对象出轨 800 回都不知道，人家发两条微信就给忽悠得明明白白，这智商我劝他们别结婚了，先买本农民进城防骗手册补补文化课吧，我怎么就这么看不上这帮没文化的人呢！"

下面一阵压不住的窃笑，谢湘南也忍不住捂着嘴笑起来，孔真简直头大："赵博红牌罚下，再瞎扯扣工资，下一个。"

"我觉得我们可以给人家发邮件解释一下，因为这种方式比打电话发微信什么的温和一点。"谢湘南说，"也没那么像……嗯，骚扰，我们在邮件里不用说别的，就解释一下那 16 个客户的事情，还有可以发一下我们之前的样片证明我们提供的服务其实没那么差。"

"挺好的。"孔真的精神振奋了点儿，"不错。"

一个策划举手说："真姐，我觉得可以让我们之前合作过的客户给我们背书啊，我们自说自话，客户总觉得我们在撒谎，但是如果有之前的客户作证，证明咱们的态度和质量并不是被污蔑的那样，可能会更容易被人接受。"

"有道理有道理。"孔真低头在 A4 纸上记了几笔，"继续说继续说。"

众人都说了自己的看法，最后大家一致同意了邮件的大概内容，孔真把赵博和谢湘南留下，她关了会议室的门，对他们说："觉得刚才那个没问题吧？"

"没问题。"谢湘南说。

"有问题。"赵博举手，"为啥不听我的，我说话不好使了吗？我现在在这个公司一点地位没有了吗？"

"有地位。"孔真拍了拍桌子，"现在就是显示你地位的时候了，赵博，你听我说，我刚才没有说一个事儿，那就是，你觉得为什么我们的客户都这么有恃无恐地退单呢？就不怕不好找接盘的吗？我个人认为可能是刘浩波或者闻欣欣那边偷着接触过，保证给他们办婚礼，所以你的任务就是打听打听，到底是谁去接这个盘，要是刘浩波接了就好办了，他的黑历史太多了，我们这边做工作也比较容易。"

赵博得了任务，孔真又对谢湘南说："南南，麻烦你去联系之前的客户，你长得这么漂亮，办事比较容易，让他们出来支持一下我们，具体什么形式看你安排。"

众人开始忙碌起来，赵博的进展最快，他认识的圈里人多，很快就知道了是刘浩波另起炉灶开的新工作室接的盘，谢湘南手脚也很利落，联系了之前合作很愉快的16位客户（她认为这个数字比较有意义），让每个客户手写一句对自己公司的印象、自己的昵称，以及当时办婚礼时的酒店，其中几个客户还主动说可以让他们用自己给脸打码之后的现场照以证明婚礼的质量。

谢湘南带回了16张A4纸交给孔真，孔真一张一张，认真地看，有人写得很简单：

我觉得非常满意，完全就是我理想中的完美婚礼，相信老板的人品，加油！

有的写得非常多：

初次见面时是老板孔真亲自接待的，当时公司的规模还没现在这么大，她给我的感觉非常热情温暖，也很体贴，没有任何的不耐烦，我觉得好像是一个和我认识了很多年的朋友在帮我一起筹备婚礼一样，让我印象很深的一件事是，试婚纱的时候是她带着我和我老公去店里的，穿着婚纱出来的时候，我老公抱住了我，我哭了，她也哭了，说觉得非常感动。那一刻我相信她是真的用心对待这份工作，因为她很真诚，一个这么真诚的人是不会糊弄了事的，关于她的负面消息我个人选择不去相信，我只相信眼见为实，我也相信她最后会给出一个合适的回应。

孔真说不好自己是什么感觉，她想起了自己当初在忽悠赵博和自己一起做工作室时说过的话，她说婚礼是很有意义的，它是一个幸福时刻的见证，能给别人带来这种体验，她觉得很开心。现在她说过的话终于有了回应，有人认可她的真诚，有人真的觉得她做的事情很有意义。

赵博等邮件发过去两天之后私下联系了所有退单的客户，具体说了什么孔真也不知道，赵博只说他摆事实讲道理，把刘浩波以前的土味审美给客户看看，又说了一些他们之前在刘浩波手下工作时候的奇葩事儿，孔真觉得他说得有点多，很像小学生对骂，赵博满脸不屑地说："那咱们客户就吃这套啊，就愿意听小学生对骂啊，刘浩波说什么他们信什么，我说什么他们肯定也会信的，反正看起来很牛不就得了。"

孔真有些不以为然，没想到赵博这招还真起了效果，第二天就有一部分客户开始和他们私下联系，后来孔真才知道，客户之所以会这么快改主意，也是刘浩波给他们提供的服务完全和孔真不是一个档次的，由于看好的酒店之前就被孔真预订了，刘浩波和闻欣欣也没办法，只好退而求其次。而刘浩波现在又没有孔真给他当牛做马想方案、和客户沟通，客户觉得他之前吹得天花乱坠，完全是在骗人，和他闹得很不愉快，难免会觉得自己上了贼船，好在和刘浩波的合同还没来得及签，定金也没交。而且孔真还从客户那里得知，他们拿的方案居然是自己公司的，看来那两个男生离开的时候带走的不仅仅是来不及销毁的 SD 卡。

对客户，孔真自然是笑脸相迎，她觉得这算是自己近期的第一个好消息了，当然，和赵东林谈恋爱也算一个。

7 月份，单子很少，孔真有时间在公司附近嘈杂的小饭馆里和自己的男朋友以及朋友们一起商量到底怎么做最后的危机公关。针对那个公众号的起诉状交了上去，目前已经立案，对方曾经私下联系孔真，说自己愿意道歉，也愿意赔偿，请求私了，孔真问他到底是谁给他提供的内容，对方避而不谈，孔真便不再回复，只等着走法律程序了。

孔真的诉求是在公众平台上赔礼道歉加精神补偿，但是光是一个不清不楚的道歉未必能让人了解事情原委，也未必能抵消这件事给公司带来的损失，孔真做了很大的心理斗争，决定把自己欠钱的原因写出来自证清白。现在的问题是怎么让公众号的运营者承认他们和闻欣欣之间是有交易的，孔真之前还很天真地认为它也许是出于正义感或者为了赚取流量才发这样一篇文章，但是这个念头被大家无情地嘲笑了，就连谢湘南都提出了反对意见。

"如果没有好处，谁会愿意静下心来写这么多字呢？还冒着泄露别人隐私的风险。"谢湘南温温柔柔地说："真真，我觉得……嗯，你还是太善良了。"

"挤兑我头脑简单呀？"孔真说，"我就是觉得我们下定论不能太武断。"

"没关系，真的假的试试就知道了。"赵东林说，"我去私下联系他们，肯定能打听到点儿什么。"

赵博在一边拍马屁："赵总说得对。"

孔真踹了他一脚："你不要这么谄媚，好吗？给我长点儿脸。赵东林是不认识富婆的。"

赵东林说："其实也认识几个。"

孔真翻了个白眼："我们言归正传，谈谈怎么拿到证据，那种，让我们翻案的证据，就是——铁一般的事实，懂吗？"

"运营微信号的人肯定和闻欣欣联系过，聊天记录总有一些吧，或者通话记录之类的。"谢湘南说，"我觉得这就算是很铁的证据了。"

"怎么可能！如果我做这种事，我肯定一切都面谈，就算联系也开个小号。"孔真反驳。

剩下3个人一起看着她。

"哇，真姐，你怎么想这么多啊！"赵博说，"你真的以为全世界的女人都像你这么闲吗？这毛病不好，得改，反正我觉得这靠谱，闻欣欣肯定没你闲，人家是心狠手辣的女企业家。"

"赵博！"孔真猛地在他肩膀上打了一巴掌，"你放什么——"

"好了好了，不要闹，女孩子怎么总动手打人？"赵东林拦住她，"既然都聊到这儿了，事情就简单了，我觉得除非对方是闻欣欣本人，要不然肯定不是铁桶一只，我们要求的精神损失费很高，对方也打过电话来，试图和解，说明我们也不完全被动。"

"他们肯定没想到真姐还能垂死挣扎一下。"赵博说，"说实话，我之前也以为她要撂挑子不干了呢，她都暗示我想把公司交给我了。"

"人生无非就是一次又一次地挣扎。"孔真说，"无论如何，如果没有你们在，我这次肯定就趴下了，想挣扎也有心无力，非常感谢大家，认识你们我非常幸运，希望大家以后继续一起赚钱一起花，干杯干杯，喝完了各回各家睡觉，明天我再试着联系那个写公众号的，看看能不能约出来见个面什么的。"

众人散去，孔真虽然喝了酒，却总也睡不着，她觉得对方的嘴应该没那么容易撬开，他是做自媒体的，这个号就是他的饭碗，如果硬着头皮和孔真打官司，说不定推脱自己一时被蒙蔽了双眼，想要匡扶正义，却好心办坏事，以后继续打广告赚钱的机会大把大把。但是如果承认了自己收钱写歪曲事实的文章，那肯定会有很多人取关，这个号就没办法再运营下去了。

也许证据是有，但闻欣欣根本不担心，因为他们已经算是一损俱损的关系了。

她苦思冥想一夜，依然没想出什么好主意来，第二天见了赵东林，和他说了自己的想法，赵东林不以为意地笑了一下。

"不用担心。"他说，"你约他出来，我有办法。"

"你有什么办法呀，和他打一架吗？"

赵东林摇摇头，又面无表情地过来摸她的手。

"你的香水是什么牌子的？"他问。

孔真说："我不用香水，这是我天生就带的体香，我今天就告诉你这个只有女的才知道的秘密，我们长得比较漂亮的女的都带体香。"

"你的体香是橘子味儿的，所以你是橘子成精吗？"

孔真干笑几声："那倒不是，好吧，告诉你，我的体香是爱马仕的橘绿之泉。"

第十六章
因为爱 〰️

　　约对方出来见面的过程比孔真想的简单很多，因为比起孔真的意愿来说，对方想见他们的意愿更强一点。

　　双方约在一家咖啡厅见了面，孔真终于见到了这个公众号的运营者，对方的样子看上去普普通通，属于混在人堆里找不出来的类型，看上去不到30岁，胡子拉碴的，显得有点邋遢。

　　也许是为了表示自己的诚意，他一上来就自报家门："那什么……你们坐你们坐，我就是王冉。"

　　王冉完全没料到事情会变成今天这个地步。

　　他做公众号的时间算起来也不短了，平时靠着流量接广告，日子也算过得去，还总对朋友吹嘘自己有超前意识，算是互联网人才，但其实他自己偶尔也会对现状不满，因为他现在做的号只是一个本地资讯号，影响力有限，完全是靠着起家早才能在市场上有一席之地，他没什么文化，也不懂怎么运营，平时发的内容无非是从别处各种摘抄搬运，偶尔还会为了夺人眼球发一些自己也不知道真假的消息，饶是如此，也没成什么气候，好在他没什么大志向，不用出去风吹雨打就能挣钱，这事儿性价比挺高，值得一做。

　　闻欣欣来找他的时候，他根本没多想，觉得只是收钱爆料这么简单而已，文章不是他写的，是闻欣欣那边直接在第三方平台写好了分享给他，让他用自己的号发表的，他根本没有多问，收了对方8000块钱就把文章发了。

　　发出去之后，火爆程度是他没有料到的，看着后台不断增长的评论，他觉得自己这事儿办得不错，又匡扶正义，又把流量赚了，虽然评论里也有质疑的声音，但是他根本没当一回事儿，说白了，这本来就不算什么大事儿，对他来说，事情是不是真的，别人的事业会不会因为他的一篇文章就毁了，他也不是太在乎，大不了删了了事。

然而突如其来的律师函和法院传票让他蒙了，虽然他自觉不是什么初入社会的菜鸡，但也没经历过这种官司，之前乱写乱发的东西也算不少，没一个较真的。他去联系闻欣欣，对方避而不见，后来干脆就把他的微信删除了。

现在他主要是为了高额的赔偿金感到非常焦虑，对方索赔他100万，他找的律师说这官司很难打，和普通的造谣不一样，他还泄露了别人的个人隐私。从之前的一些案例来看，这官司必输无疑，只是最后法院会判他赔偿多少钱还不确定，饶是如此，100万也像达摩克利斯之剑一般悬在他的头顶。

闻欣欣不理他，他只好去找孔真，孔真让他把闻欣欣交代出来，再在他的公众号上赔礼道歉，也许可以有私了的可能性，可事到临头，他又犹豫了，闻欣欣是死是活他不关心，但是一旦承认自己收钱发这种文章，他的信誉就毁了，以后这个号还能怎么经营下去？他靠着什么吃饭？

正在他焦虑地等开庭时，孔真居然主动联系了他，电话里，孔真没说什么，只说有事面谈。他只身前来，完全不知道自己即将面对什么。他以为孔真情绪会很激动，甚至做好了对方会动手的准备，但是孔真看起来非常冷淡，话也没说几句，反而是陪着她一起来的男人说得比较多。

"你做好打官司的准备了吗？"赵东林问他，"在你自己的平台上公开道歉，赔偿人民币100万。"

王冉不想显得很弱势，于是他也努力让自己看起来很镇静："最后赔多少要法院判。"

"但我们会为了这个100万的金额作出最大的努力，我们已经找了最好的律师，我相信结果不会让我们失望的。"

王冉觉得这男的和自己不是一路人，对方看着就有一股他永远也不会有的气度，见到对方的第一眼他就觉得有些畏缩。对方说找了最好的律师，想方设法让他赔个倾家荡产，他没办法不信。而且这一男一女的穿着打扮都很讲究，一看经济状况就很好，王冉不知怎的，畏缩之余又生出一股自卑来。

他不说话，觉得人为刀俎他为鱼肉，横竖也是个死，和对方谈条件，他不知道谈什么，因为自己完全处于一个被动的局面，只有他求着人家轻点下手的份儿，没有人家求他的份儿。

"那你们想怎么着啊？我说私了你们又不干。"王冉嘟囔着。

"把闻欣欣和你所有的聊天记录都发给我们，电话联系的截图也给我们，就这么简单，如果你答应，我们可以把赔偿金额降低到你能承受的地步。"

"这？这不行……"王冉紧张地摆摆手，"我都发给你们，回头把这事儿抖搂出去，我这个号还怎么办啊？"

"那你发的时候没想过我们公司怎么办？"孔真冷冷地说，"这会儿装得像个人一样。"

王冉脸色难看起来。

"办法很简单。"赵东林说，"告诉别人，你的公众号有个团队，或者你有个助理，这篇文章是别人发的，现在那个人已经被你开除了。"

王冉愣住了："啊？"

赵东林和孔真都不说话，等着他答应或者拒绝。

"这不好吧……一听就特别假……"

"我们可以帮你撒这个谎。"孔真端着杯咖啡，却不喝，"行了，别犹豫了，你还想怎么着啊？合着你收了钱办了脏事儿，最后还要名利双收，一点损失没有，你当我们是出来播撒人间大爱做慈善的啊？你同意就同意，不同意拉倒，官司继续打，你以为我愿意和你和解啊，我巴不得官司打输了让你赔100万，法院强制执行卖你房子卖你车，冻结你银行卡，想想就解气，少废话。行还是不行赶紧给个答复，你吃东西吃多了噎着了啊你？"

她咣的一下把咖啡杯扔到桌上，咖啡洒出一大片，看上去暴躁极了，站起来就要走。

"哎，"赵东林拉着她，"他还没说话呢！"

他看着王冉，神色很漠然，并没什么急切地盼着他说话的意思。

王冉简直乱了套，孔真骂他他也顾不上生气了，卖房子，卖车，冻结银行卡……就为了一个公众号，值得吗？

"我同意，同意行了吧。"他垂头丧气地说。

服务生过来擦桌子，孔真又坐了回去，她掏出手机举到他面前："来，加我，现在就发，什么时候我看完了什么时候走。"

王冉既然已经答应，就没有再纠结的立场，他把聊天记录发给孔真，不放心地问："那么说真的管用吗？"

"管用。"赵东林说。

孔真很快就找到了她需要的东西，转账记录、闻欣欣发给王冉的第三方链接，还有她发来语音嘱咐他：你晚上8点左右发，那时候流量多点。

"你手机拿来。"

王冉交出了自己的手机，孔真点进闻欣欣的头像里录了像。

"她拉黑你了还是把你删除了？"

"删除了。"

"加回来，"孔真说，"再陪你耗一个半小时，加她，骚扰她，让她把你加回来，申请里就写有非常重要的事情和她说。"

王冉照做了，闻欣欣那边一直没动静，孔真的倔劲儿又上来了，让他发了不知道多少条请求，最终，闻欣欣不知道是烦了，还是好奇到底有什么重要的事儿，居然真的同意了他的好友请求。

"我和她说什么？"

孔真抢过他的手机，噼里啪啦打了一串字，发送，王冉拿过来一看，孔真发的是：姐，你不能这么坑我，是你给我钱让我撒谎污蔑人家公司的，现在人家要告我，你一走了之，我怎么办？你自己的婚庆公司做那么大，难道就不能拿点钱帮帮我吗？我现在真的走投无路了。

王冉不知道她发这些有什么意思，类似的话自己早就说过很多次了，闻欣欣没回复，他又发了个问号，发现自己这次被拉黑了。

孔真让他把截图发给自己，又掏出手机录屏，仿佛弄到了什么好东西，王冉看着她旗开得胜的表情，满脸的疑惑，孔真心情不错，还特意给他解释解释："你发的有强调撒谎污蔑人家公司吗？有强调闻欣欣是我同行吗？她拉黑了就是默认，就是心虚，怎么就反应这么慢呢，还互联网从业者呢！行了，不和你多废话，走了。"

"哎，你等会儿，我怎么办啊？"

"等时机到了我把文章发你，你一发就行了，和你收钱污蔑我那流程没什么区别。"

和16位客户的官司先开了庭，一审判决共计赔偿16万，也就是每个客户1万，比孔真预想的金额要低多了。

她私下联系了客户，主动提出自己不要尾款了，也就是平均每个人能拿到将近4万的补偿，但是要告诉她到底为什么改变主意。人多生事，16个人里很快就有人告诉孔真，确实是闻欣欣那边的人来找过他们，建议他们集体诉讼，对方还弄来一个电话记录的截屏发给孔真。

这场官司尘埃落定，孔真心里压着的石头落了地，8月下旬的某个普通日子里，王冉的公众号发了一条道歉文章。

文章里说，本公众号在6月份发的那篇针对孔真工作室的不实消息严重伤害了孔真的名誉，也损害了她公司的利益，自己作为公众号的管理者之一表示非常抱歉，现在发文章的人已经被开除出团队，也是时候正式道歉了。

首先对方对孔真的债务问题做出了解释，贷款公司的员工说，孔真的债务是她父亲留下的，当初很多手续都是她父亲办的，她只是带着自己的身份证照片过来签了字，具体为什么他们并不清楚，但大概是因为她父亲欠了钱，她替自己父亲借钱而已。

然后文章又对一些不实消息一一做出了澄清，16位客户的素材是由于工作态度有问题且对孔真不满的员工钱晓文故意报复删除的，在弄丢了素材以后，孔真本人非常愧疚，几次上门给客户道歉，并没有态度不好，仗势欺人，很多合作过的客户对这里最深的两个印象就是服务好质量好。孔真确实是刘浩波之前的员工，但是刘浩波的公司早就和她没有一点儿关系了，很多人都可以作证。

　　接下来所说的就全都是关于闻欣欣和刘浩波的了，文章里上了很多证据，从录屏的视频到各种截图都有，还说了刘浩波曾经上门勒索孔真5万块钱的事儿。林林总总，跌宕起伏，图文并茂。文章的结尾，这个公众号再一次道了歉，他说自己不会逃避即将到来的官司，毕竟自己才是拿着身份证注册这个账号的人，与那个收钱写文章的人如何商议赔偿，那是之后两个人的事，但是对已经造成的影响非常愧疚，希望这篇文章能传播出去，挽回一些自己犯过的错。

　　文章是群策群力写出来的，谢湘南执笔，其他人在一边补充，逻辑清楚，条理通顺，可看性很强，发出以后很快就收到了很多评论，自然了，这些评论和之前的一样义愤填膺，一样情绪激烈，赵博拿着手机让她看，孔真兴致缺缺，她对外界的评价已经毫无兴趣了，她有些理解赵博说过的话，原来在网上，人的情绪真的很好煽动。

　　从第二天开始，又有几家本地公众号转载或原创了关于这件事的文章，虽然数量不多，但质量很高，都是赵东林找人联系的，他觉得这件事的热度不能退得太快，内容要一点点放，后续的内容加了闻欣欣和刘浩波公司的负面消息，当然，这次没人指名道姓。孔真公司的公众号一向冷清，最近倒是多了点流量，他们放出来的婚礼剪辑毫无疑问地得到了很多人的好评，情况在肉眼可见地好转起来。

　　原本已经接近零的新增订单开始不断变多，新的工作室开始投入使用，新增加了旅拍业务，开始招新。10月份勉强平稳度过，说是勉强，因为刘浩波现在开始疯了似的骚扰孔真。

　　孔真偶尔会觉得刘浩波现在的反应不太像人，反而像得了老年痴呆的疯狗，在战斗力非常高的同时智商又很低，从10月份开始，孔真就不断接到来自他的骚扰和辱骂，拉黑了一个号码他马上就换下一个，发过来的短信都非常不堪入目，充斥着血腥暴力和生殖器，孔真之前只以为这么出众的骂街能力只会出现在大妈身上，没想到刘浩波也深得其精髓，看得她叹为观止。

　　大家都知道事情不会这么了结，所有人都在替孔真担心，唯有孔真没受一点影响，赵东林找了保安公司雇了3个人每天在她公司守着，自己每天接送她上下班，对此孔真的评价是："白操心。"

　　赵东林说："怎么是白操心？"

　　孔真说："至于吗？多大点事儿，我这小家小业的也值得人家费那么大心思？你们以为是美国黑帮抢地盘呢，掏枪就杀，脑浆崩一地。他顶多也就敢在那边泼妇骂街吧，你看我搭理他吗？说不定他都气哭了，想想就可怜。"

她说得轻巧，赵东林却不敢掉以轻心，很快，他的担心就变成了现实。

说来也巧，那天的情况完全可以被看作两个巧合的叠加，从早上开始，赵博就一直在她耳边叨叨附近商圈新开的烤肉店有多好吃，听得孔真魂游天外，刚吃下去的汉堡瞬间变得索然无味，她觉得心动不如行动，直接约了赵东林晚上组一场烤肉局，赵东林说，好，但是要等一等，他在忙，可能会很晚，还特意嘱咐孔真，不许单独出去，孔真觉得这样很令人烦躁，但她并没多说什么，只简单回复知道了。

晚上8点，赵东林那边还是没动静，孔真饿得不行，一个人在公司等到头都要秃了，她几次三番想问问赵东林到底什么时候完事儿，8点15分，她决定不等了，自己去吃。

赵博果然没骗她，烤肉很好吃，她吃饱了之后从干净明亮又温暖的烤肉店里溜溜达达地走出来，乐呵呵地哼着歌儿。公司群里在讨论下次团建去哪儿，她一边走一边看，有一搭没一搭地回话，准备顺便去做个美甲，做完再回家，今天剩下的时间就用来嘲讽赵东林居然错过了这顿绝美烤肉。

离开商圈，灯光一下子就暗淡了不少，建筑逐渐低矮起来，孔真路过一条小巷，发现前面是一家很有特色的小饺子馆，看起来像个经常出现在工地上的简易板房，她路过的时候往里面瞥了一眼，灰突突的玻璃窗里是一个人在低着头吃饺子，她转过去的一瞬间，对方抬起头来准备再要一盘，透过灰突突的玻璃窗，对方也看见了她。

孔真走出去不到半分钟，就听见小板房的门被人推开了，她没在意，下意识地回头看了一下，看见了一个又变得有些肥头大耳的刘浩波。

她站住，刘浩波也站住。

孔真之前还设想过，遇到这种情况要怎么办，毫无疑问地，她肯定要撒丫子就跑——她又不傻，和男的打什么架？但是此时此刻，孔真把自己之前的想法全都抛到脑后，因为她突然很生气。

她知道在赵东林眼里，自己的事业其实算不得什么，赵东林想做的事情、想达到的目标，和她完全是不一样的。只有她自己知道，她为了这个公司付出了多少心血，那么多辛辛苦苦熬过的夜，那么多满脸堆笑忍过的刁难，在她眼里全都是值得的，因为即使有一万个人来否定她做的事，她也不会往心里去，因为她永远记得一个人给她的肯定，她想创造价值，实现价值，被需要，想制造一场见证爱的仪式，做一个创造幸福的人。这个世界上坚硬的伟大很多，但总要有人去做一些柔软的东西。

由她自己一手创造出来的事业，自然最被她珍视、被她看重，但是刘浩波和闻欣欣差点儿把它毁掉了。

钱，对她来说向来是身外之物，赚不到钱，她不会觉得有什么，但她的事业，她的希望，她追逐的东西，就这样被人当作挡路的垃圾一样被人践踏，她无法忍受。

刘浩波见她不说话，也不知道说点什么作为开场白，他以为孔真会转身就跑呢！刚想到这里，孔真就往后退了一步，刘浩波也跟着动了，他像往常一样咋咋呼呼，虚张声势，骂骂咧咧："你跑什么跑啊！不是挺能装的吗？不是谁也不服吗？"

追了几步，他按照惯例掏出手机开始叫人，震天动地喊："兵兵，你赶紧带人来幸福路这边，我——"没等说完，他的手机就被人一把打到了地上，刘浩波抬头看，居然是孔真攥着一块砖头满脸铁青地看着他。

晚上10点，赵东林终于打通了孔真的电话，他一直悬着的心瞬间放了下来，语气不善地说："你跑哪去了？怎么这么久不接电话？"

孔真那边的声音很奇怪，好像刚刚跑完了2000米，她气喘吁吁，还咳嗽了两声，笑嘻嘻地说："我在医院呢！"

赵东林脑袋嗡的一声："什么？"

他到的时候，孔真正站在陪同而来的民警边，尝试把自己乱七八糟的头发弄平整，但是做得不太成功，即使是把头发弄平整了，她也好看不到哪儿去。她的嘴角红了一大块，脸颊上有一道划伤。赵东林沉默半晌，一时间也不知道应该生气还是应该心疼，他心烦意乱地问："检查做了吗？"

"做了。"孔真心虚地说，"没什么事儿。"

"刘浩波呢？"

孔真更心虚了："他还不知道有事没事呢！"

赵东林觉得这简直颠覆了自己的认知，他不可思议地问："你俩怎么打的？"

"也没怎么打……就是，随便比画比画。"

"你是不是疯了！我和你说过多少次了不要自己乱跑，更不要和他发生正面冲突，你打得过他吗？你觉得打架是什么很好玩的事儿，非要用这个来发泄吗？为什么总是做事这么不考虑后果！"

他罕见地在公共场合喧哗，周围的人都转过来看他。

孔真迅速地变了脸，真诚地看着他说："我真的是被逼无奈。"

"刚才你不是承认了是你先动手的吗？"一边的民警说，"到底怎么回事儿啊？"

她瞬间垮了脸，哼哼唧唧的说不出话。

按理来说，住院的应该是她，而不是刘浩波，男人和女人的力量本来就不是一个等级的，即使是再瘦小的男性也可以轻易压制一个普通女性，但孔真在最开始就占领了高地——她趁着刘浩波还没一拳把她打晕的时候猛地在他腿间猛踹了一脚，导致刘浩波在接下来的时间里一直没办法成功蓄力。

饶是如此，她也受了这辈子都没受过的伤，但她愈战越勇，非但没有被吓住，反而变得更疯了，如果不是饺子馆的老板偷着报了警，可能事情不会就这样结束。

刘浩波没什么大事儿，只算轻微伤，和孔真一样，不到刑事纠纷的程度。不知他为何没有叫人来，也许是觉得被一个女的打成这样有点丢人，警察带着他们一起回派出所做笔录的时候，他也罕见地话少。

折腾到接近12点，警察终于放了人，刘浩波跟跟跄跄地走，突然回头说了句："你等着！"

赵东林还没说话，孔真就恶狠狠地说："我等着！你放心，我没到死那天就一直等着！给闻欣欣带个话，别让我碰见她，去她的，谁怕谁啊？有能耐你就弄死我！"

赵东林铁青着脸把她拉上了车。

还没等他说话，孔真就迅速变了脸，可怜巴巴地说："你今天不可以骂我，我觉得好难过，好害怕，我再也不打架，再也不要进公安局了。"

赵东林简直要被她气得一口血吐出来。

"你为什么非要打架？"

"啊，好害怕呀，你别喊……你刚才不也要去打他吗，还是警察给你拦住了，你看你，一表人才，读过那么多书，那么有文化，有涵养，你也忍不住要动手，我这种没什么文化的普通青年女性，平时还好传个谣说个坏话什么的，没什么素质的，肯定更忍不住啊！"

"我可以，你不行，你一个女孩子怎么能这样？"

"啊，赵总，我突然觉得你好帅，我们不要浪费时间，好好谈一场亡命天涯的恋爱好不好，如果明天刘浩波开始追杀我，我就没时间谈恋爱了。"

赵东林真的生气了："我没有在和你闹着玩儿！"

孔真不好再嬉皮笑脸，她突然叹了口气，低声说："我是真的没忍住。"

"为什么就忍不住？知不知道做人最没用的就是争一时的痛快？"

"……为什么最没用？"孔真说，"和你说实话吧，我当时根本没有犹豫，见到他的第一眼我就想和他痛痛快快地打一架，因为他差一点毁了我的事业，我恨他。不是凑在一起写几篇不痛不痒的公众号就算报仇了，好吗？我知道你生气的理由是什么，我理解，完全理解，我这样做确实非常不计后果，给我身边的人带来了麻烦，让你跟着担惊受怕，我可以保证以后不会了，我是一个说到做到的人。但是如果我这次没有揍他一顿，没有看着他满地打滚，我可能临死之前都咽不下这口气，你知道有一只狗被主人抛弃以后跑了100公里找到主人，把他咬了一口吗？你可以把我当成那只狗，你可以觉得我不可理喻或者很可笑，但是我完全理解这只狗。"

赵东林沉默很久，转过去看她："我不能完全感同身受，但是如果你觉得自己没错——算了。"

孔真眼神游移不定，突然笑了起来，笑着笑着眼圈就红了，她眼泪流出来，捂着嘴闷声闷气地说："疼死我了。"

"活该。"赵东林把车开走，不时看她一眼，"你就是犟到死的那种人，那只狗的比喻很好，我猜如果有一天我惹了你，你也会不远万里追过来揍我一顿。"

孔真一边疼得流泪一边笑："哪有，我对你很宽容，因为我爱你呀，你又不是没惹过我，你看我揍你了吗？"

她不想大晚上的吓唬谢湘南，赵东林便开车带着她回了自己家，从医院拿回来的药一大堆，他微微皱着眉头分辨用法，认认真真地帮孔真涂了，孔真坐在他的床上，突然找到了一丝情场浪子的感觉，她傻笑起来，赵东林面色不善地抬头："你又笑什么？"

"我看过的港片里，那些帅哥打完了女朋友都是这么给涂药的，我觉得这个场景好港剧哦！"

"如果他今天正常发挥，你就死了，港剧就会变成大陆刑侦剧。"赵东林冷冷地说，"涂完了。"

"谢谢，现在我要喝牛奶。"孔真嗲嗲地说。

赵东林去冰箱里拿了牛奶给她，她叼着吸管吸溜吸溜地喝了起来。

"如果以后他和你耗上了怎么办？"他问，"宁惹君子不惹小人。"

"你说得对，他就是小人，你知道小人最大的特点是什么吗？小人没有骨气。"孔真说，"如果真的有那个骨气和我纠缠到底，他早就正大光明地来了，根本不会弄什么幺蛾子，没有骨气的小人还有一个特点就是欺软怕硬，如果我畏畏缩缩，他肯定会没事儿就出来欺负我一下，但是如果我表现出一点强硬的样子，他就会觉得很害怕，因为他习惯欺负弱小，所以也就默认了那套理论，谁疯谁不要脸谁就赢了，他总有一天会害怕我的。"

"你的歪理怎么这么多？"他伸手摸了摸她的头发，"算了，说点别的。"

"什么呀？"

"我妈想见你，请你去家里吃顿饭。"

"哈？"孔真惊了，"干吗呀，她老人家又要拿几百万让我离你远一点儿吗？你让她兑成美元再给我啊，最近人民币贬值太快。"

"不是，她是想对你道个歉。"赵东林说，"她看了王冉的号发的东西，又找人打听了一下你的情况，觉得自己错怪你了，昨天打电话给我，让我有时间带你回家吃个饭，聊一聊。"

孔真被牛奶呛着了，直咳嗽："嗯……好，等我那个，咳咳咳，等我能见人了，我就那个，咳咳咳，去。"

孔真和刘浩波打了一架的事儿很快就被所有员工知道了，赵博还把她的微信昵称备注成了"亚太地区第一硬汉"以表尊敬，但是在隐约觉得崇敬之余，大家都觉得这事儿没那么好解决。不过这次孔真猜对了，刘浩波被自己的那套理论说服，他觉得孔真这种人是真的能做到不死不休的，自己又没有那个骨气弄死谁，只好自己给自己找台阶下，突然开始购置大量手串和茶具，对外宣称开始修身养性，不再过问江湖事。

孔真曾经考虑过起诉闻欣欣，但是在咨询了律师之后，她觉得打这场官司的投入和产出差距悬殊，况且闻欣欣现在每天都焦头烂额，听说已经开始裁人了，她觉得对方毕竟做了这么多年，肯定不会因为这次的事情就彻底倒下，但是不死也要脱层皮，权当是报应。

还有一个好消息是，钱晓文终于被找到了，赔偿客户16万那场官司打完之后，孔真拿着判决书和监控去报了警。钱晓文似乎在办了事儿之后就拿着闻欣欣给的好处溜了，不知道躲去了哪里，也许是觉得事情已经告一段落，他又没事人一样地回来了，很快就被找了出来。

当初的劳务合同上写得很清楚，因为劳动者本人给用人单位造成损失的，用人单位可以要求其赔偿损失，如果他还在孔真的公司，每个月要扣除20%的工资，但是他现在已经不在了，所以只能按月从他的卡里扣除约定好的数额，钱晓文不得不开始了自己漫长的还款生涯，孔真决定把每个月收到钱的日子作为烤肉日，拿着钱请大家去吃烤肉——她坚持认为，如果不是那天吃了好吃的烤肉，她是绝对不能有力量那么稳准狠地在对决中抢占先机的。

在她脸上的伤好了之后，她和赵东林去见了文惠萍，最开始，气氛非常尴尬，孔真觉得简直可以排进自己经历的尴尬场合前10位，但是很突然地，文惠萍认认真真给她道了歉，这个一手把家里的酒店产业做成现在这个规模、被公司里的很多年轻女孩子视为偶像的中年女人说希望孔真能谅解她，还对孔真的担当表示了赞赏，对她的倒霉经历表示了惋惜，说了这些之后，她又代替自己的妹妹给孔真道了歉，虽然文慧姗大概一辈子都不会觉得自己追求快乐是一种错误。

孔真简直听得要尴尬到爆炸了，她强忍着等文惠萍说完，就一个劲儿地说没关系。虽然其实一直心有芥蒂，但是人家态度这么坦诚，她总不好再抓着不放，尴尬之余她不禁感叹，文惠萍其实是一个很有人格魅力的女人，然而这么有人格魅力的女人也会因为自己的儿子和骗钱小妖精结婚像个普通的中年妇女一样气到一哭二闹三上吊，可见儿子是魅力女人人生路上的一大阻碍。

吃过饭后，孔真在闺蜜群里发："不要生儿子。"
一直没有冒泡的郑小竹突然回复："为什么呢？"

孔真："你出现了！你跑去哪里了！"

郑小竹："我今天回去哦，要去机场接我吗？"

孔真："好好好。"

郑小竹："哈哈，逗你的，太远了，有人陪我。"

孔真："谁呀？"

郑小竹："我老公呀！"

孔真："啊？"

任凭孔真如何追问，郑小竹都不回答了。

孔真在群里疯狂发问号，柳叶说："你不要再发问号了，等一等你就见到了呀！"

孔真："你难道一点好奇心都没有吗？"

柳叶："因为我知道是谁。"

孔真顿时两眼放光。

柳叶："但是我不能说，因为我答应过她的。"

孔真："……扣工资，扣工资！"

柳叶："我去好好工作了呀！"

孔真努力回想柳叶到底是什么时候和郑小竹关系那么好的，怎么连自己都不知道的八卦她居然知道了，过了片刻，她一拍脑门——郑小竹说怀孕之后不就是柳叶陪着她出门旅游散心的嘛！在柳叶回来之后，郑小竹才发微信给自己，说最近不回来的。

如果柳叶是赵博，她或许还要费心思问上一问，但柳叶这姑娘最大的特点就是老实，答应别人的事情就一定要做到，老虎凳辣椒水都没用，孔真自知不应该去做无用功，只好疯狂和谢湘南私聊："你猜是谁！我猜是她老板！就是在飞镖盘上贴赵东林照片的那个男的！"

谢湘南："你别猜了，你好笨呀！"

孔真："我哪里笨了，我觉得我猜得非常靠谱。"

谢湘南："我真的不知道是应该说你愚蠢还是愚蠢还是愚蠢呢？"

当天晚上，4个人终于见了面，孔真终于知道为什么谢湘南要说她愚蠢了，因为站在郑小竹身边的，赫然是陆常远。

孔真下巴都要掉了，不只因为陆常远，还因为郑小竹居然大着肚子！

陆常远见她来了，笑一笑，对郑小竹说："那你们先聊，我就不在这儿打扰你们开茶话会了，吃完了叫我，我来接你。"

郑小竹点点头，陆常远抱抱她，转身离开了。

孔真简直整个人都要不好了，柳叶和谢湘南倒是非常淡定，开始拿着菜单点菜，还询问郑小竹最近有没有什么口味偏好，过了半晌，孔真一敲桌子："喂，你们怎么都这么淡定啊？"

柳叶说："因为我早就知道了。"

谢湘南说："因为我早就猜到了。"

孔真的表情复杂极了："郑小竹，你这个坏女人，你为什么不告诉我！"

"是柳叶和我说的呀。"郑小竹努了努嘴，"她说不想我受到任何人的影响。"

"到底是怎么回事！"孔真像只急着抢香蕉的小猴子，坐立不安，"你不是说你根本不想要孩子吗？"

重庆的民宿里，一片寂静，郑小竹坐在藤椅上随手翻看一本时尚杂志，突然单独和她相处的柳叶不知道如何忍受这种氛围，没话找话地说。

"嗯？"郑小竹心不在焉，"什么？"

"你不是说……不是说你根本不想要孩子吗？想得那么清楚，为什么又犹豫呢？"

郑小竹仍旧是心不在焉，柳叶以为她没有听清楚自己的话。

"可是——"过了半晌，她突然说，"我的肚子里有一个小孩子哎！"

她伸手去摸，轻轻地，像是在摸一个十月怀胎的孕妇，然而她的小腹平坦，什么也摸不到。

这就是让她感到惊奇的地方，她什么也摸不到，但她竟然已经开始对它产生了感情。

柳叶也去摸，眼睛里满是温柔，郑小竹觉得自己的眼神也必定和她一样。

天逐渐暗了下来，郑小竹突然恢复了平时的干练潇洒，她穿好衣服，补了个淡妆，招呼柳叶出门吃附近有名的火锅店，排队的人非常多，柳叶还怕她不耐烦，没想到郑小竹显得很高兴，左顾右盼，微笑着说："人好多啊！"

"有那么好吃吗？"柳叶小声说，"我从来不去排长队的地方吃。"

"你知道为什么越是排长队越是有人要排队吗？"

"为什么？"

"你试试抬头看天。"

柳叶抬头看天，郑小竹也抬头看，柳叶说："什么也没。"

郑小竹说："继续看。"

柳叶老老实实地继续看，过了会儿，她实在撑不住了："我脖子疼。"

郑小竹说："那现在你看看周围。"

柳叶活动着僵硬的脖子看着周围，发现几个和她们一起排队的人都在抬头看天。

"哈哈哈哈！"郑小竹发出一阵大笑，"这下你知道为什么越是排长队就越是有人要排队了吧？"

柳叶也忍不住笑起来。

吃到火锅的时候天已经黑透了，郑小竹胃口不错，与她平时的吃相相差不小，柳叶知道她平时为了减肥都不太吃东西的。

"你喜欢吃酸的还是辣的啊？"柳叶问。

郑小竹停下了夹肉的动作，看了柳叶一会儿，突然又狂笑起来，柳叶不知所措。笑了半晌，郑小竹勉强停下来喝了口鲜榨果汁，擦擦嘴说："你问这个干什么，酸儿辣女？你好迷信哦，我敢说我妈都不会这么问。"

柳叶不好意思地笑了一下。

二人都不再说话，很快结束了战斗，郑小竹吃得很多，结了账，她慢慢地往外走，突然小声说："原来我吃多了以后肚子也会鼓起来。"

柳叶无语了："每个人都会的。"

"我从没吃撑过，最多就是吃到不饿。"郑小竹自言自语，"吃撑的感觉还挺好。"

二人回到了民宿，郑小竹又点了一堆外卖，似乎狠下了心要放纵一把，柳叶跟着吃，觉得自己这肥算是白减了，她不该答应和郑小竹来成都的。

吃饱了，二人都开始犯困，郑小竹正昏昏欲睡，突然听到柳叶问："为什么我们抬头看，大家都开始抬头看呢？"

郑小竹被她吓了一小跳，手里拿着的凉粉盒子差一点倒在地上，她眨眨眼睛，唔了一声："因为觉得天上肯定有好东西，别人都看了，我也跟着看看吧。"

"你眼里的我也是一样吗？"

"哎？"

"你是不是觉得我很随波逐流呢？谈恋爱，结婚，生孩子，做别人做过无数次的事情，你是这么想的吗？"

柳叶惴惴不安，等着郑小竹的回答，没想到郑小竹说："不……我今天突然想，说不定我才是随波逐流的那个。"

"你？你和我们都不一样啊！"柳叶说，"你工作好，有能力，长得漂亮，又——反正就是和我们不一样。"

"但是我做这一切只是为了安全。"郑小竹慢慢地张开双臂，圈起来，像是抱着一个看不见的人，"看见了吗？就像一个铁桶一样，把我扣起来，这样石头就砸不到我。"

"什么石头？"

"让自己的生活变成一团乱麻的石头。"

柳叶的表情显得很迷惑。

郑小竹脸上的笑意逐渐变得浓厚了起来，她咧开嘴，笑得很夸张，突然她不笑了，就像是憋了很久一样，她语速很快地说："不要迈入婚姻，生孩子是地狱，不要轻易地对任何人卸下防备，不要容许任何不完美的男人做你的男朋友，及时止损，多赚钱，把钱都花在自己身上，名牌大衣、名牌包、旅游、插花、烹饪、钢琴、芭蕾……

"你知道吗？它们对我来说什么都不是，我不需学什么插花烹饪来显得自己比其他人更有情调一点，所谓情调完全是空虚之人意淫出来的，我不需要学钢琴学芭蕾让自己显得家境良好，学不出名堂的芭蕾钢琴对我来说毫无意义，它们根本没让我的人生有一丝一毫的变化，名牌大衣名牌包只是一堆皮料布料，它们什么都不能给我。去做这些，去学钢琴，抛弃一切，努力工作，纵容自己就是浪费生命，不要相信任何男人，因为他们会带走你的钱和青春，不要生孩子，因为孩子会毁了你，这都是别人告诉我的，和告诉你一定要在合适的时候结婚生孩子的话一样，都是别人告诉你的，懂吗？柳叶，你看着我，你懂吗？我不知道自己想要什么，也许我知道，但是我不敢去要，因为别人，告诉过我，不可以！"

她一口气说完了这么一大段话，突然掉下一颗眼泪，柳叶手足无措，一句话也不敢说，郑小竹捂着自己的肚子，尝试把眼泪憋回去，她努力让自己镇定下来，不断地深呼吸，过了半晌，她哽咽着说："也许这是我唯一一个孩子，我——我身体不好，医生说过我很难怀孕。"

柳叶惊呆了。

"在我知道有了他的第一秒钟，我想，我要把他打掉，但是在第二秒，我就开始震惊，从第二秒到现在，我一直处在那种震惊里，你知道我在震惊什么吗？我在震惊我居然会觉得舍不得这个孩子，之前我做了无数种打算，看了很多养老保险，已经开始为自己的孤独终老做准备，但是现在，这么突然，我有了一个孩子，而且我觉得虽然是我在供给它营养，但是它在给我力量。"

柳叶说："我……我当初也是这么想的，在我上次怀孕的时候，但是，当然了，我们的情况不一样。如果我是你，有这么多钱，又有一个对你那么好、愿意马上和你结婚的老公，我肯定毫不犹豫地开始为了生孩子做准备，虽然现在我已经当初那么鬼迷心窍那么糊涂，知道他不是一个值得在一起的人，但是我当时甚至偷偷想过，就算没有他，我也——"

"也能把孩子养大，对吧？"

"是的。"柳叶说，"不过可能再清醒一阵就不会那么想了吧，养一个孩子花的钱我是负担不起的，至少我舍不得用我当时那点可怜的工资去养孩子，我希望我的孩子的吃穿用度不比别的孩子差。"

她看着郑小竹，眼睛里明晃晃地写着"但是钱对你来说不是问题"。

郑小竹以为她要开始说服自己了，没想到她说："我不劝你生孩子，作为一个活得不算成功的人，我还是不劝别人做什么重要决定了。哎，你家里什么意见呢？"

"他们不知道，知道了也不会管，我爸我妈虽然到现在都没离婚，但是他们感情非常不好，也都在外面不知道另有几个新欢了，不离婚的原因，最开始是钱的问题，他俩合伙做生意，离婚就要分财产，两个人谈不拢，拖了一年多，然后他们就变态了，字面意义上的变态，可能长时间和不喜欢的人在一起，不喜欢就会变成恨，长时间和自己恨的人在一起，自己就会变态，我尽量避免和他们接触，毕竟我已经有点儿变态了……早就闹掰了，平时很少联系。"

"我还以为你是那种家里特别有钱的富二代什么的。"柳叶呆呆地看着她，"我还猜测过你爸妈都很有背景，所以把你养得很——"

"哦，他们没有背景，就是有钱，但是有钱也和我没关系。"郑小竹坦诚地说，"我本科毕业以后在一个公司做出点成绩，但是上司受贿被抓了，我们部门原地解散，我带着团队跳槽到另外一家公司，老板对我很好，做了大概两年之后我自己创业，我老板和他的合伙人投了钱给我，公司做得还算不错，但是当时大环境不好，我觉得风向不对，就把公司卖了，做了现在的工作，很轻松，虽然赚得不算多。"

"你每个月挣差不多 10 万！"柳叶一副受了打击的样子，"这还叫不多？我每个月赚 8000 块，还是孔真给我的友情价。"

"和我之前比起来，确实不算多。"郑小竹说，"孔真很好，是个好朋友，也是个好老板。"

柳叶点点头。

过了半晌，她对郑小竹说："不要烦心了，至少你很自由，你看，选择权完全在你手上。"

"就是这样才烦心啊……"郑小竹低声说，"如果真的选择错了，就没有人可以责怪了，只有我为我自己买单。"

"你知道我怀孕的时候在想什么吗？"

"什么？"

"我在想我以后的幸福生活，像是小时候在中央八套看的日本电视剧一样，我、我的老公、我的孩子，每个人都喜气洋洋，能随时截取我们的生活片段去当作广告片。你在想什么呢？是不是在想婆媳剧？你和陆常远的妈妈打成一团什么的。"

"哈哈哈，"郑小竹觉得很好笑，"我和一老太太打什么？有了矛盾就是解决，解决不了就让陆常远解决，陆常远解决不了就把他解决掉，有什么好打的？泼妇一样，有什么意思。"

"你这不是想得很清楚……有了事情就去解决啊，以后的问题以后自然会解决的。"

"也许我怕的不是别人说的那些表面的东西。"郑小竹闭上了眼睛，"我怕的只是以后会后悔而已。"

"我来问你几个问题吧，快问快答，不要思考。"

"如果买回来的仙人球总是扎你的手，你会把它扔了吗？"

"会。"

"如果你的豆浆机总是噪音太大，你会把它扔掉吗？"

"会。"

"你吃苹果的时候会不会切成小块？"

"不会。"

"你喜欢吃草莓吗？"

"喜欢。"

"你后悔卖掉公司吗？"

"不后悔。"

"你喜欢看星星吗？"

"喜欢。"

"就算知道口红会过期你也要买是吗？"

"是。"

"你床上的玩偶是自己买的吗？"

"不是。"

"把喜欢的包扔了你会后悔吗？"

"不会。"

"如果把孩子打掉你会后悔吗？"

"会。"

问题戛然而止，郑小竹与柳叶对视着，柳叶说："是你自己说的。"

郑小竹看着她。

"别听任何人的，你不是为了任何人生孩子，你是为了自己生的，选择权完全在你。"柳叶抓着她的手，"孔真告诉我，如果我们要做一个艰难的决定，先考虑好能否承担它的后果，如果能承担，就去做，去做的前提，是我们完全愿意，只为我们自己，我总是在想她的话，为什么要为我们自己呢？难道我们不应该为了别人考虑吗？现在我觉得，她这么说，是因为别人不能替我们承担一丝一毫，但是，也不能替我们满足一丝一毫，你的一切全都是你自己的。"

郑小竹与她对视了很久很久。

"如果陆常远的家人很奇葩怎么办？"郑小竹自问自答，"那就去解决，我不能解决，就让陆常远解决，陆常远不能解决，就把他解决掉，很完美，如果他以后变得很奇葩，就省略之前的步骤，直接解决他。"

柳叶点点头："思路很清晰。"

郑小竹扑哧一声笑出来，柳叶也跟着笑，郑小竹拧开一瓶汽水："你刚刚那个理论靠谱吗？"

"不知道，"柳叶说，"我又不能预知未来呀，不过我觉得问题不是这个，不是他本人，或者他的家庭如何，现在他看起来还好，没有什么迹象表明他以后不好，所以以后的事情我们无从知晓，而且那些乱七八糟的问题其实都不是主要问题，它们还没影儿呢！最主要的问题只有两个，你愿意吗？你愿意，你能承受得起后果吗？你能，你有能力很好地把孩子养大，也能好好规划你自己的人生，好，那就没有问题了。"

郑小竹摇摇头："我还需要好好想想。"

"好的，"柳叶说，"你好好地想吧，不管怎么样，我都……我都会努力支持你的，虽然我帮不上什么忙。"

"今天没吃完的牛肚都被你吃掉了。"郑小竹冲她竖起了大拇指，"很棒。"

"你是在夸我吗？"

"是的。"

郑小竹和她先后洗漱完毕，关灯准备睡觉，郑小竹迷迷糊糊地说："晚安。"

"晚安。"柳叶闭着眼睛说。

第二天柳叶起得很早，她轻手轻脚地简单洗漱了一下，下楼去寻觅早餐，回来时郑小竹还没醒，她把早餐放在郑小竹床边的小柜子上，本来安安静静睡着的郑小竹突然睁开了眼睛。

"哎哟，吓我一跳。"柳叶说，"醒了？"

"柳叶。"郑小竹做出一副严肃的表情，一点也不像刚醒的样子，她盯着柳叶看，突然说："恭喜你。"

"什么？"

"你要当干妈了。"

"哎？"柳叶惊了，"你的意思是——"

"我的意思是我要当妈妈了。"

"你想好了吗？"

"嘘，不要再问。"郑小竹做出一个暂停的手势，"我们不需要再多犹豫一秒钟。"

柳叶一时之间不知应该做出什么表情。

郑小竹拉着她的手盖在自己肚子上："你是他的第一号干妈了。"

"……我以为是孔真。"

"你们都一样。"

"我之前一直觉得你特别——"

"特别瞧不上你？"

"是的。"

"不是的。"

"是的。"

"不是的！"郑小竹看着她，"……好吧，是的，有一点点不理解你吧，但是现再想想没什么不理解的，我觉得你挺好的，我好喜欢和你一起吃饭啊，吃得真香。"

孔真听完了郑小竹的复述，当场呆若木鸡，她百思不得其解，挠挠脸又挠挠耳朵，突然冒出来一句："那你到底什么时候和陆常远结婚啊？"

"等我生了之后。"郑小竹回答她，"本来想前几个月筹备婚礼的，但是我孕期反应很严重，我们商量了一下等生了以后再弄吧。"

"那你的工作怎么办？"

"我一直都在做事啊，怎么可能不工作，我师姐备孕生孩子期间还读了个博士呢！我上个老板据说在生孩子阵痛期间还坚持拿着手机看邮件，我虽然不至于那么拼，但是做好本职工作没问题的。"

孔真只能以沉默来表示敬意。

"陆常远的家人同意让你先不结婚吗？"谢湘南问，"我觉得一般家庭很难沟通吧，他爸妈人怎么样？"

"是——非常好的人。"郑小竹深深地看了她一眼，"我不知道怎么形容，但是如果能选择和他们成为家人，我非常开心。"

"那就好那就好，"孔真拍拍桌子，"祝福小竹在 30 岁这年怀孕啦，我终于可以玩到真的小宝宝啦，我觉得你俩的孩子肯定长得超可爱，还有我建议你们的婚礼可以和孩子满月酒一起办，这样我们就可以既省钱又玩孩子了。"

"谢谢你的建议，但是我不予考虑，我要等到减肥成功以后再办。"

柳叶说："祝小竹以后能体会到家庭生活的开心幸福。"

谢湘南说："祝小竹和宝宝都健康……嗯。"

郑小竹举起了手里的红茶："谢谢大家的祝福，那我就祝大家在以后做出每个选择的时候，都要遵从内心，做自己想做的，不会后悔。"

"不会后悔的！"孔真把杯里的可乐一饮而尽，"我们永远也不要为了已经发生的事后悔，也不要为还未发生的事担心，因为我们一定要很！快！乐！"

转眼间，又是一季新的春暖花开。

孔真在酒店大堂忙着做最后的检查，赵博站在她身边调试相机，赵东林捧着一束花赶过来递给孔真："捧花按你的要求换了，你看看。"

"嗯嗯！"她点点头，"你先给谢湘南。"

宾客还没到，空荡的礼堂里单曲循环着一首歌。

"To let your heart believe it is true……"

（让你的内心相信这是真爱……）

"都准备好了吧？摇臂不要又出问题了好吗？"孔真对赵博说。

"哎呀，知道了知道了。"赵博摆摆手，"赶紧忙你的吧！"

"顶嘴，扣工资！"孔真的黑眼圈很重，看起来很不好惹。

"不要动不动就扣工资。"赵东林揉揉她的手，"冷静点儿，这不是都准备得差不多了吗？"

"就是，还是我哥知道疼我。"赵博在一边嬉皮笑脸。

"啊！"孔真掏出了手机，在4人闺蜜群里发语音，"郑小竹，你什么时候来！如果你5分钟之内不能拖家带口赶到，现在立刻马上把我闺女的照片发给我让我吸一吸！"

郑小竹二话不说扔了几张照片，照片里的小宝宝像个圆乎乎的水晶包子，歪着脑袋看镜头，正在茫然地啃手，孔真隔空对着屏幕亲了亲："好可爱好可爱好可爱，好可爱呀，你们看看人家，再看看你们的老脸，以后没事不要在我面前晃了！"

赵博疯狂地翻白眼。

新的办公室已经投入使用，旅拍业务按照计划正常展开了，由于刚刚过去没多久的舆论风波，孔真省了一笔广告费，她精心准备了很久的国内特色婚俗景点旅拍先国外旅拍业务一步上线了，报名的人很多，都是一些喜欢体验新鲜的年轻人。和赵东林公司的合作重新开始，孔真依旧承接平台的本地订单，卖婚礼策划案，而她的公司也准备在房租到期后搬到旅拍工作室的楼上，新的办公室有她一直都非常喜欢的大落地窗。

楼下外卖也非常多。

孔真喜欢这个春天，她从未感到这么生机勃勃，好像身体里的花都开了，她喜欢工作，喜欢早起，喜欢和朋友们一起涮火锅喝大酒，喜欢和赵东林在寂静无人的街上手牵着手，或是在朦胧的星光下枕着他的手臂接吻，喜欢看着郑小竹抱着女儿冲她显摆"你有信心生出这么漂亮的孩子吗？"她喜欢从自己手下做出来的每一场婚礼，喜欢看着新人脸上幸福的表情。

她喜欢自己的生活。

柳叶新交了男朋友，是隔壁办公室的男生，个子很高，话不多，看上去为人很冷淡，但是会围着柳叶织的毛巾在还没停暖气的办公室四处显摆，把她准备的饭吃得一干二净。而柳叶本人在谈恋爱后终于减肥成功，还不顾男朋友的阻拦，在朋友们的陪伴下割了个双眼皮，恢复成功后看起来漂亮了很多，她很后悔自己没有早点去做，因为她觉得每天看到镜子里努力微笑的自己时心情都很好。

谢湘南则拒绝了赵博的告白，始终保持单身，虽然追她的男生从来没断过，但她现在对谈恋爱的兴趣不大。孔真觉得两个人最终没有走到一起很可惜，虽然她一直觉得赵博顶多也就算四分之三个男的，但是这个人也会在很多时候勇敢地站出来保护自己喜欢的人——就在前几天，婚礼上两个喝多了的客人吵架，谢湘南过去劝架，差点儿被人推在地上，赵博离了老远就急红了眼地冲过来，差点儿把那个动手的彪形大汉打趴下。

谢湘南明确拒绝了他，他也没再多做纠缠，虽然见到对方第一面的惊艳和心动一直挥之不去，但是选择了理解，孔真打趣他"看不出来你挺大气一个女的"，赵博也只一笑置之了。

"你这个男的嘴挺损。"赵博说，"你怎么知道我们以后也没机会？"

谢湘南对此一无所知，她每天都非常认真地工作，并且展露了惊人的摄影天赋，虽然她一直说都归功于孔真曾经花了很多钱帮她报的学习班，还有赵博从不藏私地教授。她觉得自己喜欢摄影，因为它能帮自己看到不一样的世界，和观影与阅读一样，她现在也迷上了看书和看电影，孔真认为这也是一种学习，还特意在家里买了很大的书架和投影仪，谢湘南从未真正地掌控过自己的生活，但是现在，在那些明明暗暗的光影里，她重新窥见了自己生活的碎片，那是一些意义所在。

郑小竹仍然是她们当中最拼的那个，她生完孩子以后很快就瘦了下来，恢复得很好，陆常远作为孔真认识的朋友中看起来最有女性气质的男的（孔真不小心酒后吐真言）非常会带孩子，比家里请来的月嫂还认真，而且非常主动，所以郑小竹觉得自己的压力和辛苦在完全可以忍受的范围内，她每天除了工作以外就是面无表情地拍自己女儿的照片发到群里满足孔真的需求，虽然她一再重申"这么个小屁孩儿有什么可看的，这么喜欢你抱走吧"，但她都会在自己短短的每日总结结尾认真地写：又及，希望我的宝贝健康快乐，妈妈很爱你。

宾客陆陆续续赶到，礼堂逐渐喧闹起来，孔真拍拍手，让身边的工作人员各就各位，迎宾处的易拉宝印着一张一人多高的相片，郑丽梅和她的新丈夫依偎在一起，手里捧着一束香槟色的玫瑰。

在确认所有的事情都被准备好之后，孔真逐渐放松了下来，为了给自己妈妈准备这场婚礼，她忙了很多天，最开始，郑丽梅一直拒绝举办婚礼，说在家附近的饭店请关系近的亲朋好友吃顿饭就算了，但孔真坚决不同意，虽然没有明说，她们都知道，孔真是想用这种方式来弥补自己对母亲隐约的愧疚，最终，郑丽梅禁不住她唠叨，同意了。

宾客纷纷落座，司仪举着话筒走上前来，在他的指引下，郑丽梅有些拘谨地穿着婚纱出现了，她的丈夫与她并肩前行，孔真不知道是不是太累了，居然觉得自己刚刚在进门处一晃神时看见了孔海波，可再去看时，已经什么都没有了。

婚礼进行曲的声音海水一样包围了她，她看着自己的妈妈，看着她洁白的婚纱，又看了看礼堂奢华的吊灯，感到一阵舒适的眩晕，她抓住了赵东林的手，突然觉得一幕幕曾经历过的画面从她眼前闪过，人生就如同这婚礼般吗？无论背后有多少喜怒哀乐争吵纠纷，我们都要在所有充满仪式感的高光时刻盛装出席，对所有人、对全世界、对自己宣告，即使我经历了很多不堪，也有勇气去对抗一切残酷的命运，我的婚纱和盛装是我最后的勇气，是我坚定的决心。

那首她听了无数次的婚礼进行曲荡漾在耳边，她的爱人、亲人、朋友与同事都近在咫尺，孔真在音乐中听到了花开的声音，她想，真好啊，春天来了，春天永远也不会走。

只要我们还能勇敢地去对抗、去追求，春天就永远也不会走。

在宾客的掌声中，孔真绽开了一个大大的微笑，她回头对赵东林说："我喜欢婚礼。"

赵东林没有听清，侧过身来轻声问："什么？"

孔真抬高了声音："我说，我喜欢婚礼！"

她终于感受到生活对她的爱意，终于抓住了所追逐的幸福，音乐和这灯光一起，将礼堂包围，缓缓地，向整个世界蔓延。